山本

賈平凹

一條龍脈，橫亙在那裡，提攜了黃河長江，統領著北方南方。

這就是秦嶺，中國最偉大的山。

《山本》的故事，正是我的一本秦嶺志。

目次

山本　007
後記　551

陸菊人怎麼能想得到啊，十三年前，就是她帶來的那三分胭脂地，竟然使渦鎮的世事全變了。

陸菊人是紙坊溝的，離渦鎮八里地，溝裡有座九天玄女廟，也有三家安著水輪的造紙作坊，陸家只長年給這些造紙坊裡割送毛竹。陸菊人八歲時，娘割毛竹被葫蘆豹蜂蜇死，爹到鎮上楊記壽材鋪賒了一副棺，四年了仍還不起錢。楊掌櫃提出讓陸菊人來當童養媳吧，爹同意了，並說好等陸菊人十二歲的生日就送去。陸菊人去鎮上看過社火，知道有個楊記壽材鋪，門口老放著一口漆黑發亮的棺，還作想，人死了就是沒壽了，怎麼還把棺叫壽材呢？也見過了楊家的兒子，只有七八歲呀，兩筒子鼻涕，和一幫子伙伴在土堆上玩「占山頭」。他總是上不了土堆，一上去就被趕下來，繞著土堆跑，還在喊：拿繩子繫我呀，否則我要飛了！陸菊人不願意去做童養媳，嫌爹心硬。爹說：渦鎮上有好日子！再說，紙坊溝離鎮子近，我想你了會去看你，你想爹和弟弟了也能回來。陸菊人虎了眼要和爹嚷，但她到底沒有嚷，到九天玄女廟裡磕了頭，說：我去了就再不回來！話剛說完，廟梁上掉下來一條蛇。她拿了樹枝子打蛇，蛇身上一坨大疙瘩跑不動，就往出吐，吐出來了一隻蛤蟆。蛤蟆還活著，陸菊人就把蛤蟆放生到樹林子去了。

這事陸菊人沒給爹說，從此也沒給過爹笑臉。平日裡去地裡鋤草，或到溝溪裡洗衣裳，常常發呆，看紙坊溝兩邊的亂峰直起直立常插著刀戈，就覺得充滿了殺氣，聽啄木鳥敲樹的聲音並不認為好聽，而只感到樹是在疼。反倒盼著十二歲生日快來。

一天傍晚，她坐在坡上的栲樹下，望見九天玄女廟後邊的山頭都向西傾斜，上邊布滿了無數條路，好像是繩索綑綁了山頭往前走，那雲就燒紅了，後來又褪去，天暗下來，星星便出來了。陸菊人喜歡看星星，她看著星星，星星就有光芒射下來，她就想，星星也長了根的，和這栲樹一樣嗎，星星的根是長了光明，而栲樹的根卻長到黑暗裡去了。露水開始潮濕了她的褲腿，要站起來回去的時候，看見兩個趕龍脈的人站在崖灣下，那裡是她家的一塊地，種著蘿蔔。她聽見趕龍脈的其中一個人說：啊這地方好，能出個官人的。一個說：這得試試，明早五更，看能不能潮上氣泡。就把一個竹筒插在地裡，卻又拔出了兩個蘿蔔。陸菊人沒有阻止那人拔蘿蔔，看著他們扭了葉子，剝了皮，啃著走了，就也悄然回了家。第二天五更，她是先去蘿蔔地，果然見竹筒上有個雞蛋大的氣泡，手一摸，氣泡掉下地沒了。後來，趕龍脈的人來，她藏在樹後，瞧著他們看到竹筒上沒有氣泡，說了句：應該是真穴啊，咋是假的？垂頭喪氣地離開。陸菊人知道了這事，心繫一處，守口如瓶，沒有給任何人言傳。十二歲生日一過，爹要送她去楊家，她說：爹，我不是你親生的？爹說：你別怨爹，高高興興地去呵。你給爹當了一回女兒，爹沒啥陪你呀。就流著淚煮了一盆雞蛋，剝一顆讓陸菊人吃了，再剝一顆讓陸菊人吃了，還要再剝。陸菊人這時忽然想開了，自己給爹當了一回女兒，現在再去給楊家的兒子當一回媳婦，這父女、夫妻原來都是一種搭配麼，就像一張紙，貼在窗上了是窗紙，糊在牆上了是牆紙。她不吃雞蛋了，給爹剝出一顆，還給爹擦眼淚，說：我不要你陪金陪銀，你給我塊地吧，就咱種蘿蔔的那三分地。爹看著陸菊人，陸菊人的鼻梁上有三四顆白麻子。爹說：這行，算是給你個胭脂地。

陸菊人坐著爹牽的毛驢就去渦鎮，家裡的那只小貓過來嗚嗚地叫。貓是個黑貓，身子的二分之一都是腦袋，腦袋的二分之一又都是眼睛。陸菊人說：你想跟我呀？貓嗖地跳上來，坐在陸菊人的懷裡。爹說：去吧，鎮上有糧，老鼠多。那天是大霧，人和驢出了紙坊溝口，回頭就不見了路，而渦鎮，河灘裡的白鷺全然起飛，竟都棲落在那棵皂角樹上。

渦鎮之所以叫渦鎮，是黑河從西北下來，白河從東北下來，兩河在鎮子南頭外交匯了，那段褐色的岩岸下就有了一個渦潭。渦潭平常看上去平平靜靜，水波不興，一半的黑河水濁著，一半的白河水清著，但如果丟個東西下去，渦潭就動起來，先還是像太極圖中的雙魚狀，接著如磨盤在推動，旋轉得愈來愈急，呼呼地響，能把什麼都吸進去翻騰攪拌似的。據說潭底下有個洞，洞穿山過川，在這裡倒一背簍麥糠了，麥糠從一百二十里外的銀花溪裡便漂出來。

秦嶺裡的鎮子很多，但最大的也就是渦鎮，三萬多人居住，不算那些巷道，僅貫道的街橫著一條，縱著三條，分布著菜市、柴草市、牲口市、糧食市，還有城隍廟和地藏菩薩廟。當然這些廟格局都小，地藏菩薩廟也就一個大殿幾間廂房，因廟裡有一棵古柏和三塊巨石，鎮上人習慣叫一三〇廟。所有的街巷全有貨棧商鋪，木板門面刷成黑顏色，和這種黑相配的是街巷裡的樹，樹皮也是黑的。在樹枝與屋簷中間多有篩子大的網，網上總爬著蜘蛛，背上都是人面的花紋。偶爾樹枝上站了貓頭鷹，夜裡啼叫，白天裡一動不動，臉也是人的臉。那棵老皂角樹就長在中街十字路口，它最高大。站在白河黑河岸往鎮子方向一看，首先就看見了。它一身上下都長了硬刺，沒人能爬上去，上邊的皂莢也沒有人敢摘，到冬季了還密密麻麻掛著，凡是德行好的人經過，才可能自動掉下一個兩個。於是，所有人走過樹下了，都抬頭往上看，希望皂莢掉下來。鎮子雖然三面環水，能出入的只有北面虎山下有路，但鎮子有城牆，有四個城門。北城門上有城門樓，下邊的門洞很大，旁邊的小屋住著老魏頭，脊背上長了個大疙瘩，好像老是背了個布袋。他經管城門，門扇上貼了「天亮開門，天黑關門」的告示，也負責敲更，夜裡在城牆上就能分辨出城壕外的河灘上坐著的是一條狗還是狼，也能聽出誰家的小孩在哭還是河裡的大鯢在叫。東門和西門也有城門樓卻沒有門洞，因為城門樓外就是河，岩岸齊楞楞的很高，鶴呀雁呀鸛呀還有斑鳩成年在城門樓上拉稀，白花花的像塗了石灰漿。南邊的城門樓城門洞早塌了，大豁口外長了一排砍頭柳。這種柳每年冬天都要把頭齊茬砍去，春來再發新枝，不砍頭它就死了。透過砍頭柳，能看見褐岩岸下的渦潭，再往左幾百丈遠，石頭上拴著一條船。船公姓阮，頭上生瘡就老是戴頂草帽，平日就坐在船上，等候著人坐滿了，順河去十五里外的龍馬關，再三十里到平川縣城。

第二天，船被纖工逆流拉了回來，載著菸草，布匹，瓷器，紅糖，香料和應有盡有的日雜用品。鎮子裡的豬都圈養，雞狗卻隨便走，豬狗是黑的，雞也是烏雞，烏到骨頭裡都是黑。天空中常有從虎山飛來的鷹，那些鷹盤旋著像是一條一條棍，它們一來，烏雞就要鑽進拴在住戶門前的高腳牲口身下。那麼多的高腳牲口大半是驢，沒有馬，驢配馬種要去黑河岸的東王莊，可驢馬交配了生下的是騾子，騾子也就不少。楊家的住屋在東背街的三岔巷口，門前有一棵桂樹。楊記壽材鋪卻在中街上，門口長著癢癢樹。壽材鋪裡出賣材質不一的棺，柏木料有八大塊的，有十二、十六塊的，也有雜木料，比如橡木桐木和槐木。楊掌櫃遲早都在鋪裡，一邊和進來的人做壽材生意，一邊還用蘆眉子編著金山銀山的紙紮，或沒事了，就蹴在癢癢樹下往街上看。他不能對街上人說：你來呀，你來呀！街上人家裡沒喪葬了不肯到鋪子裡來的，傳說那門口常有鬼，尤其下雨的黃昏天，鬼會站在鋪子的屋簷下一長行。楊掌櫃自己便用指甲撓癢癢樹，碗粗的樹，在根部一撓，樹全身酥酥地顫抖，以此能讓人稀罕了過來。

★

陸菊人在楊家了十年，人出落得豐乳肥臀，屋院門外的桂樹也高過了門樓，冬天不落葉，八月裡花開了，全鎮子都能聞見香氣。陸菊人是一大早開了門就掃落在地上的一層花瓣，那是褐色的，黃色的，金燦燦地閃著光亮，她會小心翼翼地把花瓣裝進一個小布袋，凡是誰路經門前了，聞見了氣味，一扭頭，看見了她就在門道裡，說：你家這麼好的桂樹！她就送一個小布袋，說：桂樹是我家的，大家聞見了，也就是大家的。於是有更多的人特意要來走過，接受了小布袋，而眼睛還盯著陸菊人，讚嘆著她愈長愈好看了。無論受到怎樣的誇獎，陸菊人都安安靜靜，在家裡忙家務，也到壽材鋪幫公公料理生意，還要每年清明去紙坊溝的三分胭脂地裡種麻，收穫了把麻稈漚在河邊再剝了麻絲擰成繩子給一家人納鞋底。她沒有想著到了楊家要改變楊家的日子，就像黑河白河從秦嶺深山裡擇川道流下來一樣，流過了，清洗著，滋養著，該改變的卻都改變了和正改變著。到了楊掌櫃的兒子十二歲，割了禮，該是圓房的年紀，楊掌櫃的老婆竟害病死了。紅事和白事不能撞著，捱過了三年到頭，渦鎮的形勢便越發不好了，許多商號貨棧都關了門，而富裕人家紛紛在虎山的崖壁上開鑿起石窟。楊家原準備張燈結綵，辦幾十桌酒席，結果布置完一間廈屋，炕上鋪好新被新褥，中午只請了一三〇廟的寬展師父和安仁堂的陳先生來證個婚。寬展師父是個尼姑，又是啞巴，總是微笑著，在手裡揉搓一串野桃核，當楊鐘和陸菊人在娘的牌位前上香祭酒，三磕六拜時，卻從懷裡掏出個竹管來吹奏，頃刻間像是風過密林，空靈恬靜，一種恍若隔世的憂鬱籠罩在心上，彌漫在屋院。楊鐘說：這是笛還是簫？陳先生眼睛看不見，仰起臉來眼仁珠全是白的，陳先生說：這是尺八。楊鐘說：尺八？是管長一尺八嗎？我量量。陸菊人趕緊拿手掐他，楊鐘跪著不再多嘴。尺八聲突然驚悚起來，讓人聽得撕心裂肺，能感覺到自己的臉都有了些猙獰。陳先生說：哦，師父吹奏的是《虛鐸》。寬展師父就收了聲，又安靜坐在那裡，揉搓野桃核，微笑著。陳先生便也從懷裡掏出個布包來，打開了，裡邊是一顆麥，一顆米，還有一張用蝴蝶蘸墨拓出的印紙，一張用蜻蜓蘸墨拓出的印紙，把麥顆和蝴蝶印紙給了楊鐘，把米顆和蜻蜓印紙給了陸菊人，說：水火既濟，陰陽相契，育物親人，參天贊地。然後大家就開始吃餃子。這一頓的餃子包得多，還剩下了一篩子底。

到了晚上，楊鐘和陸菊人坐上了廈屋的炕，兩人拿出麥顆米顆和兩張印紙看。楊鐘說：陳先生是郎中，他拿這些東西讓咱化了灰喝啥意思？陸菊人看了半天，說：給你的是女的，給我的是男的。楊鐘說：你咋知道的？陸菊人就臉紅，說：你看麼，你對著看麼。這一夜隔壁人家的驢一直叫喚，楊掌櫃在上房裡沒有睡，他防備著老鼠，就守著放餃子的篩子直到了天亮。

那年月，連續乾旱著即是凶歲，地裡的五穀都不好好長，卻出了許多豪傑強人。這些人凡一坐大，有了幾萬十幾萬的武裝，便割據一方，他們今日聯合，明日分裂，旗號不斷變換，整年都在廝殺。成了氣候的就是軍閥，沒成氣候的還仍做土匪，土匪也朝思暮想著能風起雲湧，便有了出沒在秦嶺東一帶的逛山和出沒在秦嶺西一帶的刀客。

開鑿石窟首先是阮家起的頭。船公的獨子天保和井家的大兒宗丞在縣城裡讀中學，天保回來說縣城那邊的富戶都在山崖上有石窟，一有了兵匪來，躲進石窟就萬無一失，他家便在虎山東崖上開鑿了個三間室的。阮家一開鑿，鹽行的吳家，茶行的岳家，接著是李家、樊家、竇家都在開鑿，平日裡這些人家把財富藏著掖著，還哭窮，這一開鑿便暴露了殷實。於是一段時間裡，街巷裡人與人見了面，常詢問著，你家還沒開鑿嗎？有好臉面的，說：開鑿呀，我心尋思是鑿一間室的呢，還是三間五間室的？有的卻見不得說石窟，一說石窟就來氣：誰搶我呀？娘的個×，我還想搶他哩！問話的人說：你咋這躁呀？那人說：我窮我能不躁?!娘的個×！問話的人也就躁了：你窮還有理啦？像你這號人該窮，死了都是窮鬼！雙方吵起來，聲音一個比一個大，後來就動了手。動手不在於挨了幾下，要的是氣勢上壓倒對方，提褲子，挽袖子，吹鬍子瞪眼，再是配上抄傢伙的動作。旁邊的人趕忙來拉開，那人還在吼：娘的個×！有能耐你不要走麼！自己倒先走了。

虎山的東崖有幾十丈高，直楞楞的像是刀劈的，上面只長苔蘚和稀稀的幾叢斛草。石窟開鑿在那裡了，人從崖頂是難以下來，從崖根黃羊也爬不上來，即便拿手槍打吧，子彈不會拐彎，再好的槍法只能射在窟口，濺些火花，或許住到石窟裡的人還要羞辱你。在荷葉裡拉了屎，提了四個角甩下來。但出入石窟就艱難了，得拿兩塊木板，先把一塊搭上沿壁鑿出石窩裡嵌著的木橛上，走過去了，再把另一塊木板搭到前邊的木橛子上，又抽掉後邊的木板再搭到前邊去。如此來回抽木板搭木板，雲霧就在身邊，手能去抓，怎麼也抓不住。楊鐘很喜歡到別人家的石窟裡去看，他手腳利索，可以在木板上小跑，嚷嚷著鳥飛過了，空中怎麼就沒留下痕跡？窟裡的人問：哎楊鐘楊鐘，你家咋還沒開鑿呢？楊鐘說：這我不管！再問：你家的事是你爹管還是你媳婦管？楊鐘不回答，在木板上還做了個倒立，肚子亮出來，上邊長著一層毛。

楊掌櫃是和陸菊人商量過開鑿呀還是不開鑿，但一直拿不定主意。一是家裡並沒有多少積蓄，二是還想著真能有兵匪到鎮子裡來嗎，就是來了偏偏就傷害了自家？陸菊人也問貓，那只貓已經很老了，終日都臥在門樓上的瓦槽裡，睜著眼睛看屋院外來來往往的路人，看遠處的城牆和站在城牆上的水鳥，貓始終沒個回應。這麼再捱過了半年，秦嶺裡過馮玉祥的隊伍，又過白朗的隊伍，再就是還有了國民軍的六九旅。馮玉祥的隊伍和白朗的隊伍在一百五十里外的方塌縣打了一仗，又在桑木縣的高店子打了一仗，馮玉祥的隊伍把白朗的隊伍打散到西邊一帶。沒想逛山和刀客竟聯手了再打馮玉祥。後來六九旅不知怎麼又和逛山追殺刀客。渦鎮外的黑河白河岸上常過隊伍，一溜吊線地過，穿什麼服裝的都有，背著漢陽造，或者大刀長矛。每每隊伍一過，老魏頭就敲鑼，鎮子北城門關上了，沒有兵匪進來。但後來的一支隊伍就來拍門，門不開，幾個炸藥包子綁在一起便把門洞門樓轟垮了，抓住老魏頭說：把錢財交出來！老魏頭把鑼和鑼槌給了，當兵的把他壓在地上剝衣服，才發現脊背上一個碗大的肉疙瘩，罵道：以為你藏著細軟！在肉疙瘩坨上砍了一刀。這一刀把老魏頭沒砍死，躺了三個月，天天給掛在牆上的鍾馗像禱告，竟然又活下來，只是從此，背駝得更厲害，看人不看臉僅看腳。這支隊伍進了鎮，找到鎮公所主任，主任姓常，要求各家各戶有錢的出錢，有糧的出糧，沒錢沒糧的出驢出騾把糧草送出縣境。才照辦了，沒過幾天，又來了一支隊伍要糧錢，主任說：不是才給了嗎？誰知兩支隊伍是對頭，主任被打了三槍，死在老皂角樹下。後任的主任是鞏鐵匠的堂兄，他帶上端槍的兵上門收繳，兇神惡煞的，隊伍一走，他的小孫子就失蹤了，第三天發現在虎山下一棵樹上綁著，豺吃了下半身。虎山後溝裡下來的豺比狼大，都是白麵。沒人再敢當主任了，渦鎮的人成了烏合之眾，是一群麻雀，一有風吹草動，就轟地驚散，楊掌櫃這才下了決定也得開鑿石窟。

楊家父子在虎山東崖上選中了方位，僱了兩個石匠，日夜趕工，陸菊人便一天兩次提了瓦罐送水送飯。陸菊人的腰身明顯有些笨了，髻綰得高高的，穿了件青花長褂，傍晚從虎山回來，累了，坐在北城門口那一堆亂石條上開口出氣，老魏頭和陳皮匠的老婆在旁邊的榆樹下說話，都沒有看到她。他們好像在議論著恐慌，陳皮匠的老婆說：他伯，你說，這日子啥時候能好呀？老魏頭說：天有盡頭嗎？從鎮子裡看天，盡頭在虎山上，到了虎山，山那邊還是天，啊你穿新鞋啦？陳皮匠老婆把腳一收，說：你胡看啥的！唉，半夜裡老是驚，醒來就一身汗，咱這鎮上咋就不出個官人呀，有個官人就能罩咱們哩！陸菊人聽見了，抬頭往虎山看，虎山灣下往西北的那條溝就是紙坊溝，紙坊溝裡那三分胭脂地，她笑了一下，要去接話說渦鎮遲早會有個官人的，但她沒說，也坐著沒動，卻想：官人能是誰呢，即便將來公公過世了埋在那裡，是楊鐘嗎？那猴一樣不穩實的人是做官人的料嗎？或許，是肚裡的孩子?!陸菊人又笑了，但她笑得沒聲，把一口唾沫吐出來。榆樹上的鳥往下拉糞，把一粒糞落在陳皮匠老婆的肩上，她蹬了一下樹，鳥飛了，說：瞧這霉不霉，他爹這腳一崴，來祥去收皮子，明明收的是十張，拿回來成了九張，讓人騙了，這鳥又拉在我身上，我才換洗了的褂子！老魏頭說：亂世裡鬼多麼，家裡不安寧了，你讓來祥晚上來我家取鍾馗畫，你得禱告哩。陳皮匠老婆說：一幅畫真起作用？一扭脖子，便看見了坐在亂石條上的陸菊人，陸菊人不停地吐唾沫，幾隻灰翅膀蝴蝶就在唾濕的地上飛，說：楊鐘家的，你吐唾沫哩？陸菊人不吐了，說：嬸，嬸。陳皮匠老婆說：是不是有身孕啦，你站起來，我看看。陸菊人臉開始泛紅，說：四個月了。陳皮匠老婆說：四個月了？這月子要坐到五黃六月，咋選那麼熱的天氣?!陸菊人說：人家要跟我來，我總不能不讓來麼。陳皮匠老婆說：也是也是，這由不得你。就過來拉陸菊人的手，又摸她的臉和肚子，說：快回去，天黑了，外邊不乾淨。忍著吐，要麼容易吸涼氣哩。老魏頭說：吐著也好，進門的時候回頭再吐一口，給鬼留口痰，外邊的鬼就不跟著你到屋裡去。陸菊人應聲著起了，陳皮匠老婆還在說：我得數說楊掌櫃的，身孕都這明顯了，還讓去送水送飯！

陳皮匠的老婆後來果真數說了楊掌櫃，楊掌櫃這才知道兒媳來了喜，就讓陸菊人在家待著，他兩頭跑，既在石窟裡幹活，飯時了又回家取水取飯。這一日提了飯罐剛出了三岔巷，有聲音說：老胳膊硬腿的還輕狂，這路都不會走了麼！楊掌櫃扭頭一看，是水煙店的井掌櫃提了一條大魚過來，不遠不近的還跟著三四隻流浪貓，說：啊買這麼大的魚，給我留雙筷子哈！井掌櫃說：行啊，宗丞的老師來家了，你陪著喝幾杯麼！聽說你快要當爺啦，別腳步踏不穩，把罐子提了個罐子繫兒！楊掌櫃說：嘿，嘿嘿。你家沒也開鑿個窟？井掌櫃說：我哪富有？要說買條魚我倒買得起，誰來打我主意，把這魚提去好啦！就看見了那三四隻流浪貓流著口水，眼睛都發綠，跺一跺腳，攆走了。楊掌櫃說：你不富有？你那互濟會的大洋怕是拿甕裝的！井掌櫃忙朝四下看，低聲說：你咋知道有互濟會？楊掌櫃說：你以為我只和死人打交道？井掌櫃臉黑下來，說：這話你要爛到肚裡！我告訴你，互濟會的錢是眾人的錢，黑河白河裡的水那是水經過黑河白河的！轉身就走了。楊掌櫃兀自說了句：水經過黑河白河那黑河白河也濕呀！一時有些尷尬，也覺得這個時候不該說那話的，便打了一下自己的嘴。

鹽行的吳家，茶行的岳家，開鑿出的洞窟是一廳三間室的，還有廚房、水窖和廁所，楊家沒那麼多資金和勞力，只開鑿了一個小窟，小窟裡又套著一個更小的窟，就這也進度緩慢，差不多過了三個月還沒完工，卻意外地聽到一個消息：井掌櫃死了！

★

井掌櫃的箱底真的不厚實，一家四口，也就開了間水煙店。秋後在龍馬關收購菸葉時，別人都在貨店裡批發，他到菸農的地裡去，只買每株菸苗上第三片和第四片葉子，回來晾乾切絲。他的菸絲講究，一個菸絲要噴一盅白酒，再噴兩盅黃酒，然後撒點辣麵，拌芝麻香油，用白布包了再用油紙包了，陰在水甕旁的潮地上，一個月後才打開。菸絲柔軟香荃，又顏色黃亮，井掌櫃的生意就不錯。但渦鎮上有四家水煙店，畢竟他的店小，只能說還能堅持，他就謀劃著成立了個互濟會。互濟會是百多戶普通人家集資，兩年一個檔期，各拿出一定的錢集中作為基金，誰家突然有了災災難難，或者急需開支，基金就提供幫助，但必須第二年底還清，統一結算了，再進行下一個檔期。互濟會是祕密進行的，井掌櫃是發起人，又善於計算，他就是了會長，掌管了全部資金。當他把那麼多白花花的大洋拿回家，他老婆嚇得渾身發抖，問哪兒來的這麼多錢，錢多了就成陰票啦。井掌櫃罵老婆說話不吉利，告訴了互濟會的事，老婆還是害怕，說：咱這麼窮的，咱敢管？井掌櫃說：咱窮啦？我兒子多好的咋就窮啦?!

井掌櫃驕傲著他的兩個兒子，兩個兒子確實都能行。大兒子井宗丞黑是黑，但能說會道，辦事乾脆，和阮家的阮天保在縣城裡讀書，在縣城裡讀書的也就是他們兩個，而且阮天保只是初中二年級，他已經讀到三年級了。小兒子長得白淨，言語不多，卻心思細密，小學讀完後就跟著王畫師學畫，手藝出色了，好多活計都是王畫師歇著讓這個徒弟幹的。因為有這兩個兒子，井掌櫃曾在皮貨店和陳皮匠說話時，嘲笑過鹽行的吳掌櫃和茶行的岳掌櫃：掙錢留給兒子？兒子不行你留下他也守不住，兒子行了，還用得著你留？陳皮匠心裡酸酸的，他的兒子陳來祥太笨，說：啊，啊啊。偏這時陳來祥進來了，嚷嚷肚子飢了，問店裡有沒有吃的。陳來祥能吃能喝，力氣大，卻老受伙伴們捉弄，剛才和賣涼粉的唐景、掛麵坊的茍發明、楊鐘在街上走，楊鐘就把手按在屁股上放了個屁，立即又把手伸到他的口鼻前，說你聞聞這是啥？他竟真的聞了聞，惹得眾人一陣嬉笑，他就不和他們玩了，獨自回到店來。陳皮匠氣得說：你肚裡有掏食蟲呀，早上吃了三個蒸饃，這才半晌午就飢啦？你也不問候你井伯！陳來祥說：井伯是熟人。陳皮匠說：熟人就不問候啦?!陳來祥說：井伯好！井掌櫃哈哈地笑，說：來祥這身體結實麼！

井掌櫃是到龍馬關收購菸葉時遭綁票的。認購的菸葉品質好，價格又合適，約定三天後一手交錢一手拿貨，井掌櫃就在菸農家多喝了些酒，背了褡褳一路頭重腳輕地飄著往回走。走到碾子坪的那棵橡樹下，嘣地一顆橡籽落在他腦袋上，他說：嘖，天上咋不掉大洋呀，讓大洋砸死我！仰頭往樹上看，樹上就跳下三個蒙面人，當下把他壓住綁了。井掌櫃沒有反抗，也沒罵，說：兄弟，不要殺我！一個人說：你是長輩，不殺你，但你得配合！另外兩個人就脫了他一條外褲，又拿了褡褳裡他的石頭眼鏡，連夜去渦鎮找他的老婆，嚇唬著要一千塊大洋。

井掌櫃的老婆嚇得半天說不出話，手只是搖，來人給她個棒槌，她握住棒槌手就不搖了，說水煙店生意小，哪裡會有一千塊大洋？來人說那互濟會的錢呢？她說你們也知道互濟會？互濟會的錢不是井家的，怎麼敢動呢？來人說你捨不得錢那就撕票啦！她只好從炕洞裡掏出三百塊大洋，又挪開板櫃，板櫃後牆上有個窟窿，窟窿裡有個包袱，解開了，是二百塊大洋。還有兩個銀項圈。來人說要一千塊的，這不夠麼。她說我就知道有這麼多。來人拿了五百塊大洋，還要那兩個銀項圈。她說這是兩個兒子小時候戴過的，得給兒子留個作念，但銀項圈還是被拿走了。後半夜裡，井掌櫃一瘸一跛地回來，口渴得喝了一瓦盆漿水，說：丟人了，人丟大了！就睡倒在炕上。

互濟會共有一千多塊大洋，井掌櫃先是悄悄埋了五百塊，再把另外五百塊分別藏在炕洞和牆窟窿時，老婆看見過，沒想這另外五百塊大洋就沒有了。井掌櫃在炕上給老婆叮嚀：這事讓誰都不要知道啊！互濟會的錢不能少，咱得想辦法補上。他想賣掉水煙店，又怕突然賣掉水煙店了會引起鎮上人猜疑，就決定悄悄賣地。井家在白河岸有十畝水田，在虎山灣裡有十二畝旱地，一直都租給當地人種著，井掌櫃便要把二十二畝地全賣掉。

賣地頭一天，突然下起雨，先還是街面的水潭裡滿是些釘子在跳，後來白茫茫一片，像是雨的蘆葦園子，還晌午著就模糊了十字路口的老皂角樹。井掌櫃提了一壇酒到壽材鋪來要和楊掌櫃喝，當時鋪子裡還有陸菊人，還有安仁堂的陳先生。

楊掌櫃有頭暈的病，陳先生配製了一些丸藥送過來後，雨大得沒能回去，楊掌櫃就留著喝茶說話。陳先生說：屋裡暗，你把燈點上吧。楊掌櫃說：你眼睛看不見，還要點燈？陳先生說：天暗了就得點燈，與看得見看不見無關。陸菊人知道陳先生是個怪人，也就把燈座移到桌上，添滿菜油，點燃了芯子。楊掌櫃續著茶，還在說本該他去安仁堂請藥的，你倒送了來，偏下這麼大的雨。陳先生倒感慨他這大半生了，總是在雨天有大事，五十年前也就是這樣的雨天，他是跟了元虛道長學醫，二十年前天也是下雨，被拉去當的兵，十年前他自己把自己弄瞎了眼回渦鎮，雨大得黑河白河的水都漲了。楊掌櫃就說：我也只知道你在縣城的八仙觀裡要當道士的，沒想等你回來了卻是個郎中，竟然還不知道當過兵，自己把自己眼睛弄瞎了，這是咋回事？陳先生卻不吭聲了，雨落在屋瓦上，爆豆一樣的響，突然就笑了，說：你這頭暈病是怎麼得的，啥時候頭暈，頭暈起來怎麼個天旋地轉，你給人說嗎？楊掌櫃說：說那有啥意思？陳先生說：昨天吃過的飯，今天還吃飯，上個月剃過頭了，這個月就不剃啦？人這一生就是堆積日子麼。楊掌櫃說：照你這樣說，我活得就沒指望啦？這鎮上多少人都家大業大了，我這鋪子幾十年還是這麼個小生意！陳先生說：你呀，嘿嘿，咋說你呀，嘿嘿。楊掌櫃也嘿嘿起來，說：你會算卦，你也給我算算。

就是這時候井掌櫃進的門，他沒有打傘，也沒有戴草帽，渾身濕淋淋的，把酒罐子往桌子上一放，嚷嚷著下雨天不睡覺就喝酒，正好陳先生也在，咱喝他個不醉不散。陳先生說：聽你這聲，虛火恁大的，還喝呀?!陸菊人看井掌櫃，果真眼睛赤紅，嘴角潰爛。井掌櫃說：這雨下得心煩麼，喝！楊掌櫃說：難得你能上我門，喝麼，我這頭暈半個月了，不敢喝也得和陳先生陪你喝！三人就喝開了，很快都上了頭。井掌櫃說：陳先生，剛才我來時你正算卦哩，你也算算我有沒有坎，坎能不能過去？陳先生讓井掌櫃說出個漢字，再報個三位數，擺弄了一陣，說：你注意著別讓水淹。井掌櫃說：我不撐船，也不坐船，咋能水淹？陳先生說：從河岸上走過的時候小心栽跤。井掌櫃說：我還不到七十八十哩，栽不了跤，即便栽跤就能掉到河裡去？笑了笑，看著陸菊人拿了蓑衣苫門外台階上的那副棺，怕水濺上去，說：這雨淹不了我吧，楊掌櫃，生意怎麼樣？楊掌櫃說：能怎麼樣？井掌櫃說：我給你個生意吧，給我做個八大塊的，柏木料！楊掌櫃說：喝多了吧，我可不盼你死哩！井掌櫃說：誰不死？死了能睡上個好棺這就夠了！

這場酒喝到天黑多時，喝罷了井掌櫃提來的一罐，又喝了楊掌櫃的兩個小罐，雨是住了，井掌櫃卻倒在地上，癱成一堆泥。楊掌櫃和陸菊人把他抬到躺椅上睡了，陳先生也說他要回去。楊掌櫃說：你行不行，要麼等楊鐘回來了送你？陳先生說：我行，你給我點個燈籠。提了燈籠就搖搖晃晃地走了。雞叫過兩遍，楊鐘還是沒有回來，陸菊人看著桌子下兩三個空酒罐子歪著，罐子都醉了，一個罐子口還往外流著酒，就像是人死了還冒血泡，說：爹，楊鐘是不是又耍錢了，我到街上找去。楊掌櫃嘆了一口氣，說：你回家歇去，我在這兒陪著井掌櫃。

這一夜楊掌櫃和井掌櫃都在壽材鋪裡，第二天井掌櫃酒醒了，到白河岸和買家簽契約。買家當然要請他吃飯，吃了一碗覺得肚子疼，去了廁所。渦鎮的廁所都是蹲坑在一間茅房裡，牆外是糞尿窖子，黑河白河岸上村寨的廁所直接就是糞尿窖，蒼蠅轟轟轟，井掌櫃說：這髒的能蹲下？還是蹲在窖沿上了，一邊拉，一邊用蠅拍子打蒼蠅。買家在屋裡見井掌櫃很久了不回來，喊道：旁邊那堆石頭是擦屁股的！過了一袋煙時間，井掌櫃還沒回來。買家就去了廁所，說：你是屙井繩啊?!廁所裡卻沒見了井掌櫃，糞尿窖上漂著一頂地瓜皮帽。忙喊家人打撈，打撈上來，井掌櫃死了。

★

井掌櫃一死，老婆在靈堂上哭恓惶，哭聲裡訴說著他這是啥命呀，綁了票都沒死卻死在糞尿窖子裡。哭者無意，聽者有心，這話傳出去，渦鎮一時炸了鍋。陸菊人因有身孕，不能來弔唁，按風俗規程就蒸了兩個大饃為獻祭。楊掌櫃拿著去了井家，她便在家裡做起袼褙。做袼褙是把一些爛布片子鋪在門扇上抹漿糊，鋪一層爛布片子抹一層漿糊，鋪抹成四層五層了，晾乾了，將來蒙上好布可以納襪底子和鞋幫子。陸菊人做著袼褙，腦子裡老是糾結：這人的命說頑就頑得很，說脆就脆得很，跌進糞尿窖子裡也能死？這一死，井家的光景也就完了?!便又想著那天井掌櫃能提了酒來尋人喝，他可是從來沒有到壽材鋪裡喝過酒呀，還喝得大醉，又突然地把白河岸上自家的地也賣了，這肯定都與被綁過票有關！那麼，這綁他票的是誰呢？井掌櫃並不是箱底厚的人家，為什麼就綁了他的票啊?!陸菊人就不抹漿糊了，眼睛黏起來，心裡是了一盆子漿糊，瓷呆呆地看著貓。貓依舊臥在門樓上的瓦槽裡，眼睛發黃，像琉璃一樣，也在看著她。這個傍晚，陸菊人覺得貓的眼光很怪異，十分森煞，她想給貓說句話，嘴張開了，卻什麼也沒說出來，嚥下了一口唾沫。

井家突如其來的橫禍，使鎮上的女人都成了長舌婦，男人也成了長舌男，說什麼話的都有。更糟糕的是井家的兩個兒子都不在家。陳皮匠派陳來祥去縣城找井宗丞，學校說井宗丞已經有半年沒來上課了，不知蹤影。而井宗秀跟著師傅在麥溪縣給一鄉紳家畫祠堂，那相距一百八十里啊。陳來祥從縣城回來後，換了一雙鞋，又去了麥溪縣。等到陳來祥和井宗秀回來，井掌櫃的靈堂已擺了四天三夜。

井宗秀回來其實並沒有先進渦鎮，而是和陳來祥直腳去了白河岸，要尋買地的那戶人家。村子裡狗多，一個撲著來咬，十幾個都撲著來咬，井宗秀從籬笆上抽出一根棍，掄著就打，給陳來祥說：你拾塊磚！陳來祥說：拾了，怕是在他家沒了命，咱也不讓他好死！兩人到了那家，男的都不在，只有個小個子女的，女的嚇得頭不敢抬。問賣地的契約在哪裡，說在桌子上放著，問買地的錢呢，說還在桌子上放著。果然上房的桌子上整整齊齊放著契約和一摞銀元。井宗秀又問：糞尿窖子在哪兒？女的領著去了山牆外，糞尿窖子很大，糞尿幾乎要溢出窖沿子，女的撲咚跪下磕頭。井宗秀和陳來祥扭身又回到上房，扔了木棍和磚頭，坐在椅子上了，說：有啥吃的？那女的就跟進來，說：你們不會讓我們賠命吧？井宗秀說：要了你們的命我爹就能活啦?!那女的一下子長高了許多，朝著院子喊：他爹，他爹，井掌櫃的兒子達理哩，沒事的，你出來！院角的麥草垛裡就鑽出個人來，竟然個頭比陳來祥還高，趕緊敘說了井掌櫃當天被淹死在糞尿窖裡的實情，又趕忙從廚房裡往桌子上端了蒸饃和燒雞，催促著老婆快去擀麵。井宗秀在警告著：對誰都不要說我爹是跌在糞尿窖子裡，他那麼個大人，怎麼能在糞尿窖子淹死呢，他是突然頭暈，下台階時跌倒的。那男的說：是的是的。井宗秀就從那摞銀元裡取出一枚，拍在了桌子上，說：今日就把那個糞尿窖子填了。那男的說：那總得拉屎拉尿呀，填了又到哪兒去挖個窖子呀？井宗秀說：我管你在哪兒挖，這個必須填！

井宗秀回到家，給爹料理後事，問娘互濟金有多少。娘說，你爹死前沒留下一句話，我也說不清，當時辦互濟會，好像各家的出資不一樣，有的五個六個大洋，有的十個二十個大洋。井宗秀估摸了一下，百多戶人家該集資上千個大洋的。又問娘綁匪索去了多少，娘說五百個大洋，再問那剩下的五百個大洋藏在哪裡，娘說這我不知道，你爹沒給我提說過。就撲倒在靈堂上哭：他爹呀，我的沒活夠的他爹呀！你丟下我們叫誰照應呀？他爹呀，他爹，你回來把我也引上走呀！井宗秀也沒叫鄰居的婆婆嬸嬸們來陪娘，他把院門關了，翻箱倒櫃地在家裡尋，沒尋著，在院子裡挖，也沒挖出來。娘說：錢是大夥集的，你爹一死，人家肯定來追要，這點賣地的錢肯定不夠啊。井宗秀說：你千萬不能說綁匪索了五百大洋，別人若問起，就說把全部基金都索搶了，後邊的事我來辦。

但是，又僅過了一天，阮天保從縣城坐船回來，帶了另一宗消息：縣保安隊剿滅了一股共匪，把共匪的一個頭目的頭割了就掛在縣廣場的旗杆上。渦鎮的人似乎聽到過共產黨這話，但風聲裡傳著共產黨在秦嶺北面的大平原上鬧紅哩，怎麼也進了秦嶺？阮天保就說共產黨早都滲透來了，縣城西關的杜鵬舉便是共產黨派來平川縣祕密發展勢力的，第一個發展的就是井宗丞。為了籌措活動經費，井宗丞出主意讓人綁票他爹，保安隊圍捕時，他們正商量用綁票來的錢要去省城買槍呀，當場打死了五人，逃走了七人，後來搜山，又打死了三人，活捉了三人，其中就有杜鵬舉，但漏網了井宗丞。

綁票井掌櫃的竟然是井掌櫃的兒子井宗丞，鎮上的人先都不肯相信，接著就感嘆：沒世事了，這沒世事了！滷肉店的姚掌櫃曾經托媒要把自己的女兒提親給井宗丞的，他一邊給人稱肉一邊唉唉著，說：多好的小夥，才幾年的時間咋就學壞了?!來買肉的雜貨店的孫掌櫃說：你要慶幸哩，若親事早訂了，你現在哭都沒眼淚了！鹽行的吳掌櫃和茶行的岳掌櫃在街上遇見了，原本是互不招嘴的，吳掌櫃卻說：吃了？岳掌櫃說：啊吃了。吳掌櫃說：嘴油光光的，又吃好東西啦？岳掌櫃說：哪有油呀，在前邊店裡吃了碗糍粑，湊合吧。吳掌櫃說：還湊合？井掌櫃是吃不上嘍，那井宗丞想吃也吃不上嘍！

岳掌櫃說：這倒是。我見過井宗丞和人打麻將，贏了一個錢了就會把錢貼在額顱上，生怕人不知道。啥人就有啥性子，張狂啊，人狂沒好事，狗狂挨磚頭！吳掌櫃說：你能想到什麼事了，這世上就能發生什麼事啊！唐景正賣涼粉，不愛聽這話，說：啥意思，你是早就想著井家出事哩?!兩人當場就吵了一架。陳先生是當日托人從黃石峪養蜂人那兒買回來了一箱蜜蜂，架在安仁堂的屋簷下，蜂嗡嗡著飛出飛進的，人問：你怎麼養起蜂了，是要治了病還再送一罐蜂蜜嗎？陳先生說：讓人來看的，蜂四處採花釀蜜是在削減自己的天毒哩。人又問：天毒？陳先生說：蜂有天毒，人也有天毒。人再問：人也有天毒？陳先生說：人不知道削減啊！而參加互濟會的人家卻慌了，給井掌櫃弔唁過了，拿出收據向井宗秀的娘要集資。老婆子哭得說不出話，井宗秀出面，把所有拿收據的人請坐在屋裡，跪下了，先磕了三個頭，就破口大罵井宗丞不仁不義不忠不孝，受人引誘，害死了他爹，也害苦了鄉親。他說：互濟金全部被搶了，這是大家的血汗錢，從口裡一點一點省下來的，出了這事，我爹死了不能回還，做兒子的就要賠償！我爹臨死前為這事賣了家裡所有的地，賣地的錢都在我這兒，可能還償不夠，但我記著，我不賴也不跑，保證三年裡給各位付清。當下拿出了賣地錢，按比例給每人還了一半。眾人見井宗秀實誠，話都在理上，也是同情了井家，裝了所領的一半錢，站在井掌櫃的靈堂前，說：誰也不願出這事啊，都不是富裕人家，又共事了一場，剩下的錢就不要了。井宗秀長跪不起，額顱在地上磕出了血。眾人問：棺有了嗎？井宗秀說：有，我娘一直病懨懨的，是給我娘準備的，沒想我爹倒走在前頭，我爹先用上。眾人問：那墓呢？井宗秀說：還沒地拱墓，暫不埋，浮丘著，等我掙了錢再買地下葬。井宗秀的主意拿定，眾人都說：宗秀能頂事了！陸續散去。

按渦鎮的習俗，浮丘指那些亡人歿的日子不好，犯著煞星，不可及時入土安埋，短的十天半月，長的也可能一年兩年，那就得選擇一個臨時處架上棺柩，苫上雨棚，用土坯簡單地壘個圍牆。井掌櫃的死不是犯著煞星而是死無可葬之地，這井宗秀的心疼得一塊一塊往下掉肉。他兩次懇求寬展師父能讓爹浮丘到一三〇廟裡去，寬展師父只是吹她的尺八，第三次再去懇求，寬展師父才點了頭。一三〇廟緊靠著鎮子西北角，數十丈高的古柏就在大殿前，而三塊巨石一塊在殿後，一塊在殿東，一塊在後院角，井宗秀把爹的棺浮丘在第三塊巨石邊，不遠處有一排野桃樹，正結著指頭蛋大的桃。

頭七日進行的浮丘，二七、三七、四七，井宗秀都去給爹祭奠。到了四十九天的七七日，再拿了香燭黃表往廟裡去，一片寂靜，只有樹葉子往下落，剛經過大殿前的古柏下，突然一隻貓就臥在路上看他。廟裡的流浪貓很多，以前他來的時候，常見有貓從草叢裡悄然出來，又拖長著身子鑽進籬笆裡去，他還作想山林裡老虎估計也是這般情景。但臥在路上看他的這隻貓長得奇怪，頭是身子的一半，眼睛是頭的一半，尤其目光冷得像星子，他不免怔了一下。蹲下來給貓招手，希望貓能到他跟前來，貓卻掉頭離開了，尾巴豎起來像棍一樣。這當兒，有了尺八的聲音，時而恬靜舒緩，時而激越狂放，井宗秀知道寬展師父又在禮佛了，她禮佛除了獻花，燒香，供奉食物外，就是把野桃核打磨穿串，然後戴個手套揉搓，或者吹奏尺八。他往大殿裡望去，殿門開著，寬展師父就在地藏菩薩像前坐著，而同時還有一個跪著祈禱的女人背影。這是鎮上誰家的女人呢，井宗秀剛有了這般思忖，古柏的柏籽像細雨一樣撒下來，在身前身後的地上跳躍不已。

井宗秀去了他爹的浮丘處，那裡的石香爐裡卻燃了一炷香，香的煙細得像一根繩子，端端地往上長，他一走近，就軟散開來。井宗秀有些欣慰，更有些疑惑，往四周望了一下，王媽在遠處的那塊菜地裡拔蔥。王媽住在西背街，兒子開著一家瓜子店，她平日常來廟裡幹些雜活的。井宗秀說：王媽，這是誰給我爹上的香？王媽說：我才過來，這我不知道。是師父上的？井宗秀搖了搖頭。王媽說：那是互濟會的誰？井宗秀還是搖了搖頭。王媽說：唉，你爹可憐啊。井宗秀的眼淚一下子就流了下來。

★

天愈來愈熱，河裡過來的水氣又重，鎮街上的人就稀落了好多。男人都赤裸膀子，褲腰裡還夾一圈核桃樹葉，在屋簷的陰涼處叫苦著這身子成簍子了，一動彈到處漏水，又罵旁邊臥著的狗，伸長舌頭在喘，喘得人心裡都生了草。井宗秀還是不知道爹把另外的五百塊大洋藏在哪裡，人就瘦了一圈，也不洗頭刮臉，鬍子長得把嘴都罩了。夜裡沒睡好，中午在竹席上潑水才迷瞪了一會，巷道樹上的知了就把他聒醒了。知了是一隻聒了，成百上千的都聒，聲浪像火，一撥湧一撥地燒過來。井宗秀腦袋昏沉沉地想著剛才還做了一個夢，似乎又不是夢，他正吃飯哩，聽到有一聲嘆息：有福的人不在了，我走呀。院子裡並沒有人。他說：你是誰？聲音說：我姓銀。他說：姓銀？你往哪裡去？聲音說：真是和你沒緣，我到齊門生家去。井宗秀琢磨夢裡的聲音，忽然醒悟是不是爹埋藏的大洋在說話，銀貨埋得久了會走失的，莫非那五百塊大洋真的就走了？便不再睡，走到街上，問雜貨店的孫掌櫃：啊孫爺，咱鎮上沒有姓齊的吧。孫掌櫃說：沒的。又問：黑河白河岸上哪個村子有姓齊的？孫掌櫃說：齊塬上可能有吧。齊塬在黑河的澇峪裡。一個很大的塬坡，分散有幾個村子。但渦鎮人瞧不起那裡，窮得只有紅薯長得好，很少去過。井宗秀就出了鎮往西北去，進澇峪到齊塬。塬上旱得莊稼全擰了繩兒，大路小路上到處都在冒土煙，只有地塄上那些荊棘上一些野酸棗泛了紅，紅得像血滴子。連著有三個村子，問了竟也沒有姓齊的。井宗秀說：怪了，沒有姓齊的齊塬？村人說：這裡乞丐多，外人叫我們齊塬，我們也就這麼叫，只是把乞改成了齊。井宗秀站在地塄下，望著那幾顆野酸棗。一直等到黃昏，來了一隻烏鴉，烏鴉在啄吃那些野酸棗，沒有一顆掉下來，烏鴉就一口一口把野酸棗吃完了。

井宗秀垂頭喪氣回到鎮裡，天已經黑了多時，一些店鋪門口的燈亮著，光芒乍長乍短。經過德裕布莊門口，有夥計正在那裡拴一匹馬，馬全身烏黑，四蹄卻是雪白。井宗秀一直愛馬，但鎮上很少有馬，他當初跟畫師出去學藝，就謀著有一日掙錢了一定要買一匹高頭大馬的，所以突然在鎮子裡看見了馬，就跑了過去。沒想那馬不知為什麼就驚起來，昂頭嘶叫，用力地拽韁繩。夥計一時控制不了，眼看著拴馬樁都歪斜了。井宗秀靠近去，嘴裡發出吁吁聲，用手撫摸馬脖子，馬隨之雙耳倒後，安靜了下來。井宗秀說：鎮上有了這麼好的馬！夥計說：這是龍馬關韓掌櫃的。井宗秀知道韓掌櫃在龍馬關是大戶，家裡開有布行，德裕布莊的布也是從那裡進的貨，韓掌櫃來德裕布莊辦事，肯定要回去吧，登時倒有了個念頭：德裕布莊進的都是絲綢和各色細布，而渦鎮一般人還是粗衣打扮，自織自染，又染得黑不黑藍不藍的灰色，如果能從韓家布行進些染料，辦個染坊，或許還是好生意的。井宗秀為自己的想法有些得意，就往布莊門裡張望了一會兒，覺得不妥，退到三岔巷口等著韓掌櫃經過時能攔住說話。巷口那裡是一塊三角土場子。靠北處有石滾子碾盤，井宗秀一蹲上去，斜對面的桂樹上撲楞楞地響，起飛了一群蝙蝠，而桂樹後的那家院門楣上掛著兩隻紅燈籠，桂樹的搖晃使燈籠的紅光便忽聚忽散了開來。這是楊掌櫃家的院門。

楊家院門上掛了紅燈籠，是陸菊人臨產就在今晚。雞上架的時候，陸菊人的羊水便破了，隔壁的柳嫂在接生，但孩子橫生，那柳嫂也沒了辦法，讓楊鐘快去瓜子店請王媽，王媽好佛，又是幾十年裡不知把多少人接到世上來的，她啥情況都經過。楊鐘慌張地從院門裡出來，一邊走一邊雙手合十對著天作揖，腳下就絆了石頭，撲咚跌坐在地上。井宗秀在碾盤上說：楊鐘，楊鐘！楊鐘從地上一時起不來。井宗秀說：啥事兒呀你恁慌的？楊鐘說：你咋蹴在那兒？我以為是條狗哩！井宗秀說：把你爹煙匣子拿來咱吃幾鍋子，我菸癮犯啦！楊鐘說：要吃明日吃，我急著哩。井宗秀說：急著是火上了房啦還是媳婦生娃呀?!楊鐘說：就是媳婦生娃呀，生不出來，坐著躺著都生不出來麼！我去背王媽。井宗秀啊了一聲，順嘴說的話還真給說准了，也緊張起來，說：你瘦猴猴的背不動王媽，我跟你一塊去！街上有人叫著：燒——雞，燒雞來了——！端著燈恰好過來，聽了楊鐘的話，說：人生人怕死人，騎在門檻上會生的。井宗秀認得是賣燒雞的五魁，五魁頭上有癩瘡，只是在晚上端著木盤走街串巷地叫賣，木盤裡就插著一支燭。井宗秀說：王叔，這你不是說哄話吧？五魁說：我啥時候哄過人？楊鐘說：你老光棍的，你能知道生娃？五魁說：你這啥話？我先前仍在安仁堂藥鋪裡當過夥計，沒吃過豬肉就也沒見過豬走路?!生氣地走了。楊鐘返身就往家裡跑。井宗秀一個人又蹲在了碾盤子上，吃不上煙鍋子，乾咳了幾下，眼巴巴盯著遠處的馬過來。但約莫過了兩個時辰，韓掌櫃的馬還是沒有過來，一顆流星倒極其燦爛地從天上劃過，楊家的院子裡傳來嬰兒哭聲，井宗秀在黑暗裡笑了一下，突然警覺：騎著門檻生，那就是騎門生，這騎和齊同音麼，莫非我要尋的就是楊掌櫃家？不一會兒，楊鐘出來了，拿了一盒紙菸就往井宗秀懷裡塞，說：吃啥子煙鍋子呀，吃過紙菸沒，你肯定沒吃過，這我在縣城買了一盒，僅給我爹吃了兩支。井宗秀說：生啦？楊鐘說：生啦，騎在門檻上了，快得就像拉泡屎！井宗秀說：啥孩兒？楊鐘說：我的孩兒那肯定是帶把兒麼！井宗秀說：行！行！你比我小，倒當爹啊！楊鐘說：多虧了你！井宗秀笑著說：我可沒出力。楊鐘說：是你和我說話哩，五魁叔才過來的，你要不和我說話，我出巷口了！五魁叔才進巷，就不會騎門生了。井宗秀從紙菸盒裡取出一支點著吃上了，說：楊鐘，你家最近還有啥喜事兒嗎？楊鐘說：再沒呀！井宗秀說：沒發過一筆財？楊鐘說：你是說發財？前天耍錢倒贏了一塊大洋。井宗秀說：噢，才一塊大洋？孩兒是銀貨的。楊鐘說：是呀是呀，白胖得就像是一大坨銀子，軟銀子！井宗秀就再沒說什麼。

這時候楊掌櫃也出來了，將一條紅布繫在東門環上，這要告示過路人，此家有坐月子的，生人不宜入內。繫好紅布，看見了井宗秀，笑著說：宗秀，我聽楊鐘說了，謝謝你，孩兒滿月的時候，你一定來喝酒！井宗秀說：恭喜恭喜！楊掌櫃說：這半夜的，你咋還沒回去？井宗秀說：啊天熱睡不著，去嚴伯那兒了，我畢竟還欠他互濟金的，他近日又腰疼得翻不過身。楊掌櫃說：他那腰是老毛病，你爹還沒入土？井宗秀說：我還給浮丘著。楊掌櫃說：唉，多英武要強的人呀死無葬地！啊這樣吧，你爹和我老交情，也是今日我有這喜事，我就給你爹個地方吧，只是遠些，面積也小，在紙坊溝的坡上。井宗秀站著沒動。楊掌櫃說：那是三分地，你是不願意？井宗秀撲咚就跪下了，說：楊伯楊伯，你這話把我嚇住了，你要給我爹塊地方嗎？你能待宗秀這麼好，我該咋說哩！楊掌櫃說：你起來，誰家還沒個難處啊。井宗秀就是不肯起來，還在說：飢了給一口勝過飽時給一斗，這理兒我井宗秀懂，將來了，我一定還你老三畝，不，三十畝地！院子裡再次傳來哭聲，這哭聲和剛才的哭聲不一樣，尖錐錐的，又忽高忽低，在深夜裡有了一些森煞。楊鐘把井宗秀往起拉，說：膝子蓋這軟的，不就是三分地麼，起來，起來，誰指望你還地呀，三畝三十畝，你今輩子能有那麼多地嗎？這是我孩兒在哭還是誰家的貓又叫春了？韓掌櫃就騎著高頭大馬過來了，三人都扭頭看著，井宗秀再沒有去攔了說話。

第二天，楊掌櫃領了井宗秀去紙坊溝確認了那三分胭脂地，井宗秀當晚就請了匠人安排拱墓，五天後把他爹安埋了。

★

埋葬井掌櫃半個月後，陸菊人才知道了情況，在炕上大哭了一場。那天沒有出太陽，陰得很瓷，街上逢了集，楊掌櫃早早起來烙好了餅，並把醪糟罐子和雞蛋都放在了車板上，他要去集上賣東西，臨出門時叮嚀楊鐘到飯時做飯，坐月子的早飯一定要吃結實，雞蛋醪糟泡餅子，雞蛋要煮嫩些，餅子不要掰得太大。到了飯時，楊鐘在廚房裡忙活，煙囪裡直冒黑煙，陸菊人坐在炕上隔窗看著，還正想：

燒個雞蛋醪糟就這麼大的煙，是房子走魂啦⁈隔壁的柳嫂又過來了。柳嫂是每天都要來一趟照看陸菊人的，陸菊人就取了一堆花花綠綠的布讓給孩子做小衣服，她告訴柳嫂，她小時候家窮，一歲前都是破布裹的，七八歲了衣服上還是補丁摞補丁，她那時就發誓過，等自己將來有孩子了一定要有穿不完的新衣服！柳嫂就啊啊地附和著，說：這孩兒有福！陸菊人說：他是有福，你瞧這眉眼，也長得好看吧！柳嫂說：他娘好看，他能不好看？陸菊人說：我長得一般，但我孩兒將來肯定高高大大，是渦鎮最好看的男人！柳嫂說：和井宗秀一樣！陸菊人說：井宗秀，你覺得井宗秀好看？柳嫂說：你覺得他不好看？兩個人就咯咯笑起來。柳嫂能裁剪，但縫製的針腳大，陸菊人倒沒看上，自己要納，柳嫂說：你不要動，月子裡幹活，將來會落病根的，楊鐘是第一回下廚房？陸菊人說：煙嗆著你啦？平時讓人伺候慣了，讓他也伺候伺候我。柳嫂說：楊伯不在，去井家了嗎？聽說井宗秀今日給他爹墳上要立碑子。陸菊人說：他爹不是浮丘在廟裡嗎？有地埋了？柳嫂說：埋了。我都不知道紙坊溝還有你家的地。陸菊人說：啥？埋到紙坊溝那三分地裡了？柳嫂說：遠是遠了點兒，但總算入土為安了。陸菊人立即大聲地喊楊鐘，楊鐘應聲來了來了，端了一碗雞蛋醪糟泡餅，一進廂房門自己先用嘴吞吃了一口荷包蛋，說：下輩子我也坐月子呀，能吃好的！陸菊人說：我問你，是不是井掌櫃埋到紙坊溝那三分地裡了？楊鐘說：是呀。陸菊人說：怎麼能把那個地給了別人⁈楊鐘說：不就是三分地嗎？種那麼點麻，不夠個來回路錢！吃吧，趁熱吃，香得很！陸菊人臉色全變了，說：我不吃！你給我端走！楊鐘說：你不吃？那我就吃呀！竟然就把碗端走了，在院子裡吃起來。柳嫂攆出來說：你還真吃哩⁈奪了碗又端回來。陸菊人籲了一口氣，說：柳嫂，今日逢集你不去吧？柳嫂說：我不去，只是拆了被子要到河裡洗洗，我把孩子的屎尿墊子也帶上？陸菊人說：讓他洗！今日不做衣服了，你去忙吧。柳嫂出來，給楊鐘說：月子裡不能讓她生氣啊兄弟。楊鐘卻躁了：我咋逢上這麼個吝嗇媳婦！柳嫂說：這事得讓她知道麼。楊鐘說：我爹送的，與我啥干係？柳嫂一抬頭，貓就臥在門樓的瓦槽裡，無論她進廂房出廂房還是院子裡，貓都是看著她。她說：與你啥干係？你不如個貓呀?!

柳嫂拿了被單往南門外的河裡去洗，走到十字街口的老皂角樹下，新的皂莢正嫩著長，舊皂莢還掛著，就有一顆掉下來，不偏不倚地落在腳前。柳嫂喜歡地說：呀呀，我還是個德行高的人！旁邊經過一個人，說：不是德行高吧，是嫌你髒，讓洗哩。柳嫂見那人不認識，說：你是哪裡的，會不會說話？正好東背街的割漆匠劉老庚瘸著腿過來，背簍裡裝著一株帶根的野桃樹。別人還在問：腿咋啦？他說：在山上跌了一跤。問：又給廟裡挖了棵野桃樹？他說：咱給廟裡做不了啥事兒麼。問：那啞巴尼姑做野桃核串，那能保佑嗎？他說：能麼。問：那咋還跌瘸了腿？他說：要不保佑，就跌得沒命了。柳嫂和人吵嘴，他也不滿了外村人，插了一句：鎮上人乾淨得很，就是有這老皂角樹！那人說：既然人都乾淨，就沒必要長皂角樹了。劉老庚一時倒沒話了，嘴張了張，卻低頭走了。柳嫂說：你看這皂莢掛在樹上像啥？那人說：像刀子。柳嫂說：知道了吧，樹都在仇恨你哩！但柳嫂到了河邊，往水裡照自己，果然頭髮又亂又髒，就砸碎了皂莢，還沒洗被單，先洗起了頭。

洗畢了被單，柳嫂回到家裡還換了一身淨衣服，便聽見院子那邊陸菊人在哭，而且愈來愈悲切，她就喊叫：楊鐘，你媳婦咋哭了？楊鐘這一年來跟著黑河岸彭家砭的彭拳師學武術，他又小又瘦，楊掌櫃是想讓他練著能把身坯子發開，他卻迷上了武術裡的輕功，這陣在院子把五顆雞蛋放到一張刻了淺窩的木板上，然後雙腳小心地踩上去，第一次踩上去碎了兩顆雞蛋，重新換個雞蛋再踩上去，又碎了三顆雞蛋。他不理會柳嫂，柳嫂又喊叫：你耳朵塞驢毛了聽不見，你媳婦哭得那麼凶，你不去看看啥事？楊鐘一下子火了，拿起還沒有碎的兩顆雞蛋，叭地砸在廂房的窗子上，罵道：你是哭喪哩?!柳嫂趕緊過來拉，說：讓你去看看你媳婦有了啥事，你卻在院子吼？你是當爹的人了，還不生心！那雞蛋是你爹從我家買了給你媳婦吃的還是讓你耍的？楊鐘說：我練輕功哩。柳嫂說：練個狗屁。

陸菊人哭聲不止，雞蛋甩在了窗上，蛋清蛋黃鼻涕一樣吊在窗格上，濺到炕上，她看著楊鐘那個小腦袋上頭髮又脫了幾片，紅紅的皮肉裸著，像火裡燒出的柿子，噘噘嘴在給柳嫂說：我是打她啦？倒是她三更半夜地把我往炕下蹬。柳嫂說：甭說了，我臉都臊哩，你那事以為我看不出來嗎？楊鐘說：我有啥事，我只是沒她大，沒她高，可她再大再高還不在我身底下?!柳嫂說：今日咋沒見把褥子晾出來？楊鐘說：晾褥子又咋啦？那是孩兒尿的。柳嫂說：孩兒能尿那麼大一片？以前晾褥子在院子裡，現在晾到院外了，有了孩兒可以栽贓了?!楊鐘恨道：你！出院門就走，雙腳一顛一顛的，像雀步一樣。陸菊人的哭聲更大了。柳嫂就進了屋，說：哭吧，哭吧，落下眼病以後有你受的罪！低頭瞧見孩兒的裹被解開了並沒有再包，光嘟嘟地晾在那裡，忙去包裹了，說：你哭，使勁哭！陸菊人卻不哭了。

不哭了，眼淚還在流，大熱天的只覺得頭涼，臉涼，手腳冰冷，她沒有轉過身來，還望著窗外。院牆根的石縫裡有了半條蛇皮，白花花的，像洗得淡了顏色的布，蛇是在廟裡蛻的皮嗎，蛇蛻皮一定是疼痛的，才一半還夾在石縫裡，一半掉到牆根的草叢吧。而簷角下的那張網上沒見了蜘蛛，這張網一直以來總想著能網住天的，上邊卻落了片樹葉，搖搖欲墜，突然就飛過來一隻鳥，竟然一下子把網全部撞破了。陸菊人在想：怎麼就送給了井家？後悔自己隱藏祕密，如果早說了，公公是不會送給人的。可為什麼就沒有早說呢，是自己命裡沒有呢，還是活該就是井家的？院子東邊的牆裡有了一朵花，花在行走著，噢，那不是花，是蝴蝶。

還在開春的時候，她看到過附在爬壁藤上的卵化成了幼蟲，幼蟲一直在吃藤葉，到了實在吃不動了，用尾部勾住藤蔓開始了吐絲，它吃進那麼多的藤葉全變成了絲，絲就將它又包成了蛹，現在是蛹殼裂開鑽出了蝴蝶？蝴蝶是杯口那樣大啊，後翅上還拖著斑斕的尾巴，它向西牆角的杏樹飛去，空中便有了一道金屬般的光澤。

院門口有咳嗽聲，進來的不是楊鐘，戴著草帽的楊掌櫃，提著一顆豬頭，過門檻時豬頭嘴裡塞著的豬尾巴掉了，他一邊撿著重新塞好，朗聲叫：楊鐘楊鐘！人呢，人呢？柳嫂從廂屋出來，說：你真捨得，卸了個整頭。楊掌櫃說：家裡得有腥氣啊！麻煩你又來照看了，楊鐘不在？柳嫂說：兩口子頂了嘴，他出去了。楊掌櫃說：都是另一輩人了還頂嘴，這不成器的東西！柳嫂說：多少錢一斤？楊掌櫃說：價比前幾天又貴了，嘿，生意再不好還吃不上一顆豬頭啦?!前巷子的四爺說要續族譜，問我孫子的名字，你說叫個啥好？柳嫂說：你這爺當得操心的！楊掌櫃聽到了響動，見陸菊人從廂房也出來了，把褥子往靠在院牆的梯子上晾，就說：孩子得有個響亮名的，我想了個楊繼富，又覺得富字叫起來嘴皺著，叫著嘴能張開的好，叫楊有貴？陸菊人知道公公是說給她聽的，腳卻被地上的貓食盆絆了一下，食盆裡還有一些吃剩的東西，順口說：剩剩。楊掌櫃說：咋能叫這賤名字？陸菊人說：普普通通的孩兒麼。楊掌櫃說：楊家的後代咋是普通，我指望著出人頭地哩，能當官的就當官，能富豪的要富豪。陸菊人說：唉，你兒叫楊鐘，這鐘從來沒響過。柳嫂說：名字賤了好養。楊掌櫃看著晾出的褥子上又有著那麼大一片子濕，說：咋讓孩子又尿炕了？柳嫂裝著沒聽見，陸菊人也沒有說話，低頭就進了廂屋。

★

入了冬，渦鎮只有兩種天氣，就是颳風和不颳風。不颳風的時候，霧就罩著，家家燒飯的煙和燒炕的煙也貼著地面，人一走過，就上身，像是著了火。一旦刮了風，風就帶哨子，街道上的塵土唰唰地往一邊吹，像流過的水，更像無數的蛇在躥。所有的樹都落了葉，樹皮越發地黑，唯獨那些柿樹上還零星地掛著柿子顯得格外紅豔。那些柿子是樹的主人在夾柿子時特意給鳥留下的。天冷著鳥不多了，從虎山上飛來的鷹看上去有時是在盤旋，有時就是站在空中，它們高不可及，不肯落下來。而樹椏上，城牆沿，房脊梁跳來跳去的都是些烏鴉。鎮上人從來認烏鴉是吉祥鳥，喜歡著那密黑光亮的羽毛，更喜歡它的聲音，一叫喚，呆滯的冷清裡就有了活泛，而且能預警，如果所有的烏鴉一齊噪了，就是黑河白河岸上有了過往的隊伍，或者狼，來了一群，齜著牙，好像微笑著，拖著掃帚尾巴。

楊鐘經陳先生針灸了半個月後，尿炕的毛病終於止住，但無論什麼偏方，用柏朵何首烏熬水洗呀，塗抹生薑、苦楝、大蒜搗成的膏呀，甚至把蛆在瓦上燒乾研粉以童尿沖服了，頭髮還是脫，脫成了斑禿。陳先生也說這是觸犯鬼神之病，不是藥物能治癒的，陸菊人就強逼了楊鐘一塊到一三〇廟裡祈禱去。

兩人收拾了一把檀香和一罐蓖麻油，一高一矮才走到中街，楊鐘時不時要逃跑，陸菊人就拉住他的手，拉住手又怕外人看見了笑話，讓他走在前面，還把油罐提上。楊鐘說：我這不是病麼，練輕功練的，兀鷹在天上飛哩，兀鷹頭上就沒毛，可能我也會飛呀。陸菊人氣得說：那你飛麼，摔死了你，爹是年紀大了，剩剩還小哩！楊鐘說：我在家裡是重要啦?!陸菊人沒理他，遠遠看到南門口外的河面上有了船，石堤上人影忙亂，心裡想：阮家的船從縣城回來啦，不知今日有沒有進貨了各種顏色的絲線，該給剩剩的裹兜上繡個蟾蜍才是。一般的裹兜上都繡花呀魚呀或者兔子，陸菊人卻偏偏就喜歡蟾蜍。自從圓過房後，她的個頭又長了一截，胸大了，肩膀也厚實，尤其生了剩剩，腰粗一直沒有細下去，就顯得有些腰長腿短，因此多是穿過膝的長襖。我怎麼偏偏喜歡了蟾蜍呢，是不是我愈來愈要長得像個蟾蜍呀？陸菊人為她的想法好笑，就笑了。楊鐘說：你笑我了，我說的不對？陸菊人說：從廟裡回來了，你提醒著我，得去買些絲線的。楊鐘說：我給你說話哩，你當耳邊風啦?!正要發脾氣，斜對面卻有人喊他，是阮天保在安記滷肉店裡吃滷肉。渦鎮有七八家滷肉店，最有名的也就是安家。楊鐘說：吃肉呀，是今日搭船才回來？阮天保說：當爹啦？啥人都當爹啦！你不請我的客了，我請你吃，來個肝子？阮天保給楊鐘說話，眼睛卻在陸菊人身上溜。陸菊人裝著沒聽見他們說話，拍了拍襟上的土，楊頭看天。天上一群撲鴿忽地飛過來，似乎要掉到地上呀，忽地一斜又飛去了遠空，像飄著的麻袋片子。她認得是城隍院裡的撲鴿。城隍院早沒有了城隍，那些年在那裡辦小學，阮天保和井宗丞是高年級，陸菊人陪著楊鐘讀低年級。阮天保是騙吃過楊鐘帶的蔥油餅，說：我給你咬出個山字！就吃了兩口，蔥油餅上是有了個山字形，但蔥油餅一半卻沒有了。那時阮天保的眼睛就小，現在人一胖眼睛更小，像是指甲掐出來的。楊鐘在嘿嘿嘿地笑著，低聲說：咱進去也切一盤？陸菊人瞪了一眼，楊鐘就高聲說：不啦，不啦，我還有事的。卻把油罐子給了陸菊人，進去捏上一片肉放在嘴裡。阮天保說：人和人比不成，哥還沒個媳婦了。楊鐘舌頭攪和著，說：你能缺女人？城裡的花姊多嘛。阮天保說：這倒是，我是把十個八個的孩兒卻一攤鼻涕似的甩到牆上，糟蹋了！聽說孩兒能說話了開口先叫著誰，誰就會先死的，你家孩兒一叫爹，會不會是……陳來祥就死了？陳來祥揹了一個梯子正從街上過，他橫著揹，旁邊人嚷：你是霸路呀，順著揹！阮天保看見了陳來祥就作踐陳來祥，陳來祥聽到了，說：我沒惹你，你嚼我啊?!滷肉店裡的人都笑。陸菊人咳嗽了一下，提著油罐往前頭走了，貓也跟著。

陸菊人進了廟，楊鐘是隨後也進來，卻見在一個巨石上有人正翻修亭子，石下的人把瓦一疊三頁往上拋，石上的人順勢接了，都不言語，一拋一接，節奏緊湊，輕鬆得像雜耍。楊鐘覺得好玩，就說：我來，讓我來！三下兩下躥上石頂，但他接不住拋上來的瓦，瓦打了手，又掉到石下，就碎了。石上人說：避遠避遠！不讓楊鐘接瓦了。楊鐘說：我會輕功哩！有沒有油紙傘，我能撐了傘飛下去，信不信？石上的人說：你抓著你頭髮就飛起來了！可惜頭髮太少。陸菊人覺得丟人現眼，喊了兩聲，楊鐘還在和人打賭，她就去了大殿。

好久沒到廟裡來了，大殿的門石竟然重新粉刷了，陸菊人摸著牆，牆是白石灰搪了好，摸著門，門是深紅色的也好，就隱隱約約地聽見了尺八的聲音。尺八聲不是從殿裡傳來的，扭頭往四下裡看，也沒有見到寬展師父。師父是在她的禪房裡，還是又在廟西南角那些野桃樹下？陸菊人聽著尺八聲，眼睛盯住了殿的兩邊掛著的木牌，一邊木牌上刻著：地獄不空，誓不成佛。一邊木牌上刻著：安忍不動，靜慮深密。她勉強還能認得這些字，卻不懂其中的意思，還想著：這木牌上的漆掉片了，咋沒換換？就進了殿給地藏菩薩前的燈中添油。燈碗子又大又深，她把一罐油全倒了進去，燈芯突然大了光焰，撲忽撲忽地閃，她便覺得是自己的心臟在跳。跪下磕了三個頭，然後雙手合起十指望著菩薩禱告，她說：菩薩啊菩薩，我男人頭上出疔，老是脫髮，看著讓人心裡發潮，那味道也不好聞，這是身上有毒了還是中了邪，你要治治他，總不能讓他把臉也長到頭上。正念說著，半空中撲哧一笑。陸菊人嚇得差點叫出聲，抬頭看時，殿梁上就跳下來一個人，竟然是井宗秀。陸菊人頓時來了氣，說：啊，你，咋是你?!起身便往殿門外走，腳在門檻上磕了一下，也沒停頓，就下了台階。井宗秀覺得自己是太唐突了，忙叫：妹子，妹子！陸菊人回頭說：誰是你妹子？我可比你大幾歲的！井宗秀攆出來，說：啊嫂子！陸菊人說：楊鐘比你大了？井宗秀就尷尬了，嘴裡含糊不清，說：嘿，嘿嘿，那我要叫你夫人，楊夫人。陸菊人還在生氣著，但站住了，把貓抱在了懷裡，說：我嫁的是楊鐘，我算哪路子夫人？說完倒笑了一下，又把貓放下地，貓就在柏樹上一跳一跳地接柏籽，柏籽接不住，總是落在它的頭上。

陸菊人看著井宗秀手腳無措的樣子，說：你在殿梁上幹啥哩，掏鳥啦，菩薩廟的殿梁上你也敢上?!井宗秀便活泛了，忙解釋廟裡整修，他師傅來攬了活兒，他是在殿梁上彩繪的，說：剛才我不是笑你禱告，也不是笑楊鐘病，你說楊鐘把臉長到頭上了，我倒是把頭長到臉上了才笑的。陸菊人這才正眼看著井宗秀的臉，井宗秀的嘴唇上下巴上是長了鬍鬚，有二三指長，但稀稀落落的。陸菊人說：就那幾根，也叫把頭長在臉上？井宗秀說：鬍子稀，幾天不刮了邋遢的，你說楊鐘身上有毒有邪的，我更有毒有邪呀，你瞧我這臉上不停地冒疔疙瘩，後背和肺心也都有哩。井宗秀的臉上是有三個疔，鼻梁上的那個比綠豆顆還大，陸菊人哦了一下，把手伸了出去，伸出去的手又舉高了理了一下自己的頭髮，她說：臉上的疔不能擠的，癢了就蘸口唾沫塗塗。你們男人家咋都是這麼大的邪毒？井宗秀卻說：是了好，蠍子和蛇有了邪毒，人才怕的。陸菊人說：那你是蠍子還是蛇啦?!井宗秀又被戧住了，拿手在耳朵上搓，他的手上盡是五顏六色的膏子，耳朵也就成了花耳朵。他開始沒話尋話了，說：啊楊伯身骨子還硬朗？陸菊人說：還硬朗。井宗秀說：剩剩呢，剩剩也乖？陸菊人說：也乖。井宗秀說：給孩兒咋起了這麼個名？我聽陳先生說人的名字重要哩，叫著如念咒，寫著如畫符，好名字能帶來好運的。陸菊人說：還能指望他成龍變鳳啊?!井宗秀又一時沒了話，貓逮不住柏籽，又在那裡用爪子抓蝴蝶，還是抓不住，一抓抓了空。井宗秀說：啊，啊，啊我一直還要謝你哩，但你在月子裡不方便去，後來師傅又找了我來幹活，也就耽擱下來，今早上我還想這事的，偏偏就……陸菊人說：咦，要謝我，謝我啥的？井宗秀說：聽楊伯說，紙坊溝那三分地還是你帶來的胭脂粉地，這我得謝你呀，一輩子都要謝的！陸菊人這下半會沒出聲，嘴咧了一下，鼻腔裡有了一個輕響，說：這你該謝！井宗秀看著陸菊人，陸菊人臉上沒有惱，也沒有笑，定得平平的，說：你既然說到那塊地，我就給你說，我能把那三分地帶來，那可不是一般的地……你明白我的話嗎？井宗秀說：你是說……陸菊人卻一揮手，頭上的帕帕竟掉下去，她彎腰拾了，重新搭在頭上，說：不說了，啥都不說了，以後就看你的了井宗秀！說罷轉身就走了，再沒回頭。井宗秀像一截木頭戳在了那裡，而尺八聲再次飄來，一時廟院裡就像漫起了一層水。

★

那三分地確實不是一般的地啊，可井宗秀並沒有弄明白陸菊人的話是指那塊地供了爹安葬呢，還是再指了別的，他正猶豫說不說出地裡埋葬的那些東西呀，陸菊人卻一揮手，說走就走了。

井宗秀是在那個廟裡請了一夥匠人在家裡安排著拱墓的活計，但匠人們一離開，他獨自又去了紙坊溝，他要親自給爹挖出墓坑。後半夜，山黑風緊，星光暗淡，墓坑挖到兩丈深，钁頭碰出了火花，下面是一塊石板，石板下是一個古墓。井宗秀還在想，爹的墓和古墓重合了是不是吉利？沒想到古墓裡埋的是武士，一具骷髏上有鎧甲，聯線已斷，銅片散亂，兩把銅劍，一件弩機，三個戈，四個矛。周圍分別還放著一隻橢圓的有子母口有熊抱臉有獸蹄足的銅鼎，一隻直口豐肩深重腹的銅鐎，一隻對飾著鼻鈕穿環的銅扁壺，一隻短柄豆形的銅熏爐，還有一隻銅罐一隻銅盤和一面銅鏡。銅鏡並不大，圓形圓鈕，並蒂蓮珠紋鈕座，座外一周符號紋，外面是文字，湊近燈火看了，不知從哪個字為句頭，就以內字開始認：內清質昭日月光明夫日月心忽而願忠然而不泄。井宗秀叫了聲：天吶！甚至爬在了這些古董上，抬頭看天，一片雲正蓋了月亮，再扭脖子看四周，只有草在風裡搖晃。他脫下外衣把古董包了，放在背簍底，又在上邊拔了些草蓋上，天未明背回家來藏了。在古墓的基礎上新拱了墓室，埋葬了爹後，井宗秀就去了一次縣城，除了留下那面銅鏡，其餘的古董全賣給了亮寶閣，一下子攢下了一千八百個大洋。

井宗秀自此不露聲色，甚至穿起了緇色褂，著草鞋，躬服袖手，十天八天的連臉都不刮。再是去了龍馬關找了布行韓掌櫃，求人家能讓他進些染料在渦鎮也開個作坊，但韓掌櫃以渦鎮已有德裕布莊而染坊也應是德裕布莊經營的理由拒絕了他，卻說：長得體體面面的咋是個窮命啊！送了他一件洋布衫子。井宗秀離開時，在門口又看見了那匹馬，摸了摸馬背，馬響了個噴嚏。他返回到黑河岸上了，就把衫子脫下來，日地扔到了水裡，說：哼，我要你的衫子?!進了鎮，正逢著鹽行的吳掌櫃給他娘過三周年冥日，寬展師父請了黑河白河岸上別的寺廟的和尚來做焰口，吳掌櫃一高興，提出了要整修一三〇廟。整修廟宇肯定少不了重繪棟梁，井宗秀便把畫師叫來承接了活計，思謀著有掙錢的名分了，才好慢慢地花銷已有的錢財。

井宗秀雖然幫畫師承接了活計，但畫師從鄰縣帶來了兩個徒弟，並不特別重用井宗秀，也不肯把最核心的糊布技術教給三個徒弟。糊布就是在彩繪前先在棟梁上糊上白布，然後在白布上塗石灰泥子。而白布如何糊上去，糊幾層，知道要用豬血，又怎樣給豬血配料，他們做徒弟的全不掌握。每天一開工，畫師就派井宗秀去張屠戶那兒買豬血，用罐子接了新鮮的豬血回來，師兄杜魯成已把白布裁好，師弟孟六斤還在調各種顏料，畫師罵罵咧咧著，不是嫌手腳不麻利，就是恨沒眼色：給我泡的茶呢？到現在了我還喝不上一口水！等到要調製豬血了，畫師卻不讓徒弟們在跟前，支使著都到昨日糊好的殿簷頭彩繪去。三人是到殿簷頭的腳手架上，仰著身子一筆一畫描繪，杜魯成肚子窩蜷在那裡一會兒就呼哧呼哧直喘，但他一絲不苟，畫筆不停地還要在嘴裡備唾沫，很快嘴上就變得五顏六色了。井宗秀說：六斤，六斤。孟六斤卻坐著吃煙鍋子，嘴占著，嗯了一聲。井宗秀說：你知道四髒嗎？他們平日喜歡把世上的悲歡離合、酸甜苦辣，每一項都歸納成四樣出來。孟六斤說：我知道四香，桂花酥滷豬肉，新媳婦的舌頭開缸醋，還有四髒？井宗秀說：有呀，爛眼窩臁瘡腿，小孩的屁眼畫匠嘴。孟六斤就看著杜魯成的嘴，拔了煙鍋杆子，水淋淋地笑。杜魯成說：六斤你是來幹活的還是來吃菸的？孟六斤說：為啥不吃菸？咱把師傅當爺伺候，師傅把咱當賊防備，這徒弟就一輩子不出師？杜魯成說：師傅給咱了飯吃，不出師就不出師麼。來給我撓撓背。孟六斤說：你不說撓我不覺得癢，你一說撓我也癢得不得了。自個就解開懷捉虱，蝨子愈捉愈多，乾脆脫了衣服，翻過來，拿了木榔頭在衣服的褶縫處挨過砸，砸出的血紅哈哈一溜子。井宗秀說：我去上個茅房。從腳手架上下來，去了茅房沒有屙尿，卻翻過茅房牆悄悄去了畫師居住的平房，就躲在了後窗外。井宗秀終於看到畫師是把豬血倒在盆子裡，豬血已經凝成塊狀，再把稻草剪了短截攪進去，雙手不停地搓洗，血塊果然就化了。然後把石灰粉往裡和，一次抓那麼一點，攪勻了，再抓那麼一點攪勻，畫師的後脖上似乎一直發癢，他的手就往後脖子上撓一下，後脖子上滿是灰粉。直到盆子裡的豬血和石灰攪得不稀不稠了，他往裡插起筷子，筷子立住了，就端起杯子喝茶。喝茶並不是一下子嗞掉，而噙了茶涮嘴，咕嘟嘟一陣響，然後一仰脖子嗞了，才閉了眼歇息。井宗秀想：原來就這麼簡單麼，師傅不肯傳授?!不覺哼了一下。這一哼，師傅發現了，抓住井宗秀的頭髮把他從窗外拽了進來，說：我就靠這點吃飯的，你來偷我！井宗秀說：師傅師傅，你是我師傅！畫師說：師傅叫在嘴，底下蹬黑腿！井宗秀說：一日為師，終身為父，你是我爹！畫師說：你爹死了，你是咒我死？井宗秀說：我爹死了我才認你是爹！畫師知道井宗秀已偷學了藝，說：你都看清了？井宗秀說：看清了。畫師說：一竅不得，少賺幾百，我今日是給了你幾百兩銀子！井宗秀說：我謝謝師傅！畫師叭地打了井宗秀一個嘴巴，說：這技術你不能告訴他兩個！井宗秀說：我守口如瓶，死都不說！畫師說：那我再教你，用這豬血泥子塗在原木上了，糊上一層白布，再塗一道，再糊一層，塗上三道糊上三層了才能在上面彩繪。

井宗秀很喜悅，表面上若無其事，重新回到殿簷腳手架上，還給杜魯成和孟六斤說了四難聽：鏟鍋伐鋸驢叫喚，石頭堆裡磨鐵鍬。描繪到了晌午，畫師來讓杜魯成去做飯，杜魯成蒸了饃，燒了一鍋菜湯，孟六斤嘟囔還是沒肉啊?!畫師罵道：我能有多少錢，你來把我殺的吃了！井宗秀就說：能有白饃吃就不錯了，今天我生日，晚上我請大家吃滷肉！

到了晚上，井宗秀果真買了三斤滷肉，還買了一壇老酒，在畫師的住屋裡吃喝。孟六斤說：過生日該熱鬧的，可憐咱沒師娘也沒媳婦，我去把老尼姑叫來吹吹尺八？杜魯成說：尺八那聲音苦苦的，不中聽。宗秀愛戲，你來唱一段。井宗秀說：我只是愛聽，唱不了。咱給師傅敬個酒吧。畫師卻說：這一天是你生日，卻是你娘受罪日，先給你娘敬酒，她沒在場，你端一杯酒給那古柏吧。井宗秀端了酒杯出門往古柏去，吳家的一個夥計便匆匆跑了過來，叫：井宗秀，井宗秀！井宗秀說：你咋來這兒，啥事？夥計說：我家掌櫃請你們師徒四人去家裡哩。井宗秀就領了夥計又返回屋裡，畫師說：吳掌櫃仁義，見我們活兒幹得好，是賞我們禮物呀，還是提前要付工錢？夥計說：這我不清楚，掌櫃滿高興的，可能有好事。畫師說：咱的酒肉先放下，說不定吳掌櫃七碟子八碗的給咱擺了一桌子！

四人洗了臉，鞋帽乾淨地去吳家，街上就碰見了打更的老魏頭，老魏頭說：宗秀，我剛才見鬼啦，舌頭伸得老長，走到前邊白世強家的後窗下突然消失了。畫師趕忙掏了煙鍋子，說：給我點菸！鬼怕火哩。四人心裡毛毛的，再往前走，經過了白家的後牆外，傳來有嬰兒的啼哭，接著隔壁人家在高聲問：世強，生了？院子裡應道：生了。又問：男的女的？又應：唉，不會生，女的。那隔壁的問話人停了一下，說：也好，也好，是皇后娘娘嘛！井宗秀便低聲給畫師說：這鬼投胎啦？沒想畫師卻惡狠狠說：女人都是鬼投的胎！

到了吳家大門，孟六斤先進屋，立即又退出來。畫師說：狗咬哩？孟六斤說：庭堂裡人多得很。畫師說：沒見過世面！吳掌櫃已經迎了出來，喊了聲：把院門關了！院門就哐噹關了，吳掌櫃笑嘻嘻地招呼師徒四個進庭堂，果然裡邊有許多人。坐在椅子上的那個瘦矮個劈頭蓋腦地就問：誰是井宗秀？井宗秀聽到聲音，覺得又高又尖，還想：這咋是公雞嗓子?!杜魯成拽了他的襟，說：問你哩。井宗秀忙從畫師身後站出來，回答道：我是。那人說：就你們四個？井宗秀說：就四個，這是我師傅，他是師兄杜魯成，他是師弟孟六斤。那人說：給我綁了！上來八個壯漢，拿了麻繩就綁。先綁的是畫師，畫師說：是綁票嗎，我們幹活吳掌櫃還沒付工錢哩。吳掌櫃說：這是縣保安隊的長官！畫師說：我們犯啥治安了，綁人？吳掌櫃說：這我不知道呀！畫師說：你不知道，你就把我們叫來？吳掌櫃你沒良心，我們給你幹活哩，你給我們設「鴻門宴」！綁到孟六斤，孟六斤像殺豬一樣叫，嘴上就挨了一拳，門牙吐出來，就再沒吱聲。杜魯成塊頭大，他又渾身用勁，後腿彎子被踢了一下，跪在了地上，一根繩子沒綁牢，又續了一根繩子。輪到井宗秀了，井宗秀倒把胳膊張開來讓纏繩子。那人說：你能配合，那就綁鬆些。

全都綁完了，再用一根麻繩把四人拴成一串，一夥人打著火把把他們押著去了南門口外。月光下，水邊早停靠了一艘船，柳樹梢上還站著一隻鳥，黃顏色上有黑斑點，頭和臉像貓，聳著雙耳叫，它一叫，遠處的石堤上還有了一隻同樣的鳥也在叫，聲音沙啞，開始似乎在呼，後來又似乎在笑。那夥人不認識，說渦鎮還有這麼怪的鳥，井宗秀說：這是鴟鵂。

在縣城裡過堂，他們的罪狀是共產黨在平川縣的殘渣餘孽。畫師叫苦不迭，說他們一直給寺廟裡做活，都是積德行善，怎麼就成了共產黨？孟六斤也說：共產黨就是麼，還殘渣餘孽?!井宗秀瞪了一眼孟六斤，說：你覺得吃虧了是不是？審問人就喝了一聲：井宗秀！井宗秀說：在哩。審問人說：你哥叫井宗丞？井宗秀說：嗯？這才明白了抓他們的緣故，一時睜大眼睛看著審問人。孟六斤說：他哥就是井宗丞，井宗丞是個共產黨！審問人沒有理睬孟六斤，說：是你哥？井宗秀說：是我哥。可他是他，我是我，這就像樹上長樹枝股，一枝股往東，一枝股往西。審問人說：樹枝股是不是都長在一個樹上？井宗秀說：那我爹我娘不是共產黨呀！審問人拿出了一件東西，啪地拍在桌上，這東西是從井宗秀身上搜出來的，說：為啥你就有兇器？井宗秀說：這不是兇器，是抹石灰泥子的刮刀。審問人說：

刮刀是不是刀？井宗秀說：算是刀，如果帶刀就是共產黨，那我還長著雞巴，也是強姦犯了?!審問人說：你還能狡辯啊！杜魯成說：他平時話少，他不是狡辯的，他說的是實情。審問人說：實情？那我問你，你把杜鵬舉叫啥的？杜魯成說：叫叔，是我本族的二叔。他一家被官府殺的殺了，沒殺的也逃跑了，我不想姓杜了，把木字取了，要姓土呀。審問人說：是誰把杜鵬舉的頭從廣場旗杆上取走埋了的？杜魯成說：是我。他的頭在那兒掛了半個月都臭了，總不能老掛在那裡麼。畫師說：長官，這你審過了，他們兩個是共產黨的親戚，我和小徒弟就沒事了，讓我們回吧。審問人說：你三個徒弟兩個都是殘渣餘孽，你能脫離干係?!

結果師徒四人關在了一個牢裡，畫師和孟六斤整日罵井宗秀、杜魯成，井宗秀、杜魯成則悔恨不該給吳掌櫃家幹活。

★

吳掌櫃和岳掌櫃都是渦鎮的大戶，論財富吳家當然第一，但岳家族裡曾出任過幾屆鎮公所主任，場面上的勢力又壓制了吳家，自最後一屆主任遭受孫子被害，鎮公所癱瘓了，吳家就完全代表了渦鎮。井宗秀師徒一被押走，傳出是岳掌櫃舉報的，一三〇廟沒能整修下去，吳掌櫃的老爹窩了一口悶氣，肚子上長出個疙瘩來。這疙瘩先是杏仁大，後來核桃大，硬得像石頭，以至於大到一個拳頭模樣了，人就死了。

楊掌櫃並不理會吳家和岳家的明爭暗鬥，只是哀嘆了井家，怎麼就接二連三地出事？井宗秀有表姑在白河岸的萬家寨，平常來往得並不多，可井家一出事，那個表姑就拉來一頭毛驢，把自己的表姊接去了她家。那天，楊掌櫃在門前的癢癢樹下，看著井宗秀娘遠去的背影，唉唉地叫著，拿拳頭在樹上砸，樹上的毛就落在他脖子裡，渾身都在癢。此後幾天裡，他是見人就說井家的可憐，一邊說一邊又在身上撓，他一撓癢，聽的人都癢著也撓，這癢竟十天不止，好多人就把前心後背全撓得血啦啦的。後來，楊掌櫃幾次路過井家屋院，見院門掛鎖，門簷瓦槽下有七個八個鳥窩，一走近，成群的麻雀轟然起飛，隔門縫瞧著院角安放的那尊石土地爺身上都滿是鳥糞。楊掌櫃給楊鐘說：家裡不能招太多的雀，雀碎嘴多舌的就容易有事。楊鐘便去井家掏鳥窩，正碰著有人翻院牆，拉住腳拽下來，斥問要幹啥？那人說屋牆上晾著菸葉串子，楊鐘罵你偷人呀，那人說井宗秀不得回來了，菸葉壞了可惜，楊鐘一拳把那人打趴在地上。那人比楊鐘還高，被打了不甘心，從地上撿磚頭，說：你敢打我？楊鐘說：打過了。那人說：你再敢過來打？楊鐘偏往跟前走，那人把磚頭撂過來，楊鐘雙腳一躍，沒砸著，那人喊：打人了，打人了！楊鐘說：你喊，讓鎮上人都來了認認賊！那人閉了嘴，順牆根一溜煙跑了。

楊鐘回家顯擺他打了賊，陸菊人說：你和爹能不能去牢裡探望他，看看是啥情況？楊鐘說：能有啥情況，以前逮住的共匪都殺了！楊掌櫃說：閉住你的臭嘴！他是共匪？陸菊人說：他是死不了。楊鐘說：你是縣政府呀還是閻王爺？陸菊人瞪了一下白眼，說：你往世上看看，凡是上有老下有少的人，他擔待的事情多，一般都死不了。楊鐘說：他爹死了，娘被親戚接走了，又沒兒沒女，他有啥擔待？陸菊人說：你不懂！對楊掌櫃說：爹，人在牢裡時間長了會想不開，出事麼，有人去探望了，靜靜他的心，或許容易熬下來。楊掌櫃覺得兒媳的話有理，就讓陸菊人炒了一盒豬肉片子，又裝了一袋子菸末，第二天和楊鐘坐船去了縣城。

父子倆出去了一天，陸菊人就抱著剩剩在院子的捶布石上坐了一天，沒吃沒喝，把捶布石都坐熱坐軟了。她給剩剩說：那三分地不是好穴？要真是個好穴了，你笑一下。剩剩只是抓她的奶，噙了狠勁吸。她說：你還沒長牙哩就咬我！那是個好穴呀，我明明看到竹筒上起了兩個氣泡的，是好穴他該一切都順當呀，是不是他爹埋的日子還短？你只知道吃，給娘笑笑。剩剩還是急迫地吃奶，奶是孩兒的糧食袋子，不一會這袋子就癟了，剩剩仍是不丟口。陸菊人突然覺得自己操閒心了，說那麼多話讓別人聽到會笑話，忙看看院門口，又看看院牆頭，心裡說：我不思量了?!抱著剩剩站起來，看到門樓瓦槽上的貓也在看她，卻又低聲說：不思量咋能就不思量。這時候天上起來火燒雲，瞬間把滿院子都照得紅堂堂的。

而楊掌櫃父子在縣城並沒見到井宗秀，他們戰戰兢兢立在縣政府門口打聽，門口的哨兵背著槍，根本不讓他們進去。父子倆看著縣政府院邊有一座高樓，心想那裡肯定是牢房，就轉到高樓後牆外，拍著牆喊井宗秀，沒任何反應，就蹴在牆根把帶著的豬肉片子吃了，趕往渡口，阮家的船已經返回，只好徒步走黑河岸的官道，後半夜雞都叫三遍了才到家。

其實，這期間，縣城牢裡所有的犯人都不准探視，所有的案子也都沒有結辦，因為舊縣長調離去了省城，而秦嶺西南雙水縣的麻縣長調來履職。麻縣長是個文人出身，老家在平原，初到雙水縣任上原本一心要造福一方，但幾年下來，政局混亂，社會弊病叢生，再加上自己不能長袖善舞，時時處處舉步維艱，便心灰意冷，興趣著秦嶺和秦嶺上的植物、動物，甚至有了一個野心，在秦嶺裡為官數載，雖建不了赫然政績，那就寫一部關於秦嶺的植物志、動物志，留給後世。他到了平川縣，見平川縣經濟比雙水縣要落後，官場矛盾更複雜，社會治安更差弛，便以情況陌生要調查了解為名，呈上來的公文就一律壓著未做處理。

這一日，麻縣長從縣南青柯坪鄉回來，又採集了十幾樣新見的草木，回到辦公室吃茶。天突然起了風，辦公室的窗子未關，吹著桌子上的公文，竟然有冊紙頁嘩嘩嘩地翻動起來，他近去看了，就是井宗秀師徒四人的案卷。麻縣長當下起身：風能翻案卷，這是什麼意思，是天意要這宗案子一吹了之？

就坐下來閱讀案卷，覺得這只是共匪的家屬親戚麼，並沒有參與也沒有包庇，已經關了一年了也算懲治吧。於是，提筆批了文，就把人放了。

釋放時，麻縣長是站在窗前，窗前下有十幾盆他栽種的花草，有地黃，有華芝，有白前，白芷，澤蘭，烏頭，青葙子，蒼朮，還有一盆萊菔子。他喜歡萊菔子，春來抽高薹，夏初結籽角，更有那根像似蘿蔔，無論生吃或燉炒，都能消食除脹，化痰開鬱。便對幹事說：這是化氣而非破氣之品啊！一抬頭，卻見保安領著四個人從樓下走過，走到了大門口，那個黑臉漢子背著個老頭，老頭在敲黑臉的頭，黑臉就放下老頭，老頭卻罵起來，罵的什麼聽不清楚，後來黑臉就跪下拉老頭衣襟，老頭竟把衣襟撕了。麻縣長就問幹事：那是什麼人？幹事說：就是要釋放的那師徒四人。麻縣長說：哪個是井宗秀哪個是杜魯成？幹事說：白臉的是井宗秀，黑臉的是杜魯成。麻縣長說：把他倆給我叫上來。

不大工夫，井宗秀和杜魯成被帶到辦公室，杜魯成呼哧著流眼淚，麻縣長問：你姓杜？杜魯成說：是，以前姓杜，後來姓土，現在沒事了，我還是姓杜。麻縣長說：你背的是你師傅，在吵啥著？杜魯成說：他嫌我和井宗秀拖累了他，再不認我倆是徒弟，給我們撕袍斷義，刀割水洗的。麻縣長倒哼了一下，說：哦，這有意思。不認就不認了麼，天下的宴席都會散的，你是害怕離開師傅了，你活不成？杜魯成說：是師傅活不成。他有哮喘，要不得著涼，以前天一黑，我給他燒炕，半夜裡炕一冷，還要再燒，在牢裡沒有火炕，我是整夜抱了他的腳睡的，孟六斤他做不了這些。說著哭出了聲。麻縣長一時無語，坐到辦公桌後的高背椅子上了，拿眼看牆上他手書的條幅：雲開見山高，木落知風勁，亭子不逢人，夕陽淡秋影。他說：別在我這兒哭！杜魯成便不哭了。麻縣長突然說：杜魯成、井宗秀，你們給我聽著，我要你們每人說出三個動物來，再給每個動物下三個形容詞。井宗秀莫名其妙，看幹事的臉色，幹事也一臉疑惑。杜魯成說：啥是形容詞？麻縣長說：你會個吃?!井宗秀給杜魯成說：就拿吃來說，你吃的香了，吃的臭了，還是覺得少鹽沒醋的寡淡，這都是形容詞。麻縣長說：你念過書？那你先說！井宗秀說：龍，狐，鱉，龍是神祕而升騰的，能大能小的。狐漂亮，聰慧，有媚。鱉能忍，靜寂，要麼不出頭，要麼咬住什麼了天上不打雷不鬆口。杜魯成眼淚花花著卻撲哧笑了一下，說：你咋說王八？麻縣長說：嚴肅點，到你了。杜魯成說：我還是不知道形容詞。麻縣長說：你怎麼看你說的動物，由你說。杜魯成難場了半天，說：渦鎮上驢多，我說驢，驢可憐，它和馬生的兒子，兒子卻姓它的姓而是騾。再是牛，牛犁地哩，推磨哩，戴上牛籠嘴不讓亂吃，戴上暗眼不讓胡看，生前挨鞭子，死了皮蒙鼓，還要鼓槌敲。但驢和牛都強，還有狗，狗忠誠得很，我爹在世的時候養過一條狗，我爹一死，它十天不吃不喝就在我爹墳頭上哭。走狗走狗就是它能走。而且給它一根骨頭它不停地嚼，沒肉的，就好那個味兒。我還想說雞，說母雞，母雞整天吃草屑哩，吃沙子哩卻下蛋，你不讓它下它憋得慌。井宗秀說：多了多了，已說了驢牛狗，還說雞？杜魯成就問麻縣長：我說多了？麻縣長又笑了一下，說：啊杜魯成，你師傅不要你了，你願不願意辦差？杜魯成說：辦差？辦啥差？麻縣長說：就在縣政府，縣政府需要新人手。杜魯成說：這不是拿我耍笑吧？幹事在一旁趕緊說：誰耍笑你？你還不跪下謝縣長！杜魯成當即跪下磕了個頭，說：還有井宗秀，我們是一塊的，他腦子好使，比我強。麻縣長卻說：他不宜。麻縣長在讓他們說出三個動物和對三個動物的形容詞時，井宗秀就疑惑這是縣長嗎，縣長怎麼給他們出這樣的問題？麻縣長和杜魯成一來二往地說話，井宗秀越發覺得這不真實，好像在做夢，就掐了自己腿，腿疼呀，不是夢啊！杜魯成一跪下，井宗秀也就跪下，說：真替我師兄高興，我也給你磕個頭！麻縣長要去拉他，井宗秀已經把頭磕了，又說：我還想再問縣長一句話，你是說我不宜？麻縣長說：是不宜。井宗秀說：你讓我說動物，我哪兒說錯了？麻縣長說：以後有機會了，我解釋給你。從茶壺裡倒了兩杯茶讓他們喝，井宗秀端起來就喝，杜魯成卻沒喝。麻縣長說：喝呀。杜魯成說：我不渴。麻縣長說：我讓你喝的。杜魯成哦哦著，慌忙雙手捧著杯子咕嘟嘟喝下去，最後一口了，茶水在嘴裡咕咕嘟嘟響，幹事以為他涮口，把痰盆端了來，他卻一仰脖子又嗞了。

杜魯成當時就留在了縣政府，井宗秀出來也沒見到師傅和師弟，獨自離開縣城回渦鎮。走到城外的黃泥崗上，還想著麻縣長奇怪，竟然沒治他們罪還留下杜魯成，更想不到的是留下了杜魯成而不是他井宗秀，回過頭看崗下縣城，烏煙瘴氣的，他不喜歡這個縣城了，就從褲襠裡往外掏尿，尿射得很高，他說了一句：哼！

傍晚到了渦鎮，北城門的豁口似乎又塌了些磚石，沒有人，一群老鴰在跳上跳下，呱呱地叫。井宗秀思量是回自家屋院呢還是到一三〇廟裡先前師徒們住過的那間小屋去，躊躇了許久，最後決定先見見吳掌櫃，畢竟是給吳掌櫃幹活時被抓走的，吳掌櫃即便對他不操心，他也要讓吳掌櫃知道他井宗秀是又回來了。井宗秀知道自己身上的衣服很爛，又很髒，但他還是摸著嘴唇和下巴上的稀稀鬍子拔起來，摸著一根，拔掉一根，到了吳家，嘴唇和下巴差不多是都光了。可一見到吳掌櫃，吳掌櫃並沒有驚訝也沒有問吃了沒有喝了沒有，只強調說這都是岳掌櫃使的壞，然後破口大罵，足足罵了一炷香的時間，兩個嘴角都起了白沫。井宗秀倒自己從桌子上端了茶，說：你喝一口，喝口。吳掌櫃就拍著胸口說：我總有一天要讓他為這事付出代價的！井宗秀你信不信？井宗秀看著吳掌櫃脖子上暴著青筋，知道這兩家怨恨深，不能說信，也不能說不信，便問這一三〇廟還整修不，如果還整修，老畫師跑了，他還可以再從別的縣請別的師傅，其實不請人也行，糊布彩繪他都會的。吳掌櫃說：井宗秀，你不敢得罪姓岳的是吧，我不怕，渦鎮這個馬槽裡我就不讓伸他個牛嘴！我爹都死了，還想修什麼廟，不整修了，全當我把幾百個大洋打水漂了，我有的是錢！井宗秀見吳掌櫃把話說到這分上，也不願還聽他罵岳掌櫃。告辭了就來到街上。

天已經黑嚴了，街上有幾家店鋪已掛了燈籠，原本燈籠都紋絲不動的，身後忽地卻掃來一股風，頭上的帽子落地，又車輪子一樣往前滾，正好一個人從橫巷出來，撿了帽子說：誰的？井宗秀叫道：陳來祥！陳來祥說：我認得這是你的帽子，還以為誰扔過來你的頭哩！井宗秀說：你狗日的，盼我掉腦袋呀？陳來祥說：你回來了，你咋回來了，楊鐘和他爹去縣城要探牢，人家不讓探，楊鐘回來哭著說你怕是再回不來了，我爹還說如果你真的被殺了，就讓我拿席把你卷回來。井宗秀聽了，一股子眼淚倒流下來，把陳來祥抱住，說：有你這話，我也不虧和你一塊耍大。陳來祥卻說：你老欺負我。井宗秀笑了一下，說：欺負你是和你親麼。陳來祥說：你沒事啦？井宗秀說：沒事，啥事都一風吹了。你回去替我給陳叔問個安，改日我去給他老人家磕頭。又問道：這麼晚了，你還往哪兒去？陳來祥說：你被押走後，你家裡也盡出怪了。我爹剝黃羊皮，黃羊明明被刀子戳死了，又整張皮剝下來，那黃羊竟還站起來跑了幾丈遠才倒下。老母雞才孵出十二隻雞娃，天黑時我娘說把雞棚門拴好，我說沒事，它黃鼠狼子不知道咱家孵了雞娃。第二天早上黃鼠狼子竟然就把五隻雞娃吃了，這黃鼠狼子在哪兒藏聽見我說話了？還有，我正吃飯哩，一顆牙不疼不癢就掉了。家裡鬧鬼，我去找老魏頭了。井宗秀說：鬧鬼了你讓寬展師父去吹尺八麼，找老魏頭？陳來祥說：老尼姑被龍馬關的韓掌櫃請去了，半個月沒回來麼，老魏頭有張鍾馗像，靈得很，好多人家裡不安寧了借去敬上幾天都起作用的。他胳膊下夾著一卷軸，要打開給井宗秀看，井宗秀沒讓打開。陳來祥說：你家裡出的事比我家大，要麼你先拿去敬敬。井宗秀說：我家裡沒鬼。陳來祥說：還沒鬼？人都說岳掌櫃像狼一樣要咬吳掌櫃哩，咋偏把你害了?!井宗秀說：你囉嗦！推著陳來祥走了。

井宗秀感動著楊鐘父子還去過縣城探望他，就想著他得要謝呈楊家啊，才轉身到東背街三岔巷去，看著陳來祥撲遝撲遝地走了，卻突然記起陳先生的話：說誰像猴一樣坐不住，那誰就是猴，說誰像豬一樣懶，那誰就是豬。那麼岳掌櫃像狼一樣咬吳掌櫃，那岳掌櫃就是狼麼。井宗秀這時改變了主意，沒有再去三岔巷，而直腳來找岳掌櫃了。

岳掌櫃吃罷晚飯，正坐在羅漢床上吃瓜子。他家的瓜子有乾炒的，也有糖炒和羊奶炒的，試著用青鹽、辣麵炒，香是香，吃了又覺得口渴，要喝麵湯。他喝麵湯必須是頭鍋餃子二鍋麵的湯，廚房裡一時包不了餃子，就煮麵條，第一鍋撈出來，再煮第二鍋，才把湯端來。他一邊喝湯一邊讓姨太太坐近來把腳放在床沿上供他看，姨太太說：腳有啥看的？他說：你不懂。喝過湯，他身子靠在床頭，背後墊著三個枕頭，一會兒發睏了，姨太太從背後取下一個枕頭，他就睡平在了床上，說：我比姓吳的餡和吧？姨太太說：餡和，我腳麻了。把腳取下來。他又說：下午聽阮天保說井宗秀放了，這姓麻的是咋當的縣長？話剛說完，門房人進來說：掌櫃，井宗秀來見你哩。岳掌櫃一下子坐起來，說：井宗秀？這麼晚他來見我？拿的刀？門房人說：空手。岳掌櫃說：臉上有沒有殺氣？門房人說：臉平平的。岳掌櫃說：那讓來吧。

井宗秀進來，岳掌櫃滿臉堆笑，說：呀呀，你回來啦？我說麼，井宗秀是好人，肯定會回來的，這不一根毛不少的就回來啦！幾時回來的？井宗秀說：才回來，知道你關心，一回來就來見你。岳掌櫃說：是呀是呀，一聽說把你抓走了，我這心揪呀，揪得成半夜睡不著！井宗丞加入了共產黨，又不是井宗秀送走的，井宗秀有啥事？我也納悶，你是給吳掌櫃幹活哩，他了解你呀，怎麼不保護，好歹也說一句公道話啊，竟然還把你騙到家裡讓抓走?!井宗秀就笑笑，說：吳掌櫃膽小。岳掌櫃也哈哈大笑，說：他在生意場上膽子比誰都大呀，那是條蛇，蛇都想吞象哩！回來了還整修廟嗎？井宗秀說：我不清楚吳掌櫃還整修不整修，就是他要繼續整修，我也不幹了。岳掌櫃說：哦，給他幹活能賺幾個錢呀?!你家不是有個水煙店嗎？井宗秀說：小門店，以前僱個人在經管，我走後還不知關門了沒。岳掌櫃說：就是還開著，可以再幹幹別的，為吳掌櫃蒙受這麼大的冤，他是該給你弄個事幹麼。算了，別指靠他，你要願意，就到我茶行或布莊幫忙吧。井宗秀說：多謝你待我好！你那裡都是大生意，我不配去，去了也幹不了。你在白河岸上的十八畝地不知有人租了沒有，如果租了這話全當我沒說，如果沒租，你看能不能讓我種幾年，租金我一分不少，每年再給你繳兩斗麥。岳掌櫃拿手在頭上抓帽子，沒有帽子，突然就盯著井宗秀，說：啊哈你井宗秀，今日來是打我主意了！井宗秀說：這我不敢，是你話說到這兒了，我才臨時冒出這想法，打嘴打嘴。真的就打自己的嘴。岳掌櫃卻說：好麼好麼，就租給你！井家還在難處我能不幫嗎？我不是打哈哈，明日，你就找帳房，他給你辦手續！井宗秀千謝萬謝。岳掌櫃就拉了井宗秀的手，喊叫姨太太：你拿菸呀，沏茶呀，給大侄子接接風呀！又說：給你燙壺酒？

井宗秀沒有喝酒，抿了幾口茶就說夜深了你得歇息的就告辭了。岳掌櫃還送他到二道門口，冷不丁問了一句：井宗丞的情況咋樣？井宗秀嚇了一跳，說：這我不曉得，我沒這個當哥的了！岳掌櫃說：咦，話不能這麼說，打斷骨頭連著筋麼，你要聯繫的！他是共產黨也好，雖然政府尋你的事，看到人要欺負你，他誰也得掂量掂量呀！井宗秀說：唉，他只要不再給我帶災，我就燒了高香啦。岳掌櫃說：這年頭，咱渦鎮啥都有，就缺個背槍的，槍是神鬼都怕呀！將來他要是……井宗秀說：他還有啥將來呀，不是挨槍子就是餓死了。

井宗秀後背上全是汗，一出岳家屋院，風真的吹起來，街巷裡那些燈籠都滅了，樹梢子在空中搖，那不是在搖，是在天上磨，磨得咕唰唰響。好久好久沒有想到過井宗丞了，經岳掌櫃一提說，井宗秀仰頭長嘆，夜黑得像扣了個鍋，幾顆星星隱隱約約，他不知道井宗丞該是在哪一顆星下，一時倒覺得汗全在冷，衣服也冰涼冰涼起來。

★

井宗丞是和杜鵬舉的女兒杜英一塊逃脫的，杜英知道她爹以前曾在方塌縣的同濟藥房待過，兩人去了後，才曉得那同濟藥房是共產黨秦嶺特委在方塌縣的一個祕密聯絡點。掌櫃姓葉，留下了杜英做店員，而介紹井宗丞就去投靠了牛文治。牛文治是方塌縣的土匪，手下有幾十號人，十三桿長槍，其中卻有葉掌櫃早介紹去的共產黨人蔡一風，蔡一風在給牛文治做保鏢。

那時期，正是政府軍的六九旅聯合著逛山頭領林豹打刀客，而林豹趁機擴張，接收了刀客的一些舊部，又降服了三合縣黑水溝的土匪鞏東才和方塌縣黃柏岔的牛文治。林豹的勢力比以前大了三倍後，就和六九旅又翻臉對抗起來。六九旅很惱火，派人策反牛文治，牛文治果然反水，林豹便反收拾牛文治，二百人把牛文治的三十人包圍在臥牛溝的小山村。但是，雙方還沒有交火，牛文治就被嘴裡塞了一把狗毛綁起來了。綁牛文治的是蔡一風、李得旺、米家成和井宗丞。那天這四人一商量，由井宗丞李得旺去報告牛文治：得到消息村裡的王財主家有槍，並在家裡發現了暗室。牛文治說：那就取來呀！井宗丞說：我們取不來，你去能鎮住。牛文治就去了，王財主矢口否認，李得旺就揭了牆上一幅畫，後面有一個小洞，牛文治說：有夾牆啊?!王財主說：蓋房子時是做了夾牆，但裡面什麼也沒藏，不信你看看。牛文治把頭伸進去，裡邊蹴著的米家成就給牛文治的下巴下支磚頭，一支磚頭牛文治頭收不回來，吱哇著叫，外邊的蔡一風、井宗丞、李得旺趁勢拿繩綁了牛文治，裡邊再取了磚頭，拉出來把狗毛塞在嘴裡。四人把牛文治獻給了林豹，林豹就嘎嘎大笑。林豹向來是一笑殺人，他手下的兵就咯當咯當地拉槍栓，槍頭全指著蔡一風他們。蔡一風說：我有些熱。把襖脫了，扔給井宗丞。林豹問：你是誰？蔡一風說：我是牛文治的保鏢。林豹說：你是保鏢你殺主子？蔡一風說：他反叛你，我就反叛他。林豹說：你叫什麼名字？蔡一風說：蔡一風。林豹說：一股子風？好！就親手拔了牛文治嘴裡的狗毛。牛文治能說話了，不罵林豹，罵蔡一風。蔡一風說：你別罵我，是你犯了地名，你姓牛不該到臥牛溝。林豹說：豹子是吃牛的，你就是不犯地名，遲早也是我的肉。又是嘎嘎地笑，手下的兵就讓牛文治跪在了地上，端槍要打時卻沒有打，用槍托敲腦殼，掏出腦漿，把一截麻繩塞進去，點了天燈。

隨後，林豹認定蔡一風是條漢子，兩人結拜了兄弟，任命蔡一風為團長，增撥了十桿槍和十箱子彈，仍讓帶著原班人留在方塌，騷擾牽制六九旅。蔡一風有了自己的一支武裝，就接到秦嶺特委的指示起義，而後更名秦嶺遊擊隊。他任隊長，下設兩個分隊，一分隊長是李得旺，二分隊長是米家成。井宗丞原是個班長，提升成二分隊的排長。

秦嶺遊擊隊在方塌、三合、桑木三縣一帶活動，自然就成了六九旅和各縣保安隊的新對頭，六九旅和各縣保安隊圍剿過幾次，他們卻從不正面交鋒，敵來我撤，敵走我擾，在遊擊中倒一天天發展壯大起來。過了一年，六九旅和逛山打了一次惡仗，逛山死傷過半，林豹帶著殘部就往西逃竄了。這天清早，遊擊隊在桑木縣的老君殿鄉殺了一戶富豪，正給窮人分糧，得到情報：六九旅開拔去追剿逛山，桑木縣保安隊也派人去配合，幾十人剛剛出發了半晌。遊擊隊就決定，趁機滅了這股保安。當時天下大雨，遊擊隊急速追到石家嶺，老遠見前邊溝裡一夥人，察看溝口泥腳窩子，其中有膠鞋印，二分隊就斜插溝畔上的包穀地到前邊攔截，約定前邊一打響，一分隊就堵住往後邊打。包穀已一人多高，地裡的土又黏，人一進去腳上便有了兩個大泥坨子，米家成要求隊員既要快又不能弄出響聲，沒想地裡的小道上就過來了一個老婆婆。老婆婆背著一個小孩，把小孩雙腿緊緊地拉在前面，嘟囔著說：把婆的脖子摟緊，別讓狼從後邊抓了你！二分隊的人一跑過去，老婆婆就嚇得跌坐在地上，小孩就哭，井宗丞撲上去先捂住小孩嘴，老婆婆說：孫子病了，我背娃去山上廟裡求了香灰藥，我沒錢，就手上這個戒指你拿去。井宗丞說：不說話！一個隊員也跑過來，井宗丞讓那隊員來捂嘴，他就跑前去了。溝裡終於響了槍聲，遊擊隊一前一後壓縮著打，一頓飯時間就結束了戰鬥。

這次追擊，保安被打死了十五人，俘虜了二十三人，蔡一風估摸桑木縣城的防守該空了，於是又下令進攻縣城，並讓井宗丞帶他的一排人在前邊打先鋒。井宗丞就讓隊員換上保安的服裝，卻問那個隊員：咋沒見那婆婆和小孩出來？那隊員說：是不是從包穀地跑了。井宗丞說：你去看看。那隊員去了包穀地又跑回來，說：人死了。井宗丞說：你把他們掐死的？那隊員說：我沒掐，是我把他們臉朝下按在稀泥裡，按了一會我就走了，誰知道不經按。井宗丞罵道：把臉按在稀泥裡人能不死?!在身上摸了幾遍，摸出個大洋，讓那隊員放到老婆婆那兒去。

遊擊隊由井宗丞的排在前邊開路，到了縣城門口，站崗的在那裡燒火，正扒出烤熟的紅薯吃，見一夥保安進來，問：咋又回來了？井宗丞說：不去了。話未落搧過去一個耳光，那哨兵還以為要吃紅薯，把紅薯遞過來，井宗丞一下子奪了槍，使勁一推，那哨兵就倒在火堆上，另外三個哨兵灰迷了眼，跟上來的隊員拿槍要打，井宗丞說：不要開槍！一陣手榴彈便在頭上砸，砸得腦漿出來，後邊的部隊衝進城裡，直奔了保安隊部。

保安隊部設在城西北的德福街，原先是一家古董店，蔡一風曾在店裡當過兩年夥計，而保安隊長在那時還僅僅是個兵，盜墓拿了幾件陶器來，店掌櫃說是贗品把價壓得很低，從此懷恨在心，等到當了隊長，以店掌櫃給逛山走私文物籌備經費的罪名，拉到城外斃了，宅院充公就做了隊部。這天保安隊長的痔瘡犯了，沒有帶隊去跟隨六九旅，正在木桶裡點了艾香坐上去薰，突然見進來了陌生人，抓住凳子上的槍就打，衝在前頭的米家成一下子窩在地上。井宗丞連開七槍，保安隊長當下斃命，噴過來的血卻濺了自己一身一臉，把眼睛都糊了。井宗丞抹了一把臉，罵道：陣腥的！又到內間屋，保安隊長的女人才擦洗了澡披衣服，衣服就溜脫了，嚇得趴在地上磕頭，白胖得像一堆雪。井宗丞舉槍再要打，而跟進來的李得旺阻止了，說：蔡隊長沒說讓殺她。用腳把地上的衣服踢到她身上。女人忙裹了衣服就從床下拉出一個提兜，說：裡邊有金條和大洋，饒了我。李得旺拿了提兜吆喝大夥撤走，米家成還坐在那裡，睜著眼睛。井宗丞說：撤！撤！米隊長你還看啥哩？米家成眼睛仍睜著，一動不動。井宗丞去拉他，一拉卻倒了，屁股下是一攤血，這才發現人已經死了。井宗丞吼叫了一聲，忙叫人背了米家成快走，他回頭朝保安隊長的頭上又補了一槍。

蔡一風是帶著其餘隊員去的縣政府，縣政府在一座兩層的木樓上。剛到樓門口，縣參議長出來，一邊用牙籤剔牙，一邊回頭和門裡的一個人說話，門裡的人見一夥人端著槍衝了來，大叫一聲轉身就跑，蔡一風一槍將他撂倒，那參議長回頭看了，撲遝就坐在了地上。

上了樓搜查，政府職員全趴在地板上，蔡一風用槍指著一個，說：起來！那人說：不敢。蔡一風猛地瞧見前邊站起了一個人，一槍又打過去，原來是樓過道頭放置著的插屏鏡裡照出了他自己，玻璃嘩啦碎了一地。他再說：起來！那人站起來，稀屎從褲腿裡往出流。蔡一風說：給我說老實話，誰是當官的！那人就指一個說他是厘金局長，厘金局長就被抓起來。再指著一個說他是一科科長，一科科長也被抓起來。連著又指了二科科長三科科長，全抓了。蔡一風問：縣長呢？就聽到另一個房間裡有響動，忙衝進去，有人已經站在窗外了要往下跳，蔡一風的警衛員來不及開槍便把手榴彈沒拉弦砸過去，那人腿斷了，沒有掉出窗外仍掉進屋裡。蔡一風問：他是誰？指證的人說：縣長，縣長，我不說不行啊，你不要怪我！

井宗丞從保安隊部出來後往縣政府跑，身後一個隊員說：排長排長，你咋流血哩！井宗丞以為是保安隊長噴在他身上的血，說：那不是我的！街兩邊的店鋪哐哩哐噹上門板，有人把門口的東西往家裡抱，撞倒了一個桶，泔水像蛇一樣就流過來。經過一個拐角，那裡有兩個當鋪，門裡卻跑出了兩個隊員，好像還在爭著什麼，井宗丞就喊：嗨，到當鋪幹啥去了？兩人跑了幾步又站住，一個說：啊蔡隊長眼睛不好，我看見那裡有眼鏡，拿了一副。他攤開右手，果然是一副硬腿子大石頭鏡。井宗丞說：左手！左手攤開了，是一塊銀元。他說：這手裡咋還有銀元？竟然就把銀元扔到房頂上去了。井宗丞問另一個：你呢？那個眼睜著，不說話。井宗丞說：張嘴！嘴一張掉下來一塊銀元。井宗丞用左手指著他們，罵道：你兩個狗日的，啥時候了還敢搶劫？為一塊銀元就不怕店裡人把你們拉進去剁了?!兩個隊員趕忙回話：我們錯了，不敢了，再拿人家一針一線你槍崩了我們。說完也往縣政府方向跑，又回頭說：這事你千萬甭給李隊長說啊。井宗丞指著那兩個隊員說：滾！卻發現指著的左手小拇指怎麼短了？再看，半截吊下去，只連著皮，一下子就覺得疼得不行。

跑到縣政府門口，蔡一風已經釋放了別的職員，也才將縣長、參議長、厘金局長和三個科的科長槍決，屍體就整齊地擺在木樓門口，地上是一攤一攤血，血是黑的，腥氣難聞。井宗秀後悔著沒把保安隊長的屍體也擺在這裡，就看見了那兩個搶劫的，又罵道：你倆肯定看見我指頭斷了，故意不說?!蔡一風過來問：你受傷了？井宗丞說：可能是保安隊長那一槍射穿了米分隊長又打在我手上的。蔡一風說：唉。米家成命這麼短。井宗丞說：誰死都不該是他死啊！蔡一風說：所以我把三個科長也槍決了。就喊叫：誰是桑木縣城人？一分隊的一個班長應聲：我是。蔡一風說：你知道醫院在哪兒，派人陪井排長去包紮手！桑木縣有個教會醫院，去了，井宗丞的左手已腫得像棉花包，醫生說如果不行就得把左手截了。那班長就打醫生，說：你這成心要毀他是不是，當兵的沒了手當什麼當？醫生說：這我沒辦法治。井宗丞說：左手不握槍，咋都行，只要不讓我疼！治療時，醫生又說手沒有發黑，還是別截，結果左手保住了，只把小拇指剁了。

連著兩個仗是遊擊隊創建以來取得的最大勝利，共繳獲各種槍枝九十八支，子彈一百零三箱，手榴彈三百顆。沒收商號布匹十二馱子，現大洋五千塊，一起運回山中，基本解決了部隊的冬裝問題。不幸的是犧牲了米家成和四個隊員，受傷的有九人，都是皮肉傷。井宗丞截了小拇指算為斷骨，氣得他說：往後掏不成左耳朵了。但他英勇，從此當了二分隊的隊長。

★

井宗秀能安安全全地回到渦鎮，又能很快地就租到岳家的十八畝地，陸菊人真是高興，更從心底裡服氣著這個男人。那天，井宗秀來楊家謝呈，給楊掌櫃帶了頂氈帽，給楊鐘帶了個銅嘴兒旱煙鍋，又給剩剩帶了一封糕點，街上買來的糕點都是麻紙包了，用細紙繩兒紮著，但這封糕點紮的卻是一條紅絲繩。楊鐘說：我以為他會在縣城給我買紙菸的，就這麼個旱煙鍋，還不是玉石嘴兒?!陸菊人把糕點讓剩剩吃了，把紅絲繩紮了頭髮，她知道這是頭繩。

陸菊人紮著紅頭繩去河裡洗衣裳，原本是帶了在集市上買來的皂角莢，但走過老皂角樹下，樹上還是掉下來了兩個幹皂角莢，她喜出望外，就看到不遠處一堆人圍著，大呼小叫地看熱鬧。陸菊人問：那裡啥事？旁邊人說：劉鎖子罵媳婦哩。陸菊人說：劉鎖子沒本事，就會打罵媳婦。旁邊人說：那媳婦說一朵花插在牛糞上了，劉鎖子就躁了。陸菊人提了籃子去南門口外的河邊，在石頭上砸皂角莢，砸得一堆的白沫，心裡卻說：一朵花插在牛糞上？那可能是花身上也有臭味，只能在牛糞上長麼。說過，自己倒也笑了，一扭頭瞧見右邊的水面上有氣泡，一朵一朵的像是在長蘑菇，她知道那裡有了鬥魚。黑河白河裡有鬥魚，但平日並不多見，陸菊人便好奇了，悄悄走過去，果然兩條鬥魚都長得色彩

婆羅樹，花和苜蓿一樣，果和核桃一樣，鎮上人一直傳說哪一枝股上的花繁果多，枝股所指的方向，來年就五穀豐收。陸菊人抱著剩剩在樹下看，想看看繁花多果的枝股是不是指向有井宗秀十八畝地的白河岸，但樹上的花早謝了，連果實都落完了。放下剩剩，剩剩的眼睛靈活起來，見院門開著就往裡跑，陸菊人拉住，一試額顱竟然不燙手了，她說：你給我作怪，一來安仁堂你就燒退了?!便聽到上房裡陳先生在和人說話。陳先生給人看病，嘴總是不停地說，這會兒在說：這鎮上誰不是可憐人？到這世上一輩子挖抓著吃喝外，就是結婚生子，造幾間房子，給父母送終，然後自己就死了，除此之外活著還有啥意思，有幾個人追究過和理會過？算起來，拐彎抹角的都是親戚套了親戚的，誰的小名叫啥，誰的爺的小名又叫啥，全知道，逢年過節也走動，紅白事了也去幫忙，可誰在人堆裡舒坦過？不是你給我栽一叢刺，就是我給你挖一個坑。每個人好像都覺得自己重要，其實誰把你放在了秤上，你走過來就是風吹過一片樹葉，你死了如蘿蔔地裡拔了一棵蘿蔔，別的蘿蔔又很快擠實了。一堆沙子掬在一起還是個沙堆，能見得風嗎，能見得水嗎？哦，德生，你去拿幾顆婆羅果給剩剩耍吧，他喜歡這個。屋子裡就出來了陳先生的徒弟，笑咪咪的，說：來啦？陸菊人說：先生正看病著？德生說：還沒病人。陸菊人說：我聽見他說話的。德生說：剛是給我說的。陸菊人進了屋，真的是陳先生一個人在那裡坐著喝茶，她說：先生知道我來了？陳先生說：剩剩又病了？陸菊人說：你說這是咋回事，他幾次發燒，額顱燙得像炭一樣，一到你這兒卻又好了！陳先生說：你已經給他治了麼。陸菊人說：我哪會治?!陳先生說：你見過山上的猴子相互撫摸呀，捉蝨子呀，那就是猴子在治病。你一路抱他哄他拍他給他試額顱，也是給孩子治病的。陸菊人說：是這回事呀！陳先生說：以後孩子有個頭疼腦熱的小毛病，你就不用再往我這兒跑了。陸菊人說：那不行呀，這些年我都依賴慣了，就是不看病，聽聽你的話也好，不來這心裡總不踏實麼。說完去看爐子上的水壺，水壺裡還有水，就伸手拿了掛在牆上的幾件衣服。

德生說：才穿了三天，不用洗啦。陸菊人把衣服又掛好，說：以後所有穿髒的衣服都給我留著，十天八天了我來洗。而這時，有個男的陪著媳婦來看病了，陸菊人便拖了掃帚去掃院子。院牆角站著剩剩，叫著讓娘往牆頭上看，那是一枝牽牛蔓，陸菊人似乎看到一個精魂努力地從牆根長出來，攀上了一根竹棍，再攀上院牆，在那裡顫活活地綻開一朵花。她說：不敢掐啊！

來看病的媳婦嘀嘀咕咕給陳先生說她的病，好像在說發寒熱，月經一來十幾天乾淨不了，上次服了降火涼血藥，現在卻盜汗，經期不准了，不是提前就是推後，還腰痛得像刀刮一樣。陳先生說：盜汗是氣血虛，日期不准是肝脾虧。那男的說：先生，這肝長在哪，脾又長在哪？陳先生說：你不用知道，你知道長的部位了那部位就是病了。陳先生就開始給那媳婦把脈，一邊讓德生筆記，一邊說：細軟屬濕，尺沉屬鬱滯，以酒煮黃連半斤，炒香附六兩，五靈脂半炒半生三兩，歸身、尾二兩為末。服六劑。另配服六味丸。德生去抓藥了，那男的卻說：先生你望聞問切哩，你看看我的氣色，能不能發財？陳先生說：我看不來。男的說：近日是有宗生意，做好了利很大，可牽涉的事多，我又怕麻煩纏身，你能不能給我算算，做還是不做？陳先生說：我算不了。男的說：都說你能掐會算的，你是不肯給我算麼，那我還得去廟裡求神啊！陳先生說：這種事是得去問神，我只給你一句話，你去廟裡了，不要給神哭訴你的事情有多麻煩，你要給事情說你的神有多厲害。

陸菊人掃地掃到窗子前，聽了這話就不掃了，看著剩剩又在台階上滾動婆羅果，她說：耍夠了沒？剩剩說：再耍一會麼。陸菊人說：你不是生病哩，你是借著病來這裡耍呀！

陸菊人和剩剩一回到家裡，就給公公說了想讓楊鐘跟井宗秀種鐵棒筍做醬貨的事。楊掌櫃覺得這好，又親自去徵詢井宗秀肯不肯。井宗秀當然樂意，但楊掌櫃拉著楊鐘去了井家，楊鐘卻說：種鐵棒筍的事我不幹，做醬貨的時候你來喊我。

此後，井宗秀就買了鐵棒筍種，於十月份請雇農在地裡埋下，第二年四月，鐵棒筍苗長得歡實，便從鐵關鎮高價請了醬師，購買了上百口老缸。楊鐘是一塊把井家的院子騰空，搭蓋起放老缸的棚屋。棚屋的梁架豎好，牆也用土坯壘畢，需要鋪上綻板就上泥撒瓦呀，楊鐘回家來向爹討錢，說買些綻板，陸菊人卻覺得能省就省，不必去街上買，她娘家兄弟前年蓋房時剩下一大堆綻板，讓楊鐘去背些來就是。

楊鐘去了紙坊溝，幾年沒見小舅子陸林，陸林長得五短身材，卻是一身的疙瘩肉。陸林給楊鐘拾掇了四大綑子綻板，楊鐘竟懶得出力，掏錢僱人背送到鎮上了，自己便和紙坊溝的幾個賭友打麻將。到了傍晚回來，陸菊人說：你在我娘家吃飯了？楊鐘說：吃了。陸菊人說：你瞧不起我娘家人，他們倒待你好，還幫你把綻板送了來。楊鐘說：給錢了能不送？陸菊人問給了多少錢，楊鐘說也就是一個銀元。陸菊人氣得罵：你把蘿蔔價攬成肉價啊，有那麼多錢，在街上也能買十綑二十綑綻板的！

自此，陸菊人對楊鐘徹底失望，便不讓他和井宗秀合夥了，怕以後給人家幫不了忙還會添亂。不知怎麼，也不願再見到井宗秀。井宗秀還曾來過楊家，公公和楊鐘都不在，她打老遠見井宗秀過來了，便先進院關了院門，院門被敲了半會，她躲在屋裡都不敢咳嗽。一次，陸菊人在院門口揀豆子，一簸箕的豆子，先把紅豆子往出揀，紅豆子太多，又從紅豆子裡往出揀黃豆子，幾個娘們經過，見了她就說：呀呀，孩兒都是偷娘的光彩呢，你倒越發長得嫩面了，有紅是白的！陸菊人說：醜死了，醜死了！她們說：還沒見過你孩兒哩，長得像娘還是像爹？陸菊人卻聽到巷道拐彎處傳來井宗秀和人的說話聲：啊昨天來了那麼多馱子呀？來送麥溪縣的青顆鹽的。啊那鹽老貴呀！醬筍只能用這種鹽麼。啊你還要從鐵關鎮運水不成？咱白河裡有湧泉嘛！啊，啊，你肯定是先想到這湧泉水了才要做醬筍的?!幾個娘們說：一定要像娘的！就咯咯地笑。陸菊人卻極快地跑進院，呼地把門關了。楊掌櫃坐在上房裡喝茶，說：你請人家進來呀，咋關了門？陸菊人慌慌張張，不知所措，胡亂地簸箕裡揀豆子，嘴裡不歇氣地說：進來幹啥呀，看啥孩兒的，不讓看，誰都不見，我孩兒醜在哪兒，少鼻子缺眼啦，別人再好，那是別人的，我不見心不亂，好好養我孩兒長大，啥日子還不是人過的。楊掌櫃聽不懂她說的啥，納悶了半天。陸菊人不停地揀著豆子，把揀出的黃豆又嘩啦攪進了紅豆裡，不揀了，突然覺得公公不言語了，一下子愣住。軟和了聲音，說：爹，不要喝那些陳茶末子了，你也得給你買些「秦嶺霧芽」麼。楊掌櫃咳嗽著，說：啥嘴呀，還喝「秦嶺霧芽」?!

井宗秀買了青顆鹽後，就開始去白河中取水。白河裡有湧泉，漲水的時候看不來，水流得小了，能看到河心裡有一處往上冒泡，像是一簇白牡丹，沖不走的，不停地在那裡開放。這是渦鎮的一景，吳掌櫃、岳掌櫃他們富裕人家都講究著取那裡的水煎茶的。一切都備停當了，醬師把大粗棵青筍切掉根，刨老皮，要加工醃坯呀，卻不讓井宗秀在跟前。井宗秀說：你不要避我，我是筷子，啥都想嚐嚐的。醬師說：你一嚐就沒我吃的了。井宗秀說：我先前跟著畫師，他不教我和豬血泥子，我後來學會了，待他更親，還到處幫他攬活的。你放心，咱既然合作，誰都不防誰，咱的醬筍就在鎮上賣，虧了全算我的，賺了一分為二。醬師說：那你寫個契約。井宗秀說：唉，你也就是個醬師，一輩子只是個醬師！把契約寫了，按了指印，就讓醬師拿著。以後，井宗秀知道了：一缸配菜，先用鹽一斤，一層菜一層鹽地殺水。第二天撈出，再用二斤半鹽，一層菜一層鹽地醃泡，每天翻缸一次。五天後，三天翻缸一次，直至十天，把筍撈出來在另一缸中壓緊，加進次醬。再過七周，每天攪動一次。再再往後，把筍從醬缸捋出，又投入新缸，加新麵醬，每天翻動一次。一月後，還是倒缸，加甜麵醬，封蓋存放一月。井家的醬筍終於做成，味道雖不如鐵關鎮的「萬祥寶」，但也差不了多少，就起名了「井日升」。「井日升」牌醬筍價格當然比「萬祥寶」牌要低，但在渦鎮就銷售完了。第二年，產量增大，賣到了黑河的岸上的十五里方圓的村寨，又賣到龍馬關和平川縣城。

人人都說井家的醬筍賺錢，到底賺了多少又說不清，只看見那醬師出門也是長袍馬褂，頭上戴黑絲絨的地瓜帽，帽上還嵌了塊碧玉。而井宗秀家的水煙店擴大了一倍，竟然開始返還他爹所欠的互濟金。當初未還清的互濟金，許多人都宣稱不要了，現在井宗秀一定要還。

吳掌櫃有個本族的侄子叫白起，一直在鹽行裡做事，也尋到井宗秀，說他當年也交給互濟會三個大洋，只是收據丟失了。井宗秀有些懷疑，但還是付了。過了三天，白起在收購馱子送來的鹽，正過秤著，突然倒地，抓土往口裡吃，旁邊人就說這是有鬼了，忙拿簸箕覆蓋了，折桃木條在簸箕上抽打，白起不吃土了，才慢慢清醒過來。僅隔了一天，白起的媳婦也被鬼罰下，雙目緊閉，聲音變粗，大家聽著是井宗秀他爹的口音，便問：你是誰？說：我是井伯元，白起賴了三個大洋，我才找他們麻達的。白起聽了，臉色先是通紅，再變得煞白，說：井伯井伯，那你是要我給你燒陰紙還是你要陽世的錢？說：把錢還給宗秀。白起一應口，他媳婦就恢復了常態，卻是一頭一身的汗，像是從河裡才撈上來，問剛才是怎麼回事，她說不知道。

鬼附體的事一發生，井宗秀贏得了一片好名譽，也讓鎮上人知道了井家是不能招惹的。吳掌櫃卻臉上沒了光，在街上拉住白起罵，偏偏岳掌櫃又來勸解，氣得吳掌櫃差點暈倒，回家睡了一天，自此有了打嗝的毛病，動不動就嘎地一下，就不多在人前說話了。

這樣又過去兩年，到了秋季，秦嶺裡有一股蝗蟲從西往東飛，遮天蔽日的，一旦落地，咬噬聲像河裡發洪水，頓時成片成片的莊稼就都沒有了。所幸蝗蟲並沒經過渦鎮，人們還在往老皂角樹上掛紅布條還願，從黑河上游來販棉花的人卻說五雷出現在漫川鎮。五雷的名字早有耳聞，是三合縣新冒出的土匪，手下幾十號人，狗是走到哪裡就奓起腿要撒尿，留下氣味而占領地盤，五雷一夥以居無定所、四處流竄、打家劫舍來擴散社會對他們的恐懼。三合縣距渦鎮遙遠，以前未多在意，現在五雷卻出現在五十里外的漫川鎮，渦鎮人一下子心揪起來，有洞窟的人家開始收拾清理，還沒完成的洞窟又加緊了施工。井宗秀沒有洞窟，也不去開鑿，倒迎娶了白河岸孟家村孟星坡的大女兒。

還在井伯元活著的時候，媒人提說過聘孟家大女兒給井宗丞，而井家接二連三出事，這門婚姻再沒了動靜，等井宗秀又翻騰了上來，媒人卻上門提出把孟家大女兒聘給井宗秀。井宗秀先是不同意，請教過楊掌櫃，楊掌櫃說：這是你爹手裡的事，你爹不在了，你哥他又不能回來，活著和死了沒啥區別，你要成婚了這家才是回全，井家就又亮亮堂堂新光景麼！井宗秀說：我還沒見過那人的。楊掌櫃說：只要不是瞎子瘸子，見不見那有啥啊？井宗秀就認了這門親。一切都從簡著，成親的那天井宗秀只在家擺了幾桌席，僅僅通知了一些親朋好友。楊鐘好熱鬧，當然少不了他，當叮叮咣咣的鑼鼓一響，新娘子被井宗秀接進了院，他提著一串鞭炮，就跳到井家的門樓簷上放起來。煙塵霧罩裡，見陳來祥來了，便高聲問：拿的啥禮啊？陳來祥說：一條豹子皮，做褥子的。楊鐘說：啊你讓他們變豹子呀，那炕吃得消？陳來祥嘿嘿笑，說：壞慫！你拿的啥？楊鐘說：你家有皮貨店，我從你家店裡拿不成麼！我在這裡放鞭炮，你能上來?!陳來祥是上不來，卻說：你媳婦沒來？新娘子長得像你媳婦哩！楊鐘說：人回娘家了！低頭向上房裡看，新娘的背影是和陸菊人一樣高低，但轉過身了，陸菊人是長臉長眼，新娘子圓臉，眼睛也是一對杏核，就罵陳來祥：你狗日的是瞎子！

陸菊人是在街上聽說了井宗秀要迎娶孟家的大女兒，並不相信，還笑著說：有這事呀，他是該成婚的麼。回到家裡，向楊鐘問這事是不是真的，楊鐘吃甜瓜，把嘴埋在砸開的半個瓜裡吞著，嗯了一下。楊鐘嚥了嘴裡的瓜瓤，抬頭見陸菊人愣怔在那兒，說：你不吃？陸菊人說：你有啥感受？楊鐘說：不是很甜，還行。陸菊人說：我問你井宗秀成婚的事。楊鐘說：人家成婚哩。我有啥感受？陸菊人說：

天底下再沒有女人了，還要娶孟家的？就是娶，也該是那二女兒麼。楊鐘說：我看好，是自己的媳婦，也是自己嫂子，這好麼。陸菊人手一揮，把楊鐘拿著的瓜撞在了地上，一攤瓜瓤就像流出的腦漿一樣，她去收了洗晾的衣服在捶布石上捶，捶得啪啪地響。

陸菊人後來也知道了井宗秀娶親的日子，楊鐘還和她商量著拿什麼禮去行情，她正熬煎著拿什麼禮著好，而陸林從紙坊溝來說爹得了重病，她給楊鐘說：這我得去看爹！在井宗秀娶親的頭三天就回了娘家。在紙坊溝住了七天，爹的病有了回頭，說想吃水煎包子，家裡沒有麥麵，為了讓包穀麵做的煎包軟和可口，天一露明，她就到坡上撿地軟。地軟是夜裡有露水了就從草叢裡長起來，太陽一出就又乾在地上沒有了。陸菊人繞過坡根的那個泉，紙坊溝的人都是在這個泉裡吃水，給泉起了個名字叫哭泉。她站在哭泉邊瞧著水裡自己的倒影，腦子裡一陣嗡嗡，像嘈嘈雜雜的鑼鼓鞭炮響，就搖了搖頭，不喜歡了這泉，更不喜歡紙坊溝人給泉起了這麼個名字。上到半坡，那幾簇村舍裡不停地有狗叫，她撿著地軟，這兒一個，那兒一個，形狀都像小小的耳朵，就把無數的耳朵丟進籃子裡，不理會了狗叫。說不清她是順著那繩一樣細的路往前邊的平坎上去的，還是路在生拉硬扯了她上來的，竟然就走到了那三分胭脂粉地邊。地現在是井家的了，墳墓隆起，滿滿當當占足了平坎，墓前豎著一塊石碑，石碑已綴上苔蘚。陸菊人偏過頭，把目光移往坡下，便又瞧見了哭泉，明光光的，在荒溝裡像睜著的一隻眼在望天。

一隻鳥呱呱地叫，陸菊人沒有看到鳥在什麼地方叫，聲音卻像在哭，她在墳地邊站了一會，覺得是鳥在笑她，她也就笑起自己了，彎下腰用柴棍兒刮了刮鞋上的泥土，就到更高的坡上去了。等撿了半籃子地軟，下了坡，還在院門口，就叫著：爹，爹，我給你做水煎包子啊！隔壁院子卻起了哭聲。爹在炕上說：快到你叔那兒去！陸菊人說：咋哭得陣恓惶？爹說：你叔剛才給我喊著說被土匪搶了。

陸菊人放下籃子就去了叔家，叔坐在門檻上抹眼淚，而嬸子呼天搶地般地哭，把頭往牆上撞，撞得腦袋暈了，又咯哇咯哇了吐。

陸菊人是當天下午從紙坊溝便返回了渦鎮，渦鎮立即知道紙坊溝遭了土匪的消息。土匪是見誰家屋院大，院牆高，就進誰家，連搶了三個紙坊掌櫃，後來又進了陸老二家。陸老二問打頭的那人：你是誰？那人說：我是五雷！陸老二說：是三合縣的五雷嗎？那人說：知道了就把錢拿出來！陸老二是一家紙坊的夥計，當天正好領了半年的工錢，說：爺呀，你咋就知道我領了工錢！全拿出來，還一個銅板一個銅板地數好。五雷罵道：你就這麼個窮光蛋還把院牆修得陣高?!這消息讓渦鎮慌亂了，吳掌櫃岳掌櫃便首先帶了家眷，提著大箱小包的上了洞窟。吳岳兩家一走，有洞窟的都走，沒洞窟的便在屋裡院裡挖窟掘坑，能埋的東西全埋了，鎖上門去周圍村寨投親奔友。

楊掌櫃當然也要去洞窟，一家人已經走到北門外了，楊掌櫃又擔心自己不像吳岳兩家主人去了洞窟仍有夥計照看，而壽材鋪鎖上門都走了，土匪沒來，倒會有賊偷咋辦？楊鐘說：誰偷棺呀？楊掌櫃說：人都會死的，買不起棺的多得很！楊鐘說：誰想早死就讓偷麼！父子倆一吵鬧，楊鐘生氣了，說他不去了，他就在店裡看誰來搶來偷呀。楊掌櫃說：你要死就死去，你還得管你孩兒哩！楊鐘說：你都不管你孩兒了我也不管我孩兒啦！楊掌櫃就有了哭臉，說：那咱鑿的那洞窟是做樣子啊?!陸菊人最煩的就是他們父子吵嘴，她說：你們都走，我去叫人給咱照看鋪子。楊掌櫃說：這時候你能叫誰去？陸菊人說：廟裡的王媽肯定在鎮上，她沒別的事，如果她不行，老魏頭一個人，讓他去照看。楊鐘說：那你快去快來，給人家一個大洋。楊掌櫃說：幹啥呀，給那麼多錢？陸菊人已經走了。

陸菊人並沒有找王媽，也沒有找老魏頭，二返身到了壽材鋪，竟把門開了，還把那四扇活動的門板全卸下來，讓鋪子大敞著，站著看了一會，就轉身離去。到街上了，卻想著去洞窟還不知道待幾天，就又到一家小店裡要給剩剩買一包包穀糖，店掌櫃說：你沒走呀？陸菊人說：你都沒走我走啥的？店掌櫃說：我把別的都埋了，就這些小麼零碎的，我不怕。陸菊人倒笑了，心裡說：我怕哩，我才給他演個空城計。一抬頭，卻見斜對面的井記水煙店鎖著門，就疑惑了：井家並沒有洞窟，也是沒人在店裡？

★

婚後第二天，按風俗新娘子要到娘家回門，井宗秀也就陪著去了孟家村。在孟家村待過兩天，他就覺得無聊了，獨自去趟縣城。採買一批菸絲和醬筍紙袋，都打包裝箱了要運回，沒想當日碼頭上沒有船去渦鎮，便又去看望杜魯成，一打問，杜魯成也是跟隨麻縣長到黑崖底鄉去了。井宗秀不免有些喪氣，正尋著飯館吃飯，卻見阮天保穿了件綢褂子，呼呼啦啦從街上過來。井宗秀喊住，說：這是要上天啊?!阮天保見是井宗秀，說：宗秀呀！這褂子好吧，給你也做一件？穿上風一吹，真是要飛起來的感覺！井宗秀說：那是你們城裡人穿的！褂子是翅膀啦?!阮天保笑了笑，就問幾時進的城，聽說現在是渦鎮的富戶了，來推銷醬筍的還是到鴨子坑尋快活呀！縣城裡的妓院分兩種，高檔的是悅春樓，低級的是鴨子坑。井宗秀說：我要快活了就只配去鴨子坑？阮天保說：你來了我招呼你，咱現在去悅春樓！井宗秀便說了自己才結婚，來城裡買些貨。阮天保說：結婚了？哦，那你現在用不著下火了，我請你喝酒！拉了井宗秀去他的住處，當得知井宗秀還沒吃飯，就拿眼在街上瞅，喊過來一個人：喂，叫你哩！來讓你家飯店的掌櫃弄一個燒雞、二斤牛肉、一罈老酒送到我房子來！速度！那人跑去了。兩人剛到住處不一會兒，果然送來了燒雞、牛肉和酒，臨走要錢，阮天保倒躁了：滾！保安隊吃飯啥時候掏過錢?!那人一走，井宗秀說：你要大啦！阮天保說：嘿嘿，一般般，才在保安隊管了後勤。井宗秀說：好麼，幾時再把隊長給咱當了！阮天保說：麻縣長是有這個意思。井宗秀說：那我回去就在鎮上吆喝啦！哎，你最近也該回去一次吧。阮天保說：我就不愛回渦鎮，你在外邊把事弄得再大，回去了還是說阮家的兒子回來啦！

這一夜，井宗秀就住在阮天保那兒，阮天保一直在說保安隊的事，罵保安隊長是個豬頭，沒本事，憑他舅是省警備司令部主任這層關係才當的隊長，狐假虎威。井宗秀聽著聽著就瞌睡了。第二天坐船回鎮，剛讓人把貨背到水煙店，便聽見有鑼聲，街上的人像沒頭蒼蠅一樣亂跑，才知道三合縣的土匪五雷來了。井宗秀的貨來不及拆包，也來不及收拾店裡的東西，索性哪兒都不去了，拉了條板凳就坐在了門口。

五雷一夥進了北門口，中街上家家戶戶窗關門鎖，狗大個人都沒有，說：不是說渦鎮熱鬧嗎，咋是空的？手下的說：你一來都跑了。五雷說：我有陣大的名聲?!手下的說：只有街角坐著個不怕死的。五雷說：讓我看是誰！就往南走，看到了井宗秀坐在店門口的板凳上。五雷說：你叫個啥？井宗秀說：井宗秀。五雷說：你為啥不跑？井宗秀說：你來了總得有人招呼吃喝呀！五雷哈哈大笑，進了店坐下，果然井宗秀取煙鍋，拿糕點，又燒水沏茶，眼睛卻一直瞅著五雷。五雷說：你瞅啥？井宗秀說：整天都傳說你哩，我今日是看到活的啦！五雷說：那你就好好看！把臉給了井宗秀，又轉過身把後腦勺給了井宗秀，說：看夠了吧。蹴在了板凳上吃糕點。井宗秀沒有看到五雷有三隻眼，倒是四方嘴，粗脖子，脖子後邊長了個肉疙瘩。

土匪在渦鎮大肆搶劫，瞅著店鋪門面大的，屋院門樓上有琉璃瓦的，抬門扭鎖進去了十家，但能搜到的糧食和錢財並不多，便穿了各種顏色的寬窄長短不一的衣服跑來給五雷報告。五雷很惱火，下令挨家挨戶再搜，沒搜出好東西的人家就把房點了，要跑走的人還回來不回來！偏這時，一個竹簍子從街這邊的巷裡極快地往街那邊的巷裡移動，土匪中有人叫聲：鬼！就有人說：背槍的還怕鬼？跑去把竹簍踢倒了，竹簍下是一個人。人是西背街六道巷的張雙河，平日挑擔在鎮上賣油糕。這天人已經翻過了西邊的城牆，又想著埋糧食的地窖沒有隱蔽好，應該在上邊鋪一層土了再堆上包穀稈，便又翻過城牆往家裡去。為了不被土匪發覺，他把竹簍套在身上，一有動靜就藏在竹簍下不動，但他穿過中街時並不清楚土匪都在井記水煙店那兒，便被逮了個正著。土匪把張雙河打得在地上滾，罵道：竹簍還長了腿?!你跑呀，跑呀！摁在那裡要挑腳筋。張雙河喊：宗秀救我！井宗秀就高聲說：沒事，張叔，他們在故意嚇你哩！五雷說：誰故意哩？除了你井宗秀，渦鎮上我見人殺人，見鬼滅鬼！井宗秀笑了，說：哎呀，你不要只讓人怕你。五雷說：屁話，都不怕我，我起的什麼事，又能起事？井宗秀說：你起事是為了出人頭地，有人養活麼，可把他腳筋挑了，殺了，再把這房都燒了，人都躲得遠遠的不敢回來，你吃啥喝啥？你放過他，也不要燒房，我讓鎮上的人全回來，以後渦鎮也就是你個落腳的客棧，走動的親戚家麼。五雷還真的放了張雙河，也沒再燒房。井宗秀也就去洞窟把人叫了回來，吳掌櫃便殺了一頭豬二十隻雞，岳掌櫃從地窖裡搬出十壇老酒，招呼著土匪們吃喝。五雷也落得高興，並沒有再提說錢財和糧食的事，倒吆喝著眾土匪：這肉燒得好，酒也沒摻水，渦鎮活該投咱的緣分啊！下令吃飽喝足了限天黑到鷂子坪去。岳掌櫃便悄聲誇井宗秀：多虧你周旋啊！井宗秀說：日弄著能讓他們離開就是了。

但是，就在土匪離開渦鎮時，出了一樁怪事，又惹出了禍來。

五雷有個表弟叫玉米的，他對五雷沒在渦鎮弄下錢財糧食忿忿不平，別的人都離開了，他偏不走，盤腳搭手就坐在岳掌櫃的家門口，夥計稟告了岳掌櫃，岳掌櫃不敢出來，打發夥計去問還有什麼事嗎？夥計問了，又進來說人家提出要幾包大煙土。岳掌櫃讓夥計把兩包大煙土送出去，自己從後院翻牆跑了。玉米拿了大煙土，背了槍走到老皂角樹下，迎面過來了陳來祥，擋住讓脫衣服。陳來祥知道土匪走了，沒想到還有一個，就脫了褂子。玉米還要讓脫褲子，陳來祥不脫，玉米拿槍捅陳來祥腰，說：長得陣難看的，還穿這麼好的褲子?!陳來祥脫了褲子，手捂著交襠蹴在那裡，玉米套上了陳來祥的衣服，這才往北門口去。

老魏頭這幾天一直咳嗽，喉嚨裡像裝了個風箱，曾在街上遇著陸菊人，陸菊人說你喝些蜂蜜水就好了。老魏頭說：我哪有蜂蜜啊。陸菊人說：你是坐在井邊喊渴哩，北城牆外樹上有蜂巢，你去弄些呀。老魏頭說：我吃豹子膽啦?!緊貼著北城牆外是有著三四棵老榆樹的，樹上吊個盆子大的土疙瘩就是野蜂巢，那野蜂指頭蛋大，能蜇死牛，自結了巢後，多年裡都沒人敢到跟前去。陸菊人說：紙坊溝有野蜂巢都是用火把去燎了取蜂蜜的，鎮上人膽小，倒讓它長到那麼大！我家裡還有點蜂蜜，明日我送你。但第二天陸菊人一家上了洞窟，等從洞窟裡被叫了回來，又聽說五雷走了，便端了半碗蜂蜜送來。老魏頭在城牆上攤晾了切好的紅薯片子，還用布包紮一根新的鑼槌，說：我的兒和楊鐘是同年同月生的，楊鐘有這麼好的媳婦，我兒十三歲上卻死了。陸菊人忙說：還做鑼槌呀，土匪不是走了嗎？老魏頭說：惡人是韭菜呀，割一茬長一茬的。說不定啥時就又來了。陸菊人說：也是，這衣服髒了就生虱哩。老魏頭說：天咋不收了這些妖魔鬼怪啊?!

玉米一出了北門口，聽到城牆頭上有人說話，喊道：誰狗日的在罵？陸菊人和老魏頭朝下一看，臉色都變了，忙趴下去。玉米往上打槍，虧得城牆寬，兩邊高中間低，牆土被打得唰唰響。老魏頭要貓腰順牆頭跑，陸菊人把他按住，低聲說：你一露頭他才打個准，再說前邊牆外樹上就是野蜂，驚動了蜂也會蜇的。話一說完，她倒生了想法，說：把鑼槌給我。老魏頭說：鑼槌？陸菊人已經奪過了鑼槌，就往空中拋去。玉米猛地見空中有了東西，開槍便打，鑼槌沒打著，子彈飛過去卻擊中了榆樹上的野蜂巢，野蜂一下子騰起來。陸菊人和老魏頭趕緊把頭埋在身下，一動不動，而野蜂是順著射來的子彈衝出去的，就尋著了玉米，玉米一跑，野蜂轟地一團就罩了他。

五雷一夥走到虎山灣黑河上的橋上，井宗秀在送他，還介紹說渦鎮總共就兩座橋，白河水大，河面寬，冬季裡架有橋，入夏橋就拆了，而黑河是石橋，用十八個碌碡做的橋墩，所以叫十八碌碡橋。突然聽到槍聲，五雷說：你們鎮上有槍？井宗秀說：沒有呀！他也覺得奇怪。五雷問：誰沒有跟上？有人說：沒見玉米。五雷說：這慫！領了土匪又返身往鎮上跑。

在鎮北門外的沙灘上，玉米倒在地上，被野蜂罩著，那桿槍甩出了一丈遠，也被野蜂罩著。土匪們不敢靠近，還是井宗秀說得用火燎，後來點了火把過來，野蜂是沒了，玉米已經昏迷不醒，頭腫得明晃晃的，眼睛不見了，嘴張不開。五雷問井宗秀：這是咋回事，蜂能把人螫成這樣？井宗秀說：這是野蜂，叫葫蘆豹。五雷說：是鎮上人使的壞？井宗秀說：誰能拿了野蜂螫他的?!五雷說：這是在鎮子裡被蜂螫的，你得管！井宗秀進鎮裡喊人，人是來了一群，裡邊有老魏頭，也有陸菊人，陸菊人站在最後邊，望著遠遠的虎山。虎山上的雲像河水一樣往天上流。老魏頭一連串地嘿嘿地笑，五雷說：你在笑？井宗秀說：他哮喘，喉嚨裡一響臉就皺著像是在笑哩。老魏頭又是嘿嘿了一聲，說：哎呀，這螫得沒個人樣了麼！蜂螫了得用鼻涕抹，或許用尿洗。眾人就開始擤鼻涕，白的黃的都捂出來，一把一把地抹在玉米的臉上、身上，但鼻涕不夠了，他們喊：女的都轉過身去！就掏了尿往玉米頭上澆，嘴張不開，有人用柴棍撬開縫，讓尿往裡邊流，又往耳孔鼻腔裡射，但玉米還是昏迷不醒。五雷問：哪兒有郎中？老魏頭說：鎮上是有個陳先生，但陳先生治不了蛇咬和蜂螫，在龍馬關有專治蜂螫的郎中。井宗秀說：就是路遠。五雷說：再遠也要送去治，三天後我來領人！說完，拿了玉米的槍和懷裡的大煙土，氣呼呼走了。

派誰送玉米去龍馬關呀，井宗秀正愁著，見陳來祥來了，就說：你力氣大，你用你家毛驢馱他去治療。陳來祥聽說那個土匪被野蜂蜇了，才跑來要看笑話，見土匪身上還穿著他的衣服，當下就往下剝。井宗秀說：讓你送他哩，你剝衣服？陳來祥說：這衣服是我的！他把衣服拿回家，拉來了一頭毛驢，和張雙河一塊把玉米像糧袋子一樣搭在驢背，要走呀，老魏頭卻說：他剛才罵了我，我搧他的嘴！脫了鞋就搧了三下。

陳來祥一路上故意走得慢，天快黑了才到龍馬關，把玉米放在郎中家院門外，進去喊郎中，等郎中出來，玉米的鼻子上又趴著三隻野蜂。陳來祥叫道：這蜂還能十五里路的攆來?!幾個人揮著衣服打飛了野蜂，再看玉米，郎中說：這人已經死了還拉來幹啥?!

★

玉米一死，五雷一夥又來了，五雷說：渦鎮欠我一條命啊！竟然就住進了一三〇廟，不走了。

私下裡，老魏頭給人說過陸菊人急中生智引誘玉米槍打野蜂巢的事，鎮上好多人也就知道了楊鐘有個厲害的媳婦，還把她和陳來祥比，嘲笑陳來祥竟然被玉米剝了個精光。陳來祥說：人家有槍麼，你們誰不怕？一隻豹子會攆得成百隻黃羊都逃竄哩！人說：這倒也是。咱鎮上的都是些黃羊，空長著一對犄角。陳來祥說：有犄角只會窩裡鬥麼！

唐景在南門口擺涼粉攤子，他的手大，抓涼粉抓得多，和別人一樣一天能賣出一百碗，掙的錢卻沒別人多。他媳婦在家裡嘟囔著讓他學開麵館的暢掌櫃，暢掌櫃是館裡來了熟人，要向後廚喊：來三兩碗麵喲！館裡來了生人要喊來兩三碗麵喲！三兩碗就是把三碗麵條分成兩碗，兩三碗就是把兩碗麵分成三碗。媳婦嘟囔著，唐景總是不吭聲，媳婦就說：咳，我咋嫁這麼個窩囊男人?!唐景煩得出門要走，走到門口了卻叫媳婦：哎，你來，你來。媳婦出來，正是陸菊人從門前經過，前邊跑著的是小兒，後邊跟著的是黑豬，她背著一大綑蘆葦。唐景說：我是窩囊，可你能生兒子，能幹力氣活，能誘殺土匪嗎？噎得媳婦從此再不嘟囔。

渦鎮人還在誇說著陸菊人，而五雷二返身住在一三〇廟裡不走了，人們又都傻了眼，再不說了陸菊人的好，反倒抱怨這都是玉米的死導致的。楊掌櫃當然聽到了閒言碎語，在吃飯的時候，給陸菊人說：啥事情都要順著大流，別人能過去的事，咱也就能過去，啥時都吃不了虧。陸菊人說：爹，你是要給我說啥事嗎？楊掌櫃說：真的是你把那個土匪蜇死的？陸菊人說：是野蜂蜇死的！楊掌櫃說：楊鐘在家裡不頂事，剩剩又小，全靠著你，在外咱不該逞那個能的。陸菊人說：我要不逞能，你兒就成光棍，你孫子就成孤兒了！楊掌櫃一雙筷子在碗裡撈呀撈的，一碗包穀麵糊糊就稀湯寡水了，他說：野蜂在那樹上叫人提心吊膽的，可這五雷咋就住下不走了？陸菊人給楊掌櫃重盛了一碗，說：爹，不是有井宗秀嗎，這話你要給井宗秀說哩。

井宗秀也是一夜之間嘴上起了燎泡，他不能不讓五雷在渦鎮住下，又後悔著曾說過讓五雷把渦鎮當個落腳點的話。既然自己用泥塑了個神像，那就得給神像跪下磕頭，於是，他對五雷百般討好。一樣的肉，他讓人做了「十三花」的蒸碗再送去，而七壇八壇的酒，不是讓人提著去一三〇廟，而兩人抬一壇，罈子上還必須用紅紙寫個福字貼上。他說話也是邊想邊說，盡說些五雷愛聽的。一次和五雷一塊上過廁所，他半天拉不出來，五雷卻一蹲下去就完事了，糞便又特別粗，五雷伸手揭廁所牆頭的瓦，要用瓦擦屁股，他從口袋掏出一沓麻紙，說他早給準備的。五雷說：井宗秀，你對我好！井宗秀說：我是渦鎮人麼，應該對你好。五雷說：我也是渦鎮的呀！井宗秀說：是呀，是呀，你在渦鎮就是渦鎮的皇上，鎮上人都是皇上的臣民。五雷哈哈笑，說：這話我當真的聽哩！井宗秀說：臣民有供養皇上的義務，皇上也就有保護臣民的責任。五雷說：你這話啥意思？井宗秀說：這亂世老有人來欺負渦鎮，以後就靠你啊！五雷說：你們以後把給政府納的糧繳的稅都給我了，我五雷在，看誰敢到渦鎮來?!井宗秀就說：這好，這好！兩個人站起來尿尿，把尿都尿到廁所牆上，他尿得很高，但他尿的不能超過五雷的高。

果然，土匪待過半月，在黑河白河岸上的村寨裡殺人越貨，倒沒在鎮上為非作歹，還搶回來了三頭毛驢，讓井宗秀給地裡送糞、拉笤用。井宗秀也就常請五雷來家喝酒。

這一個晚上，再請五雷到家裡喝酒，喝到耳熱，五雷從懷裡掏了雙玉鐲子給井宗秀的媳婦，媳婦收了，湊近燈下看成色。五雷說：喜歡不？媳婦說：太喜歡了！井宗秀說：東西是好東西，但什麼樣的馬配什麼樣的鞋。媳婦說：咋啦？井宗秀說：戴這種玉鐲的不是富豪太太，就是官家的夫人。媳婦說：那怪誰呀，是我的男人不行麼！井宗秀說：好吧好吧，只要你能戴上就戴。媳婦把玉鐲往手腕上戴，就是戴不上去。井宗秀說：你就沒長岳家姨太太的那細胳膊麼。媳婦偏要戴，取了一碗花籽油在手背手腕上抹，齜牙咧嘴了一陣，終於戴上了，說：我現在比他岳家姨太太戴得好！五雷說：姓岳的咋能那麼富？井宗秀說：岳掌櫃有布莊、茶行的，布莊的靠山是龍馬關的韓掌櫃嘛。五雷說：他那麼富的，上次只拿了些酒，後來就再沒個表示了，是不是讓他出出水？井宗秀愣了一下，想說什麼，嘴張了張又沒說出來，彎腰用手指去把五雷面前桌上的酒漬壓實了一抹，竟抹得乾乾淨淨，就想起又去火爐上提壺要續水。壺在火爐上咕嘟咕嘟地響。

五天後，井宗秀給岳掌櫃暗示該多去見見五雷，岳掌櫃就坐船在河心湧泉裡取水，取了三桶，晌午把一桶提到廟裡。廟裡自從住進了五雷，寬展師父就只能每日除去大殿禮佛外，都得待在禪房裡，不可隨便走動。岳掌櫃在廟院沒有見到寬展師父，看著那些還殘留著的腳手架，心裡忍不住有些得意。

但把水提給五雷了，五雷卻說：我以為你提的是油，是水呀！我是樹嗎只喝水?!岳掌櫃趕緊說：我已安排人給你碾米哩，碾出一擔了就送來。這水可不是一般水，是從河心裡取來給你泡茶的，你品品，同樣的茶泡出來的味道就不一樣了。他滿頭的汗，卸下禮帽就放在了桌上，開始要燒水泡茶。護兵卻瞧著禮帽稀罕，用手摸了一下，摸了一塊黑，五雷說：誰說我要戴這帽子?!岳掌櫃回過頭來，笑了笑，說：啊，啊你要不嫌棄我戴過，你就戴上吧。五雷就把禮帽戴上了，卻看著岳掌櫃的頭，頭髮脫得沒有了一根，圓乎乎一個大圓肉球，說：你這頭好。岳掌櫃說：豬頭，豬頭。寬展師父從大殿出來，看到三四個土匪對著花壇子尿，低了頭匆匆就走，經過五雷住的屋前了，五雷就喊：尼姑尼姑你過來！寬展師父過來雙手合十，五雷說：你吃不吃豬頭？接著就哈哈大笑，說：噢，尼姑不吃腥的！

岳掌櫃受了羞辱，回來在碾好的米裡尿了一泡尿，然後動身去的龍馬關。龍馬關的韓掌櫃明日過六十大壽，他特意帶了五匹布，三箱茶餅，六包大煙土，十斤木耳十斤石斛十斤牛肝菌十斤蜂蜜，還有兩桶河心湧泉水。在龍馬關熱鬧了一天，第三天返回，走到十八碌碡橋西邊的蘆葦灘卻被綁票了。當夜有蒙面人到岳家，限三日在十八碌碡橋上以五千大洋贖人。岳掌櫃的姨太太趕緊讓人去叫帳房，帳房那時在阮家打麻將，帳房一走，打麻將的人就疑惑了，先前井伯元遭綁票，現在又是岳掌櫃遭綁票，是不是共產黨又來了，可平川縣早都沒了共產黨，那支遊擊隊一直在秦嶺西北邊活動呀。但如果不是共產黨，是別的土匪，那鎮上住著五雷，誰還敢在五雷的地盤上吃食？到了天明，只說五雷知道了這事肯定怒不可遏，而五雷卻帶著他的護兵在白河灘上打老鸛哩，他不會打老鸛，槍一響，成群的老鸛全飛了，連一根羽毛都沒留下。五雷沒有反應，有人就懷疑是不是五雷自己幹的活？也傳出岳掌櫃送給五雷禮帽，五雷卻看上了岳掌櫃的那顆頭，這正是預兆啊！

岳掌櫃有兩個女人，大老婆在縣城經管著兩個店鋪，平日不大回來，岳掌櫃和姨太太就住在鎮上。

姨太太和帳房派人接回來了大老婆，三個人商量了半天，兩個女人都不同意拿出五千大洋：哪有這麼多？即便能拿出來，岳家不是全完了?!她們各自只肯出一千大洋，讓帳房去贖人。到了第三日的半夜，帳房背了兩千大洋去了十八碌碡橋，沒能見著岳掌櫃，反挨了一頓打，罵道：兩千大洋你贖的啥人，贖個指頭?!過一會兒，真的拿來一根血淋淋的指頭，讓帳房再去拿錢。帳房把指頭帶回來，兩個女人哭了一頓，可大老婆讓姨太太拿三千大洋，姨太太問帳房帳上還有多少錢，帳房說還有一千大洋。大老婆對姨太太說：這麼大的家業，帳面才一千大洋！你攢了多少私房錢？姨太太說：掌櫃是能讓我攢私房錢的人嗎？上個月他在白河岸置了五十畝地，前幾天又派人去收茶葉，哪兒還能有現錢？縣城的生意好做，你該拿三千麼。大老婆說：縣城的店鋪就那麼大個門面，腿上長不了多少肉，我拿三千？拿骨殖去呀?!她們吵起來，誰也不肯掏錢，姨太太氣得去喝悶酒，大老婆見姨太太喝，她也喝，結果兩人都喝多了，醉了一天不甦醒。帳房只好拿一千大洋、五包大煙土在雞叫頭遍趕去十八碌碡橋，按約定的暗號學狼叫，三個蒙面人出來了，收了一千大洋和五包大煙土，問：就這些？帳房說：岳掌櫃放的帳多，兩個夫人都不知放的是誰，等掌櫃回去了，收了帳，會如數補的。蒙面人說：你等著。拉出岳掌櫃，當著帳房的面，說：你家女人不肯出錢，怪不到我們！用石頭把他砸死。

帳房從十八碌碡橋回來，屎尿拉在褲襠裡，人就嚇傻了，他兒子背著去老家下河莊，再沒閃面。而收茶葉的四個夥計走到半路得知掌櫃死了，把收茶葉的錢分了，各自逃散。岳家沒了主事人，井宗秀就去給料理後事，按風俗在外死了的人不能進屋，岳掌櫃的屍體停放在大門口，要買棺，兩個女人又吵鬧著不願出錢，井宗秀拿了四匹布，還有一乘轎子去換楊記壽材鋪一副松木料的棺。楊掌櫃倒沒看上那轎子，說：這對我沒用，他家不是有兩把黑檀木圈椅嗎？兩把黑檀木椅子又頂了轎子。入殮的時候，拐子巷的胡婆婆來給岳掌櫃洗身子換老衣，岳掌櫃的鼻子被石頭砸得陷下去，沒辦法整容，就

哭鼻流眼淚地說：你是租著我家一塊地的，你就把所有的地，還有這宅院、茶行的店面買了吧。井宗秀說：我是想買的，可我拿不出那麼多錢呀！一時出不了手，也不急，我給你多打聽打聽。

隔了一天，井宗秀又去了岳家，說：是不是五雷來過？姨太太說：沒來過，咋啦？井宗秀說：早上見了五雷，五雷問起你家的事，哦，沒來過就好。姨太太說：他問起我家的事？我一直都疑心掌櫃的死和他有干係的。井宗秀說：這話可不敢說！姨太太說：他是不是也瞅拾著我賣房賣店賣地啦？井宗秀說：這事還是抓緊著好。姨太太就慌了，說：井掌櫃，你要幫我啊！井宗秀說：我是盡力幫你的，只是實力不夠麼。姨太太說：你是有水煙店，又有醬貨，你應該行的，你就出手把這些接了麼。井宗秀說：唉，話說到這一步，是這樣吧，把這所有打個包，我先付你三分之一，到開過年再付三分之一，後年全部付完。姨太太說：我已經是賤賣了，只圖走個乾淨，甭說後年，就是開過年，我孤兒寡母的都不知漂到哪裡去。井宗秀說：這房子地走不了，這渦鎮走不了麼。要麼，我也是一根椽一厘地買不了了啊。姨太太撲咚倒在地上，大聲哭起岳掌櫃：掌櫃呀！你回來把我也引上走呀！井宗秀說：你甭哭，我受不得人哭。伸手去拉，女人軟得像麵條，拉起來又要歪下去，他攬住了腰，腰那麼細，女人的鼻涕眼淚就沾在他的衣服上。姨太太說：我不哭了。虧得有你能幫我，我還要好好謝你，那我就給你打個對折，你一次付清了，我和渦鎮就刀割水洗了。井宗秀把女人扶到椅子上，說：那我只能東借西湊了。

出了岳家屋院，夜已經黑了多時，街上冷冷清清，並沒有多少人走動，成群的蝙蝠飛過去，空中像是有掃帚在掃，嘶啦嘶啦地響。井宗秀長長出了一口氣，突然想喝酒，就往一個酒館走去。兩邊店鋪差不多都關了門，門環上插著桃樹枝，而有人卻在那裡燒柏朵火。井宗秀只顧往前走，說：咋燒柏朵了？那人說：你處理完岳家的事了？井宗秀說：完了。那人說：快來燎燎火，柏朵火驅鬼哩。岳家那麼大的家業說沒有了稀里嘩啦就沒有了，岳掌櫃死了會是凶鬼啊！井宗秀說：我不用燎，他謝我還來不及哩！你是欠了他的債還是拿了他家的東西？說著，嘿嘿地笑，進了一條巷，巷道又窄又深，像是黑洞，嘿嘿聲就咕咕嚕嚕往前滾，明明知道是自己的腳步響，卻覺得這腳步響在攆他。而遠處的巷口那裡站著了一個，似乎是陸菊人，這麼晚了陸菊人咋在巷口站著？井宗秀走近了，是一棵李樹。

★

將老宅院完全做了醬筍坊，井宗秀就搬進了岳家的屋院。楊鐘、唐景、陳來祥，還有鐵匠鋪的鞏百林，賣油糕的張雙河，都跑來在大門口放鞭炮，問新屋院整修不，若整修他們肯定不要工錢來出力的。井宗秀說不用不用，謝絕了，楊鐘就從地上撿了鞭炮皮，貼在門口兩個石獅的眼珠上，石獅倒像是活了，眼裡囟著紅光。

新家仍然保持著原來的格局，進大門是一面照壁，照壁後兩對簷的廂房，一邊是三間廚屋，一邊是三間客舍。天井裡一塊元寶巨石，再是一個八角瓦缸，栽著睡蓮。上房面闊五間，硬山頂，五架梁，苫灰色布紋板瓦，脊端施獸，兩面簷滴水。庭內四大明柱，方磚鋪地，擺有條案、方桌和四把扶手椅。穿過一道園門到後院，院中一棵石榴樹，樹下一口水井，兩邊又都是廂房，左手三間是倉庫，右手三間還是倉庫。再是上房，卻是六間，牆頭嵌石雕葵花圖案，四扇格子門，方形鏤花格子，下部浮雕寶瓶、仙桃和八仙八駿。六間以每兩間用板牆隔開，兩邊置有躺椅、酒桌、茶爐，還有兩張羅漢床，供貴客來喝茶飲酒吸大煙土的。中間是一面頂箱櫃，前邊擺一屏風，上面刻著踩雲吐火的麒麟。東邊是道雙扇小門，進去就是一面大床，床柱上、圍板上、帳頂簷上全是雕花。井宗秀的媳婦一住進去，眼就睜得滾圓，嘴也張著，以為在做夢，拿手掐腿，腿疼的，才說：這是我的啦?!她看什麼都稀罕，尤其那個便盆還是銅的，大白天的就使用了一回，聽著尿聲都響得中聽。井宗秀在第一個晚上把所有房間全點了蠟燭，一上到床上也來了勁，遺憾這房子到手得晚，沒能在這裡成婚。他指著雙扇小門外的屏風給媳婦講，知道那屏風上的瑞獸叫什麼嗎，叫麒麟。麒麟屏風原本是縣大堂才能配用的，據說縣政府做了新的要淘汰舊的，岳掌櫃花了一大筆錢才弄來的。知道為什麼在縣大堂的屏風上要雕刻麒麟嗎。麒麟是指棟梁人物的，棟梁人物就是國家的官員。井宗秀的媳婦不聽這些，她在想，井宗秀在這床上怎麼就有了那麼大的瘋勁和花樣，而岳掌櫃的姨太太瘦得竹棍似的那是有原因的啊。她就把戴了玉鐲的那只胳膊高高舉起，說：別人總該也叫我是太太了吧。

井宗秀的媳婦一夜一夜想這想那，就失眠了，總是天快亮了才閉眼睡去。第七天的後半夜，似乎睡著了，似乎還醒著，迷迷瞪瞪，後來就覺得有個黑椿子進來了，進來了在西間裡喝茶，吸大煙土。她問：誰呀？回答說：蛐蜒精。再問：從哪兒來的？回答：麥草垛。她要起來，起不來，渾身癱得沒一絲力氣。如此三個晚上的後半夜都是這樣，媳婦說給井宗秀，井宗秀說：你做夢了吧？媳婦也說不清是不是做夢，心裡總有一塊石頭壓著，白天裡恍恍惚惚。過了兩天，媳婦到後門外的麥草垛上撕柴禾做飯，就在麥草垛下竟然發現了一條蛐蜒，有酒盅子粗，嚇得嘰吱哇啦跑回來。井宗秀便去把麥草垛燒了，也燒死了蛐蜒。媳婦害怕再在這裡住，井宗秀說：即便是蛐蜒精作祟，已經被我燒了，還怕啥？媳婦說：咱還是住老宅院吧。井宗秀罵了一句：你真是賤命！媳婦說：這屋院太大了，肯定有怪處，要不岳掌櫃的光景……井宗秀說：他鎮不住，我還鎮不住啦?!媳婦說：要麼是他的陰魂不散，惹不起你了才來糾纏我。聽說老魏頭那兒有鍾馗像，你去借了掛在家裡。井宗秀說：不是房子的事，是你的陰氣重，要去你去。媳婦說：你去麼，你去了，你啥時要我，我都依你。

井宗秀只好去老魏頭那兒借鍾馗像，經過老皂角樹下，樹上就掉下來三個皂角莢，便聽見有人說：呀，我天天在樹下它不掉，你一來便掉皂角莢啊?!井宗秀見是斜對面的一間小鋪子裡，康艾山正給一個婦女治牙，歪了頭看著他。

康艾山是鎮上的窮人，但也算是能人，沒什麼活計他不會的，年輕時和井宗秀的爹混得熟，逢年過節了兩人跑過旱船，耍過獅子，尤其赤著膀子撒鐵花，那身手舞起來眼花繚亂。井宗秀的爹一死，他好像也失了勢似的，日子一年不如一年。先擺地攤玩猴，讓猴穿了花衣裳爬杆，猴不聽使喚，他用鞭子打猴，猴倒撲過來抓破他的臉，也就不玩猴了，又開了牙所，專門給人拔牙。他手腳利索，用鉗子夾住病牙了，在患者的腦門上猛擊一掌，患者罵道：你狗日的咋打我？他說：你看這兒！鉗子上已經夾出了病牙。大家都知道了這種拔牙法，再拔的時候，患者拿眼睛盯著他的手，掌擊不能用，半天牙拔不出來，而且滿口是血。

井宗秀扔過去皂角莢，那婦女說：給我，給我。康艾山說：你這牙得拔了。婦女說：你別用鉗子夾了打我，我害怕！康艾山說：我用藥線拴住牙，牙自動就掉了。婦女揣了皂角莢，坐在凳子上，讓康艾山用麻線一頭拴了牙，一頭拉出來纏在桌腿上，嘴裡嘰嘰咕咕念叨什麼，突然驚道：五雷來了！門口幾個人撒腿就跑，那婦女跌下了凳子，爬起來鑽進一條巷去，麻線掉在地上，線頭上是一顆黑牙。但也真的是五雷過來了。五雷敞著懷，把肚子放在了前頭走過來，也看見了人忽地跑散，粗聲說：咋回事?!康艾山朝著巷口喊：錢呢，錢呢，沒給錢！你一來都跑了麼。五雷說：這是怕我五雷？井宗秀忙給康艾山使眼色，康艾山還是說：五雷轟頂麼。井宗秀說：康叔，你胡說的……五雷說：他說得對，我改名五雷時就想要的是這效果呀！井宗秀哦哦著，說：進他所裡咱喝喝茶？五雷說：他這兒有啥好茶，你住了深宅大院的，要喝茶該去你那兒，你不請麼？井宗秀說：別說去喝茶，你就是住在那兒都行。五雷說：這是你說的話呀，那我就住過去啦！井宗秀順口應酬，五雷偏以假就真，井宗秀後悔不已，卻又想，新屋院那麼大，他住進去，一身的煞氣倒能鎮壓鬼祟，就用不著掛鍾馗像了。便說：你能去住，那是我的福分呀！

兩天後，五雷真的搬了過來，井宗秀和媳婦住到前院，五雷住到了後院。五雷有兩把槍，一把盒子槍始終在腰裡別著，一把長槍就掛在後院的上房門，他帶著三個護兵住在客房，平常把槍也靠在客房門口。別的土匪由另一個叫王魁的領著還住在廟裡，每日便有土匪來井家，出出進進，自此屋院裡不再安靜，但井宗秀的媳婦不嫌嘈雜，晚上也睡得穩實了。

井宗秀和五雷混得太熟了，就知道了土匪有土匪的行規，而且嚴密：五雷是大架杆，王魁是二架杆，下邊還有三個小架杆，每個小架杆各人有各人的兵。他們把聚集點叫窩子，比如，一三〇廟就是廟窩子，五雷住在井家就是井窩子。把吃飯叫填瓢子，把路叫條子。嚮導叫帶子。人質叫票子，打人質叫溜票子，打死了叫撕票子。以前搶岳掌櫃還在鎮外的十八碌碡橋上，後來出去搶一個村拉了很多票子，就全押在廟窩子裡，然後下帖子讓家屬來贖，如果等不到贖票子的人來，專門有溜票子的，割耳、摳眼、斷指、挖鼻，拿著那些東西給票子的家屬，如果還不來贖，就撕票了。五雷好的是從沒有把票子帶到井窩子來。

但遭罪的是寬展師父，她住在那間禪房裡，溜票子的聲響太森煞，一夜一夜都睡不好，就起來吹尺八。五雷在這裡住的時候，還不反感吹尺八，五雷不住了，王魁卻嫌尺八像鬼叫，過來大罵寬展師父，奪過尺八用腳踩了。寬展師父每個冬天都要陸菊人陪她一塊上山采竹子，在那些山壁上沒有過蚊蟲蛇患的竹叢裡尋找水分少的竹林，回來做尺八，每一支尺八都要經過上百次的試驗，先後做出了幾十支。王魁踩壞了一支，寬展師父又拿出了一支還在吹，王魁就去鉗寬展師父的嘴，嚇唬道：再吹，把舌頭割了！那天，鎮上有人家出喪，請寬展師父去超度，寬展師父的嘴腫著，還是斷斷續續吹奏了一曲。等返回廟時經過楊記壽材鋪，陸菊人看見她嘴腫得厲害，就讓她來鋪裡安身。寬展師父卻只是微笑，陸菊人說：你來了白天幫著照料生意，晚上也看守門戶麼。就要給寬展師父支一張床。寬展師父指著一口新做的棺，意思是她要來借宿，就睡在棺裡了。陸菊人說：那我晚上過來陪你！可陸菊人晚上來時，寬展師父又回到廟裡去了。

也就在那個晚上，王魁在巨石上的亭子裡喝酒，喝醉了，躺在巨石上，沒想蚊蟲卻在嘴上叮了一下，竟昏迷了三天。蚊蟲叮不至於有那麼大的毒，土匪們就說是不是不讓尼姑吹尺八，地藏菩薩不高興了？王魁就再也不敢限制寬展師父吹尺八了。

廟門口有著土匪站崗，寬展師父已經很長日子沒有出來了，而鎮上的人更無法進廟裡禮佛，陸菊人就備了一個石香爐放在廟門外的牌樓下，供信男信女在那裡上香點燭。有一個年長的土匪，除了背槍外，他腰裡別著個竹撓撓，動不動就把竹撓撓伸進後背上撓癢，這一天他到滷肉店裡吃滷肉，店裡人說起禮佛的事，他也是肉吃著高興了，說：也是怪了，只要有人在牌樓下上香點燭，尼姑肯定就坐在古柏下吹尺八，樹上的柏花往下落，像下雨一樣。陸菊人也正好去買肉，就去和那土匪搭訕，求著能進去看看寬展師父。那土匪說：明日我站崗，你來吧。第二天陸菊人拿了一袋米，四棵白菜，還有一籃子掛麵，讓老魏頭同她一塊去。在廟裡見了師父，出來後，老魏頭卻說他能看見鬼，剛才在廟院裡就有幾個，還說後半夜了街巷的鬼也很多，那些鬼並不是本鎮裡死去的人，面孔生，常是哭哭啼啼訴說著各自遭撕票的往事。陸菊人說：魏伯，你別嚇我！老魏頭說：我沒嚇你，這五雷一來，真的是鬼多了。陸菊人說：那這咋辦呀，咱到老皂角樹下燒些紙錢？老魏頭說：燒是要燒的，這土匪總得有人管呀。陸菊人說：你是說讓井宗秀？老魏頭說：不知他管得了管不了呀。

★

住在了新屋院，井宗秀講究起衣著整潔，而且一閒下來，手就在嘴唇上、下巴上摸著鬍鬚拔，臉便遲早見著都白白淨淨。但是，常常是正坐四方桌邊喝茶，或拿了雞毛撣子清理門窗和屏風上的灰塵，突然就停下來發愣。媳婦說：你咋啦？他說：我想我爹了。媳婦說：你爹死了那麼久，想鬼呀?!他不願意給女人多說，想自己現在住了這麼寬敞的屋院，爹的墳卻擠縮在那三分地裡，這心思愈來愈困擾他，就籌畫著要給爹遷遷墳。墳遷到哪兒？可以在自己的田裡，也可以買另外的地方，一定要建成渦鎮，不，就在黑河白河方圓一二十里內，都要是最大最體面的陵園。於是，他跑動了幾天，都在虎山灣裡和黑河白河岸上察看地形，回來自己倒先畫起陵園的草圖：墓丘高隆，石雕護欄，三級台階必須是青磚砌起，墓碑要擁座和帶帽。兩側柏樹密集，前面明堂廣大，有石香案，有石燈、石馬、石羊。再矗一面幾丈高的牌樓。畫完了，腦子裡又琢磨，牌樓是木結構還是石結構，而做石的是選方埸縣產的白石料呢還是龍馬關產的墨石料？一時拿不定主意。街上有人叫賣餄餎：北溝梁的蕎麵餄餎來囉。第一次不吃怪我，第二次不吃怪你！媳婦說：他愛吃餄餎，我去買些。井宗秀知道媳婦所說的他是指五雷，心裡多少有些不美，卻也不好說別的，那五雷確實是喜歡吃餄餎，每次吃都能吃三大碗，湯寬油旺芥末放重，吃得滿頭冒熱氣。媳婦拿了個小盆出去了，井宗秀覺得有些燥熱，就也出來隨便走走。

井宗秀是先走到西背街，又順西背街往南走，經過那個大坑窪，坑窪裡長著赤麻和老鸛草，那些乾枯了的籽莢長喙就沾在褲子上，像是被射上了無數的箭。到了南門口，在唐景的涼粉攤上吃起一碗涼粉，阮家的二叔叼著個旱煙鍋過來，說：井掌櫃呀，你咋過來的？井宗秀說：走過來的呀還能咋過來的？阮家的二叔說：岳家原先不是有頂轎子嗎？井宗秀說：去吧去吧。阮家的二叔並不生氣，卻說：唐景，你真不醒事，井掌櫃想吃涼粉了，你應該送上門呀，讓他大人大事的坐在這裡吃?!井宗秀不吃了，起身就走。原本是從中街回去的，不知怎麼腳就拐進了東背街來，呸了一口，心裡想：這日子過不前去了，他捂著嘴用屁股笑你哩，日子比他強了，這話裡不是涼水就是刺！東背街沒有大坑窪，但磚石鋪成的地經年失修，也是高高低低的不平整。井宗秀還生著氣，一邊踢著一個小石頭，一邊往前走，這麼踢著走著，突然聞到一股香氣，看見旁邊的院牆上蓬蓬勃勃湧了一大堆薔薇，花紅的白的開得正繁。渦鎮上的人家有喜歡在院子裡種些花花草草，可從來還沒見過這麼大藤蔓的薔薇，那花好像在院子裡開得裝不下了，就爆出了院牆。井宗秀癡眼看著，一朵花就飛起來，飛過了牆頭，在街空中忽高忽低，扭頭看時，那不是花，是一隻蝴蝶，而遠處站著陸菊人。

陸菊人從巷道口剛出來，頭上頂了塊花格子帕帕，穿著一件青藍掖襟襖，襖角翹翹的，手裡有一卷深褐色的布。她也是猛地看見井宗秀，站住了，站住了就微笑著。井宗秀說：啊，啊夫人！陸菊人說：在看花呀?!井宗秀有些不好意思，說：這是誰家，有這麼好的花？陸菊人說：割漆的劉老庚家。井宗秀說：咋能有這麼好的花？陸菊人說：窮人家就不該有好花啦？井宗秀說：我倒不是那個意思，你才買了一卷布？陸菊人說：去年買了點便宜布，楊鐘都看不上，我拿去給自己做件裍子呀。井宗秀說：啥布夫人穿了都是好布。陸菊人說：別夫人的，楊家不是官府也不是財東，讓人聽著了笑話我。井宗秀說：我說過要叫你夫人的，你就是夫人！楊伯和剩剩都好吧，多久沒去你們家問候了。陸菊人說：有啥問候的，各人有各人的日子麼，都忙忙的。井宗秀說：你告訴楊伯，我住到新屋院了。陸菊人說：全鎮人都知道你住到岳家了。井宗秀說：不是岳家，是井家。陸菊人說：是井家。房子就像錢一樣，今日在你手裡了就是你的，明日在他手裡了就是他的。聽說你還要給你爹遷墳呀？井宗秀說：這事你也知道？陸菊人說：有沒有這事？井宗秀說：有這事。陸菊人說：哦。井宗秀說：我爹那墳畢竟是太擠狹……陸菊人說：墳地是小了點，可你爹是要讓你當官顯貴的，你就只是當個岳掌櫃那樣的財東嗎？井宗秀說：我爹要讓我當官顯貴？陸菊人說：唔，唔，我順嘴說說，你忙吧。轉身就走了。

井宗秀撵上來，說：夫人，你好像話裡有話哩，你聽我說，遷了墳，那三分地就還你們了，我還要再給你們三十畝地作為對你們恩情的報答。陸菊人是站住了，說：井宗秀呀，你說這話倒讓我傷心。那三分地不是三畝三十畝三百畝能還得了的，按說你要遷墳我是該心裡高興的，可楊鐘就是那個樣了，我不敢多指望他，剩剩又是楊鐘的坯子……我只說你是個能行的，你卻也……井宗秀說：我咋愈聽愈糊塗了，夫人！陸菊人說：唉，我實在是不該說的。我就給你說了吧。陸菊人看了看四下，她悄聲把她當年見到跑龍脈人的事說了，再說了她是如何向娘家要了這三分胭脂粉地，又說了當得知楊家把地讓給了井家做墳時她又是怎麼哀哭過。井宗秀聽著聽著撲咚就跪在了地上。陸菊人忙拉他，他不起來，陸菊人擰身再要走，井宗秀這才站了起來。陸菊人說：那穴地是不是就靈驗，這我不敢把話說滿，可誰又能說它就不靈驗呢？井宗秀只是點頭。陸菊人說：如果真是好穴地，你爹能埋在那裡也是你爹的造化，也是楊家的緣分太淺。既然你有這個命，我才一直盯著你這幾年的變化，倒擔心你只和那五雷混在一起圖個發財，那就把天地辜負了。井宗秀說：經你這一說，我知道我該怎麼做了！我要給你磕頭。說罷就磕了一個響頭。陸菊人說：你不要給我磕頭，要磕到廟裡給菩薩磕去！井宗秀說：你就是我的菩薩！再磕了一個響頭。陸菊人說：我這話，從沒給我爹我弟他們說過，也沒給楊家大小的人說過，你知道了就爛在肚裡。還有，以後我見你是井掌櫃，你見我也就是楊家的媳婦。我得去做褂子呀。

井宗秀又磕了一個響頭，抬起頭來，陸菊人已經一步步走遠了。他仰天想要大喊一聲，可仰天了，天上的太陽正懸在頭頂，直端端地照耀著，他的身前沒有影子，身後也沒有影子，一時說不清是興奮還是感嘆，要喊出的聲就變成了一股熱流，嗖嗖地從腳底湧到了腦門，他覺得整個身子都在澎湃，肌肉一疙瘩一疙瘩的，衣服顯得緊窄，個子也在長了。這時候他想起了那件還留在家裡的銅鏡，鏡的銘文上是有「昭日月光明」五字，這銅鏡應該屬於陸菊人，陸菊人是配得上這面銅鏡的。

井宗秀回到了家來，翻箱倒櫃地尋找那塊銅鏡，但就是找不著，急得又把所有箱子櫃子裡的東西全掏出來，一件一件抖著再找。早已在家的媳婦說：你這是抄家呀?!井宗秀說：我記著有一個小布包在箱子裡咋不見了？媳婦說：是不是塊黑布包的？井宗秀說：對對對，你見到裡面的東西了？媳婦說：我以為是啥稀罕物的，不就是個爛銅片嗎，我把它支案板了。井宗秀去了廚房，果然案板下支著那面銅鏡，就揣在懷裡出門往製衣鋪去，盼望陸菊人還在那裡做衣服。

製衣鋪就在槐樹巷，而斜對面是一家剃頭店，鄭老漢正拉扯著他的小兒子去剃頭。鄭老漢前十多年一直在縣城開飯館，專賣渦鎮的「十三花」蒸碗，老伴病逝了才關閉飯館回到鎮上。他有三個兒，卻只偏愛小兒子蚯蚓，覺得蚯蚓是他老來得子，又五歲上沒了娘，就只想著怎樣不讓蚯蚓幹活，又怎樣能讓蚯蚓吃好的穿好的。大兒二兒不在家的時候，大兒的媳婦對蚯蚓說：缸裡沒水了！蚯蚓拿了桶要去巷口井台上，他說：你不要去！蚯蚓說：那咋做飯呀？他說：炒去！而飯做熟了，蚯蚓在外邊玩耍沒回來，他不讓開飯，大兒子出門看見蚯蚓在巷中一棵杏樹上摘杏，喊：吃飯啦！他說：你聲那麼大，是要把他驚得從樹上跌下來？鄭老漢寵慣蚯蚓，蚯蚓就一身混氣，成天不是用稻草塞了誰家的煙囪，就是拿彈弓打壞了誰家簷下的燈籠。但這蚯蚓啥都不怕，就怕剃頭，頭髮長得把耳朵遮住了，鄭老漢哄說著才把他拉到了剃頭店。

井宗秀到了製衣鋪前，還沒來得及往裡看陸菊人在不在，鄭老漢高聲說：井宗秀，我該叫你井掌櫃了，你也來剃頭呀！井宗秀腳一拐，就走過去，說：剃麼。鄭伯，這是你那小兒子蚯蚓？咋起了這麼個名字！鄭老漢說：名字好吧，蚯蚓是土裡的蟲，可地面上一有動靜它就出來了，是地龍啊！剃刀匠的刀子還沒挨著頭髮，蚯蚓便哭喊連天。鄭老漢說：哭喊的啥，殺你呀?!井宗秀笑著說：蚯蚓蚯蚓，頭髮長了要剃哩，剃慣了不剃倒難受哩。蚯蚓睜眼見是井宗秀，說：爹，爹，你不要按我，我伸長脖子讓他剃。鄭老漢手一鬆，蚯蚓卻一下子掙脫了。井宗秀說：啊人小性子還烈！鄭老漢喊蚯蚓，喊不來，倒笑了，說：這碎慫就像我小時候。井宗秀，你現在可是咱鎮上最大的掌櫃了！井宗秀說：鄭伯在縣城見過世面，你得指教啊。鄭老漢說：我沒能耐，混達了十多年回來還是兩手空空。我一直都想問你，你怎麼一下子就發強了？井宗秀說哪裡哪裡，眼睛乜斜了一下製衣鋪，陸菊人是從鋪子裡出來了。

陸菊人穿著新做的褂子，那褂子長到腳面，手裡還拿著那件舊衣和一綹深褐色的布，可能是新衣裁制剩下的吧，出了鋪，腰身扭動，褂子就款款地擺著，腳上的黑面紅花繡鞋一下子露出來了，一下子又隱住不見了。陸菊人也看到了井宗秀，卻只招呼了送她出鋪的裁縫，朝巷口邊走。井宗秀叫了聲：哎，楊鐘，楊鐘，我問個話的。就跑過去。陸菊人站住了，眼睛看著剃頭店，低聲說：你咋又到這兒了，剃頭呀？井宗秀說：我還要給你說件事的。挪身背向著剃頭店，讓鄭老漢和剃頭匠看不到陸菊人。陸菊人說：既然當著人說話，你不要擋我，這又不是做賊哩，偏往左站了一步，大聲說：你楊伯還好，只是這幾天咳嗽，沒事的。井宗秀從懷裡掏出銅鏡，極快地塞進了陸菊人的舊衣裡，也大聲說：好些日子也沒見楊鐘了，還練他的輕功？陸菊人說：這是啥？井宗秀說：給你的。陸菊人撩起舊衣看了一眼，說：我一個婦道人家要這幹啥？這時牆拐角閃過來一個婦人牽著一個孩子，孩子抱著一卷花布。陸菊人說：給孩兒做衣服呀？那婦人說：是呀是呀。哎呀，楊鐘家的你這褂子也是才做的，合身得很麼。陸菊人把舊衣一掖，伸手去摸孩子頭上紮著的獨角辮，說：你娘把你當女孩打扮呀，還給你做花襖啊！那婦人說：叫楊嬸！認著你這楊嬸，長大了娶媳婦就要像你楊嬸這樣的，又漂亮又能幹！井宗秀說：這恐怕難了吧！說完就哈哈笑，陸菊人說：胡說啥的?!那婦人也笑了，拉孩子進了鋪。陸菊人說：這我不要。井宗秀說：這東西只有你才配的，上邊有銘文，回去你看了就知道了。陸菊人說：那

銘文一共是二十個字，她認得出有昭日月光明，全句是什麼意思，她搞不懂，就默聲說：井宗秀你不給說寫了個啥，你羞辱我！就把銅鏡扔到炕上去，偏不去再理，納起鞋底來。鞋底又厚又硬，必須先用錐子錐個眼兒針才能扎得透，這麼錐著扎著，嗤嗤地拉扯著麻線繩子。鞋底上的針腳才納了一行，她終忍不住看一下那銅鏡，再看一下那銅鏡，針就扎了手。她把手指伸在口裡吮血，含糊不清地說了句什麼，自己的耳朵就發燒。她從炕上像獸一樣爬過去，把那銅鏡裝好在小布袋裡，下炕放在了櫃子裡的衣物下面。重新坐炕上納鞋底了，麻線繩子很長，幾次把手指纏住，又下炕從櫃子裡取出了小布袋，放到牆頭架板上的瓷罐裡去。架板上是三個瓷罐，裡邊裝著儲存的桂花瓣，把桂花瓣倒出來，放進去了小布袋，再把桂花瓣又裝進去，楊掌櫃不會到這臥屋來，剩剩也摸不到那麼高，而楊鐘呢，他才不願意動桂花瓣的。這時候院門環在響，她慌忙起身，一邊抹了抹髮髻，一邊去開門，是公公從壽材鋪忙完了才回來。公公說：楊鐘呢？陸菊人說：還沒回來。公公說：這野種！氣呼呼進了上房，還說了一句：你得把他管住啊！

楊鐘是沒有可管性的，楊掌櫃沒辦法，陸菊人也沒辦法。楊掌櫃給井宗秀訴苦過，說井宗秀和楊鐘年紀差不多，一塊兒玩耍的，或許井宗秀的話會聽。井宗秀說：是一塊耍大的，而能治住他的只有井宗丞啊！果然他去勸過，楊鐘說：咱都是屬雞的，你幾月生日？井宗秀說：我九月。楊鐘說：我正月，你小雞還給老雞踏蛋啊！他甚至看不上井宗秀的臉白，又沒鬍子，男人麼，要那麼白的臉幹啥？戲上的曹操是白臉奸臣，可曹操還有一把黑鬍子的！但楊鐘還是認為在這渦鎮上，井宗秀和他一樣都是很想做事，也敢做事，至於能不能做成事，那得往後看的。他給井宗秀說：你若是個文的，我就是武的，誰要欺負你了，或者你有抗不動的什麼人了，你給我說！他還建議跟他一塊向彭家砭村的彭拳師學拳，井宗秀沒去。

井宗秀幾次經過小酒館，都看到楊鐘和一些閒人在裡邊喝酒。眾人吆喝中，楊鐘脫了上衣，那身竟長滿了毛，列出馬步，將一口氣吞進去，肚皮子上就有了一個疙瘩忽上忽下。旁邊人好奇那滿身的毛，近去拔一根，說：你精瘦精瘦的倒有毛？楊鐘說：練輕功才能長這毛，是飛毛！閒人們就起哄：飛呀，飛呀，給咱飛一下！楊鐘便看見了井宗秀在門口，喊：喝酒，你進來喝酒！井宗秀說他要到南門口外接貨呀，就離開了，一路上嘆息著楊鐘不成器。

後來，渦鎮關於楊鐘的故事就多起來，甚至玄乎得不得了，說他學了輕功後，身上的毛愈來愈凶，竟然就有了一種本事，發起功了能來去無蹤，常常是和人喝酒，喝醉了，就把酒盅子扣在桌上，讓大家閉了眼，他說誰要吃滷肉，就很快能從滷肉店拿來滷肉，他說誰吃燒雞呀，不大一會又拿來了燒雞。井宗秀不信這些，希望楊鐘還是再到他的布莊或水煙店去幹事，也算幫他賺些錢，能安生下來，可楊鐘三個月再沒露面。又傳出三個月前楊鐘喝了酒，說他能去南溝的鳥梢鎮取個熊掌來，那裡的飯店野味都做得好，可他一走，酒友們卻睜開了眼，還揭了桌上的酒盅，楊鐘就再沒有回來。

楊鐘十天半月不回家，楊掌櫃和陸菊人都習慣了，並不在意，可一個月兩個月沒回家就急了，問過割漆的劉老庚，劉老庚說割漆是苦活，楊鐘哪裡會去割漆？楊掌櫃又去安仁堂，打問常去那裡的挖藥人，挖藥人說楊鐘是跟他們挖過石斛，但他去是顯擺他能在懸崖峭壁上的身手，也就是顯擺了一次再沒去過。楊掌櫃便給陳先生說：常說兒子是來討債的？陳先生說：那你前世欠了他麼。楊掌櫃說：我一輩子都不想他，可他有媳婦有孩兒呀！你給算算，他幾時收心回來？陳先生說：你把他一雙鞋在祖墳上燒去。楊掌櫃拿了楊鐘一雙舊鞋去燒，卻見墳上蘆子草旋天而起，足有一丈多高。回來又給陳先生講了，陳先生說：墳上出了事麼，草那麼高這是後輩出飛賊啊！嚇得楊掌櫃說：都怪我沒常去墳上照料！陳先生說：你找一條埋人抬棺的草繩放在草叢裡一塊燒吧，或許就好了。楊掌櫃回家把這事說給陸菊人，陸菊人哦了一下，半天悶著再沒言語，兩行眼淚流出來。楊掌櫃只知虧待了兒媳，說：楊家的祖墳風水是好的，只是長荒了草麼。自己出去尋找埋人抬棺的草繩。埋人抬棺的草繩平日是尋找不到的，就在壽材鋪等了三天，終於等到有喪家來買棺，他也去喪家行了禮情，再等著下葬時索要了一條用的草繩。第七日傍晚，和陸菊人又去祖墳，把草繩盤在墳頭，然後放火燒草。草不起明焰，只冒黑煙，像一片烏雲罩在半空，待黑煙散盡，墳頭上乾乾淨淨，而那盤草繩也被燒化，但盤形不變，如蛇一般，楊掌櫃目瞪口呆，近去要拎，灰蛇卻霎時消失殆盡。

楊鐘是三個月後又出現在鎮上，人瘦得皮包骨頭，大罵那些酒友，說他正飛過一個崖頭，突然從空中跌下來，胳膊腿就斷了，在山裡的人家養了這麼多日子才好。他這話是真是假，沒人知道，而奇怪的是身上的毛慢慢脫落，走路也和平常人一樣，再不說扣了酒盅讓人閉眼了他能飛空取物的話。

到了六月初六，太陽正火，家家把箱櫃裡的衣物布匹拿出來曬，井宗秀的媳婦便在大門外拉起了長繩，搭掛了各種顏色的絲綢。井宗秀從外邊回來，忙讓媳婦把那些絲綢收回來，說：院子裡哪兒曬不了，你曬在街面上?!媳婦說：我就是讓人看的！有粉不搽在臉上難道搽在屁股上？井宗秀說：人家都是藏著掖著，你就那麼愛張揚？媳婦說：你原來有啥的，都是我有旺夫命，現在有了，我咋不張揚?!井宗秀搧過去一個耳光，雖然沒搧住，媳婦卻坐在地上哭叫起來。她一哭叫，井宗秀越發生氣，就又出了門，獨自到街上酒館去了。

沒想到一壺酒還沒喝，冰窖巷的王婆婆卻來找他。王婆婆的娘家在虎山西溝岔，西溝岔一個遠房侄子被王魁綁了票子，那侄子的家人就哭哭啼啼來找老姑，要老姑求井宗秀。井宗秀心情還不好，說土匪都是狼，肉到嘴裡了能吐出來嗎，他不行。王婆婆說：你能行，你和土匪是一家的。井宗秀倒火了，說：我怎麼和土匪是一家？五雷要強占我的房子，我能不讓嗎，我就和土匪是一家了?!王婆婆打自己嘴，說：都怪我不會說話！嬸是窮人，也沒給你拿啥，但嬸當年是接生過你的，你生的時候是掉到尿桶裡的，撈出來不會哭，是我提後腿在屁股上拍了三下，尿從嘴裡流出來了才哭的。井宗秀嘆了一口氣，說：唉，我去給說說，但我說話能起作用嗎，你為難我！

五雷是頭一天夜裡就到了一三〇廟裡看王魁他們溜票子，溜了三個票子，這天晌午得了半麻袋銀元，心情正好，聽了井宗秀的求情，就答應放王婆婆的娘家侄子。五雷說：我不在乎他了，得給你個面子！井宗秀喜出望外，起身卻往門外走。五雷說：這就走啦？井宗秀說：讓我去大殿給菩薩燒上香。五雷說：菩薩不放人你倒給菩薩上香呀?!井宗秀說：我當然得請你客呀！你叫上人，我上香了咱就去許記火鍋店！五雷說：不吃火鍋，有沒有誰家店裡有紅燒驢鞭的？井宗秀說：那就到拐子巷炒菜館！井宗秀去了大殿，並沒有給菩薩上香，轉了一圈過來，五雷已叫了王魁等五個人，一行就去拐子巷。路上，井宗秀趁機又說了鎮上人以往都是要進廟裡燒香禮佛的，但現在有些不方便，能否隔出一道去大殿的路，五雷竟然也答應了。

這頓飯吃了五根驢鞭，喝了三罈子老酒，五雷他們沒事，井宗秀卻醉了。在飯館躺了半天，醒來只剩下他一個人，剛到街上，票子的家人和親戚十幾個人齊刷刷就跪在他面前磕頭。他趕緊扶他們起來，他們仍說了一大堆好話，但有一句他聽在耳裡：井掌櫃是從來不說一句硬話的，可從來沒做過一件軟事啊！他心裡挺受活，嘴上卻說：哪裡呀，哪裡呀！滿臉通紅，腳步搖搖晃晃地往家走。

走到皮貨行門口，楊鐘在門道裡鏇一張羊皮，井宗秀說：楊鐘，你在這幹啥哩？楊鐘說：你喝酒啦？喝酒也不喊上我！井宗秀說：你不學木工做壽材，倒來鏇羊皮，你會呀？楊鐘說：做壽材是盼人死哩，鏇羊皮做褥子是讓活人睡麼。我啥不會的，世上的事只要我想學沒有不會的。井宗秀說：你吹吧。楊鐘說：那我給你說說熟羊皮的工序！羊皮放在大缸泡兩天，撈出來掛在杆上用刀刮，刮了碎肉加土碱搓洗，再在缸裡放鹽放芒硝放包穀面窩上十天，撈出來暴曬，再鋪平了噴水，潤潮，晾乾，就輪到現在用銼刀鏟了。陳伯，我說的對不對？陳皮匠說：你狗日的比來祥靈醒！楊鐘說：你那醬筍有熟皮子工序多嗎？井宗秀說：你過來，你過來。楊鐘走過來，井宗秀說：腦瓜子陣靈的，你得踏實幹個啥麼。楊鐘說：還讓我去醬筍坊？井宗秀說：布莊、水煙店由你選。楊鐘說：我是猴尻子坐不住麼！井宗秀說：鎮上誰不在做生意，你就這麼浪蕩下去？楊鐘說：都做生意了那就有我吃的了！井宗秀說：你是刀客呀還是逛山?!陳皮匠說：我看楊鐘就是個背槍命，宗秀你和阮天保熟，讓阮天保在縣城給尋個差事，免得他將來入了五雷的夥。楊鐘說：我去當保安？哼，要背槍我也要當井宗丞！井宗秀一下子閉了口，眼睜得多大。楊鐘卻還說：你平常瞇了眼，一睜這麼大呀！井宗秀擰身就走，不再理他。陳皮匠說：楊鐘楊鐘，你狗日的信嘴胡說了！楊鐘說：我說井宗丞又咋啦？他井宗秀不認了他哥，我認呀，小時候，我和井宗丞就投脾氣嘛，如果他現在還在鎮上，我兩個呀……他蹺起了大拇指，又對著井宗秀伸出小拇指，還在小拇指上呸了一口。陳皮匠忙來捂他嘴，沒捂住，他高了聲地說：我就說啦，誰給縣政府舉報去！

井宗秀踉踉蹌蹌進了家，酒勁又上來了，去扶臥屋門口的掃帚，掃帚卻在跑，沒扶住，就又去靠門簾，門簾也不讓他靠，撲咚就倒在門檻上。媳婦聞聲從後院跑來攙他，說：你請大架杆喝酒哩，人家沒醉你倒醉了！井宗秀硬著舌頭，說：他回來了?!媳婦說：早回來了，我在街上買了些杏，他吃哩，我給你拿幾個去。井宗秀說：杏？媳婦說：是南山溝裡的杏，不酸，還是甜的。井宗秀身子剛一挨到椅子，就吐開來，人便軟癱成一堆泥。媳婦說：你就這樣往椅子上吐呀，昨天才洗的椅墊。你吃的啥東西，能熏死人，粉條都沒咬呀！媳婦嘟囔著，卻奇怪井宗秀竟然沒發火，嘴裡含糊不清地念叨什麼，湊近耳朵聽了，聽到的是：井，井宗丞，呀丞。

★

井宗丞當上二分隊長後，六九旅還在秦嶺西南一帶，而秦嶺東北各縣的保安隊都張狂地要消滅遊擊隊，遊擊隊則今日化整為零，明日聚零為整，能咬就咬一口，咬住肉了連骨頭都啃，咬不住了，就鑽進山林，反復無常，神出鬼沒，反倒聲勢一天比一天大起來。

也是在這幾年，秦嶺自遭過蝗災，又連續旱著，十天半月裡要刮一場風，黃風，成片成片的箭竹、龍頭竹、木竹全都開花，竹林開花壯觀是壯觀，但開完花竹子就枯死了。隨之是蠅蟲叢生，遍布在大路小道上。蠅分青蠅和蒼蠅，青蠅亂色，蒼蠅亂聲。不時傳來某溝岔有了蟒蛇，常在月圓時分，噓氣成雲，而採藥的打獵的割漆的伐木的，還有那些腳客，一旦誤入其中，立即身子僵硬，氣短而死。更多的人，幾乎是一個村一個寨的，都害起嗓子疼，輕者咳嗽，重者喉嚨化膿，口水難嚥，必須去山上尋七葉子樹。七葉子樹有結節，呈串珠狀，三五個葉片輪生莖頂，那葉子熬湯喝了才能治。可憐的是到了春季，山裡人無以為食，吃橡子和柿子拌稻糠磨出的炒麵，吃草根樹皮觀音土，老老少少脖子上掛了鑰匙，那種刻著槽的直把銅鑰匙，不僅是為了開門鎖，還是大便時能隨時掏糞。廁所裡野路旁總會看到屎疙瘩上沾著膿血，每個村寨裡都有人屙不下來憋死了，或有人掏糞時血流不止，趴在那裡半天就沒了命。

遊擊隊由每天三頓飯減到一頓飯，後來一頓飯也不能保障，去抄過幾處富戶，但是保安隊聞訊就來圍剿，只好又往更深的山林裡鑽。山林裡多有野豬和熊，拿槍打了，野豬和熊都是一個秉性，會順著射擊的子彈衝過來，兇猛無比，人沒有吃到野豬和熊的肉，反倒被野豬和熊吃了三個隊員。蔡一風下令見了野豬和熊一定要避開，大家就用水澆老鼠洞來逮老鼠吃，捕鳥用木柴棍戳在鳥屁股裡在火上烤了吃，或者發現黃檗樹了，就在周圍尋找死亡的羚牛。羚牛多有肚子裡生了蟲，見了黃檗樹就啃皮，黃檗樹皮有毒，能把蟲殺死，但啃得多了，又能毒死羚牛。那些死亡的羚牛身子已經腐爛了，還有蟲爬出來，像線一樣，一窩一窩地蠕動。吃羚牛的肉有五個隊員就中毒了，雙腿變紫變黑，最後潰爛死去。又有了三個隊員逃跑去了川道，再發現有企圖逃跑的，李得旺把兩個隊員丟到一個山洞裡關禁閉。關了三天，隊伍去一個村莊要抄財東家，那財東家竟在院子裡修了個石樓，僱了保鏢在石樓上往下打槍，難以靠近。相持了一天，還是井宗丞趁夜裡從後院水道裡鑽進去才攻破，弄了三擔米，三擔麵，四斗黃豆，六背簍蘿蔔、白菜，還有十幾吊臘肉。回來把黃豆、蘿蔔和臘肉一起在鍋裡燉，每人吃了三碗，半夜裡肚子脹得睡不下，井宗丞在地上雙腳蹦躂，蔡一風也把肚子往木頭上撞，卻突然說：是不是王二狗還關禁閉著？井宗丞也想起來了，說：把這事咋忘了！蔡一風讓人去放他們出來，費力撬開洞口封著的石頭，喊了幾聲沒有回應，進去看了，一個人死在那裡，半個臉沒有了，一條胳膊也只剩下骨頭和皮，而二狗嘴上沾著血痂，也已死得硬硬的像一根木頭。

天災嚴重，但稅賦地租絲毫未減，仍是不按數繳齊，就抽地抽丁，農民只得東貸西借，而高利貸者趁機放帳，驢打滾式的往上漲。餓殍遍地，民怨沸騰，秦嶺特委要求各地農民暴動，遊擊隊就化整為零，分頭到方塌、三合、桑木、麥溪各縣的一些鄉鎮去，配合地下縣委組織發動群眾。

井宗丞是帶了些隊員去了方塌縣的毛坪鄉，聯絡上了地下縣委書記張白山，三十多人先去麻廟村集合，研究行動方案。麻廟村僅五戶人家，早已斷糧，為了填飽肚子，井宗丞就在一面山坡上點火，要燒死些野物，沒想火燒起來，遇著颱風，竟連燒了四面坡上的山林，將三戶人家的房也燒著了，這三戶人家索性也跟了他們。吃過燒死的野物後，幾十人翻過山到了上王村、西溝壩村。上王村、西溝壩村知道了山那邊起了大火，三戶財東跑了，他們砸開財東家門，把所有財物一盡分給了窮人。接著一路向西，往鐵峪村、石坡寨、黃水洞村一帶去。凡是一進村，就有窮人來舉報誰家是土豪，誰家是劣紳，又都積極帶路，於是所有的土豪劣紳都被放長工，燒地契，分地分糧。當然，跟隨的人也多起來，已經有一百二十號人，雖都是烏合之眾，槍枝有限，卻也使方塌縣西南一帶風聲鶴唳。這一日到了百頃灣，那裡是個大村，他們才綁了三個土豪，正從各家地窖裡往外搜糧，遭到縣保安隊圍攻，倉促撤離。井宗丞已逃到村外河邊了，發現張白山沒跟上，二返身又進村去找，剛拐進一條巷子就再遇上敵人，右腿中了彈受傷。他自知跑不脫了，就把槍塞進一家煙囪裡，被俘後說自己是過路的莊稼人。保安隊長把他的手拉起來一看，罵道：手上沒繭子哪是種莊稼的?!井宗丞只好承認是農民武裝隊的，而絕口不提他是頭兒。保安隊就在他腿上的傷口穿了繩子牽著，和另外被俘的八人一塊經過幾個縣境示眾。

到了麥溪縣，麥溪縣的保安隊請方塌縣的保安隊吃飯，井宗丞他們被拴在飯場邊的拴馬樁上。偏偏縣保安隊有人就認得他，說：這是秦嶺遊擊隊二分隊長井宗丞麼！井宗丞也認得了舉報他的是范哈子。范哈子也曾是遊擊隊的，從山林逃跑後投靠了麥溪縣的保安隊。井宗丞說：你別胡說，胡說我沒命啦！范哈子說：把你燒成灰我都認得！遊擊隊在安村時我摸了一下那家女子的屁股蛋，你打了我一槍托，這仇我記著哩！井宗丞就罵道：我那時怎麼就沒一槍崩了你！保安隊長得知俘虜了秦嶺遊擊隊的二分隊長，興奮地大叫：好了好了，我逮條大魚了！但飯還未吃完，槍聲四起，蔡一風領著人殺了過來，亂戰中把井宗丞搶走了。蔡一風得知井宗丞被俘後，帶人一直悄悄暗隨著走過了方塌縣、桑木縣、麥溪縣，終於抓住保安隊吃飯之機衝進去。搶走了井宗丞，井宗丞腿已經走不動，被李得旺背著，李得旺雙手能打槍，一邊背著跑，一邊打，井宗丞說：你把槍給我，我看到范哈子了。范哈子在亂戰中跑到一棵樹後的廁所裡，剛露出半個腦袋往外看，井宗丞叭地打了一槍，范哈子竟身子躍了一下，趴在了廁所牆頭，垂著了半個腦袋。

井宗丞被救出來，藏在了方塌縣同濟藥店的地窖裡，杜英就一直照顧養傷。養了兩個月後，杜英晚上再到地窖裡送飯就沒上來。這樣的情況連續了多次，掌櫃知道了，給井宗丞說：我給做媒，你們就算結婚吧。掌櫃白天裡買了一對紅燭，還拿來了一個結婚帖子，帖子上是別人的名字，說這是蔡隊長那次攻打桑木縣，從縣長那兒繳的一個皮箱，皮箱鎖著一時打不開，留在他這兒的，後來打開了裡邊有委任狀和這結婚證書。掌櫃當下刮掉結婚證書上的名字寫上了井宗丞和杜英。井宗丞拿過看了，上邊印著一段話：兩姓聯姻，一堂締約，良緣永結，匹配同稱。看此日桃花灼灼，宜室宜家，卜他年瓜瓞綿綿，爾昌爾熾。井宗丞說：這詞多好，但我不願結婚。掌櫃說：為啥？井宗丞說：我這是革命哩，過不了日子。我不知哪天腦袋就掉了，即便活著，什麼時候再來見她也不一定，何必擔這個名呢？掌櫃說：那你就不要沾她呀！生了氣，第二天藉故讓杜英去特委送信，就沒有再到地窖裡去。井宗丞也不想再待了，第二天晚上趁掌櫃不在出了地窖要離開，偏偏掌櫃和杜英進了門，掌櫃說：你咋出來？井宗丞說：我胳膊腿可以了，晚上沒人，出來透透氣。掌櫃說：傷筋動骨一百天的，你才兩個月哪能全好了？井宗丞說：我把腳印踩到那門扇上。一躍子旋起，腳踹到了門扇的上沿。掌櫃說：杜英有功勞！卻講了另外一件重要情報。

情報是杜英從特委帶回的，說三合縣工職校長尹品三是省黨部委員，他搜集到了秦嶺三個縣的共產黨員名字，並打算密送省主席，特委指示進行阻截。井宗丞說：那這只有我去幹了！連夜要趕往三合縣。杜英突然哭了，井宗丞說：你哭啥？杜英說：就你一個人去呀?!井宗丞說：你不放心了，給我個東西。杜英說：啥東西？井宗丞說：你過來。掌櫃以為井宗丞要和杜英親熱，背過了身，井宗丞卻說：你不是來那個了嗎，聽說帶上一點紅棉花了，能辟邪的。杜英說：那我跟你一塊去！井宗丞說：

你不會打槍，去了是累贅呀！杜英說：我可以掩護你麼。掌櫃也不好說什麼，只叮嚀杜英把井宗丞送到三合縣了，連夜就得趕回來。

兩人去了三合縣，杜英並沒有返回方塌縣，在縣工職學校周圍祕密監察尹品三行動。三天後，學校裡收拾一頂轎子，估摸尹品三要去省城了，兩人就埋伏在縣城外二十里通往省城的路上。果然轎子經過，將抬轎人擊斃，尹品三從轎子裡滾出來，說：好漢，我一個教書先生，啥也沒有，你把轎子拿去吧。井宗丞說：我坐轎子沒人抬的，我要衣服！尹品三就脫了長衫。井宗丞說：再脫，往光裡脫！尹品三脫了三件上衣，又脫了兩條褲子，都沒有名單。尹品三也就剩下個褲頭不脫。井宗丞說：脫呀！尹品三說：褲頭也要呀？井宗丞說：要！尹品三說：這裡有婦人，我得留個遮羞的。井宗丞說：她是我的女人，什麼沒見過，脫！尹品三把褲頭脫了，拿在手中。杜英奪過褲頭，褲頭內縫著一個口兜，撕開了裡邊有兩張疊成小塊的紙，果然是名單。井宗丞說：你老慫，就長著那麼一點肉！一槍打去，把那老肉打掉了，接著又一槍打在腦門上，兩人鑽了山。

那山叫蓮花山，山頭上一簇五個峰，峰上都長著紅豆杉樹，更有成片成片的綠葉黃花的棠棣，又正是太陽要落，晚霞燒起，萬般豔麗，兩人就在草窩裡做起那事。杜英還在經期，血把他們的腿上、肚子上都弄紅了，也全然不顧，待折騰完，像魚晾在了沙灘上張口喘息。就看著遠處的雉一邊走一邊鳴叫，後來飛到一棵紅豆杉上了，將尾巴直豎起來，尾巴竟然長六七尺。又發現了棠棣叢中有著穿堂風。杜英在藥店裡待過這幾年，已經能認識許多中藥材，狼吃紅肉拉白屎，屎裡那些沒有消化過的骨頭就是穿堂風，專治人的瘋病。杜英說：咱倆是不是也瘋了？井宗丞說：咱這是慶祝刺殺成功呀！杜英就又想起山下的一幕，說：你只讓那老傢伙脫衣服，我真擔心他身上有槍，突然拔出來了打你！井宗丞說：他有肉槍？肉槍也是沒了子彈！杜英說：我給你說正經事哩，你只是壞！井宗丞說：咱現在就是正經事麼！翻上來又壓住了杜英。杜英還在喘著氣笑，卻哎呦了一聲，井宗丞說：受不了啦？看到那石頭堆裡有一株隔山撬嗎，我去摘些葉子嚼嚼，我受不了你受不了這草窩更受不了啦！他得意地告訴杜英，那草之所以叫隔山撬，是熬湯喝了，男人就不得了，即便對面山上站個女人也會把山撬翻的！井宗丞說著，杜英卻不吱聲，連身子都不動了。一側頭，有了一條蛇，黑褐色，三角頭，酒盅口粗的，從杜英腿邊爬過，杜英的左腿彎有著牙印。井宗丞一下子翻起身，說：它咬你啦?!撲過去就打蛇。蛇正往石頭窩裡鑽，井宗丞要去抓蛇尾，如果抓住蛇尾那麼一抖，蛇全身的骨頭就碎了，可他剛一踩蛇尾，蛇忽地回身躍過來，他一閃，雙手去掐蛇的七寸，掐住了，蛇先是豎直了，像一根棍似的，再甩過來打著了他的耳朵，耳根就裂開，往下流血，又如繩一樣緊緊纏住了他的胳膊。他沒有鬆手，一直在掐，一直在掐，他覺得力氣都快用盡了，但這時候蛇的身子也軟了，綻開了撲遝在地上。井宗丞拿了槍再打，打了三槍，蛇斷了四截，他喊著杜英，杜英直挺挺地躺在那裡，左腿開始發黑，人昏迷不語了。

井宗丞只知道人被蛇咬後要趕快擠出毒液，然後敷上蛇藥，但他怎麼擠也沒擠出毒液，又不知還採些什麼草嚼了來敷，抱著杜英就往山後跑，希望能見到個村子或是碰上個山民。好不容易到了山彎，山彎裡卻起了霧，隱隱約約的，村子裡人聲喧嘩，好像是保安隊在查詢兇手，井宗丞忙抱了杜英藏在一叢金銀花藤蔓裡。但奇怪的事情也就發生，保安隊要搜山，走到哪兒，哪兒的霧就濃，三步外什麼都看不清，變方向再走，霧又移過來，還是混沌著辨不清路，他們無奈返回村子了，霧竟逐漸淡薄。井宗丞抱了杜英再跑，一邊跑一邊說：霧都護佑咱哩，你沒事的，沒事！後來跑進一條溝裡，溝裡滿是青岡樹，又累又餓，才放下杜英歇息，不遠處有了響動，以為是野獸，趴在樹後看了，是一個連夜進溝割竹的山民。井宗丞謊稱是迷路了，問哪兒是東哪兒是西，哪兒能找到水喝？割竹人教他如何看樹上的陰陽面判斷方向，如何捏捏樹葉摸摸草梢分析還有多遠了就有水。井宗丞說：那被蛇咬了用什麼草嚼爛了能敷？割竹人說：你被咬了？井宗丞說：是我媳婦。割竹人說：我就帶有蛇藥。去看了杜英，割竹人說：人走了。井宗丞說：她走不動的。割竹人說：走了就是死了。井宗丞這才試杜英的口鼻，口鼻沒了氣息，再揣身子，身子又硬又冷。

井宗丞沒有哭，割竹人走後，就抱著杜英一直坐到天亮，怨恨自己不該和杜英在野外做那事，後來就發誓以後再不接近女人！說：你信不信？你要信啊！竟解開褲子，用手搧打，要把它搧死。沒搧死，又想殺它，但沒有刀子，就從口袋摸出火柴點著了去燒，毛是燒焦了，燒傷了皮肉，他倒在地上哼哼，眼淚流下來。一夜過去，太陽出來的時候，在一個大石頭前用手刨出了個坑，把杜英埋了，又找了許多花草蓋在上邊，而他並沒有回方塌縣，倒直腳往麥溪縣去找蔡一風了。

★

這一年，麥溪縣長李克服，剛剛釋放了部分被監禁的欠糧農民，卻從省城又下來個催糧委員叫梁伍的，由當地惡霸程茂雨陪著，在清水村、沙白村、蒲梁村一帶暴征糧款。有三戶人家繳不起，被拉走了圈裡的牛，溜了房上的瓦，當家的就喝老鼠藥死了。有一戶寡婦當著梁伍的面要上吊，梁伍說：找一條繩給她，她死了好賣這房子！百姓怨聲載道，蔡一風和李得旺就分別帶人到了麥溪縣動員農民抗糧，但梁伍更變本加厲，逮捕了十二個抗糧群眾。井宗丞來了後，他們同麥溪縣地下縣委的程國良、許文印商議，必須除掉梁伍，並以雞毛信傳貼為方式，以擊鼓為信號，在十八個村寨暴動，攻取縣城。

三月十七日，得知麥溪縣的大部分保安被調去三合縣協助清剿殺害尹品三的兇手，雞毛信就傳遞了各個村寨，到了夜裡，月亮明晃晃的，鼓聲響起，一百五十人拿了大刀長矛钁頭鐵鍬黑壓壓集中在沙白村的打麥場上。程國良、許文印還在做著動員講話，蔡一風就領著去蒲梁村抓梁伍和程茂雨。蒲梁村的王書義是程茂雨的親家，正接待梁伍和程茂雨喝酒，聽到院外有嘈雜聲，問：咋回事？王書義的媳婦進來說：有一夥拿槍的人進了村。梁伍和程茂雨奪門就逃。程茂雨跑得快，梁伍是個胖子，胳膊腿甩不開，氣喘吁吁落在後邊，叫道：這是來要殺我的，咱倆換個衣服！程茂雨說：換了白換，這一帶人誰不認識我？你快跑！梁伍說：我腿抽筋了，你來扶我！程茂雨說：我先去梁村我老表家看有人沒，收拾好地窖了你就藏下！便先跑了。梁伍坐在地上揉腿，還在罵程茂雨，李得旺領人追了上來，三桿槍指著梁伍的頭。梁伍說：我手裡有人命，該吃槍子的。李得旺說：節省子彈。後邊六七杆長矛便戳了去，撲哧撲哧響，梁伍身上有了十幾個窟窿，就流血流油地死了。梁伍上衣口袋上吊著的鐵鍊子，帶出來是一塊懷錶，李得旺把懷錶給了蔡一風，在口袋再搜，沒搜出什麼，見梁伍嘴咧著，裡邊有兩顆金牙，用槍托砸下來，李得旺自己裝了，讓別的人剝衣脫鞋。

已經跑到梁村口麥地裡的程茂雨，見一夥人在殺梁伍，折向村左邊的溝沿跑，而追他的是井宗丞一夥，程茂雨一急從溝沿掉下來，斷了一條腿，爬進一蓬迎春花蔓裡。井宗丞在溝裡沒見了程茂雨，大聲喊：不見人麼，往上追！自己卻蹴下觀察。程茂雨果然從迎春花蔓裡往出爬，井宗丞就拽著他的頭髮拉了起來。程茂雨說：你是誰，怕是誤會了。井宗丞說：我是井宗丞，來殺程茂雨的！程茂雨說：人都傳說井宗丞青面獠牙的，原來一表人才麼！你放了我，你要啥我給啥。井宗丞說：我要你這頭哩！程茂雨說：你不要殺我，殺我血濺在你身上了，我就是雄鬼能尋著你。井宗丞扔開他，他抱著一條斷腿就跑，跑出三丈遠了，井宗丞一槍打了，說：我不會沾你血的。看著程茂雨倒在那裡身子往外噴血，噴完了，用刀割了頭。

殺死了梁伍和程茂雨，蔡一風派三個人先去縣城做策應，約好後半夜裡，暴動隊伍一到城外就燃三堆火，策應的人看見火光了立即打開城門。但是隊伍途經蒲梁村時，程國良說王書義的民憤也大，堅持要剷除。而去了王書義家，人已逃跑，於是撬門扭鎖把家抄了。抄出的大米盛了一大笸籃，好多人就尋各種布袋去裝，有個叫暢八羊的尋不到布袋，紮了自己褲腿口，拿碗就把大米往褲襠裡倒。蔡一風呵斥誰也不准帶大米布袋，都帶上個大米布袋怎麼去打縣城?!布袋裡的米又倒回笸籃，有人便從廚房裡掏了灶灰攪進去，說：咱帶不走，也讓他王書義吃不成！而抄出來的衣服可以穿，一時長長短短花花綠綠的衣服都套在了身上，沒搶到的就裹被套、床單和門簾。隊伍再出發時，沒見了暢八羊，估摸他是跑了，但他褲子裡裝了大米肯定跑不遠，程國良讓人出去找，找了一圈沒找到。蔡一風就火了，要井宗丞走在隊伍後邊，再發現有逃脫的就槍斃。好的是隊伍再沒一個跑走的，而經過陳家村、趙下寨、南堡子，反倒有群眾加入，隊伍由原來的一百五十人擴大到二百三十人。蔡一風將這些人分為三個隊，布置進入縣城後由李得旺帶一個隊，收拾完城門口的保安後就去攻打縣政府和監獄，由程國良、許文印帶一個隊攻打縣糧秣局，由井宗丞帶一個隊攻打天主堂。到了城外，天已麻麻亮，點燃了三堆火後，城門卻未打開。因半夜時分縣政府那兒的幾個保安也到了城門樓，城門樓的保安頭兒派人去找妓女，派去的那個保安偏巧是策應者已串通好要打開城門的人。策應者看見火光卻遲遲等不回來串通好的保安，著了急就掀開南門下石頭頂著的水眼，鑽出去見了蔡一風。蔡一風讓李得旺帶十餘人又從水眼鑽了進去，直奔城門樓，出其不意繳了十二個保安的槍械，把他們衣服脫光，用繩拴在一起，關在一間屋裡，派人看守，其餘人砸開了城門上的鐵鎖，放所有隊伍進城。

程國良、許文印一隊到了縣糧秣局，殺死了門口的一名值班的管糧員，進得一間平房，床上還睡著四個管糧員，沒等醒來就被刀捅死了兩個。許文印用力過猛，捅第三個時刀捅透了身子扎在床板上，一時拔不出來，第四個就醒了，光身子從窗子跳出去。程國良和一個農民就攆，攆到一戶人家門口，那人拍門：娘，快開門！程國良刀還沒戳到，門開了，那人就往裡進，跟上來的農民一钁頭挖過去，钁頭嵌在頭上，那人倒在他娘懷裡。程國良說：以為他是來叫援兵的。快走！農民也不要钁頭了，兩人返回糧秣局，許文印他們已打開了糧倉。井宗丞一隊順利攻入了天主堂，起獲了三個大木頭箱。打開看了，全是金銀珠寶，又上了鎖抬出來，要捉神父，沒想到神父爬上樓頂往下撒銀元，農民見銀元叮叮噹噹從天落下，一時胡忙搶拾，神父趁機騎馬逃跑了。井宗丞氣得大罵，命令把搶拾的銀元都扔了，農民說：錢不咬手麼，讓我們拿了又不誤事。井宗丞說：洋鬼子跑了還沒誤事?!農民說：你再說殺誰，我們就殺誰！井宗丞就說去三個人堵神父，其餘的人抬著三個木頭箱子跟我去縣政府！縣政府是城中的一座二層樓，去了後，一幫職員正被押了出來，李得旺指揮著焚毀糧冊和檔案，手裡拿了一枚印章問井宗丞這東西咱要不要？井宗丞說：咱要這幹啥？李得旺就把印章摔碎在石頭上，說縣政府的主任殺了，管帳的殺了，一科二科三科的科長，還有一個收發員都殺了，縣長沒抓住，說是前日帶了祕書去了秦嶺專署沒回來。兩人遺憾地罵了幾句，帶人去搗毀縣監獄，看守長企圖阻止，被亂刀剁死，救出了十八個反抗繳納糧款的農民，釋放了全部犯人。

蔡一風指揮著把繳獲的糧食財物都集中到一起後，此時已是早晨，太陽從城外的東梁上冒出來，城裡的市民出來看熱鬧，就站在街兩邊搖著旗子又放鞭炮。蔡一風說：縣城裡的人覺悟高啊！程國良說：我就看不起縣城人，他們才虛偽油滑哩。前年六九旅捉了刀客一個頭目在這裡遊街示眾，他們就搖旗子放鞭炮。去年我的前任王伯棟同志被保安隊抓去槍決，他們也是搖旗放鞭炮哩。蔡一風說：哦。兩人正說著，一個穿長袍馬褂的人就走過來說：二位誰是蔡隊長？蔡一風說：啥事？那人說：你就是蔡隊長呀，我要送給你一張畫。從懷裡掏出一疊紙，展開了畫著一隻鷹和一隻熊。蔡一風說：啥意思？那人說：有鷹有熊，你是英雄！蔡一風說：你是幹啥的？那人說：我是畫家，你問問城裡，任何人，沒有不知道我的。蔡一風說：是不是誰進城了，你都送這樣的畫？那人說：給別人的畫得小，給你畫得大！

縣長李克服其實那晚就在縣政府，當李得旺帶人在門前開了火，他就從後門逃走，出了縣城，躲進一個農戶家。那農戶讓他把制服脫了，禮帽摘了，換上一身粗布對襟襖，還給了三個饃，讓他往北原跑。李克服不脫行頭，想著自己就任時間短，和群眾未曾結仇，遂又返回城裡找到蔡一風。蔡一風就讓人把他監管起來。第三天，在縣城東門外的騾馬市上召開鬥爭李克服的群眾大會，並準備鬥爭會後將其公開處決。大會由程國良主持，李克服被押上台，沒有了禮帽，換上了白紙糊的高帽筒，高帽筒糊得大，戴不穩，井宗丞用鐵絲拴了再勒在李克服的下巴上。李克服說：你是不是叫井宗丞，你上學的平川縣中校長是我的同學。井宗丞說：他是他，你是你，別拉扯！把李克服的眼鏡拽下來拿腳踩了。台子下口號連天價吼：推翻反動政權！打倒李克服！李克服沒了眼鏡，看啥都模糊，已沒有正常言語了，只是不停重複：大夥聽我說，大夥聽我說。因為事前未做充分的思想工作，現場群眾對是否殺李克服意見分歧大，相當一部分群眾，尤其老年人覺得李克服劣跡不多，曾釋放過欠糧入獄的農民，又是逃跑了還自動回來的，罪不應誅。蔡一風和程國良就同意暫時把李克服安置在縣城天佑德商號裡。

又過了一夜，得到消息，方塌縣和三合縣的保安隊聯合了要來麥溪縣血洗暴動力量，蔡一風一方面派李得旺去三合縣偵察敵情，一方面派井宗丞帶一百人到城南米家坡埋伏，阻擊來敵。程國良問：李克服咋辦？蔡一風說：現在是累贅，將來是後患。許文印七人便急速趕往天佑德商號。李克服正在廚房煮荷包蛋，見商號夥計跑進來，問咋回事，夥計說：有人要來殺你。李克服說：我信錯人了。許文印已進了門，荷包蛋還沒煮好，李克服指著凳子說，你先歇下，讓我吃了再殺。吃畢了，又要求穿好制服，戴上禮帽，坐在那裡了，說：從後心打，不要打頭。許文印的子彈就沒有打頭。

★

麥溪縣暴動的消息傳來，五雷倒受了刺激，在後院裡和井宗秀喝酒，喝得滿臉醬紅了，突然拍著桌子說：×他娘的，我還得人多槍多啊，有一日也殺個縣長！井宗秀媳婦拿來了柿餅，又拿了核桃在上房門口砸，柿餅裡夾上核桃仁下酒是最好吃的，她正砸著一個核桃，聽了五雷的話，核桃一滑，錘子把手砸了，就哎呦一聲。井宗秀說：嗯？叫你砸個核桃就能把手砸了？五雷不拍桌子了，半個身子卻從桌面上俯過來，說：井宗秀，你有事瞞著我！井宗秀說：沒啊！五雷說：我昨日才聽說了，遊擊隊的二分隊長是你哥，一母同胞的親哥？井宗秀就哭起來，說：你不說我倒把這個哥忘了麼，他比我大得多，又一直在縣城讀書，我們誰不黏誰。五雷說：聽說他彈無虛發，百步穿楊，你怎麼就不玩槍？井宗秀說：各是各的心性，他愛武，我就文著，做我的畫匠。喝，喝，咱兩個喝美。再拿一壇酒來！我們還要喝呀，喝……他給媳婦喊著，就搖搖晃晃站起來，走到窗子前，一手捂著嘴一手竟在窗子上摸，摸呀摸。五雷說：你文著？這年代文算個毬！你這幹啥？井宗秀說：門呢，門呢，我吐呀，吐……五雷說：門在左邊。井宗秀彎腰到左邊，推開了門就咯哇一聲，媳婦忙幫他捶背，說：你吐，你吐。井宗秀把手指在喉嚨裡摳了一下，真的就吐出了一堆。五雷哈哈地笑，說：井宗秀，你真沒彩，一罈子酒就把你喝成這熊樣了！

這頓酒就這樣散的場，井宗秀一扶回到前院，就撲沓在床上了。屋簷下的天窗裡，太陽進來一道光，斜斜地照在床頭，像個白柱子要頂住了他，他挪了下身子，卻發現那白柱子裡有了那麼多的小東西，全都活活地動。他說：天黑了？媳婦說：天黑還有這光柱子⁈他的舌頭已經發硬，說：這柱子能爬上去嗎？媳婦說：喝得不多呀，你就醉了？井宗秀說：醉了。媳婦說：能說自己醉了的都還沒醉。

井宗秀沒再言語，竟就睡著了。

不知睡了多長時間，井宗秀又醒了，人已經睡在被窩裡，是媳婦在揉搓著他那根東西。他說：睡覺。媳婦只是不聽，還揉搓，他就完全醒了，說：它起來了你用去。後來真的起來了，媳婦便坐上去自己動，滿足了，給井宗秀說五雷今日為啥喝酒，是他今日派人去龍馬關踩點了。井宗秀說：踩啥點？媳婦說：他問過我韓掌櫃是不是最有錢的。井宗秀一下子坐起來，說：他要綁韓掌櫃的票?!媳婦說：你這陣坐起身了？我還不如個姓韓的？井宗秀卻說：你去給我煮碗掛麵。媳婦說：三更半夜的吃啥掛麵？井宗秀說：吐了酒這陣我想吃麼！媳婦穿了衣服去煮掛麵了，井宗秀坐在那裡吸起煙鍋，嘟囔了一句：姓韓的被惦記上了。井宗秀自有了岳家的布莊，韓掌櫃就不再認布莊是他的分店，幾次要續生意，都被拒絕了，現在五雷在打姓韓的主意了，他心裡罵著五雷狠毒，卻多少有了些幸災樂禍。媳婦端了煮好的掛麵來，說：五雷這也是給你出氣了。井宗秀戧了一句：給我出什麼氣？飯吃在人家肚裡，我就不飢啦?!

過了一天，五雷給井宗秀說：你明日跟我去一趟龍馬關。井宗秀知道五雷要下手呀，卻說：咋想著要去龍馬關？五雷說：聽說龍馬關有家烤羊寶店。井宗秀說：不就是個烤羊蛋麼。五雷說：最近身子虛，得補一補。井宗秀媳婦扭著腰身去院裡的蓮缸換水，說：去了給我買件披肩，那裡織的披肩好，岳家的姨太太就披過，我沒有麼。井宗秀沒理她，說：哦補，補，我陪你去。吃過了午飯，井宗秀要找陳來祥，才走過魏家粉條坊前，一夥人蹲在那裡下象棋，楊鐘伸長脖子在看著，急得說：走車，走車！紅方卻回了一下相。楊鐘說：臭了！紅方說：觀棋不語！黑方就又攻來一馬，紅將沒法動了。楊鐘說：讓你走車不走車，是不是現在死硬啦？就這水準還在街上下棋啊?!紅方惱羞成怒，罵道：你嘟囔不停，×裡灌了米湯啦！兩人便打起來。楊鐘瘦小，根本不是那人對手，但楊鐘出拳快，戳出一拳就閃開，等那人再掄了胳膊過來，楊鐘跳起來又一拳戳中了那人臉，那人的胳膊卻掄空了。井宗秀突然不想找陳來祥了，說：楊鐘，喝酒去喝酒去！楊鐘趁勢跟了走，還回頭罵：不打你了，我喝酒呀，臭棋簍子！

兩人到了酒館，井宗秀說：想不想賺錢？楊鐘說：我愛錢，錢不愛我麼。井宗秀掏出一封信，又把兩個大洋放在信封上，說：你把這信交給龍馬關的韓掌櫃了，他還會再給你錢的。楊鐘說：幾時？井宗秀說：現在就去。楊鐘說：啥信呀這麼緊火？井宗秀說：我可告訴你，不能看！楊鐘說：我能識幾個字？看了也是狗看星星一片明麼。井宗秀說：更不准讓任何人知道，你給我把嘴管住！

翌日一早，刮著大風，五雷一夥真的去龍馬關，井宗秀就跟著，一到關街上，塵土飛揚，罩得太陽都看不見了。井宗秀說：這天氣怕是烤羊寶店關門了。五雷說：吃什麼羊寶，弄韓掌櫃呀，你熟悉地形才把你叫來了。井宗秀假裝叫苦不迭，說：你這要害我了，這我以後就沒法再見韓掌櫃了！五雷說：叫上你了咱們就是一夥了，你要以後不想見他了，我這次就弄死他！從腰裡拔出槍裝子彈，又說：這槍餓著，許久沒餵血了。井宗秀說：這槍一次能打幾發？五雷說：五發。沒打過這樣的槍吧。井宗秀說：單發的都沒打過。五雷把槍給了井宗秀，井宗秀翻來覆去看，五雷說：弄了這姓韓的，拿錢去省城買槍了也給你一把。井宗秀說：好，好……話未落，槍卻響了，五發子彈叭叭叭地射在了空中。井宗秀驚慌地說：這咋就響了？五雷拿過了槍，說：你胡動的啥，這一響關裡的人還不都逃了?!忙讓井宗秀帶路，向韓家跑去。

井宗秀故意鳴槍給韓掌櫃報信，其實韓掌櫃在頭天晚上接待了楊鐘後就轉移了家裡重要財物，一家老少逃走了。五雷在韓家撲了空，什麼也沒得到，問看門的下人和廚房的老媽子，都說韓掌櫃和家人到縣城給保安隊長祝壽去了。五雷一聽也不敢多逗留，氣得把中堂上寫著「光前裕後」的匾拽下來踏了，又砸了一面楠木屏風，捅掉了簷下三個玻璃掛燈。二架杆王魁還惱不過，五雷他們都走了，他還跳上灶台要往鍋裡屙糞，這時候聽見了馬叫聲。王魁出來就進了隔壁院子裡拉馬，上屋出來個人忙阻止，王魁說：馬叫我哩，要跟我走哩！那人說：這是我的馬。王魁說：就你這一身爛衣裳，你能有馬？老實說馬是誰的，不說就斃了你！那人說：馬是韓掌櫃讓我藏的，你拉走了我咋給人家賠呀?!王魁掏出一顆子彈，說：你把這個東西給他。就把馬拉走了。

井宗秀是在事後去了一趟龍馬關，偷偷見了韓掌櫃，韓掌櫃哎呦叫著，讓井宗秀坐在了太師椅上，率全家老少磕頭。井宗秀也趕緊伏地對磕。韓掌櫃給井宗秀收拾了一個箱子，裡邊是五百大洋，井宗秀不收。又送他家那個女僕，女僕白面細腰，眉清目秀，井宗秀還是不收。韓掌櫃說：我是不是小器啦？井宗秀說：如果你老肯提攜我，渦鎮我那個布莊是你的分店就榮幸了。韓掌櫃說：哦？你個分店那掙不下多少錢麼，我一次給你五百大洋你倒不要?!井宗秀說：你老是平川縣的多大的人物啊，我就沾個名分！韓掌櫃說：咦，這倒是有成大事的味氣！那我就讓你多掙些錢呀，平川縣以西就你一家分店，當年岳掌櫃的分店還只是零售，從今往後，秦嶺西北西南五縣的十個分店都從渦鎮分店批發吧。我再送你件好東西，你肯定喜歡的。著人抬出一根木頭來。這木頭盆子粗，兩丈多長，通體褐黃。井宗秀說：哎呀，這是樟木，還是楠木？韓掌櫃說：沉香木。井宗秀說：虎山一帶沒有，我還沒見過哩，這就是沉香?!韓掌櫃說：沉香是沉香，沉香木是沉香木，沉香是從沉香木中提取的。就告訴沉香木產在二百里外的天竺山，雷劈了或風刮折了，那斷裂口流出的樹汁結成痂就是沉香。而沒被雷劈和風吹折的要取沉香，就用燒紅的鐵棍在樹上鑽窟窿，讓汁流出來。這根木頭拿回去可以鑽了取沉香，也可以鋸成小片放在缸裡泡酒。井宗秀說：我不取沉香也不泡酒，我就擺在分店裡敬著，它是鎮店之寶麼！韓掌櫃說：好，好，你讓我看到年輕時的我了！說完，卻問：那土匪還在渦鎮嗎？井宗秀說：攆不走呀。韓掌櫃說：是不是麥溪那邊又鬧了什麼暴動？井宗秀說：是聽說了。韓掌櫃說：唉，到處都是狼虎啊。縣政府要糧要款那麼凶的，這保平安的事就沒人管啦?!井宗秀說：多保重，你老保重。韓掌櫃說：這是逼咱得有自己的武裝麼！

不久，韓掌櫃就買了三桿槍，又招了十幾個打手，看家護院。

★

韓掌櫃的那匹馬，五雷不會騎，王魁會騎但馬不讓騎，他是從龍馬關把馬拉出來時一騎上，馬便尥蹶子把他摔下來，讓別人牽回鎮了，仍是一見到他便躁，渾身扭動著踢蹥。而井宗秀一走近，倒安靜了，騎上去也乖乖的。王魁罵：他娘的×，是不是記我仇啦？拿了槍要打，五雷說：既然井宗秀喜歡，讓他出些錢買了。王魁出價二十個大洋，井宗秀買了，王魁還說：把你那馬褂搭給我。入冬來，井宗秀套了件馬褂，黑綢子面，黑邊縫著九曲毛羊皮，井宗秀也就把馬褂脫了給王魁。他把馬牽回了醬笱坊，專門蓋了間馬廄，特意僱了東門裡的孫老伯飼養。先前從縣城到龍馬關每日有一趟馬車，孫老伯當過馬夫，後來白朗的隊伍過秦嶺，那條路上的馬車就停了，孫老伯才回到了渦鎮。孫老伯回鎮後兩個兒子都不孝順，晚景狼狽，也樂意來飼養馬，就住在了醬笱坊，有吃有喝，也能和醬師拉拉話兒。這馬就養得膘肥體健。

井宗秀再忙，每天都要過來看看馬，騎上了在街上溜達。鎮上人看到了，都說多漂亮的馬呀，鬃毛那麼長，屁股滾圓，還有眼睛，水汪汪的，比女人還漂亮！站在屋院門口的井宗秀媳婦看著井宗秀在馬上顛著，她也晃著，墩兒墩兒顫著兩個奶子，聽了旁人的議論，臉慢慢沉下來：還真是的，他自有了馬騎，就很少來騎我身上了。

井宗秀玩馬是玩馬，嚴加保守著他和韓掌櫃的祕密協約，沒敢露出一點蛛絲馬跡讓五雷察覺，也沒給媳婦提說。但他畢竟一肚子得意，想起來就覺得這是不是那三分墳地在起作用，自己要幹什麼還真的就幹成了?!他不止一次地給馬述說，還信誓旦旦道：我一定要當個官人的！每次說過了，馬就很響地噴鼻子，昂首嘶鳴，他卻又警告了：哈，你現在知道的太多了，不准說人話啊！就開始裝修起原來的布莊門面，牆刷了，地上重新鋪磚，櫃檯櫃架全換，門框擴大，活動的門面板增加到十六頁，白天卸開了讓陽光全照進來，晚上關起了，外邊的簷下就掛六個八角紅紗燈籠。這一日清早，天上橫著一道白雲，從東邊直到西邊，像是流通了一條河，井宗秀就騎了馬，要去下河莊看望岳家原來的那個帳房了。

馬噔噔噔上了街，街上還沒有多少人，冷清著卻顯得乾淨和新鮮。苟記掛麵坊門口，苟發明的爹正把吊出來的掛麵上高架，那不是在上掛麵，簡直是吊瀑布。井宗秀說：苟叔，今日吊幾缸麵啊？苟老爹說：不多，也就三缸。井宗秀說：生意不錯麼！苟老爹說：你都高頭大馬了，我明年了要買個驢哩！自己就笑，嘴裡沒了兩顆門牙，笑得撲哧撲哧的，但井宗秀已經走過去了。斜對面的油坊裡，馬六子把蒸熟的圓餅放入榨內，正指揮三四人抱著一根原木撞楔子，馬六子看見了井宗秀，說：遛馬啦？井宗秀說：馬岱呢，他沒幫你榨油？馬六子說：我那侄子能靠得住嗎？怕是還睡著吧。井宗秀說：嘿嘿。嚴家油坊都用絞榨了，你還用撞榨？馬六子說：要看油的好賴哩，他姓嚴的敢把油拿來比比？啊你停停，讓叔也拍個馬屁！竟跑過來舉手要摸馬屁股。井宗秀雙腿一夾，馬跑了。在中街的甜水井巷口，劉老拐子在他家門前做灶糖，一個人卻對他說什麼，他就生氣了，大聲訓道：大清早的你在廁所牆外聽人家尿尿？那人說：你小聲些。我是路過的，偏巧就聽到了麼，以為是誰家媳婦，尿聲發粗發散的，後來人出來了是李家的小女兒，她怎麼尿尿就沒了哨音?!劉老拐子說：去去去！那人就走開了，搖頭晃腦地還在說：他李掌櫃不是人模狗樣的嗎，他小女兒都把哨子丟了！劉老拐子呸了一口，抬頭看到了井宗秀，說：遛馬了？你聽聽，這啥人嘛！井宗秀只是笑著說：做你的灶糖！你也做灶糖了？劉老拐子說：孩子整天嚷嚷要吃哩，蘇家的灶糖那麼貴，還不如我自己做些。井宗秀說：你真會過日子。劉老拐子說：吃別人的那是乞丐，吃自己的是財東啊！這時候，一隻鳥從空中撲啦啦飛過，是水老鴰，羽翎銀灰色，亮得像一團箔紙。馬剛到了三岔巷口，出來了陸菊人和她的剩剩，陸菊人哦了一聲，忙拉住往前跑的剩剩，馬就站住了。

井宗秀還在想著水老鴰從來都是在河裡翻毛亮翅的，怎麼就從白河裡能飛過鎮子要去黑河呢？一定睛就看到了陸菊人，太陽剛迎面照著，陸菊人身上一圈光暈，由白到黃，由黃到紅，忙從馬背上翻下來，笑笑地站著。陸菊人說：遛馬去？井宗秀說：我要去下河莊，你這是和剩剩到哪兒呀？陸菊人說：他吵鬧著要出來玩，街上還沒多少人，哪有耍猴的和賣炒栗子的？剩剩卻說：我要摸馬！井宗秀說：摸呀，摸呀。抱起了剩剩，讓摸馬臉，馬頭動了一下，剩剩嚇得又不敢摸。井宗秀說：馬耳朵往後聳了，那是馬生氣了，它現在耳朵聳向前，它是讓你摸的，摸呀！剩剩摸了一下，馬乖乖的，一個蹄子抬起來，放下去，再抬起來，再放下去。剩剩說：娘，娘，你也來摸。陸菊人並沒去摸，說：土匪倒能讓你騎馬威風了。井宗秀說：他們騎不了麼。一手撲索著馬脖子，一手竟將剩剩放在馬背上，說：剩剩和馬也有緣分哩，將來我騎了他也騎。陸菊人說：小屁孩騎什麼馬。你去下河莊？井宗秀說：去看望岳家先前的那個帳房。陸菊人說：那是個可憐人。就從馬背上往下抱剩剩，剩剩不願下來，她說：大人有事哩！井宗秀就牽著馬轉了一圈，才把剩剩抱下來，剩剩卻順手抓了井宗秀的圍巾，說：我也要！井宗秀和陸菊人對視了一下就全愣住了。陸菊人趕緊拉了剩剩，說：你咋是見啥都要哩！井宗秀繫好圍巾，看著陸菊人，說：剛才我看著你身上有一圈光暈，像廟裡地藏菩薩的背光。正說著，一股風從街面上颼颼地掃過來，騰起灰塵，忙用手捂了一隻眼，說：哎呀，快給翻翻，迷眼啦！陸菊人近去翻了他的眼皮，吹了一口氣，眼睜開了，說：別胡說！幹你的事去吧。井宗秀很老實地嗯了一下，騎上了馬，馬卻側頭看著陸菊人，打了個很響的噴嚏，四蹄才撂開去了北門，一出北門就不見了。陸菊人還站在那裡，突然間，她覺得那馬的眼神有些熟悉，想了想，像她娘的眼神，連那噴嚏也帶著她娘的聲音。

心情不錯的井宗秀把馬策得飛快，半晌午就到了下河莊，他說的是去看望帳房，想著能把帳房請回去負責經營布莊，而帳房確實是已經傻了，見了他竟然叫岳掌櫃。井宗秀一向不願意提說岳掌櫃，帳房將他認作是岳掌櫃，他心裡就不快活了。他沒有再說請帳房回鎮的話，甚至連病情也沒過問，在帳房躺著的炕頭上放了一個大洋，便快快回來。

到了家，前院沒人，門道裡放著一籃子青菜，雞在那裡亂掐，攆走了雞，去桶裡舀水熬茶喝，桶裡卻也乾著。提了桶到後院井裡打水，便聽到後院上房裡有說話聲，以為五雷和王魁他們在裡邊，便沒在意，繼續搖轂轆，嘣地一下，轂轆繩斷了。這井並不太深，但井筒子細，井宗秀站在井口往下看，黑黝黝的看不清，這時候媳婦從上房出來，低了頭一邊用手帕摔打鞋面，一邊說：你回來啦？他要喝酒的，我給端了盤滷肉。井宗秀說：這桶掉在井裡啦！媳婦說：掉了就掉了吧，一會護兵來了讓他撈上來。井宗秀說：這咋撈呀？媳婦還是低了頭就到前院去了。上房裡有了水聲，五雷在叫：井掌櫃你來喝酒！我這桶裡還有水的。井宗秀進了上房，房裡都是酒氣和煙氣，五雷好像才洗了臉，西間屋裡的洗臉盆的水濺濕了地，而酒肉卻擺在東間屋的床桌上，說：我口渴，想熬茶哩。心裡想：這個時候他洗的什麼臉？提了西間屋那半桶水往前院去，媳婦在對著鏡子照。他說：你看著我。媳婦說：我補粉哩。井宗秀沒有說話，便去熬茶。往常茶熬成琥珀色正好，但他熬了半天，熬得黑乎乎的，像是藥湯，筷子一蘸能吊線兒。

井上的轂轆重新繫了繩，而掉進去的桶無論用什麼辦法都沒有撈上來。井宗秀說了幾次要請淘井匠把井筒子擴大，卻一直沒有請淘井匠，媳婦再去打水，就只好換了個鐵皮罐子，每次也就吊上來半罐子水。

天愈來愈冷，下過了一場雪後，又刮起風，風裡像有著刀子，黑河白河的兩邊淺水都結了冰，濤聲小了許多，街巷裡那些屋院或店鋪門口的石獅子，甚至石門墩，手一摸上去就把手黏住了。家境好的人家，差不多全穿上了氈窩窩，笨得像狗熊掌，但井宗秀的媳婦一直沒穿氈窩窩，她嫌難看，還是那雙繡花單鞋，腳跟就凍了瘡。這天一早起來掃院子，凍瘡已經很疼，走路不敢踏實，她說：趙屠戶今天殺不殺豬，提些燙豬水泡腳能治凍瘡的。井宗秀還坐在床上，他起床是習慣了吸幾鍋煙的，說：去提燙豬水，你就這賤命！為啥還穿單鞋？媳婦說：還不是讓你好看嗎?!井宗秀哼了一聲。渦鎮歷來治凍瘡都是用燙豬水泡腳或在火上烤化了豬板油來塗抹，媳婦就生了火，烤化著豬板油，門外便不斷地傳來哎呦哎呦的叫聲，接著就一片哄笑。她推開窗子看了，自家的屋簷上掛了冰凌，對面那一排屋簷上全掛著冰淩，一家飯館的夥計把一盆洗菜水潑出來，街上行走的人說：街面上都結了冰，你還潑水？夥計說：沒事的，沒事的。自己卻滑倒了，銅盆子就在街面上滑，咚地撞在另一家門口的石門擋上。媳婦說：天陣冷！今天初幾了？井宗秀點第三鍋煙，劃了三根火柴，火柴都沒著，說：潮了？今日冬至哩。媳婦說：啊冬至講究吃餃子，你起來去買肉，我掏些蘿蔔的。她把烤化的豬板油塗抹在凍瘡上了，燙得絲絲地吸氣，然後穿好了鞋，提籠子去了後院。

後院西牆根，那裡挖了個土坑，下邊埋著蘿蔔，上邊壅著白菜和蔥，然後覆蓋了包穀稈，冬天的菜就這麼儲存著。這女人掀開了包穀稈，屁股撅著掏蘿蔔，扭頭看見井裡往出冒白氣，上房門咯吱開了，五雷槍挎在肩上，跺著腳，腿上的氈窩窩上還套一雙扒滑的麻鞋。女人說：天一冷人口裡冒白氣，井裡也冒白氣，井是地的口？五雷說：是我的口！看著女人滾圓的屁股，又說：大蜜桃。女人低聲說：你起來了。站直身，手裡握個大蘿蔔，大聲說：今日冬至吃餃子，我給包豬肉蘿蔔餡的！五雷說：又冬至了？給我留一盤啊！女人說：又出鎮呀？五雷說：總得過冬嘛。

五雷他們一走，井宗秀先去街上買了肉，回來又到後院，把井台上的一塊磚做空了，然後坐回前院屋的火盆邊，一邊取暖一邊吸煙鍋，說：一會陳皮匠來和我說個事的，熱些醪糟吧。媳婦說：沒水了。井宗秀說：去打麼。媳婦說：你沒看見我在包餃子嗎？井宗秀說：嗯？媳婦嘴裡嘟囔著，但還是手在腰裡的圍裙上擦了擦，提鐵皮罐到後院去。井宗秀裝了一鍋子菸絲，剛點上火，聽到後院啊了一聲，他沒有動，狠狠地吸了一口，憋著，沒讓口鼻有呼吸，突然一個長吁，一堆煙霧就噴出來，並沒遠，罩了他的頭。

一個時辰過去了，又一個時辰過去了，媳婦沒有提水來。火盆上的炭燒化了塌下去，加上新炭，把新炭舊炭混合著架起來，陳皮匠來了。陳皮匠提著一吊肉，說是黑河的黃甫峪有獵戶送來了一隻狼，早晨才殺了剝皮的。陳皮匠問：那些人還在後院？井宗秀說：一早就出鎮了。陳皮匠說：好，這肉你自己吃。井宗秀說：冬天裡的狼肉有啥好吃的，柴得咬不爛。陳皮匠說：這狼肯定是頭一天吃了山雞或野兔的，拿來的時候毛油汪汪發亮，如果它七天八天沒進食了毛灰禿禿的發鏽，那肉才是柴的。你在砂鍋裡加些豬油了慢慢燉，肉味鮮得很哩！你媳婦哩？井宗秀說：她到後院井裡打水了。哎，哎！水咋還沒打來?!井宗秀朝後院喊了幾下，把煙鍋遞給陳皮匠，說：我給你熱些醪糟，暖和暖和。從櫃裡搬出一個瓷罐，舀了醪糟坯來倒進銅鍋裡，問：你家的醪糟今年拿啥做的？陳皮匠說：包穀糝子。井宗秀說：咱渦鎮都用包穀糝子做，她娘家那兒用小米，你嚐嚐小米醪糟的味道重哩。哎，哎！你也往快些！井宗丞還在喊著媳婦，後院裡仍是咕咚不響。井宗秀起身去後院，立即大呼小叫陳皮匠。陳皮匠跑去後院，井台上少了一塊磚，卻留著一隻繡花單鞋，才知道井宗秀媳婦早掉進井裡了。

這個下午，屋院裡來了好多人，井宗秀的媳婦就是無法打撈出來。掉進去的時間太長，天又這麼冷，人肯定是死了，要撈出屍體，只能扒開井口擴大井筒子，那就不是一天兩天的事，眾人問井宗秀咋辦，井宗秀痛苦地說：那只有不打撈了，就以井做墳墓吧，咳，咋能想到她給自己選了這個地方。說完，眼淚流下來。眾人說：生有時死有地，你也不要太悲傷。在讓陳來祥、張雙河、馬岱他們從河岸拉沙石填井時，井宗秀吩咐：你嫂子愛乾淨，沙石要水洗的，不能有雜土呀！正擺設靈堂，五雷一夥進了鎮，他們把票子押在廟裡，聽說井家出了事，五雷跑來，看著井宗秀，說：上次把桶掉進去了，這次把人也掉進去?!井宗秀說：我倒了血楣啊！五雷轉身坐到上房去喝悶酒，喝了一罈子後出來，往正填著的井裡丟了一枚金戒指，一支銀頭釵，兩個翡翠耳環，還有十個大洋和三身綢緞衣褲。

填埋了水井，在原址上修了個小花壇，冬天裡種不了花，移栽了綑仙繩草。綑仙繩草一年四季都綠，枝蔓叢生，雖高不過兩拃，但抓住一根枝蔓就能扯起一片子。但井宗秀先是在草叢裡發現了許多蠍蠆，這種黑色的蟲子，長尾的是蠆，短尾的是蠍，蠍又分雌雄，雄者蜇了人就在蜇處疼，雌者蜇了就牽扯得渾身都疼，於是又把綑仙繩草剷除了。而後來夜裡總有鳥叫，叫聲很怪，像人的打嗝。五雷就夜裡睡不穩，把井宗秀叫起來，說：是不是有啥冤魂？井宗秀說：有啥冤魂，你大架杆還怕冤魂？他發現屋頂上落著一隻鶡，樣子像雞，身上的毛都脫了，只有翅上有硬羽，赤褐顏色。他告訴五雷，鶡是千里之遠，一處拋糞，這鳥是夜裡來拉屎的，沒事，啥事都沒有。但五雷說：這地方我住不成了！領著護兵又住回了廟裡。

五雷從此雖還和井宗秀來往，卻瘋狂地在黑河白河岸十五里方圓的村寨綁票。更是綁花票，好多婦女頭套了麻袋拉來，就關在廟裡。開春之後，陸菊人的爹患鼓症死了，她奔喪從紙坊溝回來，經過河灘一片蒲草叢，發現兩隻狗在那裡撕奪什麼，近去看了是具女屍，下身裸著，私處潰爛，竟還插著半截秤桿，而一隻肺已經被狗啃沒了。陸菊人忙跑回鎮告訴了楊掌櫃，楊掌櫃叫了苟發明和劉老拐子，還有楊鐘去看了，噁心得都吐。要挖墓埋葬，楊掌櫃讓楊鐘回去拿些東西來。楊鐘說：是送副棺？楊掌櫃說：買張席，再買一卷燒紙。埋葬了女屍，劉老拐子回來給人說那死者是土匪綁的花票，他去過廟裡曾看見過五雷還和這花票在石桌上喝茶呢。渦鎮好多人有洞窟的再次想逃到洞窟去，又怕五雷知道了反而壞事，就偷偷租用給了別的村莊的富戶或家裡有美眷的人家，但畢竟驚恐，又來找井宗秀：雖然五雷不在屋院住了，千萬還得把人家籠絡好啊！

井宗秀歿了媳婦，孟家莊的岳丈並沒有懷疑過井宗秀，只嘆大女兒命薄享不了福，倒有意思將小女兒再續嫁給他。這岳丈一生沒兒，兩個女兒雖相差三歲，卻長得十分相似。井宗秀就給岳丈磕頭，說井宗秀永遠是大女婿，定會給二老盡養老送終的責任，只是他悲傷太重，害怕再續娶小姨子，看見小姨子就想起亡人，那一輩子都在陰影中難以自拔，這也對小姨子不公。他提出能否把小姨子嫁給五雷，亂世出英雄，五雷也是個人物，如果可以，這他可以從中作合。井宗秀這麼說著，估摸岳丈會同意，小姨子或許拒絕，沒想到小姨子說她若是男兒身，她早就使槍弄棒了，而岳丈卻是堅決反對，嫌五雷兇神惡煞，這事就耽擱下來。過了半月，二架杆王魁來家喝酒，因井宗秀時常給王魁些大煙土，王魁倒來得勤了。兩人喝到八成，都面紅耳熱，井宗秀便說了做媒把小姨子給他的話。王魁高興，說：幾時讓我見人？井宗秀說：饃不吃在籠裡放著呢，幾十年都過去了，不在乎這幾天。王魁說：早一天，孩兒就早有一天麼，要不，夜夜都射到牆上去！給王魁說過後，第二天井宗秀竟又把小姨子的事說給了五雷，五雷說：姊妹倆長得像？井宗秀說：差不多一個模子倒出來的。五雷說：好！當天下午便帶了兩個護兵去了孟家莊。這岳丈聽說五雷來了，把小女兒臉用灰抹黑，藏在另一家柴樓上，五雷端著槍在孟家要人：我的新娘子呢⁈孟老漢回話小女兒到三合縣她姨家去了，小姨子卻洗了臉回到家來，五雷就把小姨子帶回了廟裡。

五雷有了自己的女人，弄了一堆酒肉在屋裡，三天兩夜不出門，一會叫著她的名，一會又叫著她姊的名，他分不清，亂叫著。等終於開門出來了，女人扶著牆走，他給護兵說：得給我尋些驢鞭燉燉，×得都沒慫麼！王魁卻來找井宗秀，把刀子忽地扎在桌子上，問井宗秀咋回事，是戲弄他嗎？井宗秀把刀子按倒在桌子上，解釋他是去孟家莊要接小姨子來鎮上與二架杆見面的，走到北城門洞那兒不巧就碰著了大架杆，大架杆問幹啥去，他如實說的，大架杆說大麥先熟還是小麥先熟，就跟著也去了孟家莊呀。王魁說：那是我的媳婦啊！井宗秀說：都怪我說了實話，我只說你們是兄弟，誰知道他就把人搶了。王魁說：你能幹個×！而以後再來，就認為井宗秀欠了他，要吃要喝，吃喝完了還要拿走幾包大煙土，連一句客氣話都沒有。

井宗秀並不在乎王魁的要脅，甚至王魁幾天沒有來，他倒去找了他喝酒，那是一個皮球，要使皮球能彈跳，就得不斷地給充些氣啊。井宗秀把洗過的衣服晾在大門外的繩上了，站在那裡看著街巷，遠處的樹都是籠著一團綠氣，但他知道那些樹還並沒有爆出葉芽。而在白河黑河岸上種地的，有人扛著犁拉著牛，是立春了，要開第一犁的，他們經過時，說：井掌櫃，天陰著你晾衣服，在等太陽嗎？井宗秀回過神來，說：哦，等風哩。說過了，井宗秀也覺得自己有些好笑，就笑了一下，春耕的人走過去了，他也想著去鎮外踏踏春吧，就去了老宅屋要牽馬。

走在了街上，還沒到老皂角樹下，井宗秀總覺得身後有腳步尾隨，他走慢，腳步就慢，他走快，腳步也快，回頭一看是鄭家的小兒子蚯蚓。蚯蚓一頭的毛亂奓，像是個刺蝟，臉色猩紅，手裡提了隻田鼠。井宗秀說：在哪兒逮的？蚯蚓說：暖風一吹，田鼠就從地裡跑出來了，多得很！井宗秀說：你這個蚯蚓也拱土了?!跟著我幹啥？蚯蚓說：我學你走路哩。井宗秀說：滾！把蚯蚓轟走了。而這時一隻貓從巷子裡跑出來，是黑貓，黑得油光烏亮的，跑出來了卻又在當街上臥下，回頭往來路看。井宗秀怔了一下，也就站住了，立在那裡笑笑著。果然，一陣吱扭響，陸菊人從巷口推出了一輛木獨輪車。陸菊人是滿頭的汗，她在出巷口的瞬間裡看到了井宗秀，忙一隻手把撲撒在臉上的一撮頭髮往耳後別，車子就向左邊傾斜，趕緊雙手扼住車把，用力著，腰身就扭成了半弓狀。井宗秀跑過去扶穩了車子，陸菊人已臉色通紅，不好意思，說：啊瞧我這本事！井宗秀說：這路不平。楊鐘呢，咋你推車子？陸菊人說：這我能幹得了，去葛家米行貸了些米。井宗秀說：你家還貸米？陸菊人說：這幾年鋪的生意一直不好，這一到春上，一頓就緊巴一頓了。井宗秀說：那給我說一聲呀！明日我讓人送去幾斗麥吧。陸菊人說：千萬別送，老掌櫃的好面子，他才不讓人知道他把日子過爛了。推了車子要走，卻又停下，說：你還住在那屋院？井宗秀說：還住那。陸菊人說：我聽楊鐘說，陳來祥給你拿去的鍾馗像，你也不掛？井宗秀說：我就是鍾馗，看他有多少鬼哩！陸菊人說：這倒也是。推車子走了，貓又先跑在了前頭。

井宗秀還在那裡站了許久，才繼續往前走，不停地碰見著熟人，有說井掌櫃你好，多日不見人倒白胖了，有說井掌櫃呀，生意是要做，但更要顧身子呀，怎麼就瘦了？井宗秀一一點頭，打著哈哈，又覺得身後有尾隨的腳步，還是他停腳步停，他快腳步快，就不走了，說：你是我的尾巴啊?!蚯蚓說：我學你走路哩。井宗秀說：你不會走路呀學我？蚯蚓說：你走路沉，手在身後甩哩。井宗秀再不理他，也不去了老宅屋，要回去，他甩著胳膊在前邊走，蚯蚓也甩著胳膊在後邊走。走到家了，蚯蚓竟也跟著進了家。井宗秀說：喜歡跟著我？蚯蚓說：喜歡。井宗秀說：我讓你幹啥你幹啥？蚯蚓說：幹啥？

井宗秀說：把我這腳上鞋脫了，再去那台階上把那雙鞋拿來給我穿上。蚯蚓真的就把井宗秀腳上的鞋脫了，取了另一雙鞋換上。井宗秀說：去平了那個花壇子！蚯蚓說：不要花壇子啦？井宗秀說：不要！

連續三天，井宗秀把花壇子平了，用石夯捶地，蚯蚓也都來。捶過的地上安了土地神石像，石像下埋著瓦罐，裝了大麥、小麥、稻子、穀子和黃豆。

★

龍馬關的韓掌櫃自有了打手，還請了一個叫崔天凱的做教頭，而且以龍馬關是縣城以西最大的碼頭為名，申請能給予特別保護，縣保安隊就派出了一個班駐守在那裡。崔天凱曾是五雷手下的人，駐守班的班長又是渦鎮阮船公的兒子阮天保，五雷就氣不過，說：我賣麵哩，他姓韓的敢賣石灰?!讓王魁帶人去滅了龍馬關。去的人本該走旱路，偏要坐阮家的船。五雷送王魁他們到了南門口外，他坐在褐石岸崖上，讓人去喊阮天保的爹，阮天保的爹來了問要到哪兒去，五雷說：去龍馬關收拾你兒呀！阮天保的爹一聽就不願撐船，五雷抓一把樹葉子扔進渦潭，潭水旋轉起來，樹葉就被攪拌著瞬間沒有了，再扔進一大抱樹枝進去，還是被攪拌著瞬間沒有了。五雷說：人進去是不是轉兩圈衣服就被剝光了？阮天保的爹再沒說話就去解了繫在石頭上的船纜繩。五雷這時給王魁交代：打贏了，把姓韓的姓崔的姓阮的一繩子綑了給我拉回來，韓家的錢財你們去分。如果沒拿下，能殺多少殺多少，殺了割下一隻耳朵做憑證，回來一個耳朵賞兩個大洋！

王魁帶人去了，結果失利，只帶回來十二個耳朵，自己人倒死了三個。五雷把十二個耳朵用繩子串了去見吳掌櫃，吳掌櫃掏了二十四個大洋做賞錢。五雷又派護兵去給楊掌櫃捎話，限天黑送三個棺到廟裡。楊掌櫃氣得心慌病又犯了，躺在炕上起不來，陸菊人以老辦法，把銀戒指放在鍋裡煮，煮出的水端給公公喝。楊掌櫃說：做好的棺就這三個，我不喝了，讓我死了先占一個！楊鐘在院子裡磨刀，說：一個木板都不給，讓來抬吧，誰進來我就砍誰！陸菊人站在院子裡看天，低聲說：老天呀，這咋辦？天上正上方，黑雲從虎山後像是往外扔黑布片子，把天都扔滿了。陸菊人在想：這要出亂子啦！只能去求井宗秀幫忙了，去找井宗秀？可井宗秀能辦嗎，就是能辦，我去他家裡找他?!一時拿不定主意，一扭頭，門樓上的瓦槽裡臥著黑貓，黑貓正看她，她也就看著黑貓，陸菊人便在心裡說：我去找井宗秀？如果能找，你叫一聲。貓竟然就叫了一下。陸菊人攏了攏頭髮，給還在霍霍磨刀的楊鐘說：你給我聽著，不許到壽材鋪去！出了院門，還把院門拉閉了上了鎖，自已往井宗秀的新屋院去。

走到中街，碰著了白起，白起一見她要躲避，躲避不及，扭頭給正從巷子出來的老魏頭說：魏伯，最近吃過肉沒？老魏頭說：牙咬過舌頭。白起說：我給你一疙瘩肉。老魏頭說：你捨得給我肉？白起說：早上我在十八碌碡橋那兒拾到狼吃剩下的半頭豬，給你切一塊。老魏頭說：狼吃剩下的？你知道狼是怎麼吃別的動物嗎，狼哈一口氣，那動物就熏得不會動彈了，狼是毒口，咬過的動物都不動的，我不要。陸菊人就叫過了老魏頭，問：你見到井掌櫃嗎？老魏頭說：沒見。陸菊人說：你陪我到他家去找。老魏頭說：啥事，你臉色不好。陸菊人拉了老魏頭，一邊走一邊說了原由，老魏頭也急了，說：那快，快。自已先小跑起來。到了井家屋院門口，院門都鎖著。老魏頭搖著鎖子，說：鎖著，咋著鎖著，這鎖的啥門啊！陸菊人一撲遝坐在門墩上，人像了個蔫茄子。老魏頭說：這咋辦？陸菊人看著老魏頭，說：找不著井掌櫃，只能直接去見他五雷？老魏頭說：你直接見五雷?!陸菊人站起身，說：有你老哩麼，他能把咱怎麼樣？老魏頭說：你這是把我老漢箍住了！想了想，說：那咱就豁出去了！便又感慨：楊鐘媳婦呀楊鐘媳婦，你這女人行呀！陸菊人說：你老是不是覺得我不男不女啦，事情把我逼得沒辦法了麼。老魏頭說：那咱得把話想好，見了他要怎麼個說。還在商量著，看見了陳來祥在一家糍粑攤上買糍粑，陸菊人就跑過去給陳來祥說了什麼，陳來祥不吃糍粑了，卻在旁邊的酒館裡買了一壇酒，匆匆跑了。陸菊人再過來，老魏頭問：你咋沒叫陳來祥跟咱一塊去？陸菊人說：他去不會說話反倒壞事的，我給了鑰匙，讓他去我家和楊鐘喝酒去，最好把楊鐘灌醉了，別發生事故。老魏頭哦著，說：這楊家的門樓子多虧有你撐著啊！兩人到了廟門外，廟門開著，奇怪的是沒人站崗，老魏頭卻說：咱就去見他？陸菊人說：見他！進了廟，一拐彎，卻見五雷一夥人正在一塊巨石前說什麼，而井宗秀竟然也就在場。

井宗秀是得知吳掌櫃出了二十四塊大洋後，他也拿了兩匹布和三斗米送來廟裡，正趕著五雷給土匪們發賞。五雷在清點帶回來的耳朵，突然發現十二個耳朵各是兩個兩個一模一樣的，就問王魁這是咋回事？這時陸菊人和老魏頭進來。井宗秀吃了一驚，陸菊人說：你在這兒呀！井宗秀忙使眼色，他們再沒說話，在一旁看著。王魁過去也把耳朵看了，確實是六對，問手下人這是誰在一個死人的頭上割下兩個耳朵？土匪裡站出六個人，都發咒說他們是只割了一隻耳朵，是朱三環、劉石羊、鞏八寶在撤退時又跑去把剩下的六隻耳朵割了。五雷說：狗日的騙我！這三人呢？他們說：就是死的那三個。他們去割耳朵，保安隊的人來了，放槍把他們打死的。陸菊人趁機就說：大架杆，楊記壽材鋪是有三個棺的，但都是人家繳了訂金，你們所要的三個棺能不能寬限幾日，我們抓緊做好了就送來？五雷說：裝什麼棺？狗日的騙我哩還給棺⁈你是誰？井宗秀趕緊說：這是楊記壽材鋪楊掌櫃的兒媳婦，我剛才拿來的三斗米就是她家出的。五雷說：你家咋肯拿三斗米？陸菊人說：你和井掌櫃是一挑子，井掌櫃又把我公公認的乾爹，咱也是親戚麼。如果這三個棺不要了，你讓我家把那三個兄弟埋了，也算盡一份心。五雷說：渦鎮的婦道人家我見得多了，還沒你這麼會說話的！好吧，就把他們埋了，奠些酒，多給燒些紙，讓他們在陰間裡也當個富戶！

陸菊人回到家，楊掌櫃已經從炕上下來，用刀削了三個小木楦楔，還殺了一隻公雞，把小木楔蘸了雞血，催督楊鐘拿去嵌在那三個棺的內角，他說：睡我棺的人斷子絕孫，永遠不得托生！而楊鐘並不理會爹的話，他在和陳來祥喝酒，喝高了，為一盅酒沒有喝淨和陳來祥吵起來。陸菊人一回來，陳來祥倒叫苦，說：嫂子，他酒量比我大，我快不行了，他愈喝愈來勁了！陸菊人說：收拾收拾，都不要喝了！便告訴了她去見五雷的事。楊鐘紅著眼說：你去見他？你咋能去見他?!他給你動手動腳啦？陸菊人說：這時候才知道你是丈夫啊？現在就去埋人！楊鐘、陳來祥推獨木輪車就走，楊掌櫃把蘸血的小木楔扔了，拿上鍁和钁頭跟了去。四人從廟裡拉了三具死屍出了北城門，在河灘裡只挖了個坑就扔進去，壅土埋了。陸菊人就燒了一沓紙，說：我答應了人家的。打開酒壺要奠酒時，楊鐘奪過去說：給他們奠什麼酒，還不如咱喝了。自己仰脖先喝了一氣，又遞給陳來祥，陳來祥把酒卻往每個人身上噴灑，說：酒也辟邪的，咱別沾上晦氣。

五雷決意第三次再去龍馬關，他親自出馬，要求手下人這次去了不割耳朵，只割生殖器。王魁窩了一肚子火，頭一天去街上買了個滷豬頭，兩隻燒雞，一整夜都在喝酒，第二天沒想卻鬧肚子，稀屎拉得提不住褲子，便沒有去龍馬關。五雷帶人一走，王魁就派護兵去叫井宗秀，讓井宗秀把陳先生叫來。井宗秀來了拿的又是一包大煙土，說用不著找郎中，泡罌粟殼子水喝了立馬止瀉，王魁喝了，果然不再跑廁所。五雷的女人熬了些小米粥，派護兵喊王魁來吃，王魁說：她送過來呀！護兵說：二架杆，這話有些大，我不敢傳。王魁說：她本來是我的，她不伺候?!五雷的女人還真把小米粥送了過來，見著井宗秀，叫了聲：姊夫！井宗秀說：真個是人靠衣服馬靠鞍，我都認不出了！女人說：還不是托姊夫的福！王魁說：女人要經幾個男人弄了才好看！女人說：啥話呀啥話呀！姊夫，二架杆肚子

人砸爛臉給他冒充去。崔天凱卻說：他明知道咱倆是鄉黨，會不會故意試探你，你放了我若被他看出破綻，他也會提了你的頭，不如你也過來，咱一塊給韓掌櫃幹。拿出酒倒給三架杆喝，三架杆猶豫不決，坐下來喝了幾盅。五雷在巷口等著三架杆，三架杆遲遲不出來，以為出了事，就帶人衝了進去，卻瞧見三架杆和崔天凱在喝酒，一下子怒火中燒，舉槍就打，崔天凱和三架杆當場就斃了命。這邊槍一響，韓家大院裡的保安和打手就撲了過來，分成兩路，堵住了巷道南北口，一時槍響得像炒了爆豆。一個老漢牽著毛驢剛出門，老漢便中了彈，毛驢驚了往南巷頭跑，五雷他們就跟在毛驢後面往出衝。毛驢咕咚倒下了，毛驢身後也同時倒下兩個人。五雷喊了一聲：上房！所有人都上房。龍馬關的住房都是硬四椽的架式，房頂的坡度不陡，但房與房並不接連，住家戶們還不知出了什麼事，就聽到屋頂上像跑了馬，瓦片咯喳咯喳響。有人剛跑到院子往上看，巷道裡的保安以為是還沒爬上房的土匪，一槍就打死了，院裡的雞同時往起飛，飛得不高，站在了院牆上又從院牆上掉下來。另一個大院子裡，三個婦女把晾曬的經線絡在了籆子，抬出織布機正要把經線板纏繞在經軸上，房上飛來的子彈就把她們打倒了兩個，血漬濺到經線上，白線就成了紅線。還活著的一個就傻了，立在那裡不會叫，也不會動，嘴張得多大。巷道又窄又長，中間還拐了個彎兒，巷裡的人像狗瘋了，噢噢地叫著，端著槍胡撲亂攆往上打，房上的人卻貓一樣騰挪跨躍著拿槍往下打。子彈沒個方向，到處嗖嗖地響。在拐彎那兒，一陣亂槍裡，地上躺著了三個屍體，別的人就退開躲了，房上竟有人跳下來，極快地用刀劃死者的褲襠，五雷喊：不割了，快上來！退躲的又出來了三個，對著割褲襠的人射去，那人蹦起來再仰八叉掉下去，半個腦袋沒有了，手裡還握著一截生殖器。五雷吼起來：我×你娘！就站起身雙手往下打槍，巷道裡又躺上了幾個屍體，但隨之更多的子彈打上來。五雷跳上另一高大房頂時，跟著的人有的跳過去了，有的卻掉下去，掉下去的斷了腿爬不起，五六個保安和打手撲上去用刀戳了。五雷身前身後有四個護兵，一個槍裡打完了子彈，揭瓦往下砸，因為用力過猛，腳下打滑，從房背上滾到房簷，雙手抓住了簷頭，身子吊在空裡。另一個護兵去拉，挨了一槍，肚子裡的腸子流出來人就掉下去，腸子還掛在瓦槽上。而吊在簷頭的那個，身上無數個窟窿在冒血，卻始終沒鬆手。已經顧不上了，幾十人忙跳過六座房頂，向北頭跑，一顆子彈像長了眼睛，偏偏從五雷的後腿鑽進去，再從前邊對襟襖的最後一個鈕釦處出來，鈕釦也打沒了，他說了句：你打我的×呀?!從房的後簷面滾跌了下去。五雷跌到後邊巷道裡，房上的人也就往後巷道跳。前邊巷裡人在喊：堵後邊巷道兩頭！護兵背了五雷不敢從巷道兩頭跑，護兵說：都來保著我！見一戶人家門開著就往裡進，屋主卻手拿了把毛鐮不讓進，後邊上來的人就和屋主打，那人身上多處受傷，仍拿毛鐮亂砍，正砍著，毛鐮柄忽然脫了，被打死。護兵進了屋就尋後門，從後門出去又到另一條巷，二十多人也陸續從後門出來，逃離了龍馬關。

★

龍馬關一仗剛結束，六九旅就到了平川縣城。六九旅幾年來一直在秦嶺西一帶追剿逛山和刀客，共產黨的遊擊隊又在秦嶺北部蓬勃發展，這三股武裝都是你一打他就跑，你停下了他又打了來，六九旅便忙於奔波，精疲力竭。來平川縣休整了五天，麻縣長當然得供應糧草，卻也請求能剷除渦鎮的土匪。六九旅沒有應允：像五雷那些毛毛小匪，秦嶺各縣都有，殺小雞子用得著牛刀嗎？但是，六九旅的旅長和麻縣長曾經是小學同學，倒給了一些槍枝彈藥，建議縣上組織一支自衛武裝，可以掛名為六九旅的預備團。麻縣長覺得這也好，六九旅一走，他便思謀著如何把縣保安隊和各鄉鎮大戶人家的保鏢、打手組合起來，攻打渦鎮。杜魯成把這消息給了阮天保，阮天保就問：知道不知道讓誰去帶隊？杜魯成說：這我不知道。阮天保低了頭不語，悶上半天，牙縫裡擠出一句：這就看縣長怎麼用人呀！

平川縣保安隊百十號人，隊長叫史三海，但史三海性情偏軟，領不住人，保安隊的佟西童、夏彪和阮天保都蠢蠢欲動，爭權奪利。麻縣長便先後派佟西童帶一個班去駐守縣北的欒鎮，夏彪帶一個班駐守在縣東流峪鎮，而阮天保帶一個班到龍馬關。杜魯成見阮天保惡狠狠的樣子，就後悔透漏了消息，忙說：阮天保，咱們都是從渦鎮出來的，我才把這事說給你，你可千萬不要去找麻縣長，也不要給任何人提起，否則我就在縣長那兒幹不成了。阮天保說：輕重我能掂量，這世道裡出來混靠的就是兄弟，我不認爹娘也要認你杜魯成的！再有啥消息，你及時告訴我，也多在縣長那兒說我些好話。但阮天保當天就悄悄回到了渦鎮，把消息又透漏給了井宗秀。井宗秀既興奮渦鎮將不再匪亂，卻又擔心若打起來，鎮上肯定要死人和毀壞屋舍，而自己與五雷來往多，會不會牽扯出他的不是呢？就不停問幾時來攻打，又會是如何攻打，打得贏是一種什麼結果，打不贏了又是一種什麼局面？這些阮天保也說不清。阮天保說：咱們從小在一塊玩著，都是井宗丞做娃頭，可惜他不在。井宗秀說：提他幹啥，沒了殺豬匠還吃連毛肉呀？這一夜，兩人對麻縣長的預案幾度揣猜，做各種設想，直到雞叫了四遍。阮天保黎明前搭船趕去了龍馬關，井宗秀仍是沒有睡意，就找楊掌櫃。

經過街上瓷貨店，店家正支瓷貨攤子，和對面過來的吳掌櫃說話。店家說：吳掌櫃，你又不拾糞的倒起得這般早是去哪裡呀？吳掌櫃說：啊前頭。店家說：忙啥事麼走得陣急的？吳掌櫃說：啊碎個事。店家說：問你個話呀吳掌櫃，明年你覺得這日子能好些嗎？吳掌櫃說：啊差不多吧。店家說：吳掌櫃呀，永遠問不出你個明確話！吳掌櫃說：是嗎是嗎？就看見了井宗秀，便拉著到一邊，說：井掌櫃，我還說這幾天去拜會你麼。井宗秀說：你是長輩，還是叫我宗秀著親。吳掌櫃說：生意場上沒有輩分麼，五雷是在龍馬關有事啦？井宗秀說：挨了一槍。吳掌櫃說：不要緊吧？井宗秀說：躺著起不來啦。吳掌櫃卻對五雷受傷不置可否了，拍了拍井宗秀肩上落的頭皮屑，誇這褂子在哪兒買的布料，還有這高腰皂面鞋是誰製作的，穿了得體。井宗秀突然有了想法，偏說：五雷作孽太多，天該收他了。吳掌櫃說：你是說這一兩天他會死呀？井宗秀說：即便不死，麻縣長領人也要來除惡啊！吳掌櫃睜圓了眼睛，卻說：這是你說的？井宗秀說：不是我說的，但這絕對是真事。吳掌櫃說：你以為呢？井宗秀說：我覺得好！吳掌櫃說：好！好！真滅這股土匪，我置幾桌酒席！井宗秀說：這又可是你說的啊！吳掌櫃說：到時你出面，咱招呼麻縣長！倆人笑著分了手。井宗秀走過了，又返身過來說：這事先不要給任何人提說。吳掌櫃說：我正要給你提醒啊。井宗秀說：我還想了，你以前組織過熱鬧，聽說鞏鐵匠上個月就睡倒啦？吳掌櫃說：你是說撒鐵火呀？來一場，要來一場，我給咱籠絡人，鞏鐵匠不行了，他兒子鞏百林會，唐景他二叔和老魏頭也都會。井掌櫃謝謝你啊！井宗秀說：讓你出錢呀你謝我？吳掌櫃說：多少錢買不來能睡踏實覺麼！

井宗秀到了楊家，院門開著，院裡沒人，門樓瓦槽裡還是臥了那隻黑貓，睜著眼一動不動，問：人呢？也不出聲。上房的臥屋裡，楊掌櫃在說：是宗秀啊，你進來！井宗秀一邊進上房，一邊說：來了人你家這貓也不叫喚，我給弄條狗來看門。楊掌櫃說：我不要狗。這貓不吭聲，心裡有數哩，你看見它眼睛森煞不？井宗秀說：不森煞。楊掌櫃說：是壞人就不敢看它。井宗秀就笑起來，說：那我是好人喲?!進了臥屋，楊掌櫃靠在炕頭牆上，額顱上捂著熱手巾，井宗秀叫道：你病了？楊掌櫃說：你知道你伯是沉不住氣的人，那天陳皮匠來我這兒串門，突然聽到五雷半死不活的消息，我一高興，披了件單衫子就去買酒，招了些風。接著就問：五雷還沒死？井宗秀說：還沒死。楊掌櫃說：他躲過了初一，躲不過十五！井宗秀說：就是。把麻縣長要來的事說了一遍。楊掌櫃便喊：剩剩他娘，你拿酒來。

陸菊人在廚房裡燒薑湯，她知道井宗秀來了，待要出來見時，井宗秀已進公公的臥屋去，她就在廚房裡繼續燒鍋，火便在灶膛裡嚯嚯嚯地響，像笑一樣。湯燒好了，她悄聲說：急啥哩?!取了頭上的帕帕，拍打起身上的柴灰，又坐下來擦鞋面，倒得意鞋穿半年了繡著的花還新鮮著。待到公公喊她，再對著甕裡的水照了一下影子，把帕帕重新裹在頭上，端了兩碗薑湯去上房，給公公一碗，說：你來啦？也給井宗秀一碗。楊掌櫃說：我讓你拿酒的。陸菊人說：你還敢喝酒啊！楊掌櫃笑了笑，說：宗秀，咱把薑湯當酒，來，碰一下！井宗秀看了一下陸菊人，卻說：楊伯，麻縣長這回帶人滅了五雷，聽說要組建一個預備團的，隸屬六九旅，可能就駐守在渦鎮。楊掌櫃說：鎮上還要有兵？額顱上挽起了一個疙瘩，說：前門走了狼後門又來虎，你沒開鑿洞窟吧，得加緊也弄一個哩。井宗秀說：土匪在鎮上，咱還能穩住他，不害擾鎮上人就是，如果真是駐了政府的兵，那是刮地皮的，你就是有洞窟能一年四季都住在洞窟裡？楊掌櫃放下湯碗不喝了，又靠在炕頭牆上。陸菊人說：爹，你是讓土匪走還是不走？楊掌櫃說：哪有不想送瘟神的？宗秀，你這不是來給我報喜的，我這病也是白得上了。陸菊人說：你和宗秀剛才說話我都聽見了，他縣上來人攆五雷，咱也攆麼。楊掌櫃說：你攆呀?!陸菊人說：咱借著縣上的勢攆麼，攆走了五雷，縣上就是組建什麼團，渦鎮人有功勞，能少了渦鎮人的？楊掌櫃說：你甭插嘴，我和宗秀說話哩！陸菊人就不再吱聲，到院子去了。井宗秀聽了陸菊人話，倒把頭垂下悶了半會，再把那剩下的半碗薑湯喝著，看著院子。院子裡陸菊人在捉雞，捉住一隻母雞，指頭塞屁股裡試著有沒有蛋，連試著兩隻雞，都把雞又放了，捉到第三只試了，拿到一個瓦盆裡，再用背籠反過口罩住。井宗秀喝完了薑湯，渾身出了一層汗，問：楊鐘呢？楊掌櫃說：幾天沒沾家了，宗秀，這日子不怕窮，就怕家裡出個蟲。我說啥話他都給頂回來，你多說說他，或許還聽你的。井宗秀應承著，卻告辭了要走，楊掌櫃說：你來就是要我出個主意吧？你伯老了，老貓都不逼鼠了，沒能給你說出三個梨兩個棗的。井宗秀說：來和你說說話，說啥話不重要，來說說我這心就不亂了。走到院裡，卻沒見了陸菊人，他站在那裡左右扭頭，黑貓仍在門樓頂上的瓦槽裡看他，他就出院門走了。

當天下午井宗秀坐船去了龍馬關，天擦黑又和阮天保再坐船去縣城找杜魯成，三人嘰嘰咕咕了一夜。第二天看見麻縣長，發愁起了帶什麼禮。阮天保說拿酒提肉有些小氣，買絲綢，別人送禮都是幾尺一丈麼，咱拿上三匹。杜魯成說：麻縣長是文人出身，官場上他不會長袖善舞，卻也自視清高，送再多的吃喝和布匹他不一定樂意。井宗秀說：那去買幅字畫吧。到了字畫店，杜魯成選了一幅書法：心將流水同清淨，身與浮雲無是非。井宗秀認為，麻縣長畢竟是縣長，還是選個奉承的詞兒好。阮天保選了幅：此地自漸遺愛少，斯民竟說被恩多。井宗秀還是覺得詞雖說好，但這是自謙話，既要氣勢大的，又要體現縣長勤政愛民的，最後看到一幅：六百里秦嶺之地，每嗟雁肅鴻哀，若非鸞鳳鳴崗，則依人者，將安適矣；萬千山蹊徑之區，時嘆狗盜鼠竊，假使豺狼當道，是教道也，安可禁乎。問店主：這詞是誰做的？店主說：這是清朝秦嶺道衙的舊門聯。井宗秀說：好，就要這幅！買了三人去縣政府。

到了縣政府門口，阮天保卻說他是縣長的部下，去了不好說話，他就在大門口等著。杜魯成便和井宗秀進去，麻縣長也正在辦公室讀一卷詩文，見了條幅，誇道這聯語好，書法也好。井宗秀立即就說渦鎮的老百姓飽受土匪五雷的蹂躪，生活在水深火熱中，推舉他來懇請縣長能為他們掃除惡患，如果縣長能去，他可以在鎮上組織一些人裡應外合。麻縣長因已決定了要攻打渦鎮，瞌睡遇上了枕頭，心裡倒也暗暗高興，就說：你們是不是三個人一起來的？杜魯成說：是三個人，阮天保在大門外。我們都是渦鎮的。麻縣長說：看吧看吧，今早我一進辦公室，那花開了三朵，思忖著是不是有三個人要來說好事呀?!窗前的盆子裡果然種植著一蓬草，開著三朵花。井宗秀說：是嗎？我是山裡人倒還沒見過這種草能開花的。麻縣長說：那我這個平原上來的人告訴你，這叫牽牛，一年生的蔓草，葉有三尖，互生。浸晨開花，受日光而萎，結實為球形，有蒂裹之，黑色的為黑醜，白色的為白醜，二醜都有毒，可以入藥。井宗秀說：縣長這麼懂呀?!杜魯成說：縣長現在研究秦嶺動植哩。麻縣長指著井宗秀，說：你是誰，來給我說這話？井宗秀說：你記不得我了，我永遠記著你的恩德，當初你在這裡寬大了我。杜魯成說：他就是井宗秀，我和他一塊被帶去，你留下了我。麻縣長說：哦，你以前有鬍子，現在沒鬍子了。井宗秀說：我這鬍子不好看，來見你把鬍子剃了。麻縣長說：我當初放你是放對了？杜魯成說：他現在是渦鎮的鄉紳了，威望很高，一心要給政府做事的。麻縣長說：凡作器先有隙而後則漏其水，若置滋卉地了來年必是花滿街啊！井宗秀一時沒聽清麻縣長的話，只是笑著。麻縣長說：你這名字倒像是個女人，人也白白淨淨的，你怎麼個裡應呀？井宗秀說：我現在還無法說個具體，那五雷一夥既兇殘又狡詐，但他有的軟肋，我只能見碟下菜，隨變化行事。可我能給你保證，我會讓土匪內部先亂起來。麻縣長說：從這兒出去的字就是政府的牒文，在這兒說話就是軍令！井宗秀說：如果我說了誑話，將來沒起作用或者作用不大，你帶人攻進鎮了，你割五雷的頭也割我的頭。麻縣長說：好！那你要求我做什麼，給你一桿槍？井宗秀說：我不要槍。麻縣長說：錢呢？井宗秀說：錢也不要。你如果願意，派杜魯成和阮天保也回渦鎮，我們仨有個商量頭。麻縣長說：把阮天保叫上來。杜魯成跑下去叫阮天保，阮天保問：縣長是不是生氣啦？杜魯成說沒有。阮天保說：是不是嫌我沒在龍馬關？杜魯成說：沒有。兩人到了辦公室，麻縣長就說了攻打五雷的事，阮天保卻說：派誰去攻打？麻縣長說：我想好了，以縣保安隊為主，再把各鄉鎮大戶人家的保鏢打手叫上。阮天保說：這一半年龍馬關保安班和韓家那些人捏合好像一個拳頭。麻縣長說：你還是和杜魯成井宗秀先回渦鎮做內應吧。阮天保就不再說了。麻縣長說：這可是我上任來要做的第一件大事，成功了我好你們都會好！

從縣政府大院出來，阮天保說：這文人到底弄不成事。井宗秀杜魯成都不明白他的意思，阮天保說：麻縣長趁這機會完全可以重用自己人麼，他卻還用史三海。井宗秀說：麻縣長和史三海不和？杜魯成說：保安隊長的姨父是省警備司令部的，他跟誰能和？井宗秀說：他能力怎樣，如果派他來打不贏就壞事了！杜魯成說：那麼多人和槍的，何況有天保哩！阮天保說：是不是你給縣長唆唆著讓我也內應？杜魯成說：是宗秀提議的。井宗秀說：籠子和籠襻拆不開麼。見旁邊有個廁所，便進去解手。阮天保倒說：唉，咱本來透個消息給宗秀的，怎麼咱倒和他一起要做內應呀?!杜魯成說：以前我們師徒四人的時候，做什麼事情，都是師傅凶巴巴的說了算，可事情做著做著又全是順著宗秀的意見走了，我也納悶這是咋回事？兩人多少有些疑惑，見井宗秀從廁所裡出來，手又在下巴上摸著拔鬍子，杜魯成悄聲說：你看他像誰？阮天保說：個頭和他哥一般高，他哥他爹都是絡腮鬍，他竟然沒有幾根，像他娘？杜魯成說：以前倒不覺得，麻縣長說他像個女人，我就愈看愈像的。阮天保說：還真是！就嘿嘿笑起來。井宗秀過來，說：笑啥的？杜魯成說：麻縣長說咱三個是三朵花，我和天保又黑又壯的，你才是花。井宗秀說：這縣長也是信嘴胡說，哪有把男人比花的。杜魯成說：我和天保都有鬍子，你咋沒有？井宗秀說：你們都謝頂了麼，這頭髮好了就不長鬍子，鬍子好了就不長頭髮。阮天保說：你哥你爹鬍子那麼多卻沒謝頂呀！井宗秀說：你倆這話啥意思，說我不是男人？杜魯成說：這可是麻縣長說的。井宗秀說：知道不知道北人南相、男人女相？杜魯成說：那你是雌雄同體啦？阮天保說：噢，是二尾子！在渦鎮，二尾子是罵人不男不女的，井宗秀就撲過來擰阮天保的嘴，阮天保的臉皮鬆，把嘴唇一擰，半個臉的皮都離了位。杜魯成就說：不是二尾子，渦鎮的騾子多，宗秀是人裡邊的騾子！

★

到鎮子後，阮天保要住他家去，井宗秀不讓回去，祕密地把他和杜魯成藏在醬筍坊裡。餵馬的孫老伯就每天在門口瞭望，凡是有生人來，就咳嗽一聲，杜魯成和阮天保便躲到上房後間的席筒裡去。

而井宗秀便陸續帶他的一幫子發小來，有陳來祥、苟發明、唐景、楊鐘、鞏百林、王路安，還有拐子巷的李文成，賣油糕的張雙河，油坊馬六子的侄子馬岱，趙屠戶的外甥許開來。凡是帶了人來，講了要起事的原委，問願意不願意幹。當然，都答應跟著幹，阮天保就交代：近日不要出遠門，在家準備著傢伙，不管是木棒還是鐵錘，腰裡都先得有一把刀子，一有風吹草動，就到這裡集中。最後，阮天保把話說狠了：能把你們叫來，都是一塊長大的兄弟，叫來了也就是螞蚱拴在一條繩上了，誰也不能生了外心！

第五天傍晚，井宗秀和杜魯成、阮天保正在醬筍坊裡說話，孫老伯接連在院門口咳嗽，杜魯成和阮天保還未藏好，孫老伯已和來人吵起來。井宗秀忙出來，原來一個土匪買了一壇酒經過，卻要買醬筍，孫老伯不讓進，說這裡是作坊，要買到街上商鋪子買，那土匪卻說：我偏要在作坊買！井宗秀制止了吵嘴，說：你進來，我送你些醬筍。土匪進來了，還說：閻王好見，小鬼難纏。井宗秀笑著指著棚子裡一個缸說：你多拿幾包啊！土匪低頭彎腰去取，井宗秀撿起旁邊一個棒槌，在土匪後腦勺上一敲，撲咚，土匪就倒在了地上不省人事。井宗秀叫出了杜魯成、阮天保，說：進來了個土匪，咱把狗日的收拾了吧。杜魯成趕緊去關院門，又扒在門縫往外看，阮天保卻拿了刀子就在土匪身上捅。杜魯成過來說：外邊沒啥動靜，咱想想該咋處理？阮天保說：已經死了。杜魯成去摸土匪的口鼻，果然是死了，說：咋就弄死了?!阮天保說：進來了還能讓活著出去？杜魯成說：那就快把後路想好，這少了一人，他們今晚不發覺明天就發覺了，發覺了肯定要在鎮上搜人，咱必須趁天黑扔到河裡去，或者就在院子裡挖坑埋了？另外，宗秀你得連夜去五雷那兒，免得過後讓他懷疑了你。井宗秀說：這是要想想辦法，但也用不著太急，他死了好麼。咱也不能讓他白白死了。杜魯成、阮天保聽了他的話，倒糊塗起來。井宗秀笑了笑，說：我出去一下就來。過了一會兒，井宗秀領著唐景進來，杜魯成說：背屍得個力氣大的，唐景這瘦小的。井宗秀卻讓唐景在那土匪身上又捅了一刀，讓去把張雙河叫來。杜魯成和阮天保這才明白井宗秀的用意。這一夜，聯絡的十一個都來過了，每人在那土匪的身上捅一刀，就捅成了個爛篩子。然後井宗秀把死屍裝進一個大缸，上面灌滿了麵醬，堆在院角。

因要熬松香和桐油在棺上塗刷大漆，楊掌櫃和楊鐘忙活了半夜，也就睡在了壽材鋪。天明陸菊人蒸了些紅薯送去，公公彎腰又用生漆塗著布糊棺內的合縫，吭哧吭哧，呼吸艱難。陸菊人說：爹，你歇著。楊鐘呢？楊掌櫃說：後半夜鞏百林把他叫去了醬筍坊，說有事。陸菊人說：井宗秀找他？怎麼是後半夜？出了鋪門，就站在癢癢樹下朝醬筍坊方向看，卻見那上空紅光一片，正說：爹，爹，醬筍坊那裡是不是著了火？楊鐘卻在前邊的牆角一冒頭，回來了，說：咋呼啥呀，哪是著火了?!拉著陸菊人進了鋪子，把麻縣長要帶縣保安隊來滅五雷，而井宗秀、杜魯成、阮天保正聯絡人做內應的事說了一遍。楊掌櫃說：他們也叫你了？楊鐘說：這麼大的事能不叫我？陸菊人說：叫了你，你就走漏風聲？楊鐘說：我哪兒走漏風聲了？陸菊人說：你給我和爹說了還不走漏風聲？楊鐘說：給你們說算走漏風聲?!陸菊人說：你賭博輸了錢回來咋不說？你是顯擺井宗秀叫了你就說給我們，如果出去喝些酒了還能不給別人顯擺?!楊鐘說：我咋樣都不對！氣得蹴在了門外台階上喘息。陸菊人給公公剝了個紅薯，回頭說：你吃不吃？楊鐘不理。陸菊人又說：紅薯趁熱吃，問你哩！楊鐘說：你不是不讓我說話嗎？陸菊人恨了一聲，扔過去一個紅薯。

楊掌櫃出了門，也往醬筍坊方向看，上空真的是一片紅，說：著火了？楊鐘吃紅薯吃得急，噎住了，手只是指著天，陸菊人說：狼攆你哩，不會慢慢嚥？終於，一疙瘩嚥下去了，楊鐘說：瞧你們這眼神，那是火光嗎，那是雲！果然那裡愈來愈紅，是往上湧起了紅雲，不大一會兒暈染得滿空都紅了。楊掌櫃說：哦，火燒雲，一早就上火燒雲那是要下雨呀！吳掌櫃匆匆走過，一隻手提著長袍的前擺，露出一雙嶄新的高腰白底鞋。平日吳掌櫃都是長袍拖地，腆個大肚子，慢慢地走，今日卻故意要讓人看到他穿了一雙新鞋？楊鐘偏不說這新鞋好，也不看，把頭抬得高高的望著癢癢樹梢。其實吳掌櫃並不是要露他的新鞋，他邁著碎步要去找井宗秀，才把長袍的前擺提起來。到了井家屋院門口，大聲地咳嗽了幾聲，在門口的蚯蚓說：你要吐痰呀？吳掌櫃說：我要見井掌櫃，他聽到咳嗽就知道我了。要進門，但蚯蚓不讓進。吳掌櫃氣得罵：你是井家的兒子，還是井家的狗？蚯蚓說：我是他的護兵！吳掌櫃說：你碎慫還知道護兵，他是長官啦還是土匪呀有護兵？蚯蚓抱住吳掌櫃的腿就是不讓進，吳掌櫃拿拳頭在他頭上敲，都敲出栗子色了還不鬆手。井宗秀出來，說：吳掌櫃呀！吳掌櫃說句你啥時讓這碎慫看門啦，屋裡卻傳來一聲：你說誰是土匪啦?!吳掌櫃進去見坐著二架杆王魁，嚇了一跳，慌亂笑了說：是我說啦？王魁說：狗說的！吳掌櫃說：瞧我這×嘴！就彎腰往出退，說：我路過井掌櫃的門口，你們說事，不打擾了。退到門口，悄聲對送他的井宗秀說：沒那事啦？井宗秀說：你想有還是想沒有！吳掌櫃說：那他咋在屋裡？井宗秀說：與那事沒干係。吳掌櫃說：不敢日弄我啊！

送走了吳掌櫃，王魁又開啟了第二壇酒，還在罵井宗秀的小姨子：大架杆一回來她就不肯見我了?!井宗秀說：人家畢竟還是大架桿的女人麼。王魁說：屁，他現在不死不活的，前天跑了兩個，昨晚又少了一個，她還傻×地伺候，是能親她還是能×她?!井宗秀說：哦，有人跑了？王魁說：跑了就跑了。井宗秀說：大架杆傷成那樣，你就該管麼。王魁說：我是管了，誰敢再跑，他跑到老鼠窟窿也要把他逮回來！我生氣的是她見了我嘴上不好說話了眼裡也沒了話?!井宗秀說：唉，你是二架杆麼。王魁說：哼！井宗秀就再敬酒，兩人喝完第二壇，已經到了中午，天突然變了，眼看著要下雨，王魁就一腳高一腳低要往廟裡去，蚯蚓竟然還在門口。井宗秀要蚯蚓拉著王魁，別讓倒了，蚯蚓拉著走了一會，說：我給你尋個拐棍去。就跑得再沒影了。

王魁回到廟裡，五雷的護兵正送陳先生出來，王魁問護兵：又請郎中啦，情況咋樣？護兵說：傷化膿了，發燒不退麼，二架杆你喝酒啦？王魁說：我咋不喝？大架杆傷成這樣我心煩麼！護兵說：是煩呀，他再不好，兄弟們這嘴就吊起來了！王魁從懷裡掏出一個大洋，說：你也喝去，我來照看大架杆。那護兵拿了錢街上去了，王魁就直腳往五雷的住屋來。五雷的住屋是裡外間，隔牆的小門上掛著布簾子，王魁要進裡間去，卻見五雷的女人在外間的火盆上熬湯藥。柴禾塌了，一時起不了焰，女人低頭用嘴吹，屁股就圓嘟嘟地撅著，王魁從背後便摟住了。屋外，一股風進來，雨點子劈里啪啦下起來，風把簾子刮開了，五雷在床上發燒得迷迷瞪瞪，剛一睜眼，看見王魁摟住女人，女人回過頭了，王魁趁勢逮住嘴親了一口，女人在推王魁，示意五雷還在裡邊哩。五雷大怒，卻坐不起來，槍在床邊的牆根靠著，硬爬著去取，從床上跌下來。裡間屋一響動，王魁進去，五雷在地上還往槍跟前爬，王魁一下子騎在五雷身上就雙手掐脖子。掐了好久，誰也沒出聲，五雷就被掐死了，舌頭吐出來一拃長，王魁一鬆手，喉嚨裡倒有咕嚕一聲響。女人聽出裡間不對勁，但她沒敢進去，還在吹火，藥罐子突然一斜，竟扣在火上，灰忽地騰了個蘑菇，火全滅了。王魁出來把女人像兔子一樣，提著耳朵壓在外間的條凳上剝衣服，女人渾身僵著，還是沒說一句話，拿眼睛看著王魁在擺弄她。擺弄完了，王魁再到裡間拿刀剜了五雷的生殖器，說：我的女人被你×了陣長時間！

雨愈下愈大，先還是白雨，後來成了黑雨，天在傍晚就啥也看不清了，王魁在廟院裡點了十二個火把，集合了全部土匪，宣布五雷死了。五雷的那個護兵喝得東搖西擺地回來，問：我出去時大架杆只是發燒，怎麼說死就死了？王魁說：那你去問他！一槍把那護兵打得窩在泥水裡，然後大聲說：五雷是我打死的！為啥打死他？他讓兄弟們槍吃不飽，肚子更吃不飽，我王魁要重起爐灶！再說：誰要走？土匪們還沒緩過神兒，都不說話。王魁說：要走的可以走，我不攔的！土匪們說：啊走去哪兒？

走了餓死呀！王魁就成了架桿，他再沒設大架桿，也沒設二架桿三架桿四架桿。

★

八月十二日，麻縣長派人給杜魯成送來通知，中秋節攻打渦鎮，而黑河白河的上游卻下暴雨，都漲水了。黑河的十八碌碡橋安然無事，白河上的木板橋被沖垮了，漂浮著樹枝草根，甚至有舊房的檀條木椽和整垛的麥草，還有死豬死狗黃羊狍子什麼的，偶爾也看到有人，白花花的一絲不掛，頭朝下，起伏不定。往年這個時候，鎮上的青壯年都拿了笊籬和帶著鐵鉤的繩索站在岸邊打撈柴禾，膽大的腰裡繫了繩去河中拉那些木料和樹。但今個能去打撈的人全在家裡等候消息，只有一些老人、婦女、孩子，還有一些土匪去了南門口外看渦潭。渦潭自漲水後就一直旋轉，旋轉得愈急，渦潭中間的坑就愈深，河面上的浮木亂草進去之後瞬間就沒了。井宗秀趁機和陳來祥、楊鐘把裝有屍體的那個醬缸抬出來要扔進河裡。陳來祥和楊鐘抬著，井宗秀在前面觀察著人，一旦遇見人了，就說是給萬家寨的表姊家送去，娘要吃鮮醬筍，乾脆連缸一塊抬了。僅順著東城牆根抬了三四丈遠，楊鐘說：一漲水，河裡該有丹魚了，這種魚你見過沒，側面有赤光，用它的血塗在腳底，就能從水面上踏過去！陳來祥說：還練輕功呀？好好抬！楊鐘說：你不懂！沒想腳下一滑，缸頓在地上裂開了三片，醬流了一地。三人嚇得臉都白了，只好把死屍拉起來要往城牆外扔。井宗秀說：別把醬濺在城牆上！就自己脫了衣服把屍體包了。扔了兩次沒扔過去，三人同時發力，一二三，扔了過去。又擔心掉在牆外的崖岸上，陳來祥蹲下，讓楊鐘踩著肩往牆頭躍，抓住了牆頭沿爬上去，屍體其實已扔進了河裡，楊鐘再翻牆過來。偏這時前邊來了麵館佟掌櫃的媳婦，井宗秀就高聲罵陳來祥和楊鐘抬個醬缸就能把缸打碎了，要讓他們賠。那媳婦說：真是可惜，這有多少麵醬啊？彎腰去撿缸底，缸底裡有殘留的麵醬，說她撿回去。

楊鐘不讓撿，那媳婦說：怪可惜的不讓撿？楊鐘說：就是不讓撿，我要給井掌櫃賠的，這醬就是我的！竟把缸底再用腳踩了，醬流在地上，還往麵醬上踢了踢土。

井宗秀急急火火還要找吳掌櫃，要告訴吳掌櫃中秋節那天了在吳家院裡置辦酒場子，把土匪全集中去灌醉了，麻縣長他們來便可甕中捉鱉。可去了吳家，家裡人說吳掌櫃在渦潭那兒看熱鬧哩。就又去了南門口外，果然吳掌櫃在，而那時河面上漂過來一個人進入了旋渦，也是赤條條的頭朝下，可旋轉時那屍體翻了過來，土匪中就有人說：那不是牛拴牢嗎？他偷跑了怎麼是淹死在了河裡?!井宗秀吃了一驚，再看時，屍體不見了，他鬆了一口氣，把吳掌櫃叫到一邊說了他的安排。吳掌櫃說：是中秋節？井宗秀說：中秋節晌午。吳掌櫃說：咋能設在我家？那打起來我家就沒完整的家具了啊！井宗秀說：損失我過後給你補！吳掌櫃回家去了，井宗秀又回到醬筍坊給杜魯成阮天保商議，讓他們半夜轉移到吳家後院外的苟發明家，到時一旦聽到前邊有槍聲，便從吳家後院翻進來。阮天保說：用不著這麼早就住到苟發明家，他媳婦窩窩囊囊的，做的飯能吃進去？你到時讓吳掌櫃在他家後院牆搭把梯子，牆那麼高，杜魯成胖得跳不進去。杜魯成說：到時我從房頂上往下打。井宗秀同意後，再去一一見陳來祥、李文成、唐景、鞏百林、張雙河、楊鐘、馬岱、王路安、苟發明，安排當天在吳家斜對門的飯館裡吃飯，事先藏好傢伙，再備些石灰和麻袋，一旦吳家院裡打起來，有土匪從院門往外逃，就在臉上撒石灰，麻袋套頭，亂棒亂刀往死裡打。

到了十三日晌午，井宗秀讓蚯蚓跟著，裝了一籠子核桃仁餡的點心和麻糖、酥餅，還有一籠子葡萄梨子棗，送去了廟裡，王魁這才知道要過中秋了。井宗秀說：架杆有女人了，把日子過糊塗了！王魁說：是呀是呀，虧你有這心！井宗秀說：還有好事哩，後天晌午你們哪兒都不要去，吳掌櫃在家設席款待哩。王魁說：好呀，那你再準備一對銀鐲子，權當是給我辦婚宴的！井宗秀說：這沒問題！心裡卻起愁，鎮上沒有銀器店，一時到哪兒買銀鐲子？離開廟後，想來想去只好找陸菊人，他是見陸菊人戴過銀鐲子的，便支開蚯蚓，去了楊家。楊鐘也在家，一聽不同意，說：如果滅不了土匪，這銀鐲子不是沒了?!井宗秀說：肯定滅！楊鐘說：就是滅，銀鐲子再從死人胳膊上摘下來那不晦氣？陸菊人卻從手腕上卸下銀鐲子給了井宗秀，說：有啥晦氣的，滅了土匪我這鐲子還有一份功勞哩！

十四日的清早，王魁起來得早，剛剛到廟門外伸胳膊屈腿地活動，聽到有什麼叫，叫得怪瘆人的，扭頭尋找，一隻貓頭鷹就在山門牌樓上。貓頭鷹叫是要死人的，王魁說：今日我不出去，這死誰呀？便揚手打了一槍。槍一響，巷口的陰影裡突然有人拉著毛驢跑出來，毛驢馱著兩個大竹筐先是跑不快，那人使勁拽韁繩，毛驢跑前去了，那人又攆不上，一隻鞋都跑遺了。王魁喊：誰？那人站住，說：不怪我，這不怪我，是掌櫃讓馱的。王魁近去一問，是吳掌櫃的店夥計馱東西要去虎山崖的洞窟，已經去了五個驢隊，他是最後一個才到了巷口，看到架杆了就藏在陰影裡，槍一響還以為是架杆要打他才跑出來的。王魁說：吳掌櫃呢？夥計說：掌櫃一家昨晚上就上了洞窟。王魁當下火了，喊護兵去把井宗秀拉來！井宗秀聽護兵說了原委，心裡叫苦不迭，後悔不該相信吳掌櫃。一到廟門口，王魁叭地一槍就朝頭上打來，他摸了一下頭，頭還在，頭上的帽子也在，把帽子卸下，帽頂上的那個帽疙瘩被打掉了，說：真是好槍法！王魁說：你說姓吳的中秋節在家擺酒場子，他怎麼就跑了？你們在耍我?!井宗秀就破口大罵吳掌櫃，罵過了，說：他跑了還有我麼，我來擺，就在廟裡擺，咱三天三夜的海吃海喝！王魁說：他捨不得錢是吧，那我偏讓他出些血本！

這個中午，王魁派人去破吳家門，上樓閣，下地窖，翻箱倒櫃，是沒有搜騰出大洋細軟和大煙土，卻搬走了三十二麻袋食鹽，五個甕的菜油，十三綑布匹，二十擔稻子和二十擔麥子，還有三缸燒酒和一缸米酒。街上的人都在看，不敢上前阻攔，倒感嘆吳家的家業厚呀，珍貴的財物都馱光了，剩下的還有這麼多東西！而當兩個土匪最後往出趕三頭豬，不是這頭往北跑就是那頭往南跑，收攏不住，兩個土匪就指著人群說：來把豬吆到廟裡去！沒人過來。其中一個土匪朝街面放了一槍，子彈蹦起來打到屋簷上，一頁瓦嘩地粉碎在空中。有三個人便幫著吆豬了。人群裡有婦女低聲問鄭老漢：不是兔子不吃窩邊草嗎?!鄭老漢卻在瞅著小兒子，但人群裡沒有瞅到蚯蚓。

蚯蚓是跟著井宗秀到了南門口，井宗秀說：你是吃屁呀，一步不離的！蚯蚓說：我是護兵！井宗秀說：你帶彈弓了沒？蚯蚓說：帶著，百發百中！井宗秀說：你到老皂角樹上給我打些皂角去，打好了就在樹下等我！蚯蚓去了，井宗秀立即鑽進荀發明家，阮天保和杜魯成正吃飯，說了事情變化，阮天保說：你倆讓姓吳的擺酒席，你是擺不起啦！井宗秀說：別人平白無故地擺酒席土匪容易疑心麼，誰能料到會這樣！我答應了我來重擺酒場子，就在廟裡。你倆明日一早藏身在廟西北角圍牆外，那裡是廟裡廁所的糞池子，廟裡要打起來，就從糞池子的蹲槽下鑽進去打土匪的身後。阮天保說：從糞池子的蹲槽鑽進去？那怎麼鑽?!我要翻院牆，讓杜魯成去鑽吧。井宗秀就說：不管用什麼辦法，必須在第一時間進入廟後院。然後又找陳來祥、唐景、鞏百林、王路安、張雙河、馬岱，安排他們晚上就同他去廟裡殺豬宰雞，明日早早過去幫忙挑水、淘米、洗菜、生火做飯，仗若打起來就拿刀棒守住廟門口。再去楊家交代楊掌櫃明日一早假裝在北門外沙壕裡淘沙，等候縣上的人一來，指引著直接去廟裡。直到一切安排停當，去了老皂角樹下，蚯蚓還是在那兒，卻和一個人吵鬧。

那人叫施四司，長著個長嘴，人叫他時也就噘了嘴，牙齒咬著發死死死，他常常販羊時豬價漲了，販豬時又漲了羊價。那日從黑河北邊的構峪販了一批藥材，給老皂角樹磕頭，蚯蚓也去了樹下拿彈弓打皂莢，他說：你敢拿彈弓打皂莢，以後槍子就打你的頭！蚯蚓就不敢打了。施四司禱告：如果這批藥材賣給安仁堂大價了，你就掉下皂莢來！蚯蚓也仰頭看著樹梢，說：井宗秀要皂莢，皂莢你就掉下來！話說完果然掉下四個皂莢。蚯蚓撿了，施四司卻說皂莢是樹給他的，蚯蚓說皂莢是樹給井宗秀的，兩人就吵起來。井宗秀對蚯蚓說：行，靠得住！蚯蚓說：我一說你要皂莢，皂莢就掉下來了！井宗秀說：這好啊，事情要成啦！蚯蚓說：啥事要成啦？井宗秀怔了一下，給施四司說：你不是藥材要賣個大價嗎？就把皂莢扔給了施四司。施四司高興地去了，蚯蚓不解，井宗秀便給蚯蚓買了一碗餄餎吃了，還給買了一包瓜子。蚯蚓說：明日幹啥呀？井宗秀說：明日好好睡一天。蚯蚓說：過節呀睡覺？井宗秀說：睡覺。我睡覺，你也睡覺。

那三頭豬被人吆著，有一頭不知吆到哪兒去了，井宗秀帶了陳來祥、李文成、唐景、鞏百林、苟發明、張雙河、馬岱、王路安當天夜裡在廟裡把兩頭豬殺了蒸肉，心裡仍惦記著明日阮天保杜魯成能否及時進入後院。等肉蒸出來，土匪們都來啃骨頭，他說去上個廁所，到了廟院西北角。那廁所是有個小房子，裡邊有兩個蹲槽，直對著牆外的糞池子。井宗秀看了看蹲槽，是有些小，用腳踹了踹，又踹掉了兩頁磚，就把踹下來的磚再鬆鬆放上去，出了廁所，見地上有一根木棍，拾起來扔到院牆外。

第二天中午，陳來祥他們在廟裡做飯，井宗秀張羅著擺了一排七張桌子，招呼土匪們坐席，整盤整盤往上端肉，打開了一缸酒給每人都倒一碗。酒淋灑在桌面上，有土匪湊了嘴去吸，井宗秀說：不吸了，咱有的是酒！就掏出銀鐲子給了王魁，王魁當場給女人戴上，說：我現在是有女人啦！我會讓兄弟們都有女人！眾土匪哇哇叫好，拍桌子敲板凳，一時間胡吃亂喝，杯盤狼藉。

半早晨，楊掌櫃起身去北門外沙壕裡淘沙，陸菊人嫌公公年紀大了，手腳不便，她和楊鐘去。楊鐘卻不願意，說：陳來祥他們去做飯了，肯定井宗秀給我大任務哩，我等著！陸菊人便獨自走了。楊鐘等了一會，仍沒見井宗秀找他，楊掌櫃說：可能沒啥大任務了。楊鐘說：沒大任務為啥不讓我去廟裡？楊掌櫃說：宗秀是不是嫌你沉不住氣，容易壞事？楊鐘說：我能壞什麼事，我自己去！楊掌櫃說：你現在去那裡真會壞事的！楊鐘說：這麼大的事我能不參加⁈楊掌櫃說：那你也指引路去。楊鐘便嘟嘟囔囔不滿著也去了北門外沙壕。兩人在那裡淘沙，原本是做樣子的，而太陽端了頂，還沒見縣上人來，楊鐘說：是不是不來了？我去山彎那兒迎接去。陸菊人說：淘你的沙！又淘了一會，楊鐘說：我去看看阮天保杜魯成在廟後牆藏好了沒？說罷就走。陸菊人氣得說：你是猴呀，就不能靜靜一會兒⁈楊鐘說：我是戲裡的孫悟空！陸菊人說：把罐子提上！來的時候陸菊人提了水罐子。楊鐘說：我不渴。陸菊人說：誰是讓你喝呀！提上罐子了沒人注意你。

楊鐘到了圍牆西北角外，阮天保和杜魯成已經在那裡了，正為難著從糞池子的蹲槽那兒怎麼鑽進去，即便能鑽進去，那也是弄得一身一頭的屎尿。杜魯成說：井宗秀讓你來的？楊鐘說：我怕你們沒到位哩，咋藏在這裡熏死人啦！西邊那兒有個豁口，草半人高的，藏在那兒多好！就領了阮天保和杜魯成去了西邊圍牆外，沒想那豁口在土匪住進廟裡後已重新砌了。阮天保說：這牆能翻過去？楊鐘說：你還講究是保安隊的，這都翻不過去？阮天保說：要是往常，你說這話是尋著我揍哩！楊鐘說：我尋些木棍兒插在牆縫裡，到時候踩著就翻過去。記起糞池子那兒有根木棍，取了來，還沒插好，廟裡有了槍聲，立即叫喊一片，槍響得更激烈。楊鐘說：再躍，我抓手！阮天保一躍，楊鐘抓住手了，阮天保又往下掉，楊鐘身子失衡，脫了手，竟自己跌進了牆內。牆內的楊鐘著急喊：把槍扔進來！但阮天保和杜魯成沒有把槍扔進去，折身又往糞池子那兒跑。

楊鐘手無寸鐵，就趴在草叢裡，看著保安隊的人和土匪在亂打槍，有三四個被打死了。他趕緊在地上撿了塊磚頭往巨石上跑，想占住高點，但石下已經有三個人在追著一個人打，那人也往巨石上的亭子跑，他就倒在那裡裝死，等追趕的三個人從他身邊跑過，他又站起來，爬那棵古柏。在樹上，看到那三個人終於追上那一個人了，那人打了一槍，追在前邊的人哎喲倒在亭子的台階上，另兩個追著的人撲上去就用刺刀戳，那人就死在亭子的欄杆上。那兩個人扶著受傷的人跑下巨石再往前邊去，他從樹上往下溜，想去亭子上撿那個死人的槍，還沒溜下來，再有三個土匪也往後院跑，跑著跑著不跑了，站在那裡，三個人都沒了頭，然後柴綑子一樣全倒下去。他又爬上了樹頂，還想那三個人怎麼突然沒頭了，是炸子射中了頭嗎？聽說子彈蘸了唾沫射出去就是炸子，打到腦袋上腦袋就會爆的。便見王魁拉著他的女人跑過來，跑著跑著，一推女人，自己卻跑向那廁所，回頭連打了幾槍，就躥上廁所的小屋頂上，屋頂是柴草苫的，踏上去似乎一腳踏空了，但很快又跳起來到了圍牆上，回頭還看了一下就跳了出去。

杜魯成站在糞池子裡從蹲槽洞往裡鑽，頭頂掉了兩塊活磚，剛塞進去頭，肩膀還卡著，咚的一聲牆上掉下個東西，他在問：是啥？是啥？阮天保正要跳進糞池子，見掉下來的是人，來不及答話，也顧不得開槍，掄了槍托砸了去，那人就倒在糞池子裡。杜魯成抽出了頭，那人已經從糞池子往出爬，爬一次，阮天保掄一槍托，連爬三次，掄了三槍托，那人就窩在糞池子裡不動了。杜魯成扯了那人頭髮，再從糞池子裡拉出來，一看臉，說：天保你打得好，這狗日的是王魁！阮天保說：是不是？杜魯成說：宗秀說王魁是大鼻子囉囉豁牙，就是他！阮天保說：擒賊擒王，我打的就是他王魁！王魁還昏迷著，兩人就抽了他的褲帶反綁了雙手，又把頭壓住塞進他的褲襠裡。

廟裡的槍聲不久就停止了，井宗秀領著麻縣長和保安隊長史三海清查人數，土匪被打死了十三個，俘虜了三十八個，就是沒有王魁。問王魁的女人，女人說王魁翻後院牆跑了，麻縣長很生氣，問井宗秀：不是讓你們內應嗎，後院裡就不布置人？井宗秀說：安排了杜魯成和阮天保啊。史三海聽說阮天保，鼻子裡連哼了幾下。井宗秀便大聲叫喊杜魯成、阮天保，杜魯成在圍牆外應聲：在這兒！井宗秀說：到現在了你們還沒進來?!杜魯成說：王魁逮住了，逮住了！眾人出了廟門到圍牆外，王魁的頭還塞在褲襠裡，身子窩蜷著是一個圓球，而杜魯成和阮天保則渾身的屎尿，臭不可聞。

★

十三個屍體拖出去擺在廟門口，王魁的頭割了，被吊在山門牌樓上，而桌上的酒菜還熱著，麻縣長說：哈哈，這是關公溫酒斬華雄嘛！就讓史三海把保安隊的人和各鄉鎮的那些保鏢打手都叫上桌吃肉喝酒。廟門外擁了好多人往裡看，後邊的把前邊的一擠，前邊的剎不住腳，跨進來了，又立即退出去，回頭罵道：挨槍子呀你擠?!麻縣長倒招呼：進來吃，都進來吃！呼啦人全進來了，有的在撿地上的鞋和帽子，有的端了酒不換氣地喝了，又端了一碗，有的從鍋裡抓肉，肉燙手，用柴棍插著了吃得嘴角往下流油。而鄭老漢提了半個豬臉，一邊喊著蚯蚓卻一邊朝廟門外走。蚯蚓沒有跟他爹，直奔井宗秀去，氣呼呼說：你打土匪哩你讓我睡覺?!井宗秀顧不了和他說話，正給麻縣長一一介紹著陳來祥、李文成、唐景、鞏百林、苟發明、馬岱、王路安、張雙河的功勞，說他們打死了三個土匪，更重要的是控制了廟門口，沒讓一個土匪逃掉。麻縣長親自給每一個人都倒了一碗酒。井宗秀在人群裡尋找楊鐘，沒有見，問：楊鐘呢？杜魯成說：他差點壞了大事，怕是臊了臉面，回家了吧。楊鐘卻從那一排平房裡出來，說：我臉大得很！你們翻過牆啦?!井宗秀說：你鑽哪兒去了，麻縣長要賞你酒哩！原來戰鬥結束後楊鐘從樹上下來，他是看見把俘虜和王魁的女人押在了平房，就去從女人手腕上卸銀鐲子。女人不給，他說：這是我媳婦的，你不給？女人說：咋是你媳婦的，井宗秀送給架桿，架桿給我的聘禮。楊鐘說：井宗秀問我媳婦借的！女人嗚嗚哭，雙手抱緊還是不肯給。楊鐘說：我把你胳膊砍下來！女人給了銀鐲子，他跑過來也接受了麻縣長的一碗酒，說：我在後院拿磚拍倒了兩個土匪，如果有槍，那十個八個都撂倒了！麻縣長說：那引路的還是你媳婦？楊鐘說：是我的糟糠。麻縣長說：哦，你替她喝一碗！楊鐘端了又喝，但喝嗆口了。

麻縣長把史三海叫到一邊要說事，卻傳來一陣驚悚的音響，麻縣長側了一下頭，問：這是尺八聲麼，渦鎮上還有人吹尺八？井宗秀說：廟裡有個老尼姑，是她在吹。麻縣長說：老尼姑倒吹得狂放啊?!井宗秀說：是嗎？這我不懂。麻縣長說：她吹得好，等我和史隊長碰頭後，你把她叫來給咱們再吹一曲。

在平房裡，麻縣長告訴史三海：平川縣經六九旅認可，要組建個預備團的，趁著今日的勝利就直接宣布吧。史三海感到很突然，說：我知道要組建預備團了，可我沒想到讓我來滅土匪就是為了預備團的成立！那誰來當團長？麻縣長說：當然還是你當團長，參謀長讓井宗秀幹。史三海說：井宗秀當參謀長？平川縣真的沒人啦，讓渦鎮的一個小掌櫃當參謀長，他連槍恐怕還沒摸過吧？麻縣長說：沒摸過槍今後去摸麼，這次內應中，他表現得有勇有謀。史三海就焦躁起來，在房子裡走來走去，而尺八的音響時不時從窗子外飄進來，就大聲喊門外的護兵：去，不讓那老尼姑吹了，煩不煩！然後一歪頭問：那預備團和保安隊是啥關係？麻縣長說：各是各的呀！史三海黑著臉，說：你是不是趁機把我撬出保安隊了，讓阮天保當隊長？麻縣長說：我可沒這個想法，你去預備團不是更好嗎？史三海說：屁好！就這麼一個縣，有著保安隊卻還要有個預備團，這是明擺著撬我麼！那我把話說開，你利用我成立預備團就利用吧，我還是在保安隊，如果不行，我到省警備司令部吃飯去！說罷就出去了，在院子裡吹哨子，集合縣保安隊的人，那些一塊來的各鄉鎮的保鏢打手，沒讓加入，卻把王魁的女人帶著，說了聲：回城！呼呼啦啦就走了。

麻縣長和史三海爭執時，杜魯成其實就在窗外偷聽，等史三海帶著保安隊離開，他就把聽到的話給井宗秀說了。井宗秀立即喊過唐景沏了一壺茶端到平房麻縣長那兒去，他給杜魯成說：是不是？麻縣長還真兌現他的承諾了！我怎麼能當參謀長？杜魯成說：現在不是參謀長，應該是團長。井宗秀說：我真的還沒摸過槍的。杜魯成說：歷來都是不會打槍的才管會打槍的，何況槍只要練一練，狗都會扣扳機的。麻縣長讓你當你可別推辭。井宗秀說：史三海他不當，你和阮天保可以當麼。杜魯成說：我知道我的能耐，阮天保是塊料，太獨，在麻縣長眼裡，他和史三海是一路子人。井宗秀哦哦著，說：史三海這一要脅，麻縣長還不知咋想的？杜魯成說：正是史三海老是要脅麻縣長，麻縣長才有了組建預備團的念頭，他是文人出身，軟是軟，但要強起來也是頭驢，咱得給他煽火著。井宗秀說：他喜歡聽尺八，咱把寬展師父叫去給他吹一曲消消氣？杜魯成卻說他先去單獨看看麻縣長。

杜魯成進了平房遲遲沒有出來，井宗秀自己沏了一壺茶，坐在一張小木桌前，叫蚯蚓來陪他喝，蚯蚓跑過來，才喝了一口，井宗秀又不喝了，把蚯蚓罵走。蚯蚓委屈地走了，還躲在牆角偷偷看他，井宗秀兀自坐在那裡，小木桌上的茶碗卻動起來，桌面上就撲灑了茶水，一垂頭，是自己的兩個膝蓋在搖，帶著桌子晃。井宗秀就無聲地笑了一下，又招手把蚯蚓叫過來。蚯蚓說：還叫我喝？井宗秀說：喝。蚯蚓說：你不罵我啦？井宗秀拿眼看著平房門，說：那房頂上站的是啥鳥？蚯蚓說：撲鴿。井宗秀說：撲鴿啥時候能飛起來？蚯蚓說：我打一下彈弓，它就飛起來了。井宗秀說：你數著數兒，數二十下看它飛不飛？蚯蚓就盯著撲鴿數數兒，平房門開了，走出杜魯成，井宗秀忽地站起來，凳子一翹，把蚯蚓撂倒在地上，數的數兒就忘了。

杜魯成通知著井宗秀和阮天保去平房裡見麻縣長，兩人一進去，麻縣長青著臉在那裡坐著，說：保安隊的人都走了？阮天保說：我還在。麻縣長說：走了也好啊！就笑起來。他的聲音有些尖，笑起來像打碎了玻璃片子。阮天保說：啥東西嘛，保安隊還不受縣長管了?!麻縣長說：不說這個了。把你們叫來，我要宣布組建預備團的決定。他看著井宗秀和阮天保，井宗秀和阮天保都嚴肅起來，前傾著身子聽他講。麻縣長卻在講社會綱紀鬆弛，百姓生靈塗炭，他作為縣長雖無女媧補天之力，但仍心懷戚戚，夜裡輾轉難眠啊。講渦鎮是平川縣的大鎮，自古都是縣西的鎖鑰之地，他查過縣誌，渦鎮過去叫平安鎮，就是說這裡安了平川縣就安，這裡亂了平川縣就亂。講今日合力剿滅了這股土匪，取得了平川縣近十年來從未有過的勝利，但不知明日來的是刀客呢逛山呢，還是共產黨的遊擊隊，僅靠保安隊難以保安，必須有一支武裝隊伍。講他到任以來深知體制敗壞，黨派不和，軍閥林立，而他四處遊說，多方周旋，終於取得六九旅同意，組建這個預備團的，這合天理，順民意，更是他在平川縣終於做成的第一件大事。講今日宣布成立，先委任井宗秀為預備團團長，有了團長，杜魯成、阮天保鼎力協助，盡快完善預備團的建制，鑒於目前的形勢，預備團就駐紮在渦鎮，保衛平川縣，威懾秦嶺東南。麻縣長講完了，杜魯成首先擁護，表態他和阮天保會盡力協助井宗秀。阮天保也表示擁護，卻問：那龍馬關保安班呢？麻縣長說：龍馬關保安班的事你就不用再管了。阮天保說：那我將來就回縣保安隊的？麻縣長說：後邊的事後邊再說吧。輪到井宗秀了，井宗秀說：我沒有想到麻縣長真的就組建預備團，我更沒有想到讓我來做團長，麻縣長既然這般器重我，我只有熱身子撲著幹吧！可我是沒使槍弄棒過，也沒領過人，是半路出家啊！麻縣長說：幹任何事誰都可以說是半路出家，我以前也沒當過縣長。井宗秀說：當團長責任重大，我真擔心沒幹好了辜負縣長的信任，但讓杜魯成、阮天保來幫我，我這心才有些底了。現在是那些俘虜的土匪可以留下來改編，各鄉鎮的保鏢打手，縣長得給各鄉鎮的大戶人家說道，都得留下來，渦鎮的人我能吸收一部分，這就是預備團的基礎和骨幹，然後繼續擴招。預備團吃住暫時渦鎮還能解決，但也不是長久之計，最緊要的是槍枝彈藥。麻縣長說：吃住你得自己解決，我可以給你個政策，渦鎮方圓三十里你們納糧納稅。至於槍枝彈藥，我會再聯繫六九旅，他們是會管的。井宗秀說：這就好了！杜魯成就先負責具體建制的事，阮天保就先負責操練，我們通力合作，讓縣長放心。麻縣長說：哈你倒這麼快就想得周全啊！

隨後，麻縣長就讓井宗秀把各鄉鎮來的保鏢、打手和渦鎮在廟裡的所有人，還把那些關在房子裡的三十多個俘虜，都往廟山門的牌樓下集中。井宗秀走到哪兒，蚯蚓也跟在哪兒，井宗秀喊：都集合！蚯蚓也喊：都集合！井宗秀就給蚯蚓耳語了幾句，蚯蚓才一溜煙跑出廟了。百十號人集合起來，麻縣長宣布了成立以井宗秀為團長的六九旅預備團，眾人齊聲歡呼。蚯蚓和他爹在街上黑水汗流地跑來，喊：等一會，等一會！他爹拿著三大盤鞭炮，拉開在牌樓下了，蚯蚓要點，但他爹的火鐮一時打不出火，楊鐘跑來，說：我點！提了鞭炮就往牌樓上攀爬，爬上去了用火柴點著，頓時煙霧騰起，火花四濺，劈里啪啦聲震耳欲聾，炮皮就落下來滿地鋪紅，連麻縣長的頭髮上也沾了幾片。麻縣長說：那個楊鐘像猴一樣，爬得那麼高！楊鐘聽到了，還來了個金雞獨立。杜魯成說：他能飛簷走壁哩！麻縣長說：渦鎮是藏龍臥虎啊，你們好好幹，真要從此平安，商貿繁榮了，說不定我會把縣政府也遷過來的。

麻縣長在天黑前離開渦鎮，井宗秀杜魯成阮天保一直相送到虎山灣。剛回到北城門裡，吳掌櫃的太太卻從巷口出來叫井掌櫃，井宗秀惱得沒有理。杜魯成說：什麼掌櫃不掌櫃的，叫團長！吳太太說：怎麼是團長了?!井宗秀說：回來啦，沒事就回來了？吳太太說：井團長，你能到我家去一下嗎？他快要死了，想給你說幾句話。又問杜魯成：是啥子團長？杜魯成沒好氣地說：帶兵的團長，殺人的團長！井宗秀說：他不是躲死才跑了嗎，怎麼卻要死呀？吳太太說：你別生氣，他就是那心小的人。聽說土匪滅了就回來的，一進門，家裡什麼都空了，吐了一口血人就不行了。你別怪他呀，他沒辦酒場子，他是給我說，原本答應給喝酒的，後來想著在家裡擺酒場子要打起來那不是會損壞家裡的東西嗎？誰知道土匪就把家騰空了！井宗秀說：這我不去！吳太太說：我估摸你不會去的，但我在想，現在土匪死了，搶去的東西能不能歸還我們？井宗秀說：這你向土匪去要呀！頭一擰就走了。吳太太坐在地上放聲大哭。

吳掌櫃是第二天傍晚死了，鎮上沒有幾個人去弔唁，吳太太在靈堂上哭了一會兒，就到院門口站一會兒，街上的人亂亂地往過跑，卻都不是到她家來的，她就又坐回靈堂上哭。天慢慢地黑下來，門簷上掛著的燈籠蒙上了黑紗，光半明半暗，在風裡搖擺。托王媽終於把寬展師父請來給吳掌櫃吹尺八超度，吳太太卻聽到遠處煩囂鼎沸，問王媽這是什麼聲，王媽說：耍鐵禮花呀。

★

廟山門的牌樓前是在耍鐵禮花。耍鐵禮花是社火的一項內容，逢年過節，白天裡抬芯子，舞獅子，晚上跑龍燈的時候都要耍鐵禮花。先前吳掌櫃出面組織，唐景的爹和鞏鐵匠、老魏頭一夥人熱鬧著耍，耍得黑河白河上下十五里內都知道渦鎮的鐵禮花好。但這十年裡世事混亂，所有的社火都停了，當井宗秀給吳掌櫃提出咱耍一回鐵禮花，吳掌櫃知道唐景的爹過了世，鞏鐵匠也癱在炕上，就讓鞏百林和老魏頭著手準備，而一滅土匪，老魏頭就問鞏百林：這鐵禮花還耍不耍？鞏百林說：沒說不耍呀！老魏頭說：吳掌櫃不是早跑了嗎？鞏百林說：耍鐵禮花不是給他姓吳的耍的，滅了土匪要耍，井宗秀當了團長了更要耍！連夜，老魏頭就在家裡翻尋以前用過的刻有凹槽的木板、木勺、短木棒和草帽，又找廢鐵犁鏵，沒有找到廢鐵犁鏵，就去了苟發財家。苟發財是苟發明的堂兄，怕耍不好。老魏頭說：現在沒人了麼，以前你跟著我們耍哩，我不願教你，現在我教你啊。兩人拿了廢鐵犁鏵一塊去了鐵匠鋪，鞏百林正收拾火爐子，說：這兒廢鐵多的是，還提了廢犁鏵？老魏頭說：我也快死的人了，以後耍鐵禮花就全靠你們了，一定要耍得好才是。鐵禮花鐵禮花就是鐵犁鏵，用廢鐵犁鏵熔出的鐵水，花才甩得勻顯得豔的。鞏百林說：噢，原來這樣！明日一早我再找幾副廢犁鏵，讓老手藝不走樣，你把別的傢伙準備好了？老魏頭說：木勺都在水裡泡了。

第二天麻麻亮，蚯蚓就到了大街上，看見了一隻老鼠他就跺著腳攆，老鼠並不往巷道裡鑽，順著街跑出一段了還停下來回頭看他。這麼跑跑停停了一會，到了老皂角樹下，突然一個人從半空下來就把老鼠抓走了。蚯蚓嚇了一跳，那不是個人，是雕鴞，長著個胖老頭的臉。蚯蚓還從來沒見過長著胖老頭臉的雕鴞，但這種好奇很快就消失了，因為他看到有幾家的門面打開了，主人還蓬頭垢面著，卻往天上看，他說：晚上要耍鐵禮花呀！那些人說：今日天好！啊是不是?!蚯蚓跑過了中街，又跑了西背街和東背街，吆喝著晚上要耍鐵禮花，聽到的人沒有不興奮的，甚至就叫喊著孩子去通知周圍村寨裡的親戚。這一天裡，渦鎮上人比往常多了許多，才到傍晚廟山門外牌樓前的土場上就擁滿了，而老魏頭苟發財也早早在鐵匠鋪幫著鞏百林熔鐵水。

正熔著，滷肉店的張掌櫃跑了來，神祕地說：知道不，吳掌櫃死了！老魏頭說：你和他有仇，就盼著人家死呀?!張掌櫃說：我和他有什麼仇？我娘和他娘還是表親哩。老魏頭說：忌妒才是最大的仇。張掌櫃說：他有錢就有錢麼，這不人就死了要錢有什麼用？他真的是死了！苟發財說：還真死了?!他不是跑了嗎，怎麼就死了，死到哪兒了？張掌櫃說：他昨晚就回來了，一進門看家空了，吐出一口血，捱到今日傍晚就嚥了氣。這楊家的該有生意了！鞏百林說：少一個吃你家滷肉啦？老魏頭朝吳家方向作了一個揖，說：人死為大，嘴上多積些福著好。張掌櫃說：我是給他流了一股子眼淚的，這不，拿了黃表要去弔唁啊。鞏百林從屋裡就也拿出了一卷麻紙，說：你用錢拍一拍，替我也送些燒紙，我忙著熔鐵水哩，走不開。張掌櫃從懷裡摸出一個銅鐵在麻紙上一反一正按行拍打，老魏頭卻給了一塊大洋，說：用這個印。張掌櫃說：哇，陣捨得的！

鐵水是熔得多，裝了兩個大泥槽裡，一夥人就叫喊著抬去了牌樓前。牌樓前人黑壓壓的，井宗秀、杜魯成、阮天保也都在，鐵水一抬來，楊鐘就開始把人群往四周推，要清出個場子來。楊鐘凶著喊，忽然刮起了風，風堵了他的嘴，還把他刮倒在地，爬起來拿了樹條子亂打，就看見了陸菊人拉著剩剩站在那棵榆樹根上，說：你站在那兒剩剩能看見？把他架到脖子上。陸菊人說：風把你刮倒了你以為上天呀？清場子就清場，拿樹條子胡打啥呀！楊鐘就把樹條子扔了，去問井宗秀：你開場子吧。井宗秀說：你開。楊鐘便站在了場子中間，大聲說：原本是井宗秀團長來開場子，他需要我開，我就代表他開了。今日高興，咱們耍鐵禮花，現在都喊起來，讓老把式上場！眾人歡呼中，老魏頭、苟發財、鞏百林抬了鐵水槽子，又都戴上草帽，拿了木勺、槽板和棒子，先是如狼似虎地吼叫著蹦躂了一陣，木勺舀了鐵水倒在凹槽的木板上，然後棒子和木板一磕，迅速往上空打去，流星般的鐵水在牌樓兩邊的樹枝上碰擊散開，黑夜一下子閃亮，滿空都是簇簇金花。打向樹枝上的鐵水愈來愈多，又愈來愈高，老魏頭又打出了金菊，苟發財怎麼打都打不勻。老魏頭叫他木棒和槽板相磕的時候，不一定用力，但必須要快，掌握住節奏，苟發財依著所教的方法去打，果然鐵花就勻就亮，打出了金花也打出了金菊，說：就這點竅啊！你歇下，你歇下。老魏頭說：不認師傅啦？偏舀了一勺，並不倒到槽板裡，竟揚手向牌樓上一甩，頓時萬珠鐵屑，濺出火花，如蜂陣蝶群，還帶著哨音。苟發財說：啊你又留一手?!

陸菊人把兒子抱在懷裡，她是第一回看鐵禮花，就看呆了。世間真是奇怪，那麼黑硬的鐵，做犁做鏵的，竟然就能變得這般燦爛的火花飛舞。更讓她差點叫出聲的是井宗秀衝進了場子中間，他並不是張揚人，也不會耍鐵禮花，卻在那降落的火花中蹦躂開來。老魏頭苟發財鞏百林都是戴草帽的，而井宗秀光著頭赤著膀子，杜魯成就在喊：小心燙傷！井宗秀根本不理會，他旋起身子翻跟頭，足足有三尺多高。楊鐘也跑進去了，似乎要比試著翻得更高，但他就是沒有井宗秀翻得高，退出來了，不解地給阮天保說：他平日不會旋跟頭呀？阮天保說：他當了官了嘛！楊鐘說：不就是個團長麼！阮天保看見了不遠處的陸菊人，說：替你媳婦抱孩兒去！陸菊人沒有搭理，只是目不轉睛地看著火花，覺得井宗秀蹦躂著才有了那麼多火花，他在火花裡，火花就是他身上迸出來的，是一個火人，在燃燒。

陸菊人看得入神，剩剩卻在拔他娘的頭簪，陸菊人的髮髻便散了，隔壁的柳嫂走過來說：剩剩剩剩，別把簪子弄丟丟了。陸菊人這才趕緊把兒子放下，重新攏髮插簪，說：你讓我丟醜！啊柳嫂也來啦？柳嫂是長舌頭，總有著鎮上的是是非非，她就偷聲換氣地告訴陸菊人，北城門口來了個瘋子，預備團的人不讓進，陳來祥還動手打哩。她說：你想得到瘋子是誰？陸菊人說：我想不到。她說：是井宗秀，哦他是團長了，他以前的丈人，誰也想不到他成了瘋子！陸菊人說：哦，人家來看熱鬧的為啥不讓進？她說：瘋子要找井宗秀救他二女兒的，井宗秀是當團長了，可他二女兒被保安隊長帶走的，井團長怎麼救？陸菊人再看火花，火花裡竟然就有了那女人，還是被保安隊長帶著出廟門時的樣子：看見了她，想給她說什麼，但什麼也沒說，灰沓沓的，只一聲嘆息，她聽著石頭一樣沉重。陸菊人再沒理了柳嫂，她把剩剩拉過來，用腿夾住了，在人群中瞅拾，沒有見到寬展師父，就又抱了剩剩離開了。剩剩說：娘，不看了嗎？陸菊人說：咱到廟裡去。

母子倆進了廟，有什麼蟲子在叫，雖然廟院外那麼響動，蟲子仍叫得清清楚楚，一跺腳聲停了，不久又細碎連成一片。而王媽就在路邊的籬笆上掛燈籠，已經掛了六七個用表紙糊成的燈籠，晃晃悠悠閃著黃光。陸菊人說：這麼晚了你還在廟裡？王媽說：師父讓我等著她。陸菊人說：師父不在？王媽說：給吳掌櫃超度去了。陸菊人嚇了一跳，說：吳掌櫃不在了?!王媽說：人命說頑實就頑實，老魏頭被刀砍了那麼多刀都沒死，說脆也脆得像冰片子，吳掌櫃一口氣沒上來，人就沒了。前兩年岳掌櫃一死，聽說有人在麥溪縣城碰著了岳太太，拉著孩兒討飯哩。這吳掌櫃又死了，吳太太還年輕輕的……唉，男人的罪咋都讓女人受哩！陸菊人沒有說話，所有的蟲子全在叫著，如潮水一般，她仰頭吁了一口，滿空裡還在燦爛著，分不清哪是星光哪是鐵禮花。剩剩在草叢裡尋找蟲的叫聲，陸菊人說：師父啥時能回來？王媽說：這我不曉得。陸菊人說：你要肯，咱倆是不是去吳家一趟。

鐵禮花耍到雞叫兩遍才結束了，地上再不是金花而成了一層黝黑的鐵屑，人們在議論著今夜的鐵禮花耍得好，卻聽到遠處的哭聲，這才意識到吳掌櫃是死了，但沒有幾個人再去吳家弔唁，倒笑話著他聰明反被聰明誤了性命。而北門洞陳來祥他們終於放行了瘋子。瘋子滿臉是血地跑到了中街，大聲叫喊著他的二女兒，見人就拉住看是不是井宗秀。當然不是，被拉的人說：井團長在前邊！他又往前邊跑，見門墩踢門墩，見樹踢樹。後來有人說：井團長在油坊裡。他就去油坊，油坊的門關著，使勁拍門，馬六子開了門一頓臭罵，他還在說要找井宗秀，馬六子拿門杠戳過去，他就久久地窩在那裡不動了。路過的人誰都沒有去拉他，甚至連詢問一下也沒有，只當是一隻狗，一塊石頭，一個裝著垃圾的爛筐子。但他們興趣了他的二女兒到底好在哪裡，五雷要她，王魁要她，保安隊長也要她？於是就推測那女人臉蛋一般，身材一般，肯定是下邊的東西好，像嘴一樣能大能小會吸吮吧。笑聲爆起，像無數的皮球在跳，又滾動著去了街的那頭。

★

清理了三天的荒草雜木和磚頭瓦塊，又蓋了三排平房，城隍廟的場院煥然一新，預備團就要駐紮進去了。寬展師父最為高興，過來坐在院中那棵銀杏樹下吹奏了五天尺八。這五天裡，銀杏葉全黃了，像金箔一樣，再紛紛下落，落成了一尺多厚。老魏頭給井宗秀建議，既然恢復了城隍院，那把原來城隍爺的石像請回來供吧。在井宗秀的印象裡，小時候就沒見過城隍石像，問石像在哪兒，老魏頭說廟院裡的大殿幾十年前便坍了，修北城門外的路時，拉去了好多殿基上的石條，會不會也把石像拉去鋪路了。井宗秀就派人在北城門外的路上挖，是挖出了十多塊石條，但沒有見到石像。老魏頭看見張雙河，忽然想起張雙河的爹當年參與過修路，去見張雙河的爹，可那老漢十五年前進山伐木時被虎咬斷過一條胳膊，從此嚇癱一直睡在炕上，嘴能吃能喝，就是不說話。尋不著石像，也就沒有再建個大殿，但營房依然還叫著城隍院。

土匪留下的糧食還不少，井宗秀又從家裡拿來了幾擔稻子穀子麥子和黃豆，一時的吃住都沒了問題。杜魯成把俘虜的土匪和保鏢打手打亂了組成兩個營。至於渦鎮的要誰不要誰，他聽從井宗秀的意見，當然陳來祥、苟發明、唐景、鞏百林、楊鐘、李文成、王路安、馬岱、苟發財不但要參加，而且是兩個營的骨幹。井宗秀還想在鎮上多徵招，午飯時就到老皂角樹下去，那裡聚集著一堆端著老碗吃飯的人，問誰願意到預備團去，好多人都說：好麼好麼，一人得道，雞犬升天啊！井宗秀說：這可是當兵，立生死狀的。他們說：知道當兵是死了沒埋的人，可這年月，與其讓別的當兵的欺壓咱，還不如咱也當了兵！白起也在那裡吃飯，地上正爬過一條青蟲，他拿筷子戳了一下，青蟲就被戳爛了，在地上蹦躂。白起說：這蟲子還能蹦躂啊?!劉老拐說：它蹦躂著解疼哩。白起說：老拐叔，你參加不？劉老拐說：日子過得艱難的，我也想蹦躂哩，可我老了，預備團不肯要了。井宗秀說：要呀，跑不動了，可以在伙房做飯麼。劉老拐說：那好。把白起也叫上。白起說：我上個廁所去。飯碗放在地上，人去了廁所，卻再沒有回來。

渦鎮有了四十二人參加，就是沒有蚯蚓，井宗秀還是嫌他小，要過幾年再說。預備團在城隍院開第一天灶，飯正做著，屋裡一時煙霧倒灌，劉老拐出來一看，蚯蚓拿稻草在屋頂上塞煙囪，把他攆下房，去抓又沒抓住。這頓飯是玉米糝子熬成的稠糊湯，大家端了碗蹴在院裡吃飯，半空裡忽然掉下一隻鵪鶉，不偏不倚就把阮天保的碗打翻了，拾起鵪鶉發現是石子打死的，還說：誰的彈弓陣准的？蚯蚓在院門口說：我打的！劉老拐撲過去要揍，蚯蚓竟不走，說：你要再過來，我就撞頭呀！劉老拐說：我還讓你唬了?!往前又撲，蚯蚓真的就拿頭撞院門，額顱上的血流下來。井宗秀就笑了，說：來吧，你來吃飯！蚯蚓跑進來，但已經沒了碗，他從屋裡找了個木棒在鍋裡一入，抽出來了伸長舌頭舔著吃。吃了預備團的飯，就是預備團的兵，蚯蚓一口一個井團長地叫。

阮天保開始領著兵操練了。渦鎮加入進來的人都沒有打過槍，教他們射擊時，楊鐘是學得最快的，但他總是不按時集合，天一亮別人都到了，半早晨才趿著鞋來，不是說睡過頭了就是他爹又讓他先去開了壽材鋪的門面，嘴裡還吃著什麼，一會兒右腮鼓一個包，一會兒左腮鼓一個包。阮天保說：把嘴裡的吐出來！誰家沒有地還是沒有店，就你的事多?!楊鐘吐出來一疙瘩熟紅薯，說：當個預備團的還把我箍住啦？阮天保說：你現在是兵，就要箍你！楊鐘說：誰能箍了我，我爹都不箍我，我受你箍？這算什麼兵呀，是給我槍了，還是給我穿了軍裝發了餉?!摔身就走了。

那夜看了耍鐵禮花，陸菊人的腦海裡就一直是井宗秀渾身火光的樣子。她坐在屋裡，風從門縫往裡擠，先是一股，再是一團，後來就是笸籃大的一堆，門全部被刮開了。她沒有去關門，任著門成了走扇子，不停地開合著響。她真的高興，井宗秀當上團長了，井宗秀怎麼就當上了團長，或許這是那三分胭脂地起了作用嗎？自己就暗暗有了些得意。連續三頓，她都是做扯麵，麵條扯出來像褲帶一樣又寬又長，煮熟了，潑上油，再拌上用肉、豆腐、木耳、香菇剁碎了做的雜醬。楊鐘喜歡地端了一碗坐在院門口，吃得一頭的水，說：咱這日子好啊！楊掌櫃卻說：明年有個閏二月的。她心裡咯噔了一下，覺得是自己輕狂了，就說：啊爹，這我知道，過日子是要計算著吃而不是吃了再計算，只是剩剩看見了柳嫂家吃扯麵就和我鬧，我才和的麵多了。就自己沒敢多吃，端了碗去給剩剩餵。餵著餵著，卻又想，這井宗秀一下子當了團長，該怎麼個當法？那保安隊長就瞧不起他啊，而他是和杜魯成、阮天保一塊鬧起的事，杜魯成、阮天保能服氣嗎，渦鎮上那麼多人也都參加了，又都肯受他管？剩剩說：娘，娘！她一回神，是自己把麵條餵到剩剩的鼻子上了，就笑起來，說：好吃不？剩剩說：好吃。她說：好吃了就多吃點！

這一天，陸菊人要漲豆芽，剛洗著一個瓦盆，要泡上黃豆，楊鐘一身的髒土回來了，她說：今日操練回來得早？成土蛆啊！楊鐘拍著身上的土，拍得人像冒了煙，說：我不當兵了！陸菊人一下子愣了，說：果然出事了！問起原由，楊鐘說過了，罵道：得罪他阮天保，毬，就得罪了！陸菊人說：那是阮天保的事嗎？你這是打井宗秀的臉！預備團腳跟還沒站穩，你就起這麼個壞頭，都像你這樣，那預備團不散夥了?!楊鐘說：散夥就散夥麼。陸菊人說：你說的是屁話！抓起瓦盆就摔在楊鐘的面前。楊鐘是第一回見她摔盆子，倒害怕了，就去了上房。半天沒出來，陸菊人進去看，楊鐘卻趴在公公的炕上睡著了。她擰著楊鐘的耳朵說：起來！楊鐘說：幹啥？她說：你給我再去預備團！楊鐘說：我都離開了，再能去？她說：再去！井宗秀才當團長，這時候正需要你幫他的，再去！楊鐘說：人家坐轎哩，讓我抬著?!但還是又去了預備團。

楊鐘一走，陸菊人倒不生氣了，把摔破的瓦盆又撿起來，已經是三片，一片一片放在了院牆頭上。柳嫂和什麼人在隔壁院裡說話，一個說：你爺頭疼還沒治好？一個說：唉，吃了陳先生的藥，三天輕了三天又重了，就是剜不了根麼。一個說：是不是撞上邪了，這得到廟裡去求求菩薩？一個說：聽我爺說，當初塑菩薩時來的匠人是平原上的人，他做小工給和的泥。一個說：就算是他用泥塑的，塑出來那就是神啊，得去磕頭祈禱的！陸菊人想說什麼，什麼也沒說，又坐了半天，起身倒去了壽材鋪。

壽材鋪裡，楊掌櫃新收購了一批木板，正往後院裡壘。陸菊人幫著壘完了，給公公沏上一壺茶，說：爹，城隍廟是啥時候塌了的？楊掌櫃說：幾十年了吧，咱家門外的桂樹是廟塌後我從院裡移過來的，那時胳膊粗現在都碗口一樣了。陸菊人說：城隍廟塌後咱鎮上就沒安生過？楊掌櫃說：就是。陸菊人說：用廟裡的石像石條鋪路時你沒去？楊掌櫃說：那幾天我進山買木料了。陸菊人說：石像鋪在路上一隻手爹著使路面不平整，張雙河他爹用錘子把手砸了，後來張雙河他爹就讓老虎咬斷了胳膊？楊掌櫃說：還有這事？陸菊人說：我聽別人說的。楊掌櫃說：原來張雙河他爹斷胳膊是報應啊?!

壽材鋪每日來閒聊的人多，楊掌櫃不免要說起城隍廟和張雙河他爹的事，很快這話就傳開來，傳來傳去就成了城隍是守護鎮子的神，城隍廟裡有石像的時候，石像是不敢不恭的，渦鎮也就五穀豐登，生意興隆。而現在沒石像了，卻駐進去了預備團，預備團原本可以駐別的地方，偏就駐進了城隍院，這都是天意，也活該井宗秀就是城隍轉世。試想想，保安隊長是帶兵的，阮天保是背搶的，杜魯成是縣政府的人，他們都沒有當團長，而井宗秀當上了，他一起身，五雷就死了，王魁就死了，連岳掌櫃、吳掌櫃都死了！

這些話當然也傳到預備團，阮天保問杜魯成：咋突然鎮上有這謠言？杜魯成說：有這謠言也好麼，可以維護井宗秀的威望麼。阮天保說：咱可是挨了個肚子疼。杜魯成說：啥肚子疼？阮天保說：唉，這世道，你不敢謙讓，一謙讓你就啥都沒有了。

楊鐘每天夜裡回來，陸菊人總要問預備團的事：今日操練了什麼，你們團長訓話了嗎，中午吃的啥飯，你遲到了沒有，和別人又吵嘴打架了？楊鐘說：我好著哩！就爬上了她身上。楊鐘折騰起來沒完沒了，陸菊人就再不出聲，卻推算著井宗秀應該比楊鐘大幾歲的，而井宗秀的媳婦死去兩年多了吧。預備團家在鎮上的人晚上都回家了，井宗秀是住在城隍院還是他的屋院，想喝一碗熱湯誰去燒呢，誰給鋪床暖被？有了這樣的想法，這想法就像飯一端上桌子飛來的蒼蠅，老趕不走，尤其楊鐘來要她的時候，她說：咋能天天來，沒夠數呀！楊鐘說：咋天吃了飯今天不是還要吃呀。她說：這會傷身子的。

楊鐘說：我行。她說：你行，我不行。她把楊鐘掀下去了，黑夜裡睜大著眼睛，卻思謀起渦鎮有沒有個好姑娘呢？

這一日，楊鐘又去操練，楊掌櫃還忙在鋪裡，陸菊人把麻絲拴在上房門環上用擰車子擰繩子，剩剩從街上玩回來了，喊著臉動，陸菊人說：是不是和誰打架啦？剩剩說：風打我哩。過了一會又說：娘，流口水哩。陸菊人說：知道你又謀著吃呀！看著雞，下了蛋給你炒。剩剩就坐在院中的捶布石上看著上房台階上的草筐，草筐裡臥著一隻母雞，臉憋得通紅。擰成了一條繩子，再擰第二條，剩剩說：娘，誰扯我嘴哩。陸菊人說：院裡沒外人，誰能扯你嘴?!一看剩剩的臉，嘴是歪的，忙過去摸著，問疼不疼，剩剩說疼。陸菊人說：嘴歪成這樣，你咋不早說？剩剩說：我看不見嘴哩。陸菊人不擰繩子了，要用針挑兒子眉心放滴血，卻眼看著兒子嘴愈來愈歪，背了就去安仁堂找陳先生。

安仁堂裡還是很多病人，陳先生給白起正說著什麼，不說了，過來摸摸剩剩的臉，說：遇到毒風，面癱了。嚇得陸菊人說：嚴重不嚴重？陳先生說：針扎來得快，也得扎十多次吧。陸菊人說：風裡還有毒？陳先生說：人身上都有毒哩，風沒毒？就給剩剩頭上、臉上扎上了十多根針，剩剩正好坐在一面鏡子前，說：我成刺蝟了?!陸菊人說：那是鏡子照的。把鏡子拿走了，再抱了他不讓動。

陳先生繼續和白起說話，陳先生說：這五服藥先拿回去服，或許就好了，或許還不行，我再給你換方子。但我要給你說的是，不要一天到黑都想著我有胃病了，而要不斷地感謝胃，它出了那麼多血，現在還每天給你裝了飯呀菜呀消化著，你要給它說好話哩。白起說：我不知道怎麼就把人得罪了，就是沒參加預備團麼，好像我就不對了，丟臉了，活的不是人啦！陳先生說：風來了當然草木都搖的，驚蟄之後老虎豹子也動了，蒼蠅蚊子也出動了麼。我不管你參加不參加，你來我這兒就是病人，其實你這胃病就是你有了壓力而得下的。白起說：我為啥沒參加預備團，這裡邊有我的苦麼，事情複雜麼，你要不要聽我說。陳先生說：我不聽。世上的事看著是複雜，但無非是窮和富，善和惡，要講的道理也永遠就那麼多，一茬一茬人只是重新個說辭，變化個手段罷了。白起說：那我這壓力能過去嗎，明天的日子會順嗎？陳先生說：這我說不清，或許明天和今天一樣吧。人這一生都是昨天說過的話今天還說，今天有過的事明天還會再有。但我給你說，凡是遇到事，你沒有自己的主見了，大多數人幹啥你就幹啥，吃不了虧的。

一個時辰後，剩剩頭上臉上的針被拔了，陸菊人向陳先生告辭，說：我走啦。陳先生說：走吧。背了兒子順著西背街往回走，還在想，這陳先生真是渦鎮上成了精的人，能看病還能說那麼多讓人開竅的話，只可惜自己就像是拿了碗在瀑布下接水，要麼能接那麼半碗，要麼一丁點也接不上。剩剩在背上，老往下墜，她就走一會兒，躬了身往上聳聳。一夥女子嘰嘰喳喳地從前邊跑了來，又嘰嘰喳喳跑進三道巷裡去。她說：你沉得娘快背不動了！便覺得那些女子太咋呼，好像是一群鳥變的，配不上井宗秀的。這念頭一起，她就搖頭笑了：我這是咋啦，盡操些閒心，牽掛了人家出人頭地的當官，還要牽掛人家的婚姻？嘴上就出了聲：不管了！沒想剩剩在背上說：娘不管我了？她說：不是說你。剩剩說：那你管誰？她說：管這蜂。

陸菊人說蜂是她看見了有幾隻蜂在他們頭上飛，還尋思：我今日頭上沒抹桂花油啊！愈往前走，蜂更多起來，一抬頭，旁邊的院牆頭上湧堆的薔薇開滿了花。陸菊人停下腳步往上看，一時倒覺得那密密實實的花全都在綻，綻得是那麼有力，似乎有著聲音，在錚錚嚓嚓地響。這時候院門被拉開了，先伸出了一條腿，深藍色的寬褲管，一隻繡花鞋就落在台階上，那麼一點，跳出個女子來。那女子跳出來時猛地看見了院門外有人，要收腳已來不及，身子一歪就撞在陸菊人的懷裡，剩剩從背上跌下來。女子趕忙抱起剩剩，嚇得臉色煞白，說：呀呀呀，跌疼了，疼得嘴歪了！陸菊人把剩剩又抱過來，在地上捏了一撮土放在頭上，說：沒事沒事。給女子說：孩兒面癱了，我背他看病才回來。女子還是手腳無措，說：我以為沒人的，就……陸菊人說：也是我嚇著了你。女子說：剩剩，來，讓我抱。再把剩剩抱了過去。陸菊人這才看清女子銀盆大臉，眼睛水汪汪的，左耳下長著一顆黑痣，她說：你也認得剩剩呀？女子說：認得，他整天在街巷裡玩的，都認得。伸手要給剩剩擦鼻涕，剩剩卻哧唧一聲把鼻涕吸進了。陸菊人說：哦，我剩剩是不是流鼻涕有名啦?!就笑起來，盯著女子，說：這是劉老庚的家，你是他家的……？女子說：我是他女兒。陸菊人說：你是劉老庚的女兒?!你娘下世的時候我見過你，也就剩剩這麼小，沒想長這麼大了，我怎麼就在這街上沒見過你？女子說：我一直在我姨家。陸菊人說：你爹咋能有你這麼俊的女兒啊，你叫啥名字？女子說：我叫花生。陸菊人說：真是從花裡生出來！又盯著女子看，忍不住在臉上摸了一下。花生一下子羞得臉紅，卻像剝了皮的熟雞蛋在胭脂盒裡滾過一樣，更顯得好看。

★

回到家裡，陸菊人安頓著剩剩在炕上睡了，出來才要繼續擰繩子，卻見楊鐘從外邊進來，把鞋上的泥往門檻上蹭。她說：哪裡蹭不了在門檻上蹭?!想告訴說剩剩病了，但想著孩兒已經扎過針又睡著了，話到嘴邊便噙了。楊鐘不蹭了，在台階上坐了，說：還有雞蛋沒，給我炒一盤去！陸菊人說：就那幾顆了，給剩剩的。楊鐘說：沒菜，那我咋喝酒？陸菊人說：這半晌午喝的啥子酒！楊鐘說：不給我吃雞蛋了我吃鳥蛋！搭了梯子要在屋簷下掏鳥窩。陸菊人看著楊鐘爬上了梯子，就怕梯子滑動，過去幫著扶了，說：你嘴就恁饞啊！哎，哎，我問你個話，西背街劉老庚成年進山割漆哩，他家竟能養得薔薇爬了一院牆。楊鐘說：他家是花好。陸菊人說：他女兒那麼大了，長得有紅是白的。楊鐘說：

是長得好。陸菊人說：你和劉老庚熟？楊鐘說：他是個一錐子扎不出個屁的人，我跟他熟?!陸菊人說：恁醜的人卻生了個俏女兒！楊鐘說：誰知道是不是他的種。陸菊人說：你信嘴胡說！哎，今天咋回來這麼早？楊鐘說：阮天保狗日的先前愛糟踐我，現在還是尋我的茬，河灘裡稀泥糊湯的他讓我往前爬，爬他娘個×哩！陸菊人說：你是不是又不幹了？楊鐘說：我不受他的氣！陸菊人就不扶梯子了，喊：爹！爹！楊鐘說：爹在鋪子裡。陸菊人說：你就這樣沒出息啊，甭說讓你去幫井宗秀，想著你是個蛤蟆蝌蚪就跟著魚去遊吧，就這你也不行?!氣得坐到了臥屋裡去。楊鐘還在簷下掏鳥窩，掏了一個沒有鳥蛋，再掏一個還是沒有鳥蛋，說：跟魚游，游得尾巴掉了還不是個蛤蟆？還吭吭地笑，突然哎呦一聲，院子裡有了脆響。陸菊人跑出來，楊鐘還在梯子上，他是掏出了一條蛇掉在地上。陸菊人站住了，靠在門扇上再沒有理會。

鳥蛋到底沒掏到，楊鐘也就沒有喝酒，到了太陽光從屋簷上跌下來一尺了，估摸爹該回來吃飯呀，爹知道他不在了預備團肯定又是一頓數落，乾脆到街上逛去了。走到三岔巷口，正不知往老皂角樹下去還是進巷去轉轉，蚯蚓提了個炒麵口袋，一邊走一邊抓著炒麵往嘴裡塞，鼻子上都是白的。楊鐘一把扯住，說：去借個火，我吸菸呀！蚯蚓卻翻白眼，說：快拍拍我後背。楊鐘說：噎死你！拍了三下，蚯蚓喉嚨通了，才說：你說啥？楊鐘說：我吸菸呀沒火！蚯蚓說：我餓得很，才在我叔的店裡要些炒麵。楊鐘說：你幹啥去了餓？蚯蚓說：一大早我跟團長到紙坊溝他爹墳上去了。楊鐘愣了一下，說：井宗秀是不是給他爹……蚯蚓說：是井團長！楊鐘說：你這個碎狗腿子！他給他爹說雖然井宗丞還沒有回來但他已當了官啦?!蚯蚓說：你咋知道的？楊鐘說：我啥能不知道?!蚯蚓說：你說團長是多大官，和縣長一樣嗎？楊鐘卻踢了蚯蚓一腳，也忘了要吸菸，倒自個去了酒館。一壺酒喝了一半，才記起身上已沒了錢，正好陳來祥胳膊下夾著個紙卷兒從門口往過走，就叫進來一塊再喝。

陳來祥也是沒去預備團了，阮天保總彈嫌他笨，打槍瞄不准靶子，紮馬步又彎不下腰，說：你回去跟你爹鏇皮子去吧！陳來祥回家後哭了哭，想著這都是土匪的鬼魂在糾纏他了才這麼霉的。他是那天剿匪時守在廟門外一棵樹後，槍一響，有個土匪往出跑，他伸腿要絆倒土匪再拿木棍打，一顆子彈射過來把土匪的頭蓋子掀開了，血和腦漿噴了他一身。此後夜裡老做那土匪的噩夢，去給老魏頭說過，老魏頭說：肚子飢了都響的。他說：我聽著是在說話，肚子裡有鬼哩。老魏頭就給了他鍾馗畫。

陳來祥雖然拿了鍾馗畫，心裡還是不暢快，街上有一家門面沒開張，他就蹴在那裡自己跟自己生氣，不遠處的白起看見了就走過來。白起在鎮上已經活成個獨人，便去虎山挖藥草，這日挖了一背簍藥草回來，看見了陳來祥，走近去說：來祥，誰欺負你了，自己揪自己頭髮，不疼？陳來祥見是白起，沒有理，還把屁股挪開了一丈遠。白起說：我是毒藥呀，連你都嫌棄！將背簍裡的藥草倒出來，把同類的進行分揀，說：款冬花三支，忘憂草五支。陳來祥忍不住了，說：忘憂草？白起說：葉子像蒜苗，開花又像百合，早晨開晚上就蔫了。陳來祥說：這哪是忘憂草，是萱草！白起說：萱草又名叫忘憂草，不知道了吧？還有更多的藥草，你想認得不？陳來祥不說話，卻看著白起在分類，白起說：這是連翹，沒長葉子就開花，花黃得像金子，果實還生著的時候是青而圓的，一旦熟了是黃的，大張口。這是絞股藍，延蔓生長，五片葉子攢在一起，結的子有豌豆大。這是天花粉，葉子像甜瓜葉，有細毛，七月裡開白花，結的果像拳頭。這是白前，葉子像柳吧，花紫得好看，就是有些瘦。這是鎖陽，你見過鎖陽嗎？陳來祥語氣就軟和了，說：沒看出你還懂恁多的！白起說：你以為呀！秦嶺上的草你隨便問，我都給你說。陳來祥說：吹吧，你頂多知道些藥草。白起說：這你又不懂了，秦嶺上哪有藥草，是草都入藥的。陳來祥說：是不是？一群人便從街上走過，陳來祥就不問了，扭轉了頭，好像他不曉得白起就坐在旁邊。那群人走過了，白起說：你故意避我？陳來祥說：你能去預備團你卻不去，當然避你。

又有三個人從街上走來了，白起偏坐近了陳來祥，說：啊來祥呀，我給你說錦燈籠草，它身上盡是柔毛，葉邊又有齒，稍不留神齒就割手，但它的果實是五個棱，紅紅的像燈籠。還有漏蘆，你肯定認不得漏蘆，它頂上開一簇花，葉子薄得像紗，又像是鳥的羽毛。陳來祥就站起來走了。白起還在叫：來祥，來祥！陳來祥說：甭叫我！來的人看見了，說：來祥，你和誰說話哩？陳來祥說：我剛經過這裡。那人說：聽說預備團不要你了？白起馬上說：來祥你也不在預備團了？陳來祥憤怒地說：我和你不一樣！拍著屁股上的土走了。

楊鐘把陳來祥叫進酒館，兩人喝著酒，楊鐘說：你說我有形沒有形？陳來祥說：你沒正性。楊鐘說：你真個笨得連話都不會說。陳來祥說：這不是我說的，是你爹給我爹說的。楊鐘說：我爹可以說我，你不能說我。陳來祥說：那我再不說了，給你賠個情。楊鐘說：賠情一句話就完了？罰你去把酒錢結了！陳來祥真的去把酒錢結了。楊鐘說：我要幹個大事，讓他們看呀，你跟我一塊幹。陳來祥說：井宗秀已經把大事幹下了，還有什麼大事？楊鐘說：都要我幫井宗秀哩，他井宗秀愈是幹大事愈是有他哥的心結解不了，出去尋找井宗丞呀你去不去？陳來祥說：尋找井宗丞？楊鐘說：你要肯去，我不再欺負你。陳來祥說：阮天保欺負我是真欺負，你只是想讓我腦子活泛。楊鐘說：對著哩，我腦瓜子靈，你腿腳勤，咱倆合起來不得了！兩人就約定這事不告訴任何人，明日一早出發。

第二天兩人出鎮，都戴草帽紮裹腿，緊身襖繫了腰帶，外套一件褂子。陳來祥還多背了個背簍，裡邊有盤纏，有兩雙麻鞋，還有那鍾馗畫的捲筒兒。鍾馗畫原本陳來祥順路要還給老魏頭的，楊鐘沒讓還，陳來祥說：別人還以為我裝著一桿槍的。楊鐘說：以為是槍了好，路上就沒人敢惹咱！但是，井宗丞在哪兒，蒼蒼莽莽的秦嶺裡尋一個人，這就像牛身上捉蝨子。一出了鎮子，兩人在虎山灣龍王廟舊址上丟石子，說好：石子丟在那塊大青石上彈到了東邊，就順著白河往下游走，彈到了西邊，就逆著黑河往上游走。結果石子彈到了西邊，兩人就過十八碌碡橋，翻虎山後埡，下七里坪，穿流雲溝，進入桑木縣界。桑木縣是八山一水一分田，比平川縣苦焦，傍晚經過一個深坳，遠遠看到有一個村子，但往村子去的路上滿爬著雲，一走動像灰一樣就騰上來，聽到了有說話聲，扭頭看了四周並沒有人。再看，是收割後的地裡一束一束的稻草簇著，在風中嚓嚓嚓嚓地響。進了村，人家很分散，這一戶與另一戶都隔著土塄，土塄壘著石頭，橫石頭壓豎石頭，長石頭壓圓石頭，石頭上全長著苔蘚。陳來祥說：這壘得結實！楊鐘說：小心狗咬！兩人就各拿了一根木棒，但沒有狗。地上的牛糞愈來愈多，牛虻悄無聲地爬在身上，叮得火燒火燎地疼。進了一戶人家，屋裡黑乎乎的，一面土炕前的火塘邊坐著一對夫婦，夫婦都驚慌地站起來，楊鐘就拿出了錢，說想借宿一夜，並吃兩頓飯。說好了，兩人也坐在火塘邊，那家女人開始收拾鍋灶，男人卻出去了。樹根燒成的疙瘩火已經沒了煙，但也沒起焰，紅得像埋了個太陽。陳來祥說：能給咱做啥飯？楊鐘說：這邊山裡人有句順口溜，土豆糊湯疙瘩火，除過神仙就是我。陳來祥說：我才不吃土豆煮糊湯！楊鐘就問那女人：做啥好吃的？女人說：熗漿水，熗麵片吧。陳來祥說：有臘肉沒？女人說：沒臘肉。陳來祥說：殺個雞麼。女人說：養不成雞，這裡黃鼠狼子多。陳來祥說：深山肯定野雞多，也沒打過野雞？女人說：去年雨水多。這時候屋後的樹林子裡有鳥在噪，楊鐘往門外看了看，說：好，熗麵片就熗麵片，我們到河邊地裡摘幾個辣椒去。給陳來祥招手，陳來祥出來說：沒有肉了，吃熗麵片一定得把辣椒放重。楊鐘卻說：咱趕快走！陳來祥說：不吃啦?!你是看見那女人眼爛著頭髮沒梳？髒女人做的飯往往才香哩。楊鐘說：她男人看咱的眼光不對，以為咱帶著槍，他又出去了，後山的樹林子鳥聲亂著，多半是叫了人來要搶咱呀！陳來祥說：你不是說別人以為咱有槍就不敢惹咱嗎？楊鐘說：這社會有了槍就有吃有喝了，誰都想有個槍的。兩人順溝就跑，果然後邊就有了吶喊聲，忙藏在一塊大石頭後，看著七八個人拿著刀和繩索追來見沒人又

嚕一嘟嚕吊著藤蔓，顏色如煙熏過的黑，天就覺得不清亮。偶爾什麼地方突然便冒出一股子雲霧，雲霧卻白得生硬，好像要有妖魔鬼怪出來。陳來祥把鍾馗畫拿出來，說：要敬香著才顯靈的，這沒處掛麼，又沒帶香。楊鐘說：看我的！學羊叫著壯膽。楊鐘練輕功時以發聲聚力，也曾模仿過動物叫，他咩咩地學著羊叫了，山彎後卻出來了一隻狼。這狼像是反穿了皮襖，還擺著個大掃帚尾巴，把嘴扎進地裡嗚嗚叫。兩人嚇了一跳，楊鐘說：它說啥？陳來祥說：那是土聲，是叫狼群哩。楊鐘撒腿就跑，陳來祥說：不能跑，你一跑它隨屁股攆哩，你還會學老虎叫嗎，學老虎叫，用老虎鎮它！楊鐘就手裡握了塊石頭，口裡連續地發出虎的呼嘯。狼是站在那裡不動，後來就掉頭走了，兩人才鬆了一口氣，沒想就在遠處的林子裡竟又冒出一隻老虎來。陳來祥忙扯了楊鐘往一棵青岡樹上爬，那老虎也撲到了樹下，幸虧老虎不會爬樹，在樹下坐了一會才走的。老虎走路慢，皮顯得很鬆，像是披了件被單，楊鐘和陳來祥直待到老虎無影無蹤了溜下樹，才發現褲襠裡有了屎尿。

回住到了口鎮，陳來祥罵獵人日弄了他們，要找著了打一頓，可幾天裡再沒碰見那獵人。早出晚歸，他們分別在口鎮四周的村寨裡打探消息，仍是沒一點音信。陳來祥說：這是啥樣遊擊隊呀，鑽天入地啦?!楊鐘說：咱應該再往偏遠的地方找。陳來祥說：偏遠的地方能有好日子過？楊鐘說：正是遊擊隊過的不是人的日子，咱才替井宗秀尋他哥的。兩人就又往桑木縣和麥溪縣交界的紅崖鎮去。紅崖鎮他們誰也沒有去過，走了兩天，經過一個村時打問才走了一半路，而他們所帶的盤纏已花去多半，楊鐘提出把鍾馗畫賣了，陳來祥說：這是老魏頭的不能賣。錢少了，你買葷麵吃我吃素麵，你要吃素麵了我就喝麵湯。晚上睡在一戶人家的柴屋裡，楊鐘一覺醒來，屋外有月亮，屋裡朦朦朧朧，陳來祥是把鍾馗畫掛在牆上，自個跪在畫前嘰嘰咕咕說話。楊鐘說：你幹啥哩叫我睡不好？陳來祥說：你睡，雞還沒叫哩，咱一路都不順當，我給鍾馗禱告禱告。楊鐘說：我也敬敬。就把房東給的那根蠟燭點了，端過來放在畫前，沒想伏下磕頭時，頭挨著蠟燭，把頭髮燎了一下，忙用手去摸頭髮，胳膊又撞了蠟燭，火焰倒向了畫，轟的一聲就燃了。兩人趕緊撲打，火卻燃上去引著了屋頂，屋頂是稻草苫的，頓時嗶嗶剝剝燒起來。火勢一大，兩人害怕了，大聲叫喊，房東和鄰居都跑來，柴屋整個都燒紅了，不可能再救，只能把被子褥子全拿出來用水浸濕，搭在上房簷上，以防火勢蔓延過去。楊鐘和陳來祥跪下給房東磕頭，房東氣急敗壞，讓人搜他們身，身上只有了兩個銀元，背簍裡就是些爛衣服和草鞋，就把銀元和背簍一塊拿走，又脫了他們外衣，各打了一頓轟走了。

★

楊鐘和陳來祥沒有找著遊擊隊，遊擊隊其實就在留仙坪北三十里的雲寺梁。

雲寺梁是一座山，在眾溝叢壑間孤零零崛起的山，山上並沒有寺，亂峰突兀，疊嶂錯落，早晚霞光照耀，遠看著就如一座龐大的寺院。它三面陡峭，無路可走，唯有南邊有一條鑿出的石磴能登頂，頂上卻大致平坦，分散著幾十戶人家，都是石頭壘牆，石板苫瓦，石磨石桌石槽石臼，人睡的也是石炕。地勢險惡還罷了，還多怪獸奇鳥，有一種熊，長著狗的身子人的腳，還有一種野豬牙特別長，伸在口外如象一樣。但熊和野豬從來沒有傷過人，野豬吃蛇啖虺的時候，人就在旁邊看著，而熊冬季裡在山洞裡蟄伏著，人知道熊膽值錢，甚至知道熊的膽力春天在首，夏天在腰，秋天在左足，冬天在右足，也不去獵殺。不喜歡的是啄木鳥，把所有樹都鑿裂，即便它常常以嘴畫字，令蟲子自己出來，人還是不喜歡。最討厭的是那鴟鵂，夜裡雌雄相喚，聲像老人一樣，開頭如在呼叫，到後來就如笑，人就得起來敲鑼，一敲鑼它才飛走的。有一種蟲人卻靠它生活，那就是白蠟蟲。這蟲子長得像蝨子，嫩時是白的，老了就變黑，人在立夏前後把蠟蟲的種子置在梣樹和女貞樹上，半個月裡就繁殖成群，麻麻密密緣著枝條開始造白蠟。白蠟的價錢很貴，雲寺梁的白蠟也最有名。

雲寺梁有程國良的老表，程國良就建議把遊擊隊轉移到這裡休整，雖然會供給不足，卻易守難攻，比較安全。於是在一天，祥雲萬朵，踴躍驅馳，遊擊隊帶了糧食、布匹、食鹽和菜油，呼呼啦啦來了。但是，雲寺梁從來沒有過外人進入，聽說遊擊隊要來，三戶人家連夜逃跑。有一戶從石磴上下山已來不及了，就把繩索一頭拴在樹上，拽著繩索從峭壁上往下溜，先讓老爹和媳婦溜下來，在他最後剛溜到一半，李得旺帶人到了山頂。李得旺要尋樗樹，說：讓我看看白蠟蟲是咋樣造白蠟的？走到崖頭，便見一棵樗樹上拴著一根繩索，提了提，繩索繃得很緊，知道有人溜崖，問程國良：天上雲都有鼓舞歡迎之狀，這咋還有逃跑的，山上有沒有土豪？程國良說：這我還不清楚。李得旺就拿刀砍了繩索，半崖下便傳來一聲慘叫。程國良去了老表家，讓老表把山上的人家都喊來集合，老表跑得像猴子一樣，半天後，各家各戶的人都拿著臘肉或提著自釀的包穀酒出來歡迎。蔡一風高興，放話讓大家好吃好喝，再悶頭美美睡一覺，他自己就喝醉了，倒在一家的石炕上，直到半夜雞叫頭遍了還沒醒。

井宗丞因手上的傷未徹底好，沒敢喝酒，也不去睡，負責著布崗設哨，由程國良的老表領著又把整個山頭察看了一遍。察看完，井宗丞說：給咱上婦女！程國良的老表臉就白了，說：井隊長，這，這老的太老，小的太小，有幾個年輕的媳婦都是本家族的，使不得的。是這樣吧，離這兒往東七里地有個村子，村裡的鐵匠鋪有一個小娘們長得風流。井宗丞說：你這是啥意思？我是要這裡的婦女集中起來把那些布給遊擊隊做衣服。程國良的老表說：你把我嚇死了！啊這就好，這就好。跑去要喊婦女，井宗丞叫住又問：你說離這兒不遠有鐵匠鋪？程國良的老表說：他家的菜刀有名哩。井宗丞說：你把婦女召集了，還得去一下，讓一天內造出一批刀矛來！程國良的老表額顱上就皺起了繩，口裡像噙了核桃，吭吭哧哧話說不清。井宗丞說：你是不是要工錢？程國良的老表說：實在不行，就讓各家墊錢，說起來各家都賣白蠟哩，賣白蠟糊不住個口啊。井宗丞說：就這樣辦，最後遊擊隊會還的。程國良的老表說：再說要造刀矛，這我去恐怕那鐵匠不認，那狗日的牛得很。井宗丞說：那我派人拿槍和你去，他不認人總認槍吧?!那一夜裡，鴟鵂成雙成對的在山上叫喚，仍是先是像呼，後是像笑，但沒人出來敲鑼，就叫喚到了天明。

雲寺梁的婦女把那些布匹全做了衣褲，每個隊員拿到了一套。剩下的布頭子，獎勵給了婦女，她們就大的做了孩子的裹兜，小的縫在自己的鞋尖，誠心誠意地騰出石炕讓遊擊隊的人去住。雖然還不到冬季，山上的夜裡冷，石炕上沒被子，她們天未黑就燒了炕。遊擊隊的人先睡上去，很暖和，可愈睡愈熱，身子像是在鍋裡烙，穿上衣服再睡，還是燙，就卸下門扇墊在炕上睡，又睡不著了，坐起來議論這地方窮，沒個褥子，還議論這裡不長麥子不長棉花了也不長好女人，姑娘都是黑黑，媳婦都是墩墩。而十天後，鐵匠鋪把十把砍刀和十二支長矛造好了，傳來話讓遊擊隊去取。兩個隊員去了，卻看上了鐵匠鋪的小媳婦，竟然趁小媳婦上廁所時，衝進去扛了就往鐵匠鋪後邊的樹林子裡跑。小媳婦的褲子溜在腿彎上，殺豬似的喊，鐵匠鋪的掌櫃和夥計過來救人，雙方打開了，一個隊員槍還來不及拉栓，頭上就挨了一鐵錘，當時倒下就死了，另一個胳膊上被戳了一刀，再顧不及拿砍刀長矛，跑回雲寺梁謊報鐵匠鋪埋伏著口鎮來的保安隊。井宗丞忙帶了二分隊撲到鐵匠鋪，已空無一人，鋪子的三間房子還正燒著，就眼巴巴地看著火苗子騰空，椽成了黑炭掉下來，檁成了黑炭掉下來，最後擔子坍了，牆也坍了。井宗丞覺得蹊蹺，把那受傷的隊員叫來再問，那隊員才說了實情，井宗丞一怒之下就把那隊員綁了拉回雲寺梁。

第二天，遊擊隊接收了程國良的老表和山上另外三個人，蔡一風集合全體隊員，布置了下一步的軍事行動，為了嚴肅紀律，把那個受傷隊員當眾綁在東崖沿的一棵女貞樹上，下令：不給吃不給喝，誰也別去管，讓他自己反省。兩天兩夜之後，遊擊隊的一分隊二分隊繼續留守在雲寺梁，三分隊去口鎮南十五里的太峪村，四分隊去口鎮西北二十里的土橋鎮。出發的隊伍經過東崖沿，那個隊員還在女貞樹上綁著，下半身沒了屁股，被豺狗子掏吃了腸子，而一隻鳶正站在頭上俯身啄眼珠子。

三分隊進駐了太峪村，首先抓了周長安。周長安是村裡首富，有三個院落七十三間房子和二百六十畝地，常年僱著二十個長工。抓了周長安，當眾燒了地契和借糧借款的合約，村裡人都放鞭炮，但當程國良把周長安綁在打麥場的碌碡上，宣布要成立農民協會，誰要敢殺了周長安誰就當會長，因周長安有個兒子在桑木縣當參議，倒沒人敢出頭。有個長工叫張栓勞，他不是太峪村人，他就要殺周長安。周長安說：你要飯來的，是我收留了你做長工，你要殺我？張栓勞說：你是收留了我，可你讓我喝油，差點把我喝死。周長安說：我讓你去買油，是你把半桶油灑了卻用水灌滿，那油吃不成了我才讓你喝的，那是教訓你。張栓勞說：你讓我喝了半盆子，我今日也讓你喝半盆子！就從周家端了半盆蓖麻油，竟用水燒煎，壓住周長安往口裡灌，還沒灌完，周長安就死了。等下午收屍時，油都透過肚皮滲出來。周長安一死，張栓勞真的就當了農民協會會長。此後，張栓勞表現非常積極，農會再分了另外三個富戶的田地、糧食和牲口。三分隊就開始聯絡周圍村子的窮人，也準備著新的農會的建立。

周長安的兒子得知了老家的變故，大哭了一頓，用木頭刻了個他爹的人形，請和尚做焰口。他和縣保安隊長袁金輝是結拜兄弟，袁金輝在焰口做完後就帶保安隊來太峪村要剿滅三分隊。程國良得知消息，又聽老表說袁金輝是口鎮人，就設了空城計，只留下兩個人在村口的土圍牆上放槍，其餘人順村外的溝壕跑了一晌午趕去攻打口鎮，占據了袁金輝的老家，殺了家裡老少五口，又放火燒了房子。待到保安隊在太峪村撲了個空，再趕往口鎮，三分隊早已跑得沒了蹤影。過了七天，三分隊又與四分隊聯合在土橋鎮打掉了土橋鎮十八家財東。

那段日子，秦嶺區行政長官劉必達正好在桑木縣，遊擊隊接連在口鎮和土橋鎮取得勝利，劉必達大發雷霆，他親自撤了袁金輝的職，從秦嶺區調來一個科長，任命為保安隊長，一邊重新集合保安隊，一邊收買奸細企圖從內部瓦解遊擊隊。

第一個被收買為奸細的是王三田，他在三分隊當一個班長，因為有了賊心，就愈發殷勤，極力巴結程國良。程國良愛吃狗肉，凡到一地，王三田要想辦法逮條狗殺了，讓伙房裡燉了端給程國良。在攻打土橋鎮時有個叫馬謀子的保鏢逃脫，當有一天程國良接到情報，馬謀子的外甥女嫁給了范村，馬謀子可能去參加婚禮，他就帶了三分隊去抓馬謀子。一進範村口，沒想就碰上馬謀子，一陣亂槍將其打死，而婚宴上才酒菜上席，客人一哄而散，新郎新娘兩家人也都跑了。程國良哈哈大笑，說：這是給咱擺的慶功宴麼！幾十人坐下來吃肉喝酒，王三田又在村裡逮了一條狗來要殺，程國良說：你咋到哪兒都能弄到狗？王三田說：不是我能弄到狗，是哪兒的狗都在等著你。程國良又是哈哈大笑，拿了婚席上的紙菸就給隊員們散發。紙菸在縣城裡也是稀罕物，原本他全收了起來，一高興就說：都吸都吸，一人一根！散發到劉興漢那兒，卻不給劉興漢，說：偏不給你，讓你記個醒兒！原來劉興漢在攻打土橋鎮時不往前衝，抱著個肚子說疼，往後溜，有人就報告了程國良，程國良傳話：朝頭給一手榴彈！那個人就在劉興漢頭上用手榴彈砸了一下，砸昏了，等戰鬥結束後，劉興漢醒來，血把身子都糊了。人人都有紙菸吸了，劉興漢沒得到紙菸，就對程國良有了仇。王三田趁機和劉興漢親近，勸劉興漢別為一根紙菸記恨程國良。劉興漢說：他讓人用手榴彈砸我了個血頭羊我不恨他，可他這是讓我丟了臉，我就要恨他！王三田說：也是，士可殺不可辱！從此話說到一起，就成了死黨，又以金錢引誘，收買了呂永、連伯洛、程西民三人，悄然變節。

到了春上三月，山就綠了，溝裡水也旺起來，開始跳躍滾雪，風一直在天上跑跑停停，時不時能看到有桃花在崖畔笑著，而山頂的雲濤卻像露頭的白熊呼嘯過來了，又若無其事地散去。井宗丞畢竟是學生出身，他還能欣賞這明媚的風光，蔡一風、李得旺、程國良、許文印全都嘴噘臉吊，因為在這青黃不接的時候，遊擊隊難以籌到糧食，兩頓飯改成了一頓飯，一頓飯也多是包穀麵糊糊裡煮野菜，人都快瘦幹了，做夢也變成果子裡的蛀蟲。劉必達在六九旅於秦嶺西南終於剿滅了刀客後，他趁機集結了幾個縣的保安隊再次圍攻遊擊隊，蔡一風就緊急通知各分隊在雲寺梁研究對策。最後決定三分隊重進太峪村，為了加強力量，四分隊也進去，二分隊繼續在雲寺梁，一分隊則在口鎮、土橋鎮一帶流動。這樣不至於被包圍，若敵人攻其一方，流動的一方能立即支援，而另一方又從敵人的後路夾攻。

三分隊四分隊在太峪村嚴加防守，加緊備戰，農會就挨家挨戶搜騰糧食，連老鼠窟窿都尋遍了，還是沒東西給遊擊隊吃，就開始殺雞殺貓殺狗，後來把牛和驢也殺了。五月三十日，王三田一夥按事先約定，要在太峪村與連夜撲來的保安隊裡應外合，特意去站哨。雞叫兩遍後，許文印查哨走到村北口，見沒人，問：誰站哨？黑影裡王三田說：我在。許文印說：讓你站哨，你在那裡蹴著？王三田說：我剛才正拉肚子哩。許文印說：你在原地拉？王三田說：蹴在塄邊，拉到下邊壕裡了。許文印說：沒事吧？王三田說：沒事，只是風大，吹得壕裡的蘆葦響。許文印站在塄邊往壕裡看，王三田一腳踹在許文印的腰裡，許文印就掉落壕裡，腰傷了爬不起來，被蘆葦裡跑出的一隊黑影俘虜。隨後，太峪村四個路口的哨兵全被殺死，劉興漢、連伯洛、呂永、程西民接應保安隊進村，到處搜捕。劉興漢帶路闖入村裡的關帝廟，於前院廈房外用矛戳傷並捕了披衣出來上廁所的呂風歧，接著在相鄰的廈房內捕了正光著身子在一個尿桶裡小便的王浪波、王廷碧四人，再到後殿裡捕程國良。程國良卻不在，只有方文強、千雙林、嚴老三還在睡著，聽見門環響，千雙林側頭見進來一夥人，問了一聲：誰？對方砍來一刀，千雙林當下腦袋沒了一半，方文強嚴老三嚇得再不動了。劉興漢問：程國良呢？嚴老三說：程隊長昨晚去了安家村，還沒回來。劉興漢說：什麼隊長，毬！保安繩綁了方文強、嚴老三。連伯洛又帶路去王家院，那裡有遊擊隊七八個人，程西民又帶路去磚瓦窯，那裡有遊擊隊十多人，劉興漢、呂永又帶路往村小學校區，那裡有遊擊隊二十多個人。王家院的都被抓了，押著到了磚瓦窯，磚瓦窯裡抓了八個，逃脫了四個，這四個人都沒有槍，拿著刀一路跑一路喊：敵人來了！這時候天開始放亮，小學校的人剛起來，炊事員到校門外的井裡搖轂轆打水要做飯，聽見叫喊，忙跑進校拉響吊在樹上的鐘繩，隊員們還在取槍拔刀矛，校門外就響了槍聲。雙方打了一袋煙工夫，各死了幾人。後來校內靜下來，保安隊衝進去，見一夥人搭梯子翻牆要上房，又打下來三四個，別的就全逃跑了。再後來是保安隊三人五人一組，挨家挨戶搜查，到了一戶院子，院子很大，保安隊的問王三田：村裡還有這好的房子？王三田說：這原是周財東家的西院。沒想上房門裡就出來了張栓勞。張栓勞在睡夢裡聽見槍響，以為遊擊隊在訓練哩，又沉沉睡去，可槍聲很亂，覺得不像是在訓練射擊，就起來要出去看看。但他已經很講究了，出門必須要穿上得來的周長安的長袍馬褂，還要戴瓜皮帽子。一出門就見院子裡有了保安隊的人，知道事情壞了，跑是無法跑，就立著只是笑。保安隊說：屋裡有遊擊隊？張栓勞說：沒有呀。保安隊說：你是周財東？張栓勞說：啊，啊是。你們是來打遊擊隊的？我去看隔壁住的遊擊隊起來了沒。說著就要出院子。王三田說：他不是周財東，他是農會會長，周財東就是他殺的！張栓勞一下子跑到東邊廂房門口，門口正放著一把斧頭，拿起來了，罵道：我就是會長，周財東就是我殺的！保安隊圍上來，端著槍用刺刀戳他，他拿著斧頭亂砍，一時混亂，一個保安想衝進門裡，要從後面戳他，他一斧頭砍去，斧頭砍在了門框上拔不出來，七八柄刺刀同時就把他戳著頂在了牆上，就被戳死了。王三田說：不能讓他死了還穿這麼好的衣服！去摘了帽子，剝了長袍馬褂。

程國良是前一天傍晚去安家村王希勝家，王希勝是安家村的富戶，兩人卻也曾是一個私塾的同學。他聽說王希勝的兒子生前做大煙土生意時有著一桿槍，槍肯定還在，就想著以拜訪老同學之名能把那桿槍弄到手。去後，王希勝很熱情，從院子的梨樹下是挖出了一桿槍來，但槍已經鏽成了廢鐵。程國良說這年月有槍不容易，你倒這樣糟蹋。王希勝卻說槍是要靠人血餵養的，它吃喝別人的血，也就可能吃喝了自己的血，我不埋，或許我都沒命了。招呼了程國良吃飯喝酒，挽留能住一宿嘮嗑嘮嗑，程國良見沒弄到槍，就不再住，卻多喝了幾杯酒，喝高了，已是後半夜才獨自回到太峪村。到了村外，土塄下藏了許多村民，被告知村裡發生了變故，程國良驚得酒醒，眼淚長流：都是我的過錯！都是我的過錯！村民攔不住，他還是進了村，走到王家院前的十字路口，有人叫：程隊長！程國良扭頭看時，從四面的牆角樹後撲出來十幾個人就把他按住。程國良看見了劉興漢，拿眼睛恨恨地瞪。劉興漢說：你看啥呀?!兩個指頭向程國良的眼睛戳來，程國良頭一歪，左眼沒戳上，右眼球被摳了出來。

劉興漢、連伯洛、呂永、程西民等在日頭冒花時分又趕往土橋鎮，看到李得旺在一家祠堂前的土場子上騎馬，就上去放聲大哭，說保安隊包圍了太峪村，要一分隊快去支援。李得旺是頭一天剛奪來鎮上鹽行掌櫃的一匹棗紅馬，正騎得興起，聽了劉興漢他們的話，還在馬背上就罵道：咋讓人包了餃子？這程國良能耍嘴皮，打仗不行麼！劉興漢突然用長矛戳傷李得旺的大腿，李得旺滾下馬來，連伯洛、呂永就把他綑了。土場外的楊樹下有三個遊擊隊員見狀往跟前跑，程西民撿了李得旺的槍就掃射，三人死了一個，傷了一個，一個將受驚的馬拉住，躍身騎上返回一分隊隊部叫人，等人再到土場上，已沒見了李得旺和叛徒。發現李得旺的一隻鞋在土場子南邊的地畔上，估摸是從村南的溝裡跑的，追到溝裡的梨樹彎，沒想當時劉興漢是故意把李得旺的鞋扔在土場子南邊的地畔上的，而押著李得旺從北邊溝裡途經史家原，先到了太峪村。

一分隊後來也趕到太峪村，保安隊早在村外三里地的石畔溝擺下陣勢，雙方激烈交火，一分隊難以抵抗，追到老君坪。老君坪有個老君殿，一分隊派二人去給雲寺梁報信，其餘人在太上老君像前燒香為李得旺祈禱，痛哭流涕。蔡一風井宗丞接到報信率二分隊連夜奔來，一二分隊集中兵力再打太峪村，保安隊卻已轉移到了桑木縣城，又往縣城撲去。劉必達吸取了前幾次被遊擊隊攻破城的教訓，將所有保安隊都布置在城牆上，又將城裡群眾全集中，以防有生人混入。遊擊隊來了後，無法攻下，又死傷七人，蔡一風只好下令先撤到城外溝道裡。部隊已一天一夜沒吃沒喝，見溝道的地裡種的土豆還未出芽就去刨，種土豆是把土豆切了塊兒再拌上雞糞和草灰埋在土裡的，刨出來在溝裡的泉中洗了生吃，準備第二天再上原攻城。沒想到第二天一早，剛上到原，忽然起了大風，從來沒見過有那麼大的風，人必須伏地，不抱住個大石頭或抓住樹，就像落葉一樣飄空，而有的村民在放羊，羊全在地上滾，滾著滾著便沒了蹤影。遊擊隊根本沒法前行，蔡一風無奈撤銷了攻城命令，退回溝道，隨後進入莽山。

桑木縣城再沒有攻打，也多虧沒有攻打，因為劉必達調來了方塌縣一部分保安，夜裡又運來一門山炮架在了城門樓，城門樓柱子上還五花大綁了程國良、許文印、李得旺。遊擊隊徹底撤走後，由王三田負責把程國良、許文印、李得旺關押在城內的一個馬房裡，要在劉必達六十歲生日那天槍決。程國良的那個同學買通了看守馬房的保安，送去了一壇酒和口信，又以三十個銀元買通了王三田在行刑時一旦程國良先倒下，不再向他身上開槍。五天後的中午，程國良、許文印、李得旺被押到刑場，保安隊把他們的家人親戚都拉來，讓眼瞧著槍決。三人不停喊口號，劉必達讓割舌頭，割了舌頭還給押解的保安呸唾沫，唾沫全是血，又把他們的喉管割破。但程國良並不裝著昏厥倒下，一直睜著眼站著，槍一響，許文印、李得旺的胸部都中了彈，程國良是槍打在大腿上倒的。等家裡人用草席卷了抬回家時，程國良因失血過多，半路上還是嚥了氣。

沒有尋到井宗丞，楊鐘和陳來祥回到渦鎮就絕口不提他們外出的事，但老魏頭一而再再而三地讓陳來祥賠鍾馗畫。楊鐘說：這死老漢！鍾馗畫真像他說的靈驗，也不至於把人家柴屋燒了讓咱半途而廢！你偷你爹一張黃羊皮給他做褥子去！卻又問：你家有沒有熟好的狼皮？陳來祥說：有。楊鐘再問：狼皮是不是做褥子睡了，半夜裡毛奓起來會扎人？陳來祥說：我爹說過這話。楊鐘就說：那就不給黃羊皮了，給個狼皮！陳來祥拿了狼皮去，總覺得吃虧，便複述了楊鐘的話，氣得老魏頭在街上罵：沒了鍾馗畫，以後渦鎮上的鬼就沒人管了，狗日的楊鐘、陳來祥呀，讓凶死鬼、病死鬼、冤死鬼、餓死鬼纏你們去！旁人也說：井宗秀才當了團長，要管渦鎮的天呀地呀，還管不了個鬼？你這話啥意思?!老魏頭不罵了，大家才知道好些日子不見陳來祥，原來是跟著楊鐘出去了，就說：跟啥人學啥人，多老實的陳來祥也要瞎呀?!

★

井宗秀在楊鐘再次離開預備團後心裡很是惱火，但聽到楊鐘這次是和陳來祥尋找井宗丞，心裡什麼滋味都有，思謀了一番，覺得還是不能丟下楊鐘，既然吊兒郎當慣了，就讓去餵馬吧，晌午吃罷飯，井宗秀讓蚯蚓坐在馬上，他牽著朝楊家去。蚯蚓抓著馬鬃，卻坐不住，就橫著趴在馬背上。滷肉店掌櫃看見了，大聲地呵斥：蚯蚓，你下來！馬是你坐的嗎？蚯蚓說：我沒坐，我趴著，是團長讓我趴的。就是不下來，井宗秀只是笑而不語。

楊掌櫃在上房門檻上坐了，端著碗卻吃不到嘴裡，氣得還罵楊鐘：你咋不死在外邊，還知道回來？楊鐘說：沒錢了我不回來？楊掌櫃嗽的一聲，說：別人生的是兒，我生的是討債的！不吃了，把筷子拍在門墩上。楊鐘說：那你欠了債麼。陸菊人正在廚房給貓拌食，趕緊出來勸公公進上房屋去消消氣，說：你養的狗你還不知道狗的德性，生的他啥氣?!出來卻見楊鐘把爹的飯碗端了吃，恨了又恨，還是忍了，說：井宗秀讓你去找的？楊鐘說：飯裡鹽輕。我要找的。陸菊人說：井宗秀才當了團長，你就給他下巴墊磚。別放那麼多鹽，駱駝呀！你是幫他還是害他？楊鐘說：我這不是幫他嗎，井宗丞回來多好，就用不著他阮天保了。陸菊人說：預備團又不是土匪逛山刀客，井宗丞回來了井宗秀還能當團長？你是豬腦子?!楊鐘說：我啥不知道？什麼國軍呀土匪呀刀客逛山遊擊隊呀，還不是一樣？這世道就靠鬧哩，看誰能鬧大！辣子呢，飯陣難吃的。陸菊人說：井宗秀還沒鬧大哩！楊鐘說：拿辣子去。陸菊人說：你愛吃不吃的！楊鐘就把碗往台階上一放，向院門口走，碗沒放穩，飯倒了出來。

楊鐘一出院門，井宗秀牽了馬過來，楊鐘一見馬就興奮了，一把將蚯蚓抓下來，自己翻身騎了上去。楊鐘是第一次騎馬，馬尥了三個蹶子，沒把他抖下來，倒安靜了，他竟能提韁繩在院前場子上轉圈子。並沒有碰著癢癢樹，樹卻嘩嘩嘩地搖動。陸菊人聽見外邊動靜，出來一看，一下子變了臉，拿起個掃帚就把楊鐘打下馬，對井宗秀說：你咋能讓他騎馬？楊鐘從馬背上跌下來，喊叫著尾巴骨疼，說：馬就是人騎的，我為啥就不能騎？井宗秀笑著說：騎吧騎吧。陸菊人還在對楊鐘生氣，說：你是團長啊?!井宗秀說：沒預備團時我出門騎哩，有了預備團我倒覺得有些那個……我把馬歸到預備團了，以後送個信呀有個什麼緊急事呀，誰都可以騎。楊鐘也愛馬，我還考慮讓他養馬管馬的。楊鐘說：啊這事我喜歡幹！又要往馬背上躍，陸菊人卻把馬拉進院拴在了樹上，對井宗秀說：井團長，你剛才的話怕不對哩。楊鐘嘻嘻地笑了，說：你也叫井團長？陸菊人說：我叫團長就是要讓你看哩！都像你這樣子，他還咋當團長啊?!楊鐘說：你別提我的事。陸菊人是沒有再說楊鐘，去上房裡拿椅子讓井宗秀坐，井宗秀渴了，倒是自己去廚房舀了一碗水，端出來喝了，要把碗再送回廚房。陸菊人說：就放在地上，一會讓楊鐘拿回去。井宗秀說：碗咋能放在地上？蚯蚓眼活，倒把空碗接了放到廚房灶台上。

陸菊人說：對著哩井團長，碗是吃飯的碗，不能放在地上的。你說以前你騎馬，當團長倒不騎了，是你不配當團長呢還是你當不了團長？不要說以後送個信呀緊急事呀誰都騎的話，你的馬，你井團長就威威風風騎著，你高高地騎在馬上了，別人才高高地拿眼睛看你！在上房裡睡著的楊掌櫃聽見院子裡說話聲，喊叫：宗秀，宗秀，你進來！井宗秀問陸菊人：楊伯好著吧？陸菊人說：他叫你哩，你讓楊鐘和你一塊進去。楊鐘說：我不去，蚯蚓，你吃過飯啦？蚯蚓說：我不餓。楊鐘說：你不餓，那就是你沒吃麼，你這碎慫，要吃到鍋裡盛去！井宗秀就自個去上房，貓卻坐在門檻上，一動也不動，井宗秀沒有趕，從門檻邊跨進去了。院子裡，蚯蚓鑽到了廚房，陸菊人喊：多盛些，辣子罐在案板上。又問楊鐘：你真要去養馬管馬呀？楊鐘說：這才是我幹的活，蚯蚓你說是不是？蚯蚓正吃飯，說：我知道。楊鐘說：飯白叫你吃了！陸菊人說：真要去，我也樂意，可我給你說，這次去就要經個心，再撂挑子，你就沒了這個家，這個家也沒你了！還有，馬只能團長騎，杜魯成不能騎，阮天保不能騎，你更騎不成！楊鐘說：馬是皇帝金鑾殿上的椅子啊?!陸菊人說：就是！楊鐘說：好好好，別讓蚯蚓也瞧著我在家裡過的啥日子！陸菊人說：蚯蚓沒吃飯，他肯定也沒吃，你去盛兩碗飯，給爹一碗，給他一碗。陸菊人催促著楊鐘，她也到了廚房，一人端一碗飯進了上房。上房裡，井宗秀說：你順順氣楊伯，他和陳來祥去找也好，沒找著也好，我和我哥自小就吵吵鬧鬧的，都長大了，又人各有志麼，他幹他的，我幹我幹的。楊掌櫃說：唉，我為啥恨他，怕他壞你的事麼，你倆年紀差不多咋就……楊鐘把碗往炕沿一放，說：我渾身沒一兩好肉，行了吧？井宗秀是姓井，你倒熱惦，我都懷疑我是不是你親生的，都這麼不待見了，我到安口下窯呀！楊掌櫃說：你敢！陸菊人就把飯也端給井宗秀，井宗秀不吃，陸菊人說：你陪著我爹吃一碗！爹，宗秀把馬牽過來了，要楊鐘以後給預備團養馬管馬呀，也許他會收心哩。楊掌櫃沒了言語，井宗秀就端了碗，說：楊伯，誰家都有難念的經，吃飯，這糊湯麵做得蠻說：煤礦這麼多人，是個鎮?!楊鐘說：煤窯還都在五里遠的後溝的，這算是屁鎮，是安口街，也就一條街。引了井宗丞進去，街竟然是繞著獨山在轉，兩邊的人家門裡都支著鏟子，到處落著一層煤灰，狗不少，髒兮兮臥在那裡，人過來叫兩聲，人過去了就再不吭氣。所有的門上面安著天窗，井宗秀覺得奇怪，楊鐘說：燒煤麼，平日得通風去煙，再是這裡人死得多，能讓神鬼進來。果然前邊起了哭聲，有一家門裡穿孝衣的人出出進進，近看站著兩個人在問答，問：幾時出的事？答：今日太陽端的時候塌的。再問：沒了幾個？再答：這回是三個。問的人就說：唉，這順成一死，那一家老的老小的小往後指靠誰啊?!那人家的屋頂上有個煙囪，突然冒了黑煙，知道是死人的魂在飄散，井宗秀和楊鐘呸著唾沫快速走過。轉到山後街上，客棧和酒館多起來，有白癡站在那裡，褲子的交襠爛著，給任何人都傻笑，有醉漢就抱了樹吐。一個女人搖搖擺擺過來了，輕聲說：啊哥，暖腳不？井宗秀還在疑惑，楊鐘說：咱是不是先住下？這裡娘兒們便宜，只要給買吃一碗餛飩，她會成夜抱著你腳睡哩，或許你能選上一個帶回去做媳婦？井宗秀氣得說：咱是幹啥來的？直接到窯上去！楊鐘說：也好，這裡的女人尿尿都是黑水，咱不要。

到了後溝的一個窯上，二三十個煤黑子剛從地洞裡出來在那兒吃飯，一個個渾身烏黑，只有牙和眼珠子發白，咬一口蒸饃，說：我是在吃蒸饃吧？我還活著?!全哈哈笑著又賺了一天，但蒸饃噎住了喉嚨，我給你捶背，你給我捶背。楊鐘就給井宗秀說：一夥鬼麼。井宗秀說：給他們散紙菸。楊鐘散了紙菸，打問蘭成，回答卻是蘭成早在前年冬就死了。兩人登時悶了半天，突然有人喊楊鐘，楊鐘看著那人坐在地上收拾腳上的草鞋，問：你是誰？那人說：你不記得我啦？你看我這腿。他站起身，一個腿長一個腿短，撅著屁股。楊鐘想起當年蘭成就是讓他帶話來安口的，說：你是冉雙全！冉雙全拉楊鐘在一旁，說：蘭成在這裡還是下老千，犯了眾怒，那次下窯就被人砸死了，而一塊在窯裡的人都證明出了塌方事故。楊鐘說：唉，死在這裡了！在哪兒埋著？冉雙全說：死了就拉出來扔在旁邊那坡上，埋到野狗肚裡了。你咋這時候來，蘭成沒了，我可不敢帶你和他們賭了。楊鐘說：我是來帶你走的！井宗秀便說了招些人到預備團的事。冉雙全說：抓我壯丁呀？井宗秀說：你算什麼壯丁？冉雙全說：我是殘疾，但跑得不比楊鐘慢！就跑起來，果然倒快，跑到吃飯的那夥人跟前，指手畫腳地說了一陣，那些人就不吃了往這邊瞅。井宗秀招了招手，一些人起身竟跑了，剩下幾個嘟囔著挖煤是埋了沒死的人，當兵是死了沒埋的人，都一樣麼，走過來說：到哪兒都行，看能不能保護我們？楊鐘說：是六九旅預備團的人了，誰還來殺你？你還要殺他誰哩！井宗秀卻說：安口煤礦上就這二三十人？冉雙全說：先前五六窯哩，現在人少了集中在這一個窯的，你是嫌人少嗎？井宗秀說：是少。冉雙全說：那就得尋周一山。井宗秀說：周一山是誰？冉雙全卻不說了，只是笑，笑得很詭。

當天夜裡，楊鐘要回街上住客棧，井宗秀卻主張和這些窯工一塊睡窯邊的茅草屋。楊鐘說：我咋看冉雙全說話怪怪的，咱睡這兒安全不？井宗秀說：你怕啦？楊鐘說：我只怕我娘，我娘卻早死了。這些人髒，睡著了放屁你別怕熏啊！井宗秀笑了笑，說：我倒想知道那個周一山是啥人哩。茅草屋一共五間，四間是打通的，南北兩排土炕，幾十個破棉絮被筒，每個筒前都是一塊磚做的枕頭。東頭隔出了一間，有門還有個窗子，窗子沒有窗扇，原本是工頭睡的，工頭沒在，井宗秀和楊鐘就被優待了睡在裡面。月亮明晃晃的，睡到後半夜，楊鐘覺得渾身發癢，醒來剛睜開眼，卻見窗口有五六個腦袋，猛地跳下炕，那些腦袋就縮了回去，急忙撲進通間，擠在窗口的人全跑了往被筒裡鑽，冉雙全還沒跑離，抓住了領口就打。冉雙全疼得叫喚，楊鐘低著聲說：你要吵醒團長?!冉雙全說：他還是團長？楊鐘又打了一拳，就把冉雙全往屋外拉，拉出來了，順手把屋門打閉，在門栓上別上了木棍兒，才問道：要給我倆下黑手得是?!冉雙全說：不是不是，我們只是看你們睡著了是啥模樣？楊鐘就擰著冉雙全耳朵，說：毬朝上睡哩能有啥模樣？擰著冉雙全耳朵。冉雙全說：你聽我說，你放下耳朵了我給你說。楊鐘就是不放耳朵，說：說！

冉雙全就說，在安口下窯的原有百多十號，啥樣的人都有，有今沒明地活著，還窩裡鬥，見了工頭卻口就拙了。後來來了周一山，此人在方塌縣當過保安，和刀客打仗時受了傷，昏倒在溝渠三天四夜，一個孤老婆子發現時，狗正啃他，把右腳五個指頭全啃沒了。老婆子轟走了狗，把他背回家，給吃給喝給治傷，半年後傷好了，他認了老婆子是娘，再沒去保安隊就來下窯了。他是經見過世面的人，慢慢就有了威望，凡是窯工的什麼事也都是他出頭，和工頭甚至礦主交涉。

冉雙全說，周一山更有一個奇怪的本事，就是窯上將要發生什麼事情，他事先會夢到，沒有不准的。比如，他夢到三號窯塌了，死了七個人，七天後三號窯真的就塌了，當時死了五人傷了兩人，那兩人疼得喊叫了三天也死了。比如，他夢到王長生有了孩子，王長生是個老光棍哪裡會有孩子，大家說這回不靈了，沒想半年後來了個討飯的女人，工頭讓王長生收留下過活，那女人竟然有著三個月的身孕，王長生就媳婦孩子一下子都有了。周一山在八天前，說夢到安口要來個老虎趕羊的，可能要出大事，讓大夥討要了窯上的欠款就離開，這就逃走了多半人。沒逃跑的人認為老虎趕羊與自己沒關係吧，還在窯上留著，但周一山自己也藏了，他這一藏，又有一些人也都藏到街上去，窯上就剩下這二三十人。

冉雙全說：我都說了，你放下耳朵。楊鐘說：你只說周一山，沒說你們趴在窗口看啥的？冉雙全說：你們一來，大夥就疑心應了夢啦，雖然不是老虎，跟你來的那人，哦他是團長，會不會是老虎變的？如果是老虎變的，一睡著了就會顯原形的，這才偷看的。楊鐘說：看到老虎啦？冉雙全說：還是人，不是老虎，他睡得靜靜的，你只是咬牙。楊鐘說：我咬牙？我是老鼠呀?!冉雙全說：是老鼠也好啊，老虎和老鼠都有一個老字麼。

楊鐘放開了耳朵，發現兩人都赤身裸體，讓冉雙全老老實實去睡，他也回到隔間。井宗秀已經坐在炕上，其實在楊鐘下炕去打冉雙全時他就醒了，知道沒啥事，便裝著還睡，倒要看看楊鐘會怎麼做。楊鐘進來見井宗秀坐在那裡，說：你也醒啦？井宗秀說：你出去上廁所啦？楊鐘說：我去問冉雙全個事，哎，你是不是屬相是虎？井宗秀說：是屬虎。楊鐘眼睜得多大，說：你還真屬虎？這周一山還真有兩下子嘛！就把冉雙全的話複述了一遍。井宗秀說：人家說的是老虎，屬虎的就是老虎啦？睡吧，睡吧，明日再說。就睡下了。楊鐘說：睡就睡，我也睏了。也睡了，把被子蒙住了頭。

但井宗秀沒有睡著，他琢磨周一山老虎趕羊的夢，心裡咚咚地打鼓，他屬相是虎，他跟師傅學畫匠的時候，師傅不止一次地說過他是老虎托生的：老虎是獨來獨往，宗秀就不拉扯，啥事總是悶頭自個幹。老虎吃食是前爪護著食物的，宗秀也是把碗抱在懷裡。老虎平時蔫蔫的，但一旦捕殺獵物時就兇猛殘忍，宗秀也是呀，沒啥事了就他顯得無能，而一有了事還只有靠他，他有股狠勁。師傅那樣說是在比較著自己的徒弟，他並沒有在意，可周一山說安口要來老虎趕羊，偏巧自己是來招募的，莫非還真是老虎托生？這樣想著到了天明起來，窯工們都遠遠拿眼睛看他，他竟然就覺得渾身有了一股氣，這應該是虎氣吧，走路的步子就慢下來，眼皮耷拉，時不時還張嘴上下大幅度地嚅動，齜出了牙齒忽然又想到，如果我是老虎，老虎的威風是憑山的，正好渦鎮在虎山下，那預備團還得有個名字中有山字的人啊！但預備團裡沒有。他就把楊鐘喊來：你要找到周一山！楊鐘說：他藏了呀。這到哪兒找？他說：我不管你在哪兒找，我要周一山！

楊鐘問冉雙全知道不知道周一山藏在哪裡。冉雙全說他不知道。冉雙全的神色不對，楊鐘就用手卡住了他的脖子說你肯定知道，你不說就卡死你！冉雙全說你放開手，我喘不上氣了怎麼說。楊鐘手一鬆，冉雙全便說這得給他三個大洋。楊鐘給了三個大洋，冉雙全領著井宗秀和楊鐘去了十里外的一個小山村，繞到村後，指著一片樹林子，說：你們去吧，我去他會恨我的。井宗秀獨自去了，楊鐘就一腳踹在冉雙全的跛腿上，冉雙全一倒地，他從懷裡奪回了兩個大洋。

樹林子裡啥樹都有，深處是三間房子，靠近房子都滿是些果樹，核桃、梨、梅李、杏、柿子，竟然還有海棠和枇杷。井宗秀一見到那房的台階上坐著兩個年紀差不多的人，就知道左邊的是周一山。周一山黑瘦，長臉，眉毛很濃，但耳朵卻高出眉毛，腫眼泡，而且在不停地眨。坐在右邊的那人正把一堆稻糠和碎瓷片拌攪了裝進個布口袋裡，又雙手在口袋裡捏弄，說：來生人啦，你昨夜沒夢到吧？周一山說：好像也做了夢，醒來什麼也記不起，我是不是治好了？那人說：還得七天吧，鞏固鞏固。井宗秀打了招呼後，直接就蹲到周一山的身邊自我介紹，說明來意，還未說完，那人卻從口袋裡捧出了一個拼接完整的青花瓷瓶來。井宗秀驚訝地叫了一聲。周一山說：他在練手哩，莫師傅是這一帶名醫呀，我就是住了他家治病的。那人又把瓷瓶打碎，再裝到口袋裡去捏弄，說：只會個按穴、接骨。井宗秀說：你有病？周一山說：我夢多。你能找我，肯定知道我做夢的事。井宗秀說：是聽說了你能預知。周一山說：預知有什麼用呢，是好事你不預知它也來，是壞事了你早知道只能更恐慌，這不，我都躲藏在這兒了，你不是還找來了嗎？我現在做不了那樣的夢了，你還讓我去嗎？井宗秀身子怔了一下，他怎麼也沒有想到周一山廢了本事！任何人盼不得自己能有奇異的功能，可周一山竟然就廢了?!井宗秀看著周一山，周一山也看著他，眼睛眨得像閃電，井宗秀就在心裡一邊遺憾不已，一邊更覺得此人非同尋常。他哦哦著，要說出本事廢了就廢了吧，你名字裡不是仍有個山字嗎，但他不願說破，話出口了卻是：我還是要你去！周一山望起了那樹海棠，樹上還沒有葉子，每條枝椏似乎都是尖刺，他說：你帶了兵嗎，是不是槍就架在前邊村口？井宗秀說：要是那樣，還用得著我給你說這些話嗎？周一山說：你要硬拉我的丁，我也沒辦法，你如果是來勸說我，那我給你說，我去不了，我是不願意當兵才來安口下窯的。井宗秀說：戲裡有三顧茅廬，你不是諸葛亮，我更不是劉備，不去預備團還可以住到渦鎮麼，這窯上是啥鬼地方，十天半月就死人的吧。周一山說：不是十天半月，每天都有死的。但我死不了，起碼二十年裡死不了。井宗秀說：噢?!周一山的眼睛又眨了，他說：我娘在哩。

說不動周一山，井宗秀就在五十多個窯工中招募了二十人返回了渦鎮。臨走時，卻讓楊鐘繼續留下打聽周一山的娘是家在哪兒，能把他娘接到渦鎮，周一山也便就範的。楊鐘又找冉雙全幫忙，冉雙全堅決不肯了，嫌井宗秀招募了二十人就沒有他。楊鐘哄說這是井宗秀故意的，是要讓你立個功了將來好提拔。冉雙全同意幫忙了，卻說：我就不明白為啥總要周一山？楊鐘說：我也不明白為啥。冉雙全說：是人才？楊鐘說：或許吧。冉雙全說：就算他是人才，你得不到麼！我以前在構峪老家，一泡屎拉不到自家地裡了，又不願意讓拾糞人拾去，我就拿石頭把屎砸濺了！楊鐘說：你啥意思？冉雙全說：何必下那麼大功夫要他去，把他弄死了咱也算立了功麼！楊鐘唰地變了臉，說：啊呸！井團長給我的任務我就得完成，你狗日的敢傷了他一根毫毛，我就把你大卸八塊！嚇得冉雙全回話不及，又掏出那一塊大洋給了楊鐘，讓楊鐘一定守口如瓶，不敢將這話以後讓井宗秀和周一山知道。

經過多方打探，楊鐘和冉雙全終於得知周一山乾娘的家是在離安口街四十里外的方塔村。去了那裡才聽村裡人說周一山雖然是個幹兒，卻孝順得很，每月都要回來看望，楊鐘就和冉雙全花言巧語騙老婆子，說周一山在安口當工頭了，派他倆來接乾娘去那裡住幾天。從方塔村到渦鎮路途遠，他們僱了滑竿，忽忽閃閃地兩天後到了鎮上。井宗秀先讓老婆子在醬筍坊的西廈屋裡歇著，就叫了陸菊人來告訴事情的前前後後，商量著怎麼安頓。陸菊人說：醬筍坊這裡沒人照顧，住到我家去吧。井宗秀認為不妥，說：我思謀還是送到白河岸萬家寨我表姊家，我娘在那兒，兩個老人又能說說話的，只是這預備團擴大到近二百人了，麻縣長送來三十桿槍，四十箱子彈和五十箱手榴彈，說明這只是一半，六九旅以後還會供給的。井宗秀就把自家布莊裡的布全拿出來，著手先做軍裝。但軍裝用什麼樣的顏色呢，六九旅是黃色的，縣保安隊是藍色的，當年黑河白河岸上過部隊，有綠的有灰的有褐的，井宗秀倒拿不定了主意。這日，預備團的伙房沒了柴火，阮天保帶人在黑河邊砍柳樹上的枝股，從上游來了一隻木排，等木排靠岸，放排人要進鎮吃飯，便發現排上還綁著一隻熊。阮天保問熊賣不賣，放排人說不賣，是給山陰縣藥材鋪送的，人家要養了活取熊膽。阮天保說：毬！放排人一走，他就去把熊的一隻掌剁了。拿回城隍院，吆喝著：有熊掌了，誰出錢買酒？院子的銀杏樹下，坐著井宗秀、杜魯成和周一山在說軍裝顏色的事，杜魯成提出白的好，布織出來就是白的，不用染，能省好多錢，還宣淨。周一山搖著手說不行，白的不耐髒，當兵哩又不是去吃宴席做客呀，講究什麼宣淨不宣淨?!阮天保一吆喝，周一山應道：啊我還沒吃過熊掌哩，我出錢買酒！井宗秀說：哪兒弄的？阮天保說：有福的人是天生的，我這幾天正口寡哩就有人送野味了麼！把熊掌讓伙房人拿去拔毛燒燉了。阮天保出來說：你三個又紙上談兵啊？井宗秀說：說軍裝的，預備團要和別的隊伍的顏色不一樣，剛才說到紅的，嫌是共產黨崇尚紅容易被誤會，用黃的嫌穿黃的兵太多，用白的吧，白的又不耐髒，你看啥合適？阮天保說：這事還問我呀，你不是請了高人周一山嗎？周一山嘿嘿著：你這是笑話我哩。阮天保說：黑定顏色，周一山是從窯上來的，該不會說……話還沒說完，銀杏樹上掉下來一條蛇。杜魯成叫道：黑蛇?!果然是條黑蛇，黑得油光水亮的，井宗秀要去捉，蛇卻極快地鑽進院牆根石頭縫去。井宗秀說：渦鎮還從來沒見過這麼黑的蛇！周一山說：安口有。阮天保就說：安口啥都是黑的。周一山說：我是長得黑，你是看不見你自己。四個人都笑起來。這時候老魏頭在院門外叫：蚯蚓，你們團長呢？蚯蚓說：你得喊報告。老魏頭說：我報告你娘的×！蚯蚓說：那，那啥事？老魏頭說：北門口一個人要見團長，在我手心寫了個字，說團長一看就知道了。蚯蚓說：讓我看看。但蚯蚓不認字，老魏頭說：是個夜字。蚯蚓就進院來給井宗秀說了有人寫個夜字要見你。井宗秀說：夜字？來人姓夜還是名字裡有個夜字，他是讓人叫他爺啊?!周一山說：如果是姓，不念夜，念黑。井宗秀睜大了眼睛，說：剛見了一條黑蛇，又來了一個黑人？便讓老魏頭去把那人帶來。

那人來了，胳膊下夾了個草席卷兒，乾瘦乾瘦，就像一張人皮裹在木架上，走路又不走直線，速度極快。到了井宗秀跟前，草席在地上剝開了，竟然是一桿槍，說：我是夜線子！井宗秀立刻腳踩住了槍，說：是黑夜的夜字的黑吧，黑線子？夜線子說：看來渦鎮人還不知道我夜線子，我來投預備團是投對了！井宗秀說：你說什麼，要投預備團？夜線子說：這槍就是見面禮。井宗秀哦了一下，說：是投對了！就喊蚯蚓：快把人招呼到房子裡歇著，我這就沏壺茶！夜線子一走進西邊那間房裡，井宗秀就問杜魯成和阮天保知道不知道夜線子？阮天保說不知道，杜魯成說他在縣政府時聽說過馬鞍山的許川埡是出了個強盜就叫黑線子。此人以前是山民，在埡口的地裡幹活，來了個行人問路，他見問路人有個大包袱，心生了邪念，就拿钁頭把人砸死得了包袱。有了一次搶劫就有了二次搶劫，搶劫上了癮，後來在一次發現搶來的行李中有著一桿槍，從此不再種地，明目張膽地幹起殺人越貨的勾當。許川埡一帶百姓曾給縣政府報告過，麻縣長讓保安隊去緝拿，但一直沒有緝拿到。杜魯成說：不知他是不是那個夜線子？井宗秀說：看那眼神和走路的樣子，不會錯。杜魯成說：他來投奔咱們了？預備團才成立，這影響就到那麼遠的地方啦?!阮天保拾起槍拉著槍栓，誇槍是好槍，卻對周一山說：看見了吧，人家是帶了槍來的！周一山還要說什麼，井宗秀就拍了大家的肩，說：高興，高興，咱都去見見他。

熊掌做好後，周一山真的出錢買了一罈酒，大家就留下夜線子一起吃喝。夜線子也豪爽，先自個喝了三杯，再端酒一一相敬。一罈酒喝乾後還都不盡興，讓蚯蚓又去街上買了一罈，就都喝高了，開始勾肩搭背。阮天保要夜線子講講他的經歷，夜線子說：既然你們不知道，我也就不說了，一句話，棄暗投明啦！阮天保也便說：不說就不說了，誰還沒幹過幾件爛慫事?!當場倒任命夜線子當排長，但夜線子的槍他得先用上。

吃熊掌喝燒酒又加上情緒激動，井宗秀從城隍院出來後，渾身發熱，耳臉通紅，正好碰著楊鐘牽著馬回來，就一把拉過去騎上了，騎上了馬也興奮，竟噔噔地往前小跑。楊鐘一時還反應不過來，愣了愣，說：這，這你往哪兒去？井宗秀說：馬到哪兒我到哪兒！馬打了個噴嚏，就跑到街上，又跑向了北門口。井宗秀從來沒有過這樣信馬由韁，一出北門口，太陽高照，馬撂開了蹄子，路邊草叢頓時螞蚱亂濺，有只野兔在跑，而濕灘的蘆葦裡突然啪啪啪地響，一排大雁起飛了，接著又是一排大雁起飛。井宗秀索性雙腳拍打了馬肚，馬愈跑愈歡，近處的白河黑河先還是一片子玻璃，一片子星光，後來就成了絲的被子在抖，綢的被子在抖，連遠處的山巒也高高低低一起跳躍。人和人到了虎山灣，順著左邊的道跑到了白河渡口，渡口上並沒有人，那道木橋就橫在河上，看著一會兒河在往下走，橋也在往下走，一會兒河是往下走了，而橋都在往上走。他就笑了笑，馬又掉頭往右跑，就跑過了兩岔路口，跑過了龍王廟舊址，跑過了那一片才犁過的沙土地，便上了十八碌碡橋上。橋那邊的大路上正有一個毛驢拉著一個板車，板車上人不是坐在轅上而是躺在那裡睡著了，但毛驢還是拉著，頭低著像雞啄米一樣搖個不停。井宗秀也要學著那人仰身在了馬背上，但這時候才發現太陽沒有了，沒有了太陽天就低下來，而虎山上的雲像染缸裡拉出來的黑布迅速在空中鋪開，緊接著就颳風，風是沒形的，黑雲在壘堆，愈壘愈大，堆也愈來愈多，又幾乎同一瞬間被什麼砸開了，散亂成無數的黑疙瘩。井宗秀覺得怪異，勒住了馬的韁繩還在看著，那黑雲疙瘩又聚集了很快扭成巨大條狀由北向南沖過來，雲就有了聲，都是風，風成了黑風。

這黑風呼嘯了兩個時辰，渦鎮上的城牆變黑，街巷變黑，在朦朦朧朧的黑裡二十家的屋脊房簷毀壞，差不多的樹頂折斷，黑河白河的水也起了三尺浪，將阮家的船掀翻。井宗秀騎了馬往鎮上跑，馬驚了似的，進了北城門口仍沒有停下，順著中街還是跑，就傳來一三〇廟裡的尺八聲。經過了老皂角樹，黑風裡像立著一錠墨，井宗秀才意識到皂角樹皂角樹，皂本來就是黑麼。尺八還在響著，在忽斷忽續聲中，街道上更多的浮蕩了樹葉爛草，甚至燈籠和衣帽，雞狗在滾蛋兒。馬到了南門口，馬又跑進了西背街，有人在喊：井團長！井團長！好像是唐景的媳婦，又好像是阮天保的爹，井宗秀使勁地勒馬繩，馬終於是停下了，卻已經跑過來一條巷，他終不知道剛才是誰在叫他。這時候又有人在問答。問：先生先生，你咋坐在風裡？答：我打個盹。問：你在風裡還能打盹呀，這多黑的風！答：風黑著好。問：風黑了還好?!答：黑在五行中主水緣，能刮黑風是上天賜予的大吉之兆麼。井宗秀聽出那是瞎子陳先生，心裡咚地像敲了鼓，就有意了：黑是上天賜予的大吉之兆？那今天吃了黑熊掌，見到的是黑蛇，黑線子來投靠，又突如其來漫天黑風，而陳先生的話怎麼就偏偏讓我聽到，那麼，軍裝就該是黑顏色，預備團也該是黑衣黑帽黑裹腿黑鞋和黑旗了?!這麼想著，而黑風奇怪地戛然歇息了。

井宗秀在兩天後召集了全鎮四家制衣店，以他的要求做軍裝軍旗。工作量大，擔心出差錯，就請陸菊人來協調監管。陸菊人說：黑的？井宗秀說：黑。陸菊人說：全都黑？井宗秀說：黑。陸菊人看著井宗秀，井宗秀的臉白生生的，她再沒說什麼，便去了東背街劉老庚家。

劉老庚才從北山割漆回來，父女倆在院子裡生了一堆火，陸菊人一去，劉老庚又是取凳子讓坐，又是讓花生去沏茶。陸菊人說：咋生火的？花生說：我爹一回來我得給他洗衣裳，他總要生火麼，當爹的還能害了女兒?!劉老庚說：漆毒不是你爹！陸菊人就笑起來，說：聽你爹的，聽你爹的。花生就從火堆上跳過去，跺跺腳，說：你是七（漆），我是八！又從火堆上跳過來，跺跺腳，說：你是七（漆）

我是八，不怕你！劉老庚還給陸菊人說：你也讓火燎燎，有的人怕漆，從漆樹下跑過臉都腫的。陸菊人也就跳了火堆，說起給預備團做軍裝的事，想讓花生去做她幫手。劉老庚便為難了，說：花生沒出過門，見人也不會說話的。陸菊人說：這你放心，有我罩著哩。劉老庚問花生：你能行？花生卻說：我願意！劉老庚瞪了一眼，從腰帶上取下煙鍋子裝菸來，花生趕忙從火堆上夾了炭點著，陸菊人又笑了說：瞧這女兒多孝順！劉老庚吸了一口菸，說：孝順啥呀！你要去就去，去了眼裡要有活，但別搶著說話。

爹一同意，花生給爹洗完髒衣，就進屋收拾打扮，陸菊人便做她的參謀，先換了一件月白褂子，覺得不妥，再換上粉紅褂子，換上了粉紅褂子又得換裡邊的襯衣，花生的脖子上掛著個野桃核項鍊。陸菊人說：你也去過廟裡？花生說：我爹給廟裡栽野桃樹時帶我去過，寬展師父送我了一串，我卻做了項鍊，好看嗎？陸菊人說：好看。花生說：我愛聽那尺八。陸菊人說：那以後咱多去廟裡。花生就梳頭抹油，塗脂抹粉，打扮得光光鮮鮮了，才一塊碎步到的張記制衣店。井宗秀已在店裡，說：這是誰？陸菊人說：她叫花生。井宗秀說：吃的花生？陸菊人說：人家是花生下來的！井宗秀笑了，說：你娘家哪邊的？陸菊人說：咱鎮上的，你知道東背街有家院牆頭冒出一蓬薔薇嗎？井宗秀說：你是說劉家？陸菊人說：她就是劉老庚的女兒。井宗秀說：哦哦。劉老庚還有這麼標緻的女兒？真是花生下的！一路上還說說笑笑的花生，一下子羞得手腳無措，給井宗秀問過安後，就立在一旁，臉還紅著。井宗秀給陸菊人交代了所有事項，離開的時候還看了花生一眼，陸菊人要趁機說什麼，但笑了笑，什麼也沒有說。

黑旗先做出來，就插上了四面城牆，迎風招展。老魏頭還是做看守，他看到黑旗就覺得他也是一杆旗，越發兢兢業業，日夜注意著黑河白河岸的大路上有沒有再過部隊，注意著虎山上會不會下來了野獸，注意著渦潭是不是爬出來了鬼。但自從插上了黑旗，飛來了更多的蝙蝠，原先天一黑蝙蝠就在鎮上飛，天明就沒有了，現在卻整個白天都吊在城牆兩邊的磚石堺上。住在東城門裡的陳省心，黎明早起要賣燒雞，就看到那假做的城門上密密麻麻掛滿了蝙蝠，噁心又恐怖，點了火把去轟趕。老魏頭知道了，就破口大罵：那是老鼠變的嗎，那是長了翅膀的老虎！別人不彈嫌你倒害怕，你是做了虧人的事心虛了害怕?!等到預備團全部換了軍裝，黑壓壓的一隊從中街上跑去北門外沙石灘上去操練，佇列齊整，喊聲震天，沒有誰不在說這黑色軍裝實在威武，再有成群的蝙蝠忽地飛來又忽地飛去，便視為精靈天神而感到從未有過的安全。於是，好多人都講究起在家裡熬了茶慢慢品嚐，連家禽都開始變懶了，豬毫無防備地戶外走來走去，狗終日在屋院中睡覺。

阮天保是負責操練的，他每天帶兵在北門外沙石灘上列隊跑步，射擊投彈，或者用稻草紮了人形，端著刺刀去捅殺。他腰間插著短槍，肩上斜挎了夜線子那桿長槍，嘴上噙哨子，手裡拿一根竹棍，讓每個人都抱一塊石頭，從北門口跑到十八碌碡橋上了，再從十八碌碡橋上跑回來。唐景、王路安、張雙河、苟發明、鞏百林、馬岱、李文成有的是力氣，可以舉起磨扇，也可以用肚皮頂起碌碡，就是跑不動，但阮天保必須要他們跑，還要帶頭跑：別人跑你要能追上，你跑要讓別人追不上！唐景、鞏百林、王路安、張雙河能過關了，李文成、馬岱、苟發明仍是跑跑歇歇，阮天保就讓他三個背一個糞筐，糞筐封嚴實，裡邊卻塞根點著的雷管，如果按規定時間跑到龍王廟舊址，雷管不爆，如果跑慢了，雷管一爆，糞便就濺一頭一身。李文成不滿，說：這不是羞辱人嗎？阮天保說：我要給你裝上炸藥，你就連屍首都尋不著了！為了再練膽量和狠勁，把蛇捉來比試誰能最快地擰下蛇頭，把捉來的活蠍子蘸了麵醬生吃。每每訓練的時候，楊鐘偏在河邊遛馬，阮天保不理他，他也不理阮天保，遠遠地看著阮天保把一堆七葉一枝花扔在地上，看著誰擰不下蛇頭反被蛇叮了，就嚼著七葉一枝花敷在傷口，還得繼續擰。再是訓練那個吃了活蠍子又吐出來的兵，讓兩三個人把那兵壓住，撬開口，拾起吐出來的活蠍子塞進去，大聲說：咬！那兵就閉了眼睛咬。又問：啥情況？回答：像抹布，咬不爛。再大聲說：嚥！那兵就嚥了。阮天保說：要我訓練，我就要把你們全變成狼！

訓練了幾個月，預備團就有五個人病了，五個人都是鎮上人。杜魯成去家裡看望，三個人病好歸了隊，兩個說腰病還不好，出門老一隻手撐著腰，後來竟真的腰疼得不行，就不來了。在城隍廟吃過午飯，阮天保坐在白果樹下給一隻雞腿上拴繩子，杜魯成說起那兩個病人的事，阮天保不吭聲，把雞放到院牆頭，猛地一拉繩子，雞就從牆頭像石頭一樣掉下來。他再次把雞放在院牆頭，再猛地一拉繩子，雞再次掉下來如石頭。杜魯成說：咱練得是不是有些狠了，這些人……阮天保說：軍事訓練都不狠，那當的啥兵？又把雞放到院牆頭上了猛地拉繩子，這次雞在半空時張開了翅膀，但還是掉在地上。他說：雞就這樣長翅膀哩！

蚯蚓原本想跟著楊鐘遛馬，楊鐘不要他，罵：你是筷子呀啥菜都嚐?!蚯蚓也就跟了那些兵練跑步，列馬式，但沒人讓他動槍，他纏住阮天保要射擊，阮天保說：滾，打你的彈弓去！渦鎮的孩子向來玩彈弓，蚯蚓的彈弓打得好，已經不用木杈架了，可以直接用指頭撐皮筋，但蚯蚓要用槍射擊，說：我都是井團長的護兵了！阮天保說：現在哪兒還有護兵，是警衛員。蚯蚓說：我就是警衛員呀，警衛員能不學會打槍嗎？阮天保就拿過一把刀給了蚯蚓，說：要想學打槍，你來扎我，就在我腿上扎。蚯蚓說：我扎呀？阮天保說：你扎！蚯蚓竟然就扎了一刀，阮天保的腿面上扎出了一個洞，往出冒血。阮天保說：這碎慫倒像我小時候。就把槍給了蚯蚓，教蚯蚓射擊。

但阮天保的腿傷化膿了久久不癒，訓練暫時停下來，他在養傷期間去了一趟縣城，回來卻說了一大堆的新聞。他說，縣城原先是三口甜水井，現在有兩口打不出水了，大部分人只能喝鹹水，把人喝得牙都黃了。監獄前邊的那條古董巷遭了火災，多熱鬧的巷子，上個月天打雷，掉下來一個火球，上百間的老房子呼呼呼就全燒了。他說，他進了一次館子，是專賣燒雞的館子，咱陳省心家的燒雞那算什麼味呀，知道人家燉的是啥雞嗎，是從天竺山捕來的鷴，樣子像雞，其實是一種鳥，它只在天竺山頂上有，吃竹實，喝露水，肉就香得很！他說，縣城裡治安不好，賊多，抬蹄就能割了掌，人都說這是文廟門口那棵千年的紫藤死了，世風日下。他說，他在街上看見了保安隊長史三海，人兩腮塌陷，面色黑黃，一看就是房事過多。史三海沒有看見他，他就沒前去問候，問候他幹啥?!他說，麻縣長一頭的頭髮都灰白了，據說是和史三海鬧崩了氣成了這樣。先前他們不和還顧些場面，現在史三海幾次當眾罵文人當縣長毬不頂！阮天保說著這話，杜魯成、唐景、鞏百林、冉雙全都在場，杜魯成就替麻縣長傷心，說：那你沒去看看麻縣長？阮天保說：能不去嗎，去了正碰上他嘔氣哩，肯定又嘔的是史三海的氣，但他沒再說啥，只留我吃飯。冉雙全說：留你吃飯？吃的山珍海味？阮天保說：就是紅燒肉。冉雙全說：你咋恁大的口福，麻縣長請你吃紅燒肉！阮天保說：我吃了些墊肉的蘿蔔，肉太肥。冉雙全說：我就愛吃肥的。阮天保一腳踢過來，沒踢上，冉雙全一雙瘸腿倒跑脫了。

又過了十天，阮天保還帶兵在沙石灘訓練，黑河岸孟家莊有人擔了兩桶自製的柿子醋來鎮上銷售，他突發奇想，對三個兵說：來了個敵人的探子，去把他打一頓。三個兵說：那是賣醋的。阮天保說：就是探子，去！一個兵沒有去，兩個兵去了把醋桶砸爛，又把那人壓在地上打得哭爹叫娘，一條胳膊骨折，三顆牙掉了。阮天保過去，扔給了那人一個銀元，說：這夠你醋錢和治傷的錢了！返回來就開除了那個沒去打人的兵，罵道：像你這熊樣子還能當兵?!

周一山把這事說給了井宗秀，井宗秀很生氣，這怎麼行，預備團才建起，不能讓人說咱又是土匪啦，他要和阮天保好好談談。但井宗秀還沒來得及和阮天保談，阮天保又去了縣城，竟然五天沒回來。井宗秀問杜魯成：他再去縣城給你打招呼沒有？杜魯成說：沒有。井宗秀說：他是不是去了不回來了？杜魯成說：這我不知道。井宗秀說：他是嫌沒當團長？杜魯成說：麻縣長說好的我和他協助你呀。井宗秀說：那你不會也走吧？杜魯成說：我不走，除非你讓我走。

井宗秀就和杜魯成，還把周一山也叫上，三人重新安排訓練，決定因人而異，把預備團臨時分為三撥，一撥集中那些體質健壯生性又好使強用狠的人，一撥是長得瘦小單薄但奸巧機靈的人，一撥就是老實蠢笨，而能吃苦耐勞的人。第一撥夜線子和鞏百林帶領，第二撥苟發明冉雙全帶領，第三撥陳來祥和原土匪中一個叫吳銀的帶領。訓練的時候，或者杜魯成去現場，或者周一山去現場，井宗秀除了每天早晨集合了隊伍要訓話外，別的事他不露面，不是待在城隍院東邊的第一間房子裡，就是低著頭在院子中走。他走著還是八字步，雙手在身後甩動，嘴上卻叼棵紙菸，菸灰很長了也不彈，常常是伙房裡的人和蚯蚓爭吵什麼，甚至是蚯蚓挨了耳光就又哭又罵，他還是在走，似乎就沒看見也沒聽見。但是，井宗秀不知什麼時候就記住了每一個兵的名字，了解了他們的身世家境。當訓練結束，兵一窩蜂往回跑，一進了城隍院，看到井宗秀在院裡走，立即都安靜了，順著牆根回宿舍裡去。井宗秀偏就叫住了一個：張生喜，你過來！張生喜過來，說：啊團長你知道我名？井宗秀說：你叫生喜，咋就臉老是苦愁，你老家馬川是富裕地方呀，是不是家裡有啥事啦？張生喜說：家裡沒事，我就長了個苦瓜臉，團長還知道我是馬川人？井宗秀說：我還知道你有痔瘡，少吃些辣子！張生喜感動得就哭了。

不久的一個早晨，房上地上白花花的都是霜，林記肉店剛開門，就聚了一堆來買肉的人，還都是一斤二斤的在挑肥揀瘦，阮天保的爹也來了，他新穿了長袍馬褂，戴著一副硬腿石頭鏡。林掌櫃說：老哥老哥，今日頭卸得大，王富要買呀，我說這是阮老爹的頭！阮天保的爹說：你的頭！林掌櫃從櫃檯下提出一個豬頭，果然脖子肉帶得多，嘴裡還叼根尾巴。阮天保的爹說：我就只吃豬頭肉呀？今日要整扇子！林掌櫃還是笑著，給別人割肉：要多少？二兩？這咋下刀呀⁈阮天保的爹說：你咋還不動彈呢？林掌櫃說：最少半斤。乾脆買個豬肝吧，豬肝便宜。小三，小三，阮老爹今日穿得整齊，你把豬頭給他提家裡去！阮天保的爹說：要整扇子！林掌櫃怔住了，說：整扇子⁈阮天保的爹說：天保當了縣保安隊長了，我要待客麼。林掌櫃說：天保當上保安隊長啦⁈阮天保的爹說：明日擺席，你也來啊！夥計小三揹了整扇子豬肉跟在阮天保的爹身後走了。估計還沒到家，阮天保當保安隊長的消息就傳遍了半個鎮。

杜魯成和周一山知道後就去城隍院見井宗秀，井宗秀在他那間房子剪腳指甲，旁邊臥了一隻狗，剪下一些趾甲了扔給狗，狗吃了又等著再剪下趾甲。杜魯成講了阮天保當了保安隊長的事，剪刀一抖，趾甲縫有了一滴血，他說：他還真的走了！又繼續剪趾甲，再沒吭聲。而杜魯成卻跳起來罵：咱一塊正鬧事的，他就踹一腳！這是不是背叛？狗日的就是個叛徒！唾沫濺到了周一山的臉上，周一山擦了，說：他是不屈於人下的人，可我想不通的，他咋這麼快就能當隊長？杜魯成還在罵：走就走得遠遠的，偏就在縣上當隊長，這是羞辱咱的池子淺？羞辱預備團不如保安隊⁈井宗秀還是在剪趾甲，一聲不吭。杜魯成一腳踢走了狗，說：你說話呀！井宗秀哼了一下，放下了剪刀，開始穿鞋，說：他爹是要擺席待客呀？杜魯成說：他去當就永遠在縣城裡去吧，他爹在鎮上張狂啥，給咱示威？井宗秀說：去把擺席待客的場子砸了？杜魯成說：我讓夜線子去砸，他不仁了咱也不義！井宗秀說：一山你覺得呢？周一山說：不但不能阻止阮家擺席待客，還要幫著去張羅，更還要去縣城給他恭賀。杜魯成說：他踩了咱一腳咱還要說把他腳墊疼了？井宗秀說：這一段時間裡，你覺得和他合得來合不來？杜魯成說：他和誰能合得來⁈井宗秀說：那他一走是不是就解脫啦？杜魯成看著井宗秀，井宗秀說：你真的去一趟縣城，一是買份大禮給他恭賀，二是他走時身上有一長一短兩支槍，保安隊不缺武器，就得讓他把槍還回來呀。杜魯成鼻孔裡出了一股氣，說：我轉不過這臉。周一山說：團長去重了，我去又輕了，還是你去的好。杜魯成勉強應允了，井宗秀說：出了門，這臉都要笑笑的！就派蚯蚓去放鞭炮。

蚯蚓買了鞭炮，原本要提著從中街一直響到阮家門前，但他偷懶，捉了一條狗，把鞭炮繫在狗尾巴上，一點燃，狗從北向南跑，鞭炮愈響狗愈跑得快，還沒到阮家門口，狗的尾巴就炸沒了。

★

阮天保是一到縣城就去拜見麻縣長，殷勤行事，順著說話，麻縣長就把他留下來，相當於當初杜魯成的角色。有一天聽說史三海病了，阮天保說：你是不是去看望一下？麻縣長說：不去！阮天保說：門房病了，你都去看望的，他那兒咋不去了？麻縣長說：我不看到他，全當他死了！阮天保說：他對你不恭，這是人人都知道的，但他是拿槍的人，還得把他籠絡好，你不必去，我代你去一下，倒顯得你大人海量！阮天保得知史三海養病住在他的私宅裡，就著人抬了食盒去。抬食盒的在前庭裡被招呼了喝茶，他直腳卻去了後屋，史三海赤條條睡在床上，雙腿分開著，生殖器就那麼晾著，上邊生著菜花狀的肉疙瘩。阮天保吃了一驚，說：隊長咋得了瞎瞎病?!史三海說：你咋進來的，誰讓你進來的？你是說我這是報應？阮天保說：哪裡哪裡。竟一時不知再說什麼，而史三海卻大罵：阮天保，以前別人來送禮，我就記著你狗日的沒來送，今日你倒是來了，肯定要來看我笑話的。我告訴你，老子這得的是香病髒病，你他娘的想得還得不上哩！阮天保一股氣攻了心，說：你罵得好！從懷裡掏出刀就捅過去。史三海一翻身，刀捅在屁股上，阮天保沒收住腳，跌倒在床邊，史三海就勢又一滾，騎在了阮天保的身上。史三海還在罵：老子一直想收拾你哩，你倒送上門了！伸了胳膊去拿床頭的槍。阮天保在下掙脫出手來，就抓史三海的生殖器，用力地捏，捏得能感覺到那兩顆卵子像雞蛋一樣被捏碎了，史三海把槍拿到手裡，又掉下去，便痛暈了。阮天保爬起來尋刀子，刀子還扎在史三海的屁股上，拔出來，在脖子上捅，在心口上捅。

殺了史三海，麻縣長卻突然害怕了，給了阮天保十個大洋讓他逃跑，跑得愈遠愈好。阮天保說：我不跑。麻縣長說：你咋不跑？阮天保說：他是辱罵你，我才殺了他，我跑了我就是犯罪，還牽涉了你，我不跑我就是立功，你也是除暴安良。你讓我把他取而代之，誰也動不了我，更動不了你。阮天保就當上了保安隊長。

阮天保一當上保安隊長，立即打發人告知了他爹，阮老爹就張燈結綵，買肉打酒，擺好了席面等待著鎮上人的恭賀。預備團的鞭炮一響，杜魯成又代表著井宗秀去了阮家，差不多的渦鎮人就都去了。阮家擺的是流水席，來人夠十個八個就開一桌，再夠十個八個了再開一桌，如此從早到晚酒席不退。楊掌櫃又犯了心慌病，嘴唇發青渾身虛汗出不了門，楊鐘又沒在，陸菊人和剩剩便去了。陸菊人到了阮家，門口的執事在喊：陸菊人三斤掛麵二斤麻花一斤紅糖！寫禮單的是阮家在白河岸齊家村的外甥，說：她男人的名字？執事說：叫楊鐘。寫禮單的就寫了楊鐘三斤掛麵二斤麻花一斤紅糖。執事說：這個要寫陸菊人，她在家裡主事的。陸菊人說：就寫楊鐘！拉著剩剩進了院子。寫禮單的扭頭看著陸菊人，說：楊家是大戶？執事說：一般人家。寫禮單的說：她娘家是縣城的？執事說：紙坊溝的。寫禮單的說：你瞧瞧那背影，做太太的都走不出那種勢麼。陸菊人到了上房，向阮天保的父母恭賀後，卻沒有入席吃喝，拉著剩剩就離開了。出院門時，寫禮單的看了一眼，再沒抬頭，執事說：你不是誇人家好麼，咋就頭都不抬啦？寫禮單的說：她身上有股氣，逼得我不敢看麼。

陸菊人本來想著趁送了禮情後要到花生家串門去，剩剩是剛才看見了阮家的桌子上有炒瓜子，這會兒嚷嚷著要吃，就說：到前邊店裡買。母子倆便在中街朝北頭走。井宗秀在餄餎店裡吃餄餎，看見了陸菊人，叫著說：剩剩吃不吃，給你調一碗！陸菊人忙摸了一下領口，領口扣著，說：才吃過飯，他不吃的。剩剩卻說：吃哩。井宗秀就笑著給買了一碗餄餎。剩剩在那裡吃餄餎，陸菊人沒有坐，背向著門口，說：這都過飯時了，你才吃飯？井宗秀說：我出去有個事回來錯過飯時，伙房要做，沒讓做，也是想吃點酸辣東西，就過來了。陸菊人說：身上的衣服也都髒了……井宗秀拍了拍衣襟上的土，笑著說：這幾天忙，才說要換洗啊，你是去阮家行情了？陸菊人說：你還沒去嗎，我放下禮就走了，吃飯呀穿衣呀，總得有人照顧，你也沒想想？井宗秀說：也是忙，也是在這事上受過傷，就沒想了。陸菊人說：我給周一山的娘應允過要給她兒找個媳婦的，那我也給你物色著？井宗秀說：去的人多嗎？陸菊人說：人不少。你告訴我，想要個什麼樣的？井宗秀說：就像你這樣。陸菊人說：我給你說正經事！井宗秀說：我也是正經話，我找你這樣的那不可能了。陸菊人倒一時沒了話，看著剩剩把餄餎吃完，說：擦擦嘴上的辣子！剩剩拿袖子擦嘴，陸菊人哎哎地叫著，用手帕把孩兒的嘴擦了，說：我走呀。拉著剩剩就走了。

陸菊人回到家，楊鐘在院子裡坐著，嘴臉烏青，像個茄子，問了句：你吃了沒？楊鐘卻說：去阮家啦?!陸菊人說：街坊四鄰的都去了，爹讓我和剩剩去行個情。楊鐘尖叫著如菜下油鍋，說：你咋不嫌丟人啊！人家欺負我，你倒去行情，他阮天保再說當保安隊長，就是當了皇帝關我屁事！陸菊人說：你就不懂個人情世故！不再搭理他。楊鐘還在罵：別人拍馬溜鬚哩，咱也陣沒志氣？沒志氣?!陸菊人已進了臥屋，罵出來的沒志氣就真成了嘶的一聲氣。楊鐘不罵了，卻看見門樓瓦槽上的貓在看他，在地上拾東西要打，但沒東西可拾，拾了個樹葉扔去，樹葉扔出去一尺遠就落地了。

楊鐘是在這個後晌馬也沒遛，到酒館裡獨自喝酒，天黑了多時喝成一攤泥，酒館的夥計背他回家。以前老是背他回家，陸菊人埋怨背他的人不勸阻楊鐘，所以這次把楊鐘背到他家院門的石墩上，敲應了門，夥計就先跑了。等到陸菊人開門出來，楊鐘已從石墩上跌下來，左額的皮破了，滿臉是血。陸菊人燒了些棉絮灰敷在了額上，楊鐘第二天中午才醒來，醒來陸菊人不在家，額上的傷口好像濕漉漉的還沒結痂，自己又逮雞拔絨毛黏在上面。雞的絨毛能止血，但黏上了一時取不掉，再去馬廄，餵馬的孫老頭說：出事啦？楊鐘說：出事啦?!孫老頭說：信封上插雞毛那是急信，我看你額頭上有了雞毛。楊鐘就拿手拽雞毛，一拽，傷口的血流出來，又把雞毛黏上了。孫老頭說：你這樣子快回去歇著吧，免得團長看見了訓你。楊鐘也覺得這樣子不見井宗秀著好，就說：他要問起，就說我拉肚子。

楊鐘一連三天都沒閃面，井宗秀問過孫老頭，孫老頭說楊鐘病了在家。而陸菊人也見楊鐘當天沒回來，問過孫老頭，孫老頭說楊鐘去高老莊給馬釘掌了，說完孫老頭打自己的嘴，陸菊人僅僅怔了一下，但也沒多在意。兩邊都沒見楊鐘，楊鐘和冉雙全是去了龍馬關。冉雙全到預備團後，白天操練完，夜裡常和鎮上一些人打麻將，他還是下老千，被打了一頓，眼窩是青的。楊鐘從孫老頭那兒出來，碰著冉雙全，冉雙全用竹籤剔牙，問：吃啥了？說：吃肉。問：在哪兒吃肉也不叫我？說：在阮家呀！楊鐘一下子變了臉，說：你去阮家了？冉雙全說：我陪周一山去的。楊鐘罵道：預備團也去了阮家，這是咋啦?!冉雙全倒沒興趣這個，看著楊鐘的額顱，說：鞏百林苟發明也打你了？楊鐘說：他們打我？憑什麼打我？冉雙全說：哦，媳婦抓的。這些狗×的牌技倒比我高！楊鐘說：你和他們打牌耍老千了？冉雙全說：我總得把輸的撈回來呀，你沒事吧，咱到別的地方耍去。楊鐘還想著預備團也去阮家的事，嘴上說：咱幹著還有啥意思？冉雙全說：讓你賺錢你還有意見？楊鐘說：不是說你。冉雙全說：走吧走吧，一打牌把啥事都忘了！兩人就離開鎮子，去了龍馬關。

龍馬關有楊鐘的賭友，去耍了兩天一夜，輸得血本全無。第三天晚上往回走，楊鐘想著到紙坊溝找小舅子借些錢了，再在紙坊溝賭。可後半夜路過一個村莊，村莊的人都關了門睡覺，冉雙全卻要大便，楊鐘說：一天都沒吃飯了你還屙呀？要屙往遠些，別臭著我！冉雙全就到一個麥草垛後去，正屙著，麥草垛裡爬出一個女人來，冉雙全褲子未提就撲過去把女人壓住，說：你給我預備的？那女人不屈服，和他扭打起來，他畢竟力氣大，撕斷了女人褲帶，把褲子都拉下來了。楊鐘又睏又餓，閉了眼歇著，聽到撕聲，問咋回事？冉雙全把女人拉了過來，一看，這是井宗秀原先的小姨子。女人當然認得楊鐘，忙說：楊鐘救我！楊鐘說：阮天保沒殺你？女人說：我是逃出來，腳崴了藏在那裡的。冉雙全說：你們認識？楊鐘就說了這女人的根根梢梢。女人說：你救我，我給你好東西。冉雙全說：你有啥好東西，不就是長了個×嗎，你給他不給我?!一把奪過女人抱著的一個包袱，一扔，就拽起女人的兩條腿往開掰。包袱正好扔到楊鐘懷裡，包袱散開，裡邊竟露出一把短槍，當下吃了一驚，冉雙全卻把女人的腿重重摔在了地上，罵罵咧咧。楊鐘拿起槍，確實是把真槍，就要問女人這槍是哪兒來的，冉雙全已經騎在女人身上用雙手掐脖子，就說：你住手！冉雙全站起來說：她還有槍？我掐死她！楊鐘說：槍又沒打你。冉雙全說：是沒打我，可差點讓我倒楣呀，你也別×她，她是白虎星！楊鐘說：什麼白虎星？冉雙全說：你不知道呀，她下邊沒長毛，誰×了就會短命招災的，怪不得保安隊長死了！楊鐘說：胡扯淡！保安隊長是她殺的？讓她走，讓她走！冉雙全去踢那女人，女人沒有動，彎腰看了看，說：她咋陣不經捏的?!兩人忙用麥草蓋了屍體，天也亮了，就沒去紙坊溝，回鎮要把槍交給預備團。

也就在這個早上，剩剩出去玩了，陸菊人沒事，想去花生家拉拉話兒，去了，她爹不在，花生卻在屋裡哭哩，一問，才知是花生夜裡夢到她娘在做飯，鍋裡盡是些芽菜，醒來想起以前家窮，整天都是吃糠嚥菜的，花生說：我只說娘死了再不餓肚子了，誰知娘在陰間還是吃不好。陸菊人抱住了花生，說：那是你做了個夢麼。花生說：這一定是娘給我托的夢。陸菊人說：是不是你娘的生日或忌日到了？花生想了想，說：就是，我娘是明天的生日。陸菊人說：那不是你娘在那邊受苦，是她惦記你了，我陪著你，咱去你娘的墳上祭祭。花生倒感激得直叫陸菊人是乾娘，陸菊人說：這使不得，剩剩認井團長是乾爹，我怎麼做你乾娘？花生說：這和我認你乾娘沒關係麼。陸菊人說：要認你就認個乾姊吧。她們出了門，要到街上買些燒紙和香燭的，在巷子口卻碰上剩剩和自家的貓，剩剩問娘去哪兒，陸菊人說到虎山灣呀，剩剩也要去，貓就不停地抓他。花生說：他要去就一塊去，走不動了我背。這貓咋啦，把剩剩手要抓破呀?!攆開了貓，背了剩剩，沒想貓還是跟著。

到了北城門外，突然跑出一隻老鼠，貓就把老鼠捉住了，但沒有吃，只拿爪子撥著，老鼠再跑，貓又抓過來，還是用爪子撥著。剩剩嚷著下去看貓玩老鼠，陸菊人說：你還是不要去了，就在這兒玩。剩剩便摟緊花生的脖子，不肯下去了。而貓抬頭看剩剩，老鼠趁機跑了，陸菊人說：他不回去了你回去！貓是叫了一聲，坐下來看著他們走了。

在虎山灣的墳地上，花生插上了香燭，燒紙時說：娘，娘，你甭再惦記我，現在家裡日子好過了，我又認了乾姊，我都好著的。娘，你聽見了嗎？就又是哭。紙燒著，突然，沒風卻旋起了紙灰，陸菊人說：你娘聽到了，她在取冥錢的，你要笑的。花生說：娘，這些錢你要捨得花的，給你買好吃的吃，買好穿的穿，我以後還會常來給你錢的。就也滿臉淚水地笑了。燒罷紙，兩人都靜靜地坐在墳前，墳後的灘上到處是茵陳、紫菀、茼蒿、胡荽和蒲公英，蒲公英葉子像苦苣一樣，還有細刺，中心就抽出那麼粗的莖，有的莖端開了花，形色都如菊，有的花開過了，掛著絮，稍一有風，絮就忽高忽低地飛。剩剩一直在那裡捏花絮，捏住了就往口袋裡裝。陸菊人叮嚀剩剩不要裝，讓它飛，它飛落在哪兒了明年又是一棵蒲公英的。叮嚀完了，便說出給花生找個婆家的話。花生突然聽陸菊人說出找婆家的話，回過頭來，臉就很快紅了，說：我還小哩。陸菊人說：小是小，也得趁早早訂下呀，我是五歲就到楊家的。你告訴我，這渦鎮上誰入眼？花生說：我不知道。陸菊人說：你覺得井團長咋樣？花生說：姊說笑話。陸菊人說：你娘也在這兒，不是笑話。花生說：這怎麼可能，人家是團長，我只配做個丫環。陸菊人說：咋不能，我慢慢教你麼。花生說：你咋教呀，你讓雞像鷹一樣飛，雞最多只飛到牆頭上。陸菊人說：沒出息。他井宗秀以前家也那麼窮的，受多大的苦，不是也當了團長嗎?!花生不知道說什麼，就去抱了剩剩。

從墳地回來，花生走得彎彎扭扭的，陸菊人說：你咋走路的？花生說：你在我後邊看，我咋不會走了。陸菊人說：端端走，頭抬起來走。花生又走，就咯咯笑。陸菊人說：別笑得太傻。你有些外八字？花生說：我最煩我這腿了，走路也有意往內收，但一走開了就忘，改不過來麼。陸菊人說：先糾正一個腳，對，走端。進了鎮，中街的石條街面鋪得整齊，中間就有一條直線，陸菊人要花生踏著直線走。花生就踏著直線走，走得似乎很累，見四周沒人了走幾步，一有人便停下來。陸菊人說：沒人看的，走你的。卻在回頭時似乎覺得有人拿了草席和鍬什麼的，從一條斜巷出來後又出了北城門口，陸菊人揉揉眼，說：剛才出鎮的是不是楊鐘和冉雙全？花生說：我沒注意。陸菊人有些疑惑，斜巷裡就又出來了井宗秀和蚯蚓，井宗秀騎在馬上，馬下廝跟的蚯蚓仰頭一直給他說什麼。剩剩在喊：馬！啊馬！井宗秀抬頭瞧見了，下馬把韁繩給了蚯蚓，走過來。井宗秀的黑軍裝上紮著寬皮帶，皮帶上別著一把手槍，太陽在手槍上跳著光芒，他說：是不是想騎呀？剩剩說：騎！井宗秀竟抱著剩剩放在了馬背上，讓蚯蚓牽著馬去遛遛。陸菊人說：不行，這不行。井宗秀說：讓他也練練膽子，你們出鎮了？陸菊人就蹭著鞋上的泥土，說：和花生給她娘上墳去了。井宗秀說：花生沒娘了呀？花生早已是滿臉通紅，說：我娘去世得早。說完就含胸縮背站在那裡。陸菊人說：我現在是她的乾姊啦。用手輕輕拍了花生的腰，花生的腰挺直了。井宗秀說：哦，哦。陸菊人說：以後要有縫縫補補、洗洗涮涮的活了你就交給我這妹子。花生倒越發不會了說話，只是含笑。陸菊人又說：啊你有手槍了？井宗秀說：才有的。陸菊人說：那次保安隊長來，腰裡就別著手槍蠻威風的，你當團長了早也該別一把的。井宗秀說：這就是保安隊長的那把手槍。陸菊人說：是不是？井宗秀說：我不愛帶槍，楊鐘和冉雙全把它弄了來，杜魯成便非要我別上不可。陸菊人說：就是不用也得別上，這是個身分麼！你說是誰弄來的？井宗秀就把這手槍的前前後後說了一遍，陸菊人臉上愈來愈不是了顏色，說：他背著你又去賭了？你那小姨子死了？就死了?!突然一股子風，馬從巷子裡跑出來，四蹄刨地，大聲嘶叫，沒見蚯蚓跟著，馬背上也沒了剩剩，井宗秀啊了一下就過去攔馬竟然沒攔住，而緊接著蚯蚓背了剩剩也跑出了巷子，剩剩滿臉的血，哭叫得像殺豬。陸菊人忙問咋回事，蚯蚓說他牽馬到巷裡，剩剩不讓他牽，他鬆了手，馬走到巷那頭都沒事，可一出巷口，冷不丁竄出一條狗，馬一驚把剩剩撂了下來。井宗秀就罵蚯蚓，陸菊人說：這怪不了他。一邊把剩剩從蚯蚓背上抱下來，一邊說：不哭啦，不就是擦破皮麼。但剩剩一站在地上了又撲咚倒下去，一摸腿，又尖聲喊疼。花生忙去揉搓，剩剩哭得更厲害，陸菊人說：不敢再揉，這是傷骨頭了。井宗秀抱了剩剩要去安仁堂，陸菊人不讓抱，說：你抱著不好。井宗秀說：我是他乾爹呀！抱了就跑，陸菊人和花生便跟在後邊。剩剩一直在哭，半路上花生去店鋪裡買了塊瓊鍋糖塞在嘴裡，他含著還在哭。

安仁堂門前的婆羅樹開了花，像苜蓿一樣的也是紫花。有人來請陳先生出診，已經走到樹下了，陳先生又返回屋，說：這我不能去，剩剩來了。來人說：剩剩是誰？陳先生說：鎮上壽材鋪楊掌櫃的孫子。來人說：沒誰來呀？陳先生說：你聽聲麼。來人聽不見有什麼聲。陳先生說你不急，趁剩剩來前我教你幾樣喝水的偏方，就教：秋露時的草頭上的水能消渴，柏葉上的水能明目。梅雨水可以洗掉癬疥，洗掉斑痕。屋漏水有毒，但狗咬了一洗便癒。豬槽水治蜈蚣和蜘蛛咬。知道半天河水嗎，就是屋簷水，上天雨澤水是治療狂邪的良藥。正說著剩剩的哭聲果然就傳來了。陳先生說：流水不腐，但河河水善惡，前十天黑河岸構峪死了幾十頭牛，我去一問，數日前有雨，那是有蛇蟲之毒，牛飲其水所致。來人說：呀呀，你這是說我們峪的事嗎？我請你去一是峪裡也接連死了好多牲口，二是我爹我娘突然腳走不成路了。剩剩的哭聲已到了院。陳先生說：你家吃的什麼水？來人說：先前在村口泉裡挑，後來我從山窪裡引過來一條渠，吃的是渠水。井宗秀抱著剩剩進來了，屋裡人都站起來說：啊井團長！陳先生還在那兒坐著，說：井團長你尋地方坐。是咋個走不動？來人說：腳脖子軟。井宗秀說：陳先生，快給剩剩看看，他疼得受不了。陸菊人說：先生正忙的，讓先給別人看。你回去吧，看完了，我和花生背剩剩回去。井宗秀看了看陳先生，也就走了。剩剩還是哭。陳先生說：那我就不去了，你回去再不要牲口飲峪水，你家也不要吃那泉水了，泉水是陰水。剩剩剩剩，井團長都走了，你還哭給誰看撒嬌呀？剩剩就不哭了。陸菊人笑著說：還真是的！把剩剩抱過來，給陳先生說：從馬背上摔下來的，可能是腿上傷了骨頭。陳先生摸了摸腿，說：是骨折了。陸菊人說：要緊不要緊？陳先生說：這得給他接好了要靜靜躺在炕上。陸菊人說：這咋能靜靜躺？陳先生說：那就用夾板夾上。當下取了藥膏，綁帶，兩塊木板條，給剩剩說：你騎馬啦？剩剩說：騎了。陳先生說：那馬不是你騎的。剩剩說：我要騎。陳先生說：啊院子裡咋飛來個鴿子？剩剩扭頭往窗外看，陳先生突然一捏腿，剩剩啊地尖叫，陳先生說：好了，接上了！就開始塗藥膏，纏紗布，放木板條，用綁帶一層一層裹了，說：回去吧，以後要騎馬就騎你家的掃帚。

楊鐘和冉雙全把槍上交給預備團，功是功，過是過，兩者一抵消，就沒有獎勵他們也沒有懲罰他們，但掐死了人，雖然是失了手，人畢竟死了，井宗秀責令他們去掩埋了屍體，回來就關了冉雙全三天禁閉。楊鐘到家看見剩剩的腿骨折了，說：這是報應啊！啪啪啪打自己臉。陸菊人坐在門檻上就看著他打，想著今日發生的事也是蹊蹺，貓怎麼一次兩次都不讓剩剩跟她呢？便抬頭看貓，貓又是在門樓瓦槽裡眼睛睜著一動不動，而楊鐘的半個臉被打腫了。

★

轉眼麥收過了，狼卻多起來。李文成的娘晚上聽到雞撲啦撲啦響，起來沒發現黃鼠狼子，卻看到月光下豬圈裡有了一隻狼，狼用嘴咬著豬耳朵，用尾巴在豬屁股上打，要豬翻圈牆。忙喊李文成，李文成拿了頂門杠子出來，狼和豬已經翻出了圈牆，喊叫著就打。狼放下豬往南門口跑，李文成沒攆上，卻見老魏頭敲著梆子叫著平安無事喲，走過來。李文成把他的梆子奪過來摔在地上，說：狼都來了你還平安無事?!老魏頭說：有狼啦？李文成說：狼進豬圈啦！老魏頭說：豬叼走啦？李文成說：真叼走了我讓你賠哩！兩人趕回豬圈，豬耳朵上還流著血，老魏頭一看豬尾巴，說：你養的是扁尾巴梢子呀，這種豬就是狼的菜麼！

第二天，鎮上進了狼的事就嚷嚷開了，老魏頭用石灰漿在北門口的城牆上畫大圓圈。渦鎮一輩一輩傳下來就是畫白色的大圓圈嚇狼，老魏頭畫完了北門口的城牆，又畫中街人家的牆，甚至畫到了城隍院大門上，杜魯成說：這還了得！派鞏百林帶人去打狼。預備團的子彈少，不准打槍，只能拿棍，他們潛伏在虎山灣的沙灘，等到後半夜果然有一隻狼，很快就被打跑了。但那隻狼跑幾十丈遠，把嘴紮在土裡，嗚嗚地叫，不久沙灘上就有了七八個白點移動，來了更多的狼，幾十人舉著棍衝過去，鞏百林喊：狼是鐵頭豆腐腰麻稈腿！所有的棍就打狼腰打狼腿，狼群散開，有向白河渡口跑的，有向黑河十八碌礡橋跑的。鞏百林他們攆到龍王廟遺址，見有一隻狼還拖著一頭吃了一半的豬，就圍上去亂棍打死。把死狼和只剩下一半的豬拉回來，伙房裡就割了豬肉要煮了吃，老魏頭說：狼咬過的東西有毒哩，便把豬肉埋了，剝狼肉吃。吃過了，全說狼肉太柴了，不好吃。

狼是再沒進鎮了，井宗秀就集中人力去納糧徵稅了。這是預備團第一次納糧徵稅，組成了兩撥人，一撥由陳來祥、吳銀、王路安領著去黑河岸各村寨，一撥由夜線子、唐景、馬岱領著去白河岸各村寨。半個月後都回來，夜線子他們徵納得多，陳來祥他們徵納的僅是夜線子他們的五分之一。問陳來祥怎麼回事，陳來祥說縣保安隊已經在黑河岸各村寨徵納過一次了，井宗秀就非常惱火，阮天保明明知道麻縣長給預備團劃分了區域，他就是不顧了情面，也不該蝗蟲吃過界啊！

井宗秀、杜魯成、周一山一塊找麻縣長告狀，麻縣長那天剛剛吃過午飯，在書房裡寫字。麻縣長已經習慣了在飯後要練練書法，平川縣城裡的好多店鋪都是他題寫的。他一邊寫著一邊聽井宗秀的申訴了，說：保安隊現在擴大了一倍，那麼多人要吃要喝的，他要徵納就讓他徵納吧。杜魯成說：保安隊擴大了一倍？先前那麼些人縣政府都控制不了，現在還擴大？麻縣長說：我以為你們都是些兄弟，他擴大時我也沒在乎，可他提出把縣保安隊和預備團合二為一，我問那是以保安隊為主還是以預備團為主，他說當然以保安隊呀，我就起了疑心，你們這一來，我也明白了。井宗秀說：他這不是和王魁一樣了嗎⁈麻縣長沒有說話，繼續寫他的字。井宗秀看了一眼，寫的是：不讀書有權，不識字有錢，不曉事倒有誇薦……折挫英雄，消磨良善……依本分只落得人輕賤。周一山說：字寫得好！井團長，你知道這是誰的話嗎？井宗秀說：縣長的話？麻縣長說：古人說的。看來啥朝代都一樣啊！事情到了這一步，如果我再強制他，阮天保就和我不和，也和你們不和，平川縣總不能上一個保安隊長不行，這一個保安隊長更不行吧？關係咱都維持住，至於徵稅納糧麼，以後你們趁早徵納就是。井宗秀說：縣長，我知道你難，可這預備團是你一手組建起來的，你得多關照。麻縣長說：這我當然清楚，六九旅答應的一批軍火我就全要給你們麼，還在爭取讓他們撥些軍餉的。

麻縣長話說得軟作，但也都是實情，井宗秀他們就不便再申辯。回到渦鎮，他們連續召開了群眾集會，井宗秀一再講預備團是大家的武裝，它的宗旨就是要保護平川縣，而首先要保護渦鎮的。現在預備團初建，困難重重，舉步維艱，需要全鎮人的支援。他沒有講有錢的出錢，有糧的出糧，而是說飢了給一口那是雪裡送炭，飽了給一鬥那是錦上添花。也就在他自己宣布把他家的所有商行商鋪都歸於預備團後，幾天時間裡便不斷有人捐錢、捐糧、捐物。這些錢糧物件存放在井家屋院，由周一山親自登記造冊統一掌管，老魏頭也站在門口，一見人來便把鑼敲得噹噹噹，歡迎著又宣傳著。

這天一早，馬家油坊拉來了兩缸菜油，魏家掛麵坊拉來了兩麻袋麥子，老魏頭敲了一陣鑼，見安記滷肉店的安掌櫃挑了兩個圓籠過來，擔頭上還掛了個大鍋盔，老魏頭又敲鑼了，說：安掌櫃，你沒提滷肉？安掌櫃立即說：不，不，我這是到女兒家的，外孫過滿月。紅了臉匆匆走過。老魏頭呸一口，把鑼夾在胳膊下，蹴在牆根，半天再沒人來，就打盹了。這時，糧莊的梁掌櫃挑了一擔包穀來，在門口遇見了王媽，王媽說：啊也捐呀？梁掌櫃說：哪一年不是要繳糧的，與其給外來人還不如給了預備團，他們吃了喝了還能把屎尿留在鎮上麼！王媽說：但我沒想到你捐這麼多！梁掌櫃說：我哪像你，給佛也只上一根香！包穀過了秤，周一山就寫了收條給梁掌櫃。梁掌櫃說：收條？預備團還返還嗎？周一山說：預備團世事成功了，見條子三倍四倍地還！王媽說：呀，你這是放高利貸呀?!梁掌櫃說：啥叫預備團世事成功？周一山說：你說呢？王媽說：井宗秀當了皇上？周一山笑。王媽再說：當不了皇上當個縣長？周一山還是笑。梁掌櫃卻將收條撕了。周一山說：世上啥事都可能發生的！梁掌櫃，即便一時還不了，你出的糧就是保護費。梁掌櫃說：那咋個保護呀？周一山說：誰敢勒索搶劫糧莊，你就尋預備團！王媽說：我以後去買糧，他秤上虧我了，我也去尋預備團呀。梁掌櫃說：我啥時秤上虧人了？你捐的啥？王媽說：我沒啥捐，捐這老骨頭呀？周一山笑著說：你就捐你的嘴吧，多在菩薩面前說好話！

半個月下來，預備團接受了二千個大洋，十擔稻子，二十擔麥子，十五擔包穀，以及大量的土豆、紅薯、蘿蔔、白菜。夜線子、陳來祥他們又繼續去徵稅納糧，黑河白河兩岸的村寨徵納不到了，往更遠的溝腦峪底去，而井宗秀就又焦急起幾時撥來新的軍火。終於有消息了，但誰也沒有想到，六九旅撥來的五十支槍百十箱子彈和手榴彈，一到縣城，竟然被保安隊截留了占為己有。事情相當嚴重，井宗秀和杜魯成、周一山商議對策，先是想讓杜魯成再去見麻縣長，鼓動麻縣長以六九旅的名義強制阮天保，但很快否定了，認為靠麻縣長強制難以奏效，不如井宗秀親自去見阮天保，曉之以理，動之以情，必要時也可以帶上阮老爹，讓他阮天保清楚即便不認兄弟們了他還是渦鎮人。可反復一想，阮天保能這麼幹就是準備了翻臉的，去了不但不行，還可能受辱。那麼，再忍一回？這是五十支槍呀，少了五十支槍預備團還算什麼個預備團?!看來只有你不仁了我也不義，乾脆武力去搶奪。但是，保安隊原本實力比預備團強，還擴大了人馬，能不能搶奪回來？搶奪回來了會出現什麼局面？搶奪不回來又會導致什麼後果？整整兩天裡，他們都在做各種設想，卻就是定不下個方案。井宗秀說：唉，你周一山咋就不會做夢了啊?!提著褲子去了廁所。

井宗秀已經幾天裡不舒服了，肚子脹得像鼓，想拉，又拉不出來。他在廁所裡吭哧了好久，勉強擠出指頭蛋大一疙瘩，掉在地上還跳哩。他就大聲喊蚯蚓。蚯蚓在城隍院外的街上站著，轉動著腦袋四處張望，旁人問：幹啥哩？蚯蚓說：等哩！又問：等團長呀？蚯蚓說：等軍火！城隍院有人喊：蚯蚓，蚯蚓，團長叫你哩！蚯蚓跑進來，才知道井宗秀在廁所，就站在廁所門口問是要出去買酒喝還是喝茶呀要燒水？井宗秀讓他去安仁堂叫陳先生來，蚯蚓說：你病啦？井宗秀不耐煩了，說：去叫人！蚯蚓跑走了，井宗秀還看著那拉下的屎蛋兒，罵了一句：他娘的，我成羊啊?!

蚯蚓去了安仁堂，陳先生卻去了楊家看望剩剩了。剩剩是躺了幾十天稍微能活動了，就在炕上待不住，爬下來扶著炕沿走，又叫嚷腿癢，拿手摳綳帶。陸菊人不讓他下炕更不准摳綳帶，他就哭鬧，把鼻涕抹在枕頭上，又把枕頭撕開掏出蕎麥皮往炕上撒。楊鐘回來了，說：你下炕走過來。剩剩就下炕走了三步。楊鐘說：再走過來。剩剩又走過去三步。楊鐘說：還行，那就把綳帶夾板取掉吧。可過了一月，剩剩褲腿一個長一個短，走路一邊倒，陸菊人和楊鐘便背了剩剩去安仁堂，陳先生看了，說：左腿咋變成這樣了？陸菊人說：那咋辦呀！陳先生說：這得重新打斷了再接。楊鐘說：打斷？你再把腿打斷?!陳先生說：這我可做不了啊。楊鐘說：你治不了當初就不要治麼，現在長歪了你倒說做不了?!陳先生說：這也怪我，那時太著急。陸菊人說：這不能怪你，是綳帶夾板取得太早了。陳先生說：我做不了，但有人能做，只是他住得遠些。楊鐘說：是不是在安口？陳先生說：是呀，你知道？楊鐘沒回答，把剩剩抱走了。回到家，陸菊人嫌楊鐘不該那樣對待陳先生，楊鐘說：他既然做不了，我還和他有啥說的?!就告訴了那次在安口碰見的接骨郎中的事。兩人就商量帶剩剩去一趟安口，又擔心自己去郎中不肯見，得和周一山一塊去，或讓周一山寫一封信帶上。但很快，聽到阮天保截留了軍火，井宗秀、杜魯成、周一山又進了縣城，陸菊人就勸楊鐘暫不提去安口，孩兒的腿也不急十天半月的，過了這一段再說。

蚯蚓終於把陳先生叫來了，井宗秀罵蚯蚓你咋不到天黑了再回來？陳先生便替蚯蚓圓場，說了他怎麼去了楊家看望剩剩的腿傷，又說了剩剩的腿怎麼長歪了需要打斷了重接。井宗秀說：咋能成這樣，鳥屎屙到雞屎上了，事上加事！需要打斷重接就打斷重接，別讓孩子成了跛子！陳先生說：打斷重接我不行，這得去安口找莫郎中。井宗秀說：哦，莫郎中我知道。陳先生說：你認識這就好，這幾天讓把剩剩送去給治治。井宗秀說：不用去，把他請來不就得了，以後傷筋動骨的事少不了，讓他就留在預備團麼！陳先生就開始給井宗秀號脈，井宗秀說：他要來渦鎮了，不會搶了你的飯碗吧？陳先生說：他當軍醫啊？人不能見誰都服，但也不能誰都不服麼。你乾腸了，拉不來？井宗秀說：快把我憋死啦！陳先生說：頭沉得很？井宗秀說：像扣了個鐵帽子！陳先生說：耳內和耳後項側疼得手都不能摸？井宗秀說：我知道上火了，你給開些瀉藥。陳先生說：病在肝上，肝火旺，我用柴胡加山梔、川芎、丹皮。不能用瀉藥，瀉了傷身，開五服吧。井宗秀說：五服？陳先生說：最少五服，讓蚯蚓給你煎，他有時間。井宗秀說：他有時間煎，我沒時間喝麼。陳先生說：這你得喝！說完就和蚯蚓去安仁堂抓藥，蚯蚓還想尿一下，井宗秀說：速度！蚯蚓就夾著尿跟陳先生去了。

這個晚上，井宗秀喝了藥，給院裡人說，他不吃飯了，也不喝水了，任何人都不要打攪他，就關起房門，側身躺在炕上吸菸。一盞菜油燈放在炕頭，旁邊靠一根劈柴，他是用小刀削劈柴，削下一薄片了，在燈上引火按在煙鍋子上，吸著，腦子裡仍琢磨如何才能更好地把截留的軍火弄回來。菸是一鍋子接著一鍋子地吸，劈柴被削了一個凹槽，煙鍋子也燒得燙手。到了後半夜，肚子裡開始攪動，便似乎聽到誰在議論起他的每一種方案，閉住氣再聽，原來是自己肚子裡咕嚕咕嚕響，就無聲地笑了笑，再繼續吸菸，一時倒覺得他不是在吸菸，是他的五臟六腑卻在燃燒了往外冒煙，後來便連續地打嗝，放屁，肚子也鬆泛了許多。身子稍一舒服，瞌睡就來，又吸過了兩鍋子菸，自語道：該睡吧，睡吧。眼皮子一耷拉，煙鍋子從嘴上掉下來，撞著了劈柴，劈柴也倒了，發出哐噹一聲。這聲音他是聽到了，聽到了也就聽到了，眼皮子卻沉重得動不了而真的睡著了。睡著便有了夢，但他並不認為那就是夢，只是黃昏裡街上的雲卷起來，有白的，有紅的，也有黑的，碌碡一樣往前滾。無數的人便在雲裡往南行走，這些人他有認識的，更多不認識，但他知道這都是渦鎮以前的人和現在的人，似乎還有以後的人。那時候他意識到這該是歷史吧，那麼，裡邊會不會有他呢？行人都不說話，表情嚴肅，一個接一個地前去了，而跟著的就有了牛、驢，甚至樹木和房子，樹走著走著就葉落枝斷了，房子更是瓦解，是梁和柱跟著走。他終於看到了他自己，他在佇列中個頭並不高大，還算體面，有點羞澀。他懸著的心總算放下來，就看著它們走出了南城門口外，走到了渦潭。渦潭在旋轉，渦潭的中間就有了一個巨大的洞，洞竟然往上長，愈長愈高，口子愈來愈大，把來的人，牛，驢，斷枝落葉和梁柱磚瓦都吸進了。可以說，不是吸進去的，是所有的東西自動跑進去的，他就聽到了它們在渦潭裡被攪拌著，發出叭叭的響，一切全成了碎屑泡沫。這叭叭響其實是燈盞裡的油乾了，燈芯像受傷的蟲子在掙扎，掙扎著就熄滅了。井宗秀終不知燈芯是幾時熄滅的，這如同他並不知道自己是幾時進入夢境一樣。

周一山住在院西頭那間屋裡，後窗外就是銀杏樹，這些天他都是早早睡了希望能做個夢，在夢裡獲得些對付阮天保的啟示，但幾乎就沒有了夢，即便影影綽綽有一些夢的片段，醒來又全然忘卻。醒來了常常是在後半夜，便聽到銀杏樹上有鳥的動靜，因為總有鳥在那裡，他差不多可以分辨出是烏鴉還是練鵲，還是百舌、伏翼、鶺鴒、鷺鷥，就再也睡不著，聽它們碎著嘴嘰喳或呢喃。這一夜醒來得更遲些，知道樹上是兩隻山鶘，一隻在發出滴溜聲，尾音上揚，一隻在發出哈撲聲，尾音下墜，聽著聽著，好像是在說著井宗秀和阮天保的名字。他激靈了一下，再聽，就嚇得額頭出了冷汗，同時又十分興趣，雙手卻攥緊了：鳥在爭辯著井宗秀和阮天保誰厲害，誰能成事。周一山就在那時腦子裡閃現了一個念頭，就起來披衣去了院後邊的營房裡，把夜線子叫醒。

在營房門外的黑影處，周一山說：你知道阮家屋院嗎？夜線子說：大概知道方位。周一山說：不是大概，要準確是阮家屋院。夜線子說：唐景和李文成知道吧。周一山說：你帶上蚯蚓。夜線子說：啥事還不讓他們去？周一山說：去燒了阮家，把阮天保他爹他娘抓起來！夜線子說：啥時候？周一山說：現在就去。抓回來就押到一三〇廟裡的小屋裡嚴加看守。夜線子就進營房去選人，選了三個家都不在渦鎮上的，又把蚯蚓拉起來。蚯蚓睡得迷迷糊糊，說：我不尿。夜線子說：把嘴閉上，跟我走！一夥人就悄不作聲地走了。

井宗秀起來的時候，太陽開始冒花，感覺神清氣爽了，佩服陳先生的藥好，也就想著去楊家看望剩剩。剛到了中街豆腐坊門口，鼻子嗆嗆的，便看見鎮南頭冒著一股黑煙，正疑惑誰家有了火災，斜對面的店鋪前一些人在嘁嘁啾啾說話，好像是在議論阮家的屋院被燒了，不知是不小心著了火還是被人放了火。一個就說：是預備團燒的。有人說：打嘴，這種事不敢胡說！預備團專門放了鞭炮，周一山還去阮家道喜哩，咋能是預備團？那人說：認識夜線子嗎，就是平日老瞇著個眼，凶起來又睜得銅鈴大的夜線子，我看見他一條繩把阮天保他爹他娘拉走了的。井宗秀吃了一驚，要走近去問個究竟，那些人卻呼地散了。井宗秀還往冒黑煙的地方張望，想著如果是預備團燒了，那一定是周一山幹的，頓時黑血就湧了頭，轉身回城隍院去。豆腐坊掌櫃卻出來問：井團長井團長，是阮天保在縣城犯了政府的事了嗎？他不是保安隊長嗎咋就抄了家?!

周一山的屋子裡，杜魯成在，夜線子也在。夜線子是剛回來把一個筐子放在桌子上，和周一山正說話，抬頭見井宗秀進來了，喜歡地說：團長，團長！井宗秀說：筐子裡裝的啥？夜線子說：搜了一下只有這五百個大洋，肯定還在什麼地方埋的有，這得審問了再說。哎，我給你弄了個眼鏡哩。井宗秀罵了一句：去！夜線子摸不著頭腦，還在說：老傢伙的眼鏡是石頭鏡片，戴上不害眼。周一山趕緊把他推出門。井宗秀指著周一山，說：你燒房抓人啦?!周一山說：團長，我剛才去你屋裡要彙報的，你不在……井宗秀說：我請你來是幫忙的，還是叫你來砸鍋的?!魯成你也參與啦？杜魯成說：我也是才知道。他拉把椅子讓井宗秀坐，井宗秀不坐。杜魯成說：我還沒見過團長生這麼大氣的，煙鍋子呢，給團長上菸麼。周一山把煙鍋子拿過來，煨上菸絲了，井宗秀沒有接，煙鍋子就放在了桌子上，他說：

你聽我說。井宗秀說：我聽你說啥？這麼大的事你不吭一聲說幹就幹了，你彙報呀，你怎麼彙報，先斬後奏是不是？你是外鄉人，可我是渦鎮的，你知道不?!周一山說：事情是我幹的，我之所以先不告知你，就是怕你顧忌多，逼著你要下決心攻打阮天保的。你若覺得這事不好給鎮上人交代，我來擔這個惡名，但這事必須得這樣幹。杜魯成說：那好，你說說必須這樣幹的理由！周一山說：團長你先消消氣。杜魯成說：說你的理由！周一山就先說起他聽到的鳥語。杜魯成說：別胡說呀，你能聽懂鳥語？鳥在說要把阮家的房燒了，把他爹他娘抓了？周一山說：我真的能聽懂鳥語，也是昨夜裡突然聽懂的，我也不知道怎麼就聽懂了，可以前我做夢靈驗，這團長也了解。井宗秀一屁股坐在椅子上，陰沉個臉，但沒有吭聲，也沒有看周一山。杜魯成說：你也是太狠了，咱就是拿他家人來要脅要脅阮天保也行，不至於把人家房也燒了。周一山說：你沒覺得阮天保勢頭猛嗎，平川縣這地面上怎麼能容二虎？我還想挖了他家祖墳，揚了脈氣，讓他永遠起不了風雲。井團長找我來，我就得對井團長負責！杜魯成說：宗秀，一山說的也對呀！既然事情到了這一步，你說咋辦？井宗秀出了一口氣，拿起桌上的煙鍋子，周一山給他點著了火，他又把煙鍋子放下，說：唉，陳先生昨兒看病時說了一句不能硬瀉，硬瀉了傷身，我現在才明白這話的意思了。說完頭低著，手在下巴上摸著拔鬍子。杜魯成說：是太突然啊！這事肯定包不嚴，消息傳出去，不等咱去打阮天保，倒是阮天保要來打咱們了。井宗秀抬起頭來，說：趕快先封鎖鎮子，任何人都不得出去。趁阮天保還不知道他家的事，咱們今晚就去縣城打他個措手不及。杜魯成說：你決定啦？井宗秀說：去就得坐船去，擦黑必須趕到縣城。六九旅的那批貨我估計都在保安隊大院，這得先把阮天保調出來，讓保安隊群龍無首。能奪來那批貨最好，萬一奪不來也要打他個亂七八糟，滅滅阮天保的志氣。打完後從旱路撤回，保安隊如果來追，可以在沿途打埋伏，一處選在石碥溝口，一處選在龍馬關前的金蛇灣。周一山說：哎呀，你這早有一套方案了麼！井宗秀說：

楊鐘下了馬，說：你瞧不起我，我還真的沒能耐啦？渦鎮上能騎馬的除了井宗秀也就是我哩。陸菊人說：你是預備團的人，就叫團長，別井宗秀井宗秀的。多緊火的事你回來幹啥？楊鐘說：我來不及吃飯了，回來拿兩個蒸饃。陸菊人忙進屋取了兩個蒸饃，還在蒸饃裡夾上了油潑的辣子，楊鐘卻從身後雙手抓住了陸菊人的奶，說：我還要吃這兩個蒸饃哩！陸菊人說：剩剩快醒啦，回來了讓你吃個夠！楊鐘看了看炕上的剩剩，剩剩還睡著，上去親了一口，說：井團長說了，從縣城回來後，他要把莫郎中弄到渦鎮的。陸菊人說：是不是？剩剩這乾爹沒白認麼！把蒸饃塞在楊鐘懷裡，看著他上了馬，穩穩實實，樣子還挺好地騎著走了。

李文成不會騎馬，坐上去身子是硬的，雖然楊鐘從身後抱著他，他仍是叫著我要掉呀，掉呀，說他不騎馬了要走，楊鐘罵三十里路你走到啥時候去，就讓他橫著趴在馬背上，像馱著一麻袋糧食，這麼下午到了縣城。把馬先拴在一品香酒樓門口，兩人在麵館裡吃了麵條，看看天色尚早就溜達起來。經過一家糕點鋪子，楊鐘說：我去見阮天保總不能空手吧？買了一包提著，走了幾步，卻說：與其給他吃，不如咱嚐嚐。掏出來一人一個，吃過一個就逗開了胃口，竟把一包全吃了。天擦黑，往縣保安大院去，李文成因一路在馬背上顛簸，又吃飯太急，就嘔吐了，一時臉色寡白，走路腳軟得趔趔趄趄，楊鐘從路邊撿了根木棍給他，說：這才像個乞丐。要分手了，竟說：乞丐繫那麼好的腰帶?!把李文成的腰帶解下來繫在自己腰裡。

史三海是住在縣城自己的私宅裡被殺的，阮天保當了隊長後就吃住在保安隊大院，當楊鐘進了大院，阮天保明明是抬頭看了那麼一眼，卻轉身走了。楊鐘有些急，說：我們是光屁股一塊長大的，你假裝認不得我？手下人說：隊長上廁所呀。楊鐘就坐下來等，一等不見阮天保出來，二等不見阮天保出來，就高聲說：你是屙井繩啊?!阮天保出來了，一邊繫褲子一邊說：你咋來見我了？楊鐘說：不是我來見你，是井宗秀要見你的。阮天保說：他人呢？楊鐘說：他要請你吃飯，先騎馬去一品香酒樓安排了，派我過來接你。阮天保說：咦，他要請我吃飯，他當團長了咋還想起來請我吃飯？楊鐘說：他是團長，你更是隊長，大拇指為大，小拇指為小麼！他到你家已道賀過了，但覺得禮還不到，特意趕到縣城來的。阮天保說：他比你強！就讓人給他拿行頭，換上了一頂硬簷帽子，一雙皮筒靴子，腰帶上別了槍，還把一隻懷錶的銀鍊子拴在鈕釦上，看著錶說：請客也太晚了，我才吃過飯呀！把錶裝在上衣口袋裡。兩人出了大門，李文成就在不遠處的一棵榆樹下，忙往樹後藏，阮天保就看見了，說：那是不是李文成？李文成已無法再藏，楊鐘走過去拿腳就踢，罵道：嗨，你咋丟人丟到這兒了?!滾滾滾！李文成便也罵楊鐘，楊鐘奪過李文成手中的棍把李文成打走了。阮天保說：他不是也在預備團嗎？楊鐘說：他賭博，輸錢了在營房裡偷別人錢，就被開銷了，回到家又輸得把家裡地抵押了，出來要飯哩。好久在鎮上沒見他，原來到縣城來了，狗東西，到保安隊門口討要，這不是給你臉上抹黑嗎？阮天保說：他爹在的時候那可是鎮上的富戶哩。楊鐘說：他爹那時太凶，老吼咱的，活該他這樣。阮天保說：你爹人誠實本分，你咋就也浪蕩？楊鐘說：我浪蕩那是沒合適我幹的事麼，現在我不是能來接你了嗎？阮天保說：你是個瞎瞎膏藥，誰貼上爛誰的肉哩。楊鐘說：我就貼你。阮天保說：嗯？楊鐘擤了一下鼻涕，順手拍了阮天保的背，說：你就這樣看我哩！順勢鼻涕抹在背上了。阮天保也笑道：啊爛套子能塞牆窟窿哈。

到了一品香酒樓前，果然拴著井宗秀的那匹馬，阮天保說：等我也會騎了，讓你們團長把這匹馬得借給我呀！上了樓，楊鐘指著一個包間說：井宗秀在裡邊。他卻站在樓梯口。阮天保推門進去，裡邊沒有人，桌子上也沒有擺酒菜，正說：人呢？便聽到遠處槍響得厲害，忙掀開窗簾，槍聲就響在保安隊大院方向，回頭要問楊鐘話，楊鐘卻順著樓梯跑了。阮天保這才明白上當，叭叭打了兩槍，從樓梯上撞下來，見楊鐘已經騎了馬從街道跑過去，一連開了三槍，好像楊鐘從馬上掉下來了，但又沒有掉下來，馬就拐過一條巷沒見了。

李文成見阮天保離開了保安隊大院，便學著驢叫，杜魯成帶著一股人，周一山、鞏百林帶著一股人，夜線子、陳來祥帶著一股人，同時往大院門口衝。門衛問：哪裡的？回答：六九旅的。槍就響了，四個保安倒在地上，三股人踏著屍體撲了進去。保安隊的院子很大，分前院後院，前院靠東西院牆各有房子，房前十幾棵一摟粗的柏樹，中間是一個水池子，池中堆著假山。到後院要過一個園門，園門早塌了，架著幾根木頭，木頭上爬滿了藤蔓，裡邊有五間廳房，左右兩排平屋。吃罷晚飯後所有的保安都閒了，打牌的打牌，下棋的下棋，喝茶的端著個茶壺問誰還有麥溪芽尖，上廁所的仍在罵站在廁所外的是瓷慫瓜㞎，而有三個從藤蔓下出來，走到水池邊了爭奪起一包紙菸。大院門口槍一響，裡邊的保安全愣了，爭奪紙菸的三個還在爭奪，其中的胖子說：誰走火啦？話未落，這邊同時開槍，一個就栽到水池子裡，一個倒在地上再也沒動，胖子還站著，但腦袋不見了。保安們這才清醒，一窩蜂往後院跑，大喊：遊擊隊來了！遊擊隊來了！杜魯成在罵：死讓你死個明白，老子是預備團的！這時候後院裡就有了槍響，十幾個保安已經拿槍跑出來，把守住園門口往外打。預備團就倒了一個人，井宗秀忙讓散開，一部分人便占領了靠東院牆的房子，一部分人占領了靠西院牆的房子，以柏樹做掩體從兩側打，夜線子和鞏百林他們跳進水池，趴在假山上正面打。一個人頭上中了彈從假山上掉下來，吳銀怕那人受傷掉在池子裡嗆水，接著往池邊走，卻拉出了兩個。一個是預備團的，一個卻是保安隊的，預備團的那個已經死了，保安隊的那個嘴裡還冒泡，便在頭上補了一槍。保安隊在園門口招架不住，往後退，預備團就撲到園門口。保安隊到了後院的廳房，人就多起來，又從廳房和平屋的門裡窗裡往外打，火力比先前猛了許多。一時預備團不敢再進，保安隊也不敢出來，雙方相持，火星四濺，子彈像蝗蟲一樣到處飛。杜魯成要組織人爬上園門牆了再能上到平屋頂上往裡打，但沒有發現梯子，唐景喊：文成文成，你來我踩著你肩膀上去！上了幾次又沒上去，陳來祥跑來給井宗秀說：前邊的房子裡有一堆槍枝彈藥。井宗秀說：趕快拿呀，能拿多少就拿多少！杜魯成就不組織爬牆了，唐景、李文成、吳銀等十幾個去了前邊的房子。果然四五箱子彈，四十箱手榴彈都沒開封，槍是安裝好的新槍，一數，正好五十支。周一山說：就是那批貨，狗日的咋吃進去就咋吐出來！這邊忙著拿槍枝彈藥，廳房裡的保安趁機又衝出來，預備團當下死了三人，便退到大院門口。唐景是最後一個抱了一箱子彈往出跑，一股子亂槍射來，他的一條腿斷了，箱子掉下去散開，子彈撒了一地，他爬著去撿。井宗秀喊：不撿了，快過來！但又是一股子亂槍射來，唐景的身子跳了幾跳不動了。周一山對井宗秀說：得手了咱就撤吧，阮天保肯定快回來了。井宗秀說：把唐景搶過來！保安隊已到了水池邊，唐景是搶不回來了。周一山和夜線子打開一箱手榴彈，咕里咕咚扔過去七八顆，爆炸中，煙土騰騰，預備團一溜風地跑了。

阮天保知道了預備團在突襲保安隊，他孤身一人又不敢貿然前去，那晚正好有七個保安派往縣監獄要押解三個犯人去三合縣，忙跑去監獄帶了那七個保安再趕回保安隊大院，預備團早已撤離。這次突襲，保安隊除了一箱子彈外，所有截留的軍火全部被搶走，而且死了十一人。預備團丟下的屍體有五個，阮天保把屍體翻過來認了，四個不認得，認得的一個是鎮南門口擺涼粉攤的唐景，罵道：你不好好賣涼粉，來送的啥死?!就在水池子邊燒了三堆火，照得通明，著人去請麻縣長。

麻縣長這天晚上在辦公室點燈讀書，讀著讀著，書面上的字都跑動起來，嚇了一跳，再定睛看時是一隻小蟲子，小蟲子有芝麻大，黑色的硬殼，他把書拿起來抖了抖，繼續讀，書面上竟然又跑動著一隻小蟲子。心想，是書桌下那些公文紙張堆集得久了生的蟲子嗎？但左右上下都查了並沒有什麼，便拿手拍蟲子，又覺得書上有小蟲子活該是有文化的小蟲子，手掌拍下去故意又扣著，小蟲子就沒有經過龍馬關外，關裡的狗不停地吠，也就沒有進去，有人開始說關裡的漿水餄餎片做得好，漿水是芹菜窩出來的，又是用豬油蒜苗辣椒絲熗過的，說得口水淋淋。有人就說餄餎再好也就是個餄餎，關裡好吃的還是暖鍋，人家的暖鍋大，裡邊有臘肉片子，藕塊，豆腐和豆腐皮，還有豬蹄，木耳，粉條，咕嘟咕嘟燉上一晌午了，一揭蓋，那個香啊！就有人突然跑下路面，回來手裡拿了個蘿蔔，說：啥好吃？蘿蔔最好吃！大家這才看見河邊一畦蘿蔔，全跑了去每人拔了一棵，扭斷葉子，並不剝皮，在衣服上擦了擦土，就咵嚓咵嚓邊走邊吃。過了龍馬關五里地，那裡的河面高起來，水流湍急，拐彎處的路就在山腰的石砭上。右手的坡上沒有樹，盡是半人高的白眉子蒿和黃麥菅草，風在其中迴旋，東倒西歪出了無數個簸箕大的坑，左手下邊就是河，水撲淹著像是呼吸一樣，啪啦啪啦拍打著岩石。陳來祥提醒著：這裡常鬧鬼，別被鬼拉下水呀，要下去了，我可是只撈槍不撈人的！自己先摸摸頭髮，呸呸地唾幾口，後邊的人都呸呸地唾。陳來祥突然發現前邊的路上有了一個黑影，忙讓大家臥倒，再看，那黑影竟是一匹馬，就是井宗秀的那匹馬。陳來祥知道楊鐘騎了馬去誘騙阮天保的，站起身說：楊鐘，楊鐘，你狗日的早回來了！但楊鐘沒有回應，馬噴著響鼻，後蹄子在石路上刨，刨得起了火花。陳來祥又說：你耍什麼怪呀，有吃的了快給我一個蒸饃來！楊鐘仍是沒有回應，馬在嘶鳴，但一直就站在那裡。陳來祥走近了，馬背上並不見楊鐘，以為楊鐘故意藏在馬肚那邊，轉過去，還是不見，一扭頭，楊鐘趴在路下的石台子上。這石台子也就三尺來寬，不足一丈長，河水幾乎漫著台沿。陳來祥急忙跳到石台上，流水明晃晃的，楊鐘的大腿上一個窟窿，血流了一攤，差點把他滑下河去，就大聲喊叫：楊鐘不行啦！井宗秀聞訊從隊伍後邊跑來，楊鐘已被抬上路，還昏迷不醒，他一手捂住窟窿，不讓血再往出流，再讓陳來祥用腰帶緊勒大腿根，就叫著楊鐘楊鐘，楊鐘睜開眼，說：得手啦？井宗秀說：得手啦！楊鐘說：狗日的他槍法好，我挨了一下。井宗秀說：下一次你拿槍打他的頭！你抗住，不要瞌睡啊！楊鐘卻咧了咧嘴，像是在笑，說：你應承了的，到安口，請，請莫郎，中。眼睛瞪起來，沒見了黑珠子，全是白的。

井宗秀沒讓人把楊鐘抬回渦鎮，他解開自己綁腿，用布帶子把楊鐘緊綑在自己背上，要親自把楊鐘背回去，同時喊冉雙全。冉雙全跑過來，見了楊鐘就哭了。井宗秀說：安口那個接骨的莫郎中你還認得吧？冉雙全說：把他燒成灰我也認得。井宗秀說：你去把他請來。冉雙全說：請接骨郎中？他治不了槍傷啊！井宗秀說：現在就去！冉雙全說：那郎中勢派大得很，我能請回來？井宗秀已經策馬離開了，回頭說：錢請不來拿槍請！從懷裡掏出個東西扔過來，月亮下路面上跳著光圈，是兩塊大洋。

冉雙全是第二天晌午趕到安口，莫郎中在午覺，被冉雙全敲開了門，問：你哪兒跌打損傷了？冉雙全說：來請你出診的。莫郎中說：我從來不離窩。冉雙全說：是平川縣渦鎮的預備團請的，你知道預備團嗎？莫郎中說：是桶掉到井裡，還是井掉到桶裡，我都不知道。冉雙全說：這你知道有個叫井團長的來找過周一山的吧，就是他請你的。莫郎中說：他請我幹啥？冉雙全說：治槍傷。莫郎中說：我只會接骨，不治槍傷。就把門又關了。冉雙全把一個大洋從門縫塞進去再敲門，敲不開，就想這郎中真的是不會治槍傷的，白跑這一趟了。轉念又想，既然能接骨，讓他治治我這跛腿。他就坐在了門外吃菸，吃一煙鍋子了敲一陣門，再吃一煙鍋子了，敲一陣門。莫郎中火了，把門再次打開，說：你還讓睡覺不？冉雙全說：你能接骨，看我這腿能不能治？莫郎中就走出來，坐在台階上了，說：你走過來。冉雙全就朝莫郎中跟前走，莫郎中說：你跛得厲害麼，七八年啦？冉雙全說：八年。莫郎中說：八年啦不來找我？轉身過去，再往前走。冉雙全轉了身往前走，覺得疑心，剛一回頭，卻見莫郎中把一根木棒甩過來，他身子一躍，木棒從身子旁飛過去，啊的一聲拿了槍就打，莫郎中從台階上窩在了台階下。冉雙全說：你沒看見我背著槍嗎，你還暗害我?!走近去看時，莫郎中卻被他打死了。打死了人，冉雙全倒害怕了，脫了外套把槍一裹，鑽進樹林子裡逃跑了。

冉雙全又過了一天趕回渦鎮，楊鐘的棺已停放在楊家的院子裡。楊鐘是井宗秀背到十八碌碡橋上渾身就變冷變硬，因為渦鎮的俗規，在外死的人屍體不能進屋，在院子裡淨身、換衣、盛殮了，靈堂也設在屋簷下。冉雙全得知楊鐘死了，也到楊家來，在巷口見到拿著挽帳、燒紙的井宗秀和周一山。井宗秀說：你回來啦？冉雙全說：回來啦。井宗秀說：你去安排，讓人就先在城隍院住下，好吃好喝相待著。周一山便帶了冉雙全去城隍院，半路上周一山問：人呢？冉雙全說：誰？周一山說：你請的莫郎中呀！冉雙全說：我把他打死了。周一山吃驚道：讓你請人家哩，你把人家就打死了?!冉雙全說：死了就死了，反正他治不了槍傷，楊鐘也用不著了。再說，他是暗害我呀，我能不開槍？誰知道那一槍偏偏打得准。周一山就問莫郎中怎麼就暗害你了？冉雙全把事情經過說了一遍。周一山說莫郎中最拿手的是把長歪的腿打斷了重新再接，他甩木棒那是趁你不注意，一下子打斷了減輕你痛苦哩，你竟然就把他打死了？冉雙全這才明白，懊悔不已，卻說：這事你不要給團長說。周一山說：我能不給團長說？你狗日的還不如個唐建！冉雙全蔫了，說：那我給團長請罪去，讓他搧我耳光，唐建，唐建是誰？周一山氣得沒理他。

唐建是唐景的兒子，三歲時掉到河裡被淹過，救活後腦子出了毛病，但能吃又有蠻力。當晚見父親沒有回來，和娘趴在老皂角樹下啼哭，井宗秀和杜魯成百般安慰，說唐景估計沒有死，這幾天預備團就去交涉，以在押的阮天保的爹娘進行交換。但第二天晌午，縣城來了個耍猴的，鎮上人詢問縣城裡的情況，耍猴人說縣保安隊鋸了五個人頭掛在縣政府門前的旗杆上。唐建聽了，懷揣了一把斧頭進了一三〇廟裡去找阮天保的爹娘。院子裡碰著寬展師父，寬展師父正要去楊家給楊鐘超度，瞧見唐建頭上冒火焰，就說你幹啥呀，小小年紀咋這麼大的火？但寬展師父話說出來沒節奏，哇哇一團，唐建奠酒，幫著跛腿的兒子摔孝子盆，拄著柳棍提了紙紮去墳場看著埋葬了楊鐘，她沒哭。旁邊的人都奇怪她怎麼沒哭，但她就是沒哭。隔壁的柳嫂說：她哭成泥了，誰張羅後事呀？埋葬完畢了，在回家的路上，柳嫂還是陪著陸菊人，說：我知道你心裡苦，一直憋著，這下楊鐘入土為安了，你就好好哭一場。而回到家了，公公半死不活在炕上，剩剩跛著個腿，她兩頭伺候，到底還是沒有哭。一連兩天，給公公端吃端喝後，剩剩又去了巷裡玩耍，她才坐在上房門檻上，長長地出氣。貓沒有纏她，沒有抓著她的衣服爬到肩頭來，也沒有在食盆裡吃那麼幾口就抬頭對著她說話，一直靜靜地臥在門樓上的瓦槽裡，蜷一團，眼睛盯著上房簷下的開窗。她想著楊鐘，自責著自己多年裡沒能照顧好丈夫，是她支持著他去的縣城，甚至他臨走時要和她親熱而她還拒絕了。人走了，去縣城時活蹦亂跳的人怎麼回來就是一具屍體，從此再也見不上他了，再也不讓她操心了，生氣了，埋怨了，吵吵嚷嚷了。屋裡東西亂七八糟地堆放，那是家裡富裕啊，廚房裡沒有那嗆人的騰騰煙霧了，就一定是冰鍋冷灶。以前總是嫌棄他這樣不好那樣不好，他不回家了還覺得清淨安寧，罵他不要再回來，可他真的再也不回來了，這屋裡一下子就空了，全空了！她滿腦子裡現在都是他的好處：他是給她高聲亂叫，但她只要有一句話能壓住他，他軟下來就不再吱聲，過後竟然還說我當時應該這樣那樣說，我就說過你了。他愛撒謊，看他的眼睛就知道他在撒謊，她一戳穿，他就嘿嘿地笑，笑得是那樣傻。他從不和她一塊出門，即便出門他要走在前邊，她走不動，腳再疼，他不管，可誰要說句她的不是，他就撲上去和誰打架。他猴屁股坐不住，幹任何事情常變主意，可往往他的主意事後證明又是對的。那一年她的戒指掉進了廁所，他掏乾了糞池伸手在裡邊摸。她僅僅說了一句口寡得想吃魚了，大冬天的他悄悄去河裡鑿冰，結果人不小心掉下去。就連他半年賭博回來，又喝得醉醺醺的，把三個大洋往她面前一甩，說：娘的×，給你！那得意的神情讓她覺得可氣又可愛，當然不能給他笑臉，她罵他，不讓他上炕，他老實地抱了被子睡到廚房的柴禾堆去了。她就這麼坐著，能坐到天黑，雞都開始上架呀，才起身去做晚飯，站起來已經瘦了許多，衣服驟然寬大。她到院外的麥草垛上撕柴禾，蹴在台階上擇菜，削土豆皮，把灶膛裡的火生著了，恍惚中他就在院子裡練輕功，又爬梯子在屋簷下掏鳥窩，趕緊拉動風箱，撲遝，撲遝，她知道屋頂上的煙囪裡正冒著了黑的煙。

這個清晨，她起來早，公公和兒子還睡著，在楊鐘的靈牌前燒過了紙，燃上了香，她又坐在了捶布石上發呆。柳嫂在掃院前的巷道，沒有掃完，進來要陪她說話。柳嫂是好心好意，但她並不希望誰來安慰她，她就攏了攏頭髮，揉了揉眼，盡量活泛著臉上的皮肉，還給柳嫂拿了板凳讓坐著。柳嫂不坐板凳，就站在那裡，問：你公公還行吧？她說：還行，只是終日不說話。柳嫂說：白髮人送黑髮人呀，遇到誰都難過這道坎。你也要想得開。她說：他把我閃在半路上。柳嫂說：唉，他是走得太早了，人生的景兒還沒看完就這麼走了。她說：走了也好，誰都要走的，早走了人還都念叨他，活個八十九十的，倒成了喜喪。柳嫂說：這話別人可以說，你不能說，他可是家裡的柱子啊。她說：他從來也不是柱子，他這一走，把疼痛帶走了，把怨恨帶走了，把擔驚受怕帶走了，也把那些瞎毛病都帶走了。柳嫂愣了半天，說：鎮上好多人嫌你沒哭的，我多是為你辯著，你這麼一說，我都不愛聽了。她說：我給你說的都是實話，呼天搶地是一種哭，眼淚往肚裡流就不是哭啦？柳嫂說：人一死燈滅了，哭不哭死人聽不到，那是活人看的啊！你家的事我也清楚，他楊鐘有對不住你的地方，沒有你對不住他的地方，可即便吵吵鬧鬧了這麼多年，他畢竟是你男人。她說：他也沒死。柳嫂說：他沒死？你怕是這些天忙得腦子有病了，他沒死，你叫一聲他，他答應嗎，你獻一碗飯在他靈牌前，他能來吃嗎？她抬了頭吁氣，說：你看天。當時天上魚肚白，東邊的太陽快要出來了，而月亮還掛在西邊。她說：月亮就是落了，它還是在天上嘛。柳嫂沒有看天，看的是陸菊人的臉，疑惑著陸菊人真的是腦子有病了，但這時院門外有了腳步聲，柳嫂說：唉！就拍了拍屁股上的土要離開。

陸菊人沒有送柳嫂，側耳聽到院門外的柳嫂在和井宗秀說話了，柳嫂說：啊拿這麼多紙?!井宗秀說：楊鐘走了四天了，得給他多燒些。柳嫂說：人一死就積下日子了，都四天了。井宗秀就進了院門，他果然胳膊下夾著一大綑黃表紙，身後還跟著冉雙全。陸菊人忙迎客進屋，在安放著靈牌的櫃前放下一個稻草墊子，說了聲：楊鐘，井團長他們再來給你燒紙啦！但井宗秀並沒有燒紙，冉雙全撲咚跪下去，燃著了火，然後就不停地把紙添上去。火光通紅，有些烤灼，冉雙全直往後仰身子。井宗秀板著臉，說：七七之內亡人的靈魂還都在屋裡，你給楊鐘說！冉雙全說：我磕個頭。井宗秀說：你說！！冉雙全就看著火焰，火焰像一堆蛇在那裡動彈著，突然叭地響了一下，一條焰就撲到他臉上。冉雙全哎呦捂了臉，臉沒有受傷，兩條眉毛卻全燎沒了，他就在說：楊鐘楊鐘，都怪我，都怪我，我對不起你這個兄弟啊！陸菊人不知咋回事，看著井宗秀，井宗秀把陸菊人叫在一邊，低聲把楊鐘怎麼託付他請莫郎中，他又怎麼派冉雙全去安口，而冉雙全卻如何誤殺了莫郎中，說了一遍。陸菊人哦了一聲，瓷著眼，沒有言語。井宗秀也就跪下去燒紙。陸菊人站了許久，後來上前拉他們起來，說：好了，不燒了，已經燒得很多了，楊鐘在那邊錢多得花不完了。你們也都盡了心，這也該是剩剩的命吧，起來，都起來。冉雙全卻說：其實腿有些跛有啥哩，我就是跛子，啥事都不礙麼。井宗秀說：你燒紙！他對著楊鐘的靈牌說：楊鐘，沒了莫郎中，我會再打聽別的高手，你放心，這事我會負責到底的！話一說完，火焰軟下去，卻忽地騰起股灰屑，如樹葉一樣直到屋梁上，再紛紛揚揚地落下來。

帶來的一綑紙全燒完了，井宗秀和冉雙全去臥間裡看望楊掌櫃，陸菊人悄聲吩咐井宗秀：不要提莫郎中的事。她就去了廚房煮起荷包蛋。她煮了八顆，分別盛在四個碗裡，先端了兩碗到上房的臥間，一碗給公公，一碗給井宗秀。井宗秀說：楊伯，你一定要給咱扛住。給我吃什麼荷包蛋？楊掌櫃說：

你要吃的，這已經給你煮上了你就得吃。他是個短命鬼，即便不去打縣城，他也會以別的事丟命的。你要吃，你吃我也就吃。井宗秀說：好，好，我吃。就吃起來。楊掌櫃說：給剩剩吃了？陸菊人說：剩剩還睡哩，但我給剩剩和他冉叔都盛好了。楊掌櫃說：謝謝雙全也來給楊鐘燒紙。冉雙全說：楊伯，你看需要不需要抓些藥調理調理，我現在就去請陳先生？楊掌櫃說：給我調理啥，讓我躺上幾天也就好了。井宗秀說：你要吃自己到廚房端去！冉雙全就退出去。陸菊人看著冉雙全跛著腿出去，眼淚卻唰地流下來，趕忙背過身去擦，沒想眼淚像斷線的珠子，再也控制不住，立時地上都濕了一片。井宗秀沒有勸，楊掌櫃卻說：你不要哭，他撒手都不管老的小的了，他是個沒良心的貨，咱不哭他！自己嘴又張起來，沒有聲，拿手在炕沿上拍。

井宗秀、冉雙全要走了，陸菊人送到門外，井宗秀說：你在，隔三差五我會來看看的。陸菊人說：你別再操心。就又問：是不是這下就和阮天保結下死仇了？井宗秀說：走到這一步是回不了頭了。陸菊人說：那多防備著人家來報復哩。井宗秀說：是在布置著。陸菊人說：那你忙，就別再來看你楊伯和剩剩了，如果這邊有啥我辦不了的事，我去找你。目送著他們出了巷子，陸菊人回來，楊掌櫃卻從臥間出來，顫顫巍巍站在上房門口，他是聽見了井宗秀的話，在說：唉，只說有了預備團渦鎮就安生了，卻沒想到死了這麼多人！人死不起呀，再不敢死人了啊！

★

預備團緊鑼密鼓地布防著。第二營負責把東西南三面城牆劃段包乾，分各處備放槍枝，彈藥，滾石，檑木，守衛和巡邏人員日夜輪流換班。第一營、第三營連同鎮上一些精壯勞力加緊修復北門處倒坍的城牆和門洞門樓。北門洞當年遭到轟塌，好多石條散落在城壕裡，重新抬上來，但已破碎了許多，再去虎山上鑿取已來不及，就從鎮內收集碌碡、石磨來做基礎。蚯蚓平日哪兒都鑽，知道誰家門前的土場上有碌碡，誰家後院裡有石磨，就領著人去抬。抬了十個碌碡，十三個石磨，還不夠，又領人去馬家豆腐坊要抬那七個磨豆子的拐磨，拐磨小，馬家人說：抬這有什麼用，還不如去河裡抱一塊石頭，把它拿走了鎮上人還吃豆腐不？蚯蚓說：保安隊打進來了還吃豆腐？吃槍子去！馬家人說：你碎慫知道個屁！護住拐磨不讓抬。蚯蚓想起西門樓那兒有座碾子，帶人趕了去，正有人家在那裡碾辣椒，不由分說讓收拾了辣椒，就把碾滾子推下來，連碾盤都抬走了。城門洞開始砌起來，但是用石條壘城牆的內外層，中間得夯土和填充石渣，按老辦法，在夯土和填充的石渣中要灌石灰漿，必須到窯峪。窯峪出石灰石，那裡一姓閻人家祖祖輩輩都開石灰窯，渦鎮歷來用石灰都是從那裡買的。陳來祥便在鎮裡徵集騾子要去拉灰。鎮上總共也就十二頭騾子，陳來祥一一去說好話，人家都同意把騾子讓出來了，卻叮嚀給騾子把料一定吃好，有一戶還給了一口袋黑豆。陳來祥很高興，牽了騾子從背街走，路過楊家院外，突然把那袋黑豆扔了進去。

陸菊人收拾了一籃子祭品，剛提了要出門，院子裡咚地一響，見是個布袋，拾起見袋子裡是黑豆，覺得奇怪，往院牆上看，院牆上沒有人，打開院門，陳來祥牽了騾子剛走過牆拐角。陸菊人說：來祥來祥，是不是你扔進的黑豆？陳來祥嘿嘿笑，說：你煮鍋吃，漲豆芽吃。陸菊人說：你拿黑豆來也不進屋坐坐？陳來祥說：不坐啦，拉回石灰了我再來給我兄弟上根香。陸菊人說：拉石灰呀？陳來祥說了原因，陸菊人就進院提了黑豆袋給陳來祥，說：騾子要出力呀，你虧克它?!陳來祥又把黑豆袋放在騾背上，問：你這是要到哪裡去？陸菊人說：剩剩他爹頭七，我去上個墳。陳來祥說：都頭七啦？那我跟你一塊去。陸菊人說：誰要你去，快拉你的石灰。陳來祥說：去窯峪也要經過虎山灣的。兩人就到了北門口，那裡已集中了十一頭騾和六個人，大夥便一塊出了鎮子。

到了灣裡的兩岔路口，有鳥不知在什麼地方叫著，一隻鳥啊地一呼，接著另外的鳥喔地一應，聲音像是朝崖壁上扔石頭。陳來祥他們向右要去十八碌碡橋，陸菊人向左要去楊鐘的墳上，陳來祥叮嚀：上了墳不要再走動，縣保安隊說不定什麼時候就會來的，等他們拉石灰回來了會叫她一起回鎮的。陳來祥他們一走，陸菊人走過一片草地去了墳上，點燭插香，燒紙磕頭，她叫了一聲：楊鐘！突然就哭出聲來，這一哭，就收拾不住，號啕大哭。哭聲中，成群的烏鴉和陽鵲在空中飛，它們不知是從哪兒飛來的，黑乎乎一片好像要覆蓋住墳墓，但終沒有落下來，不高不低地在攪和著。蠟燭只燃燒了一半就開始流蠟油，無論怎麼撥燭心，還是流，就流成一攤，而那插著的成把子的香，又不停地起明焰，她抓了幾次土撒在上邊，但很快還起焰。陸菊人說：你就是急！活著你吃飯狼吞虎嚥的，死了還這德行，那都是給你的，你急?!燭是滅了，香燃盡了，燒過的紙由紅變黑再軟遝遝成了灰堆，陸菊人哭過了瓷呆呆坐在那裡，她給楊鐘說話。說人死了要過七七四十九天，四十九天裡亡靈不會走遠，不是在墳上就是回家裡，你就兩頭跑吧，反正你腿腳利索。說我是七天了夜裡沒夢到過你，我問過爹，爹說也沒夢到你，你以前是三天兩頭不沾家，現在也不到我們夢裡來。只是你兒子昨天突然哭，我問他咋啦，他說你來看他腿了，你從來不管剩剩的，你死了倒管他！說你兒子腿吧，事情你該也知道了，那就再打聽高手，這井宗秀也承諾了的，他說話是算話的。說你這一把子兄弟待你真好，你壞毛病那麼多，偏還能有幾個好兄弟，井宗秀、陳來祥、李文成……陸菊人往燃過香的地上一看，她不說話了，那兒不知什麼時候爬上了一隻蜘蛛，這蜘蛛並不大，背上的人面紋卻十分清晰，她猛地感到這蜘蛛就是楊鐘的亡靈，它是顯了形告訴著他聽見了她的說話。真的是你？陸菊人笑了一下，笑得沒有聲響，也沒有容態，是臉上的肌肉剛要動彈就停止了，但她是笑了，滿足了，便閉上雙眼，那麼坐著軟成一坨，再歪下去，稀鬆如泥地癱在草窩裡了。

陳來祥他們牽騾子去了窯峪，幾家窯廠都停工了，說是沒有現成的石灰，而閻家石灰窯廠說可以賣，但石灰價要比平日多出兩成。陳來祥有些窩火，這是給渦鎮預備團買的，知道預備團嗎？他們說當然知道，一看來這麼多騾子就知道是渦鎮來的，正因為是預備團的這才加價的。陳來祥問這是啥意思？他們說也已經知道預備團和縣保安隊打了一仗，縣保安隊吃了虧要打渦鎮呀，人馬駐紮在龍馬關，昨天就來人在峪裡收治安費，他們窯廠交了二十個大洋，氣得掌櫃都病倒了。保安隊駐紮在龍馬關了？陳來祥心裡一驚，卻沒有聲張，想著得趕快把石灰買回去，就忍了高價，又尋思加價了我偏不付錢，說：買四十八麻袋，帳先賒下，我給你打個欠條。但窯廠人說：帳可以欠，得交定錢。陳來祥火了，說：預備團交什麼定錢?!把槍取下來拉槍栓，窯廠人一看陣勢，一哄而散。他們就自己動手往麻袋裡裝石灰，石灰揚起來嗆得流眼淚打噴嚏，罵著這幫狗東西不給咱們裝，咱就多裝些。其中有個叫留根的兵到窯後的房子裡去找別的麻袋，麻袋沒找到，卻見那房子東間有鍋灶，案板上放著三個鍋盔，鍋裡還烙著一個，就拿了鍋盔，給陳來祥掰了一塊自己先吃起來，說：跟著陳營長有福，肚子飢了就有了吃的！別的五人也都過來吃鍋盔，留根說要吃就吃美，我摘幾個辣椒去。到窯左邊的菜地裡摘了些青辣椒，然後從灶上端了鹽碟，七個人便辣椒蘸鹽，吃一口鍋盔，咬一口辣椒。吃罷了，用木勺舀了甕裡水又喝了一通，才把四十八個麻袋綑在騾身上，吆著回鎮。

到了峪口，趕騾子正爬那一段石磴路，右邊山頭上冒出幾十個人來，陳來祥還問留根：那麼多人幹啥呢？留根說：開石灰石的吧。槍聲就響起來，他們忙藏在石崖下，陳來祥說：是保安隊的，窯廠人去報的信？又覺得就是報信，龍馬關離窯峪六七里路，也沒這麼快，是不是保安隊就在附近村收治安費，聞訊趕來的？就向山頭回擊了幾槍，讓一人牽兩頭騾子順著崖根往前跑。留根說：我跑不動麼。陳來祥罵道：都是你看見了鍋盔要吃，要不咱早出峪了。留根說：你吃的比我多。陳來祥踢了他一腳。

留根去牽一頭騾子，沒想騾子卻驚了，往石磴路中間跑，韁繩還纏在他手上，人也被拉扯到了路中間，山頭上的子彈便打過來，把留根打死了。留根一死，陳來祥紅了眼，舉槍又還擊，但崖根下往上打看不見目標，而射來的子彈又在崖壁上亂濺，大喊：打呀！打呀！他們也只有陳來祥有槍，那五人全不再牽騾子了，貓腰順崖根溜，溜到崖拐彎處，藏不了身，不敢跑了。陳來祥從崖根跳出來，喊：我一打你們就跑！打了一槍，躲到一塊大石頭後，山頭上都往大石頭上打，那五人便趁機跑過了崖拐彎。陳來祥開始瞅機會，從這一塊石頭後，跑向另一塊石頭後，連跑了三個大石頭，山頭上都朝他打，竟然沒被打中，終於跑出了峪口，有些得意，說：你打呀，打呀，下雨天老子都能避開雨點子！那五人說：營長，你是福將！陳來祥這時卻哭了，說：我福他娘的×，留根死了，十二頭騾子也沒了！

陸菊人躺在草窩裡，多天來的悲痛和疲勞在釋放著，就感覺到她從頭到腳的每一個關關節節都分離了，再後就是一根根骨頭排列有序地平擺在那裡了。躺了不知多久，說是睡著了吧，好像還醒著，說是醒著的，又迷迷糊糊發現身邊的草一直在長，而且她身上也開始長草，心裡說，楊鐘當年身上長過長毛，現在我倒長的是草嗎？長吧，那就讓長吧。這時候就聽到了隱約的槍響，睜開眼看見虎山崖上紅光一片，是太陽正從一疙瘩烏雲中炸出來，原來她長的並不是草，是太陽射來的光芒。又有了槍聲，她撥了一下身上的光芒，忽地坐起來，槍聲是不是從鎮上傳來的？聽了聽，好像不是，是從黑河岸的什麼地方。疑疑惑惑張望了許久，便見遠處有了一個黑影，黑影愈來愈大，是個小媳婦，頭髮紛亂，滿臉汗水，懷裡抱了個冬瓜。陸菊人迎上去問：哪兒打槍了？小媳婦說：不得了啦，保安隊在窯峪搶騾子！陸菊人說：窯峪有了保安隊?!小媳婦說：快跑快跑，槍子不長眼哩。陸菊人說：要跑你抱個冬瓜能跑得快？小媳婦一看懷裡的冬瓜，哇的一聲就哭了：我抱著我孩咋就成了冬瓜啦？我是在冬瓜地裡跌了一跤，把冬瓜當我孩了！瘋了一般又往回跑。陸菊人也跟著她跑，跑過了那片荒草灘，又跑過一片蒲蘆地，到了那片瓜地，果然一個布包在那裡，孩子竟然睜著眼睛一聲未吭。小媳婦把孩子緊緊抱著又笑又哭不停地在臉上親。兩人折身往來路上跑，小媳婦在說：姨，我叫你姨！陸菊人說：我沒恁老吧？小媳婦說：那叫你姊，姊，多虧了你救了我孩，我要是抱了個冬瓜回去，我不被孩他爹打死，我也是上吊啦。陸菊人說：你是哪裡人？小媳婦說：婆家在白河岸的羊兒村，娘家在溙樹峪。我抱了孩回娘家了幾天，溙樹峪就看見過保安隊的人，我原本要住幾天的，我不敢住了就回羊兒村，經過窯峪，仗就打起來了。陸菊人說：溙樹峪也有保安隊的人？小媳婦說：姊，這咋就有人打仗的，有多大仇呀，是誰把孩塞了井裡啦還是挖了祖墳啦?!陸菊人嘴裡噢噢著，突然就不跑了。小媳婦說：姊，快跑呀！陸菊人說：你跑吧，我是渦鎮的，我從那個岔路回鎮呀。她叮嚀著小媳婦把孩子抱好，看著跑遠了。

陳來祥他們狼狽不堪地逃出了窯峪，返回到虎山灣的兩岔路口，陳來祥讓另外五人去鎮上給井團長報告，他卻往楊家的墳場去，但墳場沒見到陸菊人，說：她不候我們就回去了？等他再從墳場往鎮上跑，井宗秀、杜魯成已帶了人出了北門口到了沙灘，準備迎擊攆來的保安隊。大家在那裡埋伏了直到天麻黑下來，並沒有發現保安隊攆來，就收兵回鎮。井宗秀把陳來祥叫到他的房間大罵一頓，當下就把槍收了，撤了他的營長職。

陳來祥沒強一句嘴，出了城隍院，他想著死了留根，留根是原來的土匪，沒人知道是哪裡人，死了不會有家屬來找他索命，可十二頭騾子卻是他一家一戶借來的，騾子沒了，十二戶人家肯定要向他索賠的，爹能出這錢嗎，爹能出得起這錢嗎？垂頭喪氣地回家去，經過楊家院外，楊掌櫃卻拄著拐杖在那裡往巷口張望，見了他說：來祥你回來啦，剩剩他娘呢？陳來祥說：楊伯你能下炕了？她沒回來，我以為她早回來了，她還沒回來?!楊掌櫃說：沒有麼，剩剩在炕上哭著要他娘哩。陳來祥擰身就往城隍院跑，又找著了井宗秀，報告了陸菊人上午出的鎮，到現在人沒回來，會不會有啥事？井宗秀也急了，說：這幾天風聲陣緊，你讓她出鎮，一塊去的窯場？陳來祥越發氣喘，說：不是我讓她出鎮的，今天是楊鐘頭七，她去上墳呀，我們一塊走的，她就到墳上去了，我和另外人去的窯峪，我給她說在墳上等我們，拉了石灰了去叫她一塊回，我到墳上去叫她了，墳上沒了人，我以為她早回來了，剛才見楊伯，楊伯說她還沒回來。井宗秀嫌他囉嗦，說：還不趕快帶人去接?!把收回的那支槍又給了陳來祥，陳來祥說：那我還是營長了？井宗秀說：人找不回來你也就不要回來！

陳來祥沒有帶別的人，還是拉石灰的那五個，他們覺得已經丟了臉面，這次一定把任務完成，如果墳上找不到，就到黑河岸各個峪去找，即便再去窯峪，或許還能搶回騾子。出了鎮北門口，才走到那道沙石梁上，似乎就看到遠處有了人影，忙分散趴下，那人影卻也不見。一時沙灘上靜靜悄悄，只有水鳥在河邊撲拉著翅膀響，陳來祥不耐煩了，拉著槍栓，問：誰？遠處應了句：是來祥嗎？聲音是陸菊人的，同時人影就出現了，走近來果然是陸菊人。陳來祥天呀地呀地叫著，問你到哪兒去了，這才回來?!陸菊人只說了一句：我去紙坊溝我娘家了一趟。

★

十二頭騾子一被搶，鎮上人害怕了，原以為預備團和保安隊結了仇，保安隊若來打渦鎮，也只是報復預備團的，而十二頭騾子明明不是預備團的卻也被搶了，如果保安隊哪一天打進來，那就不是預備團的事了。好多人家便又收拾東西，有洞窟的準備上洞窟，沒洞窟的要到別的村寨投親靠友。他們在上洞窟和投靠親友前當然要索回騾子的損失費，在向杜魯成提出後，杜魯成沒有同意，只是說騾子是保安隊搶去的，這得和保安隊再打一仗，打敗了保安隊就什麼都有了。杜魯成的答覆使他們不滿，直接去找陳來祥，陳來祥像賊一樣躲著不見，於是也不再去北門口抬石條壘門洞了，都到皮貨店來，有拿皮子的，有搬家具的，更多的說：陳掌櫃，我們知道你拿不出錢來賠，我們也不強取硬奪，但我們就靠騾子過活的，現在沒騾子了，就只能在你店裡。他們言辭柔和，臉上笑笑的，陳掌櫃吃什麼他們吃什麼，陳掌櫃喝什麼他們喝什麼。陳掌櫃就拉了張騾子皮裹在自己身上，說：我瘋呀，我瘋呀！

這些情況井宗秀都知道了，總不能讓那些人糾纏陳家呀，就準備用預備團的錢去賠償。但周一山反對，認為都是鎮上人，保衛渦鎮應該人人都有份的，損失一頭騾子算什麼，再說如果這次賠償，那保安隊打進來了，毀壞了誰家房誰家的樹，傷了人死了人，都來讓預備團賠償嗎？周一山說的有道理，杜魯成就為難了，他原本也不主張賠償，卻又說了眼下鎮子裡的狀況，確實大敵當前得讓鎮上人心回全了才是。井宗秀在城隍院裡來回地走，周一山都吸了三鍋子菸了他還在走。杜魯成說：那我還有些積蓄，我來賠償算了。周一山說：這是你賠償的事嗎？預備團成立以來死了七個人了你都給賠償！杜魯成就不理了周一山，對井宗秀說：你不走了行不行，你走得我心更瞀亂啦！井宗秀是不走了，說：你去把那十二戶人都給我找來！杜魯成說：這渦鎮上的人心咋陣爛嘛！起身要去皮貨店，井宗秀卻說：算了，我自己去。

在皮貨店裡，陳來祥的娘蒸了一籠紅薯，熬了一鍋白菜豆腐，那些人每人一手拿兩個紅薯一手端了燴菜碗，正吃喝著，井宗秀去了。井宗秀見陳掌櫃裹著騾皮躺在那裡，說：你咋沒吃？陳掌櫃說：我變個騾子讓人家牽了去！井宗秀笑著說：你只能變一個騾子呀，讓他們輪換騎？就對那些人說：騾子是保安隊搶去的，不是陳來祥殺了賣了，他是預備團的人，你們不尋預備團倒來找陳伯的事？他們說：找杜魯成了，他不賠麼。井宗秀說：預備團裡誰大呀？他們說：那我們就找你，你咋辦？井宗秀說：咱鎮上就這麼十多頭高腳牲口，賠呀！他們說：好，井宗秀！井宗秀說：我是預備團長！他們說：井團長，你怎麼個賠？井宗秀說：預備團沒養騾子，也沒那麼多錢，可阮天保家的房被燒了門樓和前邊的四間上房，沒燒的還有前院兩邊各三間廂房，還有後院的四間上房，東西各三間的廂房，還有地麼，白河岸二十畝水田，虎山灣十五畝旱地，還有兩條船，咱就打亂了分啊。你們去找周一山，他會給你們分得停停當當的。他們就不吃紅薯也不吃燴菜了，說：這是個辦法，你到底是團長！

周一山把阮家的地分給了十二戶人家，每戶兩畝，但阮家的船和房子沒有分，聲明這些充公。當夜就讓人拆除了前院的兩邊廂房，把後院改為團部。而第二天又傳出消息，在拆除前邊的廂房時，發現了夾牆，裡邊存放了八百個大洋，就把八百個大洋兌換成零錢，要分給全鎮各家各戶。晌午，周一山就在老皂角樹下分錢，各家各戶都來了人，隊排了十幾丈長。有人拿到了錢，在手裡翻來覆去地看，安記滷肉店掌櫃說：鑽到錢眼啦！那人說：這是分給我的?!安掌櫃說：打打你的臉，看是不是做夢哩？那人真的打了一下臉，笑著說：鎮上咋只有一個阮天保啊?!

分完了錢，杜魯成問周一山：這八百個大洋是在阮家夾牆裡發現的？周一山說：你還相信阮家有夾牆？杜魯成說：啊，莫非你分的還是預備團的錢?!周一山說：團長說過要拿這些錢賠騾子麼。杜魯成愣了一下，說：你行，團長讓那十二戶人家變成螞蚱和咱拴在一條繩上，你倒是把全鎮人都變成咱繩上的螞蚱了！周一山說：這得跟團長學麼，你看過兵書沒？杜魯成說：沒看過。周一山說：知道曾國藩嗎？杜魯成說：不知道。周一山說：曾國藩打了敗仗，手下人給朝廷寫的報告裡有愈戰愈敗，曾國藩改成愈敗愈戰，這一字之改就……杜魯成卻已經走了，說：不就是多了些鬼點子麼，逞什麼能?!

但是，鎮上的人倒從此安寧了，他們全部主動到北門口抬石條，夯牆土，沒有石灰漿，還出主意用大環鍋不停地熬小米湯，把湯灌進石縫裡和夯土中，夯土鐵板一塊，石縫也結實得如焊了一樣。倒塌的那段城牆已經壘起了半人高，北門口也修起了門洞，城門不是安在與城壕同一水平線上，而是高出一丈有餘，出城門向北有三丈遠的坡道，城道盡頭有一個急轉彎向東延伸到城壕，易於防守。當年的門洞裡是道木門，現在變成了鐵包皮，還是兩道，每個門扇上各鑿了一個射擊孔。

這一日，剛把第二道鐵包皮門安裝好，天就黑了，施工的人要去吃飯，留下預備團三個人值班放哨，便有兩個人背著麻袋到了城門外。哨兵問：幹什麼的？一個矮胖子回說：我要見井團長！哨兵說：瞧你這要飯的模樣，還要見井團長！那人說：我認識楊鐘。哨兵說：楊鐘成鬼了，你也是鬼?!那人說：和你說不清，你把你們團長叫來！哨兵說：你要了個大，團長正喝酒哩，沒空！那人說：他喝酒，他不想活了就讓他喝酒吧。哨兵就躁了，說：你咒井團長?!叭地朝空放了一槍。

井宗秀是在城隍院灶上吃飯，聽見槍響，放下碗就和一夥人往北門口跑，認得城壕沿上站著的是紙坊溝的陸林。陸林是陸菊人的弟弟，當年他埋葬爹時，陸林幫忙起土堆過墳丘。井宗秀說：你是陸林？陸林說：我不是陸林難道是陸木？井宗秀說：你咋胖得越發沒個子了！開了門讓陸林和同夥進來，兩人咚地把背著的麻袋扔在地上，麻袋還活著，咕湧著動。井宗秀說：給我送的啥東西？陸林說：你讓你的人都走開，我給你說。井宗秀揮手讓哨兵避了，陸林還對哨兵說：我是要得大吧?!然後在井宗秀耳邊嘰咕了一陣，井宗秀臉色一下子變了。

井宗秀這才知道陸菊人那天從楊鐘墳上去了紙坊溝，給陸林交代著把井宗秀爹的墳丘先平了，免得保安隊的人來挖。陸林也就在後半夜把墳丘扒平了。今日後晌，陸林要去山上砍柴，正在家門口磨砍刀，抬頭看見有兩個陌生人在山坡上轉悠，心裡就有些警惕。不一會兒那兩人到了他家門口，打問渦鎮井宗秀團長他爹的墳在哪兒？陸林說：你們是哪兒的？那兩人說：我們是渦鎮的，想給團長爹墳上燒個香。陸林說：是渦鎮的呀，我打問個人，陸林在中街開了個豆腐坊，不知生意咋樣了？那兩人說：生意好，生意好。陸林就明白這是來挖墳揚屍的，卻笑著說：哦，哦。那兩人說：井團長能當團長，原來他爹埋在這麼好風水的溝裡！你領我們去。陸林說：人家不讓外人知道麼。那兩人說：給你一個大洋。陸林說：領個路就給一個大洋？我換上鞋領你們去。他進了屋，突然說：進來一個人，幫我扶一下梯子。一個人就進去，屋裡黑乎乎的，陸林拿塊磚照頭拍了一下，那人就倒了。外邊的一個說：啥響哩？陸林說：牆頭掛的籠子掉下來了。外邊的一個也進了門，陸林又是拿磚頭照頭拍了一下。兩個人都倒在地上昏迷不醒，陸林就拿繩子綑了，嘴裡塞了棉花套子，移到了柴草屋，便去找村裡的王存。王存是個光棍，家裡窮得要啥沒啥，陸林說：你想不想掙錢？王存說：多少錢？陸林說：一個大洋。王存說：是搶人呀？陸林就說了他搶了兩個人，連夜能送到渦鎮就給一個大洋。兩人等到天黑，用麻袋裝了，一人揹了一個來到鎮上的。

井宗秀當下解開了麻袋，那兩個人還都能出氣，取了口中棉花套子，問是哪兒的，說是縣保安隊的，問在紙坊溝打問井宗秀爹的墳幹什麼，說是阮天保讓來挖的，墳一挖井宗秀就該死了，即便不死也當不久預備團長了。井宗秀說：我就是井宗秀。那兩個人爹呀爺呀叫著饒命，說如果放了他們，他們就返回縣城殺了阮天保。井宗秀說：阮天保不是要來打渦鎮嗎，你倆就在這兒抵擋他吧。把棉花套子又塞到嘴裡，紮了麻袋口，問哨兵：東北角那兒晚上開工了吧？哨兵說：晚飯吃過了，應該開工了。井宗秀讓陸林兩人又揹了麻袋跟著他去了城牆東北角，那裡果然打著火把施工，鞏百林指揮著把那段牆兩邊的石頭砌起了，正往中間填土。井宗秀給鞏百林說了句什麼，鞏百林卻從懷裡掏出一壺酒，說：你喝喝，我也喝，這一死就是雄鬼，別讓它上咱身。井宗秀喝了一口，便自己親手把一個麻袋丟進去，提第二個麻袋時，麻袋太重，陸林幫著一個抓一頭抬起來往進丟，竟腳下一滑，自己也掉進去。爬出來見鞏百林還喝酒，奪過來自己也喝了幾口，還把酒往身上灑。麻袋丟在了牆體的中間，位置並沒有擺順，但土已經填起來，麻袋在動，發出嗚嗚聲，鞏百林說：這是好麻袋麼，是不是拿出來？井宗秀說：讓帶走吧。更多的土填上去，嗚嗚聲愈來愈小，土就把麻袋全埋了。石杵和木槌從兩邊往中間夯，一點一點地夯，密密實實地夯，待到澆灌了小米熬出的湯，再填上一層土，陸林說：是不是還有嗚嗚聲？鞏百林說：早就沒有了。陸林說：我這耳朵有毛病了。井宗秀一直沒吭聲，眼看著填了三層土，夯實了三遍，也澆灌了三次小米湯後，兩邊的石頭再往上砌，他招待陸林和王存去城隍院吃飯了。

吃罷飯，井宗秀給了每人三個大洋，送著出城回去。過了一會兒，陸林卻獨自又返回來，說他不想回紙坊溝了，留下來當兵行不行？井宗秀當然歡迎，問那個王存呢，陸林說：他不當。不當就不當吧，我把你給的錢要回來了。說著把三個大洋丟在桌子上。

井宗秀讓周一山給陸林登記造冊，更換衣服，安排了住宿後，他就出了院門。院門口是掛著一隻紅紗鐵絲燈籠，飛蛾紛亂在那裡聚了一團。他說不來是要感激陸林呢，還是痛恨著阮天保，只是冷笑著，便覺得肚子脹脹的，往街上走去。蚯蚓自然要不遠不近地跟隨著。井宗秀並不理會蚯蚓，一邊走一邊仰頭看天，月高雲淡，繁星點點，無數的蝙蝠飛過，雖然悄然無聲，但他卻想到那空中肯定就有了痕跡的，如木輪車經過窄巷時車把東西邊土牆上蹭出的痕跡一樣。他說：雞叫了頭遍嗎？蚯蚓立即跑近來，說：還沒哩。他說：麻家鋪子晚上還開門不？蚯蚓說：開門。他說：去買一封糯米甜糕和一包麻糖吧。蚯蚓說：你不是才吃了飯嗎？他說：買了就在三道巷口等我。

蚯蚓買下甜糕和麻糖去了三道巷口，井宗秀已經在那裡了。井宗秀沒有自己吃，也沒有給蚯蚓吃，從懷裡掏出了那條黑布，搭在脖子上。蚯蚓說：這是要給誰送禮嗎？井宗秀說：你就坐到那兒去！那兒是郭家屋院，院門關著，門簷下也吊著一對燈籠，光線暗淡，門兩邊分別放著石獅，石獅身上雕著石人，一個雙手掩著口，一個雙手捂著耳。蚯蚓坐在那裡了，低聲說：讓我坐在這兒？這是天聾地啞麼，讓我不該說的不要說，不該聽的不要聽?!

井宗秀直腳到了楊家屋院外，桂樹枝葉茂盛，壅壅地長在那裡，門樓的瓦槽裡有藍光，那是貓還臥在那裡，一片繁密的蛐蛐叫，他在月下敲起門，聲音很輕，但已經很響。陸菊人照料著公公和兒子吃過飯都去睡了，她自己在燈下納鞋底，聽見門響，以為是隔壁柳嫂，起身去開了門卻是井宗秀，她怔了一下，隨即高聲說：哎呀你來啦！井宗秀也是大聲說：白天就要過來看看楊伯和剩剩的，實在忙得抽不開身，晚上剛砌了一段城牆就過來一下，楊伯還沒睡吧？楊掌櫃在上房的臥間就說：宗秀又來看我啦！沒睡，沒睡！井宗秀便去了上房臥間，陸菊人也先在上房點了燈端進去，楊掌櫃要下炕，井宗秀攔住了，自己就坐在炕沿上，把甜糕遞過去。楊掌櫃說：來了總帶禮，花的這錢幹啥！卻打開了紙包，掰了半塊放在嘴裡嚅嚅著，說：把剩剩叫起來。陸菊人就站在上房門口喊：剩剩，剩剩！剩剩沒有回應。楊掌櫃說：夜裡你們還修城牆？井宗秀說：得加緊修呀！楊伯，我還要請教你呢，補修城牆是不是也該有個祭奠？楊掌櫃說：當然要祭奠，讓天知道著，天就會看著，有個照應麼。以前造橋建廟，即便蓋個大房是都祭奠的。井宗秀說：如果不祭奠是不是就會死人的？楊掌櫃說：是呀，死了人那就是用人祭奠啦，所以要祭奠哩。井宗秀說：那好，我們也祭奠了。楊掌櫃說：祭奠的是雞還是豬頭？如果是豬頭，在豬鼻孔裡插兩根蔥。井宗秀說：還插兩根蔥？覺得有些熱，把圍巾鬆了鬆。陸菊人在一旁看見了，說：我給你倒杯水去。井宗秀說：我不渴。楊掌櫃說：豬鼻孔插蔥可以充大象的。井宗秀哦哦著，又說：楊伯這幾天身體還好？楊掌櫃說：我咋樣都行，只是操心剩剩那腿，哎，剩剩咋還沒起來？陸菊人說：我喊過了，肯定也起來了。井宗秀就拿了麻糖，說：那我去看看剩剩。從上房出來，陸菊人低聲說：天不冷，你還掛個圍巾？井宗秀說：我這是特意來謝你的，你那天去紙坊溝沒給我說，回來了也沒給我說，你原來是辦了件大事！陸菊人說：你咋知道的？井宗秀說：他們真的去了兩個人。陸菊人說：動墳了？井宗秀說：才在打聽墳的地址哩，就被陸林他們捉住送了來。陸菊石梁，到虎山根也就三四里開闊地，肯定把保安隊打跑了。井宗秀一直就在城樓上，場面他看得清清楚楚，納悶的是那些要飯的哪兒來的，是保安隊偽裝的故意迷惑的，還真是要飯的被保安隊沿途抓來的？杜魯成說：是真要飯的，那面黃肌瘦的樣子只拿打狗棍。周一山說：即便是真的，那也得一塊打。阮天保只想著讓他們在前邊擋槍子，可他沒想到他們容易亂，只要一亂往後跑，也會影響了保安隊的人也往後跑。井宗秀就決定再出擊，全部出擊，他和第二營走路中間，杜魯成和第一營走路東邊，周一山和第三營走路西邊，集中火力，奪取沙石梁。城門一開，三個營一起往出跑，遠處的保安隊和那些要飯的也從沙石梁跑過來，能聽見阮天保在喊：渦鎮裡糧多錢多女人多，殺進鎮了，誰搶下是誰的！這邊陳來祥鞏百林馬岱就大聲叫罵：阮天保，我×你娘，×你娘了！雙方都往前衝。

老魏頭和蚯蚓在城門樓上使勁地敲警鑼，敲著敲著，蚯蚓就不敲了，從城樓上往下跑。老魏頭一把扯住，說：你到哪兒去？蚯蚓說：我也要出去！老魏頭說：你去送死呀？敲你的鑼，也是給他們助威哩！兩人再次敲警鑼，就見沙灘上塵土騰起，兩片黑乎乎的人群相對著跑，誰也想以速度和陣勢嚇唬住誰，但誰也嚇唬不住誰，先還是你放槍他也放槍，你倒了幾個，他也倒了幾個，後來就各自趴在地上對射。黑河白河兩邊的蒲蒿和蘆葦叢裡鳥都在驚慌起飛，它們不辨了方向，黑河裡的雁和白鶴往白河飛，白河裡的鷺鷥和老鸛往黑河飛，竟然就亂在兩群打仗人的上空。在羽毛紛落中，兩群人好像又都從地上站了起來，雖然中間還隔了那麼遠，似乎有一條無形的大鋸在扯，那邊的把這邊的扯過去了，這邊的又把那邊的扯過來了。就這麼扯了六七個來回，一群天鵝在白河的淺水灘上也要起飛，但它們起飛需要跑動十幾丈遠，飛過人群時還飛得不高，那邊的不知怎麼突然亂了開始往後跑，這邊的立即就往前追。蚯蚓高興地說：這是天鵝在幫咱哩！手舞足蹈倒忘了敲鑼。老魏頭說：快敲鑼！鑼都敲出了破爛聲，這邊追攆的人群幾乎就要跑上沙石梁了，那邊的人群剛到沙石梁下，沙石梁後又冒出一隊人來，槍聲越發激烈，這邊的人再次退過來。蚯蚓說：咋還有保安隊？老魏頭說：保安隊兩撥輪換著？這狗×的阮天保！這邊一後退，那邊的全壓過來，這邊的就招架不住了，杜魯成和夜線子還在最後邊打邊退，而前邊就有人背著一個人急速地跑來。老魏頭看見背人的是苟發明，背著的竟然是井宗秀，叫道：壞了，壞了！苟發明背著井宗秀進了門洞，很快，預備團也全部回來，杜魯成就指揮：關門，關門，都到城牆上去！蚯蚓跑去看井宗秀，井宗秀兩條褲腿上都是血，就哭著說：團長團長你咋啦？苟發明說：快去把陳先生叫來！蚯蚓就哭著跑走了。

預備團全部上了城牆，保安隊就到了城下，有的剛跳下城壕，城牆上一陣亂打，便趴在壕底不動了。沒跳城壕的就不敢再跳，在壕外往城牆上打。打了兩個時辰，保安隊進不了鎮，甚至連城壕也過不來，就不打了，退到了沙灘。

北門外仗一打開，鎮上的人都上了東西南三面城牆上，待北門外的槍聲停了，各自派人從城牆上跑到北門樓來問情況，周一山就讓北門樓上的人眼睛不要眨，觀察著保安隊的動靜，讓各城牆來的人都回自己崗位，天稍一黑就點燃火堆，再是讓冉雙全趕緊安排人做飯，飯做好了就送到城牆上吃，準備著晚上惡戰。

井宗秀被背回城隍院，陳先生趕來治傷，原來是一顆子彈打穿了腿根，陳先生說：咋能打到這個地方?!井宗秀說：是不是傷了骨頭？就站起來，骨頭是沒斷，血卻流得更多。陳先生忙讓躺下，井宗秀又問：東西還在沒？陳先生說：你摸麼。井宗秀一摸，還在，就笑起來，說：啥槍法呀，連×都打不住麼！陳先生塗了治刀傷的膏藥，又讓蚯蚓去伙房拿一個南瓜來，蚯蚓剛出門，杜魯成、周一山來了。一見他們進來，井宗秀拉了拉褲子，生氣地說：跑來幹啥，不守鎮啦?!杜魯成彙報了在城牆上又和保安隊打了一次，保安隊現在是退了他倆才過來的，說：啥都安排好的，你沒事吧？陳先生說沒大子到北門，能碰著個穿白褂子的人了，井宗秀的傷就很重，如果能碰著個穿綠衣裳的了，井宗秀的傷就無大礙。然後就注意著能碰著個什麼人，既希望很快能碰到，又害怕碰著的人真穿著白衫子，就心驚肉跳。這麼走了一段，是碰到一些人，但都穿著黑衣，偶爾有一個人穿了件灰白色的，她心裡說：這不算，這是灰的，不是白的！就又想，天還不冷，鎮上人穿白褂子的多，能有幾個穿綠的？那就穿了綠衣裳、紅衣裳、青衣裳的都算是井宗秀傷無礙吧。這麼跑過一家院門口，看著巷子口那邊好像有個穿了青衣裳的，心裡一喜，那人卻並沒有進巷來，是閃過巷口又過去了。正遺憾著，聽見院子裡喊：王路安！王路安！以為王路安在院子裡，進了院才要問知道不知道井宗秀的傷情，卻見一個老婆子把一個小布人掛在桃樹上，一邊說著王路安一邊拿針往小布人上扎。陸菊人就生氣了，說：你這阿婆，王路安在北門外正和保安隊打仗哩，你倒在這兒詛咒他?!老婆子說：我就詛咒他！他爹在的時候蓋房多占了我家一磚寬地界，他爹造孽死了，他又把廁所修在我家房後，讓我家後窗長年不能開。我知道打仗了，讓槍子打死他，王路安！陸菊人恨了一聲，這才發現老婆子穿的是白褂子，一把拽下小布人扔到屋頂去，就從院子跑出來，說：她怎麼就穿了白褂子，一把老骨頭了不穿青褂子穿白褂子？褂子又那麼寬，是裹被單還是門簾?!生了氣，又出了一口氣，說：穿白褂子就穿白褂子吧，剛才巷口閃過有人穿青褂子，這就抵消了。如果路上再有穿綠的紅的青的，井宗秀就是沒大礙！出了巷子，中街上人不多，沒有誰穿著綠的紅的青的衣裳，陸菊人心裡就緊著，一言不發，往北門走去。還沒到一三〇廟的牌樓下，一隊預備團的兵，黑衣黑褲黑裹腿，狼攆一般地往城牆上跑，陸菊人站住看了一會，猛地見陸林身上穿了件綠衣服也跑了過來，她渾身一怔，臉上就活泛了，定睛看時，陸林並沒有穿綠衣裳，而是他抱著一個綠色的木箱子，那箱子很大，很沉，抱在懷裡，就覺得上半身都是綠的。陸菊人趕緊叫：陸林！陸林！陸林停下來，說：姊。陸菊人說：只要是有綠色的就好。陸林說：姊你說啥？

陸菊人說：聽說你參加預備團了，你也不來看看姊！你抱的是啥箱子？陸林說：來不及麼，姊，這是子彈箱，保安隊又來了。陸菊人說：不是都撤了嗎？陸林說：夜裡可能在黑河岸的哪個村子住著。陸菊人說：你們團長哩，他受傷了？陸林說：用門扇抬著在城樓上。陸菊人說：啊不要緊吧？陸林說：應該不要緊吧，你上去看看。陸菊人看了一下城門樓，城門樓上警鑼在敲，哨子也在響，人跑來跑去的，說：正緊火了，我去了反倒礙事。還能到城樓上去，那可能真不要緊，不要緊了就好，我就不去了。看著陸林抱著箱子跑去，她又喊了一聲：你小心著啊！陸林沒回頭，應道：嗯。她再喊：仗完了來家啊！陸林已經跑遠了。

陸菊人心鬆下來，還要回東城牆去。進了東背街，有好多人在各家各戶門前搬石頭，那些石頭要麼是放在那裡讓人吃飯聊天時坐的，有的是在修院牆、豬圈時剩下的堆在那兒的，全被搬到城牆上去。陸菊人路過自己院門口，院門開著，公公拄了拐杖在院裡張望，她說：爹你起來啦？楊掌櫃說：剛才有人來搬石頭，我讓把捶布石和雞食石槽都搬走了。陸菊人說：剩剩還沒醒來吧？楊掌櫃說：還睡著。陸菊人說：鍋裡有煮好的荷包蛋，剩剩醒來了，你和剩剩吃，要是涼了，添把火熱熱。說完就要走，楊掌櫃卻給了個麻袋，麻袋裡裝著灶灰，說：把這個帶上，他們要爬牆了，就拿灰迷眼睛。這時候，北門方向槍就又響了一片。

保安隊確實夜裡是住在黑河岸的王家村，早上起來再來攻鎮，還牽了一群騾子和牛，騾子和牛拉著平板車，車上放了梯子和草袋。他們在沙灘上把沙裝進草袋，草袋壘起，人躲在後邊向城門樓射擊，火力極其猛烈。城樓上的人沒想到保安隊會用沙袋做掩體，一時沒了辦法。井宗秀在門扇上支起身子，下令城樓兩邊城牆上的人都到城門樓，對著一個壘起的沙袋包集中打，打掉一個，再集中打另一個，先後打掉了三個，別的沙袋包就不敢再往前推進。阮天保又把那些騾子每四頭用繩子拴在一起，人分成幾股在騾子牛後邊打槍的打槍，掮梯子的掮梯子。騾子牛受驚竟跑過來，城牆上有人就喊：那頭是我家的黑騾！好幾個人也都認出了那些騾子就是被搶走的自家騾子，就不忍心打，而保安隊刹那間就到了城壕，竟有一把梯子很快搭在了城牆上，而別的騾子牛後邊的保安一齊往城樓上放槍，企圖掩護爬梯子的人。鞏百林說：咱咋老吃騾子的虧！照著騾子牛連扔了三顆手榴彈。陳來祥端槍就往搭了梯子的那處城牆上跑，一個保安已經從梯子上露了頭，陳來祥來不及放槍，掄了槍托就砸那保安的頭，砸開了，腦漿濺了他一臉，眼睛也糊得看不清，還在砸。但下邊還有人往上爬，王路安就喊：砸下邊的！自己就拿槍打，梯子上的人掉下去了，而同時一股子彈上來，王路安仰身倒在了城牆上。梯子上又開始往上爬人，吳銀連開了兩槍，梯子上只掉下一個人，還有兩個人快要爬上來了，吳銀忙跑過去，保安的手已抓住城牆沿，吳銀也拿了槍托去砸，卻被保安抓住了槍托，周一山在遠處喊：蹬梯子！蹬梯子！吳銀用腳蹬，沒蹬動，也不要槍了，雙手抓住梯子頭往前猛推，梯子向後倒了，把他也帶了下去。城樓上一陣手榴彈，那些騾子牛全窩在那裡，死的死，沒死的也有前腿沒了後腿，保安隊就往後撤。夜線子趁機帶了一隊人從城門洞撲出來攆著打，保安隊就跑過了沙石梁。夜線子二返身回來，在城壕裡要找吳銀，城壕裡死著三個保安，三頭騾子一頭牛，卻沒見吳銀。喊著：吳銀你沒屍體啦？拾起了一隻腳，腳上穿的不是黑鞋，又拾起了一隻手，好像是吳銀的，說：哥要給你埋個墳的！把那隻手揣在懷裡，就讓人把死騾死牛拉回去吃肉。就在抬一頭騾子時，騾子下卻壓著吳銀和一個保安，兩人都只是皮肉傷，但昏迷不醒。夜線子朝著保安打了一槍，吳銀倒被震醒了，說了句：我是不是還活著？頭一歪又昏過去了。

★

這個早晨，預備團死了三個人，王路安脊背上中了一彈，命是保住了，人卻從此癱了。吳銀再次醒來後，吃了一碗粥，沒事了，他就成了英雄。拉回來的死騾死牛全部分割掉，連續幾天，預備團和防守東西南城牆的民眾都有肉吃。牛皮給了王路安家，也獎勵吳銀一瓷罐煮熟的騾肉塊。這瓷罐就放在吳銀的鋪位頭，晚上輪班回來，大家肚子飢了，吳銀卻嘴在嚼著，蚯蚓總是說：你吃啥哩？吳銀說：吃藥哩！

保安隊卻還沒有撤回縣城，就住在王家村，每日過來攻打一次渦鎮，雖然都敗了，似乎並不在乎敗，就是要讓你不安生。預備團當然不敢離開北城門樓，輪換防守，東西南三面城牆上的人繼續巡邏。如此過了五天，預備團又死了兩人，更多的人疲勞不堪。死了的兩個人原本要埋到虎山灣去，但虎山灣一時去不了，就埋在一三〇廟後院，寬展師父沒有埋怨，倒吹尺八為亡者超度。埋了人，杜魯成看見旁邊一小塊地裡種著辣椒，就摘了一大筐，想著給預備團每人口袋裡裝幾棵，太睏了可以咬一口提提神。從廟裡回城門樓，半路上碰著迎面來的冉雙全，冉雙全竟然是閉著眼睛，拍了一掌，說：你這貨走路還能睡呀？冉雙全睜了眼，說：路熟，瞌睡了能走。杜魯成說：夜裡做賊去啦?!冉雙全說：前半夜不是警戒著嗎？杜魯成說：誰沒警戒，你只是前半夜就乏成這樣啦？冉雙全打自己臉。杜魯成說：清醒啦？冉雙全說：清醒啦！杜魯成說：別的城牆上情況咋樣？冉雙全說：早上我去檢查了，還行，我現在再去看看。一瘸一跛地跑走了。

冉雙全的任務是負責檢查東西南三面城牆上民眾的防守，他先去了東城牆，後到西城牆，東西城牆上到處堆著石頭和木頭，飯也是用木桶提來都在城牆上吃，而到了南城牆，那裡只有兩個人守著，問人呢，回答是大夥不是家裡有老就是有小，吃飯就都回家了，如果有情況，一拍鈸鑔，立馬便來了。冉雙全讓現在就拍鈸鑔，那人說現在沒敵情拍鈸鑔人來後知道是謊報，那以後敵人真來了，再拍鈸鑔他們就不相信了。冉雙全又讓喊人，把人都喊到城牆上來，那人破了嗓子喊。有人就跑來了，而冉雙全卻下了城牆，往四道巷去。四道巷裡過來了三個人，前邊的人見了冉雙全，說：沒拍鈸鑔麼，才吃了一半咋就叫喊了？說著打了個哈欠。前邊的人一打哈欠，後邊的兩人也連著打哈欠，冉雙全說：這哈欠還傳染哩！自己也打了個哈欠。後邊的人說：乏得很，這保安隊咋就不快些來啊！冉雙全說：你說啥，你盼保安隊打進來？!那人說：不是不是，我是怕這樣下去把咱整死了。冉雙全踢了一腳，自己身子不穩，靠在牆上說：撂開蹄子，快去！等他們一走過巷子轉彎後，他吱溜鑽進一家院子裡。

這是白老漢的院子，老漢以前在縣城做過龔記客棧的帳房，有一個出嫁的女兒，女婿在外做小買賣時被人搶劫打死，老伴也隨後過世，他就和女兒回到鎮上。冉雙全雖在預備團，一有空愛在鎮上胡拉扯，認得的人多，胡吃亂拿，也便認識了那女兒，三來兩往的倒相好起來。白老漢見冉雙全是預備團的一個排長，又常拿些吃喝，就睜一隻眼了閉一隻眼。冉雙全進了院子，見女人在廚房洗鍋，躡手躡腳過去，女人已瞄見了偏裝著沒理會，待兩隻手從身後過來抓住了雙奶，說：城牆上緊天火炮地喊人哩，我得走呀。冉雙全說：那是我讓喊的，你不去。女人說：爹在上房哩。卻聽見上房門吱的一聲在關了，冉雙全一隻手就到交襠來。女人說：不摸了，我來那個了。冉雙全手不動了，說：把嘴給我。女人擰過頭兩人剛親了一下，院門口有人喊：白叔白叔！女人應道：我爹冒風了，頭暈得在炕上睡著。門外喊：那你快到城牆上去！冉雙全離開廚房，出了院子女人聽到他在喊：都往城牆上去！守不住鎮了，保安隊進來就見誰殺誰，血流成河呀！

保安隊到底沒有攻進鎮來，也沒有完全撤走，扼守了白河渡口和黑河的十八碌碡橋，而且又在兩岸各村寨納糧收稅，看樣子是要長久圍困呀。鎮街以前是三六九日逢集市，那是何等的熱鬧，也正是吃的用的長期依賴了集市，差不多的人家並不存有更多的米麵和蔬菜，現在外邊的不能進來，裡邊的不能出去，無賣無買，許多店鋪都關門歇業，誰家的日子也都在精打細算了。每日送到城牆城樓的飯先還炒菜裡有肉片，再就蒸饃、米飯和土豆片，後來幾乎連蒸饃也沒有了，只是粥，僅保障中午一頓在小米粥裡煮些麵條，吃米兒麵。杜魯成說：這口裡老寡著渾身沒勁啊！就動員七八家滷肉店都把肉拿出來，而三天後又不見腥了。尋到趙屠戶，趙屠戶說收購不來豬羊麼，杜魯成說：你肯定有辦法，給你十個大洋，你得每天來烤肉，每個兵哪怕只吃一串的。趙屠戶也是來烤肉串了，頭一天烤出的肉吃著還香，第二天第三天有人就問：這是啥肉？趙屠戶說：兔子肉呀！又問：兔子肉這麼發酸的？仔細看肉，肉皮上有細細的灰毛，說：該不是老鼠肉吧。趙屠戶說：老鼠肉營養比兔肉大。問的人就嘔吐。陳來祥說：吃吧吃吧，老鼠肉就老鼠肉，你慢慢嚼，愈嚼愈香的。旁邊人也說：你吃啥不香？圍困了二十天，鎮裡真的沒了吃的，預備團向富戶樊家和竇家強行購買了一些糧食，吃肉幾乎宰殺了所有的兔子，開始在街巷以流浪的名義見狗逮狗，見貓捉貓，許多人家就把自家的狗和貓用繩拴在家裡，或外出時放到地窖裡。楊家的貓沒有拴，它仍是窩在門樓的瓦槽裡，睜大著眼睛，只是再不跟著陸菊人出門，甚至也不肯跳下院裡。趙屠戶堅持每日來城牆上烤肉，他烤的只有老鼠肉，說：放開吃，老鼠多的是，光我那店裡的就吃不完。但這話說過了一天，竟然再逮不住了一隻老鼠，自己打自己嘴，改烤起了麻雀。

趙屠戶開肉店，往常最煩的就是老鼠多，如今卻盼著有老鼠捉。這天在屋裡睡覺，一睜眼，掛在屋梁上的吊籠沿上站著一隻大老鼠，而三隻小老鼠正從吊繩往上爬。他說：咦，訓練爬繩哩。翻下床拿了棍子就打，四隻老鼠就掉到地上，四處亂跑，他關了門窗攆著打，老鼠從門縫往出鑽，又鑽不出去，回頭一齊嗚嗚，發出怪異的聲音。趙屠戶以前只知道老鼠發吱吱叫聲，沒想到竟還能嗚嗚，以為老鼠在哭，他說：你們跑不出去，跑出去也是被打死！也就把四隻老鼠打死了。但奇怪的是，當天晚鎮上的屋頂上、樹上、行人的身上和頭上。鎮上人心大亂，有人在城牆上又哭又罵，哭這一年就兩料麥子燒了，夏糧沒了，那喝風屙屁呀？罵阮天保，渦鎮咋出了這麼個孽種，狼吃的，挨刀的，天呀天呀，咋不炸個雷把他轟了，掉個星星把他砸了?!哭著罵著便又捶胸跺腳，自己的手打自己的臉：這是弄啥哩，保安隊來打的是預備團，咱倒是跟著遭殃了?!他們怨恨起井宗秀不該去縣城搶槍，不該燒阮家房殺阮家人啊！

井宗秀當然知道了民眾的情緒，想著保安隊這麼圍鎮著，預備團戰鬥力不強，槍枝彈藥又緊張，怎麼能消耗得起，人心一散亂，守鎮就越發艱難，必須化被動為主動。於是他謀劃著兩個方案，一是打出鎮去，夜襲王家村，一是派一支人馬坐船去縣城剿保安隊老窩。把兩個方案給周一山和杜魯成講了，周一山認為保安隊之所以一時打不進來，就是鎮上有城牆城樓，咱去突襲，人家不可能不防，或許還盼著能引蛇出洞，如果真那樣中了計，預備團就有去無回了。至於去縣城剿保安隊老窩，更是一步險棋，去多少人？去的人多了，留下的人守不住鎮子，去的人少了，又控制不住縣城。杜魯成則主張，要去縣城，預備團全部去，就以縣城為據點。井宗秀同意了不打出鎮子夜襲王家村，但也不反對預備團以縣城為據點，如果是以前去也就去了，可現在一走，保安隊進鎮又是見人殺人，見房燒房，他說：你倆都是外鄉人，不惜被血洗，那我也就成了第二個阮天保啦?!周一山說：第二個阮天保就第二個阮天保麼，咱要的是事情弄成麼，不管是渦鎮還是縣城，成了誰都擁你，你就是爺，成不了誰還認你，你就是孫子！井宗秀說：這不行！杜魯成見井宗秀堅決不同意，他就沒了主意，發牢騷：咱講究是六九旅的預備團哩，六九旅就不管了？周一山說：對了，這還得找麻縣長。杜魯成說：找他沒用，保安隊不聽他的。周一山說：讓他聯繫六九旅啊。杜魯成說：六九旅是不是還在秦嶺東一帶，就是在，他能調動了？井宗秀說：啊麻縣長調動不了六九旅，他可以找秦嶺專署，平川縣保安隊已經被阮天保變成私人杆子了，專署能組織各縣的保安隊來圍剿麼。當下決定：杜魯成在後半夜搭船去縣城。

杜魯成去了一天，保安隊又來攻打了一次。這次時間不長，好像是騷擾了一下就撤退到王家村，而預備團倒又傷了三人。戰鬥一結束，預備團做了調整，鞏百林當一營營長，吳銀副營長，排長分別是馬岱、張雙河、闞有田。夜線子當第二營營長，李文成副營長，排長分別是苟發明、鞏成龍、王長元。陳來祥當第三營營長，陸林副營長，排長分別是孫慶、許開來。冉雙全的排長被取消。

冉雙全在危急時刻還一有空就去白家院，已經連續三天的早上都沒及時到城樓上，井宗秀很生氣，撤了他排長的職，殺雞給猴看。冉雙全不當排長了，就發洩怨恨，說預備團肯定守不住渦鎮，說得多了，連他自己都相信起來，便和白家父女思謀著出逃。他們準備了繩子，原想翻到東面城牆上了再用繩子吊著到牆外，但城牆的垛台上日夜都有人，而且不斷地有人巡邏，無法出去，就開始挖地窖。白家的地窖本來就大，三人再朝城牆根白天黑夜地挖。隔壁的王路安癱在炕上，老覺得哪兒響。媳婦說：你睡迷糊了，啥響，心口跳的響！王路安手捂在心口上，說：那聲不是心跳聲，你把甕裡水倒了，拿耳朵在空甕裡聽。媳婦聽了，說：真的有響動。王路安說：你去給井團長說。王路安媳婦去找井宗秀，沒找著，就給周一山說了。周一山嚇了一跳，以為保安隊一方面在北門外攻打，一方面派人在東西兩邊的城牆外往鎮裡挖地道。急忙去城牆上巡查了一遍，並未發現城牆外有什麼異樣，就到了王路安家。在空甕裡確實聽到聲音，好像是隔壁傳來的。趕去白家，院子裡果然有新土，一檢查，冉雙全和白家父女還在窖裡挖著，就把人抓了。

井宗秀親自審問，偏要在十字街口的老皂角樹下，來了好多人要聽冉雙全怎麼說，冉雙全就全交代了。冉雙全說：你把我招了來，是渦鎮讓我有了女人，我現在把女人還給渦鎮，你要殺就殺吧。井宗秀說：你倒痛快，那我也痛快，你把你的女人也帶走。井宗秀掏出了槍，他是練習過射擊，卻還從來沒對著人，他把槍交給陸林。冉雙全說：那槍是我送你的，讓我看看那槍。陸林先一槍打死了白家女，再一槍打死了白家老漢，拿了槍讓冉雙全看，冉雙全卻已經昏迷了，就挨了第三槍。井宗秀當下下了命令：所有人堅守崗位，與鎮同在，凡是上了城牆城樓的，乳婦不得下去餵奶，丁壯不許就地瞌睡。

★

杜魯成到了縣城，先去找劉六子。劉六子原也在縣政府打雜，後來不幹了，自己在城南街開了間土產店，縣政府來了外地客人，都是從他店裡買了木耳、蜂蜜、核桃、香菇和板栗做禮品。杜魯成一去，劉六子吃驚地說：阮天保不是圍了渦鎮，怎麼你在這兒？杜魯成說：你也知道圍了渦鎮？劉六子說：城裡人都知道呀，前日阮天保派人抓了十二個家是渦鎮的卻在縣城開店鋪或當夥計的，說是去要脅渦鎮人反戈，如果預備團還不開鎮城門投降，就殺那些人質。杜魯成心裡一緊，說：知道不知道這些人關押在哪？劉六子說：恐怕是已經帶走了。杜魯成沒喝一口水就去了縣政府。

這一天麻縣長正在寫一宗案例。十天前他到城南十里黃橋鎮去訓話，中午在一戶財東家休息，這財東家在縣河岸邊，才坐了欣賞清風徐來水波不興，一隻青蛙卻爬到身邊的石桌上。連續三天他在石桌前坐了看書，青蛙就每次都到石桌來。他有些好奇，說：如有事，你跳到我腳面上。青蛙果然跳上了他的腳面。他就站起來，青蛙也往前蹦躂，他跟著走了一里來路，河岸轉彎處有個石堤，堤前是一深潭，便看到潭裡浮著一撮頭髮，令人打撈了竟是一具死屍，身上還綁綑著一扇石磨。麻縣長下令全鎮人把自家的石磨拉來檢查，拉石磨的都拉來了上扇和下扇，只有一個姓時的拉來的是石磨的下扇。把姓時的抓起來審問，果然是此人殺的。

麻縣長得意自己辦的這宗案子，見了杜魯成，還津津有味地說著青蛙和人一樣有靈性，你要觀察它們，尊重它們，仁慈它們，你就也有了智慧，他姓時的哪裡能想到我讓全鎮人拉石磨檢查呢。杜魯成說：縣長你仁慈有智慧，姓時的殺了一人他該正法，但現在天下混亂，整天打仗，人死一片一堆的，這些人就白死了啊！麻縣長說：國家的事我無能為力，我是穿不上好衣服可我能把我這一身破衣洗乾淨著穿啊！杜魯成說：你沒洗乾淨。麻縣長說：你是說保安隊圍渦鎮的事？杜魯成說：渦鎮被圍了這些日子，鎮子快守不住了，鎮子一旦被攻破，那死人就不是十個八個，成幾十幾百的。麻縣長說：我何嘗不了解這些！沒了史三海，卻有了阮天保，亂世裡靠槍不靠筆啊，我再壯懷激烈又有什麼辦法?!杜魯成說：你有辦法，你一手弄起來的預備團既然是六九旅的，你聯繫六九旅去解圍呀。麻縣長說：一級是一級的水準。杜魯成說：這我不懂。麻縣長說：你肯定不懂，你在鎮上你弄不懂縣上事，我在縣上我弄不懂省上事。你知道我為啥就去了黃橋鎮，名義上去那裡訓話，我偏在那裡一住十日？我告訴你，先是蔣介石和閻錫山是結拜兄弟，蔣又和馮玉祥是結拜兄弟，他們各部聯合打張作霖，打吳佩孚。蔣介石勢力大了，這天下就是蔣的，可馮玉祥、閻錫山又合起來打蔣介石。這次大戰，蔣介石敗了，省主席又換了馮玉祥的人，秦嶺的六九旅被馮玉祥正收編，你們預備團是六九旅的，我現在還不知預備團是什麼命運哩。杜魯成不知道外邊的事情變化這麼大，心一下子涼了，說：你是說馮玉祥的部隊可能還要剿滅預備團，也可能還要剿滅保安隊，那就不論預備團還是保安隊都只是個螞蟻，手指頭一拈就死了？麻縣長說：現在就只能靜觀其變麼。杜魯成說：這啥時才能看到變，又能變個啥樣子？你和六九旅人熟，讓他們先來解救我們麼。麻縣長說：我已經派人去聯繫了，你回去告訴井宗秀一定要守住才是，先守住是第一步，有了第一步才可能看下一步。杜魯成說：我不回去，我就待在縣城等著消息。

杜魯成真的就待在縣城，每日去找麻縣長一次，然後回到劉六子的土產店，等候消息。三天裡他吃不下，睡不著覺，後來就喝酒，把自己灌醉了。又怕喝醉了說出不該說的話，做出不該做的事，喝前都給劉六子說：我要醉了，你就把我綑在床板上。這天就又喝醉了，劉六子再把他綑在床板上，而到了晚上，縣政府來人到土產店，通知說麻縣長要見杜魯成，劉六子趕回家，杜魯成還醉著，睜眼聽說麻縣長找他，就要起身，身上還背著床板，先哇哇吐了一堆，才完全清醒。去了縣政府，原來是六九旅已被馮玉祥部收編為十二師，十二師派了一個連的兵力要去解救預備團。

杜魯成離開渦鎮的第二天，保安隊再次攻鎮，將從縣城抓回的十五人五花大綁了拉在沙灘上，叫喊著不開北門就殺人。北門當然不開，保安隊從沙灘上朝城牆城樓上打槍，城牆城樓上的卻不能往下打槍，怕傷了那些人質。保安隊趁機抬著梯子往城牆上靠，但保安隊的人一旦爬上梯子，城牆上這才打槍，又一打一個准，保安隊就拉著人質再退回去，槍殺了一名人質。被槍殺的人質是貨棧李掌櫃的獨生兒子，李掌櫃就瘋了，他穿得鼓鼓囊囊的，拿了一把菜刀跑上城牆來，從衣服裡掏著銀元撂向城樓，也撂向城牆外，一邊撂一邊罵：我沒兒了，我斷子絕孫了，我要這錢啥用？我不要了！不要了！城牆城樓上的人愣住了，保安隊的人也愣住了，沒有打槍。李掌櫃撂完了衣服裡的所有銀元，就開始脫衣服，脫得一絲不掛了，拿菜刀割下了自己的塵根也撂向空中，一縱身跳了下去。他跳下去竟然還站著，撲出城壕跑向保安隊就抱住一個保安在交襠裡捏卵子。那個保安倒在地上，他又抱住另一個保安捏卵子，還要再抱保安時，他頭上中了一槍。城牆城樓上一陣子槍響，保安隊丟下兩個屍體，便撤退了。

連續三天，保安隊都是押著人質來喊投降，攻打一陣，攻打得並不激烈，卻總要殺一個人質。中街五道巷的楊常五和西背街的柳長富再也承受不了，因為他們都有家人在人質裡，跑下城牆要打開城門。管城門的是三個人，陸林帶著，當然拒絕打開，雙方推搡拉扯，楊常五突然就抱住了一個把守，讓柳長富奪把守腰帶上的鑰匙，另一個把守來打柳長富，柳長富一口咬住那個把守的鼻子，鼻子都快要咬掉呀，陸林說：我×你娘！連開兩槍，打死了楊常五和柳長富。

幾乎在差不多的時間裡，東背街的三個婦女，知道了自己的家人也被保安隊押在鎮子外的沙灘上，就嚷嚷著不守鎮了，家裡人不得活了，還他娘的守的什麼鎮?!她們要求見井宗秀，知道井宗秀在北門樓上沒辦法去見，也知道見了井宗秀也不會聽她們的，看到陸菊人挑了一擔水過來，就說：遇著你了好，你去給井宗秀說說情！陸菊人問了情況，說：我算什麼呀，仗打得都紅眼了，人家預備團長肯聽我的？她們卻說：你和井宗秀相好麼，他井宗秀紅眼了，誰的話不聽還能不聽你的？陸菊人生了氣，說：嘴裡胡說啥的，誰和誰是相好?!她們說：他是你孩兒的乾爹，你們是不是親家？親家屁股蛋子，乾爹分一半子！陸菊人說：你是不是瞧我是寡婦就這麼欺負?!挑了水桶擰身就走。她們說：你知道自己是寡婦了還不積點德？抓住陸菊人的水桶不丟手，水流了一地，而且大喊大叫，招惹幾十人過來圍觀。圍觀的人竟也說：你就去給井宗秀說說麼，一句話能救十幾個命你不肯嗎？那三個婦女見來人幫她們說話，便抱住了陸菊人，說自己的家人快要被槍殺呀，她們就不活了，不活了也要陸菊人一塊死，看他井宗秀還守鎮不？楊掌櫃在桂樹下坐著照看剩剩，先遠遠見一群人和陸菊人吵鬧，還埋怨陸菊人和人家吵什麼，聽著聽著，那些人說的話難聽，就氣得渾身發抖，要站起來去給陸菊人解圍，但站起來時用力過猛，眼前一黑，一下子栽倒在地上不省了人事，嚇得剩剩哇哇大哭。

預備團和保安隊對峙著，槍一直在打，門洞裡死了楊常五和柳長富，城牆城樓上的人並沒理會，陸林到底有些害怕，跑到城牆上給周一山說了，周一山說：這時不能亂！誰要叛變通敵，就立即解決！卻也跑下來，門洞裡橫撂著兩個屍體，別的把守還都愣著。周一山大聲說：咋不小心，就中流彈啦?!把守立即醒悟過來，說：啊是流彈，是流彈！門縫就那麼二指寬的縫兒，子彈竟就鑽進來。周一山便重新布防把守，叮嚀誰也不能靠近門洞，又和陸林把屍體背回城隍院，讓陸林暫不去北門口，以免有人尋他的不是。周一山從城隍院出來，一夥兵又來城隍院搬彈藥，搬了七箱，就問：還有多少？回答說：也就剩下這些了。周一山說：傳話都讓節省點。蚯蚓變臉失色地來說：出事啦出事啦！死人呀，幾十人在打，打死人啦！周一山說：把舌頭放順著說！蚯蚓說：楊嬸子要被人打死呀！周一山說：哪個楊嬸子？蚯蚓說：是楊鐘的媳婦。周一山跟著蚯蚓就往東背街跑，果然是陸菊人頭髮蓬亂，衣裳破爛，被人拉扯著要去見井宗秀。周一山拔槍朝空叭叭打了兩槍，那些人才扔下陸菊人散開。周一山說：咋回事，誰要見井團長？一個婦女說：我要見，我家男人被保安隊押著，再守鎮他就沒命了！周一山說：你以為讓保安隊進來了，你男人就有命，你也有命，大家都能活？大敵當前，誰敢內變，不等保安隊進來我先打死誰！他扭住了那婦女，說：你姓啥？婦女說：我姓阮。周一山說：果然姓阮，是阮天保的內應呀！槍就指著了腦袋。陸菊人在地上，泥裡水裡，渾身疼得還沒起來，立即說：她不是內應，她姓阮，娘是鎮外的，和阮天保不是一個族的。放她們走吧，她們家裡人被阮天保做了人質，她們才急的。周一山說：不是內奸，那就都給我滾開，滾！那些人還不走，周一山又朝空放了一槍，那些人才哭爹喊娘地散開。周一山去扶陸菊人，陸菊人已經站了起來，北門口的槍聲又突然大作，她說：我沒事的，你快去城牆吧。扭頭往街北頭走，便見剩剩在桂樹下哭，公公躺在地上。陸菊人忙喊著爹，哭得淚汪汪，楊掌櫃眼睛睜開了，說了一句：我身上冷。陸菊人知道要壞事了，來不及背公公去安仁堂，就一邊哭一邊給爹掐人中，又拿頭簪刺十指，刺到第七個指頭蛋兒，楊掌櫃的眼睛就瞪瓷了。

北門外的槍聲大作，是保安隊發起又一次進攻，預備團的彈藥幾乎用盡，井宗秀就讓保留夜線子、鞏百林、吳銀、馬岱四桿槍繼續打，只放冷槍，一槍就要保證能打中一個保安，而別的人趕快從東西南三面城牆上盡快運滾石和滾木。井宗秀的傷並未痊癒，他還拄著拐杖，周一山趕來後，生氣地說：

你跑哪兒去了？周一山說：下邊出了點事。他說：什麼事有這裡緊急?!阮天保在沙灘上喊：預備團沒彈藥了，都給我抬梯子往前衝！周一山再沒有給井宗秀說什麼，將預備團的人快速組織了兩撥，命令一旦保安隊靠近，第一撥人把滾石滾木砸下，迅速閃開，第二撥再把滾石滾木砸下，輪番往下砸，絕不讓保安隊搭梯爬上來。陳來祥帶著東城牆上的人，張雙河帶著西城牆上的人，像螞蟻搬家似的，滾石滾木源源不斷地運來。井宗秀還在喊：快！快！抬頭卻看到虎山灣那兒有了一群人，心裡咯噔一下，問周一山：那些人是不是朝這邊來的？周一山看了，說：是朝這邊來的，阮天保又調了兵力？井宗秀說：今日要惡戰了。周一山說：萬一守不住了咋辦，咱得有個對策。井宗秀就把拐杖扔了，說：守不住了就退到鎮街巷打，他們不熟悉，搏鬥起來咱不會吃多大的虧。你先讓婦女都下城牆。周一山便大聲喊：敵人攻了這麼久攻不開，咱渦鎮固若金湯，誰也攻不開的，但肚子飢了，婦女們現在趕快回家做飯，有麵粉的烙鍋盔，有大米小米的做撈飯，做最好的飯送上來！婦女們剛下了城牆還沒到各個巷口，保安隊的槍聲又緊了，好像在集中了火力，但這一回火力不是向城樓城牆，而是向身後。原來他們也發現了遠處跑來的一隊人，還在問阮天保：是留在縣城放哨的人嗎？阮天保也莫名其妙，來的人卻已經向保安隊開了槍。阮天保指揮抬梯子的保安丟下梯子趕快轉身還擊，雙方就都在搶占那道沙石梁，一會這邊梁下的占了梁頭，一會那邊梁下的占了梁頭。周一山說：是魯成帶來的！井宗秀也看見了梁頭上站著有杜魯成，就下令：開城門往出打，兩邊夾擊，殲滅保安隊！城門還沒打開，咚的一聲巨響，一發炮彈就在保安隊列裡爆炸了，沙石塵土，人的胳膊腿，都到了空中。

杜魯成引路，十二師的一個連趕到了虎山灣，他們只帶了一門山炮，發了一枚炮彈，就把保安隊轟得四零八落。預備團也從門洞衝了出來，保安隊亂成一團，往北跑不能，往南跑不能，就東西跑。十二師的連隊和預備團緊緊追趕，很快河灘上這兒那兒都是屍體，槍聲逐漸停息，戰鬥就結束了。

打掃戰場，保安隊死了五十人，受傷六十二人，俘虜了三十一人，卻沒有阮天保，活的沒有，死的也沒有。拉出一個俘虜讓他清點人數夠不夠，看還缺誰，清點了說缺四個人，一個是阮天保，一個是阮天保的護兵牛三，一個是阮天保的另一個護兵邢瞎子。他說：還缺一個呀。旁邊的俘虜說：你把你忘了數。陳來祥踢了他一腳，說：讓我美美尿一泡去！走到河邊的那一叢蒲蒿前掏尿，發現蒲蒿裡有個屍體，拽起腳拉了過來，俘虜說：這就是牛三。沒想牛三又活了，陳來祥就罵他裝死，掄起槍托打得在地上滾，再問：阮天保呢？牛三說：阮隊長命大。陳來祥說：屁隊長！他人呢？牛三說：他帶著我和邢瞎子跑到蒲蒿裡，我腿上掛彩再沒跑得動，他和邢瞎子從河裡游走了。

★

阮天保一頭紮入河中順水往前游，他是會水的，待游出十多丈遠，冒出頭來，身後還跟著邢瞎子。邢瞎子並不是眼瞎，而是長得像個熊。阮天保說：牛三不是也跟著嗎，他淹死了？邢瞎子說：他沒入水就被打了。阮天保說：把槍拿好！吸了一口氣又沒入水中，兩人又朝河的東岸泅去。到了岸上，能遠遠看到渦鎮北門外人影還亂，有人沿著鎮的東城牆外跑，不斷地往河裡打槍，他們就穿過東岸上的官路，鑽到山林裡了。天黑趕到縣城，發現滿城都張貼了標語，全是馮玉祥的語錄，知道世事已變，退避到城南山神廟裡。阮天保哼了一下，說：我現在啥都沒了，你還有爹有娘的，咱就此分別吧，邢瞎子說：那你到哪兒去？阮天保說：隨便走吧，走到哪兒是哪兒。邢瞎子說：那我還跟你。阮天保說：為啥呢？邢瞎子說：兩頭夾攻著那是壓根沒活的，你卻不死，命裡肯定還有大事幹哩。阮天保說：你不是也不死嗎？邢瞎子說：我是你的護兵呀。阮天保說：好，那你就跟著我，先找個地方吃飯去！去了溝岔口一戶人家，那人家的媳婦正坐月子，男人燉了一隻老母雞。邢瞎子說：你看，你想吃飯了這老母雞就等著你麼！把槍拍在桌上，他們沒殺那男人，索要了幾個大洋和兩身衣裳，兩人坐下來把燉好的老母雞連肉帶湯全吃喝了。

裝扮成了山民，夜以繼日，他們順著溝趕到了秦嶺西北處的一個鎮子，一打問這是什麼地方，說是麥溪縣的墓坡鎮，就住在了一個小客棧。小客棧的被褥髒，阮天保說：這怎麼睡？重新再找了個客棧，邢瞎子累得沒脫衣服就趴在床上睡著了，阮天保卻又是睡不成，蚊子太多，他叫醒了邢瞎子，邢瞎子說：你睡覺就不覺得咬了。阮天保說：我睡不著！邢瞎子說：你身子貴！把被子的棉花套子抽出來，讓用被單蓋嚴了睡。邢瞎子說：這太晚了，尋蚊帳也沒處尋，就湊合一夜吧，明日重找客棧。阮天保說：那你脫光了不要蓋。到了天明，邢瞎子一身的紅疙瘩，阮天保還是說他沒有睡好。又換了新的客棧，阮天保在房間裡睡覺，邢瞎子到鎮上閒逛去了。鎮上有個戲台子，但沒有人演戲，好多人在那裡下棋，邢瞎子站在旁邊看了半天，午飯時買了些牛肉和酒回客棧，阮天保說：你知道我一上午幹啥著？邢瞎子說：睡覺。阮天保說：我是劃一根火柴看著火柴怎麼燃盡，再劃一根火柴看著火柴怎麼燃盡，一盒火柴劃完了，就等著尿來。你知道啥叫寂寞嗎？邢瞎子說：我再出去轉轉，或許有好事哩。他又去了鎮街，在耍猴攤上看看，在茶館門口轉轉，最後蹴在牲口市上看買家和賣家手伸在衣襟下掐價。一個老漢過來說：你不是鎮上人吧？邢瞎子說：東邊村裡的。老漢說：在做啥買賣的？邢瞎子說：逛哩。老漢說：我看著你是逛了一天了，陣壯實的小夥想不想有個事幹？邢瞎子說：想麼。老漢說：那你明日中午到關帝廟門口來。邢瞎子第二天就去了關帝廟，那老漢直接了當地說要他參加秦嶺遊擊隊，如果願意，現在就走。邢瞎子說：還有一人，我們一塊的，我問他去不去。老漢說：你不要走漏風聲，走漏了你就沒命了！你去問他，要走，夜裡雞叫頭遍，在河邊那棵彎柳下等我。邢瞎子回客棧給阮天保說了，阮天保說：我只說可能入逛山、刀客呀，沒想要去遊擊隊？邢瞎子說：遊擊隊勢力是小，但也是個去處，依你的能耐，去上三年五年你又是那裡的頭兒了！阮天保說：你這麼看我？邢瞎子說：大家都這麼看你，你從不屈人之下的。阮天保笑了，說：那就去吧，也活該是渦鎮人，和井家脫不了干係。邢瞎子說：哦，這我倒忘了，井宗丞就在遊擊隊。阮天保說：他在就在吧。雞叫頭遍，兩人去了河邊，彎柳下卻沒有人，邢瞎子就認為是受騙了，要離開，阮天保說：再等，人就在附近。果然雞叫三遍時，突然冒出三個人，其中就有那個老漢。他們連夜出發，但那三個人要邢瞎子阮天保走在前邊，邢瞎子卻要他和阮天保走在後邊，爭執了一會，那三人還是走在後邊，邢瞎子就讓阮天保走在他前面，悄聲說：他們要開槍，我給你擋子彈。阮天保說：誰敢？兩天一夜後，在一個山坳子裡，他們見到了蔡一風。

形勢已經大變，馮玉祥的部隊十萬人在中原向共產黨的紅軍發動進攻，紅軍僅兩萬人，分三路突圍，一路就進了秦嶺。秦嶺特委指示遊擊隊一方面與馮部十二軍周旋，牽制他們對進入秦嶺山區的紅軍的堵截，一方面還要護送一位重病的中原部隊首長盡快地通過秦嶺去陝北延安。

當秦嶺特委介紹阮天保、邢瞎子參加遊擊隊時，遊擊隊開了一個會，討論要接受還是拒絕，井宗丞表示反對，說：阮天保是平川縣保安隊長，他能和我們一心？蔡一風說：我曾經也是在保安隊幹過，咱遊擊隊裡起碼有十多人都是從敵人內部反戈出來的。井宗丞說：你們是從敵人內部拉出杆子的，可你們拉出杆子是你們原本就要借保安隊發展力量反戈的，阮天保是打了敗仗來遊擊隊的。蔡一風說：是不一樣，有身在曹營心在漢的，也可能有身到漢了心也就到了漢的。阮天保是帶了三桿槍呀。井宗丞說：有槍就啥人都要呀？蔡一風說：咱現在能多一人就多一人，能多一桿槍就多一桿槍，你是不是聽說了他和你弟是對頭？井宗丞說：井宗秀是井宗秀，井宗丞是井宗丞，我們各是各的。蔡一風說：這就好麼，他阮天保知道你在這裡卻還能來，咱就得信任他。井宗丞也就沒再說什麼，只要求不要把阮天保分在他的分隊裡。會議最後決定，遊擊隊三個分隊仍然是襲擊干擾敵人，而抽出第二分隊新任隊長蔡太運，帶人去接應護送中原部隊重病的首長過境，第一分隊長空缺後由副隊長接任，而副隊長暫時讓阮天保幹著，但兩把短槍沒收，只配給一桿長槍。

阮天保見到了井宗丞，很是熱乎，說：哈多年沒見，你倒比我高出一個頭了！井宗丞說：我瘦麼，瞧你胖得沒脖子了，當保安隊長真個是吸民脂民膏！阮天保笑著說：我只說我是吃糧背槍的人，沒想你比我還強啊！井宗丞也就笑著。但兩人誰都不再提說小時候的事，更不談渦鎮。井宗丞看到阮天保拿著一桿長槍，有心要壓壓他，也是要看看他的本領，就說：你來了我得招待你一下，請你吃燒雁腿吧，從腰裡拔出短槍，照著河溝裡的三隻野雁，叭地打了一槍，一隻就倒下了，另兩隻驚慌起飛。阮天保說：一隻不夠呀。舉槍也打了兩槍，空中的兩隻野雁正好飛過頭頂，一隻垂直掉下來，一隻也垂直掉下來。火堆上烤了三隻野雁，還有四個包穀棒子，兩人都吃撐了。到了晚上不消化，阮天保半夜裡拉肚子，提著褲子往屋旁的廁所跑，而門前的場子上，井宗丞挺著肚子往那裡的一截木頭上撞。阮天保說：那撞著能克化嗎？井宗丞說：拉稀啦？你胃不行麼！

蔡太運帶人去接應重病的首長，根據情報，他們趕到方塌縣的銀花河莊頭村，沒想莊頭村在三天前遭到保安隊的搜查，首長已經轉移。他們就沿著銀花河在各個溝岔的村子裡打聽，沒有任何消息，卻被保安隊包了餃子。那一夜住在了一戶財東家，財東見他們帶著槍，很熱情地讓一個年輕的女人給他們做飯，又讓他們就睡在廈屋裡。那女人長得白嫩，給他們掃炕鋪了新席，周瑞政說：你是女兒還是兒媳？女人說：兒媳。周瑞政說：還沒孩兒吧？女人說：孩兒三歲了，睡得早。周瑞政說：看不出來！你是從縣城那邊嫁過來的？女人說：我娘家在鄰村。周瑞政說：這地方還能出你這樣標緻的人?!蔡太運揮揮手，讓女人走了，罵周瑞政：走到哪兒你都騷情！搭通鋪睡下，半夜裡周瑞政要小便，往上房左側的廁所去，月亮明晃晃的，上房牆上掛著有柿餅串，過去要捏一顆吃，卻見台階上的竹竿晾著一件小襖，紅顏色的，猜想這是那兒媳的吧，拿過來嗅了又嗅，朝上房的窗子瞅，不知道那兒媳睡在上房的東間屋還是西間屋，就把小襖拿去了廁所，動手摸弄自己的塵根。這時候，巷頭起了槍響，廈屋裡的蔡太運驚醒了，忙拉起另外的人就往外跑。剛出門，巷口那邊有人在說：誰走的火，快！同時幾個黑影往過跑。蔡太運他們瞧著那夥人前邊是財東，明白財東安頓他們住下後就去給保安隊報了信，回身打了一槍，便從巷子另一頭跑開，槍聲一時亂響，好的是月亮偏鑽進了烏雲，一切黑暗起來。蔡太運他們跑出村子了，才發現周瑞政沒有跟上。周瑞政聽到槍響，一股子髒水剛射在紅襖上，還以為是自己的響聲，說：我槍的子彈多哩！待清醒過來，覺得不對，保安隊已撲進院子，蔡太運帶人二返身進村要救周瑞政，才到一個碾麥場上，保安隊四邊圍了來，他們蹴在碌碡後，一邊推著碌碡一邊打槍，但保安隊的火力更猛，蹴在碌碡後不敢冒頭，碌碡又難以推動，只好爬到場畔了沿著土塄根往村外跑。蔡太運跑得快，周作雲、周有仁跟得緊，而薛寶寶來不及跳到場畔的土塄下，就藏在麥草垛後。麥草垛被槍打得著了火，再跑向第四個麥草垛時，第四個麥草垛後早有了保安隊，便被活捉了。蔡太運、周作雲、周有仁跑到村外，遇到一個土崖，土崖上長著刺黃檗、金櫻子、串果藤，如果能上到土崖上，再跑一里地就可以鑽進樹林子了。後邊的保安追得急，槍子嗖嗖地響，蔡太運趴下回擊，說：分散開跑！周作雲抓著串果藤先上了土崖，已經跑過一里地，快要鑽進樹林子時被打中。周有仁是機槍手，他爬了幾次，幾次都從土崖上又溜下來，最後是後退了幾步猛地撲上去，人是撲到土崖上了，機槍卻掉到崖下，他又下土崖來撿，被跑過來的保安按到地上。蔡太運是終於進了樹林子，才發現腳上的鞋全跑掉了。

保安隊活捉了周瑞政、周作雲、周有仁、薛寶寶，帶到高門鎮。高門鎮雖偏僻，但當地盛產龍鬚草和艾草，鎮上人家差不多都編織龍鬚草鞋和針灸用的艾條，東西南北的商人來收購販運，倒顯得繁榮熱鬧。第四天高門鎮逢集市，保安隊在鎮中二郎廟前的土場子上開大會公開鍘人，會前薛寶寶站出來說遊擊隊的瞎話，周瑞政就破口大罵薛寶寶是叛徒，你丟遊擊隊的臉，丟你爹你娘的臉，你個孬種！罵得薛寶寶滿臉通紅，不再作聲。保安隊擺上鍘刀，周作雲昏迷著，被抬著把脖子放在鍘刀下，周作雲嘴張了張，沒有出聲，就被鍘了。周有仁是自己撲向鍘刀口，鍘刀鈍了，鍘了三次頭沒鍘斷，保安隊補了一槍。周瑞政又是罵：我×你娘，用鈍刀鍘，老子瞧不起你！他便被打了三槍，三槍都沒死，血撲哧撲哧冒，他還在罵，又打了第四槍，才不罵了，嘴還一直張著。

高門鎮鍘了遊擊隊三個姓周的，蔡太運又生死不明，消息傳了來，遊擊隊為他們開了追悼會，蔡一風又派井宗丞再帶兩人去銀花河一帶。為了便於打探情況，井宗丞化裝成甑羅匠，另兩人扮作乞丐，白天外出走村串寨，晚上在一座山神廟集合。這一日，井宗丞到了高門鎮，特意去了二郎廟前土場上，想著就在這裡十幾天前鍘了自己的戰友，而現在地上沒有任何血跡，又逢集市，貨攤擺滿，人群熙攘，好像什麼事情從來沒有發生，一時心如刀絞，腿軟得走不動，就將甑羅擔子放下，蹴在一棵青岡樹下吃菸，心裡念叨著周瑞政、周作雲、周有仁的名字，悄聲說：如果你們死後有靈，知道我來看望你們，樹上的葉子就往下落吧。話剛說完，樹上果然往下落葉子，冬天的樹葉子都是枯了，顏色蒼黑，而青岡樹的葉子卻血紅血紅，竟然一樹的葉子全然落下，樹裸得光禿禿的，落葉幾乎把他的腳面都埋沒了。井宗丞頓時淚流下來，趕忙擦了，又悄聲說：你們死得冤，我會給你們報仇的，你們能告訴我該去哪兒找到首長呢？如果有人戴了草帽在場子東邊出現，那我就往東邊去找，在場子南邊出現，我就往南邊去找。他睜眼觀察著場子的四邊，但四邊久久沒有戴草帽的人出現。自己又想：他們哪裡能知道呢，若知道他們還不早接應到了嗎？再說，大冬天的，又沒下雨，哪能戴草帽的？但突然間前邊的街口響了一槍，人群大亂，井宗丞立即警覺起來，丟了甑羅擔子，只提了一隻筐子，筐子的羅網下藏著手槍。他順著人群往南邊跑，猛地見蔡太運拿著一條扁擔，腰裡纏著扁擔繩，迎面跑過來，兩人都愣了一下，使個眼色，一塊鑽進一個巷子，出了鎮，過河穿林，進了南山。蔡太運這才說：你怎麼在鎮上，是不是也來找首長？井宗丞說：你還活著怎麼沒回去彙報情況？蔡太運：我沒臉回去。首長沒找到，五個人被鍘了三個，我怎麼回去？！我必須得找到首長啊！井宗丞說：你一個人怎麼找？蔡太運說：我已經找到了，安排了住處，但首長病得嚴重，我來鎮上買藥。井宗丞一下子摟住蔡太運，說：你瘦了，瘦得都沒人樣了！從懷裡掏出個饃讓他吃，便問：剛才的槍是你打的？蔡太運說：我打薛寶寶啦。

原來，蔡太運扮作進鎮賣柴禾的樵夫，剛到藥店買了幾包頭痛丸，店掌櫃問：你是北山人？蔡太運說：嗯。掌櫃說：北山人也買藥呀？蔡太運說：北山人就不生病？！樣子很凶。掌櫃說：北山人頭痛腦熱了不是眉心放血就是水碗裡立筷子驅鬼，倒捨得花錢買藥？蔡太運這才緩過勁，說：我賣了柴禾有錢呀！一仄頭，卻見街上一男一女走過，女的挺著大肚子，男的背影好像是薛寶寶。薛寶寶就是離鎮三十里的薛家堡人，當初他們來找首長時，曾路過薛家堡，薛寶寶說他年初回家了一次，前不久有人捎了口信，說是媳婦懷孕了。蔡太運還說，那你回去看看你媳婦，薛寶寶說，先完成任務，倒沒回去。被捉住投降後，薛寶寶留在了鎮公所做事，害怕遊擊隊懲處家人，接了懷孕的媳婦也住到鎮上。媳婦剛住過來三天，偏偏就讓蔡太運發現。蔡太運把買來的藥揣在懷裡，尾隨著薛寶寶和他媳婦，只說到個沒人處下手，沒想薛寶寶和他媳婦卻往十字路口走，那裡有三家龍鬚草鞋店和四家艾條店，店門口停了五頭騾子，人也很稠。蔡太運就急了，緊趕了幾步，踩住了薛寶寶身後的影子。一踩上薛寶寶的影子，薛寶寶好像受疼了似的，回過頭來，猛地見是蔡太運，驚得嘴張開能塞進一個拳頭。蔡太運說：我把你踩疼啦？薛寶寶說：啊，啊疼。蔡太運說：你這影子拖得太長麼。叭叭連開兩槍，薛寶寶和他媳婦就倒在血泊中。十字路口頓時大亂，蔡太運也趁機逃跑了。

井宗丞和蔡太運去了鎮外山神廟，兩個隊員也剛剛返回，四人吃了討要回來的六個黑饃和三個蘿蔔。兩個隊員一個叫來信子，一個叫來雷子，蔡太運就想起周瑞政、周作雲、周有仁，說他沒有帶好他們，丟了命，還丟了四桿槍，尤其可惜了那挺機槍，哇哇地哭。井宗丞勸他不要哭，要他說說打薛寶寶的事，蔡太運不哭了，說他是一槍打在薛寶寶腦門上，天靈蓋就炸開了，紅的白的腦漿噴出來，而薛寶寶的媳婦他並沒開槍，卻倒在地上，身子下往外流血，他還說：我沒打你倒流血？！猛地醒悟是孩子流產了吧，不能留下孽種，才開的第二槍。來信子和薛寶寶熟，來信子說：你打了他家三口？蔡太運說：不是我要打的，是三個姓周的兄弟索命的。

下午，蔡太運就帶著井宗丞他們進了黑溝。黑溝的黑是溝河兩邊都是黑土崖，水流就顯得混濁，樹長滿了黑苔黑茸，而零散在河邊或溝畔的人家，牆和門窗全被雨淋得發烏。那一堆一堆麥草垛、豆稈垛，顏色像腐敗了一樣，站著一群叫不上名字的鳥，叫聲如嘔吐。蔡太運說他尋著首長一行三人時，是藏在函玉川的一個山洞裡，首長病得很嚴重，他才讓轉移到這溝裡的張老倉家。張老倉可是個能人，會給亡靈念經，也會觀看風水，還當著溝裡的聯保委員，當年遊擊隊在這一帶活動時卻又和蔡一風熟悉，一直是表面上給政府幹事，暗裡幫著遊擊隊。到了夜裡，蔡太運、井宗丞他們到了張老倉家，井宗丞以為首長人高馬大相貌堂堂，沒想是個矮小老頭，頭上纏著帶子，眉心上也有劃破放血的小傷，張老倉還用艾條灸他的太陽穴。服過了頭疼丸後，過了一個時辰，疼痛稍有好轉，首長坐起來和井宗丞說了一陣話，就又躺下了。跟隨首長的兩人，可能是警衛，個頭也都不高，但胳膊腿粗，身上別有三把槍，說話時就一直盯著對方，眼睛放光。首長睡了後，井宗丞、蔡太運和兩個警衛，還有張老倉，一塊商量下一步怎麼辦，警衛的意見是盡快走出秦嶺，而蔡太運擔心首長身體不好，盡快離開怕是不行吧。警衛說：首長走不動，就抬擔架，你們準備擔架吧。張老倉卻說：我家後的地頭有一棵老松，樣子像龍，我學風水時師傅說如果有高官能在這裡住多久，將來就能當多久的皇上哩。我不知首長是什麼官，肯定是個大官，他還是多住些日子好。警衛說：現在最重要的是安全，不安全了還什麼皇上不皇上的?!警衛意見很堅決，又去請示了首長，首長也同意盡快離開，蔡太運、井宗丞就商議了一條離開的路線：從戚家岔進去，翻黃沙山，到板橋灣，走麻子峽，再翻牛背梁到零口溝，過了零口溝就出秦嶺了。這一條路線雖然遠又非常難走，但相對安全，加上以前遊擊隊也經過，沿途各地都有些較可靠的人家，吃住沒有問題。一切都定下來，就紮綁了副擔架，一共七人，由張老倉父子護送，後半夜就抬著首長出發了。

張老倉和他兒子護送到溝堖，剛翻上一道埡，前邊好像有人走過來，張老倉忙讓一行人隱於樹叢裡，他迎上去見是溝裡的黃伯項。黃伯項問：委員這是往哪兒去？張老倉說：東謝溝的馬平川病得快不行了，他家人捎書帶信的讓我去看個墓穴。黃伯項說：就你一個人？我還以為一群人哩。張老倉說：你眼花了，哪兒還有人？有鬼哩！分了手，黃伯項就往埡下去，已經聽不到腳步聲了，一行人才過了埡。

但這黃伯項並沒有走遠，藏在石頭後看著張老倉帶著一夥人翻過埡，心裡生疑，天明就跑出黑溝，給溝外鄉公所的保安組報了信。保安組撲進溝裡的張家，見張老倉不在，兒子也不在，只有兒媳婦正給孩子餵奶。問張老倉呢？兒媳婦說背著褡褳出去了，可能是又給誰家看風水，但她不知道去了哪兒。再問家裡是不是住過遊擊隊的人？兒媳婦說家裡沒來過陌生人呀，她也不知道油擊隊還是鹽擊隊。偷偷擰了孩子的屁股，孩子哭起來，她就只顧哄孩子。一個保安就奪過孩子，說你給我打馬虎眼？不老實說摔死這碎仔！兒媳婦還是說她什麼都不知道，孩子就真的被摔在石頭上，再沒了哭聲。兒媳婦一下子衝過去，抱了那保安的胳膊就咬，咬下了一疙瘩肉，另一個保安朝她頭上便開了一槍。打死了兩條命，保安組並沒走，還殺雞煮肉，開窖取酒，吃喝畢了埋伏在屋裡要等張老倉回來。

張老倉父子護送到了板橋灣才返回，到黑溝已經是第二天傍晚，天開始颳風下雪，那是十幾年來黑溝下的最大的一場雪，還在溝堖，鳥飛著飛著就石子一樣墜地凍死，聽到熊在樹洞裡也凍哭了，嗚哅哅地叫喚。父子倆一進院門，兒子還在喊媳婦：快熱熱酒讓暖暖身子！屋裡的保安跑出來就把他們按到地上。這些保安也冷得不行，早把屋裡能穿的衣服都穿在身上了，他們審問張老倉是不是給遊擊隊的人帶路去了，張老倉見兒媳婦和小孫兒已死，就說：是帶路了，護送的不僅是遊擊隊，還有個更大的官哩，你們想追也追不到了！被咬傷胳膊的保安舉槍就要打，旁邊的保安說：先剝了衣服，要不打了到處是血。便一哄而上爭搶著剝張老倉和他兒子身上的衣服，父子倆被剝得一絲不掛。張老倉兒子罵道：要殺快下手，不要讓老子受凍！保安組長打了一槍，再向張老倉打時，連打了三下都埸火，張老倉便笑了，說：生有時死有地，我不該死在這裡。我還有一罐子銀元埋著，讓我死在屋後地頭的那棵松下，我告訴銀元罐埋在啥地方。保安把他拉到了屋後地頭，果然那棵老松一摟多粗，通身褐紅，順著地塄蜿蜒成龍形。保安組長說：聽說你會看風水，真還給自己選了個好地方！銀元罐埋在哪兒？張老倉說：你還行，我就給你說個消孽債的辦法吧，你得挖出銀元罐了，就勢把我兒三口埋在土坑裡。保安組長說：你先消你的孽債吧，埋在哪兒？張老倉說：就在院裡的捶布石下。銀元罐被挖出後，保安是把張老倉的兒子兒媳和小孫兒扔在坑裡埋了，再把張老倉打死在松樹下。雪愈下愈大，很快掩蓋了血跡，張老倉窩在那裡像臥著個碌碡，也成了座雪堆。

將首長五天四夜終於送出了秦嶺，井宗丞蔡太運他們又原路返回。經過板橋灣，又念叨起張老倉的好，覺得應該答謝答謝，就見一戶人家院牆高大，估摸是個財東吧，翻進去沒收了五十二個大洋和三件皮襖。臨走時，財東千謝萬謝，還送到山腳下，井宗丞見財東腰帶上別了個玉石嘴兒旱煙鍋，說：

楊掌櫃將息了多日，慢慢緩過來，人卻衰老了許多，他問孫子：剩剩剩剩，你說這世上啥最沉？剩剩說：石頭最沉。他說：不是石頭沉，是腿沉。剩剩不體會腿沉的事，他就又問：剩剩你說這世上啥最少？剩剩說：糖最少。他說：瞌睡少。自己倒笑了。腿沉得愈來愈邁不開步，而瞌睡少是他夜裡總是半夜醒來就再合不上眼，他便天未亮起來了竟去廚房裡做飯。陸菊人迷迷糊糊聽見了風箱響，起來見公公做飯，說：爹，你咋沒睡做飯了？楊掌櫃說：做了你們起來就有飯吃。陸菊人說：爹一直不會做飯呀。楊掌櫃說：我學著做，以後我來做飯。陸菊人說：爹吃了十幾年我做的飯了，現在嫌我做的不香了嗎？楊掌櫃流下淚，說：我哪裡嫌你做的不香，可我總不能讓你做一輩子。我琢磨好長時間了，這楊鐘沒了，你還年輕，就這麼下去呀？陸菊人說：爹，爹，大清早的你說啥呀！楊掌櫃說：爹給你說的都是心裡話，你得再找個人家，或者有誰願意，就招過來，那以後不遭人欺負了。陸菊人明白了公公的意思，心裡騰騰地跳，她說：爹，誰欺負我？誰能欺負了我?!楊掌櫃說：那些人……陸菊人說：那些人是急了才胡說的。楊掌櫃說：是胡說，可胡說了就會有人信的，這人嘴裡有毒啊！陸菊人說：爹你放心，我行得端走得正，謠言就是有翅膀它能飛多遠？楊掌櫃說：是真金不怕火煉，可何必讓火燒呢？你別考慮我，我啥都行的。陸菊人說：爹，土地爺在院裡，灶王爺在牆上，我給你說，我不會改嫁也不會招了人進咱家，我就伺候你，把剩剩拉扯大，楊家還是渦鎮的楊家。楊掌櫃扶著灶台，淚水漣漣。陸菊人說你歇著，你歇著去，讓楊掌櫃回上房臥屋了，她揭開了鍋，鍋裡做的是包穀麵糊糊，還煮了土豆片，但公公的眼神不好，他沒有發現那些包穀麵裡生了蟲，做出的麵糊糊上漂著一層蟲子，頓時自己的眼淚再噙不住，嘩嘩地往下流。她把鍋裡的麵糊糊倒掉，洗鍋添水，然後把那些包穀麵用細籮篩過，重新做麵糊糊，眼淚吧嗒吧嗒還滴個不停。她在檢點自己：為什麼能惹得那些人說自己的不是呢，是自己和井宗秀走得太近了？井宗秀是楊鐘的哥們兄弟，公公和她都幫過他，他又是剩剩的乾爹，怎麼就不能來往呢？楊鐘在時沒人嚼舌頭，楊鐘沒了，真的就寡婦門前是非多了?!是非就是非吧，誰個人前不說人，誰個人後不被人說！陸菊人倒恨了一句楊鐘：你不擔沉你走了，讓我受這號罪！卻又想，這也怪不得楊鐘，那些人是對井宗秀怨恨了又不敢對井宗秀怎樣，拿我發洩了。那也好，只要不傷害井宗秀，就對我出氣吧。陸菊人擦了眼淚，把飯做好，給公公盛去了一碗，又來叫醒剩剩，給穿衣服，說：這一身才穿了兩天就髒成這樣，你是土蛆呀！從箱子裡再取了乾淨衣服給剩剩穿上，剩剩的鼻涕流下來，拿袖子去擦，她說：不許拿袖子擦！吃了飯出去和明德他們玩去。剩剩卻說：我不和明德玩，他老問我乾爹是不是又到咱家來了。陸菊人說：你乾爹來看望你和爺爺，那算啥，就是來了又咋的？剩剩去吃飯了，陸菊人收拾被褥，用掃炕笤帚掃炕上的灰塵，太陽已經出來了，陽光從窗格進一束，灰塵就在那光束裡活活地亂飛，她心裡隨之也亂了：那些人怨恨了井宗秀就拿我出氣，可老說我的不是，會不會又對井宗秀不好了呢？她打開了窗子，就看到了門樓瓦槽上的貓，她叫著貓，想給貓說：以後自己還是再不去找井宗秀為好，也不要井宗秀來楊家啊。貓從門樓瓦槽上跑下來了，她卻什麼都沒說，去了廚房。

陸菊人從此真的連門都少出了，只是陪著公公去陳先生那兒看病抓藥，或者和花生去一三〇廟裡燒香禮佛。她是愈來愈覺得離不開了陳先生和寬展師父。陳先生老是嚴肅著，不苟言笑，那麼高的醫術給人解除病痛，她更愛聽著他的說話，比如十天前陪公公去看病，陳先生給一個病人說：誰不得病，吃五穀就生百病麼，都不生病，還要我這郎中幹啥呀，是六指指呀，吃飯總不是頓頓白米細麵的，是要吃些粗糧吧？煩心的事誰沒有，天都有個颳風下雨的，痛苦，揪心，煩惱，委屈，置氣，不如意，就是人一生中的必需的粗糧麼，就是那些颳風下雨麼。五天前再去抓藥，陳先生又給一個病人說：你說給你活哩還是給別人活哩，啊？別想得那麼多，你記住，許多想法最後都成了疾病。她就覺得陳先生是專門為她說的。而去了一三〇廟，當寬展師父坐在那裡誦經，樣子是那樣的專注和莊重，她和花生也就坐在旁邊，穩穩實實，安安靜靜，寬展師父的嘴唇在動著，卻沒有聲音，但她似乎也聽懂了許多。誦經完了，寬展師父就一直微笑著，給她們磨搓著那桃核做成的手串，給她們沏茶，然後吹起尺八。花生竟喜歡上了尺八，寬展師父也就教花生，也讓她學，但花生已經能吹響尺八了，斷斷續續還吹奏一首曲子，她吹不響，而且指頭太硬，總是按不住那些孔眼。

陸菊人盡量變換著飯菜的花樣，讓公公每頓能多吃一碗。她做稀飯，今早是熬大米粥，明早就做包穀糝湯，後天早上便又在粥裡或湯裡煮上了綠豆、扁豆和芸豆。麵條也是這一頓吃撈麵，下一頓吃滷麵，調麵的臊子裡盡量的有豆腐、山藥、木耳、黃花菜，還時不時做些糍粑、水煎包子、土豆粉黏黏和甜米甑糕。公公的身體一天天恢復過來，剩剩卻仍是頑皮搗蛋，在外和一群孩子在土堆上玩占山頭，他總要跛著腳不顧一切地就撲上去，即便被別人推下去摔得流鼻血，他用手一抹，抹出個大花臉又衝上去。在他占領了山頭，別人來攻，他腿蹬不了，用手抓，用頭頂，死命地打鬥，有一次就把那個叫明德的打下土堆了，一雙鞋還在土堆上。明德就叫：井宗秀！井宗秀！鎮上的孩子們吵架，都以叫出對方父母的名字為最解氣的罵，明德沒有叫楊鐘或陸菊人而叫著井宗秀，剩剩也知道是什麼意思，紅了眼，把明德的一雙鞋扔到附近一個廁所的糞池裡。明德哭著回去，他爹就領著明德來楊家尋事。陸菊人剛出了院門碰著明德爹，她清楚明德爹也背地裡說過她壞話，見了面她還是扮個笑臉，說：啊他伯你吃過飯啦？明德爹說：氣飽了！陸菊人說：喲，啥事陣氣的？明德爹說：你剩剩把明德的鞋扔到糞池了，你說這咋辦呀?!陸菊人立即喊出剩剩，問是不是把明德的鞋扔到糞池了？剩剩說：他是敗將，他還罵我！陸菊人當著明德父子的面就打剩剩，剩剩強，不哭也不跑，站在那兒讓她打。明德爹說：這鞋扔了就扔了？陸菊人說：扔在哪個糞池，我去撈。明德爹說：那鞋臭了還咋穿？陸菊人只好從剩剩腳上脫下鞋賠，明德爹才拉著明德走了。人家一走，陸菊人就抱住了剩剩，恨道：我打你，你為啥不跑，你就那麼傻的讓我打呀！撩起衣服看打青了沒有，再去鐵勺裡給剩剩炒了一顆雞蛋。

剩剩不再和明德一塊玩了，而蚯蚓給楊掌櫃送來了米酒和糕點，蚯蚓的腰裡別了個木頭手槍。剩剩又嚷著他也要木頭手槍，蚯蚓不給他用木頭做，說給你做了你就和我一樣了。剩剩哭鬧不止，陸菊人就拿紅布包纏了用禿了的掃炕笤帚，做出的手槍比蚯蚓的還好。

蚯蚓過後還替井宗秀給楊家送過一次醪糟，陸菊人就告訴他：不准再來送了，送來也不收。果然再看到蚯蚓來，她就關了院門。蚯蚓在院門外叫著剩剩，陸菊人讓剩剩不要出聲。蚯蚓說：剩剩，送來的是瓊鍋糖，你不吃瓊鍋糖嗎？剩剩說：我不在！蚯蚓說：你不在咋能說話？陸菊人開了院門就斥責蚯蚓，把蚯蚓趕走了，剩剩卻因沒吃上瓊鍋糖哭鬧，陸菊人就哭剩剩那麼賤，別人的東西你吃什麼吃，又罵他死強活倔，不聽話，出去打不過人偏還和人打架，就說：唉，知道你這樣，我就不該生你！說過了心裡想：罵啥哩，剩剩的毛病哪一樣不就是楊鐘的毛病？不就是自己的毛病？當初並不愛著楊鐘還不是嫁了楊鐘，不想生孩子還不是就生了剩剩，一切錯，都是自己需要錯啊！以後陸菊人也不讓剩剩單獨出去玩，她陪著公公去陳先生那兒就帶了剩剩，她和花生去一三〇廟也帶了剩剩。日子過得安然，院牆根那一蓬迎春花蔓就野蠻地生長，裡邊住了無數的蛐蛐在叫，腳一跺聲就停了，過一會，又是一片響。

女人總是過幾天心緒不好，氣色暗淡，過幾天了又精神起來，人也顯得光鮮。陸菊人的好心情差不多半個月了，這天早晨她收拾了桂樹旁的那盤石磨，要磨些包穀，公公年紀大了不能一塊推磨，她讓剩剩去叫花生來幫她。花生人還沒來的時候，她把一斗包穀倒在了磨頂上，霧剛剛散去，一隻鳥在桂枝上唱歌，她就有了一種從來沒有過的清爽和愉快。覺得在這世上她不想要多餘的任何東西，也不眼紅和嫉恨誰，曾經遭受的那些苦和難，都過去了，忘了，現在上有公公，下有剩剩，家裡雖不富裕也是有吃的，有穿的，這就多好啊！她拄著磨棍，仰頭看著天，天上瓦藍瓦藍的，而柳嫂家的煙囪冒著炊煙，煙升到高處便全是雲了。

花生來了後，花生說：姊今日抹了什麼胭脂粉，臉這麼紅潤的？陸菊人說：你一來，我還能紅潤個啥？兩人抱了磨棍推起了石磨，石磨的上扇和下扇咬噬著，磨頂上的包穀不停地往下漏，磨盤上的糝子和麵粉就堆起來，發出呼呼嚕嚕的響。花生又說：姊，這石磨是一張口哩！陸菊人說：你咋能想到這？是口，其實是人的口，這張口把多少糧食都吃進去了。石磨並不甚重，推石磨卻永遠是原地轉圈兒，推著推著，倒搞不清是人推著石磨轉圈兒，還是石磨帶著人轉圈兒。花生突然就笑了，說：好像咱沒走多少路，可一圈一圈的，這磨一斗包穀，相當走到龍馬關了。陸菊人說：是麼，這就像過日子，一天一天我也就老了。花生說：姊才比我大幾歲呀，你要老了那我也老了。陸菊人說：你可不敢這麼想！你知道用牛推磨子為啥給牛要戴暗眼？花生說：怕牛發暈。陸菊人說：牛戴上暗眼不看了也就不暈了，你花朵兒還沒開哩，別也想不該你想的事。花生說：我是學你樣兒麼。陸菊人說：好，好，咱都不老！

兩人正笑著，蚯蚓又從巷裡跑來了，手裡拿著一包人參，問楊爺呢，這人參要給楊爺的。陸菊人說：你楊爺不在，楊爺也不要！蚯蚓說：旅長給的不要?!陸菊人說：誰是旅長？蚯蚓說：井旅長你不知道？預備團改成預備旅了，這是旅長要送六軍的軍長的，剩下一包，讓我拿來給楊爺補身子的。陸菊人停下腳步，石磨便不轉了，她說：預備團改成預備旅了?!蚯蚓把人參放在磨盤上就走了，陸菊人對花生說：團咋能成旅了？這蚯蚓胡說哩！但她不推石磨了，蹴下身捏了捏腳，說：真是胡說哩，啊，你楊伯在鋪子裡，讓我半晌午了把那邊小板櫃的鑰匙給他拿去，我咋就忘了！花生你歇一歇，我去鋪子很快就來的。說完就小跑著出了巷子。

陸菊人出了巷子，卻並沒有去壽材鋪，倒是急急要去陳皮匠家，想著預備團真是改成預備旅了，陳皮匠肯定是知道的。正走著，天上有一群白鳥排成人字形飛過，陸菊人要看是丹頂鶴還是黑頭鸛，腳卻踩著了一塊半截磚，半截磚跳起來碰了腳脖子，一下子疼得跌坐在地上。揉了揉，腳脖子沒有碰破，卻想：我這是咋啦，去問陳皮匠什麼呀？這才知道自己心裡仍是牽掛著預備團和井宗秀的！她耳臉迅速地燒了一下，忙站起來，跺了跺腳，沒事了，再拍打著身上的土，轉身又回來了。

★

六九旅被收編後同馮玉祥原來的十二師合成西北第六軍，預備團更弦易主也姓馮不姓蔣了。來渦鎮救援的那個連沒有再走，多了些人數，多了些槍枝彈藥，還有了一門山炮。預備團雖然還是預備，卻水漲船高，從此團變成旅。重新建制，井宗秀是旅長，杜魯成是參謀長，周一山是主任，除三個營升為團外，再增設一個第四團，團長由救援來的連長王成進擔任，而陳來祥則做團副。陳來祥不願意，擔心王成進是正規軍出身，又是南方人，難以適應。井宗秀說：你那角色非常重要，能適應要適應，不適應也要適應，你必須去，也只能你去，明白嗎？陳來祥不明白，但他畢竟聽井宗秀的，還是去做了團副。

西北軍官兵都是灰軍服，荷葉帽，腰繫皮帶，在胳膊上佩戴圓形藍底紅邊白字的臂章，預備團改為預備旅了仍黑衣黑褲黑鞋黑綁腿。六軍經過縣城時，軍長給麻縣長說召見一下預備旅的人，麻縣長連夜派人送信到渦鎮，第二天一早，井宗秀、杜魯成、周一山就趕到縣城，先去見了麻縣長，再由麻縣長領著去見軍長。但周一山說去兩個人就夠了，他找酒店訂下酒席，見過了軍長就和軍長、縣長一塊吃頓飯。井宗秀覺得周一山不去也行，就讓酒席訂在一品香酒樓上，說：上次他阮天保沒吃喝成，咱美美來一頓！井宗秀和杜魯成見了麻縣長，麻縣長說六軍晚上就要開拔，他因要安排籌來的糧草，讓他們自已現在直接去。兩人又打問著去了軍部，竟也在原保安隊大院。軍長一見井宗秀、杜魯成的裝束，眉頭皺起來，說：這哪兒像西北軍啊！井宗秀以為會從此發軍餉，就報告著預備團的起根發苗，強調了現在的困難。沒想軍長卻說預備團的情況他大致知道，雖是六軍的預備旅了，以前怎麼著現在還怎麼著，軍餉自籌。井宗秀有些失望，說：那我們可換不了行頭。軍長便笑了笑，說：預備旅，預備麼，老鼠尾巴上的瘡呀！見過了軍長，杜魯成說：軍長的話啥意思？井宗秀說：老鼠尾巴上的瘡擠不出多少膿麼。杜魯成說：這壓根把咱們沒當一回事麼！叫咱們來就是認認臉？他娘的，把團變旅那不是把貓叫了個咪?!井宗秀卻說：叫個咪好啊，有這個咪更能逼鼠，趁勢發展壯大啊！兩人去請縣長吃飯，井宗秀說：別苦愁個臉，笑著！杜魯成就笑了一下，他一笑，臉越發像是個南瓜。

周一山在一品香酒樓訂了包間，又點了八個涼菜十二個熱菜，熱菜是四炒四煮四蒸。點畢，估摸井宗秀他們一時還來不了，就到街上去買紙菸，紙菸鋪子在縣城廣場邊，廣場上空空蕩蕩豎著一個旗杆，旗杆上沒有旗，旗杆下卻臥著兩隻狗。周一山買了紙菸自已先吸起一支，便見兩隻狗相對著汪汪叫，倒覺得有趣，待到後來叫聲平緩下來，你一句他一句像是在說話，聽著聽著竟聽出狗在說它們的過去，哀嘆過去它們是山上的虎，現在卻成狗了。周一山笑了笑，不再理會，轉身回一品香酒樓，沒想一到酒樓門口，店小二便說客人已經到了，忙跑上二樓包間，果然井宗秀、杜魯成正陪麻縣長喝茶說話。井宗秀把周一山介紹給縣長後，就訓周一山：你跑哪兒去了，也不接接縣長？周一山說他去買紙菸了，沒料到你們來得這麼快，便給麻縣長賠不是，再叫喊店家快上菜上酒。

麻縣長似乎沒有生氣，談興高漲，酒菜上桌了，還繼續說：偌大的秦嶺裡，土生土長的武裝是不少，可是能打著六軍旗號的只有你們預備旅啊！井宗秀和杜魯成都在說著多虧縣長啊，站起來分別給麻縣長敬酒。麻縣長喝過幾盅酒，臉色通紅，說他不勝酒力，頭暈了，不能喝了，井宗秀還是把六盅酒合倒在一個碗裡，再給麻縣長添上一盅，說：我再敬你一盅，我喝這一碗！麻縣長就把那一盅喝了，扶著桌子坐下，卻手指了井宗秀，說：井宗秀你外表和內心不統一呀……手半天不放下來，井宗秀愣了一下，周一山忙過來倒茶，麻縣長打了個嗝兒，手放下來了，說：還有這麼好的酒量，海量麼！井宗秀就笑了，擺著手說不行。杜魯成已經喝得滿頭冒汗，腳底下拌開蒜，就說：宗秀能行哩，別看他長得白白淨淨，我和一山都沒胸毛，他倒有胸毛哩！周一山說：井旅長從來沒說過一句硬話，但從來沒辦過一件軟事啊，你選人真是選對了！麻縣長就說：啊，啊，是不是?!周一山說：杜參謀長，咱倆給麻縣長一塊敬敬。杜魯成說：敬，敬。提了一壺酒過來。麻縣長說：我不能再喝了！杜魯成說：你不要喝，讓一山只給你添上，我也喝不了酒，沒有你就沒有預備團預備旅，你又對我有知遇之恩，我把這一壺酒喝了，讓我肚裡難受去，我才能表達我的心情麼！一仰頭，咕嘟咕嘟把一壺酒喝了，眼睛就直起來。麻縣長舌頭開始發硬，說：豪氣，你們都豪氣！那我給你們說。說什麼，他卻一時說不上來，又打了個嗝兒，終於說：我說，平川縣現在沒了，保安隊，預備旅就該駐，駐紮到縣城來，來麼！杜魯成也說話不連貫了，說：到縣城？麻縣長說：到，到縣城來！杜魯成就叫道：宗秀，你聽到嗎，縣長說讓，讓咱到，縣城來！他就拍起手了，又對麻縣長說：這好啊縣長！渦鎮說是好，但水池淺，淺水池子灘，游不了龍麼。手一直在拍。周一山怔了一下，突然醒悟了剛才聽到的狗話，便走出包間了，叫道：旅長旅長，這酒沒有了，你來看再點些什麼酒。

井宗秀出來了，說：點最好的酒麼，縣長的話你聽見了，他怎麼有這個意思？周一山說：我就給你說這事的，你同意預備旅進駐縣城呀？井宗秀說：他或許也是為咱好。周一山說：縣城條件是比渦鎮好，但去不成。就說了他聽到的狗話。井宗秀說：你能聽鳥語還能聽了狗話？周一山說：這縣是不是叫平川？井宗秀說：嗯。周一山說：縣城這地方原來是不是叫平川寨，平川縣就是平川寨起的名？井宗秀說：嗯。周一山說：你屬虎，渦鎮就在虎山下，古話說，虎落平川不如犬。井宗秀說：我知道了。就進了包間。

杜魯成還在給麻縣長說：要是駐紮到縣城了，縣長，我天天可以，拿酒去敬，敬你呀！他還在拍手，但沒有響聲，是兩隻手拍不到一塊，拍空了。井宗秀撥了一下，說：你坐下。杜魯成坐在了椅子上，椅子滑了一下，杜魯成差點跌在地上，說：我沒醉，沒醉。井宗秀說：縣長，是你讓預備旅從無到有的，我和杜魯成吃水不忘挖井人，就是不認娘老子也要認你！杜魯成說：就是！井宗秀說：你讓預備旅來縣城，你是對預備旅好，這我知道，杜魯成、周一山也知道。杜魯成說：知道！井宗秀說：但我想，縣城大是大，周圍又都是一趟子平，這是好處，不好處的是進無攻，退無守。而城牆倒坍了一半，周圍的每個縣城都比平川縣城堅固吧？咱不說方埸縣十幾年前逛山提了縣長的頭，單這幾年，桑木、三合、麥溪也是多次被遊擊隊攻了進去。既然這老縣城不安全，何不就到渦鎮去？渦鎮是小，它三面環水，一面靠山，人口眾多，商貿還繁榮，你也曾說過把渦鎮弄好了你也要去渦鎮麼。麻縣長說：我說過這話？井宗秀說：你說過。麻縣長說：我這酒真是喝多了，我說過？我要是說過那也在鼓勵你們爭個氣，好好幹麼。井宗秀說：我們就是爭口氣地在幹著，渦鎮現在真的不是以前的渦鎮了，你應該到渦鎮去。縣長你認為呢？麻縣長看著井宗秀，井宗秀變成了兩個井宗秀，三個井宗秀，而杜魯成愣了半會，突然拍著腦門說：啊這好，這好麼，宗秀你，你咋能想，到這一點呢？麻縣長眼睛黏得厲害，眼前的三個井宗秀又合成了一個井宗秀，說：你這麼個想法，這行嗎？井宗秀說：你是縣長，你去了那兒就是縣政府，縣政府在哪兒就是縣城麼。預備旅幹啥的，是保護平川縣的，保護縣政府的，保護縣長的！麻縣長說：酒喝高了，腦子不轉了，這我，我得考慮呀，考慮。井宗秀說：你是要考慮，就是決定去，這也不急，我們還得在渦鎮給你修個縣政府，一切安排就緒，再來接你。井宗秀看著麻縣長，卻給杜魯成說：魯成你倒酒，咱三個一齊給縣長再敬一盅！杜魯成站起來去拿酒壺，卻一手捂了嘴，一手在窗子上摸，說：門呢，咋把門沒開？周一山說：門在這兒。杜魯成還沒轉過身，哇地就吐了。

第二天，井宗秀、杜魯成、周一山返回渦鎮，渦鎮要比縣城冷。屋簷上吊了冰掛，街面上也一層冰溜，雖然沒有風，空氣裡仍像是有刀片子。差不多的人都縮脖袖手，小心翼翼行走，臉前就浮一團白氣，忽上忽下。但孩子們卻熱鬧著用竹竿戳那些冰掛，吟啦，吟啦，冰掛摔下來碎成一堆玻璃渣子，或者把凳子反放在冰溜上，推動了再跳上去，可以滑行十多丈。

井宗秀並沒有多添衣服，還剃了發，光著頭不戴帽子，杜魯成在集市上買了好多木炭，給旅部的每個房間裡生火盆。井宗秀也是不要。杜魯成說：你是還興奮著，血流得快才不覺得冷？井宗秀笑著說：也可能吧，選址的事我思忖了，想把縣政府就搬到這裡，旅部還是回城隍院去。杜魯成說：這屋院住家做旅部都是夠闊氣的，但做縣政府就小麼。井宗秀說：是小了點。如果把醬貨坊移走，拆了我那老宅子重蓋呢？杜魯成說：那一排院前門都向東，就是新蓋，門也只能向東或向北開，而天下衙門都是向南開呀。井宗秀說：嗨，我把這忘了！杜魯成說：縣政府還真搬來嗎？井宗秀說：到現在你還懷疑？杜魯成說：縣長說他考慮，他如果考慮了不來呢？井宗秀說：他不來誰保護他呀?!杜魯成就嘿嘿笑說：你是說他不來也得把他搶來！

自後的多日裡，鎮上人總是看見井宗秀騎著馬在街巷各處走動，不像是在遛馬，也不像是在巡邏，而衣服單薄，光頭，圍巾搭在脖子上，隨著馬步在身子兩邊甩動。

住在中街油葫蘆巷口的馬婆婆一直做柿餅買賣，秋後從黑河岸的峪裡收購了硬柿子，褪去皮，一層一層在屋簷下的簸子上晾軟，就又取下來坐在門口把軟柿再捏成餅。她捏著柿子，拿眼睛看著街上行人，腳癢了，手便塞到鞋殼裡摳摳，接著又捏柿子。賣醋的許灶挑著兩桶醋往過走，說：啊馬婆，你摳腳哩還是捏柿子哩？馬婆婆說：我哪摳腳了？你醋坊哪一個甕裡不是漂一層蛆的！上次我去了一次，今輩子我都不吃了。許灶說：你不吃井旅長吃哩，這就是要給城隍院送的。馬婆婆說：井宗秀升了旅長啦？許灶說：旅長啦。馬婆婆說：那他咋還穿得像黑老鴉一樣的？屋簷的瓦頭上咚地就掉下一塊冰掛，砸在了柿子筐上，馬婆婆啊了一聲，看見不遠處站著蚯蚓，就罵道：你碎慫用彈弓打的？蚯蚓說：誰是黑老鴉，你才是黑老鴉！一老一少吵起來。陸菊人正好從巷裡出來，忙喊著蚯蚓你挨打呀，你跟婆婆頂嘴?!

陸菊人早晨一起來就在家裡用麻紙疊衣裳，再過兩天就到了十月一日了，十月一日是鬼節，要給亡故的親人送寒衣。陸菊人給婆婆疊了一套，裡邊塞上棉花，給楊鐘疊了一套，裡邊塞上棉花，又疊了一套，塞上棉花了，說：給你兩套！剩剩在旁邊看著，說：你給誰說話？陸菊人說：給你爹。剩剩說：紙做的衣服能穿嗎？陸菊人說：紙在陰間就變成布了。剩剩說：啥是陰間？一直坐在門檻上吸旱煙的楊掌櫃眼淚流下來，見剩剩看他，起了身往屋外走。陸菊人說：爹，你出去呀？楊掌櫃說：我到鋪子去。陸菊人說：又沒生意，你就在家裡，我再給炕洞煨些火。楊掌櫃已經到了院門口，說：門老關著哪裡會有生意?!楊掌櫃一走，陸菊人給雞餵了食，對門樓瓦槽的貓說：看好家啊！把疊好的寒衣和燒紙香燭裝在籠裡，拉了剩剩出了門。在巷道裡，剩剩還在問：娘，咱要去爹的墳上嗎？陸菊人說：去墳上，想你爹嗎？剩剩說：我想見爹。陸菊人說：是你爹想見你。這時候就看到蚯蚓和馬婆婆在吵嘴。她叫過來了蚯蚓，說：你還不快跑，馬婆婆不打你，她兒子一會出來打你！蚯蚓說：我是預備旅的人，他打我?!陸菊人說：你們旅長忙啥哩？蚯蚓說：縣政府要搬到渦鎮，旅長忙著要選地方哩。陸菊人說：哦！但她覺得蚯蚓在撂天話，就說：那你咋沒跟他？蚯蚓說：我嘴饞了想吃肉，但沒錢，在滷肉店我說我是給旅長拿肉哩，他知道了就不讓我跟他了。陸菊人說：打你的嘴！蚯蚓真的就打自己的嘴。陸菊人就笑了，突然說：我教你個辦法他肯定又要你了。蚯蚓問什麼辦法，陸菊人就從籠子裡取了一套寒衣，告訴蚯蚓去紙坊溝旅長他爹的墳上燒了，他爹會托夢給旅長讓你還當警衛的。蚯蚓說：真的？陸菊人說：不哄你，快去快回。蚯蚓把寒衣塞在懷裡擰身就跑，陸菊人又叫住了，給了他一包火柴，叮嚀：火柴如果潮了，放在耳孔裡暖一會再擦。這事不要給任何人說！

陸菊人和剩剩去楊家墳上送了寒衣，下午就回來了，紙坊溝比楊家墳地遠了三四倍，蚯蚓卻是小跑著去小跑著來，竟回來得還早。第二天一早，蚯蚓故意在預備旅部門前轉悠，成心要碰上井宗秀。是看到井宗秀了，井宗秀也看到了他，但井宗秀沒有理他。到了中午，蚯蚓再看到井宗秀騎著馬過來了，就拿瓷片劃破額頭，血流下來，坐在街道中間。井宗秀勒住馬頭，說：你怎麼啦，血頭羊?!蚯蚓說：我給你當警衛！井宗秀一鬆韁繩，馬又往前走。蚯蚓跳起來說：你爹沒給你托夢？井宗秀沒有理他。他看著井宗秀的臉，看出井宗秀的爹並沒有給井宗秀托夢，躍了一下抓住了韁繩，說了陸菊人讓他去紙坊溝送寒衣的事。井宗秀再次勒住了馬，看著蚯蚓，問：十月一啦？蚯蚓說：我不知道。再問：你幾時去的？說：昨天就去的。井宗秀往東南看了一下，東南方向有楊家，但中街的房屋高，根本看不到楊家的屋院，而東南的天空上浮著一朵雲，像是一隻風箏。井宗秀整了整圍巾，說：把額顱上的血給我擦乾淨！

這個傍晚，井宗秀沒有騎馬，在一三〇廟門口甩著手踱步子，他是在丈量從廟裡的第一塊巨石到街面有多長，如果前邊蓋了房子，影響不影響廟的山門？蚯蚓已經臉面乾淨，戴著了一頂破氈帽，遮住了額顱上的傷口，腰裡別了木頭槍和彈弓，又是井宗秀的尾巴了。廟裡的尺八聲潮水般漫來，有許多人要去菩薩殿送油燒香了，而先把紅布帶子繫在山門前的樹枝上，昭示著他們要祈禱的願望或是願望已經實現了再次來表達感激。有人竟用朱紅漆塗染了山門兩邊石獅子的眼睛，蚯蚓在問：這是為啥？那人說：不覺得獅子活了？蚯蚓說：活了?!那人說：活了咬你！蚯蚓又和人爭執起來，說：咬你！井宗秀到底覺得在這裡建縣政府仍是不理想，一時心裡空落，便沒理會了蚯蚓，自己信步往街上走了。

楊掌櫃還在鋪子門口割紙紮用的蘆葦眉子，身邊的火盆裡炭塌了，才拿火筷子往起撬，看見有人提著一吊子豬肉，說：正財，你過來，過來！馮正財過來了。楊掌櫃說：又買肉啦？馮正財說：咋能又買肉啦，十月一日了麼，鬼都收衣收衣的，多半年了咱也得油油口麼！楊掌櫃說：嘿嘿，讓我這個口先油油。他伸出了左手的虎口，右手把那吊肉上的板油摳出一小疙瘩，在火上烤熱了，塗在虎口的血裂子上，塗上這熱油了血裂子就癒合得快。馮正財卻說：啊井旅長，轉啊！楊掌櫃一抬頭，是井宗秀也走過來。井宗秀說：我路過，看看楊伯。馮正財說：這肉，你拿去吃吧。井宗秀說：這我不能拿，你多半年了才油個口麼。馮正財就笑著說：那我走呀。提著肉走了。井宗秀說：楊伯你也不歇著，身子剛恢復又忙活？楊掌櫃說：割眉子也是歇著。你到火跟前坐，我給泡壺茶。井宗秀坐到了火盆邊，把一雙腳放上去，鞋底就嗞嗞地冒氣，說：是到十月一日啦？楊掌櫃說：這日子是跑哩，明天就十月一日了。十月一日，渦鎮的習俗除了給亡人送寒衣燒紙外，活著的人都講究在家要吃一頓餃子的，自從有了剩剩，這一日楊掌櫃都讓楊鐘把井宗秀叫到家裡的。楊掌櫃說：你明日不外出吧？井宗秀說：不外出。楊掌櫃說：我還思謀讓誰給你帶話哩，你卻來了，那像往年一樣，明日中午到家來吃餃子。井宗秀說：那好麼。最近忙糊塗了都不知道十月一日到了，可能是吃慣嘴了，到時候竟就自己來了。楊掌櫃笑著說：這就對了，宗秀！楊鐘在不在，每年這一天你都要記著來吃餃子。楊掌櫃把茶壺放在還有沒有頭遍粉，有了借她一升，過後她再還的。花生說：不就是一升麵麼，誰叫你還呀，全當我這當小姨的給剩剩送頓餃子！陸菊人說：我給土地神蒸些貢品的。她端了麵粉，小心翼翼地往回走，心裡想：我這是哄了神啦！回到家，把一升麵全和水摻了，麵團揉了三遍，用濕巾蓋起來放在案板上醒著，開始揀起地衣。地衣是長在沙坡草叢中的仙物兒，必須是雨後天晴了才有，也必須是太陽一竿子高前要去撿，大正午太陽一曬它就又沒了。因為長在沙坡草叢裡，它就常沾著沙子和草屑，揀得不淨了吃起來磣牙。泡在水盆裡的地衣全發開了，油黑油亮，一朵一朵，像開的花。陸菊人拿起一朵，細細地掰開每一個皺，把草屑捏出來，又在水裡不斷地涮，涮到沒有沙子了，才放在篩子上，再去清洗另一朵。這樣的活兒非常費時，她蹴在那裡腿睏了麻了，坐在小凳子上，而坐在小凳子上一直彎著腰，腰也酸疼，後來就乾脆坐在地上。她不急不慌，一絲不苟，是那樣地有興致，好像是在繡花，生怕哪一針扎得不是地方。當清洗出一朵了，覺得那地衣不是長在沙坡草叢，是從自己手裡生出來的，就想：地衣這名字誰起的，是土地冷了自己生出的衣服來穿，還是神看著土地裸著賜給了衣服？要賜衣服怎麼不賜彩色的衣服，黑顏色真的好嗎……黑衣黑鞋黑裹腿黑旗子，陸菊人不經意地笑了一下，她覺得自己的胡思亂想可笑。楊掌櫃在院角的那一小塊地裡掐蔥，又在牆根的那一棵花椒樹上摘椒葉，花椒早都摘了，椒葉還有沒落的，他說：椒葉是幹了點，剁些攪在餡裡能提味的。你去借麵粉？陸菊人說：花生家才磨了麥，是頭遍粉。楊掌櫃說：雜粉就行了麼。還沒揀完嗎？地衣好吃是好吃就是費事。陸菊人說：不費事，爹，我再用清水過一遍就好了。陸菊人終於把地衣揀洗乾淨，就把豆腐切成片，再把片切成小塊，和地衣一塊攪和了在案上用刀剁。她是從左邊往右邊剁，再是從北邊往南邊剁，刀提起來並不高，節奏緊湊，梆梆梆，梆梆梆，頭上髮髻奓著的一綹頭髮就歡樂地跳躍，同時腳在地上踏著點子，腮幫子在顫，衣服在顫，她感覺到衣服裡的奶子已經變成了活活的兔子。剩剩跑過來說：娘，我也要剁，我也要剁。陸菊人臉卻紅了，說：剁好了，再剁成泥就不好吃了。一遍一遍地調鹽，調花椒粉，調一遍，抄一口嚐嚐，又調一遍，再抄一口嚐嚐。就開始揉麵團，揉了個沒完沒了。打到的媳婦揉到的麵，陸菊人不覺就想到了楊鐘生前的話，那時她揉著麵團要蒸饃或擀麵條時，楊鐘坐在一旁就這麼說，她生氣偏就不再揉了。但現在揉著麵團，似乎覺得楊鐘還坐在灶火口那兒。看了一眼，灶火口什麼也沒有，心想再沒人能給她說這話了，就小聲說：你要有靈，你今日回來吃餃子，第一碗餃子先給你端上。揉好了麵，擀開來，頭遍粉真的是又筋又光，好像是用擀杖把一堆雲碾開了，案板上鋪上了一張白紙。陸菊人用碗底在紙面上按，按下的圓橢，一片一片壘起，就包餃子了。包餃子是陸菊人拿手的活，餃子皮包上餡後，只把皮子邊摺在一塊，雙手合起來一蒧，那麼快地一顆圓鼓鼓的又十分精美的餃子就捏成了。捏成的餃子一顆顆放在翻過來的絲羅底上，擺列得整整齊齊。楊掌櫃在旁邊看了一會，洗了手說：讓我包些。楊掌櫃要包，剩剩也要包，楊掌櫃除了那天做過一頓麵糊糊，從來沒在廚房裡動過手，他也來包，陸菊人很高興，但楊掌櫃先要把放了餡的餃子皮摺起來捏緊邊兒，然後雙手也去蒧，不是餃子扁了就是邊兒太長。而剩剩完全是玩，包出來的簡直是個死麵疙瘩，包一顆扔在絲羅底上，楊掌櫃說：要擺整齊，擺餃子沒行，娶下媳婦沒樣。陸菊人就嗤嗤笑。楊掌櫃說：你包的咋那麼鼓，是餡要多嗎？陸菊人說：蒧的時候手心要虛著，外緊內空。她給公公和兒子示範著，而楊掌櫃和剩剩仍是包出來的不好看。楊掌櫃說：剩剩，咱不糟蹋了，咱到巷口等去。爺孫倆一走，陸菊人繼續包餃子，她得意著公公是個慈善的公公，兒子是個可愛的兒子，更得意自己餃子包得好。就是呀，娘家那麼窮的，小時候一年到頭吃不上幾頓餃子，而自己卻能包得這麼好，全鎮上恐怕也沒人能比她包得好了。她把一顆餃子包好後放在了手心，想像著這該是個什麼小動物，便又看見了小動物的身上清晰地印著她手上的紋路，忍不住把餃子的兩個角兒捏長了一些，認作是小動物的耳朵，再將自己中指上的紋也印上去。她是十個指頭的斗紋。斗紋有福，這是陳先生來壽材鋪時曾給公公和楊鐘看指紋說的，公公是五個簸箕紋五個斗紋，楊鐘是兩個斗紋八個簸箕紋。我怎麼會有福呀，陸菊人想到這裡就笑了，說：有豆腐（福）?!包完了餃子，出門看太陽已經端了，雞在院子裡覓食，不知從哪兒覓得了一條蚯蚓，冬天裡蚯蚓都在土裡休著，怎麼被它們覓到了，爭奪起來，兩隻雞各咬住一頭，互不相讓，蚯蚓就被拉直了像是在拔河。一聲吆喝，一隻雞跑開了，飛上牆頭急促地叫，陸菊人心情好，說：你還發脾氣，罵我嗎？貓在門樓瓦槽裡看她，她低下了頭，又抬頭看了一眼，就進屋往鍋裡添水，往灶膛裡點柴禾。今日燒的是豆稈，點著了沒有起煙，呼地起了焰，焰譃譃著像在笑，她壓了壓柴禾。水很快燒開了，但井宗秀還沒有來，她在鍋裡又添了些水。剩剩就跑進來了，說：娘，娘，餃子煮好了沒？陸菊人說：你爺呢？剩剩說：爺還在巷口，我肚子餓了。陸菊人說：等一等，乖，那只冒疙瘩雞在窩裡，你等著它下蛋，蛋一下出來餃子就熟了。剩剩坐在捶布石上一眼一眼看著台階上的草筐，草筐裡臥著冒疙瘩雞。雞遲遲生下了蛋，井宗秀還是沒來，剩剩就哭了，叫喚著他要吃餃子！雞往往是半下午才生下蛋的，陸菊人覺得她在騙兒子了，這時候聽到公公在院牆外說：這是從哪兒弄的銀杏籽？果然楊掌櫃和井宗秀就進了院門，井宗秀說：我在街上碰著蚯蚓他爹了，他去東召村弄的種子，我順手抓了一把。說著見剩剩在哭，說：這咋啦？剩剩說：我要吃餃子。井宗秀說：吃呀吃呀！陸菊人趕忙就進屋說：水是開的，我現在就煮餃子！卻站在水缸邊照，水缸照著她的影子，理了理頭髮，還繫上領口的鈕釦。她聽到了井宗秀讓剩剩把種子埋到院牆根去，剩剩在問：這是啥種子？井宗秀說：銀杏樹種子。剩剩說：我要種花哩。井宗秀說：要種就種樹，將來你和樹一塊長，長成大樹。楊掌櫃說：還指望這籽長大樹呀?!井宗秀說：咋不能，養雞成大鶴，種籽做棟梁麼！陸菊人把餃子煮到鍋裡，餃子在水裡沉到鍋底，她也安靜了。

餃子煮熟了，陸菊人先盛了四碗，井宗秀進來端，端了一碗，說：我就愛吃餃子！陸菊人卻把他手裡的碗奪了，說：你咋吃這一碗。給了他另一碗，把井宗秀端的一碗放在案板上，再說：那些是剩剩和他爺爺包的，包得不好。楊掌櫃和剩剩都端上碗了，三個人坐在上房裡的桌子上吃，陸菊人端了案板上的那碗餃子也到了上房，卻把飯碗放在了櫃檯上楊鐘的靈牌前。剩剩說：娘咋不吃？陸菊人說：給你爹先獻一下。剩剩說：爹能吃？陸菊人說：魂會吃的。剩剩說：我要吃我爹魂吃過的。陸菊人說：魂吃過的就沒味了。楊掌櫃筷子不動了，井宗秀一顆餃子剛送進口也不再咬，陸菊人忙把靈牌前的碗端了吃起來，問：鹽輕不輕，還要醋嗎？井宗秀說：正好正好。陸菊人說：聽說平川縣的縣政府要來渦鎮，有這回事嗎？井宗秀說：是我讓搬遷的。陸菊人說：哦?!這一哦，井宗秀覺得話說那個了，補充一句：那裡沒有了保安隊麼。但陸菊人還是說：哦?!楊掌櫃卻興奮起來，說：別人這麼說我還不信，倒真的是這樣了，好啊好啊，那縣政府一來渦鎮就是縣城了，預備旅就是政府的了，你宗秀也是正經的官了?!井宗秀笑了笑，卻說：我才要徵詢你們呀，縣政府來了要設在鎮上哪裡，這幾天我可愁的尋不著個好地方。楊掌櫃說：預備旅在哪兒縣政府就在哪兒麼。井宗秀說：城隍院房子是現成的，畢竟太小，況且預備旅又沒了去處。楊掌櫃說：五雷當年占了一三〇廟的……陸菊人說：那使不得的。井宗秀說：咋使不得？陸菊人說：五雷當年在那裡，已經是燒香禮佛的人不方便去，若去個縣政府，渦鎮就從此沒廟了。井宗秀說：有沒有廟這倒不是問題。陸菊人說：咋會不是問題，縣政府預備旅管得了當下的事，能管得了生死?!井宗秀看著陸菊人，陸菊人卻轉身給楊掌櫃去添第二碗了。井宗秀說：這倒也是，可哪兒能有合適的地方呢？楊掌櫃說：鎮上的空場子也就是柴草市場和牲口市場，但那場子占不得吧。陸菊人端了碗餃子給了公公，說：不是還有些凶宅嗎？別人住不成，縣政府倒能鎮壓住。井宗秀說：凶宅？突然說：瞧我這腦子，這腦子！楊掌櫃還莫名其妙，井宗秀就狼吞虎敲打，幾乎所有的人都擁在中街上。周一山在吆喝著人群往街兩邊靠，那店鋪的台階上，住戶的屋簷下，就站不下了，有人爬到樹上，坐在了房頂，前邊卻有了鞭炮聲。周一山發脾氣：有粉往臉上搽，這會放了一會縣長來了放啥啊?!蚯蚓就跑了去用腳把燃著的鞭炮踩滅，而一群孩子在一團煙霧中撿拾未炸響的炮仗，有的將一枚再點著就又往人群裡扔，但太緊張，扔出的是火柴盒，而炮仗就在手裡炸了。

但是，誰也沒有注意到，就在黎明時分，一群鳥飛到鎮上，中午了仍還在空中飛翔。它們個頭差不多一樣，身子一拃左右，卻有著比身子長五六倍的長尾，通體為栗色，頭頸和羽冠深紅，而兩根尾純白。人們都往街面上看熱鬧，只有陸菊人牽著剩剩走過來了，她往天上看，看到了這些鳥，對剩剩說：瞧，多漂亮的鳥！她這麼一喊，人們才往天上看。確實是漂亮的鳥，卻不知道這是些什麼鳥，說是棕背伯勞，說是鳳頭百靈，說是血雉或朱鸝，好像又都不是。而同樣在街上看熱鬧的花生和她爹也往天上看，劉老庚說他在深山老林割漆時見過這種鳥，這鳥叫綬帶。花生卻難以明白了，虎山上飛來的鳥都是白鷺、黑鸛、斑鳩、噙鶥、酒紅朱雀、金雕、紅腳隼，而深山老林裡的綬帶鳥怎麼就在今天飛到了渦鎮，這是給誰綬帶呢，是給那個麻縣長，還是給井宗秀？或者是井宗秀給麻縣長的，還是麻縣長給井宗秀的？

麻縣長終於來到了鎮北門口，他是坐著兩個人抬的滑竿來的，跟隨的是一行人和六七個毛驢，毛驢馱著幾十個木箱子。麻縣長到了北門洞就不坐滑竿了，他也不要敲鑼打鼓鳴放鞭炮，甚至不要那麼多人在街道上歡迎他，給井宗秀說：我這又不是初上任，萬萬不可擾民。你知道慈禧從北京西逃西安嗎？歡迎的不該是我，而是我要感謝你，感謝渦鎮民眾的。他同井宗秀一道，步行走過中街，面帶微笑地給兩邊的人群拱手致意。他們經過十字街口的老皂角樹下，綬帶在枝股間緩慢飛翔，長尾搖曳，如是風箏。麻縣長駐足觀望，說：有這麼大的皂角樹啊，這是什麼鳥？井宗秀說：這我還叫不上名。

麻縣長說：吉祥！吉祥！井宗秀說：我在這裡土生土長，還第一次見到這樣的鳥，今天這麼熱鬧，它們竟能待在樹上？麻縣長說：梧桐招鳳凰麼，得好好保護這棵皂角樹。突然就說道：還記得第一次見到你，為什麼留下杜魯成而沒留下你嗎？井宗秀說：記得呀，我一直納悶你讓我說過三種動物，怎麼就不肯留下我呢？麻縣長說：我告訴你吧，讓你們說三個動物，是我測究用人的辦法。第一個動物的形容詞是表示你自己對自己的評價，第二個動物的形容詞是表示外人如何看待你，自我評價和外人的看法常常是不准的，第三個動物的形容詞才表示了你的根本。你那天說的第一個動物是龍，形容龍是神祕的升騰的能大能小的，第二個動物是狐，形容狐媚，聰明，皮毛好看，第三個動物是鱉，形容能忍耐，靜寂，大智若愚。大致是這樣吧？我那時就覺得你不是平地臥的，怎麼能屈伏在縣政府裡跑差？果然你就有了今天！井宗秀說：縣長，縣長，我能有什麼能耐啊，這還不都是遇到了你！你和縣政府能到渦鎮，我現在還恍惚著像在夢裡哩。麻縣長笑著說：我也想像不到我能到了渦鎮，好麼，好麼，咱們以後就通力為民眾服務啊！感嘆起來，回頭對著杜魯成說：亂世出英雄，井宗秀是不是個英雄啊？杜魯成趕緊應道：是的是的。

麻縣長的話是說給杜魯成的，旁邊人都聽在耳裡，蚯蚓就拍手叫好，杜魯成制止了，說：你咋在這裡？蚯蚓說：我是旅長警衛呀！杜魯成說：沒你的事！把他推出隨行的伃列。蚯蚓就有些惱了，他到街邊，雖然還跟著人群往南走，鼻子發酸，他希望井宗秀能看見他，讓他也過去。井宗秀好像是看見他了，但井宗秀並不理會他，只是和麻縣長說話。蚯蚓就蹴在一家屋簷下哭鼻子流眼淚，卻有人在說：是蚯蚓嗎？蚯蚓四下看看，身邊沒人，人都往前去了，聲音是從旁邊的門裡傳來的。門裡黑，蚯蚓看了好大一會才看清裡邊坐著陳先生和白省心，說：你也出來看了？陳先生說：我是來看病的，白省心爹腿疼得走不動，你哭啥呢？蚯蚓就說了剛才的事，陳先生嘿嘿嘿地，像是咳嗽又像是笑，蚯蚓說：你也笑話我了？陳先生說：英雄也罷，陰謀也罷，他井旅長還認不認你？蚯蚓說：他肯定認我哩！白省心卻說：井旅長那麼英武的人，咋就能對你好?!陳先生說：那是井旅長需要麼。白省心說：蚯蚓一身瞎毛病，井旅長需要？蚯蚓朝白省心呸了一口，起身走了。

井宗秀一行人陪著麻縣長走到縣政府裡了，街上的人才慢慢散開，在那個下午和夜裡，他們在議論著麻縣長並不是傳說的滿臉麻子，但這就是縣長嗎？雖然穿著四個兜的中山服，戴著禮帽、眼鏡的，咋看都像是個教書的先生呀！到了第二天，伺候縣長的那六個人出來在街上壘石台子，就有人向他們打聽縣政府裡是什麼樣，麻縣長是不是一來就坐堂了？王喜儒說，大堂體面得很，正面牆上懸掛了孫中山的像，左邊是總理遺囑，右邊是馮玉祥的誓詞。麻縣長是坐堂了，他們趕緊都穿了長袍馬褂跪下叩頭，聽候差遣。麻縣長卻讓都起來，說：我們要建立新規章，改掉舊習慣，見我不要跪，現在人人平等，有事共同辦。聽得人一愣一愣的，說：哇，咱渦鎮真有了縣政府，以後打官司就不出鎮啦！王喜儒說：什麼渦鎮渦鎮的，是縣城！

也就是從這一天起，北城門樓上有了插旗的儀式，雖然還是原來的黑旗，但晚上專人取下來，天明專人再插上去，風雨無阻。而且門洞口有了固定崗哨，四人一組，輪流換班，凡是進城出城的人都要盤查。老魏頭不在北城門那一塊守夜了，腰裡掛了警鑼，手裡拿著梆子，開始各條街巷裡走動。若平安無事，那梆子不緊不慢地敲著，能聽見誰家窗子飄來鼾聲，誰又起夜了，在尿桶裡小便，分辨出是男的還是女的，女的是這家的女兒還是媳婦。總有幾家的夫婦愛吵架，從巷子這頭走過去還在咋難聽著咋罵，從巷子那頭再走過來了，哭泣卻變成了淫笑，有了貓舔漿糊的音響。但如果有了突發事情，比如突然有黑影一閃而過，連問幾聲都不回應，比如碰著了一個人，這個並不認識，他就把鑼咣咣猛敲，城隍院裡就首先衝出一隊兵來，接著所有的狗都在叫。

麻縣長差不多住過一個月了，水土還沒有徹底換過來，他覺得這裡的水硬，肚子老脹。他一直有晚飯後散步的習慣，但晚飯後街上的人還多，不方便，就常在人都睡靜了才出來。他一出來，王喜儒就提了燈籠陪他，他不讓陪，王喜儒又不放心，說是回去睡呀，卻遠遠地還跟在後邊。

王喜儒是必須十天給井宗秀報告一次縣政府那邊動靜。王喜儒就說了麻縣長很安然，早晨起來都要讀書，讀書時誰也不許打擾他，中午就坐堂，看卷宗，寫文稿，他現在熬煎的儘早能健全縣政府的機構，為勞動、土地、財政、糧食、文化等委員會的人沒有到齊又沒有資金而常常發火。對飲食沒什麼不滿的，早飯都是大米粥或包穀湯，喜歡大顆粒包穀湯，就著醬菜。中午一盆豆腐青菜粉絲混菜，要麼一碗米飯，要麼兩個蒸饃。晚飯常讓他帶來的勤務員白仁華一塊吃。白仁華除白天給他跑小腳路，主要是晚上他散步後要給他按摩，按摩好像有癮，不按摩就睡不著，白仁華也就睡在他的寢室。井宗秀哦了一下，再問：他是為機構不健全發火？王喜儒說：先是發過幾次火，但白仁華好像去過老縣城，還帶來了個人，後來再沒見發過火。井宗秀說：怎麼是好像？一定要清楚白仁華外出了多少次，是什麼時候外出的，來的人又是幹啥的，這要及時給我報告！王喜儒說：我錯了，我以後改。井宗秀就拍著王喜儒的肩，叮嚀要把麻縣長照顧好，可以來預備旅拿些油呀肉的，要保證喝茶取河心水，出去散步注意安全，不要到南門外的渦潭邊去，說：他可是一縣之長，領導著咱們哩。王喜儒說：沒有你哪有他縣長，是預備旅救了縣政府麼！井宗秀說：這話不能說！

★

縣政府一遷來，預備旅就可以名正言順地在全縣範圍內納糧繳稅了。任務交給第四團，王成進和陳來祥就帶兵各分了一路。王成進做事強橫，能下得茬，該納糧繳稅的必須納糧繳稅，否則就不管你是老人或婦女，用繩索先綑了，拿眼看著卸磨拉驢，上房溜瓦，當場拍賣給村人，所得的糧錢少一兩一分不行，多一兩一分不要。幾個月下來，見天都有裝著大小麻袋的牛車歸來。吆牛車的是僱來的竇百萬，押車的是團裡的樊哈兒，兩人都一身黑衣，竇百萬卻多了個黑毛巾，在頭上從後往前一紮，樊哈兒是秦嶺外的人，說：我老家那裡毛巾都是往腦後紮的。竇百萬說：往前紮就翹出了兩個牴角的，紮在腦後那是蔫驢的耳朵呀?!牛車走得並不快，兩人在回來的半路上，經過一些村寨，總會拿納的糧換些酒或燒雞，而牛拉了糞，卻又鏟起來裝入車後掛著的筐子裡，一到鎮，竇百萬就把糞倒到自己廁所的糞池裡。

預備旅的伙食明顯地好起來，蚯蚓總是不斷地拿了豬尿泡給街上的孩子，這些孩子就把豬尿泡吹圓晾乾，做了燈籠，一到晚上提著燈籠跑，竟然是一串一溜十幾個幾十個。城隍院外的廁所邊，雞蛋殼愈來愈多，有人去那裡挑糞往自家地裡施肥，嚷嚷著鎮上所有糞池裡的屎疙瘩見風就散，而預備旅的屎疙瘩最黏，也最臭。豆腐坊的夥計給灶上送豆腐，一送就是四大筐，回來說城隍院裡啥都好，不好的是蒼蠅多，還都是綠頭的。聽的人就說：唉，啥時讓我家也有蒼蠅啊！於是，隔三差五，便有人去參加了預備旅。

西背街開雜貨店的白布雲領著三個人在城隍院門口張望，三個人都面黃肌瘦，衣衫破爛，杜魯成從院裡正出來，說：幹啥呢？白布雲說：我找井旅長。杜魯成說：井旅長不在。白布雲說：那你說話頂用不？杜魯成生氣了，虎著眼說：啥意思?!那三個人就說：讓我們吃糧吧！杜魯成沒聽懂，說：吃啥糧？白布雲說：他們把當兵的叫吃糧哩，這是我的親戚，都是虎山灣後的資峪人，我介紹著參加預備旅。杜魯成說：當兵不是吃糧，是刀刃上打滾哩。你們都有啥本事？那三個人一個說他是伐過木，使過板斧也使過砍刀，一個說他種莊稼哩，但他能爬高上低，說著一個箭步，雙手就攀著了院牆頭。

杜魯成沒讓他再翻上牆，問第三個，那人說他挖過藥，為了證明他挖過藥，一口氣說了鳳尾草、枇杷草、貝母、半夏、祖師麻，還有三葉樋、淫羊藿、桔梗、黨參、天麻。杜魯成忙把他制止，他說：誰都會得病的，你們沒有郎中？杜魯成說：咋就想著要參加預備旅？白布雲說：窮得顧不住嘴麼！你給井旅長說說，收下他們。杜魯成說：井旅長肯定不收。白布雲說：為啥？杜魯成說：守鎮的那時候，我知道你罵過陸菊人，你罵過吧？預備旅困難了你鬧事，預備旅日子剛一好你就介紹人了?!白布雲說：那事情都過去了麼，再說我罵陸菊人，井旅長還真記恨我呀，那井旅長他……杜魯成說：你罵井旅長？白布雲說：我不罵了。杜魯成說：不罵了你就走，這三個人留下，與你沒關係！白布雲說：你讓他們參加啦？杜魯成字咬得真真的說：我是參謀長，知道不?!當天晚上，灶上就吃的是稀粥和蒸饃，這三人每人拿了七個蒸饃，從手腕上一直擺到胳膊根，叫道：狗日的，咥美！

斷了很久的鹽、茶馱子又接續著出現在鎮上後，三六九日的集市就紅火起來了。虎山灣後的三溝四峪，黑河白河兩岸的七村八寨，人都背了背簍，挑著擔子，或拉車趕驢的，拿著糧食果瓜，木耳、香菇、核桃、栗子、龍鬚草、葛條、熏肉、豆腐乾，來集市上賣了，再買衣帽鞋襪，鹽巴、茶葉、瓷器、燈盞、油傘、鏡子、胭脂。以前是太陽到了屋頂開市，太陽從屋簷下跌落下一丈了歇市，發展到除了整個中午和下午，早晨有了露水市，天黑了還有鬼市。逛市的買家賣家，有買了物的或賣了物的，有買了物再賣了物再買了物的，買賣後都講究一頓吃喝，當然也有不買不賣的，場場集市上就是來為了賣個眼，饞個嘴的，這便除了那些飯店酒館七桌子八碗子地請吃和吃請，更有了愈來愈多攤子上的醪糟、餛飩、鍋貼、涼粉、豆花、油糕、釀皮子、雜碎胡辣湯。到處人滿，人都說話，話和話混在一起了，再沒節奏，話就不是話，是市聲，哄哄嗡嗡，嗡嗡哄哄，攪和著塵土，似乎把鎮子浮起來。渦鎮人有太多的興奮，晚上坐在炕上一遍又一遍清點賺來的銀錢，白天出門來臉上油乎乎的，衣裳明顯地光鮮。

但他們也有了煩惱，去上自家屋後的廁所，廁所裡總是蹲著別人，街巷裡到處有垃圾，牆根樹下常發現尿漬，挑擔背簍的人因為貨物包裹太大，撞落了院牆上的一頁兩頁瓦，門前的一串紅指甲花老是被掐去葉瓣，甚至晾在豆杆上的衣服時不時少了一件。而那些深山裡的人掮著木頭賣了錢全買了糕點和燒酒，喝醉了就倒在誰家門口，吐一大堆，惹得狗吃了，狗也醉倒在那裡。乞丐來了，小偷也來了。街巷裡的店鋪全都開張，又增加了幾家客棧和草料店，專供外來人的食宿，這些客棧和草料店門口就出現了年輕的女人，打老遠吆喝那些趕馱子的，若有意思來的，就歡快地招手，而不理不睬的，便撇嘴哼聲：切！

原來的店鋪主要集中在十字街口老皂角樹一帶，而中街的北頭南頭，或東背街西背街以及那些主要巷道裡，隔幾家住戶才有一處店鋪，住戶是高牆大門講究個門樓，店鋪就兩間三間的門面，十二塊十六塊的活動木板，早晨一頁一頁卸下，晚上一頁一頁裝上。現在，差不多的住戶也把臨街巷的屋牆打開，或大或小地做起了店鋪。這些店鋪一半是自家經營，一半則租給別人。人人都謀著在這裡發財，卻不是人人都能做好生意，於是，來了的人又走了，走了的又有人來，門面房總是沒空閒過。油坊斜對面的那三間門面，馬六子親眼看著新換了四個租戶，先是黑河岸上姓喬的開了麵館，專賣麵，字六十多筆劃，他寫斗大的字掛在門口，賣了不到一月就轉讓了。鎮西背街一姓王的辦成了葫蘆頭泡饃館，顧客不多，兩個月後又換成一個姓黃的賣胭脂粉和首飾，又是不行，再變成姓胡的賣餛飩，餛飩像餃子卻不是餃子，是麵擀成後切成四方片，包了餡要摺三疊捏個長方形，但還是不行，牆上貼了轉讓字樣。人都嘲笑這門面命苦，馬六子卻說：皇帝的女兒不愁嫁。果然很快就叮叮咣咣地敲打，舊門頭被拆下了又裝新門頭。

安仁堂的椅子上卻坐滿了候診的人，多數心臟上出了毛病，不是胸悶如壓了塊石頭，就是時不時地疼，抽到後背上的疼。陳先生給這個號了脈，說：最近生意不好？這人說：唉，捱上了，取不離手了，狗把鍊子都帶走了！又給那個號了脈，說：又挖了個金窖啦？那人說：金窖能有多深就多深吧，嘿嘿，我是不是太貪啦?!陳先生就說：悲呀罷喜呀罷，都傷害心臟啊！然後回頭來，白花花的眼睛對著楊掌櫃，問：你說是吧？楊掌櫃坐在旁邊的椅子上，他是由陸菊人陪著定時來抓藥的，他不知道該怎麼回答，楊記壽材鋪生意可是一直照舊的。

市場日益熱鬧，井宗秀就讓杜魯成又負責起渦鎮的經營，杜魯成興致變高，每天睡不了多少覺地忙碌，眼睛赤紅，口乾舌燥，給人說：忙得都顧不上尿淨，褲襠裡都是濕的。在第四團完成了一輪納糧繳稅後，決策著去東背街西背街靠城牆蓋門面房。門面房雖然蓋得簡陋，但格局一樣，齊刷刷一排，倒顯得壯觀，就出售或租賃給外來人。接著，全鎮的商號店鋪統一登記，收繳營業稅金。又提出要獎勵王成進和陳來祥，給每人兩間門面房。就在研究杜魯成的意見時，周一山明確反對，他認為納糧徵稅是幹得不錯，但那也是他們的任務，一、二、三團除了強化軍事訓練外，又再次整修城牆，把所有的垛台都建了碉堡，如果獎勵王成進、陳來祥，別的團長就有想法了。就是獎勵也不能獎勵門面房，他擔心的是，這樣下去，那是過小日子呀！杜魯成就和周一山爭執起來，杜魯成說周一山你也是逞能，啥事要不是你幹的就都反對，周一山說咱是把雞窩往高樓蓋著哩，你卻要把高樓蓋個雞窩。兩人一爭執，井宗秀就調整了杜魯成和周一山的分工，還是讓杜魯成抓部隊軍事訓練，由周一山管理內勤，卻依然同意杜魯成的意見，把門面房獎勵了王成進和陳來祥，並宣布以後誰要有功勞都獎勵門面房。但也從這次爭執後，杜魯成和周一山不和起來，是是非非，相互不滿和抱怨，井宗秀就不時地按下葫蘆了讓瓢上來，瓢上來了再按下去讓葫蘆上來。

獎勵的門面房，陳來祥讓他爹又辦了個皮貨店，專熟各類皮子，而王成進則是租給了外邊來的一個婦女賣頭油胭脂粉，過了十多天，那婦女走了，來了個還是婦女，在賣各色絲線。有人就反映說，那賣頭油胭脂粉和賣絲線的婦女都是王成進從外邊領回來的，住幾天就被攆走了。周一山問王成進怎麼回事，王成進說：人家租房子做生意，我總不能租男不租女啊！周一山也不好說什麼了，就叮嚀蚯蚓常去那裡溜達，注意些動靜。幾天後，他問蚯蚓，蚯蚓說：都是些女的。周一山說：啥樣女的？蚯蚓說：有些臉熟，有些臉不熟，進去時油頭粉面，出來時臉上的粉就髒了，腿叉著走。周一山給井宗秀說：不能讓王成進去納糧徵稅了，他肯定私吞了錢。井宗秀說：不讓他去誰又能比他強呢？我知道他會中飽私囊，也就允許他貪污吧，只要他做得不要太過分。井宗秀把王成進叫來，卻劈頭蓋腦就問是不是在獎勵的房子裡招了些不三不四的女人？王成進絕口否認。井宗秀說：你看你那褲襠！王成進的褲襠上有一塊白色的東西，像乾了的漿糊。王成進說了聲：這把他的！忙用手去揉搓，再拿濕手巾擦，就承認了，說：男人麼，何況又是當兵的，誰見了地不想把種子撒進去？這事還不行嗎？井宗秀說：當然不行，你是團長！王成進說：有人嚼我了？這是他們×不上了就嫉妒麼。井宗秀說：不管你以前怎樣，這是在預備旅，這是在渦鎮，絕不允許今天一個明天一個地胡來！王成進說：那就固定一個？井宗秀說：不是固定，固定了你就得結婚！王成進就和一個賣瓷器的女人結了婚。

王成進有了媳婦，預備旅好些團長、團副就心動了，白菜蘿蔔各有所愛，鞏百林便成了家，夜線子成了家，杜魯成也找的是火鍋店王掌櫃的大女兒。杜魯成還要把王掌櫃的小女兒介紹給陳來祥，但那小女兒沒看上陳來祥，嫁給了馬岱。陳皮匠就急了，四處托媒，最後在黑河岸雙賢峪為兒子訂了一門親事，說好了來年結婚。周一山給井宗秀說：你這口子一開，都謀算家了。井宗秀說：龍馬關的韓掌櫃就是在創業時給管家、帳房以及長年跟著他的人都有股份，才後來發展成那麼大的家業。周一山沒再說什麼，但這些婚事，他都以種種藉口沒去現場喝酒。而麻縣長很高興，每一次都出席，來了還要頒發結婚證書。證書都親自寫，寫完了還在證書上抄寫一首詞：蘋葉軟，杏花明，畫船輕。雙浴鴛鴦出綠汀，棹歌聲。春水無風無浪，春天半雨半晴。紅粉相隨南浦晚，幾含情。

後來，吳銀也成親，井宗秀要預備旅團以上長官都去，周一山無法推託也去了。所有人又都喝多，有的瓷著臉傻笑不止，有的突然哭鼻子流眼淚說想他娘了，杜魯成卻是話多，井宗秀說一句，他能說十句，而且有手勢，不許誰插話，也不許誰不專注聽，大家就只得給他微笑，為他的話點頭，要去上廁所也不敢輕易走開。周一山沏了茶給他，說：你喝喝。替他擦嘴角白沫，他摟住了周一山，說：我就怕你又打斷我的話，你沒有，咱再喝六盅，六六大順！周一山說：我實在喝不了啦。他說：你喝，你要喝，咱們的兄弟有了家，高興啊，喝不了也得喝！家是啥，家是自己的窩，渦鎮是啥，渦鎮是預備旅的窩，安頓預備旅的窩就是安頓兄弟們的窩，愛自己的窩了才會愛預備旅的窩麼。我是不是話多了？周一山說：是多了。他說：我的話多了，可我哪一句是說錯了？周一山說：都對著的。他直著眼就看周一山，說：你這兄弟！兄弟！噗，突然口裡噴出一股東西來，身子就往下溜。周一山笑著抖了抖落在自己胸前的粉條，扶他去炕上躺了，他覺得冷，卻不願去拉那新被，喊叫著周一山：你有才，我佩服你那腦瓜子！你把衣服脫下來，我冷，給我蓋上。

酒場子散後，回城隍院的路上，王成進給周一山要提媒，周一山說：哦，你給我？王成進說：這女人除了鼻子上有個斑，哪兒都好。周一山說：井旅長不成家，我也就打光棍。王成進說：這我不敢給井旅長提媒麼，井旅長的女人那就不是一般女人啊！周一山說：那我就只配斑鼻子?!旁邊跟隨著幾個兵，在交頭接耳，其中一個說：主任，你不要了讓給我吧，我不嫌，爛眼子歪嘴的都行。周一山訓道：你個兵蛋子，成什麼家?!

就是這個兵蛋子，五天後的一個夜裡瘋了，滿身是血地在街上跑，一邊跑一邊喊：我把他殺了！

我把他殺了！老魏頭打更碰著，嚇了一跳，就敲鑼。鑼一響，北城門樓上跑下來幾個兵把瘋子撲倒在地，問把誰殺了？瘋子叉開雙腿，才知道他是把自己的塵根割了。

追查他自殘的原因，是頭一天晚上四個當兵的在酒館裡喝酒，回營房時路過西背街牲口市拐角，那裡有幾間房因沒人住，坍了屋頂，只剩下幾堵牆，周圍人就把垃圾倒在那裡。垃圾散發的氣味很臭，他們小跑著要走過，卻聽見有哼哼聲，往牆裡一看，是白天在街上乞討的一男一女正幹那事。他們說：咦，要飯的都要受活！就氣不過，把那男的趕跑了，留下那女的，四個人輪流著上。前邊的三個嘴裡說著：毬臭了，毬臭了！還都把事情辦完，最後一個卻怎麼都不成功，愈急愈不行，氣得拿手打了幾下，還抓把土捂上去。離開了牲口市，那三個說：你還問長官要斑鼻子哩，就你那本事?!百般作踐取笑，這兵蛋子回到營房，覺得窩囊，使勁恨自己，腦子就壞了，拿刀把那一吊子肉割了扔到了尿桶裡。

不追查還好，這一追查，風聲傳出來，預備旅的人只是當笑話講，而鎮上許多人家倒是心慌，晚上都不讓媳婦和女兒出門，要出門也手裡提著一把鐵鍁。這一夜，麻縣長到街上散步，偏連續碰著三個女人都提著鐵鍁，問是咋回事，有一個女人說了情況，第二天麻縣長就把這事告知了井宗秀。井宗秀很是氣憤，大罵壞他的大事，讓夜線子去抓了那三個兵槍斃。夜線子把那三個兵拉到河灘，三個兵說：蚊蟲蟲子都×哩，要飯的都×哩，預備旅也有人×哩，咋不讓我們×？夜線子說：你們是長官啦，明媒正娶啦，縣長發結婚證書啦?!那三個兵就求饒，說：都是毬把我們害了，你不要槍斃我們，我們也把毬殺了吧。夜線子說：殺了毬還是人嗎?!打了三槍，把他們打死了。夜線子回來問井宗秀怎麼處置那個瘋子，是不是也槍斃了？井宗秀說：該獎的要獎了，該懲的也得懲。夜線子琢磨瘋子已經不是個人樣了，留著對別人也是個警示，就沒有槍斃，瘋子從此不再是預備旅的兵，瘋瘋癲癲在鎮上跑動，也沒人再管。

★

別人的生意都好起來，楊記壽材鋪依然冷清，沒有周轉金再去購進木材，陸菊人在集市上買了兩綑竹子三綑蘆葦和各色皮紙，打算著做一批紙紮。原先破竹眉和碾蘆葦都是公公在幹，楊鐘偶爾也會幫忙，如今公公頭暈氣短，行走都扶牆的，他勉強還能坐在那裡用刀子破竹眉，而碾蘆葦就只能陸菊人自已幹了。公公碾蘆葦的時候是站上了碌碡用腳蹬，往前碾了，腳蹬在碌碡的後部分，往後碾了，腳蹬在碌碡的前部分，輕巧而歡快，像在雜耍。第一次見了公公這麼蹬碌碡，自此就不害怕了公公那一張嚴肅的方臉，說話的言語多起來，還故意戧上幾句，再軟和幾句，逗得他笑。公公笑起來仍是不露齒，嘴唇厚厚地窩著，像小孩的屁眼。但陸菊人不會蹬碌碡，她掌握不住平衡，何況女人家也不能站在碌碡上，尤其她的腳大。陸菊人就推著碌碡來回地碾。月光下，蘆葦鋪在地上長長的如一溜白帶，碾過幾個來回，蘆葦就嗶嗶叭叭地響，上邊跳躍著無數的光點，她覺得那聲音都是從光點處發出來的，或者是，每響一聲就亮出一個光點。陸菊人碾著碾著，全不知道了勞累，只是有趣，她便在推動碌碡快速地滾動，她的一條腿在換蹬的時候，有意翹得很高，似乎在腳觸地的瞬間，借力就要飛翔起來。這讓她想起了楊鐘，那一次公公是病了，讓楊鐘也是在這裡碾蘆葦，他一邊蹬碌碡一邊做各種動作，過路人都叫好，就張狂了，說：我能把碌碡蹬上天！碌碡是蹬得飛快，卻控制不住了，人掉下來，碌碡滾到街上，正好有人挑著兩個甕過來，兩個甕全被撞碎了。賠甕的錢比買蘆葦的錢多了三倍，公公事後知道了，罵：我咋就生下你這麼個敗家子！楊鐘說：生我的爹咋就不是個大財東啊?!陸菊人那時也恨楊鐘不成器，現在卻覺得楊鐘有意思，便哧哧地笑起來。楊掌櫃在旁邊破竹眉，他是一隻手拿刀在整根竹子的梢端那麼一劃，另一隻手就把竹竿往身後拉動，刀子就像裁紙一樣，整根竹子就分為細密和勻稱。她原本要在搭褳上繡紙虎的，但她從沒見過虎，連虎皮也沒見過，聽說貓和虎是一類的，貓是虎的師父，教授著虎如何撲剪騰挪，唯獨沒有教授爬樹，留了一手。她便去陸菊人家觀察那只貓了。貓要麼在院子裡走動，不急不慢，旁若無人，要麼就臥在門樓瓦槽上，睜著眼，悄無聲息，她就是憑著對貓的感覺在繡老虎。結果繡出的老虎頭是整個身子的一半，而眼睛又是頭的一半，老虎沒有了兇惡反倒變得十分可愛。繡好了老虎，天差不多到黃昏，夕陽照了院子，院子就西邊的一半牆擋了光線是黑的，東邊的一半卻鍍了金一樣光亮，她就收拾打扮起自己了。她開始洗頭，洗了頭用手巾把頭髮上的水擦乾，就想起爹了。爹在家爹會給她燒洗頭水的，但她洗的時候讓爹幫她把後衣領窩一窩，爹卻不來，爹覺得不妥，她說：我是你女兒！爹還是不肯來。爹這陣還在山上割漆嗎，用刀在漆樹上劃出人字形的刀痕，讓樹流出那白色的汁來，然後再刮下來收在桶裡？花生實在不滿意爹幹的營生，漆樹就那麼受罪麼，就那麼周身上下地被刀割著？爹是心善的連雞都不殺的，但他卻割漆，這應該也是屠戶呀！花生怨怪著爹，爹讓她沒事了別出門，她是沒有出門，可爹不讓她收拾打扮太光鮮，她這時偏不聽爹的了，就在箱子裡翻尋著新衣，還有新鞋，換上了開始梳頭抹油，頭油是陸菊人送給她的，裡邊有桂花香，就把頭梳得油光水氣。又拿出胭脂粉要對著鏡子化妝，鏡子裡她看見了她的臉是那麼嫩白，白裡又透了紅潤，就像是白紙糊成的燈籠，燈籠裡又點著了一支燭。這用不著化妝麼，爹不讓收拾得太光鮮，她哪兒是收拾出的光鮮啊，她原本就是光鮮。花生得意著自己漂亮，從上房跑到廚房，又從廚房提了水澆灌月季花，她腳下一直在跳躍，歡快得像一隻小鹿。陸菊人兩天了怎麼沒來喊她出去呢，她得出去到陸菊人家去吧，夕陽卻又從院子裡收去了。天晚了出門是不安全的，雖然預備旅槍斃了三個兵，鎮子裡再沒發生過搶人搶色的事，可她每每在街上走，總有人迎面碰著了，眼睛就直起來，或者都已經走過了，還又折回來再看。她碎步就往前去了，能聽到後邊說：這是吃了啥喝了啥，長得陣好看！她會小聲說：這些人真煩。聲音裡卻是一種喜悅。花生的腦子裡不安分地想，一會想到這，一會想到那，又幾次站在院子裡看著天愈來愈暗了，細風在靠著牆的掃帚上發著鋼的聲音，她說：去給我姊捎個話呀，讓她來麼。但是，雞已經上了架，她也點了燈，燈芯顫動了許久，還聽到架子上的雞偶爾叫了一下又悄然了，花生知道陸菊人是不會來了，明日一早她去找陸菊人吧，便吹滅了燈睡去了。

這一夜裡，花生做了好多夢，等醒來的時候回想著是夢見了黑鸛在河裡，長長的腿，尾羽和翅上的覆羽是那麼黑，黑得有綠的紫的光澤，而頸上披針形的長羽突出地豎起來。夢見了虎山上有了一朵雲，白得像棉花，又像是一隻船，船怎麼就漂浮在空中呢？夢見了在山梁上有了野菊花，雖然花都小，但連片著從山梁到後邊的整條溝裡都是，場面很壯觀，一隻林麝在奔跑，牙齒露出唇外，呈鐮刀狀，跑到一棵樹下了，將屁股在那裡磨，印出淺褐色的腥味東西來，留下了標記，然後就在草地上曬著腹下的香囊，香囊分開來散發出濃濃的奇香，蚊蟲飛來，香囊又合起來，包裹了那些蚊蟲。但是，花生沒有夢到虎鳳蝶，而虎鳳蝶在後半夜落在了月季花篷上，和開綻的月季花混在了一起。

黎明時分，老魏頭一夜打更，把梆子已經揣進懷裡要回去睡覺，經過了劉老庚家的院外，看到了月季篷上有了那麼多的虎鳳蝶，甚至院牆的瓦樓上，門樓上也都是。老魏頭長這麼大，從未見過成群成片的虎鳳蝶，他驚愕不已，躡手躡腳走近去，害怕有響動使它們倏忽飛去。但虎鳳蝶沒有紛亂，都靜靜地在那裡，他看清了每隻虎鳳蝶都是小兒手掌般大，身上密密披著黑色鱗片和細長的鱗毛，而雙翅則是黃色，上邊有著虎斑形狀的條紋。他拱了雙手要捉一隻，只怕弄不好傷著它的翅膀，或許傷不了翅膀又擔心有一層黃的顏色，就像花蕊的粉一樣掉下來。

老魏頭急於想把這奇觀告訴人，但這時天剛亮，鎮上人還都睡著，起早的只有跑操的預備旅。預備旅每天泛亮都要跑操的，他們從城隍院出發沿中街跑到縣政府門口，再繞東背街到北門口，再從北門口到西背街，然後由南門口返中街回城隍院。老魏頭聽了聽那尖銳的哨音，預備旅才從中街往南跑，他就遺憾地搖了搖頭，往巷口走去。沒想就碰著了陸菊人。

陸菊人早早起來要找花生給她幫忙做紙紮的，她仍穿著那件白長衫子，綰著個大的髮髻，問候了老魏頭，老魏頭告訴了劉家月季篷上落滿了虎鳳蝶，陸菊人哦了一聲，說：是嗎？她獨自趕到劉家。院牆的瓦樓上、門樓上並沒有什麼虎鳳蝶，月季篷上也是沒有呀。叫開了院門，花生披頭散髮地出來，陸菊人說：咋沒梳頭？花生說：急著給你開門麼。陸菊人說：再急的事也得把自己收拾好，你是女人。花生就趕緊進屋取梳子梳了頭，還抹了油，出來，陸菊人站在月季篷下，她的白長衫子和月季一個顏色，好像是身上開滿了花。花生說：姊，你這衫子好看！陸菊人說：月季篷上落了虎鳳蝶？花生說：什麼虎鳳蝶？陸菊人說：這老魏頭哄我。就問花生能幫她去做幾天紙紮的活嗎，說：我給你付工錢的。花生說：多少工錢？陸菊人說：如果按天算，一天給你七個錢，如果按件計酬，一個紙紮一個錢。花生說：一個紙紮我要一個銀元！說罷就笑，說：你給我付工錢呀，你這麼關心我拉扯我，我該給你的錢就海啦，我要你的啥錢？她看見了陸菊人頭上竟有了一根白髮，讓陸菊人不要動，就把那根白髮拔掉了。陸菊人說：這月初我就發現有白髮了，這錢是要給的，勞動了怎能不給，你就是不要，我也給你攢下，將來了都陪給你。花生說：將來了陪我啥呀？陸菊人說：陪嫁妝呀！花生頓時不輕狂了，臉色通紅，不言語了。陸菊人說：井旅長沒去過你家吧？花生說：人家咋能來我家。陸菊人說：那你再沒碰見過他？花生說：做完那批軍服後，沒見過他。陸菊人說：也好，慢慢在家裡長，要開花就給咱開最豔的花。花生不知說什麼話了，哼哼唧唧地說：姊，姊。就拿出了昨晚上試穿的衣服，陸菊人卻嫌搭配不當，穿了淺色褲兒怎能再穿藍襖兒呢，應該換件白襖兒，鞋幫子又太深了。花生聽從她，便穿了件白襖兒和一雙單鞋，兩人說說笑笑往壽材鋪去。

從五道巷到壽材鋪要經過一塊菜地，原本這是一姓秦的門前的土場子，姓秦的在縣城奪槍的那一仗中受傷，後來死了，媳婦就改嫁離開鎮子，鎖了房，門前的土場子也被鄰居挖開種著白菜蘿蔔。兩人剛走過來，一群孩子在追打著一個人，是瘋了的那個兵，一邊跑著一邊往手裡的一個蘿蔔上吐唾沫，說：就不給你吃！陸菊人唬住了那些孩子，問幹啥哩打瘋子？孩子們說瘋子在偷拔蘿蔔，他們說拔就拔吧，但要讓他們看他是怎麼尿的，可瘋子拔了蘿蔔卻不讓他們看怎麼尿，他們就追打著要奪下蘿蔔。陸菊人罵道：滾滾滾！把孩子們轟走了。但瘋子卻看見了花生，不跑了，嘿嘿地笑，要把啃了一半的蘿蔔用手擦了擦給花生吃。花生嚇得跑過來躲在陸菊人身後，陸菊人說：你把蘿蔔給我。瘋子說：我要給花生！陸菊人說：你也知道她叫花生？瘋子說：我知道。陸菊人就對花生說：不怕，他不是壞人，你把蘿蔔接了。花生把蘿蔔接了，瘋子就又嘿嘿地笑，陸菊人拉著花生就走，瘋子沒有追上來，身後還是嘿嘿地笑。

在壽材鋪裡，花生生火打漿糊，陸菊人就用竹眉子和蘆葦條紮架子，花生說：姊，那瘋子怪可憐的。陸菊人說：是可憐。花生說：聽說那三個兵槍斃了沒有埋，都讓野狗吃了？陸菊人半天沒說話，低頭紮了一個架子，又紮了一個架子。花生把打好的漿糊抹在白紙上糊在了架子上，兩人再沒作聲，陸菊人在紅紙黃紙綠紙上剪出了各種圖片，花生又把各種圖片黏上去，一件紮好的紙祭品基本就完成了。她們輪番地紮成一件又一件，開始研磨了各色顏料要在上面彩繪。陸菊人是不會畫那些花草人物，楊掌櫃又手抖得畫不了，陸菊人就只能畫些雲紋和水紋。花生見過陸菊人畫的雲紋和水紋，她取笑陸菊人畫成那樣她也是能畫的。陸菊人就感嘆鎮上能彩繪的只有井宗秀了，但他不可能再畫了，這手藝從此該絕啊。花生說：他能畫？陸菊人說：一三〇廟的殿梁都是他畫的。花生說：那是他畫的?!陸菊人說：你以為呀，他要不當旅長就是個好畫匠。花生說：是不是？他……卻不說了，慌忙起身就到後院裡去。陸菊人低頭還在畫著，說：當然是他。一仄頭，花生的背影剛閃過後門框，而井宗秀卻從街上直腳走了過來，身後跟隨的是蚯蚓。

陸菊人趕緊站起來，抹了一下頭。井宗秀先問候：做紙紮呀！陸菊人說：正說著沒人能彩繪了，你就來了，真是的，說龜就來蛇！你今天不忙呀？井宗秀說：還不是忙著擴建門面房呀，路過這裡總要朝鋪子看一下，沒想這麼早你就做紙紮了，楊伯不是一直彩繪嗎？陸菊人說：人老了，手抖得幹不了細活，你別笑話我啊！井宗秀看著畫成的雲紋和水紋，說：畫得不錯麼！蚯蚓卻說：雲紋和水紋咋畫成一樣？井宗秀說：本來就一樣麼！我給你畫兩筆吧。陸菊人說：那好那好。就喊道：花生，井旅長要畫紙紮哩，你拿個凳子來。井宗秀說：花生也在你這兒？花生就出來，臉紅撲撲的，給井宗秀拿了凳子過來，笑了一下，站在旁邊就不語了。井宗秀看著陸菊人畫好的紙紮，在上的是天的雲紋，在下的是地的水紋，他在水紋裡畫了一條頭朝右的魚，然後在右邊的地與天之間畫了條頭朝上的魚，又在雲紋裡畫了一隻頭朝左的鳥，隨後在右邊的天與地之間畫了隻頭朝下的鳥。陸菊人就呀呀地叫起來，說：你是說水裡的魚在天上就是鳥，天上的鳥在水裡了就是魚?!井宗秀說：是呀，啥都是轉化的麼。花生也驚訝得眼睛放光，井宗秀一抬頭看見了，也愣了一下，花生就眉眼低下來。陸菊人說：花生，井旅長畫得好吧？花生說：好。蚯蚓卻突然說：旅長，王排長找你哩。井宗秀說：跑到這兒找我？王排長已經站在門外，井宗秀問啥事，王排長報告是北門口那兒抓住了兩個要飯的，正在打哩，說要麼綁個石頭沉河要麼打斷腿轟走，他是看見井旅長到這裡來了，才過來請示的。井宗秀說：沒事啦打要飯的？王排長說：就是上次逃跑的那兩個相好的要飯的，狗東西又來了。陸菊人心裡噔地一下，說：要飯的就不能相好呀？王排長說：幹那事讓人看見了麼。陸菊人說：要飯的能有啥好去處，是那三個括茶行和茶作坊，他估量過了，渦鎮目前各種生意都好，但要賺大錢的還是茶葉，而能管好茶葉的也就只有陸菊人了。陸菊人一下子愣住，說：花生你出去看看，天上有沒有太陽？花生走出大門，蚯蚓還在門外，回應說：太陽一竿子高，癢癢樹都紅了。陸菊人對井宗秀說：這不是說夢話呀?!我指派你給我畫個紙紮，你倒指派我陣大個事！壽材鋪是你楊伯經管的，我只是來幫幫手，生意做得快關門了，我去經營茶業？我是懂得茶哪裡進的貨還是懂得茶要銷售到哪兒?!井宗秀說：我當旅長就會十八般武藝啦？我打槍還不如蚯蚓哩。有人懂得茶，你只是管理懂茶的人。你能行，你應該是個金蟾哩。陸菊人說：金蟾，啥子金蟾？井宗秀說：金蟾聚財呀，好多大財東身上都有玉蟾掛件，何況金蟾，那才是吸金哩。陸菊人說：金蟾就是個財神，與我啥關係？井宗秀說：你知道周一山是個奇怪人吧？陸菊人說：以前聽楊鐘說他會做應驗的夢，後來又聽說能聽懂鳥語狗話的，人是怪怪的。井宗秀說：這是周一山說的，他說有一次你在南門口外的河裡洗衣裳，他和王喜儒去河心取水，河畔的老鸛朝你叫，叫著叫著，他聽出是叫金蟾金蟾。陸菊人說：他是在咒我吧，是不是笑話我腰粗嘴大像個蟾？井宗秀說：誰敢在我面前罵你？他是在抬舉你！陸菊人說：我要是個金蟾壽材鋪生意陣冷清的？井宗秀說：這或許是這生意不對你的路麼，在麻袋上咋能繡了花？陸菊人還是擺手，說：不行不行，我清楚我半斤八兩，我管不了。井宗秀說：你絕對行。我不相信周一山了，我也相信我的眼光。讓花生做你的下手麼，楊伯也同意幫你麼。陸菊人說：你把這事給你楊伯說了？井宗秀說：我就是見了楊伯才過來的。陸菊人唉唉地嘆氣，說：你這是編了個籠子套我麼。井宗秀說：我咋起根發苗的，你知道，現在我把碌碡推到半坡了，你不幫我，你看看這還有誰幫我？陸菊人說：還有一句話，我始終不願給你說，今日就給你說。你雖然和楊家是世家，但我是一個寡婦，以前風言風語就不少，為了不影響你，我很少見你了，也不想讓你多來，如果現在我竟然去管茶行，那唾沫星子還不把我淹死了，也讓你不明不白啊。

井宗秀說：話說到這兒，我也就直說吧，我來找你，就怕的是你會這麼想的，我有這麼個決意前，和杜魯成、周一山也議論過，我覺得周一山說得對，他說，閒話罷騷話罷，那是個賤東西，你愈躲它愈跟你。火燒起來，你潑一碗水，火是撲不滅的，反倒一盆水成了一碗油，火上加油，而你潑一盆水、一桶水，那火立馬就滅了，死灰都不能復燃。陸菊人坐在那裡沒有動。井宗秀說：你給我說的我都應承著，我給你說的你也得應承麼。你再想想，想好了，我正式牽了馬來請你！說完，不容陸菊人再分辯，就出門叫上蚰蜒走了。陸菊人還坐在那裡，沒有起身相送。

★

回到家裡，陸菊人問楊掌櫃：爹，早上井宗秀來過？楊掌櫃說：你剛出門，他就來了，給剩剩提了半籃子桑葚，說是才從樹上摘的，還帶著露水。陸菊人說：你同意讓我去給他經營茶行了？楊掌櫃說：他說得怪誠懇的，我就應允了，讓他給你說去，他見你了？陸菊人說：爹你糊塗，我咋能管了茶業，他現在指望著茶行賺錢養隊伍哩，這麼大的事我能擔起沉？楊掌櫃說：他這時候需要人手麼，能幫就幫他，沒經營過那麼大的生意，慢慢學著經營麼，或者真就把那生意做好了。陸菊人說：那要做不好呢？楊掌櫃說：好不好你沒做呀。我當年開壽材鋪有個念頭就開了，這不一開就十幾年？他井宗秀沒想過當旅長，如今還不成了旅長？陸菊人再沒吭聲。剩剩嚷著肚子飢了，陸菊人就進廚房做飯。做什麼飯呢？她說：剩剩，吃不吃糊塌餅？剩剩說：我就愛吃糊塌餅！楊掌櫃也說：我給摘個嫩葫蘆去。院子角有著一個葫蘆架一個絲瓜架，楊掌櫃去摘了個嫩葫蘆。糊塌餅就是在麵糊糊裡拌攪了葫蘆絲在鍋裡攤，做法簡單，特別好吃，卻攤起來餅容易爛，以前她攤過幾次，沒有一張攤得完整。陸菊人心裡想：我今日就攤攤，如果能把餅攤得完整，那我就答應井宗秀去經營茶業，如果攤得全爛成一片一片的，那就堅決不去。她將公公摘來的葫蘆用水洗了，切開，掏瓤，再用礤子擦絲，拌在和成的稀麵糊裡，打了兩個雞蛋進去攪勻，放上鹽和五香粉，就在鍋裡抹上油，開始生火。鍋燒熱了，一勺麵糊糊倒進去，一聲尖銳的嗞叫，趕緊用鏟子抹平抹薄。待到餅子成形了，試著用鏟子翻，竟然完完整整地能翻過來！等一面烙過，再用鏟子又翻過來，還是完完整整！陸菊人都驚奇了，說：你不爛?!快速地翻，來回地翻，餅子熟了，囫圇了一張。陸菊人沒吭聲，待餅子全做好，端給公公和兒子吃了，她坐在門檻上想哭。楊掌櫃說：剩剩好吃不？剩剩說：好吃！陸菊人終於沒哭，心裡說：院門口要能走過什麼獸，那我就去。楊掌櫃在說：好吃了多吃幾張，別噎著啊。剩剩說：娘，娘，給我捶捶脊背！陸菊人想：鎮上能有什麼獸呢？過來給剩剩捶背，說：爺讓你別噎著你就噎住啦?!但是，陳皮匠從門口經過，扭頭往院裡看了一眼，看見了楊家人在吃飯，說：吃啥好的？楊掌櫃忙說：你吃呀沒？給你拿張糊塌餅！陳皮匠說：我不吃啦。楊掌櫃說：不吃餅了進來吃鍋菸麼，急啥的！陳皮匠說：我收了些貨，回店裡給人家結帳的。門口就出現一個獵人，背了簍，滿頭大汗。楊掌櫃走過去要看收的什麼貨，陳皮匠讓獵人放下簍，竟往出取了一隻被打死的豹貓，說這可以做手套皮領子，又提出一隻狐狸，說這能做圍巾，最後拉出一隻狼來，說：我熟過皮了，便宜賣給你，做個褥子。楊掌櫃說：你能便宜賣給我？陸菊人手捂住了心口。

陸菊人還是不肯相信自己就能去經營茶業，吃過了飯，她沒有領公公，也沒有帶剩剩，去了安仁堂。在她常常遇事拿不定主意了，就要找陳先生給她算一算卦。去了安仁堂，那裡仍是有許多來看病的人，原本該輪到她了，她總是讓別人先去看，見有一木盆裡泡著一條門簾，就沒吱聲蹲在那裡搓洗起來。陳先生也沒理會，給一個病人號脈，說：病了也沒啥丟人的，遺屎遺水有啥的，給你開五服藥，一切會正常的。就對坐在桌子對面寫藥草的助手說：黃芪、人參、白術、甘草各一錢，當歸、陳皮各七分，升麻、紫胡各三分，肉豆蔻、補骨脂各五分。那病人看了一眼陸菊人，說：謝謝陳先生，治好了我來送個匾。陳先生卻已經在給另一個婦女號脈了，婦女說：我結婚八年了就是不生，你看看我真是命裡就沒一男半女嗎？陳先生說：你是軀脂滿溢，閉塞子宮，月經不調，坐不住胎啊。婦女說：我知道我這病，六年前抱養了一個兒子，那是在路邊撿的，撿的時候孩子臍帶纏在脖子上，瘦小得像個精光老鼠，哭都沒有聲，我抱回去用米湯油餵他，屎一把尿一把將他拉扯大了，只說這一輩子就指望他給我養老送終呀，沒想他才六歲，才省些事，就出去尋他的親生父母，親生父母還就來認了他。這讓我心涼了半截，他咋是這樣餵不熟的狗呢?!陳先生說：這不怪孩子，甭說人，就是野獸都是這麼個天性麼，這命裡有說不清道不明的關聯。人常說生生不息，沒有說養養不息。孩子認親你不要阻擋，他就是知道他是從哪兒來的，該孝順你還是會孝順的。只要都為了孩子好，兩邊的父母可以成親戚呀。婦女說：但我得自己有個親兒的，你一定給我看看，我硬掙著也要掙著生個兒的。陳先生說：那你就一定不要貪酒食。婦女說：我不貪了，我忌口。陳先生說：我給你開藥。對助手說：南星、半夏、羌活、蒼術、防風、滑石，上銼各一錢，水煎服一個月。婦女說：喝了這藥，就能成胎了？陳先生說：或許成胎。婦女說：或許？如果不或許呢？陳先生說：你只要想著能成胎，一定要成胎，那就能成胎了。記著，不要怨恨現在的兒子。婦女口裡嘟嘟囔囔念叨著走了。陳先生說：我泡的門簾要晚上洗的，倒讓你洗了。陸菊人說：我也是閒著。陳先生說：你來要問我啥事？陸菊人說：求你給我算算卦。就坐到桌邊來，把井宗秀旅長要她去經營茶行的事講了一遍，說：我拒絕他吧，覺得他這是看得起我，信任我，可我真要去，他一個堂堂的旅長，怎麼就尋到我，我是個寡婦，我怎麼去？何況我幹得了嗎，如果讓老鼠拉車，那老鼠會把車拉到床底下去了，壞了人家預備旅的事，別人恥笑還罷，這罪過我承擔不起啊！陳先生說：就為這事糾結？陸菊人說：我都愁死呀！陳先生說：你給我說實話，你對井旅

五短身材，其貌不揚，但雙手能打算盤，更厲害的記性超強，凡是一年之中哪個分店盈餘還是虧損，鎮上人誰買了茶沒付款，茶行又欠著誰的茶錢，他說出來和帳簿上的紀錄一模一樣。譚夥計一年前相中了鎮上糍粑店的女兒，常常給那女兒買絲綢絲線頭油胭脂，還送了一副銀鐲子。陸菊人一來，先清理茶行的帳目，姓譚的私吞了一筆貨款和那女兒私奔了。而不久，龍馬關分店的方掌櫃又突然死去。龍馬關分店在整個茶行裡經營最好，陸菊人是鞭打快牛，讓龍馬關分店再擴張，方掌櫃就收購了店鋪左鄰右舍的四間門面房，簽合約的當晚叫了一幫人喝酒慶賀，一直喝到五更，站起來還要去拿酒，一頭栽下去人就翻白眼沒了氣。接連出了兩樁大事，茶行裡一時混亂，茶作坊的領班姓殷，他和陸菊人沒怨沒仇，卻就是看不慣陸菊人，當方掌櫃的屍體從龍馬關搬回來，好多人哭鼻子流眼淚，他竟哼哼著冷笑。旁邊人說：人都死了你還能笑出來？他說：女人陰氣重麼，尤其是寡婦。去搬屍的有蚯蚓，蚯蚓說：你說誰呢？殷領班壓根把蚯蚓沒拾在眼裡，繼續說：她命硬麼，自小就沒了娘，來楊家做童養媳，還沒合房，婆婆就死了，接著好好的兒子傷殘，楊鐘才多大呀又身亡，尋誰當不了總領掌櫃偏讓她當?!蚯蚓站在了他面前，跳起來搧了他個嘴巴。殷領班挨了打，一腳把蚯蚓踢倒在地上，蚯蚓的頭上就出了血，蚯蚓打不過殷領班，但他爬起來，往殷領班身上撲，撲一下，被踢出去，再撲一下，還是被踢出去，血糊了蚯蚓的眼，還是往前撲。夜線子正好過來，罵了一聲：打你娘個×哩！鎮住了殷領班和蚯蚓，但殷領班的話卻傳開來。嚼舌根的人多了，連夜線子也覺得殷領班說的還有道理，給杜魯成說：恐怕是不能讓女人當總領掌櫃的。杜魯成說：你也聽閒話啦？夜線子說：上次有人議論旅長和陸菊人好，我那時不信，這次他讓陸菊人當總領掌櫃，這還成真的啦？杜魯成說：別胡說！旅長和楊鐘是發小，會有啥事？姓殷的那是個小人！夜線子說：姓殷的是個小人，可何必讓陸菊人去當總領掌櫃啊。杜魯成說：周一山說她是金蟾麼。夜線子說：金蟾？她是金蟾托生的?!杜魯成說：你把意見給旅長說。夜線子說：你都不去說，我也不說。

風言風語陸菊人當然也都知道，她沒有吭聲，亡羊補牢著，一方面直接辭退了姓殷的，制定了收貨發貨的規章制度，一方面自家壽材鋪出了一副棺，再給了二十塊銀元，安葬了方掌櫃，還答應了方家的兒子也到茶行幹活。一連數日，忙著處理事情，人勞累得瘦了一圈，花生就陪著她，到飯時勸她吃飯，到睡時提醒她睡覺。而在街上了，總有人看見她們了就交頭接耳，花生便拿眼睛瞪那些人，又故意和陸菊人說這說那，不讓陸菊人再聽見，自己的臉倒陰著，顯得拉長了許多。陸菊人說：笑笑。花生說：你笑了，我再笑。陸菊人笑了，花生也就笑了，陸菊人便催花生回家歇去吧，別寸步不離，說：我也要回家洗個澡呀！支開了花生，陸菊人卻去了馬瞎子推拿店。

周一山沒事的時候常在推拿店，他已經上了癮，一天不推拿，就像感冒了一樣，渾身的難受。陸菊人一去，周一山還趴在床上，說：哎呦，你咋來的？陸菊人說：走來的。周一山就不推拿了，要馬瞎子避開，他說：旅長讓我去看你，我說不用去看，她會來找你或者我的，你真的就來了。陸菊人說：你說我是金蟾變的，有這話？周一山說：這話我是給旅長說過。陸菊人說：那你看看我是口裡吐金呢還是點石成金？我倒是去了沒幾天，姓譚的裹了五十個大洋跑了，方掌櫃又死了，光給他家安葬費就二十個大洋。周一山說：沒了百十個大洋都是小事，而要命的是人言可畏。陸菊人怔了一下，說：人都說你是奇人，你真的啥都知道。周一山說：你心裡肯定罵我是奸人呢。陸菊人笑了一下，但她笑得像在哼，而且立即在說：我以為你和旅長都在這兒，他不在，那我就給你說吧，我是個婦道人家，頭髮長，見識短，才接手了這茶行，沒想到接連出事，也惹得人說三道四，我現在是拿著火把進山洞，一進洞火把就滅了，非常恐慌，非常害怕！花生勸我不幹這個總領掌櫃了，剩剩他爺也說還是回來經管壽材鋪吧，我是整夜整夜睡不著了，不知道我該怎麼做？周一山說：你坐下，先呼呼氣，人一旦被恐懼控制了，就沒法冷靜下來想事和做事，但我相信你不會，能理出個頭緒的。你現在是來要看看我們的態度吧？想要的是繼續在茶行，並以此為預備旅和鎮上掙錢啊?!陸菊人說：這我是給旅長應承了的，可是……周一山說：先不要說可是，你告訴我，你對什麼充滿了熱勁？陸菊人說：我既然來茶行，就想幹出個名堂。周一山說：還有什麼讓你激動的事嗎？陸菊人說：這倒沒有。周一山說：這就是麼，你是一個有承諾的人，你願意讓自己有自己想幹的事，你能證明自己是能幹成事的，你也就能充分運用自己做事有條理，也能與人打交道的本事，你是張開了翅膀只要別人說一聲飛你就飛了的人！周一山並不看陸菊人，抬著頭一直望著屋頂在說，好像屋頂有一本書，他在看著書上的文字在朗讀。陸菊人一時目瞪口呆了，說：你是在你做的夢境裡，還是學堂裡的先生授課？周一山的目光從屋頂移下來，盯著了陸菊人，說：你說呢？陸菊人也盯著周一山，突然站起來，說：我得走啊。轉身就走了。周一山沒有驚訝，也沒有相送，他在喊馬瞎子來繼續推拿。

陸菊人是在第二天約談辛四眼和來長計的。辛四眼是渦鎮茶行的掌櫃，來長計是茶作坊的掌櫃，談了三天，就把辛四眼辭退了，讓來長計通知六個分店的掌櫃三天後都回到渦鎮。來長計說有的分店太遠，派人去通知得走一天，來鎮上也得一天，山高水長的，往常開會都是限五天到的。陸菊人說：往常是五天，我就要三天。結果桑木分店的掌櫃孫見山就沒有到。五個分店的掌櫃加上來長計都彙報各自的固定資產和流動資金，長僱的夥計數和臨時僱的夥計數，經營狀況，以及今年的增加收入的設想舉措。陸菊人都一一給予充分肯定，再就討論、研究出了一系列章程規則和年終獎懲制度。到了第五天，孫見山才到，趕上陸菊人講話，陸菊人就承諾給各分店掌櫃年薪增加三十個大洋，而利潤超過往年一倍以上的，按比例在渦鎮買屋院。接著宣布：來長計任桑木分店掌櫃，聞西坡任龍馬關分店掌櫃，麥溪分店掌櫃張天任和平川分店掌櫃王京平對調，崔濤任三合分店掌櫃，淩雲飛任茶作坊掌櫃。

宣布完畢，孫見山說：那我呢，我到總行嗎？陸菊人說：你到茶作坊負責收貨發貨的事吧，孫見山說：這茶行辦起來，是我和井旅長籌畫著開分店，第一個分店撐起來了，才有了另外的分店，我現在成了凌雲飛的夥計啦?!陸菊人說：你不想在茶行幹了要回家，茶行可以多給你一年的薪水。如果在鎮上幹別的事，你去找井旅長，看他能不能給你個什麼官兒。

孫見山和辛四眼是找了井宗秀，井宗秀回復：陸菊人現在是茶行總領掌櫃，一切都得聽她的。便安排兩人在旅裡一個管了士兵的伙食，一個做了軍火庫的出納。井宗秀派蚯蚓去把陸菊人叫來問些情況。蚯蚓去了茶行，卻得知陸菊人和花生去了桑木分店，並要由桑木分店再去麥溪、三合、平川、龍馬關各個分店實地考察一遍。井宗秀就對杜魯成、周一山說：瞧這總領掌櫃的！周一山說：好風水！杜魯成說：你又逞能！風水和茶行總領能扯到一塊？周一山說家裡的風水其實就是女人，女人好了家旺，女人不好了家敗，茶行也是個大家麼。杜魯成說：那楊家卻出了個楊鐘！周一山說：表面上她對楊鐘沒辦法，可你想想，憑楊鐘那個混勁，要不是有她，那還不知成啥地痞流氓哩。井宗秀捏弄著圍巾，他在聽著他們說話，就又摸著嘴唇和下巴拔鬍子。杜魯成說：一山呀，你一來這鎮奇人就多了。周一山說：要說奇人，旅長才是哩。井宗秀說：我奇個屁！周一山說：不說別的，本來就沒幾根鬍子還一長上來就拔，天都熱了還用圍巾。井宗秀說：我有麼！便大聲喊蚯蚓。蚯蚓從門外進來，他給交代：每日一定要去楊家一趟，看有沒有什麼事，能幹的活就幫著幹，幹不了的及時來報告。

又過了半月，井宗秀和杜魯成來到茶行，提了一條山溪斑，兩尺多長，頭扁口闊，四爪肥短，哇哇地叫著如是嬰兒。陸菊人說：哪兒弄這麼大的鯢，我可不敢吃。杜魯成說：蒲岔峪的人在鎮上賣，我就買了，是要送給麻縣長的。陸菊人說：這是把飯端給我，晃一下又端走呀？井宗秀說：我們要去看看麻縣長，你要去了咱一塊走。陸菊人說：你們都是長官，我和花生去使得？井宗秀說：又不是談公務，咋使不得？讓麻縣長也認識一下你們茶行人麼。陸菊人說：那我準備上好茶葉。卻把花生叫到後屋裡更衣換鞋、梳頭施粉，收拾起來。井宗秀和杜魯成在前店等了半天，卻見王喜儒三個人背了一簍子草從門前走過。井宗秀就喊住，問：不在縣政府，咋背這麼多草？王喜儒說：是縣長讓我們去山上挖的，我還沒來得及給你報告的。井宗秀翻了翻簍中的草，認得是貝母、延齡、開口箭、天南星、手參、長果升麻、紅皮藤、紫骨丹、岩白菜、莛子藨、赤瓟、赤地利、蝙蝠葛。說：這些都可以做藥材的，他還懂得醫？王喜儒說：他要求去挖只有咱們這兒才有的草木，至於懂不懂醫，這我不知道。杜魯成說：麻縣長一到渦鎮也奇了?!

★

王喜儒他們肯定是不知道的，他們已經是第四次到山上去挖，那些各類草木晾在麻縣長住屋的台階上，他詳盡問清了名稱和用途後，就一邊仔細地觀察一邊用筆在紙上記錄。王喜儒也曾問過：縣長，你咋記這些？麻縣長卻反問：你咋就只陪我吃吃喝喝?!王喜儒倒不知該怎麼說，囁嚅著，說：我是小人，伺候你。嘴裡像噙了個核桃。麻縣長來到渦鎮後，先還是有許多治縣的方略和想法，但下設的機構不健全，那些幹事有的壓根沒隨他來，來的又差不多走掉了，他托王喜儒無數次給井宗秀捎信帶話，約井宗秀、杜魯成他們來談談，而每次捎信帶話後井宗秀沒來，杜魯成沒來，伙食卻明顯地一次比一次要好。麻縣長就明白了一切，開始讓王喜儒他們去山上挖草或折些樹枝，王喜儒他們倒幹得認真。這個下午經白仁華又按摩了腰椎，他就伏案在筆記本上寫起來：

蕺菜，莖下部伏地，節上輪生小根，有時帶紫紅色，葉薄紙質，卵形或闊卵形，頂端短漸尖，基部心形，兩面一般均無毛。葉柄光滑，頂端鈍，有緣毛。苞片長圓或倒卵狀，雄蕊長於子房，花絲長陸菊人和花生收拾停當，裝了一罐毛尖，一罐金針，一罐竹葉青，都是上等的明前綠茶，出來了，還拿著小拇指尖黏了一下眼角。杜魯成說：幹啥都麻利，就是出門麻煩。陸菊人說：女人麼。見縣長呀，總得洗個臉。杜魯成提了茶葉罐子，說：花生你咋老瞪我？花生說：沒有呀，我咋能瞪你？陸菊人說：你別嚇花生！她是眼睛大，看人像是瞪的。四人往縣政府去，花生就跟在最後邊，眼睛一直瞇著。

麻縣長一見他們，忙丟了筆和本子，起身迎接，說：哎呀呀，你們咋來了?!喜儒呀，仁華呀，快把這些東西挪出去！井旅長你瘦了？井宗秀說：縣長是你胖了才覺得我瘦了吧。麻縣長說：我是胖了，這天長麼，吃了睡，睡了吃。王喜儒、白仁華把桌上的地上的草和樹枝收拾拿了出去。井宗秀說：怎麼弄這些草呀樹枝的？瞧這麼多盆蕙蘭！麻縣長說：這兩盆是蕙蘭，那幾盆是蝶蘭，麒麟蘭，荷瓣蘭，素心蘭。井宗秀說：哈，我這土生土長的山裡人倒不如你外來人了！弄這些草木幹啥的？麻縣長說：我記錄記錄。井宗秀說：記錄草木？麻縣長說：既然來秦嶺任職一場，總得給秦嶺做些事麼。井宗秀說：縣長滿腹詩書，來秦嶺實在也是委屈了你。麻縣長說：這倒不是委屈，是我無能為天地立心，為生民立命，為往聖繼絕學，為萬世開太平麼，但我愛秦嶺。杜魯成說：我是秦嶺人，我倒煩這山高溝深，我去過平原，人家那是一趟平，沒有哪兒不長了莊稼！麻縣長說：秦嶺可是北阻風沙而成高荒，釀三水而積兩原，調勢氣而立三都。無秦嶺則黃土高原、關中平原、江漢平原、漢江、涇渭二河及長安、成都、漢口不存。秦嶺其功齊天，改變半個中國的生態格局哩。我不能為秦嶺添一土一石，就所到一地記錄些草木，或許將來了可以寫一本書。井宗秀說：這也好，我也就放心了，只是秦嶺上多的是草木，這咋記錄得光，我從小長在這裡，認都認不全哩。縣長，這是茶行給你拿來幾罐茶，你嚐嚐。麻縣長倒笑了，說：茶也是草麼，仙草！井宗秀就叫陸菊人把茶拿過來，陸菊人卻在一邊和花生咬耳朵，說：草木還能寫書呀？花生說：縣長是不是太閒？聽到井宗秀的話，花生忙把茶罐交給陸菊人，陸菊人就拿茶罐給了縣長，縣長一揭開罐蓋看了，說：噢，這做成針形的好。井宗秀說：茶行的茶都是茶期派人到茶場了，特意讓那十八歲以下的女子，在腿面上搓成的。麻縣長說：是不是就派過這位小姐？井宗秀說：就是就是。麻縣長說：渦鎮還有這麼水靈的人！井宗秀就把陸菊人和花生介紹給了麻縣長。喊王喜儒，王喜儒進來，井宗秀說：你燒些水來，讓花生給縣長泡泡咱們的茶。麻縣長卻說：你們來了，我倒要泡些我家鄉的茶給你們喝，喜儒，去把河心取的水拿來。眾人說：哦，那好，品品縣長的茶，縣長也知道用河心水了！麻縣長果然就取出茶來，但那茶黑乎乎的，碎茶粗梗壓成的一塊磚形。陸菊人說：這是什麼茶？麻縣長說：黑茶。井宗秀叫道：黑茶？還有黑茶?!陸菊人近去聞了聞，並沒明顯的清香，麻縣長用茶刀在茶磚上撬一個角，卻見裡邊有星星點點的東西，陸菊人說：是不是發黴了？麻縣長說：這不是黴斑，是金花，你瞧瞧。他拿了茶磚對窗外的光，說：是不是閃爍一種金色？黑茶講究的就是其中有金花。陸菊人也沒再說什麼，王喜儒提了火爐進來，當下就燒起河心水。水開了，麻縣長在茶磚上摳一撮在壺裡，開始加進開水泡。第一泡，湯水立即褐色，漾著亮氣，卻潑去了再泡，泡出的湯水倒入杯中，是琥珀色，隱約閃泛著一種金色光華。井宗秀說：這色澤好！自己先端了一杯，杜魯成、陸菊人、花生也都端起來，喝了一口，竟然是一種陳舊味道，面面相覷。杜魯成說：這茶是不是沒泡到？旅裡有個排長是甘肅人，他說他喝罐罐茶，做一個鐵皮壺放上過期的陳茶熬一個時辰，熬出了那麼一口黑汁，筷子一蘸能吊線兒，苦得像中藥。縣長是哪裡人？麻縣長說：你說的是高原上人喝的茶，他們那兒不產茶，茶運過去時間太長茶就不新鮮了只能那樣喝，我是關中平原涇河畔人。你們再喝喝。各人便又喝了幾口，口感還是說不來，但麻縣長親手泡的茶總得喝完，沒想喝下一杯，香味則在滿口腔裡迴蕩，後味悠長，喉胸通暢。井宗秀說：嘿，我都出汗了，這茶陳釅，能把人喝透麼！杜魯成、陸菊人、花生也都渾身發熱，臉上紅潤起來，說：是這樣，是這樣。麻縣長說：知道這茶是大味了吧！你們喝慣了綠茶，初次喝這茶可能不適應，它是愈喝愈順口。綠茶不能久儲，黑茶卻是講究陳久，一年是茶兩年是藥，三年以後就該是寶了。它健胃消食，利腸通便，殺腥除膩，夏天破熱解瘴，冬天生津禦寒。《紅樓夢》裡有「該燜些黑茶喝」之句，知道《紅樓夢》嗎？蘇軾知道不，蘇軾說從來佳茗似佳人，他是以茶比美女，綠茶吧就像這位劉小姐，嬌嫩婉約，含羞怡人，黑茶就如這位猶抱琵琶半遮面又蘊含勃勃生機的總領掌櫃，洗盡鉛華卻歷經滄桑卓爾不群。井宗秀拍手叫道：說得好，說得妥帖！花生早已滿面通紅，手腳無措，陸菊人便笑著說：我有那麼老嗎？麻縣長說：哪裡哪裡，這是比喻。井宗秀和杜魯成就哈哈大笑，陸菊人覺得話說得那個了，忙躬身作禮，說：謝謝縣長誇獎。又拿了那塊茶磚仔細瞧看，說：世上還有這等茶，既然是縣長老家產的，咱茶行也可以進些貨呀！麻縣長說：我正要給你們建議，你倒有了想法。我來秦嶺幾個縣了，一直還納悶，秦嶺裡怎麼就沒這種茶？你們茶行若要做這茶的生意，我可以介紹你們去進貨啊。陸菊人說：縣長，你真肯幫我們，你現在就寫一信，我讓人去涇河畔進貨。麻縣長高興，當下就取了筆墨寫起信來。井宗秀就問陸菊人：你腦子快，立馬就抓住商機?!陸菊人說：我覺得這黑茶在秦嶺裡有銷路。井宗秀說：我也覺得是，秦嶺裡茶行多，還真沒聽說過誰家賣過黑茶，以後銷路好了，咱們茶行不妨就專賣黑茶。真是天意，渦鎮什麼都是黑的，就該有黑茶！

陸菊人真的就派人出秦嶺去關中平原的涇河畔了，她選中了帳房和方瑞義，帳房是老帳房，為人精明穩重，方瑞義卻是原龍馬關分店掌櫃的兒子，方掌櫃去世後，陸菊人就把他們留在了茶行。選定了第三天後上路，但陸菊人偏要有風天，她有個感覺，認作有風著好，就一直捱到第五天。第五天的夜裡月亮有了暈，陸菊人就收拾了東西，翌日一早親自在茶行裡做了飯招呼帳房和方瑞義。陸菊人給帳房交代：縣長說涇河畔有數家茶莊，他的信是寫給范家茶莊的，但去了以後不一定就只去范家茶莊，而要把那裡所有茶莊都一一考察，從茶的外形、葉底、發花、香氣、湯色、口感上對比審評，選出最好的一家了再簽約合同，可以給咱們常年供貨。交代完了，陸菊人給方瑞義說：你出去看看風來了沒？方瑞義一出門，說了一句樹梢子搖哩，風就灌了口，一嘴的沙子。回到屋，呸呸了幾下，說：真個有風了！陸菊人笑了笑，卻說：你帳房伯簽約了合同就返回，你得想辦法留在那裡當夥計，好好學習從篩選、拼剁、比配、渥堆、炒作、烹汁、灌封、築制、發花、風乾、下架、檢驗一項一項工序。如果黑茶在秦嶺裡推銷開了，咱們也可以自己製作，你回來就是大師傅了。方瑞義沒想到會讓他去當夥計，說：那我去幾年呀，我得給我娘說說。陸菊人說：一年學會了一年回來，兩年學會了兩年回來，你娘我已經給她說好了，她會有人照看，我這裡月月給你工錢，一分不少給你娘的。方瑞義就給陸菊人磕頭，風把門窗已打得很響，房上的瓦也有了咯吱聲音。陸菊人說：你起來，不要給我磕頭，要磕頭咱三個都去老皂角樹下磕。這次我走的險棋，渦鎮茶行的成敗都是咱三人的事，咱們讓老皂角樹知道，也讓老皂角樹保佑了咱。就取出一個褡褳給了帳房，取出一個背簍，背簍裡是一綑棉被，一些衣服、草鞋和一隻碗，給方瑞義說：背簍你背上，裡面藏著百十個大洋，兩套衣服，一套新的一套爛的。出鎮到了龍馬關前，你們把衣服換上，新的是你帳房伯的，他是私塾先生，爛的你穿上，你不要和他一塊走，但也不能離開他，不遠不近，你是要飯的，明白吧？方瑞義說：我明白。三人出了門，風吹得塵土罩了天，街上人都抱頭鼠竄，有騎毛驢的，人和驢全斜著，而雞就滾蛋子。到了老皂角樹下磕頭，陸菊人又給方瑞義說：我的話記住了？方瑞義說：放心，我會護好錢的，一路我們就走小路。陸菊人說：要走大路！大路上人多反倒安全。方瑞義說：沒事的，還真會有土匪啦？陸菊人說：世事這亂的光是土匪？心提起來，眼睛放活。方瑞義就又磕頭，說：神樹保我，不要遇到土匪，不要遇到那些當兵的，不要遇到刀客逛山還有遊擊隊！

我出來幹啥呀？老爹說：我知道你要幹啥？老娘噢噢著又去了上房，搭條凳從梁上吊下來的繩上卸一塊臘肉，咵嚓，人和肉從條凳上跌下來。老爹在院子裡說：你急啥的，狼攆呀?!把那摞蜂箱取下一個，打開了，就篩蜂蜜，才篩出一點，就用指頭蘸著，給每個人嘴裡先抹了一下，叫嚷著給你們喝蜂糖開水！

在盧剛家住了一天，有吃有喝，井宗丞卻決定不住了，說蘭草鎮一帶肯定遺散許多紅軍戰士，咱們應該盡力去尋找帶回遊擊隊。第二天吃過一頓板栗燜雞，四人用毛驢馱了些蜂箱，扮成放蜂人去了蘭草鎮東邊的梁上。蔡太運黃三七盧剛仍以放蜂人的模樣去了南溝，井宗丞背了一個竹簍扮著採菌的去了北溝，四人約定三天後在蘭草鎮會面。北溝林子很深，人家稀少，井宗丞沿途採了好多菌，到了一處，山勢高大，河道狹窄，河中間突然有一個三間房大的巨石，竟然方方正正，上邊還長著一棵黃櫨樹。看著石下水花翻白，如是滾雪，抬頭望著山頭巉崖錯落，井宗丞想這巨石肯定是上邊跌下來的，卻不知是怎麼跌滾的，又是何年何月跌滾？天色將晚，巨石頂端的黃櫨樹上還有陽光，溝道卻暗下來，陰風襲來，井宗丞繼續往前走，一簇槲樹前就見有一戶人家，院牆全是石頭砌的，不甚高，卻長滿了苔蘚，院門關著。他近去敲了一會門，開門的是一老漢，右腮幫子有個大疤，皮肉緊綳，把嘴和鼻子就拉扯成了斜的。井宗丞說他是採菌的，路過這裡想討碗水喝。老漢返身進去端了一搪瓷缸子熱水，井宗丞喝了，驚奇這深山老林裡還有搪瓷缸子，搪瓷缸子上沒有五角星，但明顯是砸掉了，露出一塊鐵皮，就說：能讓我進去歇嗎？老漢讓他進去，院子很小，北邊三間土屋，西邊一間草棚，東邊空著，盤了座石磨。進了土屋，鍋台後的土炕上坐著一個女的，年紀比老漢小了許多，像是其女兒，但蓬頭垢面，見井宗丞看她，立即低了頭，拉被子就睡下了。井宗丞不好再說什麼，請求能借住一晚上。老漢說：有老婆了。看了一眼那炕上的女人，再說：要是沒老婆，我讓你睡的。井宗丞這才證實那女人是老漢的老婆，這麼又老又醜的男人怎麼有這麼個老婆，心下就猜疑了許多，便說：我睡那草棚行嗎？老漢說：睡草棚呀，你採了多少菌的？井宗丞明白，就說如果能讓他住一夜，這些菌就分一半。老漢高興了，對炕上的女人說：晚上我給你熬菌湯，喝了感冒就好了。把竹簍裡的菌拿出來揀著，說這是蛋環菌，這是雞冠菌，這是猴頭，羊肚，哎呀，你還能採到牛肝菌呀！卻扔出一個，說：這紅蘑是有毒呀，這鵝膏黃也不敢吃！你怎麼採這些？井宗丞趕緊說：我知道這幾樣吃不得，採回去曬乾研粉了毒老鼠呀。老漢說：老鼠精得很，它才不吃的，給牛拌料吃了能毒肚裡蟲哩。

井宗丞在草棚裡收拾窩鋪，女人出來了，她是去了院角的廁所，見井宗丞在擦著一塊磚上的土要做枕頭，她從廁所牆外的掃帚上取下晾著的一件破衣裳，扔了過來，說：你墊上。秦嶺裡的人睡覺都是枕磚枕石的，從沒再墊什麼布的，井宗丞就問了一句：你不是當地人？女人沒有回答就進了上屋。

這一夜裡，井宗丞睡下後一直在想著怎麼進一步證實這女人是遺散的紅軍，又怎麼能讓她相信他是要來尋找遺散的紅軍的，而上屋裡就傳來打鬧聲，打鬧得特別厲害。井宗丞爬起來從上屋窗縫往裡看，屋裡櫃檯上點著一盞油燈，忽明忽暗如是鬼火，那老漢光著身子竟凶得像狼一樣在那女人身上又啃又摳，然後就使勁打。井宗丞頓時憤怒，拍打窗戶，老漢並不停止。井宗丞便踹門，沒有踹開，老漢吼道：她是我老婆！井宗丞說：是你老婆能這樣待她?!老漢說：我買來的她不叫我×？井宗丞幾乎要掏槍斃了這個醜男人，但他把門踹開了，把槍又藏在懷裡，只一拳就將那老漢打倒在地，拾起個凳子要往頭上砸。那女人卻在說：你不要打他，他是救命的，我娘家哥和妹全靠了他才落腳下來的。井宗丞把凳子扔了，說：你是什麼人？那老漢竟爬起來從屋角拿了一把斧頭，井宗丞就往外跑，女人在喊叫：我哥我妹在前邊的溝岔裡！

井宗丞已經八成猜出這女人就是遺散的紅軍，他沒有再進上屋和老漢打拼，先穩住，就跑去了前邊的溝岔，那裡也有三間土屋，裡邊住著三個男的一個女的。井宗丞直接亮了身分，果然這四人也都是遺散的紅軍，其中一個叫元山的告訴說，他們五人都是在山林裡先後遇到的，一塊在山裡跑，沒吃沒喝也尋不著出山的路，就在這條溝裡碰上了錢老大。錢家兄弟兩個都是光棍，房子也不在一塊，而錢老二去年上山挖山藥滾坡死了。白秀芝便給錢老大當老婆換了幾袋糧食，他們也以白秀芝的兄妹的名義住在錢老二的土屋。井宗丞要帶他們參加遊擊隊，他們當然高興，當下把所有糧食都帶了，還要把白秀芝也帶走。天亮時，五人再到錢老大家，井宗丞沒露面，錢老大倒熱情稱呼他舅他姨，元山他們也不回話，拉了白秀芝就走。錢老大急了，抱住白秀芝，元山就說他們都是遊擊隊的，要回遊擊隊呀。錢老大說：我不管遊擊隊不遊擊隊，要回你們回，我只要老婆！雙手抱住白秀芝的腿，怎麼掰都掰不開。元山就用刀砍錢老大的手腕子，手腕見了白骨，錢老大鬆開了，元山拉了白秀芝就跑出來。六人到了溝畔，井宗丞卻突然問：剛才你們暴露了身分沒？元山說：說了我們是遊擊隊的。井宗丞說：他會不會出溝去告密？元山說：那得滅了他。白秀芝說：那是個可憐人，他不會吧。元山說：他可憐又可恨！白秀芝沒再言語。大家繼續往前走，過一條小河時，元山和井宗丞留在後邊，一嘀咕，二返身去了錢老大家，錢老大還倒在屋裡呻吟，兩人尋了一節葛條，把錢老大勒死。

四天後，六人到了蘭草鎮北梁的山神廟，見到蔡太運黃三七和盧剛，他們也各自找到數人，這些人全都扔了槍枝，不是在炭窯上給人燒木炭，就是為人做短工，或者乞討要飯，全都面黃肌瘦，長髮破衣，形如餓鬼，見了抱頭痛哭。連同他們四人，總共二十人，還有那頭毛驢，馱了蜂箱又馱了帶來的糧食，以及一隻鍋十隻碗，前後分作三撥往西走，天黑到鷂子川的雙塔河，進了一條溝，在溝畔的三間爛土窯裡過了一夜。黎明翻山時，發現遠處的山梁上有人影走動，蔡太運先去偵察，見是保安，返回來讓大家分開隱藏，待到月亮出來再上山。這一夜，陰冷潮濕，褲腿都是濕的，根本無法睡覺，又不能生火，蔡太運就砍了藤蔓在兩棵樹中間結了網，讓兩個女的睡在裡邊，而男的全擠在三個大石板上。又擔心驢叫喚，用繩綑了驢嘴。井宗丞和黃三七睡的石板距蔡太運他們較遠，黃三七一會起來一會躺下，井宗丞低聲說：你煩不煩呀?!黃三七說：你也睡不著？那姓白的是你在哪兒找著的？井宗丞說：睡你覺！黃三七說：她比那姓劉的秀氣。她受傷了嗎，我白天見她腳面上有血，那腳脖子恁白的。井宗丞說：不是受傷，是來那個了。黃三七說：來了啥？井宗丞說：你屁都不懂。黃三七說：我是不懂，長這麼大了還沒見過×哩。井宗丞一把將他按在石板上，說：你狗日的別有瞎想法呀，她是紅軍，是戰友！黃三七臉在石板上蹭得疼，說：我還不能說嗎？自己人不×自己人，我知道。重新睡下，黃三七又起來去尿尿，半天不回來，井宗丞扭頭看時，黃三七並沒有尿，而是拿眼盯著藤蔓網裡的白秀芝，手在磨搓襠裡的東西。井宗丞拾起土疙瘩打過去，自己就彎過頭睡了，黃三七過來也睡了，沒有說話。

翻過了鷂子川，山更大樹林子更深，安全是安全的，但不辨了方位，迷了路，幾天都沒有走出去。蔡太運又把二十人分成三組，一組從左手方向往出走，一組從右手方向往出走，誰如果尋到路了，就鳴槍，一組先留在原地，聽到槍聲再向槍響的方向走。元山帶著兩個女的和黃三七盧剛分在留下來的一組，黃三七對兩個女的很殷勤，問姓劉的：你是哪裡人？姓劉的說：四川人。黃三七說：哦。又問白秀芝：你是哪裡人？白秀芝說：湖北人。黃三七說：我也是湖北人，咱是鄉黨。盧剛罵道：你哪是湖北人？你三合縣黑溝的！黃三七說：黑溝我們那個村都是爺輩從湖北逃荒出來的，當地都叫我們是下河人知道不?!黃三七又去拔了許多草編了草環帽，給白秀芝頭上戴了一個，給姓劉的頭上戴了一個，嚷嚷著戴了既能偽裝又把臉襯得好看。就還到周圍找花，找到一棵金櫻子，金櫻子開著一朵白花，把白花折下來要給白秀芝的草環帽上插。插的時候把三個花瓣弄掉了，就不插了，說再折別的花，卻把殘花要給姓劉的，姓劉的生了氣，把花扔了，把頭上的草環帽子也摘下來扔了。元山和盧剛就哈哈笑，元山說：黃同志，你不應該到遊擊隊來。黃三七說：我咋不能到遊擊隊？元山卻不再說了。黃三七一時臉上掛不住了顏色，去把蜂箱從驢背上卸下來，再把糧食埋在一棵樹下，又用樹枝掃出一塊平地，天就黑了。平地上三個男人睡在外邊，兩個女的睡在裡邊，一夜樹林子裡各種鳥鳴獸吼，都嚇得睡不著，也不敢睡著，就起來生篝火。天亮後去重新把蜂箱和糧食袋子往驢背上綑，才發現蜂箱已破成碎片，裡邊的蜂蜜全被黑熊吃了，而埋在樹下的糧食也沒了，旁邊有豬蹄印，知道是野豬偷吃了糧食。到了中午，尋路的兩組竟然又轉來轉去地轉了回來。井宗丞和蔡太運見沒了蜂箱和糧食，大罵盧剛和黃三七，黃三七還強嘴，蔡太運連搧了他幾個耳光。

沒有了糧食，大家就在山林裡尋吃的，挖野菜，摘木耳，採菌子。這一帶的菌子只有一種叫樹花的，有輕度的毒，要在水裡泡上一晌午了才能煮了吃。而褲襠果能吃，它開花是並生一起的，太陽照射了開放，天一陰雨就閉合，漿果鮮紅透亮，也是人字形。鵝兒腸的莖能吃，它下半部貼地如葡萄狀，上半部上升，葉子沒葉柄，但吃起來多少有些石灰味。狗筋蔓的花能吃。刺龍包的芽子能吃。黃三七在亂石堆裡見到一種草，果實如雙生刺刀形，摘下來嚐，味道甜甜的，就吃了三四顆，沒想褲襠就頂了起來，看著白秀芝眼睛發直。盧剛問怎麼啦，他說身上像著了火，憋得很。盧剛問吃什麼了，黃三七說了吃過的野果形狀，盧剛說你這是吃了隔山撬。黃三七問什麼隔山撬，盧剛說這是壯陽果。黃三七說：那咋辦？盧剛出主意尋驢去，黃三七竟真的把驢拉到樹林深處去了。沒想這事讓蔡太運看見，發了火：人餓得前腔貼後腔，你他娘的還有這勁？嫌傷風敗俗，又擔心他會對兩個女的有了不軌，再加上是他讓大家喪失了糧食，就要槍斃了他。井宗丞阻攔了，說：這不是他德行不好，他誤吃了隔山撬。既然他那麼大的勁，讓他出去探路。蔡太運又擔心讓他去探路，或許他會逃跑，就又派盧剛一塊去。

黃三七和盧剛一走，蔡太運和井宗丞殺了驢，驢已經瘦成了骨頭架子，沒有多少肉。生火燒水煮的吃了一半，將剩下的一半掛在樹上，計畫著過幾天了再吃，半夜裡來了豹子，井宗丞開槍打，沒打著，豹子倒把那一半驢肉叼走了。

黃三七和盧剛是第三天返回來的，說翻過左手那邊的山梁，再下溝，順溝河走，又會回到蘭草鎮，而逆溝河一直通到大嘉山，那裡全是原始森林，進去了根本出不來。溝裡有三條岔，一條是死岔走不通，另兩個岔是左右雙岔，左邊的岔也是死岔，只有右岔進去翻一道梁了就是泥峪溝，可以出去。他們在泥峪溝遇到一個山民，山民講游擊隊就是從泥峪溝的蟠龍峽經過的，沿途見有高院牆的人家就翻牆進去要糧要錢，給了糧錢的都不殺，不給糧錢的就殺人，殺了人用血還在牆上寫著游擊隊阮天保。保安隊也一路追過來。大前天晚上游擊隊到了青瓦寨，把一戶財東殺了，正殺豬要吃肉喝酒呀，保安隊就包圍了，槍打了一夜，保安隊死了七人，游擊隊死了十二人，姓阮的沒有捉住，現在泥峪溝一帶各村都貼了緝拿阮天保的布告。井宗丞和蔡太運聽了，罵阮天保太張揚，也遺憾離阮天保他們並不遠的都沒有會合，便帶了大家往泥峪溝去，但沒敢順著泥峪溝走，從旁邊一個山梁上去，沿梁走了十幾里再到另一條溝，又走了半天，看見了一座廟院名叫淨土寺。盧剛這才說：這地方我知道了，這下邊的溝叫謝巴子溝，出了溝是野狐坪，我一個遠親就住在那裡。

趕到野狐坪，盧剛的親戚見來了這麼多人，給做吃了一頓飯，又炒了一麻袋的包穀和黃豆，就安排他們要到他家後山崖壁上的石窟裡躲藏起來。從他家到後山崖要經過一家大戶門前，大戶家有四五個護院，三桿槍，其丈人在泥峪溝被阮天保殺了，對游擊隊恨之入骨，如果讓他們發覺了就不得了呀。他們是半夜裡悄悄從大戶家門前的河灘繞過去，就住到了石窟。盧剛的親戚進石窟時還抱了一堆槲葉，再三叮嚀：住下了千萬不要出石窟走動，他打探到游擊隊的消息了會來報信的，石窟裡不能生火冒煙，就吃炒包穀炒黃豆，口渴了後窟石縫裡滲水，接了可以喝，尿尿隨便，要拉屎，就拉在槲葉上，拉完了，提起槲葉四個角扔下崖去。盧剛的親戚一走，井宗丞對蔡太運說：那大戶家有三桿槍呀！蔡太運說：我也正要給你說這事，他憑啥有三桿槍?!兩人在半夜裡悄悄出洞，被黃三七發覺了，問：到哪兒去？帶上我。井宗丞說：又睡不著了？黃三七說：眼不見心不亂，偏偏白天一塊走，晚上睡一個窩，我真怕犯錯誤。井宗丞說：那就跟著走。三人下了洞，黃三七才問去幹啥，蔡太運講了去搶槍，說：都沒叫上盧剛，你去了要機靈些。黃三七說：這夥人裡還有誰比我機靈？三人是雞叫時摸到大戶門前，院門關著，撬門會響，黃三七就掏尿在門軸窩尿，再用刀撥門關，門再沒響。進院先把上房門的門栓用柴棍插住，到了東廂房，炕上睡了三個護院，都是頭朝炕沿，枕著一塊磚，牆上掛著一桿槍，黃三七先收了槍，蔡太運從一個護院頭上抽出磚，那護院醒了，但磚已拍在頭上，腦門就裂開了，又挨個去拍另兩個，另兩個都一聲沒吭死了。出了東廂房到西廂房，炕上也睡著兩個護院，牆上掛著一桿槍，蔡太運取槍時，一個護院醒了，井宗丞拿槍托砸了一下，護院喊了聲：有……井宗丞再砸了一下，嘴陷進去，要喊出的話再沒有喊出來。而另一個護院睜了眼又閉上裝睡。井宗丞故意用指頭彈鼻子，他就是不醒，說：那你就好好睡著。竟然不理了。黃三七把收來的兩桿槍背著，又把槍栓卸下來揣在懷裡，說：不滅他啦？井宗丞說：他睡著。黃三七說：他肯定裝睡的。井宗丞說：裝睡了就叫不醒。只收了兩桿槍，還差一桿槍，就踹開上房門，上房是睡著當家，聽到響動已經披了衣服到了中堂，見門被踹開，大聲喝問：誰？誰？來土匪啦！井宗丞說：不是土匪，是遊擊隊。當家又喊：來人呀，阮天保遊擊隊搶劫了！井宗丞也不在乎了他叫喊，說：聽說你有三桿槍，還有一桿在哪兒？當家這才清醒護院被收拾了，就求饒，說就兩桿槍，再沒有了。蔡太運見櫃檯上有一把錐子，一下子戳在當家的腿上，當家嘰吱哇啦地叫，而臥屋裡卻起了女人的哭聲，黃三七就撲進去。當家的還是說再沒有槍，蔡人往方家河村去。臨出發前，井宗丞還在問盧剛的親戚：那家大戶是有三桿槍？盧剛的親戚說：恐怕是兩桿吧。井宗丞說：你不是說過有三桿槍嗎？怎麼又成了兩桿？盧剛的親戚說：我多說一桿是讓你們小心點。井宗丞說：那你讓我多殺了一條命。途中又路過大戶家，大戶家的兩個媳婦就在院子裡的蘿蔔窖坑裡埋了當家的，抱著小孩跑得沒影沒蹤，就見門窗大開，有條野狗在刨著土丘，啃著露出來的一條腿。井宗丞開槍打死了野狗，幾個人把土丘挖開，重新深埋了當家。井宗丞說了句：你不該死的……儘早托生吧，來世別再當大戶。又提了那隻打死的狗，往土丘上帶血，要死者不要做鬼了來糾纏他。

到了方家河村，村是個大村，南北的房子排列得很長，中間算是個街道，據說每七天有集市，周圍的村人都來交易。但街道太窄，門面房裡都擺著山貨特產，這邊的人咳出痰來能呸到那邊牆上，那邊人放了屁，聲音能傳到這邊。街道上走動著遊擊隊的人，同時還有許多眼生的人，但也背著槍。井宗丞一打問，原來秦嶺遊擊隊和山外平原遊擊隊五天前才在方家河村會師的。兩支遊擊隊來會師前，沿途都打了幾仗，秦嶺遊擊隊先在棋盤山伏擊了六軍的五輛卡車，打死十二個敵人，繳獲了一批槍枝彈藥和帳篷被褥，但阮天保他們打泥峪溝打死了七八個保安，同時遭到襲擊，損失了二十五人，平原遊擊隊在廟檯子村與六軍一個團遭遇，戰鬥打了一天一夜，消滅敵人二十二人，自己犧牲了二十人，繳獲了兩挺機槍，三十支步槍，還俘虜十六人。但行軍時部隊在前，押解的俘虜在後，有兩個俘虜趁押解員彎腰繫鞋帶時，突然奪了槍掃射，前邊的部隊立即轉過身來回擊，打死了十一個俘虜，有三個趁機逃跑。據剩下的兩個俘虜講，逃跑的三個俘虜中其中就有敵團長，他換了衣服，裝扮成了伙夫。平原遊擊隊長叫夏開軒，他為此事非常遺憾。更遺憾的是這支遊擊隊成員大都第一次進秦嶺，不懂得對山神的敬畏和有關防範，因在山神廟裡尿尿，或在山上亂講滾字而真的跌崖摔死了六人，被山上落石砸死二人。夜行時打草驚蛇被蛇咬死三人。遇到土蜂不趴下而亂跑被蜇死一人。誤食毒蘑菇而死五人。蔡一風對蔡太運和井宗丞出色完成護送紅軍首長的任務，又帶回了十六名潰散的紅軍戰士，給予了嘉獎。獎給了蔡太運一支繳回來的手槍和一隻手錶，問井宗丞：你想要什麼？這裡有一支短槍和一條寬皮帶。井宗丞蹴在地上，說：都要。旁邊的阮天保說：井宗丞，首長給你嘉獎哩，你架子大的不站起來！井宗丞說：我站不成。蔡一風說：受傷啦？井宗丞說：我打仗啥時受過傷？蔡一風說：站起來！井宗丞站了起來，往左邊跨了一步，褲襠爛著，吊出來了塵根。原來他在山林時褲襠就掛破了一個口子，但口子小，還不礙事，來見蔡一風時從一個土坎上往下跳，跳下來滑了個馬步，褲襠就撕扯破了。蔡一風笑著說：天保，你褪下一條褲子給宗丞。阮天保穿了件黃呢子軍褲，褪下一件，裡邊還套著一件黃呢子軍褲，說：繳這褲子也不容易，我不能白給，你帶回的二十人得給我，我們隊傷亡大，得補充補充。井宗丞穿上了呢子軍褲，說：天保，一條褲子就換二十個人呀？阮天保說：你的就是我的，我的就是你的，咱們不是穿一條褲子嗎?!

調集平原遊擊隊到秦嶺來，是西北工委和秦嶺特委的決定，兩支遊擊隊會師在了方家河村，西北工委的代表宋斌和秦嶺特委的代表安朝山就在方家河村召開了兩支遊擊隊分隊長以上領導會議，傳達了西北工委的命令，整編兩支遊擊隊成立紅十五軍團。於是，宋斌擔任軍團長，原秦嶺遊擊隊蔡一風任政委，平原遊擊隊夏開軒任參謀長，蔡太運任副參謀長，下設五個團，井宗丞、程育紅、阮天保、張福全、劉立誠分別擔任一至五團團長。

剛成立了紅十五軍團，蔡太運卻病了，渾身發冷，關節疼痛，都以為是傷風感冒，先做了胡椒拌湯讓喝了，蓋上三床被子捂汗，井宗丞還打趣說：病了好，吃好的能美美睡上幾天。但三床被子蓋著，蔡太運還是冷得打顫。又用瓷片劃破眉心放血，冷是不冷了，卻又發燒，蔡太運喊叫：被子著火了，被子著火了！蹬開了被子，還要把腳放到水盆裡。井宗丞知道這是燒糊塗了，忙問什麼地方有郎中，第四團的張福全說他的團裡有個醫生。把醫生叫來診治，就給蔡太運打了一針，沒想燒沒有退，人就完全迷糊了，做出許多怪異動作。他喊叫井宗丞，井宗丞說：我在哩，想不想喝水，我給你沖些蛋花水還是蜂蜜水？蔡太運卻說：來了這麼多人要打我，你怎麼不開槍？開槍！快開槍呀！井宗丞說：哪兒有人？我在這兒誰敢打你?!蔡太運突然躬起腰，雙手死死抓住炕圍子，而他的半個身子已經在炕沿外，說：我就不下去！咬牙切齒，粗聲喘息，似乎是跟何人在搏鬥。幾次他被推下炕了，又雙腳勾住炕圍子另一頭，奮力抗爭，整個身子又挪到炕中間。井宗丞不知這是怎麼啦，趕緊抱住蔡太運，但蔡太運還在掙扎，並且腦袋一直往後仰，好像是被誰掐住了脖子，手腳就無力地抖動。井宗丞喊：太運，太運，你醒醒！蔡太運的喉嚨發出咯唧一聲，眼睛就瞪起來，沒了氣息。

蔡太運就這樣死了，井宗丞命令把那醫生叫來，去的人回來說醫生逃跑了，再追問張福全這醫生怎麼就逃跑了？張福全這才說醫生是他們在襲擊六軍時俘虜過來的，後悔不迭是他請醫生給蔡太運看的病，狗日的醫生這是誠心害了蔡太運啊！蔡太運的死驚動了紅十五軍團所有人，而原秦嶺遊擊隊的人都痛哭流涕，對平原遊擊隊的人產生了怨恨和猜疑，而原平原遊擊隊的人則議論蔡太運死在井宗丞的懷裡，聽說兩人是秦嶺遊擊隊平起平坐兩個分隊長，整編後蔡太運做了軍團副參謀長，他這一死，井宗丞該補缺了。這些議論並沒有說井宗丞致死了蔡太運，也沒有說蔡太運任了副參謀長而井宗丞心生不滿。但閒言碎語又傳到原秦嶺遊擊隊人的耳裡，好多人不免也生出許多想法。井宗丞親自為蔡太運辦理後事，設靈堂，燒紙錢，穿壽衣，入殮，最後選在村西頭一棵野核桃樹下埋葬。他熬得兩眼乾疼，上嘴唇起了疔，一擠，半個臉都腫了。隆著墳丘，一個原秦嶺遊擊隊的人拿來兩棵樹往墳前栽，問：栽的啥樹？那人說：左邊的黃連木，右邊的是樸樹。井宗丞說：要栽栽松樹柏樹的。那人說：劉排長說黃連木也叫楷樹，樸樹也叫模樹，蔡副參謀長是我們的楷模。劉排長是蔡太運的部下，也是同鄉，井宗丞哦了一下，說：他倒懂得多。那人卻說：那醫生說逃跑了就逃跑了？你得追究這醫生是怎麼就到了紅十五軍團，又怎麼就能來給蔡副參謀長打了一針?!井宗丞說：我想了，張福全團長是好心，那醫生打針與死也無關，算了。那人說：唉，蔡副參謀長死得冤，你也應該讓大家穿白戴孝麼。井宗丞說：這是部隊，又是啥地方啥時候？你可以在這裡哭麼！井宗丞覺得話不好聽，不再理他，那人竟又說：他是能打，秦嶺遊擊隊裡就他能打仗，他死了也好，他死了你就不和他爭了。井宗丞臉一下子黑起來，說：你是誰？那人說：我是劉排長的三班班長。井宗丞說：屁！你是說我盼不得蔡太運死嗎？蔡太運死我高興了嗎？狗日的真是以小人之心度君子之腹！那人說：這不是我的話，我只是轉說劉排長的話。井宗丞說：他說這話想幹啥，證明他能說公道話？顯示他對蔡太運忠誠？還是想蔡太運一死了趁機提拔了他當副參謀長？罵走了那人，井宗丞愈想愈氣，估摸劉排長一夥人必然在散布這些話的，就給蔡一風說自己的委屈，指望蔡一風出面消除這些不正之風。蔡一風說：什麼時候了還有人挑這個是非？這話別理，你待蔡太運怎樣我們心裡都明白。蔡一風並沒有去追查劉排長和那個班長，只是三天後，他和宋斌、夏開軒商議，就任命了井宗丞當副參謀長。

但是，紅十五軍團在如何粉碎敵人的圍剿，確立今後的行動方案上，意見發生了衝突。以蔡一風、井宗丞為首的原秦嶺遊擊隊人認為，部隊應該向秦嶺東部發展，秦嶺東部的群眾基礎好，地理環境又熟悉，便於靈活機動地與敵軍周旋。而宋斌、夏開軒和阮天保他們卻認為紅十五軍團已經不是過去一個秦嶺遊擊隊了，以前的流寇式行動難以給敵人有效打擊，不能大量地消滅敵人就不能完全地保存自己，應該向西南發展，那裡的幾個縣都比較富裕，可以聯合逛山，攻打占領一個到兩個縣城，成為自己真正的一塊革命根據地。雙方爭執不下，宋斌難以拍板定奪，就採取了一種折中：先派人去聯合逛山，如果聯合成功就向西南去，若聯合失敗便向東。聯合逛山的任務最後交給阮天保。

阮天保帶了邢瞎子，便去了麥溪縣，邢瞎子又找到他舅舅，經多方打聽，得知前不久六軍在高橋村和逛山打了一仗，逛山死了二十人，逃到了老巢達子梁，隨後縣保安隊又在逛山梁廣的老家活捉了梁廣的父母，用二十條狗活活將其撕碎吃掉。阮天保和邢瞎子就直闖達子梁，說明來意，梁廣正要借力復仇，同意紅十五軍團來達子梁。阮天保帶回消息，令宋斌十分高興，率部隊向西南轉移，四天五夜到了達子梁下十五里的欒莊，再讓阮天保去通知梁廣，說是去通知，實則是要梁廣來接迎，但阮天保去後，梁廣卻告訴紅十五軍團就駐在欒莊，後天晌午他帶人和紅十五軍團長官在欒莊東的石佛廟村會面。阮天保有些生氣，說：不是說好聯合，讓紅十五軍團來達子梁嗎？梁廣說：是聯手，不是聯合。神指示在石佛廟村會面，再說達子梁地方小，我們待著都狹窄，你們來了，山泉也沒那麼多水喝。

達子梁是一座孤山，土少，沒樹，人家集中在山頂，房子院落又相互連通，鑽這個拱門，穿那個夾道，常常是從東邊進村從西邊出村，或者就在村子裡拐來拐去不辨方位。達子梁原有六十戶人家，逛山占據後，六十戶人家男女老少又全部成了逛山。逛山們手上都少一根指頭，是經巫師念了咒後用刀剁的。巫師有三人，都是神靈附體，能看天象，能抬轎。抬轎也就是用木頭做成一個小轎狀的箱子，兩人閉了眼抬起來把轎的一條腳不停地在一桌面上敲打劃字，誰也看不見劃的是什麼字，但抬轎人知道，一個字一個人念出來，旁邊的另一人記在紙上，竟然都是順口溜。他們凡是有什麼人生病，神就開藥方，凡是有重大決策，神就下指令，他們從來深信不疑。

阮天保返回欒莊轉達了梁廣的話，蔡一風井宗丞就破口大罵逛山是幾十年的土匪了，哪會有聯合的誠意。宋斌卻笑道：他們是害怕咱們吞併麼，既然他們害怕，這事情就好辦，到石佛廟村會面就會面，他們想借力咱們，咱們也要借力他們，聯手就聯手，先粉碎了六軍的圍剿，他逛山到了咱們的案板上，肉怎麼切還不是由咱們嗎？第三天，宋斌、蔡一風、夏開軒和梁廣在石佛廟村見了面，梁廣先在村裡埋伏了幾十人，見宋斌他們三人沒帶一兵一卒，也就撤了埋伏，然後研究聯手事宜，商定各在各地駐紮，每日雙方派專人聯絡，一方面籌備糧草，加強備戰，一方面雙方組成偵察小組，查清六軍動向後，再統一行動。

六軍也獲得紅十五軍團去了秦嶺西南方向的情報，但並不知道紅十五軍團在聯手逛山，他們隨即攆來，就占領了棒槌鎮。棒槌鎮在三合縣南三十里的朱雀峪口，因山像豎立的棒槌而得名。偵察小組發現在三合縣到棒槌鎮中間有個駱駝項，公路一邊臨河，一邊是梁。梁三裡處又有一條河斜插下來，河上有一石橋，路就急轉了彎，六軍駐紮到棒槌鎮後，每日還有汽車從縣城拉運糧草。情報傳回來，宋斌、蔡一風、夏開軒便和梁廣做出決定，在駱駝項打一次伏擊。於是，制定作戰方案，紅十五軍團的人夜裡埋伏在公路急轉彎前邊的梁上，逛山他們埋伏在公路急轉彎後邊的梁上，一旦有敵軍或敵軍車輛進入，前邊的封鎖，後邊的關閉，兩相夾擊。出發的那一夜，天下起了雨，走不到五里，雨愈來愈大，白茫茫一片，前邊一丈遠都看不清楚，行軍不能點火把，即使點火把也點不著。沿著河畔往裡小跑，河道漲了水，梁上也往下滾落石頭土塊，有人就失足掉進了河裡，有人就被落石砸傷。紅十五軍團的人已經過去，井宗丞帶著幾十人斷後，他們抬著一門土炮，這也是紅十五軍團僅有的重武器，距駱駝項還有一里地，一股子泥石流下來，偏不偏將八個人一下子埋沒了，其中四個人還抬著那門土炮。土炮露出一半順著泥石漿往下去，井宗丞急了，叫喊著讓人快拉土炮，土炮沒拉住，把那跑去拉土炮的三人也帶走了。而警衛員攔腰抱住了井宗丞，井宗丞沒有被沖走，警衛員急忙抓住一棵樹，將腿蹬在一塊石頭上，喊：踩我腿過來！井宗丞踩著警衛員的腿剛跳過來，那棵樹就倒了，警衛員一下子沒見了。已經走到前邊的人見後邊的人沒有跟上，蔡一風返回來，見泥石流很大，就給井宗丞喊，上細辛能提味哩。元小四說：還燉豬蹄燜雞呀，這一仗還不知死活哩。井宗丞低聲罵道：狗日的沒出息，仗還沒打哩就不活啦？打仗就要活著，不活著打的毬仗?!元小四說：就是活著，哪兒有豬蹄和雞的？井宗丞說：你好好打，打完仗了，我來解決。元小四說：我吃一碗。井宗丞說：給你兩大碗公。元小四說：你說話算數啊！井宗丞卻突然說：槍響了？大家的耳朵都奓起來，果然遠處有了槍聲。井宗丞就帶著大家抱了炸藥包往橋上跑。跑到橋上，極快地把炸藥包綑在了橋石欄上，又覺得綑在橋石欄上如果只炸飛了石欄而炸不塌橋面咋辦，就又抱了炸藥包往橋下去，看到橋下兩頭有橋墩，把炸藥包放在一頭橋墩台上，還是擔心橋墩太結實炸不動，而橋是石拱橋，炸中間肯定能成，可那下邊無著落，安放不了炸藥包，只好又跑上橋面。井宗丞在這時候非常自責，覺得自己事前沒考慮好，他就先把自己扛的炸藥包放在橋面中間，遠處的槍聲已響得像爆豆一樣，就喊：快！快！十幾包炸藥堆在了一起，得留下一個人點導火索，其餘的就撤，元小四說：我來點，我跑得快。給我一支紙菸！錢會社和元小四都吸菸，但錢會社一有錢就買紙菸，而元小四很少買紙菸，只買火柴，他天晴下雨都用油紙包了火柴藏在懷裡，錢會社想吸菸了拿個火鐮總是打不出火，他就把火柴劃著遞上，趁機也討一根紙菸來吸。錢會社給元小四了一支紙菸，大家都撤了，元小四喊：往那崖洞子裡跑，給我留個地方啊！火一劃亮，先吸著紙菸，再拿菸頭對著導火索點了，撒腿就跑。但人都跑到崖洞裡來了，那一支紙菸都吸完了，炸藥沒有響，而槍聲愈來愈緊，且愈來愈朝這邊來。井宗丞說：咋還沒響？要帶人從公路上堵截過來的敵人，又不能在炸藥沒爆炸前就跑上公路。元小四說：火滅了?!井宗丞罵道：你他娘的只顧吸菸哩，你壞大事！元小四拿了火柴，再沒問錢會社要紙菸，二返身再往橋上跑，他以為自己剛才手抖得厲害沒點著導火索，剛跑到炸藥包前，咚的一聲巨響，天搖地動，崖洞裡的人全都震得倒在地上，耳朵什麼也聽不見了，看著石橋上煙火籠罩，土石飛濺，突然間什麼都沒有了，而一塊布在空中飄，後來就落下來，掛在已折斷的鵝掌楸樹茬上，那是元小四褂子的前襟。

從公路上逃竄過來了十幾個人，跑到了橋邊，發現橋沒了，就往左手的坡梁上跑。井宗丞他們一齊開火，八九個敵人當場被打死，還剩了三四個就往河裡跳。河谷很深，跳下去也是死。井宗丞喊：甭管甭管，順公路往回打。所有人就往回打，眼看著敵人一窩蜂跑過來，梁上的人邊跑邊往下射擊，有滑溜下來的，有滾了下來的，一哇聲地吶喊，井宗丞他們也吶喊著往過跑。竟然倒在路上的敵人有一個並沒有死，抓槍打死了兩個戰友，井宗丞朝那敵人連開了三槍，把腦袋打沒了，蹦出一條舌頭，他從沒見過蹦出來的舌頭足足一大拃長，喊道：查屍體，查屍體，看有沒有活的！他們就沿途用槍挑翻著敵人的屍體，見那些斷腿的、受了傷還裝死的，就再打死，後來也不管死了還是沒死，凡是見腦袋完整的都補一槍。待跑到轉彎前，那裡停著十二輛汽車，到處都是屍體，逛山的人正從汽車上往下搬東西，紅十五軍團的人也都去車上搬東西，井宗丞他們擠不到汽車跟前去，就在地上撿槍，然後在屍體身上找有用的東西，沒有可用的東西了，如果衣服鞋子還好，就剝了衣服，將腰裡的草鞋扔掉，換上皮鞋或者布鞋。

這一場伏擊取得了勝利，共打死敵人八十人，燒毀敵汽車十二輛，繳獲長短槍三百支，被服二百套，麵粉八十袋，大米六十袋，大肉三十扇，雞二百隻，以及大量的油、鹽、花生、豆腐乾、竹筍、木耳。但紅十五軍團死亡十一人，五人受傷。而逛山斷後，基本沒有傷亡，又最先卸的軍車，拿走了全部物資的三分之二。蔡一風夏開軒井宗丞對逛山的行為意見很大，要前去質問，平分物資，宋斌制止了。當天晚上各自回到欒莊村和達子梁，紅十五軍團有酒有肉地吃了一頓，井宗丞特意在地上畫了個圈，放了兩碗肉，說：元小四，這是肥肉塊子，比燉豬蹄燜雞還好，只是沒放細辛，味道會差點，你慢慢吃。說完，他死死盯著擺在碗上的筷子，他覺得筷子在動。

★

帳房從平原涇河畔的范家茶莊運回來第一批黑茶，渦鎮人喝了沒有不說好的，很快就銷售一空。第二批貨運來，陸菊人就批發到六個分店去，回饋回的也都大受歡迎。陸菊人也就下了決心，讓范家茶莊每年給渦鎮發來五百擔，同時，每次送茶的騾隊來，都給方瑞義捎些東西，要麼是褡褳或麻鞋，要麼是臘肉或豆腐乾，不值錢，但全是渦鎮的特產和工藝，意思陸菊人明白，方瑞義更明白。

六個分店第一個月贏利幾乎是以往半年的總和，陸菊人就將一千大洋先交給了井宗秀，井宗秀十分高興，要請陸菊人和花生吃飯。飯訂在麻記火鍋店，井宗秀端酒敬陸菊人，一口一個夫人，說他沒有委託錯人，讓陸菊人當總領掌櫃是他除了建立預備旅外最可驕傲的事。陸菊人說：你別誇我，我只是進了黑茶，至於以後經營得好與不好，我也吃不准，這陣你誇我，別掙不下錢了又該罵我和花生了。井宗秀說：你這話就說得自信啊！陸菊人說：沒牆還安個什麼窗子？這我得謝你的！井宗秀說：謝我?!陸菊人說：在外你是旅長，我是賣茶的，到這兒了，我是你嫂子，你是兄弟，那我問你，你嫂子待你親吧？井宗秀怔了一下，忙說：親啊，這我知道。花生在火鍋裡才夾出一片肉，肉就掉下去了。陸菊人說：這話我以前咋都不會說的，花生花生，把肉夾起來，你吃著肉姊給你說，一個人對一個人器重也好，喜歡也好，感到親了，自己就會發現自己的能力。花生說：嗯，嗯。陸菊人就嘿嘿地笑了，說：我謝你讓我待你親，有時也想，我待你親什麼呢，其實我還是待我的想法親，在楊家十幾年了，我有一肚子想法，卻亂得像一團麻。現在我是把這團麻理順了，我才知道了我要什麼，什麼是能要來的，什麼是要不來的，也就理順了我該咋樣去和人打交道，咋樣去幹事。井宗秀認真地聽著，點了頭，說：你還記得我給你的那個銅鏡嗎？我後來倒愈來愈覺得你是我的銅鏡，它照出了我許多毛病。陸菊人說：哦，你有啥毛病？井宗秀說：我還是心小，自私，比如那麼多風言風語的傷害你，我都沒有出頭露面。陸菊人說：過後我也想了，沒有那些風言風語，我還沒機會看清我哩，也沒機會來經管茶行哩。井宗秀又端酒敬陸菊人，說：你有了自信，我也有了自信，等往後事情咱弄大了，我要給你蓋個樓的，你活著就住在那兒，你死了那就是你的廟！陸菊人說：你不要許這麼樣的願，我不要你蓋個什麼樓，今日花生也在這裡，咱就打開窗子說亮話，我盼你把旅裡的事鎮裡的事都辦差不多了，就該辦自己的婚事。一句話說得花生像個紅蛋柿，坐不住了，起身站起來，說：姊，姊。陸菊人說：這有啥的，你姊現在啥話都敢說了，咱把話挑明瞭，免得宗秀又找了女人。井宗秀哈哈地笑，說：我到哪兒找女人去，這一天忙得鬼吹火，哪還有那份心思？陸菊人說：你現在是一旅之長，大長官了，你不找，少不了別人會給你找的。井宗秀說：這事我只聽你的。陸菊人說：這就好麼，渦鎮我搭眼看了，還沒有誰強過花生的，就在這周遭七里八鎮的，花生也是萬裡挑不出一個來的。花生，你給宗秀敬一杯酒啊！花生說：姊，我喝不了酒麼。陸菊人說：宗秀你瞧瞧，花生多老實！我去催催再加菜，喝不了酒，用茶敬呀，你這傻女子！她起身下樓，喊店小二再加一盤豬腦一盤豬血一盤豆腐皮。花生就紅著臉起身過來敬茶，茶不冒氣，涼了，轉身去爐子上取水壺，胳膊和腿竟配合不到一搭。添了熱茶雙手捧過來，瞧見井宗秀在一直看著她，頭就低下去，說：我敬你！井宗秀才要接，還沒接住，花生卻鬆了手，茶杯就掉下去，花生哎呦一聲，手在空中沒抓住杯子，腳本能地一擋，擋住了杯子掉下去沒摔破，茶水灑在地上，竟是一片子顆粒。井宗秀說：沒燙著吧？忙用毛巾替她擦鞋。陸菊人就進來了，羞得花生就到樓台上去再不肯回來。陸菊人說：你動手動腳啦？井宗秀說：哪裡，她敬茶時茶倒在她身上，我遞毛巾讓她擦的。陸菊人說：茶怎麼能倒在她身上?!花生，花生！花生在樓台上說：我晾晾衣服。陸菊人說：今日把話挑明瞭，我再給你說一句，花生是你的，但現在又不是你的，柿子要水暖了才去外八字著好看，女人外八字就難看了，收腳，收腳，收腳！花生一被提醒，把腳往內收，可一上台階下台階，或者一坐下來，腳又成外八字形了。陸菊人在沒人時罵她沒記性，有人時就咳嗽一下，花生就明白什麼意思，把腳收緊了。花生也恨自己，晚上睡覺時用布條子把雙腿綑上，第二天腿疼得趔趄，陸菊人說：唉，生就的腿腳總不能砍了去，美人都有一陋吧，人面前注意點就行了。因為要上繳營業款，陸菊人帶著花生去了一次城隍院，那些當兵的見了花生眼睛都發綠，又不敢近來，興奮地叫，叫得沒言沒語。杜魯成罵著那些兵，周一山就說：花生真是一株會說話的花啊！伸了手要摸一下花生的臉，看是不是玻璃片子。陸菊人說：髒手！周一山知道井宗秀敬重陸菊人，他也稱陸菊人是夫人，說：髒手髒手。就收了手。杜魯成周一山一離開，花生低聲說：是不是我長得太那個了？陸菊人說：好著哩，你家院牆上的薔薇是你家的，路人經過你家門前了，也能看到薔薇的鮮豔，能聞到薔薇的香氣麼。以後不管遇到誰，客氣歸客氣，頭要抬著，腰挺直，老躬著就成背鍋了。

陸菊人沒到茶行的時候她並不多喝茶，到了茶行就愛上了喝茶，差不多都有了一閒下來就要喝茶的習慣。每每泡上一壺茶，就和花生一邊喝，一邊和花生嘮叨好多好多話題。

比如，做女人的，不管是老是少，不管日子富日子窮，自己要把自己收拾乾淨，尤其頭上的髻，腳上的鞋。再忙再累，也得五日擦一次身，三日洗一次頭，每日都得清潔下身。自己把自己收拾得體，別人不厭煩你，你自己也覺得精神。沒事了能坐就不要睡，能站就不要坐，站著了靠住牆，不好，是從頭到腳都貼住牆，拉你的筋骨，走路就不躬腰了，坐下也不是一攤遝。無論在外在家，要養成一坐下雙腿合攏，更不要搖膝蓋。不要啥事就一驚一乍。不要嘎嘎笑，也不要沒聲地笑。早晚用鹽水漱口，吃了蔥蒜就嚼些茶葉，身上遲早記著帶香包，我給你個小鏡子揣在懷裡，和外人在一塊了，過一會打個岔到避背處，看頭髮亂了沒，臉上的粉勻不勻，牙上有沒有東西。對人說話不要偷聲換氣，不要把最後的音就吃了，看著人家說，但不要死眼看，不能乜眼看，不能眼珠子亂轉。不要閒了就倚著門，尤其倚在院門上張望。吃飯喝水不能把嘴埋在碗裡，不要出響聲。少說話，要想著說，不要搶著說，最忌囉嗦。哦，有苦了不要見人就訴，有人會給你說一句兩句同情話，那只能顯得你可憐，而有人就煩你。和人交往要學會吃虧，大事上都得罪不了人，得罪人的都在小事上，在細微上做好了，大事也就能做好。不要小心眼，不要使小性子，不要疑神疑鬼。花生說：哎呀姊，你咋知道這麼多！我娘死得早，我爹從不說這些。陸菊人說：你我都一樣，野地的草麼，我說這些就是咱從野草要長成莊稼苗子的。

陸菊人也教著花生怎麼做飯，都是些家常飯，但麵團怎麼揉得勻，麵條怎麼擀得薄，怎麼發蒸饃的酵子，怎麼矖漿水，怎麼用蒿稈草灰做鹼麵。陸菊人也教著用大青葉子熬出染布的靛，用淘米水翻洗豬腸子去腥味，用白礬塗了指甲然後才能把指甲花的紅染上，麻稈在水裡漚多長時間了可以剝成捶軟，擰成繩子。陸菊人親自炸餜子讓花生看，並告訴為什麼要炸餜子。餜子其實就是花，花不是一年四季都開的，但人過壽時要獻花，人死後要貢花，就以麵團做各種花形在油鍋裡炸出。做花形得把麵團揉好，你多看了世間的花朵，花朵的形態都在你心裡，逮住個大樣，就由你隨著心性去做了。炸餜子的油不能用棉花籽油，不能用漆籽油，菜籽油清亮，炸出的餜子顏色好。陸菊人還懂得些偏方，誰都有個頭痛腦熱的，總不能一有病就去請陳先生。長年多燉些蘿蔔吃，堅持晚上燙腳，早上一睜眼了叩叩牙，舌頭在嘴裡攪幾圈讓生口水，然後嚥下去。沒事就往上提肛，這樣不會患痔瘡，大小便時不要說話。捏虎口呀，眉心放血呀，腳底熏艾呀，搓耳朵背後呀，這些你知道。而眼上生麥粒腫了，白礬和唾沫塗塗，或者用門環蹭蹭就好了。心慌，把銀簪子煮上一個時辰的水喝下。肋子下疼就深呼吸，出氣出得愈慢愈長越好，還要發出噓噓聲。胃脘疼，還是那樣深呼吸，發出呼呼聲，同時掐雙手的中指尖。還有，毛毛病自己治，大病去找先生，但不管是毛毛病還是大病，一旦身上哪兒病了，就常常給病了的部位說好話，感謝它還在為你辛苦，萬不可罵它，嫌棄它，就是家的某個家具不好使了，也不能動不動就說：不要了，換個新的！陸菊人還給花生提醒，這世上的鬼多，半夜裡回家，在門外跺跺腳，唾一口痰，鬼是隨著你，它去吃痰了就不會也進了屋。夜裡睡覺突然覺得害怕了，那肯定是有鬼了，你不是也有尺八嗎，把尺八放在枕頭底下，或者閉上眼，左右手的大拇指壓在各自的無名指根，攥緊，鬼就遠離了，你也會安然入睡了。會立柱子嗎，就是家裡老出怪事，盛半碗清水，把三根筷子在碗裡淋著水讓它立，你覺得是哪個亡魂或野鬼呀狐狸精呀的來作祟，你就念叨它們，如果筷子立住了，那就是你念叨的那個亡魂野鬼和狐狸精，呵斥它，或求它，然後用刀砍筷子，說聲：你走！把水潑到門外去。記住，吃過飯的鍋碗吃完就洗，不能過夜，過夜了鬼去舔鍋碗的。

在這期間，陸菊人領著花生去了一趟白河岸看望井宗秀娘，老太太見了花生，就愛惦得不行，拉著花生問這問那，說頭上的髻綰得緊實，說腳上的鞋花繡得細密，說笑得喜慶聲音也軟和。花生要去後院上廁所，她叮嚀那裡有狗是拴著的，你再拿個棍呀。花生一走，老太太就問：這女子沒嫁人吧？陸菊人說：沒麼。老太太說：咱兩家這麼親的，我不在鎮上，你當嫂子的咋不把這女子說給宗秀？陸菊人沒把話點破，說：我領她來就是讓你過眼哩，你要看得中，我給宗秀提說，倒不知他願意不願意？老太太說：這麼好的女子他還彈嫌？你就給他說：我做主了，他願意了願意，不願意了也得願意！陸菊人就笑著說：那我就給他提說呀！從白河岸回來，陸菊人給花生說了老太太的話，讓花生過一些日子了就去看看老太太，井宗秀是忙，你就要替他行行孝。花生說：這我知道，只是我還不是她的兒媳婦，我要去看，你得一塊去。陸菊人說：我能陪你一輩子？花生說：我去了不知說些啥好。陸菊人說：我再陪你一次，第三次就不陪了。老太太人善，說話有趣，你不會說而她會逼著你說的。花生說：她那麼大年紀了，臉上一個斑都沒有。陸菊人說：看娘就看兒，看兒就看娘的，老太太人長得好，井宗秀才那麼排場麼。你看渦鎮的男人，要麼是長不開，要麼就黑臉大漢，只有井宗秀高高大大卻白白淨淨。花生說：他怎麼沒鬍子？陸菊人說：鬍子看著髒兮兮的，要鬍子幹啥？兩人就嘻嘻地笑。

陸菊人開始給花生講井宗秀的嗜好了。她說井宗秀愛乾淨，你遲早見了，穿得整整齊齊，從沒敞懷露胸的，也沒褲管挽得一個高一個低。你沒去過他原來的屋院，那屋院整潔得不見個麥草渣渣，啥東西放啥地方不亂一點。以後呀，明天他出門你要把穿的衣服頭天夜裡就準備好，啥場合穿啥衣服，什麼上衣配什麼褲子，什麼褲子配什麼鞋，男人衣著邋遢了，那是媳婦的過錯。她說井宗秀愛吃條子肉，尤其是用拳芽菜墊碗子蒸出的條子肉，楊鐘在的時候，他來了就做過三次條子肉，他每次都吃得高興。也愛吃餃子，別人喜歡吃餡多皮薄的，他卻喜歡皮稍厚點，但要軟。給他喝湯，就喝頭鍋餃子或二鍋麵的湯，那樣的湯喝著好。他愛吃餄餎，餄餎主要是湯調出味，鹽呀醋呀辣子呀胡椒花椒放重，把雞蛋攤餅切成斜角片，再放些韭黃，還愛吃涼粉。要對男人好，就得知道他的胃，把他的胃抓住了，也就把他人抓住了。男人發脾氣多半是沒吃好。她說井宗秀看起來溫和，但不是沒脾氣，人怎麼能沒有脾氣呢？有人發脾氣是吃了炸藥一點就著，爆炸了就沒事了，他可能忍無可忍時才發作，一旦發作，他就不理你，最怕的就是這種陰嘟子天。聽杜魯成說，他早晨起來幾乎不說話，坐在那裡要發半天呆，不知是沒睡醒，還是他在考慮當日的事，總之旁邊人不要給他說話，問他吃什麼喝什麼，他就煩了。遇著男人，即便是做了夫妻，女的都不要黏人，把男人黏得緊或者啥事都管，雖然你一心為他好，他也會反感。女人不能使強用狠，你把你不當個女人看待，丈夫就也不會心疼你，姊有這方面的教訓，你一定得汲取。你見過狗攆兔嗎？兔子愈跑，狗愈去攆，但兔子不能跑得太快，太快了就要臥下來等等，等到狗覺得能攆上了它會更攆，兔子跑得沒蹤影，那狗也就不攆了。花生說，哦，我聽杜魯成和黃米和糯米，顆粒完整，晶瑩剔透，都是在石臼裡一點一點杵出來的。麵粉更是有純麥麵粉和摻了豆子的雜麵粉，豆是扁豆的，綠豆的，豌豆的，黃豆的，各樣是各樣的顏色和味道。酒當然是包穀酒和米酒，還有醪糟。喝茶的水也全是從河心泉裡取。麻縣長愈來愈熱衷於在政府院裡栽植些草木，讓王喜儒把後院角一塊空地挖開要栽忘憂草，卻挖出了蟻穴，那是像甕大的一個土核，層層疊疊的孔，忙亂著成千上萬的螞蟻，砸開了土核，裡邊有大拇指頭粗的蟻后。麻縣長就覺得自己如蟻后，有吃有喝，白白胖胖，不作戰也不築巢，但蟻後還產卵繁殖的，他卻無所事事。在這一天，他在辦公室裡發現了一隻老鼠，他沒有去追打，也沒告訴王喜儒讓逮了貓來，就每日臨睡前，在桌腳下放一些吃食，第二天一早再去辦公室，首先要看看放的吃食還在不在，不在了，他就放下心來。麻縣長僅見過一次老鼠的面，而一日復一日這麼放吃食和查看吃食，他知道老鼠現在不是在那一堆書籍下就是在櫃子底，他希望老鼠能留下來，永遠就在他的辦公室裡。這樣的心情使麻縣長臉上有了微笑，和王喜儒去了虎山和白河黑河岸上的各個峪裡尋找奇木異草，鎮上一些巷道他很少去，城隍院一次也沒進去，卻更多去安仁堂，那裡挖藥人送來的草藥多，有許多竟是他還沒有見過和聽過的。他差不多記錄了八百種草和三百種木，甚至還學著繪下這些草木的形狀。近些日子，他知道了秋季紅葉類的有槭樹、黃櫨、烏柏、紅瑞木、郁李、地錦，黃葉類的有銀杏、無患子、欒樹、馬褂木、白蠟、刺槐，橙葉類的有櫸木、水杉、黃連木，紫紅葉類的有漆樹、柿樹、衛矛。他知道了構樹開的花不豔不香，不招蜂引蝶，但有男株和女株，自己授粉。他知道了花柱草的花蕊能從花裡伸長得那麼長，甚至可以突然地擊打飛來的蜂蝶。他知道了鴨跖草是六根雄蕊，長成了三個形態。知道了曼陀羅，如果是笑著採了它的花釀酒，喝了酒會止不住地笑，如果是舞著採了花釀酒，喝了酒會手舞足蹈。知道了天鵝花真的開花是像天鵝形，金魚草開花真的像小金魚。

開交。經審問，原來這是一家人，老頭姓蘇，家住鎮西背街三道巷，在中街十字路口，也就是老皀角樹斜對面，有間門面，專門賣葫蘆頭泡饃。鎮上有三家葫蘆頭泡饃館，蘇家的這館生意特別好，據說有祕制的下鍋香料，每日客多，都是七次八次的翻桌。蘇老頭有兩個兒子，已經分家另灶，先是讓兩個兒子輪流經營兩個月，但今年老頭八十歲了，卻變了主意，兩個兒子各按單月雙月輪換。小兒子經營的是單月，大兒子經營的是雙月，沒想有個閏六月，大兒子就連著經營兩個月，小兒子兩口就吵鬧多一個月就是多少錢呀，還認為是當爹的知道有閏六月，故意讓大兒子經營雙月的。愈是吵鬧，蘇老頭愈是堅持他的主張，小兒子兩口就嚷著要告狀，蘇老頭和大兒子兩口也就來了。麻縣長一聽，按單月雙月輪換確實不公平，問蘇老頭為啥要分單月雙月，蘇老頭說：誰家的媳婦孝順就給雙月。小兒子的媳婦就說大兒子的媳婦怎麼孝順了，她只是嘴甜會來事，陪婆婆坐炕說笑，是多給了公公婆婆吃喝啦還是給公公婆婆多做了衣服鞋襪？麻縣長聽了，就判了蘇老頭把雙月給了大兒子是正確的，這孝順有供給吃喝的孝順，有請醫治病的孝順，還有笑孝順，就是待老人笑臉，言語柔和，逗著開心。在判斷這場家庭糾紛中，小兒子兩口和大兒子兩口當然有爭辯和相互指責，麻縣長倒了解了另外一件事，即小兒子在他不經營飯館時去放羊，蛇把領頭羊的角纏了，他用鐮砍去，把蛇尾巴砍掉了，蛇是跑了，可回到家，媳婦去地裡拔蘿蔔，蛇又把媳婦腳脖子纏住，他這次就把蛇打死了。第二天他去柴市，路過巷口，看見一條蛇鑽進了牆根石頭縫裡，到柴市買了一綑蒿，自己背回家往院子裡一倒，蒿裡竟然又爬出一條蛇。他就嚇癱了一月，去見寬展師父，寬展師父比畫著，意思是說這是雙蛇，一方死了另一方來報仇的，這蛇現在是鑽進了你家後簷牆洞的雀窩裡。他回家去牆洞的雀窩裡看，並沒有看到蛇，但還是拿煙油子在雀窩口塗抹，再採些重樓草搗爛塞進去，還用泥封住。沒想三天後，來了一隻燕子啄洞，他媳婦就打傷了燕子一條腿。可就在當夜，他家小兒的耳朵裡鑽了條蛐蜒，疼得哭叫連天。他媳婦便說是大兒子媳婦捉了蚰蜒放到小兒的耳朵裡的。大兒子媳婦委屈得哭，說她怎麼能幹那事，她是看到那只受傷的燕子叼了一條蚰蜒放在天窗台上的，是不是夜裡蚰蜒自己下來趁小兒睡著了鑽進耳朵的？麻縣長說：孩子耳朵還疼嗎？小兒子媳婦說：滴了些香油，蚰蜒出來了。麻縣長說：你有證據說是你嫂子放的蚰蜒？小兒子媳婦說：我們有仇，不是她又能是誰？麻縣長說：你是個刁婦！讓人把她轟走了。

案子結後，麻縣長回坐到辦公室，還在想：這蛇和人一樣也有報復？一時疑惑不解，門外就有了報告聲，他沒有理，那門就推開了，是王喜儒。麻縣長正沒好氣，說：出去！王喜儒說：我報告了，你沒吱聲，我以為……麻縣長說：出去！王喜儒退出去，拉上門了，再喊報告，麻縣長應道：進來！王喜儒進來拿了一封信，說：有人送了信。麻縣長說：念。王喜儒說：我不識字。麻縣長看著王喜儒一額頭的水，他突然笑了，說：搿到那兒吧，你坐下。王喜儒不坐。麻縣長說：我叫你坐你就坐下！王喜儒坐下了，屁股擔在椅沿上，側過身面朝著麻縣長。麻縣長聲音柔和起來，說：現在你不是跑差的了，我也不是縣長了，你給我說說你們這兒的飛禽走獸爬蟲遊魚什麼的，揀長得奇奇怪怪的說，比如這兒的蜘蛛背上有人面紋，比如大鯢長著嬰兒手。王喜儒放鬆了，說：你要問這事，那多了。大前年我看見過野驢，臉真像鎮上黃東東他爹的臉，野驢在一叢黃麥菅叢中臥著，我還以為是黃東東他爹在那兒屙哩，才喊叔，叔，它站起來跑了，才知是野驢。麻縣長說：很好，就講這樣的故事。王喜儒說：我有一次到油坊溝表姑家去，老遠看到有兩個人在站著說話，好像又為啥事吵開了，話是蠻子聲，聽不懂。到跟前了，是兩隻黃羊，四腳著地跑了，可我明明看到的是兩個人站著吵哩，即便不是人，那也是兩腿直立的，黃羊能直立？麻縣長說：再說，再說。王喜儒說：你見過竹節蟲嗎，長得和枯樹枝一模一樣的，分不清頭在哪兒，屁股又在哪兒。還有一種鳥，叫鐵蛋鳥，它要有危險了，就從樹上根鑿孔用灶燈烤炙膠膏的活，但也幹不了在黑煙裡加膠料香料製作墨塊的活，他只在鞠簸起的圓物中燃燒柴禾，火熄後去掃括黑煙。陸林離開墨坊其實是他偷看過掌櫃的媳婦在梢林中小便，還對人說那屁股白，白得像涼粉坨子，掌櫃就把他趕走了。所以陸林這次來墨坊，還在村外路口就朝空叭叭打了兩槍，一個夥計在地堰上摘黃花菜，說：你回來了，陸林哥？陸林說：誰是你哥？我是預備旅的副團長！夥計說：啊陸團長！你多時沒回咱溝裡了。陸林說：你掌櫃在不在？夥計說：在哩，又得了個兒子，還在月子裡。陸林說：這他娘的！你去告訴他，我陸林來了！他坐下吸了兩鍋子旱煙，才大搖大擺往村裡走去。

墨坊的掌櫃聽到槍響，忙讓家裡人把兩個箱子往夾牆裡放，夥計跑來說陸林拿著槍來找你哩。掌櫃說：他是來報仇了！坐在炕上的媳婦忙推開後窗讓他跳出去鑽山林，他已經上了窗台，卻說：我跑了你和孩子咋辦，這墨坊咋辦？當初我趕走他又沒有打他，他能把我咋樣？就出了門去迎接。陸林見掌櫃出來笑臉把他往家裡迎，他就說：哈哈，你不是罵過，讓我八輩子甭想進你家門嗎？掌櫃說：啊過去的事都是我不對，你現在是大人了，大人大量麼。陸林說：你今日要不讓我進，我就會坐到你家中堂去，你讓我進了，我陸林就是這脾氣，偏不進去了。我給你說一件事，說完我到後梁上，看能不能打個獾或者果子狸。掌櫃就說：啊，啊，有啥事你儘管說，只要能辦的盡量辦。陸林說：你肯定能辦！就說了讓給預備旅送去一擔墨塊，渦鎮的炮樓要刷外牆呀。掌櫃說：用墨刷外牆，這不是用金子砌廁所嗎？陸林說：你說渦鎮是廁所？掌櫃忙解釋：不，不，我不是那意思。陸林說：不是你就裝擔子！掌櫃說：能不能只裝些黑煙，回去兌水就可以用的。陸林說：你是讓今日刷了明日就褪色，還能渦鎮臭著？掌櫃說：那我再帶上膠料和香料。陸林從院子旁的小路往後山走，路邊的棚門口卻站著一個女的，長了個銀盆大臉，就問掌櫃：這是不是柴長順的女子？長這麼大了！有家了嗎？掌櫃說：她還小。陸林說：你是不是要給你留的？掌櫃說：這話不敢說，長順雖在這兒幹活，但也是我遠房的親戚，這女子把我叫爺哩。卻對女子說：你把狗餵了，去廚房拿個饃。女子說：它不吃屎也不吃饃，只吃肉。陸林說：啥樣狗，只吃肉？掌櫃說：前幾天在後山的草窩裡撿回來了兩隻野狗崽子。陸林說：哦，我瞧瞧。兩人往柴棚去，掌櫃就給女子使眼色，女子還是沒醒悟，倒問：嗯？陸林疑惑地看了一眼掌櫃，掌櫃便罵道：你和你爹一樣沒腦子，它不吃饃你去拿肉呀！女子這才跑走了。柴棚裡果然用繩拴著兩隻小野狗，見了陸林就跳起來，前爪搭在柵欄門上，耳朵不停地動，但沒有搖尾巴。掌櫃說：狗見你多喜歡！陸林說：狗都知道我是個好人麼。卻突然叫道：這不是野狗，是狼崽子麼！話一出口，狗崽子一下子跑回棚裡，趴在角落呼哧呼哧出氣。掌櫃說：狼崽子？陸林說：你看那尾巴，看那眼神！掌櫃說：哎呀，怪不得每天夜裡有狼在山梁上嚎，是不是母狼來尋狼崽的？他娘的，我這是引狼入室了?!說著就拿了個橛頭要打狼崽子，陸林哈哈地笑，說：我把狼給你帶走，你就給十個大洋吧。掌櫃說：十個大洋？我給一擔黑煙了，還得十個大洋？那這狼崽子我養著，拴在門口了可以防土匪。陸林說：預備旅在渦鎮，這方圓敢有土匪？十個大洋不是我要的，是預備旅收你的保護費，以後誰要欺負你，就來找我，看我……陸林拿眼看周圍，一隻雞背著個大翅膀從路上往過走，他一槍打去，雞就沒了腦袋，說：我崩了他！掌櫃說不出話來，站在那裡成了一根木頭，眼睜睜地看著那只雞沒了腦袋卻仍蹣跚走過來，走到他跟前了，倒在地上。

陸林再沒有去後梁打獵，他揣了大洋，把兩隻狼崽子裝在竹簍裡背回了城隍院。院裡人對這到底是狗崽子還是狼崽子爭議不休，周一山說任何種子從地上長出來都是一樣的兩個嫩芽，長著長著，就分出誰是菜苗誰是樹苗了。過了一月，兩個崽子愈來愈像狼了，真的就是狼，井宗秀就讓換了鐵鍊子拴在了北門洞外。

炮樓的外牆刷了黑，好看是好看，卻顯得城牆頭重腳輕，又去墨坊拿來了更多的墨塊，稀釋了把整個城牆都刷成黑的，從黑河白河兩邊的岸上看去，渦鎮像是座鐵打的城池。但是，愈來愈多的河鸛和蒼鷺隨之而來，它們在炮樓上，垛口上，拉出石灰水一樣的稀糞來，這些稀糞淋漓在牆壁上，白花花的刺眼。井宗秀問怎樣不讓河鸛和蒼鷺在那兒拉糞，能不能在城牆外沿罩上鐵絲網？鞏百林說那得用多少鐵絲呀，即使罩了鐵絲網，河鸛和蒼鷺還會站在鐵絲網上，拉下的糞依然會淋在城牆壁上，只有見到河鸛和蒼鷺了去吆喝趕走。老魏頭就從此白天裡在城牆上走動，他怕敲鑼引起誤會，就把城門口的兩隻狼崽子拉著。人們便常見到城牆上突然間河鸛和蒼鷺嘎喇喇地飛起，羽毛紛亂，總有兩隻三隻便被狼崽子抓到了，老魏頭卻奪下來，往牆內的人群扔，叫道：烤了吃去！

城牆上的事可以放下，井宗秀又決定要在虎山崖上構築工事，布兵設防，以前保安隊之所以能兵臨城下，就是沒有利用好虎山崖，如果在虎山崖修戰壕和堡壘，只需駐紮一隊士兵，就完全可以扼守住進鎮子的唯一通道。在虎山崖構築工事並不需要多大，卻極其不容易。任務交給了鞏百林，沒想就展示了鞏百林的精幹和過人的聰明。崖頭高高低低有一里長，修一道半人深的戰壕，在東西和中間得有三個堡壘，還需有一排房子，崖上可以就地取石，木頭也可以在崖後的樹林子裡砍，但還需要磚瓦和石灰，磚瓦和石灰就難以運上去。崖的正面陡如刀削，崖東有一條採藥人走過的路，路要麼被突出的石頭擋住，需鷂子翻身式翻上去，要麼順著石壁的裂縫沿經過，得脊背貼在壁上慢慢挪步。十天內運上的磚瓦不到三百塊，石灰僅一小堆，而且有兩個兵就從半崖上摔下去，死得很慘。鞏百林就到白河岸的村寨裡以借用的名義招收山羊，六七十隻羊每日在身上綁四塊磚瓦或一袋石灰，往崖上趕一次，羊沒有一隻滾落過，半個月所有的磚瓦石灰全運了上去。再是崖上有什麼事了需要鎮上人去，或者鎮上有什麼事了需要崖上人回來，先還崖上和城樓上搖旗為號，鞏百林以前在老縣城見過有養信鴿的，便派人去尋來了那人，在崖上修了個土倉，培訓了十隻鴿子，這些鴿子就在腿上拴了紙條，來回傳遞。崖上的工事幾乎構築了三個月，那些山羊並沒有退回去，每天殺一隻吃了，白河岸上的村民到城隍院來討要，井宗秀給人家付了錢，也沒有責怪鞏百林，倒還時常送去酒肉慰問。

山羊是吃掉了，山羊生來就是被人吃的，但鴿子鞏百林看得珍貴，專門讓一個士兵飼養，等工事構築結束，鞏百林就帶著一排人駐守，沒想卻出事，那個士兵死了，還差點連鞏百林也沒了命。

那個士兵每天傍晚去土倉裡撒食，發現鴿子愈來愈少，以為是飛去鎮子了回來晚，並沒在意。等到有一天已經很晚了，土倉裡只有三隻鴿子，害怕了，疑心是哪個士兵偷去烤著吃了，就藏在土倉後觀看。後半夜裡，月光像銀子一樣鋪在崖上，一隻鴿子是晚回來了，還沒落到土倉外的大石板上，突然一個影子唰地過來，半空中把鴿子抓住，又極快地從崖沿跑去，他才認出那是飛鼠。這士兵知道以前採藥人到虎山崖採的是半崖壁上的一種叫金釵的仙草，也知道有金釵的地方就有飛鼠，飛鼠以金釵為食了，生性兇猛敏捷，能在空中滑翔十多丈遠，連拉下的糞也是中藥裡的五靈脂，可他不知道飛鼠也捕食鴿子。他是第二天把這事報告給了鞏百林，鞏百林勃然大怒，罵為什麼發現少了一隻兩隻鴿子時不查原因不來報告，便把他吊在樹上抽打。這士兵被打得遍體鱗傷，他沒有恨鞏百林，恨飛鼠，但他無法捕殺飛鼠，認為只要把半崖壁上的金釵全部連根挖走，飛鼠就不會來了。他用繩索一頭繫在大石頭上一頭繫在腰裡，慢慢地吊到半崖壁上去挖金釵，沒想一隻飛鼠噌地飛過來，那張開的翼像刀片子，他一歪頭，沒有傷著他，卻割斷了繩索，人就掉下去摔死了。而那個晚上，鞏百林沒有睡，就站在崖沿上流眼淚，於是看見了就在崖沿下三丈遠的一個石角上站著了一隻鴿子，他說：鴿子！陪伴他的人沒有看到有什麼鴿子，但他嘴裡發著咕咕的聲音召喚，說鴿子不理他，也站著不動，竟然抓著樹枝要去石角上捉鴿子，腳下一滑就也掉下去。幸好下邊斜長著三棵白皮松，都只胳膊粗，卻卡住他，陪伴的人吊下繩子才把他拉上來。

消息很快傳回鎮上，井宗秀、杜魯成、周一山就從市集收購了七隻野兔和十三隻野雞，還有三缸酒，特意上虎山崖為鞏百林壓驚。鞏百林喝多了，就把一碗酒潑到崖下，嘴裡不停地嘮叨他不是看花了眼，石角上肯定是有一隻鴿子，那鴿子是死去的那個士兵托變了來報復的。後來就醉癱成泥，不省人事。井宗秀、杜魯成、周一山一一察看了戰壕和堡壘，就俯瞰著遠處的黑河白河合圍了鎮子，鎮子的四座城樓，南北三條豎街，東西兩條橫街，還有那七十二條巷道，巷道不直，屋舍彎曲，顯得雜亂不堪。井宗秀說：咱在虎山崖上有了工事，明年或者後年，咱的積蓄多了，把鎮子改造一下。周一山說：原來是這樣！井宗秀說：你這話我咋不懂。周一山說：前幾日我去河邊，兩棵柳樹間掛著一個大蜘蛛網，蜘蛛網上全是些纏住的蟲子飛蛾，竟然還有一個螳螂。樹上站著三隻鳥，黑頭紅嘴白尾巴，也不曉得是什麼鳥，它們沒有叫，卻叼著樹葉往蜘蛛網上扔，我一吆就全飛了。我不知道那是啥意思，你這麼一說，我明白了。杜魯成說：你神神經經的，明白啥了？周一山說：咱要改造鎮子，就把所有的巷道都修成半截，但又要各個院子連通，即便誰攻進來，讓進去就進了迷宮，尋不著出口，有來無回。井宗秀愣了一下，說：嗯，這主意好，就這麼幹！杜魯成卻說：咱在這裡有了工事了，誰還能攻進鎮裡去？周一山說：我是說萬一，既然要改造鎮子，那是順手就能做的事麼。井宗秀就笑著說：你倆咋老尿不到一個壺裡？杜魯成說：我是個粗人，你還是聽一山的吧，你們拿主意了，我出力就是。井宗秀說：我今日偏要聽你的，你看見西南角那塊菜地了嗎，在那裡蓋個學校怎麼樣？咱原先還有個學堂的，現在孩子們要上學不是去老縣城就是去龍馬關，縣政府所在地倒沒個學校?!杜魯成說：是得有呀，我本家一個叔叔是私塾先生，到時候我把他請來。井宗秀說：那好啊！我還想蓋個戲樓的，你看在一三〇廟旁著好還是在東三岔巷那兒？杜魯成說：蓋戲樓？當然三岔巷地方好，盡量往巷西口，那裡是柴草市場，樓前寬敞些。井宗秀說：還有，咱旅部也得修修，就是還在城隍院，總得恢復城隍殿，你們不知道，十多年前正月十五都要抬城隍巡鎮的。周一山說：你現在就是城隍麼，你以後早晚巡鎮就是。說完了，又說一句：沒人抬你了，你就騎上馬。井宗秀說：這倒是。

三人心情正好著，在火堆上烤著野兔的唐建，拿了一個野兔頭讓井宗秀吃，井宗秀說：野兔頭香，你給我呀？唐建說：我要給你說個事的。唐建是唐景的兒子，他說：我爹和苟發明一起跟著你起事哩，我爹福淺，早早死了就白死了？井宗秀說：你有啥事直說。唐建說：我覺得我可憐。井宗秀說：你不是當著排長挺好嗎？唐建說：是好，要說論能力，他陸林都當了團副，這不提了，我唐建就是長得醜了些，當排長也滿足了。我們排訓練打靶是全旅第一名，又來修堡壘，可苟發明現在吃香的喝辣的……井宗秀說：說你的事！唐建說：你得給我個媳婦。井宗秀說：哦沒媳婦，這你得自己找呀！唐建說：我咋找呀，西背街張家的女兒被娶走了，三道巷草料店的女兒被娶走了，中街靳家的、劉家的、馬家的女兒也都被娶走了，東背街的石板巷一個，王家巷兩個，拐子巷范家的甯家的武家的女兒都有了主兒，從鎮北往鎮南數，從鎮東往鎮西數，攏共八個寡婦也全被娶了麼。井宗秀說：你這一說，能嫁能娶的這麼多了！周一山笑著說：沒了年齡相當的，你看誰家還有小姑娘，就對人家好點，讓慢慢給你長麼。唐建說：我肚子飢著，你給我畫餅哩！我等到啥時候，不等人家長大，我或許就吃了槍子啦！周一山說：那你娶一個，吃了槍子不是害人家嗎？唐建說：寡婦能剩下？井宗秀說：這我到哪兒給你找去？唐建說：還有個現成的，李中水不是上次死了嗎，媳婦還在麼。我去了人家不願意，這得你去說一聲。井宗秀說：你今年多大啦？唐建說：二十二啦。井宗秀說：人家三十啦，你找人家？唐建說：這我不嫌麼。井宗秀說：好吧，我見了她試說試說。

從虎山崖回來後，井宗秀就每日兩次騎了馬巡鎮，早晨大多數人還沒起床，他已經巡察了回來，晚上，差不多人家吹燈都睡了，他又開始巡鎮。早晚兩頭天都是黑的，但他都要穿上軍服，挎了槍套，槍套裡插把短槍，裹腿上還別把刀子。他一巡鎮，蚯蚓必然在馬後跟著小跑。井宗秀沒有反對他跟著，也沒有說跟得好，蚯蚓就喜歡馬蹄踏出的清脆響聲，他看見井旅長在馬上隨著響聲晃動，他也在盡量使自己的腳步能攆上響聲的節奏。月光朦朧，或店鋪門面簷下的燈籠在風裡搖擺，井旅長在馬上，影子就在街面上和兩邊屋牆上，拉長縮短，忽大忽小。北門口的狼已經長大了在長壕，豬在誰家的院裡哼哧，有蛇在某個牆頭上爬過，而成片的蝙蝠飛動，蚯蚓都不害怕，只覺得威風。

鎮上從來都有著認乾爹的風俗，孩子滿月了，孩子是什麼時辰出生的，滿月的當天這個時候就抱了孩子提了一壺酒和煮熟了染上紅色的雞蛋，從家門口往街巷口走，碰見活的東西，比如人，比如牛馬豬狗，就認定那是乾爹。於是，井宗秀五次被碰著，喝了酒，吃了紅雞蛋，他就是孩子的乾爹。

但是，井宗秀並沒有去見李中水的遺孀提說唐建的事，而那寡婦竟很快成了炮手王灶火的女人。原本有人給王灶火提媒過黃花大姑娘，王灶火就是喜歡寡婦。他已經搬住到了李中水的老屋裡，長嘴齜牙的土坯匠就給人講，王灶火這炮手真是厲害，炕塌了一次，修一次，修了又塌了，他都去賣過兩趟土坯了。唐建仍不承認寡婦會成了王灶火的女人呢，王灶火那麼黑，脾氣壞得一躁就打人，下手又那麼重，寡婦怎麼能看上呢？他曾經數次到那老屋門前去糾纏寡婦，被旁邊人勸住：人家是王炮手的女人了。他說：是我的女人！旁邊人說：是你的女人？你有啥能耐，你比王灶火能打炮嗎，比王灶火的東西大嗎，鼻子大那東西就大，瞧你這塌鼻子！他就哭了：她是咱鎮上的女人，肥水流到他人田?!唐建到後來就真以為自己是寡婦的男人，只是王灶火強暴了她，他就沒再找井宗秀，認為王灶火會放炮，井宗秀肯定偏佑的，便到縣政府去告狀王灶火強姦良家婦女。麻縣長做筆錄，問王灶火是拿槍拿刀逼著強姦的還是給喝了蒙汗藥強姦的，唐建說：這我不清楚，反正他天天去了她家。麻縣長說：天天去？唐建說：他狗日的癮大。麻縣長從案上取了一支毛筆，把筆給了唐建，自己拿了個筆帽，要唐建把毛筆往筆帽裡塞，唐建去塞，麻縣長就動，連塞了七八下，一次都沒塞進去，麻縣長說：這能強姦嗎?!讓人把唐建轟出去了，對王喜儒說：渦鎮人口重，咋都愛寡婦？

王灶火知道了這事，沒有恨唐建，有了唐建的糾纏反倒覺得自己的女人就是好，就給王成進說情，王成進在一次收納糧稅時把一戶欠糧的女兒搶回來給了唐建。

王成進和陳來祥是過一段時間就外出收糧納稅，他們每一次外出，從來沒有空手回來過，不是用木輪車運回麥子、包穀、稻米和黃豆，就是牛也是拉來的，驢也是拉來的，牛驢背上鼓鼓囊囊馱著布匹、棉花、油簍子、鹽袋子和炕上的灶上的各類用品。所搶的那家女兒，是老兩口口口聲聲說繳不出糧食，王成進硬說人家是把糧食藏了，就讓手下上房用扒子擼瓦，在村裡賣了瓦。第二次再去，房子的瓦還沒有再苫上，王成進還要逼著納糧，老兩口跪下求饒，王成進說：這一套我見多了！沒納上糧，就把他們女兒拉走了。拉回來給了唐建，唐建不敢相信這是真的，站著不動，王成進罵唐建，便自己動手把那女的綁在了他家的條凳上，說：你要是把她×了，她就是你的女人，你要是不行，你就自己把門牙拔了，從此把嘴給我閉緊！說著，他拉閉了門，就離開了。

唐建竟然沒有成功。他去剝女人衣服，女人要求幫她解了繩索自己脫，可繩索一解，女人就往外跑，唐建揪住頭髮就打，一撮子頭髮都被揪下了，還摁著腦袋往牆上撞。女人已經被撞得要暈了，胡亂地踢了一腳，卻踢在唐建的交襠，唐建往地上一縮，女人趁機跑出來。在巷裡正遇上花生，花生見這女人面生，又披頭散髮，額顱上全是血，就拉著來見陸菊人，陸菊人問了情況，將那女人藏在茶行。

陸菊人和花生本想著把那女人送出鎮，但北門口有士兵站崗，擔心唐建會給他們說了，就難以再出去，讓那女人暫時還待在茶行，再見機行動。果然是唐建先去北門口說了，沒想站崗的卻嘲笑了唐

每個小木牌子還都有個底座。陸菊人和花生忙去幫忙，寬展師父就讓她們把那些作廢的木板條打掃了拿到殿外去。陸菊人不明白做這些小木牌子幹啥呀，問劉媽，劉媽說當初吳掌櫃要翻修寺廟，師父就想建個迴向堂，但後來土匪住進來，至今迴向堂也沒建成，師父就想在大殿裡設延生和往生的牌位。陸菊人這才看到殿的東西兩邊都各放了條案，左邊條案後的牆上寫著延生，右邊條案後的牆上寫著往生，兩個條案上各擺了十幾個牌位。陸菊人說：什麼是延生往生？劉媽說：延生牌位就是把活人的名字寫上去，求得消災避禍，延年益壽。往生牌位就是亡人的親屬把亡人名字寫上去，願菩薩接引了去極樂西天。陸菊人說：哦，還有這事！那讓我看看誰想多活呀？走近延生條案，十幾個牌位都沒名字。劉媽說：要立牌位那都要給廟裡掏香火錢的，但師父先立了往生牌位就有楊鐘哩。陸菊人又去了往生條案，果然十幾個牌位中有一個就寫著楊鐘，頓時眼淚流下來，轉身給寬展師父行了一禮。再看那十幾個牌位中還有三個寫了名字，一個是井伯元，一個是吳育仁，一個是程五雷。花生說：這井伯元是誰？陸菊人說：是井旅長他爹。花生說：吳育仁我也不知道。陸菊人說：就是以前的吳掌櫃，翻修過這廟的。花生說：程五雷是土匪，咋還給他立牌位？劉媽說：這些人都和廟有關，師父的意思是不管生前有德沒德是善是惡，死了都是一樣的，讓他們靈魂安妥，重新托生個好人麼。花生說：哎呀，劉媽媽在廟裡這麼多年，該是二師父了！劉媽說：哪裡呀，我只知道個皮毛，代師父開個口。陸菊人就對寬展師父說：師父，立這些往生牌位好啊，這得花銷木材和工夫的，我和花生要捐些錢，茶行也要捐些錢，改日我一併拿來。寬展師父口不能說，耳朵卻聽得見，雙手合十了，劉媽也念阿彌陀佛。陸菊人又說：我還有個想法，不知對不對？這幾年鎮上死的人多，死了的就都給立個牌位，錢還是我掏。寬展師父微笑點著頭，讓陸菊人提供名字。陸菊人就掰指頭：唐景，唐建，李中水，王布，韓先增，冉雙全，劉保子，龔裕軒，王魁，鞏鳳翔……一共二十五人。寬展師父就去她的臥屋裡取筆墨去了，劉媽說：這麼多人呀，你肯掏錢，就先給你捐個延生牌位啊。陸菊人說：我不要，要擺就給井旅長擺一個吧。寬展師父拿來了筆墨，一一在小木牌上寫名字，寫完了，陸菊人說：還有些人我不知道名字，但都是這幾年在咱鎮上死的，那咋寫，比如被壓在城牆裡的那兩個人，比如五雷手下的那些死了的土匪，比如在攻鎮時死的那些保安，還有井旅長先前的媳婦，和冉雙全在一塊的那父女倆，被土匪害死的那幾個女的。寬展師父想了想，就在一個牌位上寫了：近三年來在渦鎮死去的眾亡靈。寫完了，牌位整齊地安放在了往生條案上，寬展師父就在地藏菩薩像前磕頭焚香。花生悄聲對陸菊人說：姊，以後我不在了，你要給我在這裡也立個牌位呀。陸菊人說：胡說啥，你年輕，我還指望你給我來立哩。花生說：那咱誰也不給誰立，咱一塊活著。焚完了香，寬展師父從供案上取了兩支尺八，一支給了花生，自己先坐地吹奏，花生也坐下去吹奏。

吹過尺八，陸菊人就給寬展師父講了那個女人的遭遇，她的意思是讓師父帶著劉媽和那女人一塊出鎮，如果北城門口有盤問，就說那女人的娘過世了，來請去吹尺八超度的。寬展師父當然樂意，四人就一塊到茶行，陸菊人請她們吃了飯，給那女人洗了頭，又換了她的一身舊衣，頭上裹了塊白布。那女的趴下給陸菊人和花生磕頭，說：我還不知道恩人的名字哩。陸菊人說：你不要給我倆磕頭，也不要記我倆的名字，你給師父和劉媽磕頭，她們送你回去。那女人說聲：菩薩！頭在地上磕得咚咚響。

寬展師父三人往北城門口走，在石牌樓前就碰見了井宗秀，井宗秀並沒在意，點了一下頭就匆匆過去。井宗秀從唐建墳上回來，一直不高興，覺得唐建死得窩囊，又可憐又生氣，而陸菊人數說他的話更覺得不舒服，像是石頭壓在心口上。王成進或許是做得過分，也不至於被說成土匪，何況從來都是納糧繳稅是難事，不強悍怎麼能收那麼多糧款？不當家不曉得當家的難，以前自己也是對官府強收糧款痛恨，可現在這麼多人要吃要喝，預備旅要壯大，渦鎮要擴建，一動彈就得有糧有錢啊！但井宗秀也是不滿著王成進，更不滿了陳來祥，就把這事說給了周一山。

井宗秀在他的房子裡吸菸，一口煙噴出去，半空裡一堆撕得勻稱的棉絲，他還從來沒有噴出過這樣的煙團，那棉絲往下降，又覺得又是麥秸渣子倒了他一頭一臉。院子裡，陳來祥和馬岱、鞏百林、陸林嘻嘻哈哈，各自顯擺著自己團又挖苦著別的團，陳來祥就拿出了耳挖子，說：你有這個嗎？鞏百林說：不就是個耳挖子麼。陳來祥說：我給你掏耳朵試試。陳來祥給鞏百林掏耳朵，這耳挖子確實不是一般的耳挖子，它是一根細銅絲做的，陳來祥扣著掌，慢慢地把耳挖子伸進去，手指在彈動，耳朵裡就有了一種細音，同時被搔得癢癢，十分舒服。鞏百林說：這狗日的受活麼！馬岱和陸林也要給他們掏耳朵，掏過了都說：比用女人好！陳來祥說：這是王團長教的，我們歇下來就享受哩。井宗秀出現在了房門口，拿眼睛看著他們。鞏百林低聲說：旅長今日不高興？馬岱說：他平日英俊，生氣了臉比陸林臉還醜?!陳來祥說：旅長旅長，我來給你掏耳朵！井宗秀說：陳來祥，我讓你到四團，你就學會了這個?!陳來祥一下子瓷在那裡。鞏百林、馬岱、陸林見井宗秀生了氣，也都散了，陳來祥還站在那裡，說：旅長，這……井宗秀掉過頭就出了城隍院。周一山給陳來祥招手，要陳來祥到他房子去。陳來祥去了，說：旅長咋當著這麼多人訓我？周一山說：你沒想旅長為啥叫你去四團？陳來祥說：當團副呀。周一山說：你給旅長彙報過四團的事嗎？陳來祥說：都是王團長彙報的。周一山說：王團長做了啥你都知道嗎？陳來祥說：嗯？周一山說：王團長和旅長親還是你和旅長親？陳來祥說：難道？周一山說：你真辜負了旅長！陳來祥說：那……周一山說：你好好想著去。陳來祥蔫得像驢一樣，耷拉著腦袋就回宿舍睡了。這一天是休息日，他一直睡到天黑，沒有聽他打鼾，卻不起來吃飯。

井宗秀出了城隍院，直接去王成進家，王成進和媳婦做的撈麵，兩人吃得滿頭冒汗。王成進趕忙讓媳婦去撈一碗，井宗秀說：我也肚子飢了！端起碗就吃。吃到一半，碗底下全是肉塊子，說：你這生活不錯啊！王成進說：好久沒腥氣了，媳婦上午買了一斤肉。她老家咋有這習慣，肉塊子都要埋在碗底。井宗秀說：人家是待人實誠麼。吃完飯，王成進又取煙匣子，但煙匣子裡沒了菸末，就再到屋外牆上卸晾著的菸葉串子，喊媳婦：你來給旅長揉些菸。媳婦出來，王成進悄聲說：他從沒到這裡來過，他咋來了？媳婦說：來看望你。王成進說：看望我？你沒看出他生氣吧？媳婦說：笑笑的，撈麵吃得滿嘴唇的辣子油。王成進說：肯定是為唐建死的事。就把揉出的菸末捧了一掬進到屋了，說：旅長，你吸菸。今日安葬唐建，你去墳上了？井宗秀說：你咋知道我去了墳上？王成進說：你鞋上有泥麼。井宗秀說：別人都說你是個粗人，你心細得很麼。王成進說：嘿嘿，要是心細就不會給唐建弄女人了。旅長，我以為是在給他做好事，誰知害了他，這唐建是啥命呀，還沒見過女人×就死了?!井宗秀沒接他的話，只是詢問納糧繳款的事。王成進心放下來，一五一十，十五二十地報告著他們去了哪些村寨，哪些村寨納繳得好，哪些村寨還得再去，末了就信誓旦旦給井宗秀保證一定會完成任務！還說：現在兄弟們成家的少，如果在外地碰上未嫁的或寡婦的就多弄幾個回來。井宗秀就笑了，說：主要還是納糧繳款啊。王成進說：那當然，那當然。井宗秀說：陳來祥啥都好，就是有些憨，說話做事不大注意，你要好好領著他，出門在外，事不能做得過分，那不是他陳來祥，也不是你王成進，而是代表著預備旅哩，好事不出門，壞事傳千里哇。別的事都少管，專心納糧款，如果哪一天打仗，打死了敵人，再說領他們女人的事。王成進說：明白，明白。井宗秀拍著王成進的肩膀，還抓著搖了搖。

三天後，預備旅做了決定，幾個團的工作輪換著做，夜線子的二團負責起了納糧繳款。

★

從平原又馱來了一批黑茶，方瑞義還捎帶一個大紙箱子，但大紙箱子運茶人送去給了井宗秀。花生給陸菊人說：方瑞義會來事，咱啥啥都沒有？可到了第二天，蚯蚓拿來了一個包袱，說是井旅長給的，包袱裡是三個紙盒，紙盒上印著涇河牌水晶餅。花生說：水晶餅，怎麼叫水晶餅？打開一盒，裡邊是六個糕點，皮白如雪，當下給陸菊人一個，自己也拿了一個吃起來，脆而不焦，油而不膩，裡邊包的竟是冰糖和玫瑰，特別特別可口。花生說：平原到底是大地方，做這麼好的糕點！陸菊人說：方瑞義不給咱們，咱們不是也吃到了嗎？謝謝你！花生說：謝我？陸菊人說：我讓他生氣了，這是送你的。花生說：哪裡呀，他八成覺得讓你生氣了又給你回話的，我才是沾你的光哩。吃完了一個水晶餅，陸菊人說：你放著慢慢吃。花生說：咋能給我吃，剩下的都給剩剩吧。陸菊人想了想，說：這一盒你再吃一個，剩下的給剩剩，那兩盒，一盒給寬展師父留著，一盒咱一會就給陳先生送去，好久也沒去他那兒了。花生說：也行。就又取出一個水晶餅從中間掰開，一半給了陸菊人，陸菊人吃著，有一粒冰糖掉下來，正好落在桌子縫裡，摳不出，她一手猛地一拍桌子，冰糖粒跳出來老高，另一手忙在下邊接了，舌頭就從手心舔了去。花生說：瞧這仔細的！陸菊人就咯咯笑，說：好東西麼。花生說：姊，我看出來了，你這心老偏著寬展師父和陳先生。陸菊人說：給人家一盒餅就是偏心啦？花生說：這多長時間了，你一閒下來，不是去廟裡就是去安仁堂哩。陸菊人說：是不是，去了心裡踏實麼。花生說：咋就踏實了？陸菊人說：我也說不清。又說：太陽月亮發光，這草呀樹呀就都向著太陽月亮朝麼。花生說：哦，那他呢？陸菊人說：誰？花生說：他呀！他都往你這兒朝哩。陸菊人說：你這鬼心思！我給他找媳婦哩他能不見我?!我可給你說，你要專了心愛他哩，你愛他了你也就發光，他被你的光照上了他就離不開你。花生卻羞怯起來，說：這我不會。陸菊人說：那你不愛他？花生說：不是。陸菊人說：我也不是讓你去給他騷情，愛他其實是愛你自己，把我這話記住。

兩人收拾了一番頭腳，還是用包袱包了一盒水晶餅，就出門從西背街向南頭走。快到安仁堂時，要經過一個澇池，一夥孩子在那裡熱鬧著。說是澇池，是以前這一片還是空地，鎮上人都在這裡取土打胡基，久而久之就成低窪地，下雨聚了水成了澇池，現在水乾了，成了大土坑，孩子們就喜歡把條凳翻過來，坐上去了，從坑坡往下滑溜，快活得大呼小叫。陸菊人就發現了剩剩也在那裡，剩剩沒有條凳，向另一個孩子借，人家不借，他又想和人家一塊坐上條凳，人家還不允，他就生氣了，抓住人家的腳把鞋脫了，一扔，扔到了坑外草叢裡。陸菊人趕緊喊叫剩剩，剩剩像土蛆一樣跑過來，陸菊人就在他頭上打了一下，說：你咋像你爹一樣不講理！去，把鞋給人家撿了送去！剩剩是去撿了鞋給了人家，卻嘴噘臉吊，兩道鼻涕流下來。陸菊人說：把鼻涕擦了！剩剩卻吭啷一聲把鼻涕吸了進去，氣得陸菊人又要打，花生笑著過去捏住剩剩的鼻子說：擤，擤！把擤出的鼻涕甩出去，又拍打著身上的土，說：一會回去給你好吃的，笑一笑。拉了剩剩一塊去安仁堂，陸菊人說：這地方閒著，將來咱在這兒蓋茶作坊。花生說：坑這大的咋蓋？陸菊人說：填麼。花生說：那太費事了吧。

剛到安仁堂，剩剩高興地叫：馬！馬！果然那婆羅樹下有一匹馬。陸菊人看了一下花生，以為是井宗秀在安仁堂，而院子裡就出來了剃頭匠幾個人，接著也出來了陳先生。陳先生被人扶坐在了馬上，有個背著褡褳的人拉著韁繩要走，陸菊人忙過去，這才看清那馬並不是井宗秀的馬，她說：陳先生，你這是要出診嗎？陳先生說：我去三合縣鳳鎮幾天。陸菊人說：去那麼遠！你把這個帶上。就把裝水晶餅的包袱塞進他懷裡。陳先生說：啥東西？陸菊人說：路上吃。陳先生說：你爹的藥還能吃幾天，等我回來再給他配些丸藥。馬撲遝撲遝走了，陸菊人問剃頭匠：陳先生咋去三合縣鳳鎮？剃頭匠說：剛給我看完病，三合縣那人就來了，說他們那兒有了霍亂，死的人多，打聽到陳先生醫術高，就請了他去。陸菊人說：霍亂？三合縣的鳳鎮有了霍亂？一時緊張起來，說：那你也不攔攔他，就讓去了？剃頭匠說：陳先生那脾氣你又不是不知道，他決意了，我能勸下？陸菊人就拉了花生、剩剩往回走。

花生問：啥是霍亂？陸菊人說：是病。我聽我爹說過，他小時候縣北一帶有了霍亂，病一來人渾身發燒，上吐下瀉，昏迷不醒個三兩天就死了，而且這病傳染，有的村是一家一家死，去抬棺埋人的人，抬著抬著自己也倒下去死了。花生嚇得說：啊陳先生就去了……陸菊人說：他去救人哩，但願他沒事。晚上了咱去廟裡得給他立個延生牌哩。

半個月後，陳先生回來了，還是坐著那匹馬回來的。他瘦得皮包骨頭，頭髮都花白，鎮上人問起三合縣鳳鎮霍亂的事，以及他又是怎樣救治病人的，他卻絕口不提。而陳先坐馬回到鎮上的時候，蚯蚓首先看到了，他把這事告訴了夜線子，夜線子就去了十八碌碡橋。當晚，夜線子拉回來了馬給井宗秀，井宗秀見馬也是黑馬，四個蹄腿上的毛竟是白的，很是喜歡，問從哪兒弄來的，夜線子說他在黑河晚上碰著一個人拉了這馬，掏了錢買回來的。井宗秀說不是搶的吧？夜線子說咋能是搶的，我掏了五個大洋哩，預備旅總不能只有一匹馬，以後遇到好馬再還要多買些。這馬就和原來的馬飼養在了一起，井宗秀輪換騎著。

麥收八十三場雨，年前八月沒下雨，十月雨僅濕了地皮，到了春上三月，天繼續旱著，地上的麥子都是長到尺半就結穗，穗小得像蒼蠅頭。年歲不好，逃荒要飯的就多了，進鎮來的哪個縣的人都有，最多的是三合縣的，問起三合縣鳳鎮不是有霍亂嗎，他們說是有霍亂，但他們不是鳳鎮人，遠個八十里，沒收下糧食又害怕傳染，就跑出來了。這些人恓惶，卻也太煩，見誰都阿伯阿嬸地叫著討要，纏得你無法走開。所有飯店門口更是蹲滿了拿著破碗爛瓢的，見著誰進去拿了饃端了麵條出來，猛不防就叼了去，被搶的人在後邊罵著攆，他們一邊跑一邊啃饃，攆上了饃已經進肚。湯麵條太熱，他們伸手抓了幾條往嘴裡塞，燒了心，嗷嗷地叫著，卻呸呸地往碗裡唾幾口，攆的人也就不攆了，說：吃吧吃吧，吃完了把碗放在地上。鎮上好多人埋怨北城門口站崗的不該讓這些要飯的進來，站崗的說這是井旅長讓進來的，人家能到渦鎮來，是人家眼裡覺得渦鎮富裕呀，客滿酒不幹麼，誰都不來了，那渦鎮也就成了蚊子不下蛋的地方了。

人一多，老魏頭肯定要辛苦，他晚上再不能睡，整夜在街巷裡轉悠。一個晚上，風呼呼地刮，他到了東北城牆角，想著這段城牆中曾經壓過兩個保安，心裡就瘮得慌，偏又見那牆角根臥著一個人，頓時嚇了一跳。又摸頭髮，又呸唾沫，還拿了火鐮撇出火花，那人還沒有動，才認定不是鬼，近去拿腳踢，說：要飯的吧，別人都去廟院裡睡，你睡在這兒？那人不動彈。他又說：嗨，你本事大，在風裡還睡得沉呀?!拿鑼槌去戳，那人抬了頭，說：我發燒，怕是霍亂了，就沒去廟裡，離他們遠些。老魏頭一聽，要摸那人額顱就不敢摸了，急忙跑去敲安仁堂的門。陳先生披衣出來，問了情況，說了句：怕啥就有啥了。老魏頭說：啥是啥？陳先生說：他還能走不？能走，讓他趕緊到我這兒來。老魏頭說：我會不會被他染上了？陳先生說：還沒確診他是不是，即便是，你又沒接觸，沒事的。你給我把井旅長叫來。老魏頭說：這三更半夜的，我能進去城隍院？陳先生說：那你去叫剩剩他娘，讓她拿兩麻袋鹽來。再找兩三個有力氣的，把鍬帶上，要挖個坑的。老魏頭說：埋他呀?!陳先生說：話這多的？快去！老魏頭沿街敲兩戶人家的窗子，叫喊著起來起來，屋裡的男人不耐煩說睡得正香的你叫喊啥哩，他說陳先生叫你的你不去？把鍬拿上去安仁堂！屋裡人還在問啥事，他已經跑遠了。敲開了茶行的門，陸菊人和花生正好在茶行裡盤點帳本，知道了情況，卻拿不出兩麻袋鹽來，要緊急拿這麼多鹽，只能去找井宗秀，讓井宗秀給鹽行的人說，陸菊人來不及梳洗，取了個帕帕把頭一裹，也給花生裹了頭，兩人就去了城隍院。在城隍院站崗的不讓進，陸菊人大聲地喊：井旅長！井旅長！偏巧杜魯成起來上廁所，聽見叫聲就敲井宗秀的房間門，兩人出來問是啥事，陸菊人說了老魏頭的話，井宗秀說：出大事啦！四個人就去鹽行敲門，掮了兩麻袋鹽往安仁堂跑去。

安仁堂裡，先去的三個人都拿了鍁，陳先生就指揮著在院子裡挖坑，坑大小能躺下一個人，挖到一尺多深，正捶實坑底，老魏頭領著病人來了。老魏頭二返身去了城牆東北角，他把鑼槌隔牆扔到了白河去，找了個木棍一頭自己握了另一頭讓病人握著，拉著來見陳先生。剛到安仁堂門外婆羅樹下，那人說他要屙，老魏頭說：你往哪兒屙，就在褲襠裡屙！他進院要陳先生去樹下看，陳先生說：讓進來呀！老魏頭說：他走不動了，屙了一褲襠。陳先生說：哦，那八成就是了。取了針包就往外走，老魏頭也便撐了燈跟著。婆羅樹下，那人又開始吐了，咯哇咯哇地聲很大。陳先生問：你啥時覺得發燒？那人說：早晨就發燒，渾身沒勁，天黑屙了三次。陳先生說：你是哪裡人？那人說：三合縣的。陳先生說：說老實話，是不是鳳鎮的？那人說：是，是鳳鎮的。老魏頭就罵：你從鳳鎮來的你不早說？渦鎮人給你吃哩喝哩你倒要禍害渦鎮！陳先生說：他是誠心禍害啦？要禍害他能一個人睡到城牆角？又問：從鳳鎮來的還有多少人？那人說：有三十多人。再問：都睡在廟裡？那人說：嗯。陳先生就從針包裡取出一根三棱針，在病人兩條腿上扎，血流了出來，說：血黑不黑？老魏頭說：黑得像醬。陳先生又用細針扎病人的十個指頭，說：黑不黑？老魏頭說：黑。這時候井宗秀杜魯成陸菊人花生把鹽拿來了，陳先生給老魏頭叮嚀，讓病人歇一會兒，他就招呼井宗秀他們進院，讓把鹽在坑裡鋪上一層，再用水桶從井裡打水，不得桶底觸地面，手接住桶底把水倒到坑裡，連倒三四桶水，拿棍子攪拌，直攪得起了白泡沫，他說：讓病人渾身脫光躺進去，把脫下的衣服燒了。才叫井宗秀他們進屋裡說話。

井宗秀說：這肯定是霍亂了？陳先生說：是霍亂。井宗秀說：這能不能治？陳先生說：能治。但鎮上還有三十多人來自鳳鎮，保不准沒被傳染的，這些人都住在廟裡。井宗秀就對杜魯成說：你現在就去召集人，先封鎖了廟，看有沒有犯病。陳先生說：有發燒的，上吐下瀉的，就立馬送過來。沒有犯病的徵兆，也要每個人發一包鹽，一天三次喝一碗鹽水。井宗秀說：還有啥預防的？陳先生說：得讓喝馬藍根水，我這兒馬藍根不多，還得在集市上收購。陸菊人說：這事茶行來辦，熬上幾大缸馬藍根了，凡是鎮上人都讓喝。你這兒有多少都給我，我和花生限天明就先熬一缸來。

井宗秀和杜魯成急急忙忙走了，院裡有了火光，是在燒病人的衣服，老魏頭在喊：泡了一個時辰了還泡嗎？陳先生從藥材屋裡取了三大包馬藍根，說：再泡一個時辰！就對陸菊人說：我睡屋炕上有一堆衣服，你挑上一身給病人，櫃子底下還有一雙舊鞋，不知他腳大小，如果不行，院台階上有草鞋。陸菊人說：他泡過了還有啥要治的？陳先生說：泡過就能走了，不會再上吐下瀉，但得歇幾天，口乾想喝水，就喝鹽開水。一會讓他們就在院角苫個棚，讓他在那兒歇著。陸菊人說：那不如讓他回廟裡去住，那兒有空房子，我和花生去照看著。陳先生說：也好，讓他先單獨住一個房子。陸菊人搬過椅子讓陳先生坐了，說：你快坐下歇著，要沒有你呀，這霍亂一傳開，那就不得了啦。陳先生說：我不累，花生你看看還颳風不？花生出去了一下回來說：不刮啦，天氣好啦！陳先生哦哦著，卻說：天氣也就是天意啊。

泡過了兩個時辰，那病人果然站起來，脖子也直端了，換了乾淨衣服，就趴在地上給陳先生磕頭。陳先生說：不謝我，是你命大。陸菊人和花生要帶他去一三〇廟，老魏頭又拿了個木棍讓把病人拉上，那人說：不用拉了，我能走。老魏頭說：去了靜靜躺著，再別亂跑。那人說：不亂跑。又要給老魏頭磕頭，老魏頭說：你狗日的是害了多少人沒睡安然！花生發現那人穿的是草鞋，而陳先生的那雙舊布鞋在老魏頭的腳上，但她沒有說破。

★

經查，一三〇廟裡三十多個鳳鎮來的人沒有發燒和上吐下瀉的，又查了全鎮所有的人，也沒有發燒和上吐下瀉的，但老皂角樹下擺放了四個大甕，一個大甕裡是鹽水，三個大甕裡是馬藍根湯，蚚蚓就在那裡經管著。凡是來來往往的人，都得喝半碗鹽水，再喝一碗馬藍根湯。而茶行門口，搭了個棚，棚裡支了大鍋，每天熬三鍋粥，供那些逃荒要飯的來吃。差不多這粥熬過十天，杜魯成便有些為難，說搭粥棚放舍飯是可以的，可這些人吃慣嘴了，就都在鎮上不走了，哪有那麼多糧食？井宗秀就給周一山說：你去了解了解，有多少人是吃了兩天還沒走的，裡邊有多少青壯年？周一山說：我知道了，我知道了。杜魯成說：知道了什麼？周一山說：上次你去橫坪鎮招兵哩，還要不要？杜魯成說：難招得很，當然要麼。周一山說：你跟我來。兩人去了粥棚，宣布青壯年的，願意留在渦鎮到預備旅來當兵的，吃的就不是稀粥，而是糊湯。於是，當場就留下四十人。杜魯成說：我就沒想到這一點。可你這是招吃貨哩，吃飽了說不定就又走了。給四十人熬了兩大鍋糊湯，很稠，筷子插在飯裡都不倒，全瘋搶了吃，一下子沒有那麼多碗，就有十幾個人拿了棒槌、木棍或劈柴，往鍋裡一蘸，伸長舌頭舔著吃。吃飽了，要登記造冊，其中有六個人說肚子撐了得去上廁所，卻趁機跑了。

糧食是愈來愈緊張，連麻縣長也早飯喝粥，午飯一碗燉紫芝菜兩個蒸饃，過了午就不再食。而預備旅又增加了三十多人，也再不蒸饃擀麵，頓頓是包穀糝裡摻了米熬的糊湯，這糊湯插不直筷子，用筷子蘸了能吊線兒，好的是裡面煮了南瓜或土豆。井宗秀就開了會，重點研究納糧繳稅工作，指示夜線子和李文成要增加人手和下鄉的次數，納繳過的鄉鎮可以再找那些富戶。李文成說：太多鄉鎮都納繳過兩三遍了，就是和方塌縣桑木縣接壤的銀花河一帶去得少，一是路遠，二是那裡民風強悍，曾去過一次，幾個村的人都起來抗糧抗稅。井宗秀說：幾個村的人集體抗糧抗稅，肯定有人在背後主事，把情況摸清，摸清了，可以把麻縣長用滑竿抬了去，該打他的牌咱要打他的牌，這話我給麻縣長說。李文成就派人去銀花河了解情況，回來報告：銀花河一帶攏共一個鄉一個鎮，鄉里十二個村寨，鎮雖不大，也有幾百戶人家。這裡出了兩個惡人，一個叫羅樹森，交際廣泛，和方塌縣保安隊長熟，據說還認識秦嶺遊擊隊的一個營長。此人不惹是生非，但若誰在他頭上動土，則絕不手軟，而且有一支短槍和一支長槍。為了練槍，經常是夜打香火頭，能百發百中，他是鄉里十二個村寨壯膽撐腰的。另一個就是瓜子老大，這是個孤兒，小小就出去在刀客裡混，後來帶了槍回來，在鎮上竊據了一姓高的人家的偏正兩院，又強占了姓姚人家的祠堂，改造成前後三拱屋院。他要是看中誰家田地，便以放債和供大煙為誘餌，暴利盤剝，到期即唆使長工犁其地攫為己有，原田主不敢違拗，如此奪得二百畝好地，僱長工短工四十三名。他公開叫囂誰敢來納糧繳稅就往死裡打，打出人命他來頂著。這兩個人把持了銀花河一帶，卻又是對頭，羅樹森處處防著瓜子老大，瓜子老大卻嫌羅樹森是他的威脅，一心想滅了羅樹森。曾經有一次瓜子老大帶人去羅樹森的村子，羅樹森吆牲口犁地，老遠見瓜子老大向自己走來，他叫住牲口，留神察看，當瓜子老大到了地頭，兩人相距三十丈遠，都不說話，四眼對著，最後是瓜子老大撤了。還有一次，羅樹森正割麥，瓜子老大走來，提著短槍，羅樹森放下鐮，把長槍拿在手裡，兩人相峙了一袋煙工夫，竟然你叫我一聲哥，我叫你一聲弟，互致問候，再各自倒退出二十丈，才散了。井宗秀說：瓜子老大是個惡人，這得除了，那個叫羅樹森的，如果能把他收來，倒是個幹將哩。

夜線子和李文成帶人再去銀花河，夜線子對李文成說：咱去先殺了羅樹森！李文成說：瓜子老大是個壞人，應該殺了他，旅長不是讓咱想方法收羅樹森嗎？夜線子說：殺羅樹森！李文成說：這？夜線子說：你我都是半路裡到旅裡來的，我不是杜魯成，你也不是鎮上的陳來祥。李文成說：打仗還不是要靠咱二團嗎？夜線子說：旅長待咱們不薄，可何必再要來個羅樹森呢？李文成噢噢著，說：我聽大哥的。先到了羅樹森的那個村裡，夜線子讓李文成就在村外包穀地等著，他要一個人去殺了羅樹森，說：我會會他，看看他槍法有多准?!進了村，羅家門口有好幾個人在吵架，一個說地是我買的，地上老大？店主說：你還沒見過他？又大聲喊：給爺再切一盤熏腸啊！刺溜進了店。李文成便叫了一句：瓜子老大！瓜子老大脖子上癢，摸下來一隻虱，就叫住了旁邊一個人，說你去養著，丟進了人家的衣領裡，聽見有人叫他，立定了腳，問：你是誰？李文成說：你現在闊了，就不認識我啦！瓜子老大說：有點面熟，是我在刀客那陣見過？李文成說：記起來了好！今日路過這裡想拜會你，才打問府上哩你就來了！瓜子老大的眼睛卻盯著李文成腰上的短槍，說：還有這樣的好槍？讓我瞧瞧。說著就過來動手了要看。李文成說：來拜會你就是要送你這個見面禮的。你甭急，讓我退了子彈。李文成假裝退子彈，突然對著瓜子老大胸部就開了一槍，瓜子老大應聲倒地。但瓜子老大沒有死，往起爬，李文成一腳踩住，先把瓜子老大的槍從懷裡掏出來，再把兩隻胳膊要扭到背後。瓜子老大胸口血往出噴，但力氣仍大，胳膊就是扭不到背後，李文成咚咚兩拳，把瓜子老大的胳膊打折，扭到背後了，抽瓜子老大的褲帶要綁，說：我要活捉你，才故意往你胸上打的！但這時，叭的一聲，李文成卻倒在了地上。

這一槍是瓜子老大的保鏢打來的。瓜子老大就這一個保鏢，半臉絡腮鬍子，頭上卻沒一根毛，平時都是手持長槍，腰插兩把短槍，為瓜子老大警戒。這天他跟隨瓜子老大出來，走到烙餅店，進去買烙餅，聽著外邊槍響，跑出店四處觀望，見一人把瓜子老大壓在地上，便開了一槍。這邊連響了兩槍，埋伏在巷口的夜線子就開槍打死了保鏢，再跑過來看李文成和瓜子老大，瓜子老大雙手還沒綁住，要爬起來，胳膊折著，正拿腦袋撐了地，身子弓著，忙三支槍同時開火，瓜子老大弓起的身就塌下去不動彈了。伸手去拉李文成，李文成後腦勺被子彈炸開，人也死了。

方塌縣保安隊長的母親過壽，羅樹森在壽宴上得知家人被槍殺的消息，他第一反應是瓜子老大幹的，後證實兇手是預備旅，預備旅也打死了瓜子老大，他一語未發，從宴席上退下，在下榻的旅店裡三天三夜眼睜著，只吃菸。保安隊長要讓他幹個副隊長，他沒答應，離開了方塌縣。他沒有回銀花河，也沒有在秦嶺任何縣鎮出現過，從此下落不明。

直到過了五年，有人在方塌縣城南青樹坪的一個廟裡，見一和尚眉眼有些像羅樹森，但一交談，和尚是下湖人口音，這就不是了羅樹森。同年冬月，銀花鎮北八十里的兀梢山上，有獵人在一個石洞深處發現了一隻黑熊的屍體，可能是野物臨死前尋到這僻靜的地方倒斃的，但這黑熊皮毛完整，內臟全無，是腐爛後又被蟲蟻食去，連四隻腳掌也乾了，僅一副骨骼，割開皮毛往出倒骨骼，竟然堆出了類似羅樹森三個字的模樣，便又傳說那黑熊就是羅樹森變的。

★

預備旅開始在銀花河一帶納糧繳款了，夜線子沒有再去，他覺得用不著他了，和手下的一個營長在他家裡喝酒。自李文成死後，李文成的媳婦以淚洗面，夜線子就有心讓這個營長和那媳婦成家，但他有個要求：必須更名改姓，也要叫李文成，說：李文成是我的兄弟，我要他活著，你就替了他行不行？這個營長說：只要有女人，行。這個營長和那媳婦住到了一搭。但是，去銀花河一帶納糧繳款的又空手而歸，報告的情況是，阮天保帶著秦嶺遊擊隊一些人駐紮在了那裡，納糧繳款倒成了他們的事。這消息再報告給井宗秀，井宗秀有些不相信，問杜魯成：阮天保現在是秦嶺遊擊隊的了？杜魯成說：是在那邊，還是一個什麼隊長，年前我就聽說了，一直沒敢給你說。井宗秀說：這事你也瞞我？杜魯成說：我是怕你生氣。他肯定故意要去那邊的，我只是搞不懂，你哥應該知道他的底細吧，怎麼就能收留了他？井宗秀哼了一下，說：好麼，今生算是和他摽上了，好麼。杜魯成說：遊擊隊一直都在秦嶺東北部活動，他阮天保竟帶人到了銀花河，那你說咋辦？井宗秀說：他要是遠走高飛，我倒不理他了，他還來報復？活該他是要死在咱的地盤上了。杜魯成說：那好，咱倆去銀花河。井宗秀說：要去我和一山去，你得在鎮上坐鎮。井宗秀又去徵求周一山意見，周一山說：你和你哥沒什麼聯繫吧？井宗秀說：有沒有聯繫你能不知道？周一山說：這會不會得罪了那邊，你哥該怎麼想？井宗秀說：他們能收留阮天保，就不考慮咱了？周一山說：是不是你哥還不知道阮天保攻打過渦鎮的事。井宗秀說：知道不知道，咱都得打阮天保。他帶人到銀花河那不僅僅是搶收些糧食，門扇上有了針眼的洞，就會擠進來笸籃大的風，還可能再來攻打渦鎮哩。周一山說：那好，這幾天咱加緊準備。井宗秀說：到時候你跟我一塊去。

去銀花河打阮天保，井宗秀就帶了二團和四團，但人員有了調整。夜線子仍是二團的團長，馬岱升為團副。陳來祥由四團團副任團長，苟發明任團副。王成進則成了三團團長，陸林任團副。陳來祥重新當了團長，陳皮匠高興，殺了兩頭豬，抬了一個八鬥甕的燒酒送到城隍院，出征的二百人一頓吃喝了，每人都背了三斤炒麵袋子，又在腰裡別了一雙新鞋。但出發時，井宗秀讓杜魯成跟著一塊走，又把周一山留下了。

井宗秀一走，周一山就下令留守的部隊加強崗哨，取消了集市，不准任何陌生人再進入渦鎮，同時監管了所有的阮氏族人。姓阮的人家原本不多，又都和阮天保出了五服，現有的五戶分散在四道巷、三岔巷、古井巷，屋院門口便有了背槍的士兵看守，不能邁出一步。這些族人被突然限制極其不滿，其中有個叫阮上灶的就破口大罵。按輩分，阮上灶是阮天保的叔，平時做些販豬販羊的生意，卻好抽煙土，家境一直沒富裕起來，至今還是光棍。他是和王喜儒熟，王喜儒陪麻縣長去山裡採集草木時，他也陪著，因知道的東西比王喜儒多，麻縣長誇過他幾句，從此倒長袍馬褂的穿著，像個人物。他在屋院裡叫罵，說他家裡沒茶啦，他要喝茶，他不喝茶他就要死呀！看守的士兵當然不能讓他去買茶，他就拿頭撞門扇，撞得額上起了包，看守的士兵就跟著他一塊去茶行買茶。阮上灶說：為啥就不讓我出門？士兵說：你姓阮。阮上灶說：姓阮又咋啦？士兵說：部隊去打阮天保，要防著你們趁機鬧事。阮上灶說：阮天保不是被你們打跑了嗎，咋還去打？士兵說：阮天保現在是秦嶺游擊隊的人，又在銀花河的銀花鎮了。阮上灶噢了一聲，說：阮天保他東山又起了！士兵說：不許高興！阮上灶說：我沒高興，我是說阮天保他又要回來啦，卻把我們看守住了。士兵說：你老老實實走路，別給我邪，你跑我就打死你！到了茶行，阮上灶買了茶，又高聲叫罵，陸菊人這才知道了這事，但她什麼也沒說，待士兵把阮上灶又帶走了，她就去城隍院見了周一山。

陸菊人問：是把姓阮的都看管了？周一山說：真要謝你，還操心這預備旅的事！部隊去打阮天保，鎮上是不能有任何亂的。陸菊人說：阮天保是阮天保，這族裡人是族裡人，上次攻鎮，這些人也沒出啥亂麼。周一山說：此一時彼一時啊。陸菊人說：你這樣一做，把姓阮的全推到阮天保那兒了，那不等於在鎮上就有了敵人？周一山說：正是這樣呀，才要嚴加看守的。陸菊人還要說，周一山卻笑了，說：茶行那邊都好吧？陸菊人見搭不上話，說：你意思是我賣我的茶？周一山說：旅長原本要我和他一塊去銀花鎮的，卻又把我留下，他是把重擔交給了我，我可不敢有一絲馬虎，寧肯過之，不可不及。陸菊人說：既然嚴管著，那阮上灶卻出來買茶了？周一山說：不可能！陸菊人就說了士兵帶著阮上灶去茶行的事，周一山說：把他的，這怎麼行?!就急忙走了。

阮上灶拿了茶往家走，半路上偏遇到了麻縣長，麻縣長和王喜儒剛從山裡回來，王喜儒背了一簍草和樹枝，阮上灶就喊：縣長縣長，我家裡還弄來了一些奇花異草，你還要不要？麻縣長說：拿來我看看。阮上灶就回家換了長袍馬褂，提了一筐花草出來，士兵還跟著。麻縣長說：你幹啥？士兵說：我得守著他。麻縣長說：他有啥守的?!去吧去吧。士兵只好不跟了。阮上灶傍晚從縣政府出來，並沒有回家，而是跑到南門口外，柳樹下還拴著船，他撐船就逃走了。

阮上灶在第三天逃到了銀花鎮，果然阮天保在一家富戶的家裡，一見面他就渾身抽搐，鼻涕眼淚都流下來。阮天保也奇怪他怎麼到這裡來，說：還抽煙土，癮犯了？阮上灶說：抽還是抽的，就是好久沒煙土了。就說了你天保不在，井宗秀如何迫害阮氏族人，又說了井宗秀他如何帶了人馬要來銀花鎮打你呀，我是死裡逃生來報信的。阮天保怕阮上灶說謊，再三詢問證實了，讓他住下吃了喝了再躺到榻上去吸煙土，便立即在鎮內部署兵力，又派人把守鎮外的三個山頭，然後才回來看阮上灶。阮上灶說：天保，你也抽煙土了？阮天保說：我不抽，這家是富戶，沒收來的。阮上灶說：哦，煙土是好東西。阮天保說：你是不是還要回渦鎮？阮上灶說：我還能回去嗎?!阮天保說：那你參加紅軍？阮上灶說：啥紅軍黑軍的，我都不參加，叔來給你報信就跟你。阮天保說：好。交代阮上灶去鎮西杜鵑花埡，那裡是進鎮的要道，如果預備旅來了，想辦法在他們待的地方燃火放煙。阮上灶說：為啥要燃火放煙？阮天保說：我讓你燃火放煙你就燃火放煙！阮上灶還要說話，阮天保給他懷裡塞了一包煙土，他不再說了。

井宗秀帶著隊伍順著白河岸的官道走，擔心動靜太大，走漏了消息，便從一條溝進去，翻過光頭山，從另一川道往南。天黑時到了一個叫老鴉窩的地方，原想就地休息，夜線子卻提議，前邊五里有個大荊村，他去納糧繳款過，村裡有一戶人家的兒子在逛山那裡，一戶的兒子在六軍當兵，還有兩戶的兒子是原秦嶺遊擊隊的，那裡的人都橫，如果隊伍在那裡過夜，可以震懾一下，將來再征糧繳款時就順當些。於是隊伍又走了五里，住在了大荊村，沒想村人還都熱情，就在四戶人家裡歇下來吃飯。有兩家是蒸了土豆，熬包穀糝糊湯，一家做的是漿水麵片，一家做的是小米乾飯，燉了血豆腐，油炸小魚燴了酸菜辣椒，正好有獵來的五隻野雞，將帶骨的肉剁碎，用蘿蔔在肉中砸，去盡碎骨，滾油爆炒。吃小米乾飯的有四十四人，大夥吃得特別香，但飯後竟然都肚子疼，屙稀，稀到第三次屙清水。

去問房東是不是飯菜沒洗淨，房東一家三口卻不見了，就疑心飯菜裡被下了毒。把全村人抓起來，查房東，沒查到，四十四人已經站不起身，開始屙膿屙血。夜線子一怒之下把那家屋院燒了，還要燒所有房子，一個老漢站出來說：不要一粒老鼠屎壞了一鍋湯呀，你不要燒我們房，我們能治病。

原來，這村子在後溝坡上種有十八畝籽瓜，這種瓜不大，更不好吃，主要是收瓜籽，瓜瓤卻是止瀉的良藥。井宗秀就讓夜線子押著村裡人去摘瓜，把全部的瓜都摘回來，堆得像糞堆一樣。病人也不用刀切，拿拳頭砸開了，掏瓜瓤吃，吃了還在屙，屙了繼續吃，愈屙愈吃。到了第二天下午，四十四人基本上都止了瀉，但人渾身發軟，沒有力氣，只好休息兩天。這兩天村人更加殷勤，盡力地把好吃好喝拿出來接待，而且各家做了飯自己先吃一碗。井宗秀就趁機讓夜線子、陳來祥給各自的團進行戰前動員，讓大家明白形勢的殘酷，被下毒藥也只是經歷了小的破壞，而惡仗還在銀花鎮。

陳來祥新任了團長，他就特別緊張，所幸中毒的不是自己團裡人，但他不停地要去看住在各家的士兵，擔心出事。新兵太多，見他們嘻嘻哈哈地吃肉喝酒，就反覆講上次阮天保攻打渦鎮時多麼慘烈，說：這回去銀花鎮，不是他阮天保死，就是咱們死，咱們要不死，就得勇敢，讓他阮天保死！還要讓每一個人表決心。沒想，士兵們愈是表決心，愈是恐懼，有的就大碗大碗喝酒，說：喝呀，誰知道以後還能不能喝，喝！就喝高了，醉癱如泥。有的卻熬煎得不吃不喝，夜裡睡不著，老聽見有咕咕的叫聲，叫得心驚。

這咕咕聲是一家養的鵪鶉在叫，養了幾十隻，頓頓要給井宗秀和杜魯成煮鵪鶉蛋吃。這家房東說話咬舌，把鵪鶉蛋說成安全蛋，井宗秀便突發奇想，讓煮了所有鵪鶉蛋給每一個士兵吃一顆，吃了就都安全。陳來祥拿了一堆煮熟的鵪鶉到各家各院去發，到一家院外，聽見裡邊一片雞的叫聲，進去後，五個士兵正在逮雞，房東哀求：公雞都給你們吃了，就這幾隻母雞，要下蛋的。陳來祥說：吃了就吃了，不就是幾隻下蛋的雞嗎，把帳記下，下次來納糧繳款，給你頂款錢。但五個士兵每人提了一隻雞，站成一排，說：團長，你在場了好！就把雞頭剁下，在每個酒碗裡滴了血，然後喊：一二！同時把五隻沒頭的雞拋出去，沒頭雞還在空中撲騰，後來就掉在地上死了，有四隻雞的脖子朝著人，一隻雞的脖子朝著外，那個叫張安的士兵唉了一聲，蹲在地上抱了頭。陳來祥說：這是幹啥哩？一個說：用雞占卜哩。這五個士兵都是三合縣鳳鎮人，他們說他們是才當的兵，槍是會打了，但從沒有殺過人，這次去打仗才用雞占卜的。剁了頭的雞如果脖子朝著自己那就是平安，如果脖子朝外那便是凶多吉少了。用雞占卜是鳳鎮的習俗，以前他們凡是出門都這麼做的。四個士兵喝雞血酒了，但張安不喝，還蹲在那兒垂頭喪氣，陳來祥說：這是啥玩意兒，用死雞算卦，那能准嗎？過來喝酒，我再給你發安全蛋，吃了安全蛋神鬼都不敢撞的！張安說：你是渦鎮人，你不是鳳鎮的。陳來祥說：現在就不是鳳鎮麼！給你多吃一顆，仗打完了，我就提你當班長！張安這才把兩顆鵪鶉蛋連皮咬著吃了，再喝了半碗酒。

又過了一夜，早晨隊伍出發了，走了一天，傍晚到了銀花鎮西的杜鵑花埡。秦嶺的杜鵑花多，別的地方都是灌木叢，而銀花河一帶的都是喬木，這埡上的杜鵑就成了林，全都幾丈高，枝條粗壯，葉子有皮革質，閃著光澤，花在三四月裡開過了，花托還在，竟有碗口般大。在杜鵑林中還夾雜了另一種灌木，密密麻麻地結著漿果，紅得如同瑪瑙。杜魯成驚嘆著杜鵑樹這麼高大，又奇怪漿果怎麼都是人字形。井宗秀說：不是人字形，是褲襠吧，這叫褲襠果。春上開花的時候那才是怪哩。兩朵並在一起，有太陽了它就開放，沒太陽了就閉合。杜魯成說：麻縣長不是喜歡採集奇木異草嗎，等咱返回時採折些，他肯定稀罕哩。隊伍剛坐下歇息著吃炒麵，不遠處咯喇喇有石頭滾落，夜線子立即帶人撲過去，不大一會，拉來一個人，穿著長袍馬褂，背著一個褡褳，井宗秀見是阮上灶，說：咋是你？阮上灶指著下巴，啊啊著，卻說不出話來。杜魯成知道阮上灶的下巴掉了，走近去一手按著阮上灶的頭，在點火，便喊：你不快躲起來點什麼火?!阮上灶撒腿就跑。井宗秀突然就叫：來祥來祥，把阮上灶給我抓住！陳來祥抓住了阮上灶，井宗秀也不爬崖頭了，問阮上灶：是不是你燒火放煙給阮天保提供目標的？阮上灶說：沒有，沒有。井宗秀說：那我試試。就讓陳來祥把阮上灶綁在柴堆旁一棵樹上，然後點燃了火堆，所有的士兵全往埡後跑。他說：阮上灶，如果一會兒炮不朝這邊打，你就是好的，我會來給你解綁。說完，一群人迅速從崖底往過跑，還沒跑過去，炮彈就打了過來，當場炸飛了五人。井宗秀剛四仰八叉地倒在地上，泥土嘩嘩地落在身上，又落下一塊大的砸在懷裡，看時，是一顆人頭。陳來祥撲了過來叫：旅長旅長，你受傷了？井宗秀一翻身滾進一個草窩，喊道：往後撤，快往後撤！炮還在打著，卻也聽到了埡口下有了號響，陳來祥領人往後跑了幾丈遠，又領人跑回來，吆喝著敵人要攻上來了，都給我用槍打！頓時槍聲就亂了。夜線子也帶人跑了來，叫喊著機槍手，機槍手趴在一塊土塄上，並沒有開槍。夜線子罵道：打呀，打呀！機槍手說：還看不到敵人。夜線子說：往右邊去，跑快些，把機槍保護好，人就是被炸了，機槍不能損失！又是一顆炮彈，爆炸聲特別大，陳來祥跳進草窩要拉井宗秀，空中掉下來一個人，偏不偏也掉進了草窩。井宗秀說：他死了。陳來祥背起井宗秀就走，問了句：誰？一回頭，掉下來的那個人沒頭沒腿，身上還穿著馬褂。

所有人又都跑回到杜鵑林，炮是不打了，埡口下的槍聲卻愈來愈近，差不多能聽到敵人的叫喊聲。井宗秀問夜線子：你聽這槍聲，他們能攻上來多少人？夜線子說：管他多少人！埡口前邊有個土峁，咱都到土峁上去，他們就難攻上來！井宗秀說：不行，咱被打亂了，一時集中不起來火力，還是先撤出這裡。夜線子說：要撤你們先撤，我給斷後。就帶了三個人，還有機槍手，去了土峁。井宗秀和陳來祥指揮大家撤到後溝了，一查人數，只有一百多人。不一會兒，前邊的梢樹林裡跑出一夥人來，把大家嚇了一跳，才都趴在了石頭後，看時卻是杜魯成他們。杜魯成滿臉是血，身上的衣服也少了一個襟，他背著一個傷患，跑過來說：誰帶著繩子，快給路營長紮腿！放下了路營長，路營長的雙腳被炸斷，小腿的斷口就張開著，皮肉像棉絮一樣吊著。但誰也沒帶繩子，陳來祥就在樹上扯葛條，旁邊人說：不扯了，人早都死了麼。果然再叫都叫不應，一摸鼻子，沒有氣息。杜魯成就罵上了阮上灶的當，他娘的，阮家真沒有個好東西！又罵夜線子不該領路走埡口。井宗秀制止了他，說：夜團長還在埡口斷後哩。杜魯成就讓大家看看周圍還有沒有受傷的，受傷的都要帶上，不能少了一個，說：跟著旅長從溝裡上對面山！他卻往埡口上跑去接應夜線子。

井宗秀帶人到了山上，梢林裡的野獸亂跑，成群成群的鳥往空中飛，還沒到山頂，炮聲又響了。從山上能看到夜線子杜魯成他們從土峁上撤下來後，跑上來三個敵人，他們回頭把三個敵人打死後，過去撿了兩桿槍，還想再撿另一桿槍，又是一炮打了來，炮彈就落在路上，煙塵散後，沒見了機槍手，也沒見了機槍。井宗秀眼淚唰唰流下來。

杜魯成、夜線子也撤下來的時候，他們在杜鵑林和溝道裡還收攏了被打散的三十人，等全部到了山上，炮是再沒打，敵人也沒有追來，安全是安全了，可再次清查人數，缺了二十八人。預備旅的所有人，井宗秀都是認識的，也都知道姓甚名誰，是哪裡人，這些兄弟一下子沒了二十八人，他拿手就搧自己臉，說：都怪我，都怪我！陳來祥眼淚長流，他說：這不怪你，是我不該留下阮上灶。井宗秀卻面朝埡口跪在了地上，咚咚咚磕了三個頭。井宗秀跪下來磕頭，所有人全都跪下來磕頭，天空上的雲就像乾涸後的水田，布滿了大大小小的裂紋，先是慘白，再變紅，紅得要起火。

已經是到了下午，他們順著山那邊的溝底走，誰也不說話，只有喘氣聲和腳下偶爾踩翻的石頭聲，仙鶴草有半人高，沒有花，果實成熟，但果實都是兩頭尖芒，就沾在人身上，就如射來的箭頭。溝底的小岔溝很多，走著走著不知該進哪個岔溝，正好遇見一個人，那人蹴在樹下拉屙，冷不丁看見一群背槍的，嚇得屁股不擦，一提褲子就往一堆磊磊石的縫隙裡鑽。陳來祥拉出來問是幹啥的，那人說是放蜂的，陳來祥罵放蜂的你的蜂呢？那人才說他在野外一旦發現枯樹窟窿裡有野蜂，就用泥糊了樹洞，僅留一個小孔，野蜂就在裡邊釀蜜，他是過十天半月了來扒開泥土割蜜的。井宗秀一聽說是放蜂的，就說多半天沒吃東西了，讓割些蜂巢來。放蜂人就扒開個樹洞，割了蜂巢給陳來祥，陳來祥吃了一口，遞給井宗秀，井宗秀沒吃，說：還有多少蜂巢？全割了，每人吃一塊。放蜂人不敢違抗，帶人走了兩條小溝，把他發現的樹洞全揭開泥巴，掏了蜂巢。蜂巢果然又甜又香，吃下似乎身上也有了勁，但每次割蜂巢，都搶著去吃，蜂就蜇了許多人，有的手上腿上起了紅包，有的眼睛都腫成一條縫兒了。放蜂人說：沒一點蜂巢了，這可以放了我吧。井宗秀說：從這個岔溝出去是啥地方？放蜂人說：是七里峽。井宗秀說：七里峽離銀花鎮多遠？放蜂人說：十五里，出了七里峽就是鎮南頭。井宗秀說：你還是給我們帶路。天空全黑了，放蜂人帶路從岔溝進去又進入另一個岔溝，沒想一路上又有三人被蛇咬了。夜裡尋不著治蛇咬的藥草，只好把被蛇咬的腿用葛條緊勒了腿上部，拿刀子在咬傷處劃十字，使勁往出擠血。陳來祥怕蛇咬了井宗秀，要井宗秀在他和放蜂人身後走，放蜂人說：蛇是不驚動不傷人的，前邊的人走過了驚動了它，它要反擊，正好就咬後邊的人。陳來祥又讓井宗秀在前邊走。但害怕放蜂人走在後邊了會逃跑，他就在後邊，說：你要跑，我就打槍的。放蜂人說：我不跑，你在後邊拿個棍兒，不停地打著兩邊的草啊！這麼走出了七里峽，隱隱約約能看到峽谷外的饅頭山。饅頭山並不高，孤孤零零，樣子像個饅頭，夜線子說他以前來銀花鎮在饅頭山下的飯店裡吃過飯，繞過去就是鎮子。便介紹鎮子是南北兩條街道，窄得不如渦鎮的巷子，中間的房子又都是前後門通著，兩條街實際上算一條街。井宗秀說：誰還有紙菸，給我一支。杜魯成和夜線子有紙菸，但都吃完了，陳來祥把他的旱煙鍋在胳膊肘下擦了擦那玉石嘴兒給了井宗秀，井宗秀接過來並沒抽，說：哼哼，阮天保以為打笑著說：我以為多厲害的，頂不住收拾麼！話未落，轟隆一聲，是手榴彈爆炸，便見剛走到平場子下邊的張安和俘虜被炸得飛在半空。六個人忙跑過去，發現塄邊的一片黃麥菅草叢裡趴著一個人，褲子溜在腿脖上，手裡還拿著手榴彈的拉繩兒。張安的老鄉往小路上跑，而三支槍全指著那人。陳來祥說：你是誰？那人說：我是班長。陳來祥說：你扔的手榴彈？那人說：我的兵不能當俘虜！陳來祥一刺刀戳過去，罵道：你炸了我的兵！刺刀戳在那人肚子上，血水流出來，那人卻冷笑道：我要是不出來屙屎，不是身上就這一顆手榴彈，我不會讓你們活的！陳來祥朝他臉上打了一槍，又打了一槍，那臉就不是臉了。

跑下了平場子，小路上張安的老鄉坐在一具四肢不全的屍體邊。陳來祥問：張安死了？那老鄉說：死了。陳來祥說：唉，我咋就讓他去押俘虜?!那老鄉說：這也是他的命。

井宗秀聽見饅頭山上有了槍響，知道行動暴露了，就不敢再遲疑，下令攻鎮。杜魯成夜線子就先帶了二團去了街北，他帶四團走到饅頭山下，陳來祥他們也剛攆上，就往街南來。兩條街都已經有了紅軍，而且街口用沙袋築了工事，便從街東邊一戶人家進去，迅速地鑽進兩條街中間的民房裡，紅軍發現了，就擁了過來，而這些民房前後兩邊都有門窗，雙方就你出我進，我藏你尋，出出進進，藏藏尋尋，攪和在一起了，打著亂仗。這時候太陽冒花，霞光還嫩，鎮街被染成粉紅，住家戶有的剛剛起來，有的還沒起來，一時間槍聲像炒了豆子，雞飛狗咬，啥人都在亂跑，穿黃的穿黑的，披了褂的也有光著身子的，菜下油鍋似的尖叫。雙方都是能在街巷裡民房裡打仗，又都一樣的如狼似虎，卻沒有了戰術，沒有了指揮，只是比力氣，看誰手腳麻利，運氣好還是不好。有時候推牆，推倒了牆從這間屋可以直接到那個院，你剛一推倒，牆那邊卻是敵人竟先跳過來，能開槍的開槍，來不及開槍的就撲上去奪槍，糾纏在一起抓眼睛，咬耳朵，踢交襠。有時候我跳過窗子去攆你，他又從門裡進來攆我，我的戰友把他打死了，你和你的戰友跑過來打死我的戰友，我再去撵打死我戰友的，撵呀撵呀，又回到我跳窗子的那間房子，有時便在牆上挖個窟窿，把手榴彈撂過去，對方又把手榴彈撂過來，手榴彈還沒炸，在地上冒著煙地轉，再抓起來撂過去，就把對方炸了。

反正是打了一個晌午，預備旅先還一南一北往鎮街中間打，打著打著，紅軍卻把預備旅分隔成了三截，後來又形成預備旅集中在了街南，紅軍占據了街北。雙方就在東西兩條街上穿插著，你進了我退，我進了你退，像是在拔河和扯鋸。井宗秀把東邊街上的兵力分出一半到了西邊街上，加強了進攻，西邊街上就連續向街北推進。夜線子瞧著一處房子地基高想去占領，才衝過去，前邊就鑽出了六七個敵人，他剛一舉槍，嗖地一顆子彈便打了過來，他一晃，打著了身後的一個班長，他一下子騰空撲進了房子。倒地的班長受了傷還拿槍在打，而也同時身上被槍打得滿是窟窿，血水就順著街面流。房子裡有四張桌子和凳子，桌子上擺著辣子罐和醋瓶子，知道是一家飯館，夜線子就進廚房提了兩麻袋大米堆在了門口，趴下來打倒了要跑過來的三個敵人，陳來祥帶人趁機也衝進房，於是在牆上掏槍眼往外打，再占領另一處房子，再掏槍眼往外打，再占領另一處房子。

到了後晌，紅軍被壓迫在了鎮西北角裡，預備旅的人從兩條街上往西北角會合。那裡有個大院，旁邊是個土檯子，可能以前是個土地廟吧，廟已經沒了，只有石刻的土地爺和土地婆還在，那裡安著一門土炮。雙方又在那裡對峙，陳來祥腿上受了傷，半個褲子都染紅了，他自己還不知道，杜魯成說：快包紮一下。陳來祥說：我不疼，可能是沾了別人的血。突然見一群人從大院出來都往土檯子跑，杜魯成喊道：狗日的炮在這裡，不讓他們上土檯子！雙方又一陣激戰，預備旅人靠不近土檯子，夜線子給陳來祥喊：繞過去從後邊上！土檯子上的敵人掉過槍口朝陳來祥他們打，夜線子先把三個撂倒在土檯子沿，人沒掉下去，帽子卻飛在空中。陳來祥帶人繞到土檯子後，那裡土檯子還是高，一時爬不上去，便後退十幾步來個衝刺，但還沒衝刺到土檯子下就被子彈射中了四人。而夜線子這邊已趁機搭了人梯，撲上去了四五個。土檯子上的敵人注意力一分散，那邊陳來祥也上了，兩邊開打，就把敵人全打死了。夜線子說：狗日的咋沒打炮，啊喲打炮咱就攻不到這兒了。一看，土炮已經沒了炮彈。

鎮子上沒有了槍聲，突然間的安靜使許多人都愣了一下，說：咋不打啦？四處張望，是再沒見到敵人，就哇哇地喊著仗結束了，打贏了！井宗秀卻覺得敵人不可能就這麼全幹掉了，讓預備旅二返身回到鎮街，從北向南再過一遍。這時候鎮街上起了黑煙，黑煙還愈來愈大，夜線子帶人就往鎮街跑。果真還有著一夥敵人，一邊往南跑，一邊燒房子，街上的黑煙罩得啥也看不清，放了一陣亂槍，等煙霧稍稍散開，追到街南口，遠遠看見殘敵已繞過饅頭山下，往七里峽逃走了。預備旅並不準備追趕，井宗秀說：多放一會槍，把他們送遠！所有人都舉槍往天打了一通，然後往回撤，陳來祥猛地覺得腿疼，還跺了一下，竟疼得倒在地上，挽右腿褲子，腿肚子上一個酒盅大的爛口子，肉都翻了出來。他大聲說：哎呦，我真的受傷了！幾個兵趕緊過去包紮，還是走不成路，只好讓人背了。

這一仗，總算把阮天保他們絕大部分都消滅了，鎮上的幾家富戶出來歡迎預備旅，做了飯讓大家吃，餓了一夜又餓了多半天，差不多的人吃飯太急過飽，都抱著個肚子坐在那裡翻白眼。富戶們又組織鎮上人清理屍體，也不知是紅十五軍的還是預備旅的，一律裝在架子車上拉到鎮外的一塊地裡去埋。井宗秀和杜魯成在土檯子上著人拆那門土炮，怎麼拆也拆不下來，杜魯成說：既然都沒炮彈了，拆回去也是廢鐵疙瘩。就把幾十個手榴彈綁在一起，放在土炮底下炸響，土炮就廢了。

從土檯子上下來，井宗秀看著鎮上人拉著屍體去埋，他一一察看車上有多少死去的兄弟，見一個，叫著死者的名字，用手在臉上拍拍，說：你怎麼就死了，就死了啊?!而後邊的一輛架子車上，全然只裝著七八個人頭，要麼身子炸得沒有了，頭顱還連著後背一張皮，要麼純純是顆頭，有的沒了耳朵，有的沒了半個臉。井宗秀認了認，認不出了哪個是預備旅的，就問杜魯成：沒見到阮天保的屍體？杜魯成說：我也讓人到處找過，就是沒有，讓這狗日的又跑了。

預備旅是五十一人死亡，井宗秀沒有讓鎮上人埋掉他認識的人，又著杜魯成負責去埡口、饅頭山，一定要找全五十一具屍體。只有頭的就找身子，連頭和身子沒有的找胳膊找腿，凡是胳膊腿上有著黑布的都找回來。而再徵召了鎮上七十人，分兩批，第一批三十人由他帶隊把阮天保他們搜刮的二十擔小麥、十擔包穀、十擔黃豆、五十卷粗布車拉驢馱人揹運回渦鎮，第二批四十人由杜魯成帶隊搬屍。

隊伍要離開銀花鎮時，張安的那個老鄉去一戶人家拿了副滑竿要給陳來祥用，回來卻說他路過土檯子，一隻狗在土檯子後邊使勁地叫，近去看了，那裡有個窯洞，裡邊有死人。井宗秀跑去察看，還不是阮天保，而是三個大人，兩個孩子和一個婦女。找了鎮上人來辨認，說這人姓元，鎮上最有錢的掌櫃，阮天保就住在他家的。但這六具屍體都沒有外傷，衣著整潔，耳朵裡眼睛裡往外流血，井宗秀說：炸塌洞口，把他們埋了吧。轉身走開，心裡想：這一家人肯定是在看到阮天保他們要打仗呀，為了安全悄悄藏在這裡的，沒有被亂槍打死，是被打炮時震死的。

★

渦鎮的人先看到回來的每一個兵都背著兩桿槍、三桿槍的，又拉運了那麼多糧食，敲鑼打鼓，歡呼英雄，可是當得知犧牲了五十一人，那些沒有看見自己的丈夫或兒子的就呼天搶地地痛哭了。井宗秀讓人請寬展師父，要她連夜去白河黑河兩岸的大小寺廟裡把那些和尚們都召來，準備等五十一具屍體搬回後舉辦一場焰口，為死者超度。自己又親自去了楊記壽材鋪，詢問鋪裡還有多少棺？楊掌櫃說只有十一個，他說得緊急招人再做四十個，楊掌櫃叫苦這怎麼做得出來，就是發動全鎮的木匠都來做，也沒有那麼多現成的木板。井宗秀從來沒有那麼急逼過，他腮幫沉陷，雙眼赤紅，嘴唇上、下巴上有了稀稀的鬍子，說：這你得想辦法呀伯，所有花銷預備旅來付，你一定得想些辦法！

楊記壽材鋪平日只僱著三個短工，全渦鎮的木匠也就七人，把這七人都召集到壽材鋪後院，七人中有三人說家裡有木板，他們可以在家裡做，做好了就交過來。楊掌櫃知道這三人不願意來是擔心以後付錢時說不清，也就沒再勉強，剩下的那四人和三個短工便連夜解板，刨的刨，鑿的鑿，叮叮咣咣做起來。楊掌櫃估摸了一下，這七人即便不吃不喝不睡覺地幹活，也不可能一下子做出幾十個棺的，他就沒吭一聲，拄了個棍兒，天還沒亮出了鎮，往黑河岸的毛家村和高家寨去。毛家村和高家寨有六七個木匠，往日他們也做些棺賣給鋪裡，楊掌櫃便謀算著在他們那兒再收些現成的棺，如果沒有現成的，讓他們加緊製作，或有木板的，把木板能先賣給鋪裡。

黎明前的夜特別黑，楊掌櫃沒有打燈籠，灰的是坑，白的是水，他熟悉這段路，也習慣走夜路，手裡的棍兒不停地敲打路邊的草，防著蛇出來。但他咳嗽得厲害，時不時就喘不上氣來，要站住撐著棍兒歇歇。走到了虎山崖下，突然風雨大作，他後悔自己出門前沒有看天象，身上的衣服全濕了，就在龍王廟遺址前的那棵柏樹下躲避。柏樹又粗又高，卻沒有多少柏朵，雨仍是落下來，往眼裡鑽，往嘴裡流，但靠緊樹身，畢竟能擋些風，不至於被抓了去。想著預備旅去打阮天保怎麼就死去那麼多人，比阮天保來打渦鎮還要死得多？井宗秀和阮天保都是渦鎮人，發小呀，咋鬧到不共戴天呢，他們不共戴天了，倒使渦鎮遭了殃！楊掌櫃又咳嗽起來，喉嚨裡像是有著雞毛，似乎一會兒沒有了，一會兒又有了。他想著，井宗秀、阮天保都是他拿眼看著長大的，小時候他們和楊鐘、陳來祥都一樣地淘氣，爬高上低，兩個膝蓋上總是碰得結痂，又一樣地不愛洗臉，不愛剃頭，鼻涕吊得多長，可怎麼井宗秀、阮天保倒能行了，是能行了才當了預備旅的頭兒和紅軍的頭兒，還是當了預備旅的頭兒和紅軍的頭兒才折騰這麼大的動靜？真個是要看什麼神就看這神住的什麼廟啊！楊掌櫃是搞不懂了他們，他們小時候玩占山頭，在糞堆上你推我下去，我推你下去，而現在卻成了死那麼多人，不管是預備旅的兵，還是紅軍的兵，那些人都是父母生的，都是血肉身子，還都有媳婦和孩子！楊掌櫃站起身，要繼續往毛家村和高家寨去，他聽見了柏樹在咯吱咯吱響，朝樹上瞅了瞅，唉，柏樹該是一百二三十歲了吧，也受這麼大的風雨！喉嚨裡再次有了雞毛，急迫地咳嗽，就是咳嗽不出來，人完全縮起來，在地上蹴成一疙瘩，而同時聽到柏樹的咯吱聲愈來愈響，還奇怪得像是在呻吟，呻吟裡又像是在說話：我隨你，我隨你。楊掌櫃嚇了一跳，仰頭往柏樹上看，這時候柏樹被扭折了，轟然倒下，就壓在了他的身上。

陸菊人在風雨剛起身時也趕到壽材鋪，沒有見到公公，以為他是去另外的三個木匠家了，並沒有在意，可忙活了一夜，半早晨該給匠人們做飯呀，公公還沒有回來，心下就有些疑惑。立在桂樹下張望，蚯蚓呼哧呼哧地跑著，喊住了要蚯蚓去那三個木匠家看看情況，蚯蚓卻告訴了她：聽說搬屍回來了！

是搬屍回來了，杜魯成和五個兵背著槍，渾身的泥水，先進的北城門洞，拴著的兩個狼崽子就拽著鐵鍊子，使勁地叫喚。杜魯成的氣色不好，拿槍托子打了一下，狼崽子安靜下來，後邊的兩輛木轂轆車也進了門洞。門洞裡有槽道，車轂轆卡在那裡，每輛車都跟著五個婦女，連抬帶推，車上蒙著的白布就鼓起一個一個圓包，似乎裝著西瓜或者葫蘆，一會滾到車廂這邊，一會又滾到車廂那邊。井宗秀在那裡迎接，問杜魯成：屍體呢？杜魯成說：都在車上。將轂轆車上的白布一拉，是一車廂平擺的人頭。人一死，五官全變了形，一個個人頭血肉模糊，不是斜著眼，就是張著嘴，慘不能睹，所有迎接屍體的人哇地就失聲大哭。井宗秀說：咋都是人頭？杜魯成低聲說：是費了好大勁把屍體都找到了，召僱的那四十人每人一具，人背或者驢馱，天黑到桑樹坪，他們把驢放了，人都逃跑，只抓回來了十個婦女。這十個婦女沒辦法把屍體搬回來，路又那麼遠，只能搬回來人頭。井宗秀再沒說多餘話，臉陰著，再把白布蓋了人頭，讓拉到廟前照壁下設靈堂公祭。

設了靈堂，一一安放人頭，數了數，也只有四十七顆。井宗秀又問杜魯成：犧牲了五十一人呀，怎麼不夠？杜魯成說：是少了四顆，要麼是什麼都沒有了，要麼是只有半個腦袋。幸好少的四顆頭都不是渦鎮人，陳來祥找了四個葫蘆，用麵粉揉了一層，畫上眉眼。寬展師父和十三個和尚尼姑在那裡做法事，上香，轉圈，再上香，然後在尺八聲中反復念誦經文。井宗秀第一個穿了白布長衫，所有人都穿了白布長衫，跪在那裡燒紙。雨仍然在下，雨澆濕了他們全身，分不清臉上流的是淚還是雨，但雨沒有滅香，香一直旺旺地燃，而燒起的紙更是火勢熊熊，紙灰沖天，再落下來，腳下的稀泥就成了黑色，每個人的白布長衫全成了髒兮兮的黑泥片子。

五十一個陣亡人有二十一個是渦鎮人，其中五戶人家在靈堂上大哭大鬧，怎麼勸也勸不住，怎麼拉也拉不起。而鞏百林的本族叔，已經八十六歲，拄著拐杖也來了，看了看兒子的腦袋，兒子的眼睛一直睜著，陸菊人用手抹，眼皮不闔，把濕手帕在燒紙的火上烤熱再敷，眼皮還是不闔，老頭兒說：兒呀，早死早托生！兒子的眼睛竟然慢慢闔上了。他走到井宗秀面前，說：宗秀，給這麼多人辦焰口，從來沒有的事啊！他們和你是一輩或者還比你小，就不必穿白長衫啦。井宗秀突然號啕痛哭，說：我沒有保護好他們啊！

井宗秀一哭，那幾戶人家也都不再哭鬧了，他們只要求著能把死者厚葬，周一山杜魯成就答應每一個死者配一副棺，墳頭上還要豎一塊碑，然後在鎮中建一座塔，塔上刻上連同以前攻打老縣城、保衛渦鎮時所有陣亡者的名字，讓他們英名永世流芳。再給每個陣亡人家發放十個大洋的撫恤金。

但是，在埋葬五十一位陣亡者時，楊記壽材鋪抬來的現成棺是十一具，連日連夜新做出來還沒上漆的是八具，一共十九具，還有兩具已做成了一半，這正好是二十一具，井宗秀就讓先把本鎮籍的亡者盛殮入土，至於剩下的三十具，當然還要加緊製作。他就喊：楊伯，楊伯！沒人答聲，人群裡也沒有楊掌櫃的身影。陸菊人就慌了，急忙往家裡跑，擔心公公身體不好又勞累了在家裡歇息，但跑回家，家裡還是沒有。剩剩和幾個孩子在巷道裡跳繩，她又問看見爺爺了沒，剩剩說沒看到，她腦子裡轟轟響，在院子裡火燒火燎地打轉，而門樓的瓦槽貓還臥著。她說：我爹呢，我爹呢？貓沒有反應，仍是睜著眼睛一動不動。等陸菊人再返回照壁前，楊掌櫃被人背了回來，人已經死得僵硬。

整整一夜風與雨，虎山崖駐守的一班士兵並沒有聽到柏樹扭折倒地的轟聲，第二天後晌他們輪換下山，經過龍王廟舊址，打老遠沒見了柏樹，跑近去，才發現柏樹倒在那裡，樹底下還壓著楊掌櫃。

五十一具屍體還沒埋葬，卻又死了楊掌櫃，人們像遭了雷打雷擊，瞬間失去知覺，半天緩醒過來了，想楊掌櫃怎麼就死在龍王廟那兒，多粗多高的柏樹怎麼就扭折了，又偏偏壓在他身上？沒有眼淚，也哭不出來，使勁地跺腳，拿了拳頭捶打自己的胸膛。鄭老頭來了，康艾山來了，馬六子來了，陳皮匠患了連瘡腿，拄了根拐杖也來了，見陸菊人用手帕在擦拭著公公鼻孔耳孔裡流出的血，血似乎沒有凝固，還往出滲，就撕了手帕，搓了個布條兒塞進鼻孔耳孔，又為公公整理衣服，從懷裡竟掏出一個豌豆麵饅頭來。陳皮匠說：這饅頭是我給的，可憐老哥還沒有吃啊！陸菊人說：你給他的饅頭？你啥時給的？陳皮匠說：昨日天黑了多時，我正端了碗在店門口吃飯，你爹急急忙忙經過門前。我說你這是到哪兒呀，他說到毛家村高家寨去，還有饅頭沒，我說有是有，都不好，是豌豆麵蒸的，他說豌豆麵饅頭有嚼頭，就是屁多。揣在懷裡了，還給我笑笑走了的。陸菊人說：毛家村高家寨有幾戶木匠，常賣棺給我們鋪的，我爹肯定是去要找人家呀，半路上在柏樹下避雨，讓扭折的樹傷了命。井宗秀感嘆了半天，也要把楊掌櫃安頓著一塊公祭，陸菊人不，說她爹不是陣亡的，後事她自己料理，就背了楊掌櫃回去。剛把楊掌櫃扶起，楊掌櫃嘴裡流出一大攤血，已經發黑，像漿糊一樣。花生說：姊，讓我把楊伯的嘴包一包。陸菊人說：不包，你在後邊扶著。她背起了楊掌櫃就走，一邊走一邊說：爹，我還沒背過你哩，你讓我背，咱回。楊掌櫃的身子似乎就輕了許多，而臉挨著陸菊人的肩，他再沒流出一滴血在陸菊人的衣服上。背回了家，按習規在外邊嚥了氣的人是不能停屍在家裡的，陸菊人偏把公公背進上房，卸下門板停放在當堂。緊隨而來的有井宗秀、杜魯成、周一山和一夥鄉親，他們幫忙給楊掌櫃洗身子，換老衣，而楊掌櫃的七竅和肛門又開始往外出血，就一一用棉花塞了，再擺靈堂，點蠟、上香、燒紙。陸菊人讓井宗秀他們都快去照壁那兒料理，那裡畢竟是全鎮的事，這裡有花生在，需要了，花生再去叫你們來。

井宗秀他們一走，花生看著陸菊人拉了剩剩跪在靈堂前，說了句：爹，爹，你就也不管我們娘倆了?!而貓從門樓瓦槽裡下來，悄沒聲息就進了屋，站在了楊掌櫃的靈床邊，突然地，楊掌櫃卻坐了起來。花生啊地叫了一下，楊掌櫃又倒下了，陸菊人忙過去察看，叫著：爹，爹！楊掌櫃沒有氣息，人是死的。花生說：姊，這是咋回事？陸菊人低頭看到了貓，她說：以前聽人說過，人死了貓是不能到跟前來的，來了會詐屍的，真的就有這事。她對貓說：你看過了，你去吧。貓就又回到了門樓的瓦槽裡。

二十一具棺先將本鎮籍的二十一人埋葬了，再製作三十具棺幾天裡根本不可能，更何況也沒有那麼多的木板了，馬六子年長，他建議找些裝糧食的板櫃，把四條腿鋸掉了當棺來用。井宗秀採納了，就出錢在全鎮收購板櫃，一定要好木料、厚木料的板櫃，很快也就把三十具屍體體體面面地埋葬了。楊掌櫃是最後埋葬的，他賣了一輩子壽材，到頭來自己竟沒了個棺，陸菊人哭著說：沒有木料，那就伐樹解板吧，寧可多停放幾天，必須要我爹睡個最好的棺入土。她在鎮子裡尋樹，鎮子裡多是柳樹榆樹和槐樹，這些樹木質都不好，木質好的樹又都不粗，井宗秀說，要麼把十字街口老皂角樹伐了，要麼在一三〇廟裡伐那棵老柏，陸菊人都搖頭。陳來祥說：壓死楊伯的不是龍王廟舊址上的柏樹嗎，把那柏樹抬回來看行不行？一句話提醒了大家，便去了十六個人把柏樹抬了回來，人們才發現柏樹之所以能被風雨扭折，是下半部全空了心。樹空了心無法解板，陸菊人卻跪在楊掌櫃的靈堂前，說：爹，這柏樹活該是你的，最好的棺是四頁板，給你的這是一頁板啊！她就讓把樹截成了筒，更加掏空了裡邊，兩邊裝了擋頭，然後刨光雕鑿，果然是一具極其豪華的棺。陸菊人就把楊掌櫃下葬到了楊家祖墳地裡。

★

安埋了所有的死者，那十個召僱來搬屍的婦女，杜魯成並沒有放她們走，讓嫁給預備旅在這次作戰中有功的光棍。婦女中有三人是結了婚，在銀花鎮都有了孩子，哭哭啼啼一定要回，杜魯成沒強留，而另外七個同意留下，就由她們選，各自選了一個。可已經給七個光棍準備了房子，也說好第二天一塊辦個儀式的，當天晚上，突然七個婦女就失蹤了五個。那些光棍去追，遠遠看到五個婦女在河岸上狂奔，追不上，鳴槍嚇唬，三人鑽了山林沒有找到，兩個跑不及了跳河，光棍們跑到下游水裡去撈，撈上來了都昏迷不醒。在鄰近村裡借了一頭牛，把婦女橫著搭在牛背上，拉著牛走動，婦女的口裡鼻裡是流出很多水，但人還是沒活過來。村裡人把屍體草草埋在河岸的荒地裡。七個光棍只有兩個成家，剩下的五個心總不甘，又去找陣亡的那些兵的媳婦，有的是托人說合，有的就自己直接上人家屋裡使強用狠，惹出一些是是非非。這些情況井宗秀都知道了，井宗秀沒有管，他是把自己關在房間裡不吃不喝了兩天一夜，出來的時候，兩個鬢角都有了白髮，而嘴唇上、下巴上的稀疏的鬍子卻三指長。蚯蚓一直坐在門口，說：你出來了，想吃啥喝啥？他說：先把便桶提出去，把主任給我叫來！

井宗秀向周一山了解去銀花河後的這些日子裡鎮上的情況，周一山當然說了如何監管阮氏族人的事。井宗秀說：阮上灶是不是逃脫了？周一山說：是逃脫了，至今下落不明。井宗秀說：他是去給阮天保通風報信了。驚得周一山目瞪口呆，扇了一下自己臉，後悔他只是監管了防止在鎮上搗亂，沒想到阮上灶竟能去了銀花鎮。井宗秀說：我這次出去沒弄好，太慘啦，是太慘啦！之所以沒有抓住阮天保，又死了這麼多人，都是吃了阮上灶的虧，我是把阮天保和姓阮的區別對待的，倒沒料到打斷的骨頭還連著筋！周一山說：現在死的人都埋了，埋了也不是一了百了，死的人不瞑目，活的人也得出冤氣啊。井宗秀說：你說咋辦？周一山說：這次禍害了五十多人，以後誰知道還會出啥事，既然是埋在鎮上的炸彈，只能留不得他們了吧？井宗秀問：一共有多少？周一山說：五戶十八人，沒了阮上灶，還有十七個。井宗秀說：是不是人多了？周一山說：斬草就得除根。井宗秀說：給我點一支紙菸。十七個，咱死的是五十一人啊，還不算楊伯。

八個光棍又有了四人和那些陣亡兵的媳婦配了對，剩下的四個一有空就在酒館裡喝酒，喝空的幾個酒罈子你歪我倒地也都醉了，正罵著：×都叫狗日了！店掌櫃說：周主任咋在街上？他們才閉了嘴，趕緊從門後溜走。周一山是到了中街上，站在老皂角樹下，幹皂莢掉下了三個，但他沒理會，拿眼看著幾個兵從三道巷拉來了一條繩拴著的七個阮族的人，又看著從四道巷也拉來的用繩拴著的三個阮族人，就等著古井巷的動靜。不一會兒，狗在咬，古井巷的七個姓阮的都拉出來了。周一山並沒有說話，轉身往北門口走，又上了城門樓，他身後是一溜十七個姓阮的男女老幼，兩邊的士兵都端著帶刺刀的槍，陽光就在刺刀上跳躍。消息很快就在鎮上傳開，人們見面再不是往日問候吃了嗎，而是：你知道不，姓阮的都被抓到北城門樓上了！聽到的人要說：抓姓阮的幹啥？說話的人用手做一個砍的動作，說：這話不敢給人說！都在見人就說，都在說過了叮嚀不要給人說，而最後就成了：為什麼預備旅要抓姓阮的，是他們在這次攻打銀花鎮時派阮上灶去通風報信，才死了五十多人。被繩索拴了到城門樓上去，知道他們竟然是一路小跑著去的原因嗎，那是五十一個冤魂在拽著推著他們走的。姓阮的這一下死定了，雞犬不留，周一山已經去渦潭察看過了，要把他們像下餃子一樣全投進去。有人就開始琢磨起那五戶姓阮人家的房子了，是賣嗎，能買嗎，古井巷的那兩個屋院可是個好宅子。

這一天，楊掌櫃的頭七，陸菊人拉著剩剩去公公墳上祭奠，走到街上，有一家放鞭炮，一打問，是蔣高富給兒子結婚。陸菊人覺得奇怪，蔣高富的兒子是陣亡了，結什麼婚？旁邊人說：是結陰婚。陸菊人這才噢了一聲。渦鎮以前是有過結陰婚的事，家裡若死了年輕男人，如果誰家也正好死了女兒，媒人作合，將兩人孩子埋在一起，就是結陰婚。陸菊人才要問女方是哪裡人，是怎麼亡故的，便見那四個光棍兵又喝了酒去找蔣高富，雙方就吵起來。一個說：我兒連個啥啥都沒見過，就死了啊！一方說：我們還活著，見過女人的×嗎？一方說：別鬧，今日是我兒的喜日子，我不會打你們，快走吧。一方說：你兒子的喜日子？你把分配給我們的媳婦從河灘挖出來給你兒子辦喜日子?!一方說：分配給你們的，成家了嗎？胡攪蠻纏，滾！一方說：不滾，咋?!你要給你兒子配婚也行，你得拿買錢呀！圍觀的人就起了吼聲，有人喊：打這狗日的！一時就亂打了起來。陸菊人不好去勸解，拉了剩剩繞道就走，卻有人在叫她，回過頭來，是白起。

陸菊人沒有理白起，白起卻說：嫂子嫂子，我沒得罪你呀你也不理我？陸菊人說：你啥時叫過楊鐘是哥，卻叫我嫂子？白起說：那我叫你總領，總領嫂子！陸菊人說：你有事？白起說：是有事，現在古井巷那兩處屋院聽說都在爭，可三道巷那屋院和我家緊鄰最適合我買麼。陸菊人說：那你就買呀。白起說：我說的是阮家的屋院。陸菊人說：阮家的屋院又咋啦？白起說：這你還瞞我？誰不知道要殺姓阮的，那房就被預備旅沒收啊。陸菊人說：殺姓阮的？誰殺姓阮的?!白起說：你還真不知道！就把阮氏族人如何通阮天保，預備旅又如何抓了十七人，一一給陸菊人說了一遍，陸菊人說：哦。但她不信，白起還說：預備旅殺人收房，你去找井旅長麼。白起又說：我不是和井旅長有過節嗎，我才求你給說個話麼。陸菊人卻已經走了。走到一三〇廟前，碰著陳來祥，問：是不是抓了姓阮的十七人？陳來祥說：嗯。陸菊人說：要殺呀？陳來祥說：血債就得血來還。陸菊人心一下子緊起來，腦子裡閃的第一個念頭就是：咋能殺人呀？殺十七個人？這是誰的主意，是井宗秀決定的，井宗秀咋敢有這種決定！陸菊人就把裝著香燭燒紙的籃子交給陳來祥，又讓剩剩就跟著陳來祥不要亂跑，她就急急地往城隍院去。城隍院裡正好井宗秀騎了馬往出走，看見了她，下了馬，說：今日楊伯頭七，你沒去墳上？陸菊人說：才去呀。剛才在路上聽到些話，我不知是真是假，過來見見你。井宗秀說：嘿嘿，你現在能一個人來城隍院尋我了！陸菊人說：瞧你咋成了這樣，胡兒馬查的！井宗秀就拿手摸下巴，下巴上的鬍子多長，他拔下一根，說：我知道是面目全非了，有啥事？陸菊人說：要殺姓阮的人是別人胡傳哩還是真有這事？井宗秀說：有這事。陸菊人說：那我給你提醒一句，這人命關天，可不敢任著氣頭了，你沒想想，才死了五十多人，現在又要死十七人，那渦鎮成了啥啦，屠宰坊也從來沒一次殺過這麼多豬和雞呀！井宗秀說：你知道阮上灶通敵的事吧，就是他通敵才死了預備旅五十多人的。陸菊人說：看，這真是做盆子罐子如果有一個縫兒，必將以後要漏水的！當初周主任看管阮氏族人，我就給他說這會把這些人推到阮天保那兒去，繩怕細處斷，果然就壞在阮上灶手裡。先頭是殺了阮天保父母，和阮天保結了死仇，看管了阮氏族人，逼得阮上灶通敵，現在再殺姓阮的十七人，這後果怎麼得了?!井宗秀說：事情已到這一步了，殺了他們，就一了百了。陸菊人說：這怎麼能了？殺一個人，這人父母兒女、兄弟相好，親戚朋友一大群就都結了死仇呀！井宗秀說：好了，這事咱不說了，到墳上替我也給楊伯磕幾個頭。騎上了馬，往街上去了。

陸菊人從來還沒有過給井宗秀說話他拂袖而去的，到了楊掌櫃的墳上，她說：爹，是不是我不該去找他？我是不懂預備旅的事？剩剩磕過了頭在墳前的地上拔綑仙草，抓住一根扯起一片，叫著說：娘，娘，拔這草編個花圈供墳上？陸菊人說：那草的名字不好。剩剩說：娘，娘，那邊長的什麼草？剩剩指著一種草，那草有一丈多高的莖，頂部開著小白花，聚結著像個圓球，而莖根長著六七層肥厚闊大的葉。陸菊人說：鬼燈擎。剩剩說：是鬼在給爺爺和爹擎著燈嗎？陸菊人說：是呀是呀，有燈你爺爺和爹就不摸黑了。給剩剩說完，她又看著墳頭，說：爹，我說話他不聽，你說我咋辦，管不了就不管了？她跪在那裡跪了很久，說：不管就不管了！起身就往回走。剩剩攆上來，說：娘，你不管我了？陸菊人說：又咋能不管啊！剩剩說：那我要吃涼粉！進了鎮，陸菊人在涼粉店買了涼粉，叮嚀著吃完了就去茶行找你花生姨去。然後順街往南走，剩剩還在問：娘你到哪兒呀？她沒有回答，心裡說：墳裡的人不給我請主意，我找陳先生去。

安仁堂裡，陳先生給人治外傷，陸菊人一看，正是預備旅那四個光棍兵，鼻青臉腫，胳膊腿上流著血，有一個手裡還拿著一顆牙，說：先生，牙是不是骨頭？陳先生說：是骨頭。那兵說：好麼，你姓蔣的，把我打成骨折了?!陳先生說：姓蔣的不是打你，是打鬼的。那兵說：他就是打的我！陳先生說：鬼在你身上，他不打，你去陰婚去?!那兵想了想，說：哦，哦，我才不陰婚哩。就笑了，另外的三個兵也笑了。陳先生把四個光棍兵送到了院門外，轉身回來，陸菊人說：你還送他們呀？陳先生說：要送的。陸菊人就說起預備旅抓了姓阮的十七人的事，問該不該殺。陳先生說：別人來問過我這話，你也來問我？人在這世上要了解自己的角色和現狀，我是個看病的，又是瞎子，我這裡不說別的，只說病。陸菊人一時倒被噎住，不知道再說些什麼。陳先生倒來了一杯茶，說：你喝。陸菊人說：是不是我腦子也有病了，不該操這份心？陳先生說：人麼，你孝敬了你的父母，孝敬的不是我的父母，可我就敬重你，同樣，你不孝敬你的父母，不孝敬的不是我的父母，而我就鄙視你。陸菊人說：是呀，我是為預備旅著想哩，井宗秀又不聽我的，當然，他為啥要聽我的，我又不是預備旅的人。陳先生說：他不是讓你當總領嗎？陸菊人說：我只是經營茶，別的我不熟悉。陳先生卻說：我跟我師父學醫的時候，我還是個小道士，我是把不熟悉的東西盡量地變成熟悉，把熟悉的東西不斷地重複，在重複中不斷體會道教的東西，然後把我最拿手的東西進行發揮。陸菊人說：啊你這話我記住了，我還要給花生說，讓她也記住。起身就要告辭。陳先生說：你不再坐啦？陸菊人說：你又不讓說別的。陳先生說：好。陸菊人出了堂門，才到院子裡，陳先生說：你把院子裡曬著的那些荊芥、半邊蓮和燈心草幫我放到台階上，麻縣長說要來看些草木的，這多天了都沒過來。陸菊人在那裡站住了，突然說：我知道了。陳先生說：知道了好。

陸菊人回到了茶行，花生和剩剩在玩，陸菊人給花生嘰咕了一陣，兩人就包了幾封上等茶葉，和剩剩一塊去了縣政府。在縣政府門口喊王喜儒，王喜儒出來，陸菊人說井旅長讓來給麻縣長送茶葉，王喜儒帶著進去，陸菊人卻讓剩剩就待在門口，剩剩噘臉吊，陸菊人說了句：聽話！陸菊人和花生見了麻縣長，送上茶葉，麻縣長就問了茶行的生意怎樣，又問起鎮上的情況，陸菊人就把預備旅要殺阮氏族人的前前後後講了一遍，請麻縣長出面制止，說：這事只有你現在能制止！麻縣長說：這年月人活得不如草木，但人畢竟不是草木呀，你們婦道人家還有這般善良，實在令我感動。這事我壓根不知道，如果不知道，也就罷了，得過且過，可現在我知道了，我心裡也放不下。能不能制止，我不敢保證，但我得去過問。陸菊人再沒多說，退出來，剩剩是在門口，卻在門口尿了一泡。陸菊人罵了幾句，用乾土撒了尿漬，花生說：姊，我又高看你呀！陸菊人說：咋啦？花生說：你竟然就直接說出請縣長制止的話。陸菊人說：和縣長不能拉家常，只有幾句話就得說明說透麼。你姊是不是變了？花生說：說話硬了。陸菊人笑了，說：我也覺得我說話不顧忌了，話硬其實不好。花生說：縣長會給他說嗎？陸菊人說：這我不知道。花生說：我看不一定說，說了他也不會聽。兩人再沒說話，回到茶行，陸菊人卻說她想喝酒，關了門真的就喝起來。喝了，陸菊人還說我現在能曉得楊鐘當年為啥要喝酒了，後來她自己就喝醉了。這一醉，第二天晌午都沒醒來。

麻縣長是當晚去見了井宗秀，他們說了很長的話，井宗秀同意不殺阮氏族人，卻堅決要把阮氏族人趕出渦鎮。第二天早晨，預備旅仍是一條繩拴了十七人，押著從一三〇廟出來順了中街往南遊行示眾。鎮上人全擠來觀看，指著，唾著，咒罵著他們罪該萬死。遊行示眾到柿子街口老皂角樹下，許多人提前往城南門口外河邊跑，要占個好位置了等著看把十七人投下渦潭。但是，遊行示眾到了城南門口，又遊行示眾著返回到城北門口。出了城北門洞，一直經過虎山灣，到了十八碌碡橋上，押送的人群站定了，夜線子、陳來祥當著十七人的面殺了三隻狗，警告道：從今日起，渦鎮沒有了姓阮的，如果發現有進來的，見一個殺一個！十七個人便跪在橋上，眼淚汪汪地向著渦鎮方向磕頭，然後一個攙扶一個上了黑河岸。人群裡鞏百林突然喊了一句：往西南！往西南，指的去四川的豐都，那裡是陰曹地府所在地，以前渦鎮人詛咒誰就是說：你往西南去！鞏百林這麼一喊，好多人都附和說：好！鞏百林就逞了能，竟順口編詞，他喊一句，眾人跟著喊一句：姓阮的，十七戶，往西南，去地府，這裡沒了你的土，渦鎮不是你的故！

★

陸菊人醉了，醒不來，她沒有見到遊行示眾的場面，等她後晌醒來，聽花生說十七人不殺了，被趕出了渦鎮，陸菊人說：縣長到底是縣長！走出門來，太陽西照著，街上來來往往的人都忙著生計，見面在打招呼：吃啦？好像從來沒有發生過什麼。只是燕子比平日多了許多，在空中變著花樣飛。燕子是最親近人的，但它又不肯像麻雀落在門檻上，台階上，它的巢築在門頂上和前簷下，超然獨處。而遠遠地過來了蚯蚓，有人在問：吃啦？蚯蚓說：沒吃！那個人說：那快去吃呀！蚯蚓說：去你家吃呀？你給吃呀?!他走過來，頭低著並沒有看到陸菊人，經過一棵樹，踢一腳樹，經過誰家門口的石獅子，踢一下石獅子。陸菊人說：人家一句問候話，你就當真讓你吃啊?!咋啦，誰打了你啦，這蹭的！蚯蚓說：旅長。陸菊人說：他咋打你啦？蚯蚓說：他痔瘡犯了還喝酒，喝高了，還讓我去取酒，我在酒罈子裡灌了水哄他，他嚐出是水就把罈子摔了，瓷片子蹦起來打在我腿上，腿上青了個疙瘩。陸菊人說：他一個人喝？蚯蚓說：這些天都是自己在屋喝。陸菊人說：心裡不美，喝悶酒了。蚯蚓說：仗都打贏了，有啥不美？陸菊人說：這你不懂。蚯蚓說：他也罵我啥都不懂，我要是啥都不懂，還能不讓他喝酒？陸菊人說：要喝就讓他喝麼，別拿水哄他，你能哄了他嗎？他就是打你罵你，你就坐在他那兒，啥話不說，看著他喝呀，你倒自己跑出來！蚯蚓說：他睡著了，倒在地上睡著了。陸菊人說：那快回去，讓他睡平，別窩住了脖子，用熱手巾給他擦擦臉。蚯蚓擰身要走，陸菊人又叫住，說：他痔瘡犯了？蚯蚓說：十男九痔。陸菊人說：你會知道這些！回去讓他睡平了，他還沒醒來，你就去你楊爺的墳上，你能尋著你楊爺的墳吧，墳地那兒有鬼燈檠，挖些根了，搗爛給敷上。這是陳先生教的偏方，頂用哩。蚯蚓一走，陸菊人拿眼又看起一家門腦上的燕子巢，巢裡還臥著一隻燕子，呢呢喃喃地說什麼，她心裡就想，幾時燕子也在茶行的門腦上築個巢就好了。

第二天，敷了藥的井宗秀撅著屁股給預備旅訓話，當場下令將那四個鬧事的光棍關了禁閉。蚯蚓又跑來給陸菊人說這事，陸菊人不聽，說：我忙著哩！陸菊人確實是忙，她收看著龍馬關分店的報表。陸菊人認得的字不多，常常有些字她看著字，字也看著她，誰也叫不上名字，她就得把帳房叫來認。

但是，她能把所有數字都記得清清楚楚，不用算盤，仰起頭，口裡念念有詞，一會兒或加或減地計算出來。蚯蚓受了餓，從院子裡往出走，看見天井下的花壇上有十幾棵指甲花，順手掐了一下，花生正好進來，說：啊你手恁騷的，那花惹你了，你把它往疼裡掐？蚯蚓說：妖婆子！花生說：你罵誰？蚯蚓說：昨日恁熱惦的，今日就認不得我啦?!陸菊人在屋裡聽見，笑著說：花生，給小軍爺拿塊茶點，他脾性還大哩！花生把一塊綠豆糕拿來了，卻只掰給蚯蚓了一半。

龍馬關分店的報表上來後，桑木、麥溪、平川、三合各個分店的報表陸續都送來，總的生意不錯，比上一季的收入多出了兩成。花生說：是不是把這些情況給他說說，好讓他高興高興。陸菊人說：偏不給他說，錢一多他腦子就又熱了，吃些虧讓他冷靜冷靜。卻又問：你近日沒見到他吧？花生說：在街上碰見過兩次，但他明明是看見了，卻像沒看見的。陸菊人說：這一段時間，你也不理他，遠遠看到了就避開。花生說：這……陸菊人說：你聽我的。咱把茶作坊擴建了，他會來尋咱們的。

擴建作坊，陸菊人當然看中的還是安仁堂附近的那個大土坑，那也是她們唯一可以利用的地方。但怎樣把坑填起來，陸菊人並不想動用銀錢去僱工，而讓夥計在坑中豎了一根椽，椽頭上掛個小旗子，又在坑邊搭個草棚，盤一道灶，擺幾張桌子，就對外宣布：茶行不再設粥棚了，設茶攤，任何人都可以來喝茶，條件是誰用石頭擲中椽上的旗子，便喝一杯茶。老魏頭來擲石頭，擲了三個沒有擲中，他還是第一個喝了茶，他從此提了鑼滿鎮子宣傳。於是，鎮上的人沒事的時候都來擲石頭，附近巷道裡的石頭全被搬完，有人就用竹筐或木輪推車去河灘運石頭。黑河白河岸的人來鎮上買賣，更是順路在河灘裡撿那麼些石頭來，買賣完畢了，就喝三吆五地以喝茶招呼人了。大土坑也每天都十分熱鬧，半個月過去，坑裡的石頭就積了二尺多厚。陸菊人就專門派了夥計一天到黑都在草棚裡熬茶，她和花生倒不常去，在茶行忙活。

正中綴一塊鮮紅的四方形的珊瑚飾品，天青色的長袍，醬紫色的錦緞馬褂，黑褲子，白底高腰皂鞋。這身新衣隨著「美得裕」牌黑茶一塊送去了各分店，陸菊人也趁機給她和花生各做了一套新衣，但她們沒有穿，壓在了箱底。渦鎮四季分明，但春天和秋天都短，不覺進入十月，南北二山的杜鵑花剛開敗，漫山遍野的楓樹、栲樹葉子又泛紅，連翹一片一片地黃，松樹更綠，樺樹又這兒一棵，那兒一簇，五顏六色的豐富。大土坑差不多要填平呀，井宗秀突然心血來潮，提出要來看望。蚯蚓通知了在草棚煮茶的夥計，夥計立即彙報給陸菊人，陸菊人和花生在茶行裡收購一批高山頂上的野菊，正在席上攤晾，說：喲，他要去就去麼，倒有了派頭先通知，是要我們準備著接待嗎？花生說：他現在才記起咱們啦？姊，你說見不見？陸菊人說：隔的日子久了，你不想他了？花生說：姊！陸菊人說：見呀！

但陸菊人並沒有立馬就去大土坑那兒，竟和花生不厭其煩地收拾打扮起來，足足過了一頓飯時，才包了一盒野菊出門，陸菊人穿的是鑲緄著黑色邊兒的月白衣裙，花生穿的是鑲緄著白色邊兒的桃紅衣裙。陸菊人是藍褲子紮著黑帶子，一雙白布面兒的繡花鞋，花生是綠褲子紮著白帶子，一雙紅布面兒鞋，鞋尖上繡著一疙瘩花。兩人都是綰了個牡丹式髮髻，陸菊人插的是根白簪子，花生插的是紅簪子。一到街上，惹得所有人眼睛都發亮，迎面碰著點頭招呼，走過去了，又都扭頭回看。而那些預備旅的兵，訓練結束了在小鋪子吃麵皮或在酒館喝酒，這邊的目送她們走過了，哇哇地喊，加夾了尖銳的口哨聲，那邊的迎著她們噢噢地喊，笑著起哄。花生就不會走路了，說：姊，姊，咱是不是穿得豔了？陸菊人說：頭抬起來！花生就抬高了頭，仍是身子僵硬。到了大土坑附近，一出巷口，樹上拴著一匹馬，花生看見了，陸菊人也看見了，花生說：姊，他早來了。陸菊人說：不要往那邊看，咱直接到草棚。井宗秀是在大土坑邊轉悠了一圈，又背起手用步子丈量東西長多少，南北寬多少，聽見馬在響鼻，回過頭來，看見了陸菊人和花生搖搖擺擺從巷子裡出來，他怔了一下，隨即面帶了微笑等待著她們看到他。但陸菊人和花生卻端端進了草棚，他也就走了過去，進草棚口，大聲地說：聽說你們擲石填坑哩，沒想還真把坑填起來啦！陸菊人說：啊呀，你咋來啦?!只說完全填好了，要給你個驚喜的，你倒先來了！井宗秀說：這已經讓我驚喜了！陸菊人說：是不是？聽說你要來，我們緊跑緊跑地還是來遲了。你覺得這裡能蓋十多間房子嗎？方瑞義雖說還得些日子才能回來，但得早早把茶作坊擴建啊。井宗秀說：你想的倒比我遠！陸菊人說：不早早打算，到時候你又該罵茶行沒經營好。井宗秀說：是不是聽說我愛罵人了？罵別人也罵不上你們啊！陸菊人說：當旅長麼還能不添個脾氣？好些日子沒見了，人還精神，陳先生說人有了權身體也就好，也真是的！井宗秀說：好啥呀，這幾個月又招了些新兵，忙著訓練，也沒過來看望你們。哈，今日都打扮得這麼光鮮！陸菊人說：沒打扮呀，是你久不見了的緣故吧。井宗秀說：光鮮，光鮮。眼光看著陸菊人，又滑向了花生。花生才要拿眼看井宗秀，卻看見井宗秀正看她，臉一下子紅起來，就又低頭不動了。陸菊人當然睄見了這些，她說：咋不給泡茶呢？把咱拿來的野菊放上幾朵。說話時她眼睛卻看著草棚外，突然驚叫：咦，那旗咋沒掛上?!就勢出了草棚，喊：牛寶，牛寶！

牛寶是專門住在大土坑這裡的夥計，他正和蚯蚓在遠處逗馬，蚯蚓說：馬頭朝西馬尾朝哪兒？牛寶說：朝東呀。蚯蚓說：笨啊，朝下！聽到陸菊人喊叫，牛寶應道：在這！陸菊人說：旗子咋沒掛上？牛寶說：我看填平了，就把旗摘了。陸菊人說：再掛兩天！看著牛寶重新掛旗子。

草棚裡，花生從懷裡取出了一個小紙盒，打開了往外捏野菊，野菊指頭蛋大，黃燦燦的，她捏了一朵，再捏一朵，井宗秀突然掀了一下她的裙邊，說：誰給你做的小紅鞋？花生慌張，說：姊做的。井宗秀說：是嗎？他還坐在凳子上，卻一攬花生，花生沒站穩，身子就倒在他懷裡，花生忙往起站，嘴唇上已被井宗秀撥了一下，頭上的簪子就掉下去。

一聲咳嗽，陸菊人進了棚門，花生站直了，忙拿了杯子去泡水，而井宗秀坐著沒動，手指頭在桌面上輕輕地敲。陸菊人說：咋還沒泡好？彎腰把花生的簪子拾了起來。井宗秀就說：不喝不喝，喝茶不是要擲石頭嗎，我還沒擲哩。陸菊人說：那好，你也擲一下。井宗秀走出草棚，尋石頭一時沒尋到，順手就把手槍擲了過去。手槍是打中了旗子，卻落下來在石頭上蹦躂了幾下。陸菊人和花生都傻了眼，陸菊人說：槍要摔壞啊！井宗秀說：壞了就壞了吧，壞了再問敵人要麼！

三個在草棚裡再次坐了喝茶，一切都似乎自然了，井宗秀說：喝了茶，我請你們吃飯吧。陸菊人說：好麼，要請就請我們吃好的。井宗秀說：咱到陳先生那兒吃蒸麵去。陸菊人說：去陳先生那兒吃蒸麵？井宗秀說：我來後你們不在，我去陳先生那兒坐了坐，他徒弟正做蒸麵哩，我說多做些呀，飯錢算我的，說是和你們過來一塊吃飯。陳先生也高興啊！陸菊人說：你也真會請客！問花生：咱去不？井宗秀說：一定去！我現在回去買些滷肉和醬豬蹄，再拿一壇酒來，你們直接先去安仁堂！說完，騎馬便走了。

井宗秀一走，陸菊人把簪子給了花生，說：簪子咋能掉了？花生說：他剛才突然拉我……陸菊人說：抱了你？花生說：嗯。陸菊人一時無語。花生說：姊，姊，我是沒注意被他拉過去抱了一下，我……陸菊人說：沒注意，為啥就不注意？抱了也好，他還是喜歡你麼。她看著花生，把簪子重新給花生插在髮髻上，說：他愈是這樣，你愈要把持住你自己。他是旅長，他也是男人，男人的秉性我知道。花生說：那吃飯我就不去了。陸菊人說：不去咋行？去！狗攆兔，兔就要跑，跑得太快了還得停下來往後看看狗，兔跑得一溜煙沒了蹤影，那狗還會攆嗎？花生說：這我掌握不了分寸麼。

兩人去了安仁堂，院子東南角卻新壘了個石頭圈，陳先生正在那裡把幾根劈柴往圈裡扔。陸菊人說：陳先生，我這些日子沒來，咋壘了圈，養豬啦？陳先生說：養豬了。走近一看，花生嚇得哇了一聲，那豬不大，但嘴特別長，伸著兩顆獠牙。說：是野豬啊?!陳先生說：是野豬。一入冬山裡的野豬常到住戶家尋吃的，尋不著吃的了，把院子拱出多深的坑，住戶家就只好晚上要在院子裡放些吃食。構峪一戶姓郭的，來我這兒看過病，他是在吃食裡放了些酒糟，早上起來便抓住了呼呼大睡的野豬。這野豬拉來鎮上賣，一時賣不掉，來給我說了，我就把它養了。陸菊人說：我還是第一回見人養野豬，這野豬長得比家豬凶多了！陳先生說：它在荒山野林裡長大的，相貌肯定就變得猙獰了麼。陸菊人說：這倒也是，可這野豬能養嗎？陳先生說：能養。只是它不安分，平日給它扔些劈柴，它啃著有事幹了，就不會再拱圈胡撲的。陸菊人說：它也啃木頭？陳先生說：和老鼠一樣，也要磨牙哩。陸菊人就和花生對視了一下，再沒有說話。

★

春節裡，茶行的各個分店的掌櫃都要回來和家人團聚過年，更要進行營業彙報的，陸菊人就早早計算好這些人的薪酬，以及所發送的紅包。過了臘月二十三，陸續就回來了幾位，有的家是渦鎮的，有的家在黑河白河兩岸的村寨，凡是回來一位，花生就將準備好的薪酬和一份四色禮包先送上其家，那些掌櫃果然高興，便不回家去，住在茶行的客房裡，一一接受陸菊人的約談，然後等候所有的掌櫃到齊了，茶行再要舉辦聚拜。六個分店的掌櫃已經回來了五位，遲遲未回的只是三合縣的崔濤。花生說：崔掌櫃是不是不回來了？陸菊人說：這他不敢。花生說：那他就是心虛吧。陸菊人讓花生再次翻各分店的營業紀錄，三合分店確實營業額最低。三合縣人口多，分店的門面也大，以前的生意都不錯，但崔濤去了以後，收入總是不行，陸菊人和花生曾去那裡察看了兩次，眼瞧著買茶的人不少，也暗示過崔濤。但全年下來，以全部分店的盈利數拉平，三合分店是低了平均線一成。花生問陸菊人：給崔掌櫃的薪酬和紅包怎麼準備？陸菊人說：和桑木分店來掌櫃一樣吧。花生說：來掌櫃盈利的那麼多，崔掌櫃肯定貪污了。陸菊人說：這話你知我知，萬不可說出去。開分店肯定有掌櫃會貪污的，咱也允許他貪污，但這裡要有個度，別人上繳一千個大洋，你可以繳來八百個大洋，但要只繳六百個大洋，那絕對是不行的。花生說：咱年初定了制度，這第一年就要特別體現公平獎懲，什麼也不給他，來年了換人。陸菊人說：崔掌櫃這人以前倒是不錯，他對茶業精通，正因為精通，他才營業額那麼低帳面又看不出破綻。再說，以後還得指望他和方瑞義一塊制黑茶的。他之所以敢貪污，貪污得這麼過分，我看他是不服我來做總領，也是試試咱們的能力哩。花生說：那就讓他欺負你了？陸菊人說：我估摸他已經回來了，是先回了他家，明日會來鎮上。明日即便不來，後日就來。他若來了，你笑臉相迎，安排好吃住。花生說：我可以笑臉相迎，但你得治治他，不能心軟。

果然第二日崔濤回到鎮上，他走路斜著，說是閃了腰，在白河岸的老家躺了兩天，就揖了拳說：抱歉！茶行舉辦了聚拜，先是設宴款待，陸菊人一一敬酒，吃喝完畢，撤去席面，就聽取各分店今年的營業彙報，哪些做好了，哪些還沒做好，還有哪些困難是需要自己解決或需要茶行出面解決，再是暢談來年的計畫和安排。他們差不多都有個彙報稿，照本宣念了，就對茶行改變經營方向、推銷黑茶的做法覺得稱道，誇陸總領善於理財，精於管理，今年取得這麼大的業績，明年以「美得裕」牌號繼續擴張，前景真是不可估量。麥溪分店的王京平還檢討了他自己，說：年初陸總領制定了規章制度，說老實話，我聽是聽了，並沒往心上擱，總領是婦道人家，年輕，又從沒經營過茶，估摸茶行也不會有多大發展，我還是憑我的老經驗辦。可三個月後，別的分店都獲了那麼多利，麥溪分店倒還虧了，這才執行起總領的新辦法，後來果然有了大起色，錢便攆錢，愈能賺就愈能賺。我是服了，人都傳說陸總領是身長腿短的金蟾轉世的，還真是！大家嘿嘿地笑，花生說：王掌櫃咋能這樣說話，總領是身長腿短嗎？我看她是渦鎮上最美的！陸菊人沒有惱，她也笑了，說：花生你不要插嘴，我本來就長得一般麼。王京平說：身長腿短這不是瞎話呀，蟾就是這個樣的，有福相的女人也都是身長腿短，誰見過腿長得像兩根細麻稈的能生了娃娃，能發了家，恐怕做姑娘也嫁不出去哩！我還要問問總領的，有人說修城牆時下了雨，你去送飯，泥地上留了一雙腳印子，後來就在你站的地方挖土，挖出了一罐子銀元？陸菊人說：別聽那些胡說！經營茶行，是井旅長認為我做事能較真兒才讓我來的，咱都一樣，是給井旅長幹活的，是給渦鎮幹活的。茶行今年收穫不錯，這都是各位掌櫃心血換來的，我要說腳印子下有銀子，那我啥也不幹了，自己天天去挖好了！大家這下就笑得哄哄。王京平說：反正我認你是金蛤蟆！陸菊人說：蛤蟆可是個大嘴整天呱呱叫，你可別嫌我嘮叨你啊！龍馬關分店的聞西坡說：蛤蟆可是只吃不屙。花生說：嗯？聞西坡忙改口：是只進不出。花生說：咋能是只進不出，不是都有薪酬嗎？薪酬比以前翻了一番，還有那麼大的紅包。陸菊人說：我已經有了想法，明年咱們實行股銀制。大家都拍手叫起好來。陸菊人說：這還得給井旅長報告，他同意了才能定具體方案。大家又說：你給井旅長報告，你給井旅長報告！崔濤卻起身去了廁所。彙報過程中崔濤已經是第三次上廁所了，花生問：崔掌櫃你害肚子了？崔濤說：幾天了一直都後跑的，剛才席上的紅燒肉，看著饞得很，我也沒敢吃。上完了廁所，他就坐在那裡只是吸菸，別人吸菸都是旱煙鍋子，他吸的是水煙鍋子，把菸絲在手裡撚呀撚成個小疙瘩了，按在煙哨子裡，然後就吹紙煤，紙煤燃起火了，對著煙哨子便吸煙鍋嘴，吸得煙鍋子裡邊咕嚕嚕響，鼻裡口裡才雲騰霧罩起來。輪到他彙報了，他不吸了菸，水煙鍋子還拿在手裡，說得很慢，說得也少，最後是：各位都賺了大錢，三合分店賺的不如各位多。三月份店鋪的後牆漏雨，淋濕了上千斤茶葉，重新翻修房子，店門關了些日子。又花銷了一筆，到了十月，兩個夥計一個中了風幹不成了，一個不幹了。今年三合分店運氣差呀，雖然費了九牛二虎之力，把我這腰累壞了，平日不敢搬重東西，犯起來了連炕都下不了，也傷了胃，吃太冷的疼，吃太熱的也疼，還是沒各位賺的多啊！崔濤的話沒有人附和，他說話的時候大家都不看他，還這個咳嗽了，那個也咳嗽，或者挪了椅子發出嘶啦聲。有人就指責旁邊的誰放屁了故意挪動椅子，難道聽不來屁響還聞不來屁臭嗎？有人就拿手在鼻前搧，有人捂了嘴嗤嗤笑，過去打開了窗子，冷風立即鑽進來，又把窗子關了。花生說：咱聽崔掌櫃說吧。崔濤卻說：我說完了。他又吹著了紙煤吸水煙鍋子，大家不再言語，屋子裡一片寂靜，只有水煙鍋子的呼嚕聲。陸菊人問各位掌櫃的還有誰要說話，回答沒啥再說的了，陸菊人就總結了茶行本年的成績，再次感謝著各位大掌櫃的卓有成效的經營和付出的辛勤勞動，她向大家深深鞠躬，花生也跟著鞠躬。接著，陸菊人又特意表彰了三合分店遇到那麼多的困難，崔掌櫃還病著，能堅持在三合縣，沒有回渦鎮歇過一天，令她十分感動。於是，當場又拿出一筐大洋，再獎每位掌櫃二十個，剩餘了六個，給了崔濤。大家興高采烈地收了大洋，聽陸菊人講了來年的計畫安排，全一哇聲地說：明年會加勁幹的，爭取每個季度給茶行賺回三馱銀子！

聚拜了多半天，散場時，陸菊人和花生一一送掌櫃們出了大門，看著他們各自回家去了，就回到堂屋，花生說：端了半天的身架子，我都累了，我給咱好好泡一壺茶啊！陸菊人說：我只是腳疼。花生提了水壺到院子裡取水，卻見崔濤又從大門裡進來，花生說：崔掌櫃把啥東西遺了？崔濤說：我想給總領說幾句話。花生說：哦，該你說的時候你只說了幾句，現在倒要說？就拿嘴努了一下堂屋。堂屋裡，陸菊人才要解開褲管的紮帶，脫鞋歇腳，崔濤一進來，說：我要給你磕個頭！撲咚就跪在地上。陸菊人也沒拉他，就勢坐在椅子上。崔濤說：我明白你全知道我的事，我之所以回來得遲，我是在家做好了準備，一是我提出不幹了，二是你會要把我交給井旅長的。可你卻給了我面子，和別的掌櫃一樣的禮遇，還當眾表彰了我，多給了獎金。陸菊人這才臉上活泛了，拉他起來，說：你明白了我就高興。這茶行原本是井旅長的，井旅長為了渦鎮，為了預備旅，把它交給咱們來辦，人要知道知遇之恩，被人信任了就得有責任把活兒辦好。崔濤說：都是我的錯！有你這樣的總領，我算口服心服了。今年的獎金我分厘不要了，你就看我明年的業績吧。陸菊人說：獎金發了就是你的，你抓些藥，好好調養腸胃，需要治腰疼，我給你找王喜儒，他那兒有個姓白的，是給麻縣長按摩的，也給你推拿推拿。明年我也就看好你！今日咱啥話都不說了，回去好好過個年吧。崔濤千謝萬謝出了門。

一直站在堂屋窗下的花生就進來，笑嘻嘻的，陸菊人說：你在外邊偷聽哩？花生說：我學一手麼。陸菊人一下子就把腳上的鞋蹬脫了，趴在旁邊的榻上，說：快給我捏捏肩！花生捏著陸菊人的肩，說：姊，這些老男人平日裡趾高氣揚的，你倒把他們擺得順順的。陸菊人說：不是我能擺順，人家都是些幹事的人麼，馬拉車走的都是大路，咱經管著就是不能把車往床底下拉麼。花生說：那是貓啊，我看崔掌櫃就是個貓。陸菊人說：這你又胡說！往上，再往右，你不曉得右嗎？花生說：你對人家和聲細語的，就對我厲害！陸菊人嘿嘿笑著，說：你就是尋不著右麼，噢，就那，就那，手輕點，你捏死我呀?!花生在右肩捏了一會，又在脊背上捏起來，說：姊，姊，他們說你是金蟾轉世的，你這身子不長麼。陸菊人沒有吭聲。花生還說：他們說腿長腿細生不了娃也發不了家，他們是說我嗎？陸菊人還是沒吭聲。花生低頭一看，陸菊人已經睡著了。

★

一開春，青黃不接，糧食又緊張起來。去年實行糧食只能進鎮，不能出鎮，基本沒讓鎮人和預備旅挨餓，也沒有誰外出逃荒。今年北城門口取消了糧食只進不出的關卡，黑河白河兩岸村寨，甚至龍馬關一帶的人也來，糧食集就又形成，除了眾多小門面小攤位羅耀外，還有了許民冒、杜老森、韓成正三家糧店。但一些二道販子同時以低價買，摻假拌水，抬價又賣給日求升合的貧民。他們把葵稈插入拌水的米裡，經過一個夜晚，米粒脹大，顏色變黃，在上面蓋一層好米。買米人只看到上邊的米粒，講好價錢要買時，他們挖的卻是下邊拌了水的米。也有晚上他們在裝滿麵粉的甕裡倒進幾斤水，第二天只零售。更有了販糴糧食的串子客，這些串子客既有本鎮人和黑河白河兩岸村寨人，也有來自平原的人，把糧食運來賣了，再買上山貨土產返回去，或者是把別的地方的包穀黃豆運來，換取這裡的小麥和米，斤半包穀換一斤米，二斤黃豆換一斤小麥。串子客都是趕著騾子或毛驢，一個騾子馱八九鬥，一個毛驢馱六七鬥，為了增加糧食數量，減少牲口負重，他們跟在牲口後邊，肩上還背著三十斤上下的糧袋子。糧食集一熱，不久井宗秀就成立了監察隊，嚴厲打擊低買高賣，囤積居奇，採取搭皮苫面，染色摻水行為，凡經發現，沒收糧食，搗毀攤位，遊街示眾。並實行鬥捐：賣糧的人捐百分之六的稅，買糧的人捐百分之三的稅。

渦鎮的人當然就很雜了，預備旅加緊防衛，為了炫耀渦鎮的和平繁華，也是為了給外來人產生一種震懾，四面城牆上更新了黑旗，預備旅每日操練都要列隊從中街經過，步伐一致，口號響亮，把王成進當年帶來的那門山炮也拉出來架在了北城門樓上。山炮一直是存放在一三〇廟的一間平房裡，拉出來後，好多部位都生了鏽，用油擦拭了一天，架到了北城門樓上，但只有三發炮彈。炮彈自己造不了也沒地方可以買，井宗秀就找麻縣長，希望麻縣長和六軍聯繫，能給撥一批炮彈來。他給麻縣長講，銀花鎮一仗是他心中最大的痛，之所以能陣亡那麼多人，就是吃了阮天保他們有炮的虧，而咱們也是有炮啊，一門炮能抵幾十個上百個兵，可沒有炮彈，那又就是一堆廢鐵疙瘩。他說的時候，還扳著指頭念叨著那五十一人的名姓，鼻涕眼淚一齊流下。麻縣長也受了感動，應允著他盡快聯繫六軍，也是因為六軍正好傳來指示，要預備旅籌備一批糧食，到時候，去送糧食了也最好能把炮彈弄回來。井宗秀明白預備旅的存在也就是要隨時幫六軍籌備糧草的，他不能違抗，只是問這次六軍要籌備多少糧食，麻縣長說一百擔。井宗秀叫苦這二三月裡百姓都是吃了上頓少了下頓的，鎮上糧食集雖繁榮，每日出入糧食也就四五十擔，這到哪兒去挖抓?!兩人撓頭交耳了半天，最後說定，由麻縣長給六軍通融，渦鎮籌糧六十擔，六軍給撥二三十顆炮彈，二十天後雙方一手交糧一手交炮彈。說妥後，井宗秀要離開了，麻縣長突然說：井旅長，我還有個事要給你說的。井宗秀說：什麼事就給我命令吧，百分之百的完成。麻縣長說：前幾天從老家來了個老鄉叫璩水來的，他原先是涇陽縣警察局長，人長得高大威武，又極其幹練，曾經緝拿了平原遊擊隊的一個副隊長，但涇陽縣保安隊長卻邀功得賞，兩人從此不和，他就不在涇陽縣幹了，希望到我手下做事。在我手下能有什麼事做呢？我想推薦到預備旅去。井宗秀說：那好麼，好麼。卻問：他人來見你了？麻縣長說：他來見了我，沒有住就走了。他走的時候說，如果他能到預備旅，讓我通知來鎮上的涇陽縣串子客，這些串子客常在糧食集東頭的貨棧裡歇息，串子客就能尋到他。井宗秀說：噢。他既然來過，你就喊我過來也見見麼。麻縣長說：我想到要叫你來的，但又擔心當面突然提說這事，你若不願意，場面就尷尬了，他也是當過警察局長的人，臉上掛不住。井宗秀說：你能推薦那肯定是人才，我個人真是求之不得，但你也知道，預備旅還有杜魯成、周一山，我得和他們碰碰頭，過幾天我給你回話，這樣好不好？麻縣長拿出一包糕點，說是串子客從老家給他帶來的，送給了井宗秀，又讓王喜儒送客。

井宗秀一到街上，就變了臉訓斥王喜儒：平原上來人見麻縣長，你怎麼不告訴我？王喜儒說：就來過兩個人，一個縣長說是他早年的同學，一個是串子客，是縣長的老鄉。井宗秀說：你給我提上心，凡是生面孔的人來都得及時報告我！經過一戶人家山牆外的豬圈，順手把糕點扔了進去。

井宗秀回到城隍院，把給六軍籌糧的事交給了杜魯成，他就考慮著麻縣長推薦的人事，主意不定，就去上廁所，但蹴在蹲坑了，又乾腸得屙不下，周一山卻進來了，給他笑了一下。井宗秀說：你笑啥的？周一山說：是你給我笑呀，我才回笑。有啥好事？井宗秀說：誰給你笑？我是努屎哩。周一山就蹴在旁邊的蹲坑，撲裡撲騰地拉個不停，說：我這胃不行，只要喝幾口冷茶，保准就得上廁所。井宗秀說：咳，我能拉一次肚子就好了。周一山說：你長年咋都便秘？你要多吃韭菜，多喝水，再就是不要熬夜，壓力太大也容易乾腸。井宗秀說：我正要給你說個事的。就把麻縣長推薦的事說了一遍。周一山已經屙完了，但他還得蹴在蹲坑上，說：麻縣長的推薦，來了就得給個副旅長吧？他當過警察局長，緝拿過平原遊擊隊的副隊長，又能和保安隊長鬧翻，那就絕不是個平地臥的人。一個阮天保就把咱折騰夠了，如果……井宗秀說：麻縣長來到渦鎮後，先還來預備旅了幾次，後來就再不聞不問，突然能推薦個人來，是他不滿意了預備旅，想安插人了慢慢控制預備旅嗎？周一山說：要是拒絕，怎麼拒絕呢？廁所外的糞池裡咕咚響了一下，井宗秀說：誰偷聽著？周一山往起站，雙腿全麻了，他扒著廁所牆往外看，一隻撲鴿剛剛從糞池沿飛去，說：是鳥把石子撲拉到糞池了。井宗秀說：他竟然能見了麻縣長，還有串子客，這些咱都不掌握。周一山沒有再蹴蹲坑，就站著，說：這都怪我了。是不是清理一下貨棧？北城門口得嚴查那些從平原來的人。井宗秀說：先不要查，讓麻縣長知道了咱會被動的，縣政府那兒有人暗中盯著就行了。周一山說：這我安排，你知道他現在是住在哪兒嗎？井宗秀搖搖頭，用力努起來，臉上的皺紋聚起來又像是在笑，但還是沒能屙下來，就煩躁了，說：不屙了，跟我跑馬去！他提了褲子站起來，蹲坑裡咕湧著蛆，蒼蠅又嗡嗡一團。

兩人從廁所裡出來牽了馬，井宗秀騎上去，讓周一山就坐在他的後邊，雙手摟著他的腰，一抖韁繩，便出了北城門口，風馳電掣地向虎山灣奔去。周一山是第一次騎在馬上，緊張地喊：我要掉呀，我要掉呀！井宗秀說：掉不了。韁繩甩打著馬頭，馬跑得更快，經過那兩岔路口，問：去白河岸還是黑河岸？卻自作主張往右一拐，馬便斜著過去了。幾乎快到十八碌碡橋頭，他說：你胃不好，又不愛動，以後每日我帶你來跑跑馬，顛上一個時辰，胃口肯定就開了。但沒有回音，回頭一看，身後沒有了周一山。

周一山掉下馬後，虧得屁股落地，尾巴骨疼得站不起來，就坐在地上，看著河灘上一道塵煙騰起，如偌長的導火索在燃燒，心裡倒罵道：你個井宗秀，我都落馬了你還往前騎！扭頭卻見龍王廟舊址後的崖壁上黑乎乎一片，定睛看時，那石縫石槽石嘴子，以及那些從石縫石槽石嘴子長出的荊棘上全掛著蝙蝠，它們聚集得太多，幾乎是一疙瘩一疙瘩的。周一山這才知道鎮上的晚上那麼多的蝙蝠在飛，原來都是從虎山崖這裡去的，但蝙蝠應該白天在山洞裡呀，怎麼卻都吊掛在崖壁上？那蝙蝠突然騷動起來，先是上邊的幾隻飛起，下邊的左邊的右邊的陸續飛起，十隻百隻，成千上萬只發出咿吱咿吱的叫聲，像扯著一面黑布去了崖頭的樹林，一層糞屎就落在他的頭上，而同時他聽那咿吱咿吱的叫聲，似乎是：呀水呀水呀發水呀！

井宗秀策馬已經過來，他有些不好意思，把周一山往起扶，周一山卻說：你知道麻縣長要給咱塞的人姓什麼嗎？井宗秀說：好像是姓璩。周一山說：名字呢？井宗秀說：叫水來還是來水，記不清了。周一山說：此人千萬不能要，不但要拒絕，而且想辦法得滅了。井宗秀說：咋突然有這想法？周一山就說了剛才聽到蝙蝠的叫聲。井宗秀說：真的？周一山說：你可以不信我，把我從馬上顛下來，但你得信那些蝙蝠。井宗秀說：我哪兒不信你，哪兒就故意要把你從馬上顛下去？哈你不掉下去哪兒又會聽到蝙蝠叫！

下定了決心，但井宗秀並沒有給麻縣長回話，他不懼怕拒絕姓璩的了麻縣長那張不高興的臉，而是擔心麻縣長不再聯繫炮彈的事，所以就拖著。當王喜儒和白仁華再來報告情況，他就讓他們從預備旅的灶上帶半扇生豬肉回縣政府，叮嚀著麻縣長愛吃肥肉，又愛喝醪糟，每天必須保障一頓醪糟坯做的白條子甜肉。

二十天後，預備旅籌集了六十擔糧食用船送去龍馬關碼頭，六軍把三十顆炮彈也運到那裡，雙方交接後，炮彈又搭船回來。井宗秀、周一山帶人在南城門外接船，麻縣長也來了，僅僅不到一個月，麻縣長明顯地胖了，肚子挺起來，也有了雙下巴。麻縣長笑咪咪地對井宗秀說：這六軍待咱們不薄呀，我給提出要二三十顆炮彈的，心裡想著能給十五顆就不錯了，沒想竟給了三十顆！井宗秀說：好哇好哇，有這炮彈了就更能保衛渦鎮，保衛縣政府了啊！麻縣長，你氣色好啊！麻縣長說：是不是又有些胖了？我覺得是胖了，現在糧食正缺著，你倒給那麼多米麵，那麼多的肉啊！井宗秀說：再窮也不能窮了縣長啊，只要你愛吃，渦鎮還供不起你吃的肉嗎?!王喜儒有做白條子甜肉的本事，我以前倒不知道的，他做的合你口味？麻縣長說：好吃好吃，這是我吃過最好的肉呀，吃得再胖下去，我就上山考察不成了。井宗秀說：跑不動了就寫書麼，你不是要寫一本書嗎？井宗秀打著哈哈說寫書能千古留名，將來秦嶺人會給你修個廟哩，就是隻字不提姓璩的事。

有了炮彈，就要試著先放一炮，在北城門外的河灘上紮了個稻草人，穿上衣服，戴了帽子，衣服上貼了白紙寫上阮天保的名字，那個姓程的炮手裝了炮彈，瞄準了，讓井宗秀親自發射，炮彈飛出去把稻草人炸了個粉碎。

到了清明，預備旅再次納糧繳款，陳來祥派出了四個小分隊。去東南鄉的小分隊四個人，正是被關過禁閉的那四個光棍，他們在東南鄉的祁家莊、柳條溝村、崖底砭村、五峰坪的五天裡，並沒收下多少糧食和稅款。這天在崖底砭村一富戶家收納了兩擔麥子，晚上卻聽說這富戶上個月給他爹過八十大壽，凡是前去恭賀的有頭有臉的人都是先招待吸一鍋煙土的，便想著既然家裡有煙土招待人那只繳了兩擔麥子是太少了，四人便連夜又去富戶家要求拿一千個大洋出來。沒料一進那富戶家，院門一關，倒被下了槍，五花大綁地丟在地上。綁他們的也是四個人，為首的長著一對牛鈴眼，留個八字鬍。那人拿著一支短槍在他們腦門上敲，敲到誰，誰就褲襠濕了，說：拉稀啦？四個人綁四個人就像綁雞娃子，你們也不會反抗啊？這就是預備旅的人?!他井宗秀請我去主事兒，老子不去了，那麼個彈丸小鎮，淺水池子就養你們這樣的王八！我在秦嶺裡起杆子，你們就來祭旗吧。他們以為遇上了逛山刀客或是紅軍，嘴裡一會逛山爺刀客爺紅軍爺地叫著饒命。那人嘎嘎嘎嘎地笑，說他不是逛山刀客也不是紅軍，他是獨立自衛隊的。他們沒聽說過獨立自衛隊，問獨立自衛隊是哪裡的爺，富戶就告訴他，這爺姓璩，是從平原上來的璩司令。他們就給璩司令磕頭，說璩司令要起杆子，他們就護杆子，然後開始罵預備旅，罵井宗秀，說他們在渦鎮吃不飽穿不暖，受人打罵，長這麼大了連個女人的×都沒見過。璩司令說：狗日的吃誰的飯砸誰的鍋，我要放你們回去，是不是又罵獨立自衛隊，領了預備旅來打我了?!他們說：我們不回去。璩司令說：回去！他們說：不回去。璩司令說：我叫你們回去！他們說：你能叫我們回去？璩司令說：回去把井宗秀的頭提來！他們傻了眼，說：我們近不了他的身呀，他身邊有夜線子，鞏百林，都是指哪兒打哪兒呀。璩司令說：我知道你們提不了井宗秀的頭，渦鎮不是還有一門山炮嗎，炸了山炮總能行吧。他們說：這可以試試。璩司令說：不是試試，一定要炸毀！當下解了繩索，安排吃飯喝酒，吸了煙土，住在富戶家的牛棚裡，不知從哪兒還弄來了個癡傻女的，四個人整整折騰了一夜。第二日，他們還是僱人拉著收繳來的糧食要返回渦鎮，璩司令說：如果炸毀了山炮，你們就立了功，我給你們都做營長，吃香的喝辣的，想×誰就×誰。可話說清，如果回去變卦了，我不動手，也會有辦法讓井宗秀剁了你們！

這四個人回到渦鎮，上北城門樓察看了山炮位置，於一個晚上請老魏頭喝酒，老魏頭喝醉了，他們偷偷把一個炸藥包塞在山炮下，點著了導火索就往樓下跑，跑下樓了，炸藥包卻沒有響，就懷疑是不是炸藥潮了，或是導火索沒點著。讓點導火索的再去點，那人說我上去了被人發現而你們跑了，那不全是我的事？要去點，咱都去點。四個人就一塊上去，發現導火索是燃了三分之二滅了的，割掉燃過的那導火索，重新點，可人還沒離開，炸藥包就炸了。

這天晌午，鞏百林去虎山崖察看情況時，打了三隻飛鼠，晚上提回城隍院的灶上，伙夫卻不會做，井宗秀和鞏百林又提到張記飯店。張記飯店拿手的菜是酸菜小魚和血豆腐，小魚是從黑河裡撈的，兩三寸長，烘曬半天，油炸了，配著酸菜和辣椒燉的，血豆腐是在豆漿裡加上豬血和茴香壓制成的。做飛鼠也有辦法，就是將飛鼠肉切成塊了，用淘米水泡過，再拌上黃米酒揉搓，然後加花椒粉、細辛末、鹽、辣麵和包穀糝一塊上籠蒸。飛鼠肉還在蒸著，井宗秀就讓蚯蚓去把杜魯成、周一山也叫來吃喝。周一山到了，杜魯成卻遲遲未來，鞏百林就說起他在虎山崖看到後山的箭竹，龍頭竹都開花了，這是他從沒見過的，場景十分壯觀。井宗秀說這壞事了，竹子開花預兆著竹子要枯死了，他小時候看見過竹子開花，前些年紙坊溝有竹子開花，怎麼現在又是虎山崖的後山竹子開花？門外有了杜魯成的聲音，他又是罵罵咧咧地走來的，先罵誰家把泔水潑在街面上，又罵誰家豬不關在圈裡，就拿腳踢遊豬，遊豬吱哇亂叫，好像蚯蚓嘟囔了他一句什麼，他就再罵蚯蚓。周一山說：魯成以前性子多好的，咋脾氣愈來愈壞了？沒想蚯蚓又頂了一句：你不罵人就不會說話了？杜魯成再說：你說啥？你這話敢給旅長說還是敢給主任說？你這碎×也會見碟下菜了？我不能罵你了？我就把你罵了！鞏百林說：主任，這話是不是讓你聽的？周一山只是笑著。杜魯成進了店，還在大聲說：張掌櫃，你狗日的把飛鼠肉做好，有啥好酒就往出拿啊！看到櫃檯下一籠子洗好的紅蘿蔔，彎腰拿一根紅蘿蔔要吃，突然一聲巨響，天搖地動，杜魯成一個趔趄跌在地上，忙喊：咋啦，哪兒咋啦？房間裡的井宗秀、周一山、鞏百林也都跑出店，便見北城門那兒煙火沖天，以為有人來攻打鎮子，撒腳都往中街北頭跑，街上就亂成一鍋粥了。

井宗秀他們才跑到一三〇廟前的牌樓下，夜線子已經從城門樓下來，報告說：沒有什麼人攻鎮，是樓上的山炮炸了。井宗秀說：山炮炸了？怎麼會自己炸？夜線子說：狗日的有人搞破壞。他急促地吹哨子，命令立即封鎖城門洞，不許任何人出鎮，部隊分散開到每條巷每戶人家查陌生人，凡是可疑的都抓起來。井宗秀、杜魯成、周一山、鞏百林上了城門樓，樓頂塌了一半，一些木頭還在燃燒，那門山炮雖沒炸碎，但已徹底變形，而旁邊躺著四個兵，三個都死了，不是有頭沒了身子，就是有身子沒了頭，還有一個活著，兩條腿全斷了，人昏迷著，嘴裡往外冒血泡兒。毫無疑問，炸山炮的就是這四個人，井宗秀拿腳踢那個活著的，認得是三貓，猛地想起他關過三貓禁閉，罵了聲：你×你娘的報復！著人把三貓拉到城門口老魏頭的屋裡審問。沒想老魏頭從醉酒中剛剛驚醒，知道自己失了職，就去搧三貓臉，三貓竟被搧醒了，杜魯成卻一把揪住老魏頭，甩出了屋去。

查明了事實真相，井宗秀怒不可遏，把三貓頭髮用繩繫起來吊在屋梁上了，他就親自要帶夜線子、鞏百林、陸林二百人去崖底砭滅璩水來。陸林說：你不用去，我給你把人抓回來。井宗秀說：我要去，把麻縣長叫上一塊去！真的就叫上了麻縣長。麻縣長胖得走不動，井宗秀騎了一匹馬，另一匹馬讓麻縣長坐，麻縣長坐不上去，就用兩條碾杆，中間以葛條編個網，也不鋪被子，抬了走。臨走，三貓痛得喊叫，井宗秀對陳來祥交代：給他×他娘的腿上撒鹽和辣椒面！但不讓他死，等著我回來！陳來祥就在三貓腿上撒鹽和辣椒麵，三貓喊叫聲更大，陳來祥順手拿了個木柴片子塞在三貓嘴裡，說：是不是疼？咬住木柴片子！

天露明趕到崖底砭，二百人圍住那富戶家的屋院，堵了院門和屋後窗子，二話不說，院牆頭上幾十條槍一齊開火。璩水來一共四人睡在東廂房裡，驚醒了衣服顧不及穿就趴在廂房門後回擊，但廂房門扇很快被打成馬蜂窩，接著四分五裂。屋裡就喊：不打了，不打了，我們認識麻縣長！井宗秀給麻縣長說：讓他們往出走。麻縣長早軟成了一撲遝，從葛條網兜裡爬不出來，說：這得我喊？井宗秀說：你不是推薦他嗎，他聽你的。麻縣長喊：璩水來嗎，是璩水來嗎，如果真的是璩水來你出來給井旅長把事情說清楚！廂房裡就走出來一個，又走出來一個，一共走出了四人，都是光身子，一絲不掛。井宗秀說：還有？打頭的那個說：沒了。井宗秀突然叫道：打！幾十顆子彈就一股兒打過去，四個光身子就一堆白肉，肉全飛濺，成了一攤一攤血疙瘩塊。幾十人隨即衝進院子，進每一個房間拿槍就打，在上房的正廳間打死了一個老漢，在西邊小房間的炕上打死了一男一女和兩個孩子，又在東邊房間的炕洞口打死了一個老婆子。井宗秀在屍體裡找璩水來，院子裡的那一攤一攤的血肉疙瘩塊裡認不出個人形，問麻縣長：姓璩的是什麼樣？麻縣長嘔吐不已，不敢到跟前來，說：還有頭嗎，他留著八字鬍。是還有四個頭，兩個已成了半個葫蘆瓢狀，兩個還算完整，但不是沒鼻子，就是臉皮掉了下來，果然一個鼻子以上血肉模糊，嘴還在，嘴唇上有個八字鬍，罵道：就你這熊樣子，還謀算預備旅?!

隊伍撤離時，把所有房間裡的屍體都拉出來，和院子裡那些爛肉疙瘩放在一起，就綑了七顆手榴彈埋在其中引爆，屍體全成了碎塊拋在空中，再像雨一樣落在臥倒在院外士兵的身上，有一顆眼珠子就在井宗秀的腳前，他踩了一下，想聽聽響聲，但沒有響聲。

★

滅了璩水來，從崖底砭回來，井宗秀去找陳皮匠。陳皮匠剛熟過一張獾皮，在收拾著刮凳、刮刀、鑽子、錐釘，猛地見井宗秀，吃了一驚，說：你胖了？井宗秀說：咋能胖了？是瘦了吧。陳皮匠再看，腮幫子、眼皮子都鼓鼓的，好像是腫著，兩隻眼睛也沒了往日的細長，光是比以前亮，但有些瘮人，

去勸說預備旅的事？陳皮匠說：聽人說井宗秀現在就聽你的。陸菊人說：這是誰說的？是不是我是寡婦了，是是非非就往我門前堆？井宗秀是何等人，他能聽我的，是欺負寡婦哩還是要給井宗秀臉上抹黑？陳皮匠說：你別生氣，我也這想法，井宗秀如果聽一個女人的主意那他怎麼能幹大事?!陸菊人看著陳皮匠，她更不愛聽這種話。陳皮匠說：可我再一想，他不是讓你給他做茶總領嗎？陸菊人說：陳伯，井宗秀和楊鐘、來祥自小一塊耍大的，楊鐘一死，他或許是瞧著我和剩剩可憐，才讓我去茶行幹個事混口的。你家來祥不是也在他手下嗎？這事你不要來找我！陳皮匠落了個沒趣，灰遝遝地走了。

陳皮匠一走，陸菊人在茶行悶坐了半天，她倒沒再生陳皮匠的氣，想著井宗秀真的要剝三貓了，那三貓犯了死罪，那就槍打了，砍頭了，屍體掛在樹上示眾都可以，怎麼就要活剝人皮呢？即便活剝人皮能解恨，能鎮住那些當兵的和鎮上人，可也從此落個殘忍的名聲。獅子和狼都是吃人的，但人並不嫌獅子卻嫌狼，就是狼殘忍啊。她便怨恨起杜魯成、周一山，井宗秀是氣攻心，暈了頭，身邊人怎麼就不說一句清醒話呢？她就起身去找井宗秀。走到街上了，突然為自己的角色好笑，怎麼一有事就要去給井宗秀說呢，我就是給井宗秀遞話的角色?!卻又想，陳皮匠能讓我去給井宗秀說話，肯定好多人都認為井宗秀會聽我的，我這再去，別人又該嚼什麼舌頭呢？陸菊人又返回了茶行。花生這時從街上也到了茶行，說：姊，你臉色不好，是病了還是來了身子？陸菊人說：沒病也沒來身子，女人麼，你不是三兩天看著氣色好，三兩天氣色又不好了？你去把帳簿看一看，桑木分店批發的貨是多少？花生就去了後邊屋裡翻帳簿。陸菊人坐在天井下的花壇沿，指甲花上爬著一隻螞蟻，用手彈了彈，再想著嚼舌頭就嚼舌頭，只要能對他好。他現在是旅長了，別人是他的部下，勸說他了只會發脾氣，我去提醒他，或許他能冷靜了聽得進去。陸菊人就朝後屋喊：花生，花生。花生出來，陸菊人說：你跟我出去一下。花生說：剛才臉那麼冷，這會咋話又軟和了？陸菊人說：你去還是不去？花生說：去，去。

兩人就出了門。

走到街上，花生問是不是要買塊布料，還是要請她吃糍粑呢吃荷包蛋醪糟，陸菊人沒有言語，卻站住了，想，去見了井宗秀該怎麼說呢，上次為了阮氏族人的事他可是當場給了個難看哩。花生說：姊呀，一說讓你請客，你就不吭聲了！從五道巷口出來了三個兵，又匆匆經過中街，進了斜對面的四道巷。陸菊人說：那三個人裡是不是有周主任？花生說：是周主任，咋瘦得腰都躬了？陸菊人說：咱在巷口等他。

四道巷是條死巷子，巷子裡有屠宰坊，果然不一會兒，周一山就出來，身後兩個兵抬著一扇豬肉。陸菊人就迎上去，說：這肉好肥呀，聽說又打了勝仗，擺慶功席呀？周一山說：這是要伺候麻縣長的，他好這一口。你們咋在這兒站著？陸菊人說：在這兒等你哩。周一山說：這話是假的，但我會當真話聽的。是不是要我給井旅長捎什麼話？陸菊人說：你真是個人精，啥事都瞞不了你！我是想找井旅長，但又覺得不妥，要給你說說。周一山說：是剝皮蒙鼓的事吧？這事現在傳得風聲很大，你肯定有想法，要勸說井旅長你是可以的，而你又覺得去不妥，這是對的。陸菊人說：那是為啥？周一山說：軍隊上的事就是殺人麼，井宗秀是一旅之長，他若朝令夕改，那還帶什麼兵？上次阮氏族人的事你找了麻縣長，恐怕也只有那麼一次。陸菊人說：這事你也知道？周一山說：嘿嘿，你是心慈麼。陸菊人說：帶兵的事我是不懂，可不能讓他落個惡名啊！周一山說：他是魔鬼嗎？他坐的椅子不一樣，面對的題目不一樣啊！對叛徒內奸不狠，今天有了三貓，明天還可能有四貓五貓的！所以我不給你捎這個話。陸菊人不吭聲了。周一山卻笑了笑，說句：花生愈來愈漂亮了！就帶人去了縣政府。

陸菊人還站在巷口，花生說：原來說這事！陸菊人沒有說話，花生又說：這些男人咋愈來愈變了！陸菊人還是沒有說話。花生說：姊，姊！陸菊人說：我在你面前站著的，你叫得陣高！花生說：

我以為你發呆哩。陸菊人笑了一下，說：我沒了主意麼。花生說：我估摸這主意就是周一山給他出的，即便不是周一山出的，他們也都是順著他的話說話，咱還是直接找他，只有你才給他說真話。陸菊人嘆了一口氣，說：憑咱倆現在還能說動他嗎？算了，或許是咱做女人的真不懂了這些男人。

這個晌午，陸菊人和花生沒了心思料理茶行，乾脆就去了一三〇廟，她們只能去一三〇廟，管不了，不管了，那就給地藏菩薩上上香，跟著寬展師父學吹尺八吧。可是，跪在了地藏菩薩像前了，她給菩薩嘮叨著，把三貓剝皮就剝皮吧，三貓罪有應得，下一世托生個好人，即便做不成人了，便托生個樹，多長葉子，多生陰涼，或者變一個石頭，去壘牆，去做磨盤，就是做一個墩子讓人坐著也好。而剝了三貓的皮，不要影響到井宗秀的聲譽，他是有情有義，是有德行的，只是他要帶兵，必須拿命奪命，用人頭換人頭，環境逼著他才這麼幹的，老皂角樹不是也都長著像矛戈一樣的刺嗎？

剝皮在按計畫進行著，預備旅的全體官兵，還有很多的渦鎮人，都集合在了一三〇廟前的牌樓下，昏迷的三貓被拉來固定在一個木架子上，執行剝皮的也是陳皮匠。陳皮匠並沒有拿了捅條在三貓的脖子處往下捅也沒用氣管充氣，從懷裡掏出個酒壺要往三貓的嘴裡灌，但嘴裡有一塊木柴片咬得死死的，取不出來，硬拽了出來，右嘴角就撕裂到腮幫上，三貓是睜開眼，甦醒過來了。陳皮匠把酒往三貓的嘴裡灌，說：你喝上，把你喝醉。渦鎮上只有我會剝皮，你做鬼了別尋我！就用刀在三貓的腦門上割了個十字，便坐在了一旁。兩個士兵近去，前後抓著割開的皮角往開拽，然後往下扯，像是扯樹皮，竟然扯得很快，沒有血，冒起熱氣，發出噌噌的聲響。扯到鼻子、下巴、肩和胳膊肘時，扯不動了，陳皮匠才過去用刀尖在皮和肉之間剔那麼一下。三貓一直在叫喊，場子上的人也在齜咧著牙，倒吸著涼氣地呀呀地叫。等皮剝到胯部，上半身根本看不出了是人的模樣，三貓是再不叫喊了，場子上的人也不再叫，差不多都在嘔吐，婦女們暈在地上，被抬出去了五個，又被抬出去了七個。三貓的皮完整地剝下來後，陳皮匠手軟得握不住刀，刀掉在地上，腿也立不起，還是陳來祥背了爹要回去。周一山說：把皮子拿上！皮子就搭在陳皮匠的身上。

七天後，一面人皮鼓就掛在十字街口的老皂角樹上。老皂角樹上從此不見任何鳥落過，沒有了蝴蝶，也沒有了蝙蝠，偶爾還在掉皂角莢，掉下來就掉下來，人用腳踢到一邊去。人皮鼓掛得高，誰都不曾敲過，但每當起了風雨，便有了噗噗的聲音，似乎鼓在自鳴。

也就是從那時起，井宗秀正式將他家的屋院作為旅部，他搬過去住了。照例要一早一晚巡邏外，還有了預備旅深夜巡邏的列隊，他們三班輪換，每個列隊十二人。井宗秀的巡邏已經不再是一匹馬了，還有另一匹馬，兩匹馬一早一晚交替著。他高高坐在馬上，全身武裝，腰裡別著兩把手槍，裹腿上還插了一把匕首。但他的身體明顯發生了變化，嘴角下垂，鼻根有了皺紋，臉不再那麼白淨，似乎還長了許多。

有了列隊的巡邏，預備旅就收了警鑼，不再需要老魏頭了，但老魏頭睡不著，夜裡總要出來到街巷轉一轉。這一次剛走到三岔巷口，迎面過來個人，一看是三貓，知道遭遇鬼了，就和鬼打起來。正打著，井宗秀騎馬過來，看到老魏頭又蹦又跳，揮拳踢腳的，喊了一聲：幹啥哩？老魏頭一下子坐在地上，衣衫不整，頭髮紛亂，氣喘吁吁，說：我和鬼打了一架！井宗秀說：我怎麼沒見到鬼？老魏頭說：你是旅長，殺氣重，鬼哪裡敢近你？我手裡沒警鑼了，鬼才尋的。他要求能把警鑼再給他，他繼續巡夜。井宗秀同意了，老魏頭重操了舊業。往後的日子裡，老魏頭是看到了更多的鬼，但他一敲警鑼，鬼都離他遠遠的，他就在白天裡要給人講許多鬼的故事。

老魏頭講他鬼的故事，夜裡人們都不敢出門，街巷裡就空蕩了，尤其馬蹄響過去，深夜裡又經過巡邏列隊的節奏一致的腳步，沒有了醉漢，沒有了誰家窗戶口傳出的麻將聲，連一隻遊狗都沒有。各家商鋪、飯店、客棧早已打烊關門，有的簷下偶爾還亮著一盞兩盞燈籠，昏暗不清。城牆上的旗子在搖，蝙蝠飛來飛去，旗子把夜愈搖愈黑，蝙蝠又反復地要用翅膀把夜分割成碎片。只有黑河白河的水還在流動，流動著的聲音卻像是打鼾，時不時夾雜貓頭鷹的叫，還有狼嚎。這樣的鼾聲持續了一夜，當鎮人還沒有醒，馬蹄聲便又噠噠響過，緊接著兵營裡的號角在吹，有了雞鳴，有了狗咬，人們這才陸續起來，打開門第一眼看到街巷白花花的，馬蹄聲好像才過去，仍殘留著一絲銅的音響，再抬頭看到密密麻麻的蝙蝠從南向北飛，如揭開了黑布，天上有了魚肚子一樣顏色，就急忙察看門環上是否掛有馬鞭。

從來沒有公告過，但卻漸漸成了一種規則，井宗秀在黎明前的巡邏，總會把馬鞭掛在了誰家的門環上。起先，井宗秀是讓一戶人家第二天去兵營裡幹活，為了不至於遺忘，他將馬鞭掛在了那家門環上。後來能去兵營裡幹活似乎成了一種信任和榮耀，給井宗秀要求過：我也要去幹活，給我家門上掛馬鞭吧。這馬鞭就這樣掛起來。馬鞭天天都掛，天天都有鎮人去兵營裡壘牆呀，修路呀，收拾靶場呀。兵營裡自然沒有那麼多的活要幹了，他們就去井宗秀的屋院，幫忙燒水做飯，清理垃圾。而幹這些雜瑣事務，男的也行，女的也行，以至於後來，凡是發現門環上掛了馬鞭，去幹活的倒都成了女的。再後來，去的倒是些年輕女的，她們全要洗得乾乾淨淨，換上新衣，梳妝打扮一番了，花枝招展著才出門。

日子就這麼積累著，一月一月過去，士兵們都在認真地操練，店鋪的生意也都興隆，井宗秀遲早騎在馬上經過了，所有人都停下來問候，笑著，或者就遠遠地躲開，等他離去，又久久地注目而望。

不知不覺間，麻縣長又胖了一圈，肚子鼓起一堆，走路開始搖晃。璩水來死後，他很少見到井宗秀，也很少進山察看草木動物，只是在街巷轉悠一下，然後要整晌整晌地在安仁堂，他已經和那些挖藥人熟悉，他們來交售藥草時會特意給他帶許多連渦鎮人也少見的草木。這日在書房裡，他記錄著刺柄南星，肺筋草，油關草，射干，蛇菰，蠅子草，血水草，樓斗，茴麻，龍葵，菊苣，鹿蹄草，吉祥草，山牛蒡，結香，文冠果，佛甲草，狼尾花，雲實，鋪地栒子。並一一注明了這些草木的形狀特徵，花果期和生長的環境，就脖頸酸痛，眼睛乾澀，喊白仁華來給他按摩。白仁華說：縣長你又弄那些草木了？他說：嗯。白仁華說：你咋老弄那些草木。他說：嗯。卻說：你覺得我不是好縣長嗎？白仁華嚇得不敢說。他又說：我是不是有才華？白仁華不知道該怎麼回答，他笑起來，說：我是一身的才華，應該有所擔當的，可我就弄這些草木啊！白仁華就給他按摩，兩人再沒說話。按摩完了，他突然問：井旅長還一早一晚在巡邏嗎？白仁華說：是一早一晚都巡邏的，雷打不動。他說：聽說，我是聽說井旅長在誰家門上掛馬鞭了，這家就把年輕女人送他那兒？白仁華說：啊，啊我不知道呀，不可能有這事吧。他說：我也想著不可能。白仁華把麻縣長的話說給了王喜儒，王喜儒叮嚀白仁華這話不要信不要傳播，全當什麼都沒聽到。他去給井宗秀報告麻縣長的情況時，也沒報告麻縣長所說的話。

麻縣長的話是沒有傳播出來，這事卻悄悄在鎮上議論著，如人群裡一個人打了哈欠，陸續就有人張嘴打起哈欠。而且當一個人給另一個人咬耳朵說了這樣那樣，還在警告：我只是給你說呀，千萬不要給別人說，都這麼警告著不要對別人說，卻都說給了別人。

又是一年的八月，白起幾次提出能把楊記壽材鋪轉讓給他經營，陸菊人沒有同意，鋪門就還鎖著，而且門楣上都有了蜘蛛網。但是，門前的桂樹一開花，方瑞義從平原上回來了。方瑞義交給了陸菊人一份黑茶製作的工序單，陸菊人看了，上面寫著：一、收茶。每當秋季，採購毛尖茶，壓榨打包。二、開包剁茶。茶包打開後，用大刀剁為小塊。這是頭等出力活。三、打吊。用秤稱剁過的茶，每秤五斤。四、端苛郎。每斤茶二斤水做成濕茶，用小畚箕送至炒茶的鍋內。五、暢鍋，即炒茶。六、捶茶。用長一尺二寬八寸厚一寸的多層紙糊成小茶封，夾在地面修好的木制小槽內，用三尺長的棰子往封內捶。

棰子上安手提把，下端為厚一寸長二尺五的鐵制棰頭，棰子把上套三十斤重的鐵箍子。旁邊坐一人叫扶幫子，注視茶葉出進，另有一人專門端送茶葉。捶茶是僅次於剁茶的重活，又是技術活。七、封茶。茶封捶成，由專人檢驗，逐個驗收、蓋印，蓋印後要錐眼透風。八、晾曬。晾曬是徹底放完茶封內的水分，但只能陰乾不能日曬，時間為夏季一月，冬季兩月。九、堆垛。茶封晾至七八成乾後，全部收集垛放，使其自行發花。封皮紙包上發出黃點，稱作茶子花。出現花以後，打開垛堆分放，再晾一至兩月，茶封發出芬芳香味，即可打包發售。陸菊人說：這些你都掌握了？方瑞義說：掌握了。陸菊人又問：人家那裡茶作坊是怎麼蓋的，你又能全部記得？方瑞義說：記得。陸菊人很高興，當即賞了二十個大洋，還送了一個她新做的桂花香包，委任為掌櫃，負責蓋作坊，制家當，可以在茶行裡挑選所用之人。方瑞義便夜以繼日地忙活起來。

九月初九，天高氣爽，陸菊人去茶作坊工地看了，又拿了方瑞義畫好的茶棰的圖紙去鐵匠鋪要求打造。鐵匠鋪裡有幾個人在說話，其中蠶百林的侄兒光著膀子，陸菊人說：去把衣服穿好！那小夥說：在你面前我是娃哩，不穿了。陸菊人說：還娃哩，嘴唇上都長毛了還是娃？穿去！那小夥就把衣服穿了，而別的人起身要走。陸菊人說：剛才說得那麼熱鬧的，咋就走呀？說你們話，讓我也聽著。那小夥說：嬸子，嬸子，井旅長在沒在你家門上掛過鞭子？陸菊人說：啥事？其餘人卻給那小夥丟眼色，發恨聲，說：你不說話怕別人認你是啞巴呀！陸菊人說：啥事不肯給我說，愈不想讓我知道，我偏要知道的。誰都不要走，掛什麼鞭子？那些人便又坐下來，才講了井旅長每天掛馬鞭的事，陸菊人頓時心慌了，伸手去桌子拿茶碗要喝，茶水灑出了一滴在桌面上，說：有這事了？我咋沒有聽說過。年紀稍大的一個就說：這事預備旅的兵知道，鎮上的老百姓知道，只是你和花生不知道。其實呀，這有啥的，井宗秀是長官了，預備旅是他的，渦鎮也是他的，啥都是他的，他和誰在街上能拉個話是誰的臉面，誰能到他屋院去是誰的福分。陸菊人說：聽你說，這事就是鐵板上釘了釘，實打實啦?!那人說：我也聽人說的。陸菊人說：這種事沒根沒據的都不可信，也不要傳，井宗秀的聲譽不好了，咱渦鎮還有啥好聲譽。那人說：是呀是呀，我也懷疑這是有人要壞井旅長的事哩。這和三貓一樣，應該查出來剝皮蒙鼓的！說完，他倒起身走了，他一走，其餘人也都走了。

從鐵匠鋪回來，陸菊人心裡像長了草，悶坐了半天，決定得去找井宗秀，一定得去，但她不願意到城隍院，也不願意到旅部，而是第二天一早在街上等蚯蚓，讓蚯蚓去告訴井宗秀：紙坊溝來人說發現他爹墳上有了個老鼠洞，下雨水鑽了進去，讓他得去墳上看看。然後她自己先去了紙坊溝。果然，陸菊人在井宗秀爹的墳頭上坐了一個時辰後，井宗秀騎馬就到了溝畔，他下了馬，讓蚯蚓看著，自個急匆匆到了墳上，說：你也來了？哪裡有老鼠洞了？陸菊人說：沒有老鼠洞，我哄你的。井宗秀說：哄我？陸菊人說：我不哄你，也見不上你麼。井宗秀就坐下來，說：我是忙，也沒去茶行，也沒問候你了。有啥事嗎，要我爹也聽著？陸菊人說：井伯聽著也好。上次剝三貓皮，我是要找你的，周一山擋了我，那事過去了就不說了。可現在鎮上人私下嚼舌根，說你看上誰家女人了，不論媳婦還是姑娘，就在人家門環上掛馬鞭，掛了馬鞭，就得去伺候你。我想這都不會是真的，可假話說得多了，別人就當了真的。井宗秀說：這是真的。陸菊人說：真的？井宗秀說：是到我那兒有媳婦的也有姑娘的，但我這話只給你說，我沒有對她們做啥事。陸菊人說：你是個男人你能沒做啥事嗎，沒做啥事你讓她們到你那兒，我是能信呢還是井伯能信？說著自己就哭起來。陸菊人一哭，井宗秀怎麼勸也勸不住，從懷裡取了圍巾要給她擦眼淚，陸菊人瞧著那圍巾還是她的那截黑布，突然一把奪過來就撕。井宗秀攔擋不及，圍巾已被撕成了三綹，恨恨地扔在地上。井宗秀把那三綹黑布拾起來揣在了懷裡，就趴在墳頭上說：爹，爹，我說的是真的，我說的是真的！陸菊人是不哭了，說：你現在是旅長，是長官，說一不二，你想怎麼來就怎麼來。可這麼下去，渦鎮人能長久地擁戴你嗎，五雷當年是多凶的，阮天保又是多橫，你不是把他們都弄下去了？你要斬草除根阮氏族人，你要剝三貓皮，這些或許你有你的道理，但把那麼多的女人招到屋院，你以為人家都心甘情願嗎，你這樣做公平嗎，想沒想到還會有李宗秀張宗秀來弄了你井宗秀?!井宗秀說：我是有犯糊塗的時候，也有做錯的事，但亂世裡沒有什麼公平不公平，我清楚我該要什麼。你也想想，你只盼望我就當個旅長嗎，只盼望我就在渦鎮裡鬧騰著成事嗎？陸菊人說：你別說我，我在你眼裡算個啥，有幾斤幾兩？井宗秀說：不僅是眼裡，在我心裡你是啥樣的位置，你應該知道。是你給了我一把木鍁，有了風才揚場的，你指望這風更大吧，指望我揚更大的麥堆吧？陸菊人拿眼睛就看著墳頭，說：我是個寡婦，我知道這賤命，可你爹睡在這裡，你不能辜負了你爹和你爹睡的這個地方，你又精明能幹，你也不要辜負了你自己。那你再給我說，你沒有那事？井宗秀說：沒有那事。陸菊人說：那你就答應我一件事。井宗秀說：你說，你說啥我都答應。陸菊人說：這一個月裡，我就把花生嫁給你，她真是個好女子，也該到嫁你的時候了。你們成了家，那些閒言碎語也就止住了。你同意嗎？井宗秀說：啊呀！陸菊人說：啊呀啥的？井宗秀說：我娘為啥我一直沒讓回來，現在局勢不穩，要防外要防內，我整天都忙亂著。陸菊人說：她嫁了去好照顧你，也能把你娘接回來伺候著。這事就這麼定了，你先走吧，我再到村後的玄女廟裡燒燒香。

看著井宗秀一步一步下坡去了，陸菊人閉著眼睛長長地出了一口氣，而一顆淚又同時掉下來。她說：你掉的啥眼淚？睜開眼了，就在墳堆上，突然站著一隻朱䴉。她以前見過的朱䴉都是全身雪白，但這只朱䴉背是白的，而腋下及兩翼顏色逐漸渲染，就成了粉紅色，頭枕部的那根羽毛那麼長，樣子呈矛狀，就使得整個羽冠隆大又漂亮。陸菊人靜靜地看著，怕弄出聲響驚動了朱䴉，朱䴉卻在啄墳堆上長出的那株獨角蓮，獨角蓮結了籽，籽還嫩著。人傳說著鳳凰高貴，是只吃竹實，朱䴉稀珍，它也拿走，糧食和布匹就裝了八大牛車，銀元和手鐲、戒指、項圈也裝了五麻袋。而逛山的兵卻端著槍到一般人家裡去，進門就喊：我的新娘呢！見媳婦姑娘就強行姦污。偌大的曹莊鎮一時雞飛狗咬，哭喊連天。逛山們一胡作非為，張福全手下的人心也亂了，蠢蠢欲動，張福全先喊了狠話：誰敢把褲帶不繫緊，我就斃了誰！再又說軟話：他玩他的女人，咱收咱的糧食，這麼多東西運回去，司令會記功獎賞。手下的人沒辦法，差不多就在財東家舀漿水喝了壓火，卻也嚷嚷著要吃飯喝酒。張福全說：好！讓財東家開始取酒做飯，孫公勝和師爺領了兵過來，問：收了多少貨？張福全說：就七八車吧。孫公勝招呼他的兵：過來把車拉上！張福全說：兄弟們肯定都腰酸腿軟的，還是我們拉吧。孫公勝突然向張福全胸口上打了一槍，張福全應聲倒下，沒說一句話就死了。一見孫公勝打死了張福全，張福全部下就端槍，槍還未端起，逛山們早開槍撂倒了三個。孫公勝喊道：誰反抗就打死誰！願意當逛山的就把槍扔過來！張福全的部下見周圍全是逛山，知道孫公勝早有預謀，就有人把槍扔了過去，一個一扔，十幾個就扔了，十幾個扔了，其餘的磨磨蹭蹭地，但還是全扔了。孫公勝走過去拿腳踢張福全，說：你還嫌我放走了三十個保安，我不是又有了三十人嗎，哦，只有二十七了。二十七人被集中在場子裡，孫公勝在訓話：還有誰不情願當逛山的？沒人說話，孫公勝吼道：說話！師爺在旁提醒：不說話就是都情願當逛山麼。孫公勝說：那好。當紅軍當逛山，還是他蔣介石的兵馮玉祥的兵，誰不是為了吃飯?!跟了我當逛山，管你吃香的喝辣的，還想不想玩女人？二十七個人裡有人在嘟囔：是男人都想哩。孫公勝說：誰在吭聲，站出來！站出來了一個矬子，患著白癜風，是個花豹臉，說：你給個女人我就敢上，有今沒明的，我在女人身上了你再打死我。孫公勝哈哈大笑，說：這就是當逛山的料！我怎麼要打你呢，只要是了逛山，咱們就是老子天下第一，我的是我的，你的也是我的，去把那些女人拉幾個來，讓咱新兄弟們出出火！

拉來了兩個婦女，關在一家富戶的東西廂房裡，二十七人分兩組在門口排隊，兩個婦女就都昏死了。孫公勝帶兵走後，鎮上的郎中來救治，一個婦女乳頭被掐掉，下身撕爛，血流不止，已經喪命，另一個用在火盆上烤熱的鞋底煨那部位，流出的髒物竟有半碗。

這一次變故，使紅十五軍團與逛山徹底決裂，從達子梁撤往麥溪、方塌、三合三縣交界的留仙坪，一方面休整，一方面建立新的根據地。留仙坪耕地面積少，又多是石渣子地，糧食從來緊缺，但因有一座西王母廟，方圓三縣的人都來朝拜，逐漸形成的集市卻大。村裡最大的富戶是有著三孔窯，燒制缸碗盆甕，壟斷著整個瓷貨市場。紅十五軍團當然沒收了窯場，將窯場的匠人留下，由二團團長程育紅帶人接管，先是忙活了半月，洗泥、磨釉、拉坯、修坯、晾坯，再就裝的是東邊山坡下的老龍窯。師傅是個瘦小老頭，話不多，眼睛瞇著像鉤子。他開始裝窯卻要一個大洋，程育紅給了，並幫著把坯子往窯裡放，他把程育紅趕出去了，說裝窯不是堆積木，如果匣缽擺得不對，燒起窯了，一個匣缽歪掉了，整一摞都會倒下去，又砸在另一摞上，那就倒窯了。裝好了窯，十六日點火，十五日晚上師傅就不吃飯，早上起來也不吃，給窯神上香敬酒，末了，又向程育紅要了一個大洋。點火了，從窯兩邊的投柴口往裡投柴，不停地投，不停地投，整整一天一夜。程育紅這才知道燒窯這麼不容易，師傅讓他從投柴口往裡看，裡邊的火苗橙紅色，瘋狂地舔著成摞的匣缽外壁。師傅說：現在你還看得到匣缽，等一會你就看不到了。程育紅說：看不到？師傅說：火會太亮，跟太陽那麼亮的。程育紅拿了酒和師傅喝，正喝著，窯裡一聲悶響，說：啥響的？師傅說：倒了一摞。程育紅嚇得說：這要倒窯呀？師傅說：打嘴！程育紅沒打嘴，師傅到投柴口看了看，把投柴口封了，又到另一個投柴口投柴，說：這兩邊的火力不勻，燒出的是啥成色就不知道了。又是一聲悶響，程育紅緊張得不得了，看師傅，師傅臉上沒表情，只是柴投得愈來愈快，而且也叫著他投，直到了後晌，師傅提一桶黃泥，把最後一個投柴口封上，火光一消失，人看見啥東西都成了瞎子。等過了四天，要開窯了，師傅又是向程育紅要一個大洋。程育紅說：你咋沒夠數，要了幾回啦？師傅說：只要了三回，我給財東燒窯，賣出的貨他給我提一成利哩。程育紅說：那你是給土豪惡霸幹活，現在是給革命隊伍燒窯。師傅說：我只是燒窯的。程育紅給了一個大洋，師傅就提了一個小鐵錘進了窯，窯頂黑褐色，還不時往下滴釉珠，他一邊往裡走，一邊卻用鐵錘把一些燒好的瓷器敲碎在匣缽裡，啪啪響，已經敲碎了十幾個。程育紅掏出了槍，說：你這幹啥，你要使拐破壞嗎？師傅說：這些都是起了泡的，我燒的窯不能有次品，你就是把我殺了，我也得留下個我是留仙坪第一燒窯把式的名聲。

燒出的瓷貨果然賣得非常好，宋斌蔡一風就要求三孔窯輪換著燒，那師傅也連軸轉，不得歇著。程育紅問：你都沒個徒弟，讓徒弟都來呀！師傅說：我是個老光棍，無牽無掛的，徒弟都上有老下有小，我不會叫他們來。程育紅說：你不相信我們？師傅說：反正我在你們手裡，我給你們燒。連續燒出了五窯，全部一售而空，買回來了大量的糧食油鹽和豬肉。而同時，井宗丞帶著二百多人四處出擊，連續打了幾次勝仗。

第一次勝仗是在幾十里外的花瓶子鎮。自留仙坪有了紅軍，三合縣的保安隊來打過，沒打贏就撤了，想聯合方塌縣和麥溪縣的保安隊一塊再打，但方塌縣和麥溪縣的保安隊沒有答應，後來三個縣的保安隊便以紅十五軍團不完全在自己的轄區內為由，就都不再前來侵犯，而花瓶子鎮是三合縣距留仙坪最近的鎮，就在花瓶子鎮駐了二十人，二十人不算多，卻裝備有一挺機槍。井宗丞謀算著去端了這二十人，卻因花瓶子鎮建在山頭上，唯獨南邊兩個崖墩間有路，而崖墩上棚了巨木，木頭上修著一座觀音木殿，機槍就架在殿後沿上，多少人也難以攻得上去。井宗丞了解了四月八日是洗佛日，鎮上人聚會要給觀音像除灰洗塵，十五里外的東川裡就有皮影戲班前去助興，他便去了皮影班，說明了身分，要到時扮作戲班人一塊進鎮，事畢可以付戲班二十個大洋。戲班主卻一口拒絕，理由是戲班都是一個族的，若雙方打起來，子彈不長眼睛，班子人一死這個家族也就死絕了。井宗丞再三勸說，班主就是不肯，井宗丞舉了槍說：你答應不答應？班主說：不去是死，去了也是死，你打吧。井宗丞就打了一槍，戲班子人全都趴在地上，乖乖聽從安排。在洗佛日頭一天，紅軍百十多人提前埋伏在鎮外的溝裡，而井宗丞十個人換了衣服，同戲班子要進鎮。井宗丞警告說：該咋演就咋演，誰若暴露我們，全戲班人都沒了命。進了鎮，戲班人聯繫先給保安隊的演一場，保安們住的房子分前後院，前院正廳門口簡單搭了戲台，掛上幕布，後院有東西廈子房，是保安的宿舍。演出時，所有保安都拿小板凳坐在戲台前觀看。鑼鼓咚咚地敲，有個紅軍就從幕布邊數坐著的保安，悄聲對井宗丞說：不是說二十個嗎，數來數去咋只有十九個。井宗丞說：少一個就少一個，他們有誰身上還帶槍？那兵說：都拿著煙袋鍋子，沒帶槍。井宗丞安排，戲唱到一半，看他的眼色，他和馬寶寶到東廈子房去收槍，范增倉李民娃到西廈子房去收槍，收了槍卸下槍栓，動作要快，不得弄出聲響。戲開始演了，兩個千手去幕布後擺弄牛皮刻出來的人物，人物在幕布上踢腳，打趔趄，扭捏作態，千手同時也在那裡踢腳，打趔趄，扭捏作態。而那位做唱的，是中年婦女，一臉麻子，坐在那裡一邊拉二胡一邊唱，聲音沙沙的，像是男人唱。唱到了：啊嘎啦啦祥雲起，呼雷電閃，一剎時，我過了萬水千山。井宗丞一使眼色，四個人就從台後出去，悄然進了後院，他和馬寶寶一到東廈子房，裡邊一面大炕，上邊鋪著十五個被筒，靠炕沿又是十五個光面子青枕石。在那一瞬間，他腦子裡閃過一個念頭：若是在半夜，拿一把刀，挨著就切過去。再沒多想，見牆上一排掛著十五桿槍，忙一摟子攬下來，極快地都卸了槍栓，拉過一條被單包了就塞在炕洞裡，卻沒見有機槍，又搜查了一遍，還是沒有。范增倉李民娃到了西廈子房，見牆上掛著四桿槍，范增倉直腳去收，李民娃卻看到大炕角還睡著一個人，一時愣住，那人聽見卸槍栓聲，就往起爬，炮不山炮的，阮天保在蘭草鎮丟了山炮，那是他的心病，說話注意點，都是同志，要團結。井宗丞說：毬本事！蔡一風說：嗯？臉色嚴肅起來，井宗丞就笑了，說：聽你的，我就聽你的。

得到群眾舉報，離留仙坪一百二十里外的橫澗寨有個叫曹地的，曾在六軍當過軍需，不知什麼原因跑回來，糾集了禿子萬榮和背鍋老五做了土匪，據說有一把駁殼槍。紅十五軍團還沒有一把駁殼槍，阮天保就來勁了，說：他叫曹地我叫天保，天管地，我收拾去！帶人去了橫澗寨，曹地卻不在家，阮天保就殺了曹地一家五口，天黑又藏在院裡等著曹地。曹地這日是得知平原來了一個趕了五頭毛驢都馱著東西的腳客，歇在寨子東窪子一戶人家裡，領了禿子萬榮和背鍋老五去把腳客痛打了一頓，所馱的東西裡竟然有八個大煙土磚塊。拿走了煙土，由於天黑，一塊掉在了地上，被另一村民拾得，因懼怕曹地，仍將那塊大煙土還了曹地。三人張張狂狂回來，已經是後半夜，曹地卻見他家的門窗沒光亮，當下就站住，說：我不回來，屋裡要一直點燈的，這咋是黑的？心裡疑惑，就喊：鐵蛋！鐵蛋！鐵蛋是他兒子，鐵蛋沒回應，他家的狗卻汪汪大叫跑了出來。阮天保在殺曹地家五口人時，那狗就撲過來咬，阮天保掄起槍照頭砸去，那狗就死在院子，沒想狗命大，死在地上又活了。狗一跑出來，曹地三人就跑，院子裡埋伏的人見有人跑，出來發現路上一堆大煙土，知道是曹地，一路打著槍追過去。一直追到天微亮。曹地鑽進了一面坡的樹林子裡，阮天保他們也進了樹林子，林子裡滿是黑松、青岡、白樺，樹身遍生苔斑，吊掛了一嘟嚕一嘟嚕乾藤枯蔓，十步外啥也看不清。阮天保他們只好退出來，在坡下的水溝裡，正罵著煮熟的鴨子飛了，一個挖藥的山民經過時向他們笑，阮天保抓住就打，說：笑啥的，笑你娘的×?!那人說：我沒笑。阮天保說：你現在還笑！那人說：我就是這個眉眼，長官。阮天保問：這是啥地方，出了林子能往哪兒去？那人說：這坡沒名，林子盡頭是斷崖。我看見你們攆人哩，其實不用攆，就在這兒等著，進去的人終究還得從這裡出來。阮天保聽了，倒有了主意，當下幾處點火，火勢迅速向坡上蔓延，火裡有哭有笑的，一時嘎嘎聲，嗚嗚聲，謔謔聲，愈響愈大，溝道裡就有了風，光焰如千萬旗子飄蕩，煙霧罩得天昏，無數的鳥叫著往空中飛，但只有一半飛出來，一半燎焦了翅膀就石頭一樣垂直地掉下去。阮天保他們被熱浪掀倒，也咳嗽得不行，爬起來在溝水裡把鞋、褲子、衣服全弄濕，就趴在了水溝外的土坎上，子彈上了膛。阮天保喊：跑出來就打，不能漏掉一個！眼看著火勢燒到了半坡，燒過的大樹雖然還都長著，但全成焦黑的光杆柱子，突然右邊一陣亂石滾落，有個黑影跑出來，這邊槍就開了，卻沒打中，黑影撲過了水溝，向左邊的另一面坡跑，才看清是一頭獸，像是熊又像是野豬，而幾乎同時，各處跑出來了獾、野兔，還有一隻狼和黃羊。槍聲叭叭地響，別的都逃脫，唯獨狼臥倒了，有人就大呼小叫地跑去撿，狼又跳起來，向來人撲了一下，順著溝道又跑了。那人在地上慘叫著翻滾，眾人去看時，臉只有半個，半個沒了皮肉。阮天保大罵不中用，偏這時再跑出來了一隻麝，這回看得清清楚楚是麝，但麝已經跑出來了又掉頭往林子裡跑，阮天保忙喊：打！打！打！幾十條槍同時開火，麝就倒在地上。為避免麝還是沒死，阮天保再打了兩槍，說：麝香是名貴藥，值錢得很，快去看麝把×挖了沒有？一個兵就說：挖×？阮天保說：你他媽的啥都不懂，麝香就在麝×裡邊！三個兵跑過去，說：在哩！阮天保說：聽說麝急了就會把自己的麝香挖出來扔了的，它還沒來得及挖?!麝被割了×，阮天保用草擦了擦血，塞在了自己懷裡。

直到後晌，火是把整面坡都燒過了，曹地一夥沒見出來，別的什麼飛禽走獸也再沒有，阮天保帶人到坡上去。到處都是灰燼，不時可見燒焦的松鼠、野雞、獾、黃羊和蛇，有些草木還在冒煙，熱氣呼呼騰騰，烤得人臉疼。終於在坡頂三四丈遠的一個土坑裡發現了三具屍體，都是二尺長短，像是燒過的柴頭。一個兵說：這是人嗎，人有這麼矮？阮天保說：看身下有沒有槍？掀開屍體，是有三支槍，兩支長的沒有槍身，一支短的卻成了一疙瘩鐵。阮天保疑惑駁殼槍怎麼能燒成這樣？撿起來看了看，明顯是被石頭砸過，便罵道：麝都沒挖它的×，你倒把槍給我砸了！氣得在屍體上澆了一泡尿。

阮天保無法把曹地的頭和駁殼槍拿回來，但卻有了八個大煙土磚塊和一隻麝的×，他當著宋斌蔡一風和井宗丞的面，說：曹地那股土匪全被我燒死了，這八個煙磚，一個五十兩，一兩可以換六綑皮棉，一綑皮棉十斤，要換二千四百綑，等於二三百畝棉花地一年的收成啊！從懷裡掏出麝×來，再說：還有這麝香，值多少錢我說不準，可我知道身上裝一包麝香從瓜地裡走一遍，滿地的小瓜就落了，讓孕婦聞一聞，當天就流產了！他看著井宗丞，說：宗丞，你也是秦嶺裡長大的，你給他們說說，是不是？井宗丞說：你是個×！阮天保說：你罵人？井宗丞說：我是說你拿的是麝×。阮天保說：是麝×呀，我聽說過麝愛曬太陽，它在陽坡裡曬太陽的時候把×掰開，×裡有一種氣味就招蚊蟲，蚊蟲爬在×上，它把×一合包進去了，這蚊蟲包的多了，久而久之，就成了麝香。井宗丞說：那麝就再不尿了，再不交配了?!麝香都是在麝的肚臍眼裡邊，你知道不知道？你把那×切開看看，看裡邊有沒有麝香。阮天保當下就切了那東西，果然裡邊什麼都沒有，阮天保仍是不信，去叫了留仙坪當地一個人，那人也說麝香在麝的肚臍眼裡，阮天保罵了一句：他娘的×！

★

當紅二十五軍到達平原後和北方高原上的紅十七軍會師，開始冬季反攻，占領了平原西部一座城市，又圍困起另一座城市，省委指示紅十五軍團進一步牽制國民六軍不得去平原支援，宋斌就想集中力量先攻下防衛相對薄弱的麥溪縣城，建立第一個秦嶺蘇維埃政權。對於宋斌的主意，蔡一風一直有些猶豫，他認為以眼下的力量還不足以能拿下麥溪縣城，即便拿下，能否長久守住？但不久秦嶺特委報來的情況，他們發動的各縣農會開展抗糧抗租的形勢非常好，大大小小已有了十多個農會的武裝，可以隨時把這些武裝組合起來。於是宋斌決心下定，一方面派人去麥溪縣城收集情報，察看地形，一方面在留仙坪加緊訓練。

依照以前的印象，麥溪縣城的城牆比別的縣城的城牆高大，井宗丞的團就被安排演練使用雲梯。選中了留仙坪南邊的一座斷崖，練了好些天，偵察員從麥溪縣城回來，說麥溪縣城的城牆頭上都加固了伸出去的木頭，木頭上又罩了鐵絲網。井宗丞一聽，心想以老辦法登城牆肯定是不行了，倒抱怨阮天保葬送了那門山炮，如果山炮在，直接就把城牆轟開了。他問偵察員：麥溪縣城牆上有沒有山炮？偵查員說：山炮沒有，但四面城門樓上都有機槍。井宗丞說：你知道哪個縣有山炮？偵查員說：各縣現在還沒有，但當年六九旅在安邑縣磧口鎮圍住了刀客，仗打了三天三夜，雙方都死了很多人，也是活該刀客不滅，那幾天都是大雨，多處滑坡堵塞道路，刀客才得以逃脫的。鎮上有個大財東，以燒磚瓦窯發家，年初擴大窯場在一處開坡取土時，挖出了一門山炮和許多炮彈，清洗了就私藏起來。三合縣麥溪縣的保安聽到消息去打探過，他都矢口否認。井宗丞說：這是真的？偵察員說：也是聽說的。井宗丞說：那我到西王母廟裡燒高香去，但願他真的有。

井宗丞當天夜裡，也沒報告宋斌和蔡一風，帶了他的團倒去了磧口鎮。磧口鎮距留仙坪約一百里，第二天中午趕到，打問了大財東的家，就把前後屋院包圍了。大財東姓柴，一家人正吃飯，見一群拿槍的人包圍了屋院，他放下碗說：咱們縣上的保安也來要山炮了！大老婆和兩個小老婆嚇得就哭，說：當家的，那東西是個禍害，你交給人家算了。姓柴的呵斥道：不准哭！吃飯，坐下來寧寧吃飯。來人不論說什麼話，你們都把×嘴夾緊！井宗丞就進了院子，拱拳問：老者是不是柴東家？姓柴的起身笑臉相迎，說：在下就是柴廣軒，這軍爺是咱縣保安隊的？端飯呀，端飯，給貴客端飯！他叫喊著廚房裡的老媽子，三個老婆倒都起身要去廚房，井宗丞卻一屁股就坐在桌前的椅子上，說：柴東家不忙活了，飯不吃，水也不喝，我是紅十五軍團的只來要個東西。姓柴的噢噢叫著，說：我應該給紅軍貢獻的，我出兩擔糧食五十個大洋吧。原本還可以多出些，只是上半月縣保安隊來，我出過了一擔糧食三十個大洋，等我把新出窯的這批賣了，秋後你再來，我籌百兒八十大洋的。井宗丞說：謝謝你了，可今天能到你門上來，不要你的糧食也不要你的大洋，你把山炮交出來。姓柴的說：你說啥我咋聽不懂？井宗丞說：你聽懂了，我說山炮時你身子動了一下，你看，你拳卻握緊了，是出了汗吧。姓柴的說：我真的不懂，山炮是打仗用的，我個燒磚瓦的咋能有呀？井宗丞變了臉，說：你還是不肯交嗎？姓柴的說：我真的不知道交啥啊！井宗丞說：那好，我問不出來，繩能問出來！你給我找條繩來。姓柴的竟然從櫃子裡取出一盤皮繩。井宗丞就讓三個兵進來把姓柴的用皮繩綑了，吊在屋梁上。姓柴的哭叫，井宗丞起身到院子裡去了。

幾個兵在院子裡逼問姓柴的三個老婆，三個老婆啥也不說，只是哭泣，見了井宗丞更是縮了一團。井宗丞說：不為難婦女！讓一部分人留下看守姓柴的，他又帶其餘人去了村裡。

村人已知道紅軍包圍了柴家，就都關門躲在家裡，躲在家裡了又搭梯子從院牆頭往外看。井宗丞叫：老鄉，老鄉！牆上沒了人頭，院子裡咚地一響，人在裡邊哎喲哎喲地叫喚。井宗丞破門進去，說我們是紅軍，是窮人的隊伍，不要怕。那人不叫喚了，卻也不吭聲。井宗丞說：你貴姓，家裡幾口人？柴廣軒是不是村裡最富的，是不是土豪惡霸，他挖出個山炮嗎？那人還是不吭聲。進了上房。屋裡沒有櫃子桌子，東邊牆根放著一具棺，井宗丞知道這家肯定還有老人，因為有老人才早早備好了棺的，而現在的棺裡就亂七八糟堆著一些短棉被、破衣裳、舊鞋、臭裹腳布，別的便是裝著糧食的幾個甕，旁邊一堆土豆和蘿蔔。而屋的西邊沒有隔牆，直接就是一台灶，灶後連著一面土炕，炕上黑乎乎的破被褥裡坐著一個老婆子，一條腿伸著，腿上卻用繩子綁著一塊木條子，一雙手緊緊地按著一個小兒。

井宗丞問老婆子：你是孩子的婆？老婆子說：我就這一個孫子了。井宗丞說：這腿咋啦，崴的？老婆子說：被人打的。井宗丞說：被人打的，你這麼大年紀了誰打你？老婆子突然嗚嗚地哭起來。

老婆子一哭，院子裡的那人就進來說娘你不要哭，但他娘卻說我不哭我就憋死了，竟然就給井宗丞哭訴，說孩子他爺前年死的，狠心的不管我了他說走就走了。埋他爺的時候家裡沒糧，借了柴東家一擔米，緊接著連續兩年都旱，地裡沒收下多少，給人家沒還上，柴東家隔三差五來催。昨日我孫子過生日，我有三個孫子，兩個都長到他這麼大就病死了，我怕他再出事，生日買了一斤肉，柴東家又來了，見我家有肉，就罵吃肉哩不還帳啊，要拉牛，要卸門板，雙方吵開來，他就踢了我一腳，當下我的腿就斷了。做娘的在說著，當兒的不斷打岔，說：你說這些幹啥，說了財東就不來要帳了還是你腿就好了，你知道人家是來幹啥的？老婆子問井宗丞：你是幹啥的？井宗丞說：我是來打姓柴的，我只說他藏有山炮，沒想他倒這麼為富不仁的。你知道他藏著山炮？老婆子說：這我不知道，他爺以前就在窯上燒磚瓦，我兒現在也給窯上砍柴的，姓柴的是油搓面的日子，卻……院子裡跑進來一個兵，對井宗丞說：你快過去，要招了。井宗丞起身要離開，在身上摸了摸，摸了一個大洋，放在炕頭上。那兒子說不要不要，井宗丞從牆根拿了個蘿蔔，咬了一口，說：算我買了你的蘿蔔。就出了門。

到了柴家，姓柴的已經從梁上卸下來，還立不起身，哎喲著他右胳膊斷了，下半身子沒了。一個兵過去抓住右胳膊往上一送，嘎巴一下，罵道：脫臼了就是斷了？下半身咋沒有了，沒有了往下尿哩?!姓柴的是流出了尿，褲襠全濕了。井宗丞說：你要早說，就不受這罪了！山炮在哪兒？姓柴的說：我給你說了，你得給我錢，三合縣保安來，給了十個大洋我沒說。井宗丞說：我給你十一個大洋！姓柴的說：那把我背了，我領路。一個兵就背了他，井宗丞帶著人跟著，姓柴的領路上了村後，那裡是一個溝，順溝又走了一段路，半坡上有一個石洞，說：在洞裡。兵去了洞裡，半天出來，說洞裡啥都沒有，深得很，還有水。姓柴的又說在另一個洞裡，又到另一個洞裡，洞裡仍是沒有，卻說：我真的不知道，把我吊得受不了，我胡說哩。井宗丞把姓柴的拉回村，用繩綁了，這回沒朝屋梁上吊，就吊在門框上，腳尖能挨住地，又踏不穩，就把一隻貓塞在褲襠裡。貓在褲襠裡急得亂撞胡抓，姓柴的叫喊不停，井宗秀說讓他好好叫喊，留五個人和我在這兒，別的人分開到村裡了解情況。

這回姓柴的交代了，山炮就埋在他家牛棚的地下。井宗丞沒有解姓柴的繩，讓人在牛棚裡挖，挖了四尺深，是挖出了一門山炮，但山炮已經鏽得厲害，上面許多螺絲擰不開，拿錘子敲著，竟然就敲斷了。氣得井宗丞踢了一腳姓柴的，罵道：就這報廢的東西，你折騰我?!沒想姓柴的卻被踢暈了，暈了就暈了吧，從村裡返來的那些兵紛紛給井宗丞報告：這村子有一半人都是幾十年陸續從外地逃荒落戶來的，來了姓柴的給點糧食讓他們安家，從此也就還不完的高利貸，結果十有八戶的勞力長期在磚瓦窯賣身打工，有的幹了六年了，還沒贖回身子。井宗丞二話沒說，把姓柴的從門框上解下來，姓柴的是醒了過來，從褲襠裡掏出貓，貓都死了。井宗丞說：讓你老婆做飯，饃也要蒸，麵也要擀，有肉有酒都往出拿！

吃罷飯，井宗丞召集了全村所有的窮人，當著他們的面抄柴廣軒的家，把那些地契、欠條以及大大小小共八本帳冊一把火全燒了，又分給每個人一麻袋糧食，或者是稻子、豆子，或者是小麥、包穀，再有十個大洋，還有布匹，油鹽，以及那些牛、驢、豬、羊。窮人拿著分到的糧錢和牲口都走了，可井宗丞帶人離開時，發現那些窮人都坐在村頭的打麥場上，那些糧錢牲口也都在，問：怎麼不回家去？他們說：我們不敢回去，回去了拿人家的東西就說不清了。井宗丞說：這些都是分給你們的，拿回去就是你們的，還有啥說清說不清的？他們說：你們這不是要走嗎，你們走了，人家能不來要？井宗丞說了一句：稀泥抹不上牆！帶人返身再到柴家，就把一家數口都用槍打了。

★

陸菊人從紙坊溝回來，就把她和井宗秀的談話告訴給了花生和花生她爹，便幫著花生做新衣新鞋，新的被褥，而茶作坊正修建著，隔三差五也得去查看。這麼一忙，剩剩倒沒時間和精力管了，先是要出門，把孩子關在院子裡，讓和貓玩，貓喜歡臥到門樓的瓦槽裡，剩剩也就上到門樓上。這使她非常操心，又把孩子帶到茶行，但她不停地要出去，給剩剩說：你到街上去玩吧，不要和別的孩子打架，也不要逗狗，狗急了會咬你的，玩一會就回來。剩剩一到街上，就玩野了，不是膝蓋碰爛了，就是一身的泥土，常常是天都麻磕磕地黑了，還不回來，陸菊人就在茶行門口喊：剩剩哎——剩剩！路過的人說：剩剩還沒吃飯吧？陸菊人說：一耍把啥都忘了。那人說：這個時辰了還沒吃飯，那正長身子哩?!陸菊人就去了幾個巷道，或去了牲口市場，剩剩不是和一夥孩子黑水汗流地玩著「搶山頭」就是歪著頭看著那些經紀人在袖筒裡捏了指頭談價，陸菊人便要揪著個耳朵拉回來，給孩子洗頭洗臉，換衣服，嘟囔著罵。這樣下去畢竟不是個長法，陸菊人便想著把剩剩放到安仁堂去，她去徵詢陳先生，陳先生應允了，還說看能不能把剩剩也收為個徒弟。陸菊人千謝萬謝，甚至流下了眼淚，說她這個娘當得不好，看著剩剩一天到黑瘋得放不下，她是又心疼又著急，如果陳先生能收他做個徒弟，那她一塊石頭就落地了，她會每月送剩剩的口糧過來。陳先生也對她說，生下孩子當然就割不斷了親情，其實孩子和父母就像夫妻一樣，也是組合來的，有些孩子投胎於父母是來報前世恩的，有的則是來討前世的帳的，剩剩能到他這裡來，恐怕也是他前世欠了剩剩的。說得陸菊人抹了眼淚，當日就把剩剩領了來。剩剩當然把那隻貓一塊帶著，貓一來倒爬上安仁堂的門樓上坐下了，睜大了眼睛，一動不動。陸菊人就讓剩剩磕頭，叫著師傅。陳先生卻對剩剩說：你先不要叫我師傅，你背上有沒有個黃豆大的單愈好。陸菊人說：咋個簡單？周一山說：在旅部那屋院裡收拾出一間，花生過去住就是了。陸菊人說：這不行！井宗秀是長官了，應該風風光光的，是預備旅的體面，也是渦鎮的體面。再說，花生怎麼能住過去就行了，是井宗秀也給劉家門上掛了馬鞭嗎，花生和那些掛了馬鞭去的女人是一樣的嗎？周一山說：我原主張預備旅放天假，鎮上請個戲班子的，可他把我訓了一頓，就怕你辦得太張揚，才特意讓我來的。陸菊人說：出嫁婚娶是大事，為啥就不張揚？周一山說：是忙啊，預備旅又不停出事，旅長這會就去了虎山崖，昨晚一個班長和一個兵跑啦，最近是豬屎上落了鳥屎，屎（事）上加屎（事）啊！陸菊人說：他井宗秀是獅子老虎還是兔子老鼠？周一山說：他當然是獅子老虎。陸菊人說：獅子老虎捕殺獵物那是一個樣子，可它們要閒了不是整晌躺在那裡不動就是皮毛鬆弛著慢騰騰踱步子，那兔子老鼠的才總是慌慌張張忙忙迫迫的。周一山就笑了，說：你說得對，可井旅長也給我說了，他這是二婚，年齡又大，讓他在眾人面前穿紅戴綠地拜天拜地夫妻對拜嗎？再說，一大操大辦，鎮上人肯定要來送禮，心裡不想送的或根本送不起的也是來送，借著錢來送，他這是趁機斂財呀不是？人家來送禮，這就又逼著得搞大場面，那得花多少錢？預備旅現在一動彈都是要錢，下來鎮子要改造更需要錢啊！茶號的生意怎麼樣？陸菊人說：還好。茶作坊蓋起來了，開始自己做黑茶，前景會是不錯的。周一山說：好好好，黑茶自己做，明年若收入多了，還要籌畫著再辦個皮貨行，把鎮上的所有皮貨店統在一起，另外，還可以辦菸絲廠和藥材加工坊。陸菊人說：哎哎，你是來幹啥的，你把我往哪處引呀？不辦大場面就不辦大場面，但得走規矩，劉家啥也不要井宗秀的，就圖個花生能明媒正娶麼。到時候井宗秀得高頭大馬地來，用花轎抬了她去！周一山說：這當然！陸菊人說：不說大擺宴席了，可總得有頓飯吧，花生她爹，鎮上的老者們得一桌吧，你們預備旅一桌吧。周一山說：好麼好麼，我們男方家的擺兩桌，你們女方家的擺兩桌，這也就夠體面啦！陸菊人也笑了，說：咱倆倒成了男方女方的人了！那你給他們定個好日子。周一山說：啥時你們女方準備好了就辦，每天都是好日子。陸菊人說：每天都是好日子，咋誰結婚都要選日子？周一山說：他是井宗秀呀，日在中天的，啥邪氣能侵了他？陸菊人覺得也是，先定了九月十五日，十五的月兒圓麼。又想，十五是單數，單數不好，那就十六，十五說的是月亮圓，其中最圓的還是十六，就十六。

陸菊人把定下的好日子去通知井宗秀，井宗秀臉腫著，眼睛都成了一條縫，而下巴上、手臂上也全是疔包，陸菊人嚇了一跳，說：到啥時候了，偏就把臉弄成這樣！杜魯成說：他去虎山崖待了幾天，不知讓什麼蟲給叮啦。井宗秀說：這婚怕是結不成了。陸菊人說：日子定了不能改的！還有三天，你靜心養著，別用手抓，也別喝酒吃辣子。她又去通知花生，劉老庚從山上回來了，買了三隻羊拴在院裡，而花生也是滿臉發紅，正從八木火堆上跳過來跳過去，口裡念叨：你是七，我是八！陸菊人說：你又中漆毒了？花生說：我只說中過一次就不會中了，誰知道把我爹趕羊的漆木棍兒拿了一下就……陸菊人說：真是一個幹啥都幹啥。花生說：他咋啦？陸菊人並沒說井宗秀臉腫的事，只問：這來回跳能治好？花生說：我還準備了韭菜，八木鎮不住了，就用九，用韭菜水洗。劉老庚又給陸菊人說好話，陸菊人說：不說這些了，或許我前世欠花生的，該給她操心。劉老庚說：我想了想，沒給花生陪啥，心裡總是虧，就買了這些羊，是不是先給人家送過去。陸菊人說：哦，也好，後天出嫁時再牽過去吧。她拍了拍羊頭，還要開個玩笑，說我只說我欠花生的，還有比我欠得重的，這一世要給花生做牛做驢做羊的，花生卻說：嫁我哩你倒送羊，我也是羊了過去讓人吃呀？陸菊人說：胡說啥，這幾天要說吉祥話！

陸菊人沒顧上吃飯，再去了安仁堂。剛走到院門外，陳先生就在屋裡說：剩剩，你娘來了，快接去！剩剩才出了屋門，陸菊人正進了院，說：你要出去？剩剩說：師傅讓我來接你的。陸菊人拉了剩剩手，往屋裡一邊走一邊說：這幾天忙，也沒來看你，你咋樣？剩剩說：師傅開始教我針灸了，娘你腿疼不疼，疼了我給你扎！陳先生說：當郎中的咋能盼人有病?!就把凳子拿過來讓陸菊人坐。陸菊人問了幾句剩剩聽話不，開始教他針灸了，他是不是很笨，然後就說了井宗秀不知被什麼毒蟲叮得臉都腫了，有沒有啥藥讓他很快好的。陳先生從櫃子裡取出一個紙包，打開了，裡邊是一隻蟾，已經乾癟了，說：正好我夏天做了蟾墨，墨塊就在蟾肚裡塞著，讓井旅長把墨塊取出來往疔瘡上搽搽，搽上三四次就消腫了。

陸菊人就重新包好蟾又去給井宗秀送藥，在街上碰著了胡辣湯店掌櫃的媳婦，兩人都笑著，陸菊人說：生意好！那媳婦說：好，好，有你這話就更好了！陸菊人說：照你這麼說，我的話能頂錢用呀！那媳婦說：可不，借你的財氣麼！你這身衣服好看是好看，如果是黃顏色的那才是好！陸菊人說：這又有啥說法？那媳婦說：黃是金子顏色呀，人都說你是金蟾托生的，你該穿黃的。陸菊人說：我要是你說的，穿什麼黃衣服，直接穿金衣了！笑著就走過去了。走了一段路，突然想，我是蟾托生的？那我現在拿的就是個蟾，可憐肚子裡塞了塊墨塊被風乾，給人家治病去?!心裡有些不舒服了，卻說：真是瞎扯。去了城隍院，當下就讓井宗秀把墨塊在臉上搽，在手臂上搽，井宗秀搽得臉成了張飛。杜魯成說：哈，往常你說我和周一山都長得醜，這個你比我們更醜，這臉不要洗，我心裡就平衡了！陸菊人說：你讓人家就這樣迎親啊?!井宗秀照了照鏡子，倒說：這下能配上預備旅的黑旗黑衣啊！

到了十五日晚上，陸菊人幫著縫好了兩床棉花被子，取出了新衣新褥，再做了一個裝著桂花瓣的香包和一個裝著合歡花瓣的香包，分別縫在新衣的腋襟裡和新褥的腰裡層。再搗碎了指甲花包敷在十個手指頭十個腳指頭，雞叫兩遍了才離開。而天剛露明，她便又來了，坐在花生的臥屋裡給花生開臉。開臉就是用線絞拔著額上的茸毛，絞拔一根，花生就哎呦一下，陸菊人說：有多疼的?!花生說：疼得很！陸菊人說：疼還在後頭哩。花生說：嗯？陸菊人才要說些什麼，劉老庚在上房門口說：她嫂，咱就真的啥也不陪了，總得陪些啥吧？陸菊人說：陪麼，已經有了兩床新棉花被子，一對繡花枕頭，還有了三隻羊，你再陪一擔糧食，三丈布，五綑棉花，還有箱子呀櫃子呀，燈籠，插屏，火盆麼。劉老庚說：這我一樣都拿不出來。陸菊人說：拿不出來那就不陪了麼，咱養這麼大個女兒給了他，咱還給陪什麼？你安安心心地待著，等晌午了井宗秀過來先叫你一聲老泰山！劉老庚不言語了，過了一會，又說：她嫂，我得陪對碗吧？花生悄聲說：沒啥陪就不陪麼，給我陪一對碗？陸菊人說：不論窮家富家，女兒出嫁都要陪對碗的，這是老規程，盼女兒嫁了過去能有吃有喝有好日子。就又應聲道：到了井家還怕你女兒少了飯碗子？要陪的，家裡有一對新碗？劉老庚說：有一摞碗沒有用過。上房裡，劉老庚搭凳子上到板櫃上，再從牆上釘著的木板架上取下了兩隻白瓷碗，洗淨了，又從甕裡掏了一碗稻穀，一碗麥子。突然間，臥屋豁亮起來，似乎都聽得見是呼的一聲，窗子上就紅堂堂一片。陸菊人說：太陽出來了！開了臉，用桂花油梳頭盤髻，然後畫眉，抹粉，敷胭脂，一束光從窗縫進來，就照在花生的臉上，臉又白又大又嫩，陸菊人說：甭說男人愛，我都想咬一口哩。花生眼睛一直看著那道光柱，光柱裡有許多活著的東西在飛，她就把給自己換衣的陸菊人一隻手拉著放在自己胸口上，說：姊，我心咋這麼跳的！陸菊人說：高興麼！花生說：慌慌的。陸菊人說：慌慌的就對啦！給你打扮好了，從這陣起，你就在炕上靜靜坐著，晌午他來接，臉要笑著，但不能笑出聲。說畢，卻溜下炕穿鞋，一隻鞋穿上了，另一隻還沒穿上，就拿梳子慌忙梳了幾下自己的頭，又照了鏡子，用手搓了搓臉，說：我是不是有黑眼圈了？花生就拿粉給陸菊人的眼瞼下敷了敷，說：你上廁所去？陸菊人說：我只說我啥都考慮到了，沒想忘了去請麻縣長，這麼大的事，麻縣長能不來嗎，我這得找杜魯成周一山去請呀！花生說：姊，姊，你得陪我。陸菊人說：我去請了麻縣長，立馬就過來，井宗秀來接人，我當然得在木硬，真的是沉香木？王喜儒說：是沉香木，你看看這個洞，是不是有燒焦的痕跡。麻縣長說：像是烙出來的。王喜儒說：是呀是呀，這是山裡人要人工取沉香，就把鐵釺燒紅在樹上鑽出洞，讓樹汁流出來。麻縣長說：這殘酷！卻又問王喜儒：獸裡誰的皮毛最好？王喜儒說：那是狐狸。再問：人用的東西啥最好呢？王喜儒說：是不是槍？麻縣長冷笑起來，喉嚨裡響著哼，哼哼。這時候樓下喊王喜儒，王喜儒跑到樓口問啥事，回答是：來客人了。王喜儒才要問來的是誰，杜魯成、周一山、陸菊人就已經上了樓。

三人見了麻縣長便請安問好，麻縣長也是笑臉迎接，但他胖得一時從椅子上沒站起來，杜魯成就讓他不要動，麻縣長說：今日怎麼有空來這裡了？王喜儒退下去燒水沏茶了，杜魯成就回話確實是忙，很久沒來看望縣長了，然後問候縣長身體可好，來這裡氣候適應不，飯菜吃得慣嗎，手下的人使喚著順不順？麻縣長說：都好，都好，瞧我都胖得這樣！周一山說：胖了好，我還想請教咋就能胖的？井旅長是瘦子，杜參謀長是瘦子，我一天三頓吃的並不少，倒愈來愈成了排骨！麻縣長說：你整天給我送肉的，你也該吃吃麼。周一山說：給我肚裡吆進頭豬也胖不了，井旅長是一股風，我和參謀長都是旗子，風逼得旗子不停地擺哩，那怎麼胖呀?!麻縣長便笑了，說：你們來不是和我說胖瘦的事吧？杜魯成說：縣長你高明，今日確實是有事，井旅長特意讓我們三個來請你的。麻縣長說：啥事在井旅長那兒了都不是事麼，請我？杜魯成說：井旅長今日大婚哩。麻縣長愣了一下，突然撫掌道：祝福！祝福！井旅長豐神俊朗，威武有為，今日天作之美，珠聯璧合，卜其昌於五世，歌好合于百年，桂馥蘭馨，宜室宜家，真可謂天也歡喜，地也歡喜，人也歡喜！周一山說：縣長你是出口成章啊！麻縣長說：新娘子是哪裡人，他怎麼就事先不給我透一點消息！杜魯成把花生的情況給麻縣長說了一遍，又說了婚禮以井宗秀的主張辦得簡單，沒有請預備旅的人，也沒有請渦鎮的人，什麼禮都不收，就是三四桌飯，但一定要請縣長去坐上席。麻縣長說：我肯定去呀，就是走不動，讓人背著也得去麼！當即換上了中山裝，戴了禮帽，口袋裡裝了懷錶，還拿了文明拐杖。周一山就喚王喜儒去背縣長，麻縣長卻不讓，說：我還真胖得走不動了?!我能走的，咱走慢些就是。

四人出了縣政府大門，斜對面的柳樹下臥著一條狗，睡著了，哼哼唧唧像是在說話，還咳嗽般地笑。杜魯成趕上前一步去把狗轟走，說：咦，這狗還夢囈哩，一山，這狗在說啥的？麻縣長說：狗說話人能聽得懂？杜魯成說：周主任能聽得懂。周一山有些不高興，說：我不懂，除非狗說人話。麻縣長卻說：啊不能讓狗說人話呀，狗知道人的事情太多了！

到了旅部的屋院，有很多忙活的人，鞏百林在安排桌椅，馬岱和張雙河在張貼門聯，陸林把三隻羊從一間屋子裡往出拉，羊不願意出來，過門檻時就把脖子上繫著的紅布帶子掛掉了。而井宗秀卻沒在。陸菊人問新郎官呢，夜線子說：旅長和蚯蚓牽馬去了。陸菊人就讓杜魯成、周一山陪縣長喝茶，她倒急急忙忙去了花生家。

三隻羊被拉出來咩咩地叫喚，夜線子在喊後院做飯的伙夫，伙夫就提了刀過來，杜魯成對麻縣長說：縣長，你能吃羊吧？麻縣長說：吃。杜魯成給伙夫說：今日就做一道清燉羊肉，要燉爛啊！陳來祥提了一筐子菜進來，見了麻縣長問候了一聲，卻問：這羊是從哪兒買的？陸林說：剛才花生她爹先送來的。陳來祥說：這羊不能今天吃吧。陸林說：今日不吃啥時吃?!陳來祥說：你不知道要領生嗎？麻縣長說：什麼是領生？周一山說：我老家那邊有領生這一說的，渦鎮也有這風俗嗎？陳來祥說：當然有。周一山說：縣長，秦嶺裡養牛養豬的多，養羊的少，殺羊就要領生。領生是主人許個願，往羊身上潑水，如羊抖掉水，這便是羊領了，就可以殺，要是不抖，殺羊的人就得跪求羊領了吧，羊還是不抖，就是不領，那就不殺了。伙夫竟說：給旅長過大事哩，有啥能殺不能殺的，殺！麻縣長說：這倒有意思，就潑水試試麼。周一山便端了一盆水，先往一隻羊身上潑了，羊一扭身子，水珠四濺，身上沒了丁點水，說：這隻能殺，殺了吧。幾個人當下就壓倒了羊，伙夫一刀捅進脖子，羊在那裡不動了。周一山又拉出一隻，這羊的叫喚聲很大，潑了水，卻就是不抖，還叫喚著。麻縣長說：這隻不領生。這隻羊就不殺了。而最後一隻也潑了水，不叫喚也不抖，伙夫就說：你領了吧，你不領，這肉不夠的。可羊還是不抖水，麻縣長說：好了好了，不要殺了，肉少就少吃點。這時井宗秀回來了，在大門口拴了馬，進院見殺羊，說：不能少吃，殺了殺了，羊就是人的菜麼，領生是以前羊少捨不得吃的規程，咱有的是羊，為啥不殺？羊不被人吃，羊不是白活了！

陸菊人到了花生家，花生還真的就坐在她臥屋的炕上，而劉老庚卻拉了陸菊人到廚房，臉色難看，說：她嫂，我給你說個事，不知好不好，我這心裡堵堵的。陸菊人說：女兒要出嫁了，心裡難受？劉老庚說：不是，我剛才把裝了糧食的兩個碗往圓籠裡放，手一抖，一隻碗掉下去打碎了。這是花生的飯碗子呀，我咋就把它打碎了，這是不是不好？陸菊人心裡咯噔了一下，立馬記起在縣政府門口見到狗夢囈的事，想這是怪事，咋在今日老出怪事。她差點說些狠話來埋怨劉老庚，但看著劉老庚恐慌得要流眼淚，便說：這有啥哩，瓷碗就容易掉在地上碎麼，打碎了一隻咱再換一隻。劉老庚說：你說這沒事？陸菊人說：這有啥事，碎了還好，歲歲平安呀。這事你不要往心裡去，不要往壞處想，往壞處想壞事就來了，往好處想那來的都是好事。又叮嚀道：也不要給花生說。劉老庚說：我不說。去上房重新搭凳子上了櫃，從牆上的架板上取了另一隻碗，就在碗裡又裝糧食。

一切都收拾停當了，花生給中堂上她娘的牌位上香磕頭。陸菊人說：你好好給你娘說說話，讓我也歇歇。就坐到院子裡的捶布石上，低了頭又想劉老庚打碎了碗的事，心裡說：早上過來見薔薇都是骨朵，如果這陣花全開了，那就沒事。猛一抬頭朝院牆頭看去，所有的骨朵全部開放了，紅燦燦的耀眼，她就一下子輕鬆了，高聲說：花生，你出來看，花全開了！

院子外有了鞭炮響，人聲雜亂，馬蹄脆亮，花生剛要出來，陸菊人卻攔住了她，說：快上炕坐著，宗秀來啦！花生返身就進臥屋坐上了炕，臉早紅得像蛋柿一樣。

★

花生出嫁後，陸菊人就單身孤影的，越發地是忙，再沒有回老宅屋，吃住全在了茶行裡。負責做飯的和打掃衛生的老媽子，每天都看著陸菊人出門的時候，今日和昨日的衣裳鞋襪從不重樣，頭梳得光光的，臉上有紅施白，一旦從外邊忙完回來，拔了頭簪，讓髮髻撲撒下來，鞋也脫了，散了架似的就窩在圈椅上。可又有了重要的客來，又有了什麼急事需要她再去處理，她立即就梳頭施粉，換身新衣新鞋，便光鮮起來。老媽子就不止一次地給夥計們感嘆：茶總領是神人麼，咋有那麼大的精神，如果是我，早累死七八回了，而她就像是個燈籠，只要一點上蠟，裡外都透著亮！所以，陸菊人每每一進了門，老媽子總是給她沏一杯茶，說：你快歇下吧。陸菊人便端了茶，坐到院子裡的花壇台上去喝，花壇裡的指甲花有二尺多高了，花開了一撥，又開了一撥。

花生不在了茶行，陸菊人就把指甲花認定了花生的化身，早上出門，看一眼指甲花，指甲花或許是開花了，她就想著昨晚的花生幸福嗎，心裡卻說：我倒是聽蛐蛐叫了一宿，沒睡好。說完了，又說：你啥意思？為自己的一絲醋意而發笑。如果看到指甲花開過了，甚至那肥厚的葉子上還掛了露珠，她心裡就緊張起來：不會是吵架了吧？擔驚之後，又給自己寬慰：吵架就吵架吧，小倆口誰個不搗個嘴?!她就這麼每天觀察著，給指甲花說話，指甲花也就聽懂她的話似的，要麼飛來一隻蜂，翅膀扇動著像一個光點，憑空站著在吸吮花蕊，要麼無風卻顫活活的，露珠滾下一顆，再滾下一顆。她就給指先號的是位婦女，說服過了五服藥，出汗不怎麼厲害了，頭也不再昏聵，但還是吃東西就想嘔吐。陳先生說著仍是脾氣虛敗，就取了一袋參附末做成的細丸，讓每日三次每次三至五粒。再看的仍是一個婦女，訴說著她結婚三年了，就是懷不上，婆婆已經惡言惡語，如果再還是懷不上，人家即便不休她，她也沒臉活在人世上了。陳先生號了脈，並沒多說什麼，也沒有給配藥，只讓回家把香附子去毛和粗皮，米泔水浸一宿了再曬乾，用好米醋在砂鍋裡煮，煮爛了取出來焙乾為末，仍用醋糊成丸，丸如桐子大，每服五至十丸，服過一月。婦女說：這麼簡單的藥，能成嗎？陳先生說：經不調者即調，久不孕者亦孕。輪到第三個病人了，此人是個老漢，眼睛赤紅，氣色暗沉，陳先生皺皺鼻子聞了聞，就低頭把手指搭在那人手腕上，突然說：你和人置氣啦？那人說：這也能號出來?!陳先生說：肝火這麼旺的你和人置氣？那人說：氣死我啦！我買姓石的那三間房時，房前那棵花椒樹自然也是我的吧，可花椒樹長大了，他卻來摘花椒，說當初賣房時賣的是房並沒賣花椒樹，我們就吵了幾架，還動過拳腳。油坊的馬六子有高德，他來主持公道，先讓我收一年花椒姓石的收一年花椒，可花椒樹有大年小年，我收的這一年就沒結幾顆花椒呀。我不行，馬六子又來公斷，提出每年的花椒平分，平分就得全摘了平分的，他姓石的竟提前自個摘了一盆子，這怎麼行，我又去吵了一架，回來就病了。陳先生說：多一盆少一盆算個啥呀。那人說：這是要爭口氣的！陳先生說：你讓馬六子來我這兒，我給他出個主意，這事就了斷了。那人說：你是啥主意？陳先生說：他拿斧頭砍了花椒樹不就得了?!那人說：啊，把花椒樹砍了？陳先生說：砍了！那人想了想，說：砍了也好，我不吃花椒了，也讓他姓石的吃不上！

院門外有人叫賣：哎呦——艾！陸菊人抬頭往外一看，是個婦女背了一簍艾草，在說：要艾呀不要？剩剩就過來問：陽艾還是陰艾？婦女說：陰艾。剩剩問：咋採的？婦女說：帶露水採的。剩剩說：這一簍多少錢？婦女說：兩個錢。剩剩在藥櫃上面的匣子裡取了兩個錢把艾草收買了。陸菊人洗好衣服拿了往繩上晾，說：剩剩，你還知道這些？剩剩說：師傅教的。

陳先生已經號完了脈，說：陽艾就是陽坡裡長的艾，葉子長，陰坡裡長的艾葉子圓，厚實，帶露水采的莖發白，這種艾做艾卷好。剩剩你把艾晾到後門口，香該燃完了吧。剩剩哎呦一聲，就先到那些病床去了，但腿跛得又嚴重了一些，走路身子斜著。陸菊人就和陳先生說話，說：先生，剩剩去拈針行嗎？陳先生說：還行，就是有些強，又猴得坐不住。陸菊人說：他爹就是這毛病，我多少也是。就笑了一下，再說：你多督促他背湯頭歌呀，學號脈呀。陳先生說：還小，這得慢慢來。陸菊人把凳子往前挪了挪，低聲說：先生，我倒還有個心病，他這腿會不會愈來愈就變形啦？陳先生說：哦，這也是我的心病呀，上次井旅長來還悄悄給我說起這事，我托人去南邊的安邑打問一位姓尹的郎中，他有祖傳的絕招，但託付的人還一直沒回音。陸菊人說：真是讓你操心！這腿不好是不是影響長個頭？他應該是長個頭的時候，可這一年了，咋不見他再長，你有啥藥能給他吃吃？陳先生說：這有啥藥？能有啥藥呢?!平日我有意買些脆骨燉了讓他吃，但就是吃了，他若是土豆，土豆總是長不成蘿蔔麼。十八歲前都還可以長的，即便再長不大，那也沒啥的。陸菊人說：他和別的孩子不一樣啊，沒爹，腿是這樣，如果再長不大個頭，將來甭說英英武武去預備旅，就是種莊稼做個小買賣怕也走不到人前去。所以，你得給他個手藝。陸菊人說著，聲音就不清晰了，剩剩拈完了針，過來又抱艾草，她捂著鼻子擤清涕。陳先生抬起頭來，一片樹葉正好從外邊落在窗台上，說：是一片葉子？陸菊人說：是一片葉子。陳先生說：每片樹葉往下落，什麼時候落，怎麼個落法，落到哪兒，這在樹葉還沒長出來前上天就定了的，人這一生也一樣麼。陸菊人說：這真是的，他活該是你的徒弟，我只擔心他玩性大，學不好手藝了倒對不起你的名聲。陳先生說：幹哪一行的走到哪裡打聽的要見的都是幹哪一行的，或許他前世也是個郎中哩。陸菊人便笑了一下，沒有再問，也沒有說出要領剩剩回去吃餃子的話。

往後的幾個月，天都不正常，要熱就熱得要起火，鎮上的男人都光了上身，還嚷嚷著熱得要剝這張皮呀，所有的雞在脫毛，狗吊著大舌頭跑來跑去。可要下雨了，下了一整天，夜裡雨下，第二天還是下，涼快是涼快了，黑河白河漲水，沖了許多田地，鎮子裡塌了三間舊房，一三〇廟的東院牆也倒了三丈。天上的雲變幻莫測，昨日今日是紅雲，紅得是淌了血，明日後日可能就成了黑雲，黑得是鍋底，而且是雲從虎山上一起頭，牛群羊群似的往過跑，像後邊有了狼攆。這期間渦鎮有了許多怪事，比如做灶糖的劉老拐，頭一天還來茶行買茶，買了好多茶，第二天傳來消息人就死了。比如，鎮裡的狗三五成群地去攻擊拴在北門口那兩隻狼崽，咬得不可開交，雖然誰沒咬贏誰，卻一地的絨毛。比如皂角樹上的人皮鼓以前在風雨時自鳴的，而現在無風無雨了半夜裡也響。老魏頭又遇見了鬼，那鬼並沒有尋他的事，他一唾，鬼就跑了，他就給人說鬼啥都不怕，怕人吐唾沫。

而茶行的生意都是出奇的好，茶作坊開張後做出了第一批黑茶送往各個分店，各個分店的掌櫃們除了崔濤外，都把新的利潤帶回了渦鎮。茶行就上交給預備旅大量的銀錢。井宗秀讓花生來給陸菊人傳話，要陸菊人在許記暖鍋店訂一桌飯，他要慰勞一下這些掌櫃。

花生一來，陸菊人正在茶行後屋裡用熱水泡腳，腳後跟上有了三個硬繭，拿瓷片子刮不下，用針一挑，挑出的硬繭竟是小釘子一樣長的肉錐，還分著岔兒，連挑了兩個，腳後跟兩個小坑兒都流血。挑第三個硬繭，花生一挑門簾進來了，陸菊人猛地覺得有個人影，嚇得一哆嗦，針就戳到肉裡了。花生笑道：我只說你天不怕地不怕的，原來也是個小膽兒！一見腳上流血，忙蹲下抱住了，叫道：呀呀，你這是雞眼，你腳上有三個雞眼！陸菊人說：我是總領，這麼多人幹活，身上能不多長幾個眼睛盯著？花生就幫著挑第三個硬繭，挑完了，用棉花擦了血，用布包住，套襪子穿上了鞋，兩個人就坐到條凳上了。花生說：姊，姊，人家嫁出去的女潑出去的水，你就再不管我了？陸菊人說：你是旅長太太了，你不來了倒怪起了我！叫我看看，這做太太的花生和茶行裡的花生有了什麼不同。她托著那張白臉，看鼻子直直的，嘴角翹翹的，而眉毛咋還是緊緊的像有漆膠著。花生說：你看吧，這臉愈來愈大了。陸菊人要說什麼，又沒有說，再看了看那眉毛，把臉放下了，說：在那邊都好吧？花生說：還行。陸菊人說：咋還是還行?!花生說：吃的喝的都有人伺候著，只是他太忙。陸菊人說：他肯定是忙，比不得嫁到平常人家了有時間陪你。花生說：我哪裡指望他陪我，但他那兒講究多，我倒心裡緊張。陸菊人說：那裡是旅部，來往的人多，部隊裡有部隊裡的規矩，你別摻和他們的事。花生說：這些我知道。姊，以前他見了我們又說又笑的，其實他在家裡了話少，臉老板著。他晚上成半夜的不睡，早晨又要多睡，就不許我打掃房子，嫌走動弄出響動。我是睡得早又醒來得早，醒來了就不敢起來，就是起來走路也躡手躡腳。他是早上起來了心裡最煩，要在炕沿上坐很長時間，靜靜地想些事，誰也不許打攪他。等到旅部的人都到了，他見到誰只是點個頭，不說話，只有坐在他辦公桌後那個高背椅子上了，才張口叫這個喊那個，那高背椅子誰也不能去坐的，我坐了一次，他大發脾氣。陸菊人沒想到花生竟一口氣說了這麼多，她說：哦，他或許那樣做是要樹立他的權威麼，長期養成了習氣，倒不是要對你怎樣。花生說：我總覺得他還是有點怪。陸菊人說：有本事的人都會有怪癖的，你順著他就是了。沒人的時候，他待你好不？花生說：你指的是什麼好？陸菊人說：預備旅的事多，少不了有煩人焦心的，他閒下來了，你要會讓他放鬆放鬆的。陸菊人又看著花生的眉毛，花生說：姊你咋老看我眉毛？陸菊人說：這也沒外人，我還得提醒你，那事兒能解乏，但你年輕，也得節制些。花生頭垂下去，說：他不來。陸菊人說：他不來？那他還和別的女人？別的女人還常去他那兒？花生說：還去的。陸菊人說：啊啊，這你都不管？花生說：他和那些女的也都沒事。陸菊人說：這咋回事？花生說：我不敢說，他人不行。陸菊人一下子無語，過了一會兒，說：結婚了，女人的眉毛就散開了，你眉毛還是緊緊膠吃畢，陳先生給五位掌櫃都號了脈，開了藥方，陸菊人對井宗秀說：井旅長，給你也號號？井宗秀說：我身子好著哩。陳先生說：當官能使人健康。陸菊人說：這些人裡邊我看就你身體好，可當旅長是官人也是苦人，陳先生有什麼大力丸呀什麼的給你服服，精神頭就更旺了！井宗秀說：你們茶行生意好了，就是給我吃的最好的大力丸！花生想說什麼，陸菊人看了她一下，花生也就不說了。送各位掌櫃出了暖鍋店，最後只剩下陸菊人、陳先生和剩剩了，走到街上，花生對井宗秀說：咱送先生回安仁堂去，讓先生真的給你號號脈，看需要不需要吃些藥，或者請先生到咱家去？井宗秀說：我的身體我知道。花生說：你讓號號脈麼，或許……井宗秀說：咹?!生了氣，說：我有什麼病?!花生就不吭聲了。

這當兒，街道上有人在拉長著吼叫，不是要喊誰，是為了解乏或許故意要發出怪聲，井宗秀站住腳，訓斥道：你吼的難聽不難聽，是鬼叫啊?!那人見是井宗秀，趕緊捂了嘴，就往巷裡鑽，而巷裡卻又出來了蚯蚓，一見到井宗秀風一樣跑來，一時收不住腳，差點撞到剩剩。井宗秀說：你是狼啊?!陳先生便笑著說：你覺得像鬼一樣叫的那就是鬼，像狼一樣跑的也就是狼。蚯蚓不高興，瞪了陳先生一眼，說：參謀長讓我來叫你的，說是有急事，緊火得很！井宗秀就說：瞧瞧，這鬼呀狼呀的事情這麼多，我是沒病，也不能得病啊！便告辭陳先生和陸菊人，走了，走出三四步遠了，又回頭給剩剩說：個頭還沒長啊，你要好好吃飯哩！

★

陸菊人給井宗秀說崔濤有病不能來吃席了，那是說了謊，崔濤壓根還沒回鎮。十天前崔濤就讓人捎了口信，說三合縣分店生意很好，可能在六個分店要拿頭名，而因一筆帳，得耽擱些日子才能回鎮。

就在井宗秀請大家吃了暖鍋的四天後，崔掌櫃是回來了，但三合縣分店出了事。

就在收回欠款的當天晚上，店裡早已打了烊，崔掌櫃和孫舉來四個夥計打麻將，有人敲門說要買茶，開了門就進來了五個人。其中一個短衣打扮的先問了綠茶價，又問了黑茶價，說：這黑茶怎麼樣嗎，價陣高的！孫舉來說：貴是貴，可錢能認得貨麼！那人說：這話說得好！美得裕，這牌子也好麼，是平川縣的？崔掌櫃說：不，是渦鎮的。那人說：渦鎮還不是平川縣？崔掌櫃說：渦鎮就是縣城，縣政府在那兒，將來就是渦鎮縣。那人說：有個人也是渦鎮的麼。崔掌櫃說：誰？那人說：井宗丞。崔掌櫃說：啊那是井旅長的哥哥。那人說：這就好！他哥哥要出遠門，來取些盤纏。崔掌櫃驚了一下，說：啥？那人說：來取些盤纏。一隻手五個指頭還在櫃檯上彈著。崔掌櫃一身冷汗出來，知道要遭綁票了，面如土色，當下跪了，說：爺，爺呀，你們是什麼人，這小店小買賣的，我們又都是夥計。那人說：別害怕，我們不是土匪來綁票的，只是取些盤纏。崔掌櫃看著另外四人，四人都把槍掏出來拿在手裡，他就叫孫舉來把錢快拿出來。孫舉來說：你明日不是要回鎮嗎，咱沒錢呀。崔掌櫃說：你這娃，做生意是錢在前人在後啊！他自己倒把兩筐銀元拿出來。那人就對孫舉來說：這怎麼就沒錢啦？咹?!你是夥計？孫舉來說：嗯。那人說：他是掌櫃？孫舉來說：嗯。那人說：你一輩子都當不了掌櫃！崔掌櫃說：娃還小，不懂得禮數。我可是把所有錢都拿出來了，你們不要殺我們。那人清點了銀元，卻從口兜掏出一枚戒指，說：這你收下，算是個借據。崔掌櫃說：要啥借據，都是井家的麼。那人說：親兄弟明算帳啊！再次把戒指放在了櫃檯上。

崔掌櫃隻身騎了頭騾子趕回渦鎮，把遭搶的實情給陸菊人說，說了一半去了趟廁所，回來再說。如晴天一個霹靂，陸菊人身子搖晃了一下，但她立即坐直了，卻問：傷人了沒？崔掌櫃說：人倒沒傷。陸菊人說：這就好。崔掌櫃說：我咋陣倒楣，去年出事你寬容了我，我只說今年將功贖罪呀，誰料到天就塌了，這像是我編故事一樣，你能信嗎？陸菊人說：我信。崔掌櫃又往廁所跑。再回來，陸菊人說：你肚子不好？崔掌櫃說：把款丟了，這腸胃病又犯了，吃啥拉啥。陸菊人說：你把那借據給我看看。崔掌櫃從懷裡掏出那枚戒指給了陸菊人，戒指是一枚銀戒指，看不出是誰戴過的。陸菊人說：給你戒指的人就是井宗丞？崔掌櫃說：我是黑河岸上人，來鎮上的時候井宗丞在縣城上學，好像見過一次，已記不清模樣。給戒指的人個頭不高，粗胳膊粗腿的。陸菊人說：那不是井宗丞，井家兄弟都高個子，白淨長臉，會不會是冒充的？崔掌櫃說：那人很從容，言語不惡，而且對渦鎮對茶行的情況都熟悉，不像是冒充的。咱是不是得把三合分店撤了？陸菊人說：現在亂世，在外做生意，這種事誰也難保不遇上，如果真是井宗丞他們，我想肯定他們有了難處，萬不得已才幹了這事。分店倒用不著撤，三合縣生意向來好做，若撤了，一是茶行損失大，二是必然引起外人猜疑，傳播出去，對別的分店也產生恐慌。這事一定不要給任何人提說。崔掌櫃說：給誰說呀，我還不嫌丟人！陸菊人說：咱倆現在就去一三〇廟裡，給菩薩燒燒香，讓寬展師父給你吹曲尺八，收收魂安一下心。明日你到安仁堂看看你的病了，盡快就回三合縣。以後在店裡要多放些現成的銀錢，人家要來了就讓人家拿去，如果來一次就罷了，若同樣的人還再來，就招待人家吃喝，你招待了，他或許就不好意思來騷擾，免得讓惦記。崔掌櫃點頭應諾。

等從安仁堂提了一大包藥草，崔掌櫃回到了三合縣分店，他重整業務，除分店晝夜開門營業外，還多招收了夥計，讓他們帶著茶葉去縣各鎮推銷，更重要的是他和縣上一個小爐匠琢磨著做出了一種煮茶壺。先前經銷綠茶，綠茶是直接在壺裡杯子沖泡，而黑茶必須要用大鐵壺熬，不免增加許多麻煩，影響著銷量。他和小爐匠做出一個大肚子壺來，在壺裡裝一個直管，在直管上是一個濾網，把茶葉放進濾網裡，水加熱後蒸汽從直管泵到濾網上的壺蓋上再淋灑到茶葉上，通過濾網流回壺內。這樣壺內的沸水迴圈淋灑濾網裡的茶葉實現泡煮，泡煮出的茶既方便又湯汁清亮。這樣的壺制做出後，極受歡迎，買茶的人多了，還賣了壺，生意比先前又興隆了許多。崔掌櫃急於表功，讓夥計帶這種壺回渦鎮給陸菊人彙報，陸菊人大喜過望，立即組織了鎮上和白河黑河兩岸的小爐匠都制做，她見到井宗秀，就大力誇獎崔掌櫃是個人才。

這期間，三合縣分店裡，井宗丞的人再來過一次，崔掌櫃就笑臉相迎，招呼著吃喝，走時給了百十個銀元。只說有再一再二沒有再三了，而這些人又來了，來了顯得很親熱，稱兄道弟的，說需要他們要辦的事只管說。崔掌櫃也不敢說有事讓他們幫忙，只是叫苦從渦鎮到三合縣，路程遠，花費大，茶葉的成本高，生意不好做，再加上城內又新開了四家茶店，競爭得很厲害，他們從年初到現在，銷量一直下降，快難以為繼了。沒料，就在第三天，那四家茶店的掌櫃兩個就被打死在了店裡，另兩個下落不明。競爭對手是沒有了，卻滿城起了風雨：從渦鎮來的美得裕茶店是紅軍的一個窩點，專門提供資金。縣保安隊就來一條繩索綑著崔掌櫃走了。做掌櫃的一被帶走，眾夥計就拿了店裡能拿的貨，作鳥獸散，只有崔掌櫃當初從渦鎮帶去的孫舉來一個跑回了渦鎮。

孫舉來把噩訊告訴了陸菊人，陸菊人和帳房在櫃檯前對帳，當下趴在櫃檯上半天沒動彈。帳房覺得不對，叫著她，她還是不動彈，忙去端水過來，陸菊人這才抬起頭。她是突然間昏了過去，一陣人事不省，幸好雙手是搭在櫃檯上，人沒有跌下凳子，醒來臉色蒼白，虛汗淋漓。喝了些水後，就吩咐帳房：消息要嚴加封鎖。並讓給孫舉來五個大洋封口費，為了保險起見，孫舉來不能回家也不要到茶行幹別的事，就留在帳房手下。

陸菊人整整把自己在房間關了一天，都在考慮著將這事告訴不告訴給井宗秀，不告訴吧，三合縣分店突然就沒有了，這麼大的損失他能不知不曉，何況崔掌櫃被抓走了，生死不明。可是告訴了，怕井宗秀生氣之下去三合縣報復，而預備旅是六軍的預備旅，他怎麼去報復，那又會整出什麼事來？頭疼得厲害，又不能和別人說，給花生說不出，給陳先生也說不成，只有天黑了出了房間去到一三〇廟。寬展師父是個啞巴，說了是不會洩密的，但她去了廟裡，聽著寬展師父吹了兩曲尺八，她還是沒有說。回來就決定不能告知給井宗秀：等過了一段日子，想辦法補救三合分店的損失後，再找機會向他說明吧。

陸菊人硬是在用紙包火，而三合縣保安團抓去了崔掌櫃，嚴刑拷問，崔掌櫃腸胃病又犯了，大小便失禁，稀屎順著褲腿流，但他不肯交代和紅軍有什麼瓜葛，也不願牽扯出陸菊人和井宗秀，就咬斷舌頭自盡了。崔掌櫃一死，三合縣保安團將這事上報了秦嶺專署，專署下發了牒文給麻縣長，責令麻縣長追查此事，是不是井宗秀仍和井宗丞有聯繫，如果查證屬實，就呈報六軍。麻縣長接到牒文，緊急召見井宗秀。

井宗秀因和杜魯成、周一山研究渦鎮街巷改造方案，說：正忙著，怎麼去？麻縣長再派王喜儒來召井宗秀，井宗秀說：啥事，一道一道聖旨?!去了縣政府，聽麻縣長說了情況，井宗秀竟然一改往日的客氣，發了火，認為哪兒都有好人和壞人，林子大了，肯定要長幾棵彎彎樹的，三合縣分店的姓崔的通敵，那是他個人行為，該殺該剮，可把這事胡拉被子亂扯毯，是預備旅要叛變啦，是我井宗秀和紅軍勾搭啦，真是別有用心！好多人就是在嫉恨著預備旅的存在，當初便散布我井宗秀和井宗丞是同胞兄弟，現在又在這方面做文章，預備旅是你麻縣長一手組建起來的，他們是衝著我來的還是衝著你麻縣長的?!倒說得麻縣長一時無語，便讓井宗秀先回去，他要再思量思量。

井宗秀一走，麻縣長覺得我是奉上級之命要調查落實這事的，你井宗秀即便有理，也不能是那種口氣說話。他突然想到他應該說這樣那樣的話就可以壓住井宗秀的，怎麼當時就想不起來，懊喪不已。

但總得要處理這事，就又讓王喜儒叫來了陸菊人。

麻縣長把三合縣分店的事複述了一遍，看著陸菊人雙手壓在膝蓋上要站起來的，臉上掠過一絲痛苦，但又坐下去，他說：陸菊人，你在本縣面前要說實話。陸菊人說：我說實話。他說：這事情你知道？陸菊人說：知道，我是前日從回來的夥計口中得知分店被抄，崔掌櫃被抓了。他說：那你也知道分店成了紅軍的一個窩點，給紅軍提供資金？陸菊人說：這我不知道。他說：你是茶總領，你能不知道？陸菊人說：我真的不知道，但我是茶總領，無論如何也是我用人不當，經管不力。他說：這不是用人不當，經管不力的事，現在這事要取證查實了呈報專署和六軍的，是預備旅還能不能存在，井宗秀還當不當旅長的事！陸菊人說：這事與預備旅和井宗秀沒關係啊，這茶行是我的，我是茶總領，只是茶行在渦鎮，渦鎮屬井旅長管轄。他說：茶行不是預備旅，不是井宗秀的？陸菊人說：是我的。他說：茶行給預備旅提供了資金？陸菊人說：我資助過。當初你組建的時候要啥沒啥，我給過大洋，井宗秀修縣政府的時候，木料也是我出大洋買的。他說：哦……陸菊人說：縣長，你就給上邊呈報，茶行與井旅長他們無關，一切責任都是茶行，要懲治就懲治崔掌櫃和我。他說：姓崔的已經死了。陸菊人說：死了?!他說：死了。陸菊人說：人都死了還要追究？他說：姓崔的死了，姓崔的是什麼背景，他後邊還有沒有後台和主使，這都要查的！陸菊人說：我給縣長說明了半天，你這不是抓住我不放麼。這樣吧，都是茶行的錯，都是我的錯，那你就把茶行沒收了歸預備旅，把我也關押起來好了。他看著陸菊人，半天再沒有問話，卻喊起王喜儒。王喜儒跑了來，陸菊人便給王喜儒說：你能讓誰去茶行給我拿件換洗衣服嗎？王喜儒莫名其妙，他說：拿什麼換洗衣服？陸菊人說：我不知道要關押我多長時間麼。他揮了一下手，給王喜儒說：送她回去。

井宗秀離開了縣政府，就感到了事情的嚴重性，後悔對麻縣長態度不好，回到城隍院把麻縣長所說的事告知了杜魯成和周一山，夜裡商量著對策，又商量不出個好辦法，覺得還得依靠麻縣長。第二天三人就又拿了豬肉和河心水去了縣政府，井宗秀道歉著他昨日是受不得誣衊，一時火氣攻心，雖然不是衝著麻縣長，但也不該給麻縣長說話太硬。井宗秀說：對不起呀，縣長！他給麻縣長鞠躬，麻縣長說：你井宗秀還是有脾氣麼！井宗秀說：你包涵，這事還得你周旋。麻縣長就笑了，說：這事我已經能解決了！井宗秀說：解決了？麻縣長說：三合縣分店崔濤私通紅軍，死有餘辜，茶行被沒收歸預備旅，茶總領陸菊人關押一月。井宗秀說：啊，啊。麻縣長說：我這樣解決行吧？井宗秀、杜魯成、周一山面面相覷。麻縣長說：這你們得感謝茶總領陸菊人啊，我昨日詢問她，我才想出這個解決法的。井宗秀說：你詢問過陸菊人了？她是茶總領，崔濤私通紅軍那與她沒關係啊！麻縣長說：她用人不當呀，我也不忍心關押她，但必須得關押，就名義上關押她，你們告訴她藏起來一個月不要露面啊。井宗秀說：啊這好，這好！麻縣長說：渦鎮竟然能有這麼個女人，她能行啊！井宗秀說：她是能行。麻縣長說：我以前看過一本書，說是慈禧年輕的時候讓人算過命，她坐在椅子上，雙手撐在膝蓋上要往起站的時候，眉頭皺了一下，過後相面師說，此人不是萬人之妻就是萬人之母。井宗秀聽不懂，說：眉頭皺了一下就……？麻縣長說：她是手壓住了……啊有異象麼，不說這個了，不說這個人了。井宗秀到底不明白麻縣長說的話。

從縣政府出來，井宗秀就直腳去了茶行見陸菊人，問了麻縣長詢問她的過程，說：你把事情全攬了？陸菊人說：我不攬，讓他們把你撤了，把預備旅解散呀？井宗秀說：我做好了準備，讓他們來撤來解散麼，就是贏不了也魚死網破！陸菊人說：大不了帶人帶槍上山當毛毛土匪是不是?!麻縣長給我說了你給他發火，你當初是咋說的，咋忍的，咋謹慎的，現在脾性這麼躁呀！生氣不理了井宗秀。井宗秀說：我不是又給麻縣長回話了嗎？現在麻縣長是把事情解決了，但我是男人，讓一個女人來擔罪，我這心裡，唉……陸菊人說：好啦好啦，那有啥的，我不是僅僅擔個名嗎，我藏一個月還能好好歇著哩。井宗秀說：茶行出了這麼大的事你應該早早給我說，也不至於弄到這地步。陸菊人說：我原本要告訴你的，但擔心會又有別的事，就沒及時告訴你。女人確實辦不了大事。

第三天，麻縣長一方面呈報材料給秦嶺專署和六軍，一方面貼出了布告，宣判因三合縣分店崔濤私通紅軍，茶行沒收歸預備旅所有，茶總領陸菊人關押一月。布告一貼出，渦鎮一片譁然，議論著誰都知道井宗秀和井宗丞是兩股道上的車，崔濤怎麼就敢給紅軍提供資金，這不是一個人的私利就是成心要害井宗秀的。茶行明明是預備旅的，怎麼沒收了歸預備旅所有，是井宗秀把茶行讓陸菊人經營，而陸菊人暗中轉化成自己的了？她辜負了井宗秀，耍了井宗秀，寡婦心還這麼黑啊?!

剩剩知道娘被關押了，正給野豬扔木棒，不扔了，跑去縣政府門口大聲喊娘。王喜儒急忙跑出來，不讓喊，說你娘沒關押在這兒，剩剩更是大聲喊，王喜儒就搧了他一個耳朵。剩剩拾起個磚頭便砸王喜儒，王喜儒頭一閃，磚頭砸在窗子上，一根窗櫺格斷了。大門裡跑出來三四個人，剩剩撒腿就跑，卻一個趔趄，頭碰在一棵樹上出了血，回到安仁堂哭得嗚嗚嗚。陳先生說：你到一三〇廟裡找你娘。剩剩沒聽陳先生話，他跑回老屋院，門鎖著，門腦上有一個蜘蛛網，再跑到壽材鋪，門也鎖著，台階上落了一群雀。他是最後跑去了一三〇廟，寬展師父抱住了他，王媽告訴說他娘是在廟裡，但天未明又去了黑河岸崔掌櫃家，明日或者最遲到後日就回來了，要剩剩在廟裡等著。但剩剩不等，一定要見娘。寬展師父就和王媽領著剩剩去了黑河岸。陸菊人是帶了四十個大洋去的崔家，崔家已派人去搬屍還沒回來，而家裡人正在修墓，等到一天兩夜，搬屍的人回來並沒有搬到屍，一家人哭得天昏地暗，陸菊人就建議把崔掌櫃的舊衣舊物下葬，才下葬完在墳頭燒紙，寬展師父和王媽帶了剩剩去，娘倆抱住放開聲地哭起來。

一個月後，陸菊人的關押被解除了，花生一定要陪著陸菊人到街上走走。兩人要出門，陸菊人既要打扮得漂亮，又不要打扮得比花生漂亮，她就上衣著件青藍長褂，月牙白花邊，下身深紫色長褲，褲管紮上黑色帶子，腳上穿了軟底黑鞋，頭上梳了大圓髮髻。街上人都看見了，又驚訝，又疑惑，交頭接耳，不知所措。這一撥人迎面碰上了，說：啊，啊你瘦了，瘦了好，瘦得清清秀秀多精神啊！那一撥迎面碰上了，說：呀，呀，好些日子不見胖了麼，人還是要胖哩，胖了就多富態的！花生小聲說：這都是些啥人呀，你到底是瘦了還是胖了！陸菊人說：你讓他們咋說呀?!經過老皂角樹下，樹上的幹皂莢往下掉了五個，她們沒有撿，陸菊人說：我磕磕頭。趴下磕了三個頭。花生說：咱到茶行去，帳房和夥計已張燈結綵在等著你的。陸菊人說：我已經不是茶總領了。花生說：宗秀還是讓你做總領的。陸菊人說：算了，你跟我去看看剩剩吧。

井宗秀卻說還要陸菊人繼續做茶總領，但杜魯成、周一山都不同意，他們認為讓陸菊人還當茶總領，怕再出別的事故來，因為麻縣長不知道茶行是預備旅的，而陸菊人說沒收了茶行歸預備旅所有，那是瞞天過海，如果陸菊人一出來還是了茶總領，這樣總是不好。井宗秀就宣布帳房當茶總領。帳房也明白他這個茶總領是什麼意思，以前該怎樣現在還怎樣，沒人時他就依然叫陸菊人是茶總領。

★

三合縣分店的事處理後，周一山主張攻打一下紅十五軍團以此來消除對預備旅的懷疑，杜魯成卻堅決反對。杜魯成說：做生意是不能逮住碗吃飽了還不丟手，要腦子活泛，啥賺錢幹啥，可預備旅不是做生意，點子多了，不一定都能點到向上。阮天保攻鎮為啥咱贏了，憑的是有城牆呀，離開了渦鎮，咱是人多還是槍好？打銀花鎮損失那麼慘重，還不汲取些教訓？周一山說：你能保證人家還在信任咱們嗎，失去了信任，以後預備旅的日子能好過嗎？杜魯成說：過不好總還是日子在過吧，以卵擊石那還有日子過嗎？咱現在是挑著雞蛋筐子上集，不是要擠人而是防著被人擠哩！周一山說：你不懂！杜魯成說：你懂?!兩人又爭吵不休，就說：宗秀你斷斷，看誰說的有道理？井宗秀說：你倆再說。杜魯成說：再說就打起來啦！周一山說：打啥哩，詞窮理虧了才動手哩！杜魯成說：你那腦子就是渦潭，轉得快，別轉來轉去把自己也卷了進去！周一山說：渦潭不轉就死水啊！杜魯成說：是不是又該說你聽到什麼鳥語獸言呀？周一山說：我遺憾聽不懂強驢的話！杜魯成說：你罵我?!周一山說：我沒罵！杜魯成抬起屁股走了。杜魯成一走，周一山也走了。井宗秀沒有動，還坐在那裡，一邊抽菸，一邊在嘴唇上、下巴上摸著拔鬍子。他思謀著，這麼多年了，紅軍四處攻城拔寨，卻沒有進犯過渦鎮，應該說這與井宗丞在紅軍裡有很大關係吧，如果去打紅軍，是能消除秦嶺專署和六軍對預備旅的懷疑，可憑預備旅眼下的實力，那怎麼去打呢，何況紅軍現在哪兒還不清楚。他說：那這樣辦好不好？沒有回應，抬起頭來，才發現杜魯成和周一山不在了。隔窗望去，周一山是蹴在銀杏樹下不停地唾唾沫，而杜魯成卻從伙房裡拿了五個蒸饃在那裡吃，兩個腮幫子鼓得圓圓的，周一山說：別噎住了。他又把一個饃塞到了嘴裡。井宗秀就出了門，往院外走去。

井宗秀在茶行找到了孫舉來，詳細詢問了紅軍幾次在三合縣分店借款的經過，問：你認識不認識那些人？孫舉來說：人家來都是找崔掌櫃的。井宗秀說：我問你認識不認識？孫舉來說：他們來無蹤去無影。井宗秀說：是神呀？既然數次來，又打砸了別的四個店，肯定在城裡還有聯絡點。孫舉來說：崔掌櫃可能知道。井宗秀說：我問的是你！孫舉來說：好像補鞋匠也認識，補鞋匠在城東橋頭有個小鋪子。井宗秀說：這就對了麼，你哼哼唧唧的！孫舉來說：我對預備旅對茶行是一片忠心。井宗秀說：好呀！你再去一回三合縣，找到那個鞋匠，讓他給那些人講，能不能來攻打渦鎮。孫舉來說：攻打渦鎮？這才真是通敵啊?!井宗秀說：讓他們來，雙方做做樣子。孫舉來說：那這為啥？井宗秀說：別的不是你的事。便給了十個大洋，說：這事對誰都不能說，說了你就沒命了。現在就去，如果半路裡逃跑，你家裡的人也就沒命了。我等你回來，回來只准找我。

孫舉來不敢回家，當下出了北城門，心想這十個大洋不能都帶在身上，就掏出了兩個，將另外八個埋到那土坎梁後的路邊蘆草裡，剛刨出個土坑埋下，還要尋一個石頭壓在上邊做記號，鞏百林和賴筐子從虎山灣回來，孫舉來立即解了褲子蹲在那坑堆上。鞏百林問：孫舉來你幹啥哩？孫舉來說：屙哩。真的就努出一堆糞來。鞏百林罵了一句，和賴筐子走了。

鞏百林是從虎山崖回來的，因為輪流進鎮休息的時候，他連續抓了兩個特務，井宗秀讓陸林換防了他，他就依然帶了賴筐子。賴筐子的爹原先在鎮上擺過卦攤，給人看相算八字，爹死後，賴筐子參加了預備旅，就在鞏百林手下，也是其爹的秉性，見人就癡著眼看人家的五官、身形和走勢。鞏百林曾推薦著去給井宗秀當警衛，賴筐子不去，鞏百林說：你這個瓷慫，跟著我有啥出息。賴筐子說：井旅長顴骨高，腮幫子那麼瘦，顴骨高腮幫子瘦的人是把別人的肉要貼到自己臉上的。你這圓胖臉好，我就跟著你！鞏百林說：圓胖臉咋個好？賴筐子說：這話不能說，反正前途無量。鞏百林知道賴筐子的意思，嘴裡說這話你不敢再胡說了，心裡卻從此有了想法，也就沒再推薦賴筐子去給井宗秀做警衛，留在自己身邊，出門幹啥都在一塊。兩人都是本鎮的，鎮上的大大小小人差不多認識，有一天從虎頭崖進鎮輪休，就碰著一個人背了一簍掃炕笤帚在槐樹巷裡，賴筐子說：這人頭小眼光像點了漆，走路急碎步，一輩子發不起來。鞏百林就把那人叫住，問：你是哪裡人呢？那人說：西背街三道巷的。鞏百林說：你胡說，鎮上的鬼我都認得，你是鎮上人？那人說：我是來賣掃炕笤帚的，住在三道巷我姑家。鞏百林說：你姑父是誰？那人支吾著，鞏百林一把抓住，奪了背簍翻看。簍裡裝了幾十個掃炕笤帚，下邊卻有一把短槍，當下拉到城隍院審問，才交代是方埸縣保安隊的，來刺探情報的。井宗秀下了處死令，鞏百林賴筐子就把那人用繩勒死。勒死了一個特務，鞏百林賴筐子在鎮上行走的時候，就格外留神那些陌生人，十幾天後竟又捉住了一個來鎮上耍猴的，也是逛山派來的特務。接連捉住了兩個特務，鎮上人都覺得驚訝，鞏百林也得意自己還能有這嗅覺，而井宗秀就緊張了，一方面加強北城門口的崗哨，任何陌生人出入檢查格外仔細，一方面把鞏百林賴筐子從虎山崖調回來成立了一個祕密小組，專門甄別、跟蹤、調查、緝拿可能混進來的敵特人員和企圖叛變出逃的可疑分子。

但鞏百林賴筐子並沒有留意到孫舉來的慌慌張張，孫舉來拉了糞後，兩天到了三合縣城，是找到了城東橋頭的補鞋匠，把要捎的話捎到了，還隨便打問了崔掌櫃自殺後埋在哪裡？補鞋匠說：屍體投到城外的縣河裡，怕早被魚鱉水怪的吃了。孫舉來趕到縣河邊，河水汪汪，他抓了一把沙裝在懷裡，哭了一場。又是兩天回到了渦鎮，因為正好是半下午，預備旅在北門外沙灘上操練，人很多，他沒有去挖那八個大洋，而井宗秀也在，看到了他，假裝到蘆草邊尿，悄聲說：晚上到南門口外渦潭邊等我。待到天黑，孫舉來在渦潭邊等，井宗秀來了，問：辦妥了？孫舉來說：妥妥的。井宗秀說：咋證明你辦妥了？孫舉來說：沒證明，但補鞋匠還給我說了崔掌櫃屍體被投到河裡餵魚了，我在河邊哭了一場，抓了把沙，要給崔掌櫃的兒女做個念想。他從口袋掏出沙給井宗秀看。井宗秀說：好，我信了你。你對崔掌櫃還那麼有情義呀？孫舉來說：他周濟過我，我還沒報答哩他就死了。井宗秀說：哦，那你得報答。猛地一推，孫舉來跌進了潭裡，平靜的潭面立即旋動起來，孫舉來還冒了冒頭，舉著手，井宗秀從懷裡掏出一沓陰票子也扔下去，水圈子愈來愈多，旋轉得愈來愈急，什麼都不見了，潭面慢慢又恢復了平靜，月光像銀子一樣在上面閃著。

幾乎一個月裡，渦鎮上別的事情都沒有，只是一天深夜安記滷肉店關了門，突然門被敲響，安掌櫃還以為是井宗秀夜巡在他家門環上掛鞭子，開了門卻是孫舉來。孫舉來拿了一大沓錢票子要買三斤滷肉，安掌櫃還說：半夜裡還吃這麼多肉！收了錢票，把肉切了。第二天早晨安掌櫃要拿了那些錢票去糧莊買米，卻發現都是些陰票子，罵孫舉來拿陰票子騙他，去了孫家論理，孫家人說孫舉來好些日子都沒見了，有人就嚷嚷孫舉來死了，安掌櫃遇見的是鬼。

孫舉來到底是活著還是死了變成鬼，鞏百林和賴筐子也在追究，但活不見人死不見屍，估摸是不是出遠門了，就不了了之。兩人倒是幾次從街上過，看到杜魯成在小酒館裡獨自喝酒，鞏百林說：杜魯成比我臉還圓，圓得沒下巴了，他也是能成事的？賴筐子說：咱還是和他近乎些好。就進去陪著喝酒。喝過了一次，後來又邀杜魯成喝了一次，喝高了，兩人勾肩搭背，還稱兄道弟起來。

分了手，鞏百林和賴筐子趔趔趄趄往城隍院去，一三〇廟前的牌樓下站著個乞丐，拿了一隻碗和一個髒兮兮的布袋子。賴筐子說：他不是要飯的。鞏百林說：咋不是要飯的？賴筐子說：五官沒長開，腦袋像個土豆的才是貧苦人，他光眉豁眼的。鞏百林上前抓住，喝問：你是幹啥的？乞丐竟說：你是幹啥的？鞏百林說：睜眼看看這身衣服，老子是預備旅的！乞丐說：我就要見預備旅的井旅長！鞏百林壓住就打，罵道：井旅長是你見的?!你是什麼人？打得那人鼻青臉腫，交代了自己是紅十五軍團的，但除了說要見井旅長，別的再不肯說。鞏百林就拖著乞丐到了旅部。

井宗秀正在後屋裡和幾個婦女打麻將，花生進來附耳說：鞏百林他們又抓了個特務，就在大門口。井宗秀說：咋又抓了個特務，讓他鞏百林抓特務哩，他倒愈抓愈有了？讓進來吧。鞏百林和賴筐子扭著那乞丐進來，井宗秀還在打麻將，問：哪兒來的特務？那乞丐說：紅十五軍團的。井宗秀心裡咯噔了一下，忽然想起其兄，卻不便打問任何情況，說：政府軍到處在追剿你們，你倒敢來刺探軍情，是要攻打渦鎮不是？乞丐說：我只是送信的。井宗秀說：誰的信，信呢？乞丐便從口袋裡掏出一個黑饃，掰開了裡面竟有疊著的紙條兒。井宗秀看了，上邊寫著：正要往秦嶺東南去，就走虎山灣，井水不犯河水，兩相平安。看畢，將紙條揣在懷裡，讓鞏百林賴筐子送人出十八碌碡橋。

鞏百林和賴筐子送那乞丐出了北門口往虎山灣走，乞丐提出讓賴筐子脫了鞋給他，他的鞋底磨破了。賴筐子說：咦，井旅長讓送你出十八碌碡橋，你又要我的鞋，你到底是什麼人？鞏百林也說：你狗東西太狡猾，把信能藏在黑饃裡，說，信上寫的啥話？乞丐說：你打我已犯了錯誤，不該你知道你要知道，還想再犯錯誤嗎？鞏百林就火了，說：我就再犯錯誤咋的?!將乞丐壓在地上，抽了褲帶，就纏在脖子上勒，一時勒不緊，乞丐掙扎著起身，賴筐子就過來，兩人各拉褲帶一頭，使勁地勒。勒死乞丐，在沙灘上刨出坑埋了，兩人吸過一鍋子旱菸才回的鎮。

井宗秀看著紙條，雖然上面沒有署名，已估摸這是井宗丞寫的，就想這麼多年了，他和井宗丞大路朝天，各走了一邊，沒有謀面過，也沒有聯繫過，他是竭力避免和淡忘這個兄長，好像他們不是親兄弟，好像渦鎮從來就沒有井宗丞，好像井宗丞在這個世上壓根就沒有活過。可每當去了紙坊溝父親的墳上，去見到了老娘，或者清早起來腦子裡閃出第一個念頭，卻總是井宗丞的影子，他才知道井家的藤蔓上結著他這個瓜，還結著另一個瓜，他們是兄弟，猶如門的左扇和右扇，猶如鍬的鍬頭和鍬把，是冬天的樹枝，即便是被折斷了，那也連著皮啊！但井宗秀細細琢磨紙條上的話時，他又是幾多疑惑。紅十五軍團一直都在秦嶺西北一帶活動，怎麼就要往秦嶺東南去呢？「正要往秦嶺東南去」，「正」是什麼意思？「就走虎山灣」，為什麼是「就走」？「井水不犯河水」了，為什麼還要加一句「兩相平安」？便證實了這是在回應孫舉來送去信的內容。井宗秀就把這事說給了杜魯成和周一山，杜魯成一聽就緊張了，說：我最擔心的事到底發生了。周一山看著紙條卻嘿嘿地笑。杜魯成說：你一直要去攻打人家，現在人家找上門，合你心意了？周一山說：是合我的心意。杜魯成說：周一山你要清楚，帶兵打仗這不是麻將桌上賭博，輸贏一兩個大洋無所謂，這來的不是一個縣保安隊，不是一個阮天保，你以為能打過紅十五軍團嗎？周一山說：你考慮的都對，雙方力量懸殊太大，可咱們需要他們來消除懷疑，他們也需要咱們能借道去東南，紙條上不是寫著井水不犯河水，兩相平安嗎，你知道井水不犯河水是啥意思嗎？杜魯成說：我是三歲娃娃？周一山說：這意思誰都懂，可這個井字我認為其中有兄弟情誼。杜魯成說：這不是將懷疑坐實了嗎？周一山說：後邊不是又寫了「兩相平安」嗎？杜魯成說：你是個鬼，看誰也都是鬼。井宗秀看他倆說不攏了又搗嘴，就說：我是這麼想的，咱先派人外出打探方圓六十里之內有沒有紅十五軍團活動的消息，如果沒有，那就罷了。如果有，這就是紅十五軍團真的要通過虎山灣，那預備旅就必須攔截，這是預備旅的職責。而紅十五軍團能先送信過來，這不是姓井的事，是他們還忌憚著這個預備旅，說明他們真的不是要吞食渦鎮，僅僅是借道。既然是借道，咱們就讓他們通過，咱首先要以預備旅和渦鎮的利益為上，他們有誠意，咱們也識時務，到時心知肚明瞭，槍聲喊聲愈激烈愈好，子彈卻往空中打。杜魯成、周一山都同意了這種想法，當下就決定派陳來祥去黑河岸，鞏百林去白河岸，打探紅十五軍團的消息。

三天後，陳來祥和鞏百林回來，都彙報並沒有見到也沒聽到有紅十五軍團的任何蹤影。井宗秀這時候倒覺得那信是不是假的，問鞏百林把那送信人送去了哪裡，鞏百林說：你咋問這事？井宗秀說：那是不是壞人？鞏百林說：我就看他不順眼，把他辦了。井宗秀就再沒說什麼。

但是，茶作坊的方瑞義要去老縣城進一批麻袋，返回時帶了三個驢馱走到五鳳梁，站在梁上看見梁下的王村起了煙火，許多人都往梁上跑，問咋回事，說是紅軍在村裡燒了八戶財東家的屋院，還將兩個財東拉到村裡的集市上當眾鎮壓了。方瑞義也沒問紅軍為啥要燒房殺人，趕回來就把這事說給了陸菊人，陸菊人又報告給井宗秀，井宗秀說：看來信是真的。立即部署杜魯成陳來祥帶一半兵力上了虎山崖，和陸林他們進入工事，嚴陣以待，讓周一山夜線子鞏百林帶另一半兵力守護在城牆上。鞏百林還說：明明沒有蹤跡麼，卻突然就出現在五鳳梁，狗日的是天兵天將啦?!

到了第二天後半夜，黑河岸窯峪方向突然有了槍聲，井宗秀即刻上了城牆，周一山卻讓人拿了許多鞭炮，井宗秀說：拿這鞭炮幹啥？周一山說：空放槍太浪費子彈麼。井宗秀說：也別太自信，如果發現有攻城的，不管是什麼人，不管人多人少，帶的是什麼精良武器，一定要守住鎮，就是人全戰死了，屍體也要堵住城門。然後他就騎馬出了北門洞，直奔虎山而去。到了虎山下，放了馬，馬又跑回鎮，他上了虎山崖，天已麻麻亮。當黑乎乎一片蝙蝠都吸在了崖壁上，一隊人影出現。這些人影似乎分成三部分，前邊是六七十人，隔開一段距離，中間是六七十人，再隔開一段距離，後邊又是六七十人。過了碌碡橋，前邊的六七十人又分成三行，一邊跑過來，一邊打槍。杜魯成也命令打槍，槍口都抬高了往空中打。槍聲一時很亂，崖壁上的蝙蝠又起飛了，但它們不知了該往哪裡飛，白天裡眼睛看不見，就在崖前亂成了黑雲。河灘裡先頭的六七十人已跑過了那一片耕地，後邊的兩部分人就攆上來，槍聲比先前更激烈。子彈是都朝著虎山崖打的，但全打在崖壁上，石片子亂濺，火星子亂濺，有一顆石子蹦起來傷著了一個班長，班長罵道：我×你娘的！舉槍往崖下打，河灘上便有人倒下了，立即第一部分的人都趴在了地上往崖上打槍，第二部分沿著河邊往過跑，跑過那兩岔路口了，再趴下來打槍，第三部分的人就快速地攆過來，槍聲如同了爆豆，崖上有人就中彈了。杜魯成問井宗秀：這咋辦？井宗秀說：槍抬高打，再看看情況。杜魯成就喊：槍抬高打！班長說：我往高處打哩，人家朝我頭上打哩！杜魯成說：打了你頭你也要抬高打！果然，崖頭上沒再朝下打，下邊的也把槍往河面上打。三部分人合成了一部分，塵土騰起著往過跑。井宗秀一直觀察著，對杜魯成說：紅十五軍團雖然是帽子大身子小，但也不至於就這二百多人吧？杜魯成說：是不是一支先遣隊？井宗秀說：你注意著他們有沒有要往鎮上去，如果往鎮上去，就立即實打。杜魯成說：好像沒有去鎮上的意思，真只是經過。井宗秀說：那就槍聲再激烈些！又是一陣疾風暴雨般的槍響，河灘裡的人已經全部過了兩岔路口，轉向白河渡口方向，那裡一片水蒲草，騰浮著紅色的花粉，如火如霜，人就隱隱約約不見了。而鎮北城牆上卻也起了響聲，並有了煙霧，杜魯成嚇了一跳，說：鎮上咋這陣了槍聲那麼稠的？井宗秀說：咱打哩讓他們也打些麼。杜魯成說：咋有了煙霧?!井宗秀說：他們放的是鞭炮。

渦鎮裡的人原以為這是一場惡仗，所有人都上了四面城牆，準備了石頭、磚瓦和木棒，也抬了幾十個門扇要做擔架的，卻這麼短的時間裡輕輕鬆松地結束了。他們覺得像做夢似的，還坐在城牆上發怔，而虎山崖上的隊伍開始撤下來，總共陣亡一人，傷了三人。在河灘裡，陳來祥帶人打掃戰場，紅軍也是死了一個人，沒有扔掉的槍枝彈藥，也沒有遺落的帽子和鞋。他們就在龍王廟旁挖了一個坑，把兩具屍體一塊埋了。

留下一個班後，其餘人撤離了虎山崖，井宗秀和杜魯成卻還在山上。兩人從青岡林子走到崖邊，在一塊平面的白石頭上坐下了，相視一笑。井宗秀說：回去讓麻縣長給專署和六軍寫個呈件，預備旅攔截了一支去秦嶺東南方向的紅十五軍團的部隊，雖未攔截住，但戰鬥非常慘烈，敵我雙方均傷亡嚴重。杜魯成說：或許這次能給咱撥些軍餉吧。突然，林子裡嘎嘎地響了兩下。杜魯成回頭看時，並沒有什麼人，井宗秀說：是毛栗子爆哩。又是一聲嘎，就有一枚栗子飛來，在他們腳下蹦躂。杜魯成說：栗子？這山上還有栗子？他撿起來，栗子太小，他又扔了。井宗秀說：你沒注意呀，這些青岡林裡就只有三棵毛栗樹。杜魯成說：毛栗子成熟了像是打槍哩。井宗秀說：你不是這裡人，這種樹不易活，果實成熟了就炸開四處散落，希望將來能多長些樹麼。杜魯成說：還有這種傳播種子的？哎，剛才你看清了那支隊伍裡有井宗丞嗎？井宗秀說：看不清。杜魯成說：或許他不在，或許就在裡邊，他如果在，這是離開後第一次回來吧，卻沒有進鎮子。井宗秀沒有回應，抬著頭看著空中。杜魯成見井宗秀沒說話，他就不再說了，也朝空中看。空中已沒有了一絲硝煙，有著一隻鷹，鷹好像在站著。

★

紅十五軍團從麥溪縣和三合縣交界的熊耳峽向秦嶺東南的三個縣開拔，而井宗丞所帶的二百多人卻仍在方塌縣一帶打土豪滅匪盜，等在留仙坪給窮人分了田地又處決了磚瓦窯主一家四口，原本也是要追趕熊耳峽的大部隊，卻又受不得誘惑，去了三合縣的高壩村。高壩村後的山上產水晶，原先村裡家家都挖了水晶運到平原上去賣，雖不甚富裕，但也日子安穩，後來出了個叫高雲幹的人開挖了一口大洞，而且請了匠人專做眼鏡，幾年間吞併了所有小洞，成為一戶土豪，家裡就養了三個保鏢都背有槍，還修了小炮樓，炮樓上也架著一桿槍。凡是見有陌生人，一到門前的土場沿上，懷疑來者不善，便鳴槍警告。井宗丞對水晶以及水晶眼鏡沒有興趣，他惦記了那三四桿槍。去了高壩村，果然遭到高雲幹的抵抗，但二百多桿槍同時朝著高家屋院裡打，三個保鏢被打死了兩個，另一個和高雲幹拿了兩桿槍，從後窗跳出去，就往後山上跑。井宗丞窮追不捨，到了山上，山上有六七個水晶洞，高雲幹和保鏢鑽進一個洞。井宗丞不知洞的深淺，不敢貿然進去，往裡扔手榴彈，又嫌炸死了高雲幹和保鏢可能連槍也炸毀了，一定要捉活的，就在洞口守了兩天兩夜。高雲幹和保鏢仍是不出來。從村裡搬來大量的麥草穀稈，在洞口生火放煙。熏了半天，保鏢是出來了，手裡提著高雲幹的頭顱，說：我把高雲幹殺了，立了功，就饒我一命。井宗丞收了四桿槍，說：你是保鏢，你倒殺了他?!便一槍把他打死了。

得了四桿槍，井宗丞不願意再返回去走熊耳峽，直接從高壩村抄一條近道去秦嶺東南，這就是翻馬連山，進桃花峪，再從桃花峪西邊的駱駝梁過去進二苗溝，往南，順著泥河到老爺坡下的石砭溝，出溝是五鳳梁，過了梁便可以到達黑河岸。井宗丞清楚從黑河岸往秦嶺東南只有渦鎮北的虎山灣。他想著這麼轉來轉去的竟然要經過虎山灣，可以回一趟渦鎮了，但六軍的預備旅駐在那裡，雖然井宗秀當旅長，但道不合不相為謀，他帶著隊伍能回去嗎？隊伍還在老爺坡的時候，井宗丞就派人先去虎山灣偵察情況，得知虎山崖上駐守著預備旅的人，完全控制了灣裡的通道，甭說一支隊伍通過，即便一隻狗，崖上的人成心要打狗，狗也是跑不過去的。井宗丞正犯愁，方塌縣的聯絡員撵了來報告了預備旅的口信，他哈哈大笑，說：人算不如天算，要瞌睡呀就來了枕頭！就寫了紙條讓一個偵察員扮作乞丐混進渦鎮去面見井宗秀，他相信井宗秀會和他達成一種默契。他們住在了王村一個財東家，警告著村人誰也不得出村走漏他們的消息，偏偏村裡有病人死了要埋葬，那財東參加葬禮時逃走了。得知財東逃到集市上散布了消息，他們去捉拿了並在集市上公開處決，接著又殺了另外的幾戶財東，燒了屋院。雖然派去送信的人遲遲沒有回來，也不能再等了，就決意強行要通過虎山灣。井宗丞做好了要打一場惡仗的準備，卻也心存僥倖，或許那紙條兒已送給了井宗秀，他就將隊伍分成三部分，第一部分先行試探，依情況變化再改變隊形和進攻方案。井宗秀慶幸的是預備旅果然佯裝攔截，他們也就心照不宣只放空槍，隊伍是僅傷亡一人而到達了白河岸，只是遺憾到渦鎮北門外了沒能進去見井宗秀一面。

隊伍千辛萬苦終於到達秦嶺東南的南平縣的香爐寨，得知紅十五軍團駐紮在山陰縣的馬王鎮，雖是兩個縣，但香爐寨距馬王鎮也就八十里，當天就可以趕過去。井宗丞卻想再能籌備一些錢糧帶去表功，就先派人去馬王鎮聯絡，報告他帶隊伍三天後就到。香爐寨雖是小寨落，但臨著往東南的要道，寨後山上有個玉虛觀，觀裡的籤很靈，不但方圓幾十里的村人去求財祈子問病，更常有販鹽販菜販水煙和瓷器的馱隊，經過了都要去燒香叩頭抽上一簽。香爐寨的人就靠玉虛觀吃飯，家家也都有客棧。隊伍一到，寨子裡的人跑掉了一半，沒跑掉的也都關了門，井宗丞一了解，這是以前來過蔣介石的隊伍，來過馮玉祥的隊伍，也來過逛山和刀客，來了都是要糧要錢，把寨子裡的豬羊雞狗都吃了，還殺吃了四頭牛三頭驢。井宗丞就在寨子裡宣傳紅軍不是官府的兵，也不是什麼土匪，只殺土豪惡霸財東，不動群眾一針一線。為了證明，他把隊伍分散住到那些客棧，要求在誰家睡覺就付睡覺錢，吃飯就付吃飯錢。而將那兩戶逃跑了的財東家院門打開，搜出八擔糧食。原本是弄些糧食了帶到馬王鎮的，這時偏就分給二十戶窮困人家。分糧時，其中一戶人說：你們應該每一戶都分，家家都分糧，你們一走財東回來，就不會有人告密，這糧也就真能吃到肚裡。井宗丞也就把糧給每一戶都分了。有人又說：觀裡的老道沒分。另一人說：玉虛觀在後山上，離這兒遠，他不知道咱分糧了沒有。那人說：老道是神仙，啥事能瞞了他？井宗丞說：聽說玉虛觀的籤靈，我也去抽一籤。那人說：你給我們分糧哩，我給你說實話，你要去抽，咋抽都是上上籤。井宗丞說：我有那麼好的運氣，那搜出的糧食就不是八擔而是十八擔了！那人說：原先觀裡的籤有上中下，可去抽籤的人，尤其那些商人，抽了下下籤或中下籤心情不好，該布施五個大洋的只給一個大洋，後來老道就把所有籤都變成上上籤，來抽籤的都高興，有多少錢就拿出多少錢。聽說年初來了個販鹽的商人，抽了好籤，果真發了大財，還願時一次就布施了二百個大洋。井宗丞說：那麼多?!那人說：老道是南平縣城人，家裡有老婆孩子，每年幾趟往家裡運錢的。這當了道士的怎麼還有家有室的？井宗丞嘴裡說：道士不比和尚，是可以有家的。心裡卻拿了主意。當天午後，就帶兵去了玉虛觀，他以為老道真能料事如神的，知道他們要去便逃走或關了山門的，可去了後，老道竟在廂房裡睡覺。井宗丞自己和一個兵就坐在廂房門口守著，令別的兵在觀裡搜。那個兵悄悄給井宗丞說：團長，你住的客棧裡有沒有端飯送茶的女人。井宗丞說：有呀，客棧裡當然有。那兵說：你知道這些女人白天裡是給客人服務的，晚上就是妓女了。井宗丞說：胡說。那兵說：三排長給我說的。井宗丞說：你去把三排長給我叫來！那兵去叫三排長。三排長和一夥兵從觀裡的地窖裡、夾牆裡搜出了一千三百個大洋，幾個人抬著筐子過來，大聲喊：團長，狗日的果然有錢，我今輩子還沒見過這麼多的錢！他這一喊，睡在屋裡的老道醒了，撲出來時被井宗丞抓住了領口，說：知道我們是誰嗎？老道說：不知道。井宗丞說：你是個屁神仙！這麼多錢是你的？老道說：這，這，這是南平縣王掌櫃寄存在觀裡的，王掌櫃做的是官府的生意。井宗丞說：哦，那就是官府的錢了，這好，我們今日就拿走了。老道說：這不行呀，搶劫嗎？哪有搶劫寺裡觀裡的香火錢⁈井宗丞槍一揚，一顆子彈叭地把屋簷上一隻麻雀打落在地，說：麻雀嘰嘰喳喳地煩，你給我囉嗦？

抬了大洋離開觀回寨子，井宗丞拿了根樹枝，叫住了三排長，突然指著說：你給我跪下！三排長跪下了，卻不知咋的，井宗丞說：你是不是嫖妓啦⁈三排長說：哪兒有妓？井宗丞說：你不是說客棧那些端飯送茶的女的都是妓？三排長說：我是這麼想的，那些女的屁股都大，肯定幹過那事。井宗丞說：那你去騷情了？隊伍初來乍到你就發情亂撩亂，要敗壞紅十五軍團的名聲得是⁈三排長說：天呀，我哪能有那個膽，就是有膽，我有錢嗎，就發那麼幾個銅板，要掏睡覺錢要掏吃飯錢，我是讓×舒服把嘴餓著？你看麼，你看麼。竟當下解褲帶，掏出那東西來，用指頭在那東西的口口上一沾，手指淨淨的，說：要是我晚上幹了，這上邊還會有水水的，這沒有麼，沒有麼。沒料，他再用指頭去沾，那東西卻硬起來。井宗丞拿樹枝子打了一下，那東西一下子軟下去，說：給我把它管好！

把大洋分裝在幾個袋子裡，買了一頭毛驢，馱上了麻袋，隊伍向馬王鎮進發。半天後，走到一個山埡，迎面來了一匹馬，騎馬人是紅十五軍團的一個參謀，對井宗丞說：首長讓我到香爐寨迎接你們，你們卻上路了！井宗丞說：你身上帶紙菸了沒，讓我先過過癮。井宗丞知道宋斌吸菸，這個參謀總能給他買到紙菸，隨身攜帶。參謀說：還有半包，但我只能給你一支。井宗丞點著紙菸，連吸了三口，一點煙縷都沒有，全進了肚，半天才從鼻子出來。參謀說：部隊駐紮在馬王鎮和崇村兩個地方，明天要在崇村開幹部會議，首長讓我接到你們了，通知你就騎上這馬直接去崇村報到開會，而我帶他們到馬王鎮。井宗丞說：這麼緊火的！蔥村，叫這麼個名字，那裡盛產蔥？參謀說：是崇村，上面一個山下面一個宗，就是你井宗丞的宗。井宗丞說：啊讓我上山啊！參謀說：崇村離這兒五十里，你順著倒流河一直往前去，村子就在河邊，村口有哨兵的那就到了。井宗丞說：怎麼是倒流河？參謀說：這河是由西往東流的，流到棄甲山那兒又往西流了。井宗丞就騎上馬走了。

倒流河並不大，岸上的路一會兒爬到坡上，一會兒又落在河灘，沿途都是酸棗刺和狼牙刺，一叢一叢的，稍不留意，就掛破馬腿。井宗丞心情還不錯，唱起了小曲，就看到遠處坡根有一縷一縷煙柱，先以為是山裡人家在燒地裡的禾稈，走近了卻是無數堆雲，還作想這雲是從地裡生了往天上去的，還是天上的雲落下來要生根，那雲柱就散開了，彌漫得看不見了河谷。井宗丞自言自語：這是騰雲駕霧的上天啦?!卻遺憾收了四桿槍和那麼多大洋卻馱去了馬王鎮，若自己帶著，軍團長見了該要表揚他了。黃昏時分到了溝穀稍開闊處，左手坡上有了一個村子，村口的大碾盤上蹲著一隻狗，狗站起來了，是個哨兵。井宗丞認不得哨兵，心裡想人咋還有長得這麼像狗的？就問：這是崇村嗎？哨兵卻認得井宗丞，說：是呀井團長。井宗丞說：在哪兒開會？哨兵說：我不知道開會，阮團長他們在村子最高處那個山神廟裡。井宗丞就下了馬，牽著順一條小路往上走。小路兩旁都是油松，像是列隊歡迎似的，井宗丞驀地就看到了松下的一堆腐葉上長著一簇水晶蘭。在渦鎮的時候，井宗丞跟爹去過白河岸的山上，他是見過水晶蘭的，以後的十多年裡，跑動了那麼多地方就再也沒見過。這簇水晶蘭可能是下午才長出來，莖稈是白的，葉子更是半透明的白色鱗片，如一層薄若蟬翼的紗包裹著，蕾包低垂。他剛一走近，就有二三隻蜂落在蕾包上，蕾包竟然昂起了頭，花便開了，是玫瑰一樣的紅。蜂在上面爬動，柔軟細滑的花瓣開始往下掉，不是紛紛脫落，而是掉下來一瓣了，再掉下來一瓣，顯得從容優雅。井宗丞伸手去趕那蜂，廟前有三個小兵喊了聲：井團長來了！跑下來，說：你不要掐！井宗丞當然知道這花是不能掐的，一掐，沾在手上的露珠一樣的水很快變黑。但蜂仍在花上蠕動，花瓣就全脫落了，眼看著水晶蘭的整個莖稈變成了一根灰黑的柴棍。井宗丞說：這兒還有嬌氣的水晶蘭？小兵說：我們叫它是冥花。井宗丞說：多難聽的名字，叫水晶蘭！小兵把馬牽走了，井宗丞說了句：給馬擦擦汗。向山神廟走去。

山神廟也就是兩間土崖，一邊門扇上寫著：狼是山神爺的帳房，一邊門扇上寫著：蛇是山神爺的門鎖。徑直進屋，一推門，嘩啦，兩扇門上架著一簸箕灶灰就撒下來，迷了滿臉滿身，眼睛便睜不開了，便有三個人撲上來反扭他的胳膊，壓倒在了地上，同時腰裡的槍被下了，綁腿上的刀子也被拔了。井宗丞叫道：幹啥？這幹啥？手上已戴上了銬子，腳上也拴上了鐵鍊子，鐵鍊頭吊著一個大鐵鎖。一個聲音在說：井團長，對不住啊，我這是執行上邊的命令。聲音是阮天保的聲音，但井宗丞的眼睛還是睜不開，他使勁地擠眼皮，終於睜開了半隻眼，果然是阮天保，就坐在泥塑的山神像前的供案上。井宗丞說：這是咋回事？阮天保說：我這裡有軍團長宋斌的命令，你看看。哦，你現在沒辦法看，那我給你念念：阮天保團長，鑒於井宗丞犯有嚴重的右傾主義罪行，命令你在他一到崇村，立即逮捕。井團長，你聽清了嗎？井宗丞說：這不可能，軍團長為什麼要逮捕我？阮天保說：命令上不是寫著你犯有嚴重的右傾主義罪行嗎？井宗丞說：右傾主義？什麼是右傾主義?!阮天保，是不是你偽造了命令？軍團長要逮捕我那我到馬王鎮逮捕就是了，為啥卻在這裡逮捕?!阮天保說：你想想，你是啥人，山中的獅子豹子一樣的，力氣大，槍法好，軍團長他們能收拾住你嗎？我也怕你呀，我只是逮捕你時耍了個小聰明，而命令我敢偽造嗎？咱倆沒仇呀，我是和你弟有過節，可那早就過去了，你我都是一個陣營裡的人，我和你有什麼仇呢？飯熟了嗎？門口的小兵說：飯早熟了，南瓜熬豆角，就等著井團長來的。阮天保說：那去端飯呀，井團長走那麼長的路應該早飢了。井宗丞說：娘的×！這裡邊肯定有貓膩，阮天保你必須給我說個青紅皂白！阮天保說：冷靜，井團長，你是有文化的人，平時都不罵髒話麼。井宗丞說：我就罵啦，×他娘的，什麼是右傾主義，我做錯啥事了關我？吃他娘的什麼飯，狗日的阮天保你給我說清！阮天保說：好，好，你不吃就不吃了，我可是肚子也飢了，那我得去吃呀。一走出門，屋裡那三個兵也跟了出來，門就哐啷閉起來鎖了。

屋裡黑暗下來，只有窗戶透進來的微亮使山神爺的琉璃眼睛還閃著光，外邊有了嗚嗚的響，是風從屋後的山坡上往下跑，再往門縫裡鑽，吹起了供案下的那堆香灰。井宗丞窩在那裡，頭暈得像一盆漿糊，他似乎覺得自己在做夢，夢裡發生了突如其來的變故，便努力要清醒，一個冷怔，他是坐了起來，就搖了搖頭，伸手還要揉揉眼睛，但伸手的時候，手上戴著銬子。井宗丞明白這一切都不是夢，自己是被逮捕了，手銬腳鐐地被逮捕了。革命武裝鬥爭了這麼多年，以為自己力氣大，槍法好，英英武武，原來都是因為有手腳，束縛了手腳就成了一堆肉?!井宗丞冤恨得咬牙切齒，憤怒地大聲吼叫。門外邊有看守的兵，一個說：讓我喝一口。一個說：就剩二指了，你又沒癮，喝啥哩！他們喝著酒，不理井宗丞。

到了後半夜，阮天保和他的警衛邢瞎子點著松節油來了，把松節油插在山神爺那張開的手中，火焰忽大忽小地跳躍著，四壁的人影就如鬼一樣忽高忽低。井宗丞已經吼叫得聲音沙啞，阮天保掏出了一支紙菸點著了吸著，他沒有再稱井團長，而是軟和地直叫著井宗丞的名字，說：宗丞，你用紙菸羞辱過我，我還是要給你吸一支的。就又掏出一支紙菸塞在井宗丞的嘴裡，井宗丞呸地把紙菸唾了，說：我要見軍團長！阮天保說：既然軍團長下的命令，他還肯見你嗎？何況軍團長和參謀長明天才會從馬王鎮過來。井宗丞說：那政委呢，政委最了解我的，我要見政委！阮天保說：宗丞，有些話我不願意給你說，你逼著我說，蔡一風在馬王鎮也被關起來了。井宗丞驚叫一下，說：啊蔡政委也被關了?!這是要幹啥，這是要幹啥？蔡政委和我鬧了這麼多年革命，沒有秦嶺遊擊隊哪裡會有紅十五軍團，倒把我抓了連蔡政委也抓了！阮天保說：宗丞，這話你不要說，就是蔡一風平日有這種情緒啊才和軍團長慢慢有了矛盾的，你當著我的面說這話，讓外人聽到了不把我也牽連了？井宗丞說：我講的是不是實情？就放聲哭起來。阮天保是從來沒見井宗丞哭過，哭起來的聲音像是氣從喉嚨裡往出噴，斷斷續續，疙疙瘩瘩，但沒有眼淚。他說：宗丞，你不要哭，你這哭得像刀子在我心上攪麼。你講的是實情，我不去說是秦嶺遊擊隊救了平原遊擊隊，還是平原遊擊隊救了秦嶺遊擊隊，可我阮天保若不是到秦嶺遊擊隊來，我現在或許叫狼吃了或許拉著個打狗棒走村串戶地要著吃哩。井宗丞見阮天保突然這般說話，他就不哭了，說：我近來一直在外頭弄槍弄糧的，軍團裡到底發生了什麼事？阮天保說：你還知道你一直在外頭？在外頭多暢快呀，天不管地不管的，多逞能呀，就你有戰功呀！井宗丞說：那麼說，是有人看不慣我了，連累了蔡政委？阮天保說：是你連累了蔡一風，也是蔡一風牽連了你，你們是一夥的，眼裡還有誰呀?!井宗丞說：這是忌妒，這是胡說！阮天保說：這是軍團長說的。我再給你說吧，在留仙坪整頓的時候，是繼續留在秦嶺西北還是往東南建立新的根據地，兩種意見不統一，宋斌和蔡一風矛盾公開。蔡一風認為去東南太冒險，弄得不好會葬送紅十五軍團，宋斌指責蔡一風表面上是膽小謹慎，實質是西北一帶是他的老窩，他可以繼續為所欲為。宋斌他是軍團長，他還代表著省委和秦嶺特委的意見啊！等到部隊來到了這一帶，而你竟然一而再再而三地不回歸，宋斌就認定蔡一風和你是要分裂紅十五軍團呀。井宗丞說：分裂紅十五軍團，要分裂我還到這馬王鎮和崇村嗎?!他宋斌懂不懂打仗，他疑心這麼大……阮天保說：你不要給我說這些。井宗丞說：那我要見他！阮天保說：他明天會來的。井宗丞說：我現在就要見！阮天保，我從來沒求過人，這一次我求你，你帶我去見他，或仍是被人放心買走。狗似乎在減少，預備旅在許記暖鍋店輪流吃過幾天狗肉，所有飯店都有了狗肉，顧客不絕。而老鼠又驟然增多，從龍馬關來賣老鼠藥的擺了地攤，堆放了幾百條新鮮的或是早已乾枯了的老鼠尾巴，滿口白沫地吹噓他的藥：小老鼠吃了順地倒，大老鼠三步就……一抬頭，城牆上有浮雲，浮雲裡有了馬。

那不是天上落下來的浮雲，也不是浮雲裡有了馬，是真馬，馬上坐著井宗秀。井宗秀除了早晚巡查外，他喜歡起了在城牆上走馬。兩匹馬都膘肥體健了，今日騎這匹，明日騎那匹，城牆上並不寬，但馬行走飛快，顯得十分放鬆。井宗秀尤其得意著在傍晚時分，他騎在馬上能將剪影印在天幕上，看到了白河黑河夾鎮流過，是兩條白練，岸後遠遠的千山萬巒中殘陽如血，層林盡染。

整個冬天都是暖暖和和過去著，只說過了正月，身上的棉衣棉褲該脫下了，但風卻從所有的峪裡往出刮，有掃帚風，刀子風，跟頭風，在河灣的沙灘肆意糾纏，還有乾枯著的蘆葦、蒲草和毛臘蒿全在嗚嗚，如鬼哭狼嚎。差不多有三四個夜裡，渦鎮總有一種很異樣的響動，明明知道這是老皂角樹上的人皮鼓在自鳴，但又只肯相信那是風在把沙土打在窗紙上和屋瓦上的，而這一天清早起來竟發現下了雪。雪厚得一筷子插下去就沒了，雪仍在撕棉扯絮地下。拿了推板子和鍁趕緊清理，就瞧見雪上仍有了馬踏出的蹄窩，說：這麼大的雪旅長還巡查啊?!對面屋簷上往下掉冰淩，有人答了話：天沒亮的，我看到夜線子、陳來祥帶兵就出了北門哩。這邊的說：是又打仗呀？那邊的說：去收錢糧的吧，趁著下雪，人都會在家裡的。打什麼仗，整天打仗呀?!這邊的說：你嫌打仗啦？打你的嘴！他來……自家屋頂上的雪往下溜，呼啦一下雪全部溜下來把人要埋住，後邊的話沒說出來，鞏百林和賴筐子就紅鼻子紅耳朵的到了跟前。被雪埋住的人又從雪裡露出來，說：鞏團長啊，冷不？鞏百林說：冷麼。那邊的說：冷還在外邊走呀？鞏百林說：不走誰保護你呀！賴筐子就朝那人臉上看，那邊的說：你看啥哩，我是特務呀還是內奸？賴筐子說：人咋就變成豬了？這邊的人就進了屋，收拾著劈柴要在火盆上生火，嘟囔道：你才是豬變的人哩。

鞏百林是有了特殊的差事要去老縣城的，他又是叫上了賴筐子。從中街出了南門口，河邊的柳樹上雪壓折了三枝樹股，一隻斑鳩臥在水邊。鞏百林去捉斑鳩，斑鳩沒有動，原來凍死成硬疙瘩。船公正解了纜繩，他高聲問：河上更冷，拿酒了嗎？賴筐子把那死斑鳩扔去了渦潭，平平靜靜的潭面即刻旋轉了，仍是輪盤。賴筐子說：井旅長咋就要你去請匠人？鞏百林說：別人請不動呀！賴筐子說：那將來你也負責蓋鐘樓呀？鞏百林說：這是鎮上的大事麼。賴筐子說：我咋覺得把你從祕密小組踢出來啦。鞏百林說：誰踢我，我兩頭兼著，知道不知道重用？賴筐子卻扭頭喊：你沒拿酒？回家拿去！

井宗秀一直謀算著改造渦鎮的街巷，卻總是內憂外患騰不出手，也再是糧錢畢竟短缺。就在年後一個早晨，睜眼睡醒，太陽從窗子上照進來紅堂堂一片，一種莫名其妙的熱流充盈在體內，於是躊躇滿志，決定實施自己的想法。他當然要徵詢杜魯成、周一山的意見，只說他們又要爭爭吵吵，自以為是，沒料一致地贊同，覺得改造街巷既是為了實戰的需要，也是關乎渦鎮面子的事，他們甚至找來了方塌、三合、桑木諸縣的縣誌來作參考。那些縣誌上標繪出的縣城結構不是南、正、北三條街，就是南、正、北和東、正、西六條街，而相同的都分成六部，即東南部，東北部，正東部，西南部，西北部，正南部，至於巷，那就有十五巷的有二十巷的。渦鎮現在的街巷雖也是布落勻稱，排列有序，但如何在這偏狹的格局裡把所有街巷都改修成半截，使其分而相連，隔而相通，續之又斷，斷之又續，既要堂而皇之，又要神祕莫測，這就需要高明的策畫和設計。井宗秀就派了鞏百林去請老縣城的任老爺子。

任老爺子本是老縣城任記錢莊的大少爺，家境殷實，卻自小愛好做木匠，後被送去省城又讀的是土木工程，畢業後一直在秦嶺專署規畫局供職，後因牽涉到一樁貪污案，心灰意冷，還鄉重操了木匠舊業，竟先後有了七十二個徒弟，師徒們常被請去在各縣城擴修街巷，營造仿古建築。漸漸年事高邁，身體又不好，近些年就很少接活了，在家喝茶，吸菸，閉目養神。

鞏百林、賴筐子當天趕到老縣城，老縣城的雪下得小，僅是雞爪子雪。去了任家，說明了來意，家裡人說老爺子病了，大門也沒進去。第二天兩人把槍藏了，還買了一封糕點，提著再去，任家人仍是說：老爺子病著，不見人的。大門只開了個縫隨即就關了。鞏百林就躁了，第三天兩人再去都背了槍，用腳踢門，任家的人便都慌了，領著去後院。老爺子是端了個茶壺坐在一張籐椅上，又瘦又小，一窩白鬍子，說：你們是渦鎮來的？鞏百林說：國民六軍預備旅井宗秀旅長派我們來的，你知道井旅長吧？老爺子說：井旅長英雄！他怎麼就想起要改造渦鎮？鞏百林說：渦鎮是新縣城啊！老爺子呵呵呵笑起來，突然問：你們那兒有個開壽材鋪的楊掌櫃？鞏百林說：你還知道楊掌櫃?!老爺子說：我們十二年前就認識，我還給他說，得給我留副棺啊！鞏百林說：他已經死了。老爺子說：死了？他比我還小就死了！那壽材鋪還在？鞏百林說：在是還在。老爺子說：哦，那就好。鞏百林就這樣把任老爺子請到了渦鎮。

井宗秀熱情接待了任老爺子，親自陪同到渦鎮的每一處觀看，然後在許記暖鍋店請吃狗肉。任老爺子說：我從來沒有見過也沒有聽說過哪個縣城的街巷全是半截的，這建一個迷宮啊？井宗秀說：迷宮好呀！我不喜歡直出端入的街巷，螞蟻窩都是層層疊疊，繞來繞去，你中有我，我中有你麼。渦鎮改造之後，它不僅是固若金湯的軍事城池，還要成為整個秦嶺裡最奇特的名城。任老爺子說：建是可以建，但這麼建顯得城裡散亂，一個城要有一個城的風水，要有城的魂，得有一個什麼建築能把所有的建築統領起來，這樣看似混亂著，其實它是有盡數的，譬如鐘樓。井宗秀說：鐘樓？那就建個鐘樓啊！我第一回到老縣城，鐘樓的印象很深，掛了那麼大個鐘，一敲響，把什麼樣的聲音都遮住了！任老爺子說：那是聲聞於天。井宗秀說：這四個字好，咱就要建鐘樓，將來把這四個字刻了碑掛上去。任老爺子說：那你想把鐘樓建成個什麼樣的？井宗秀說：咋好咋來。任老爺子說：你是主人，你要個什麼樣我建個什麼樣。井宗秀卻說不出什麼樣了，問：老縣城那個鐘樓有多高？任老爺子說：十三丈高吧。井宗秀說：就那個樣子，咱十四丈，站在黑河白河岸上就能看到！井宗秀非常地興奮，他讓任老爺子再仔細察看地形，選擇鐘樓位置，圍繞著鐘樓規畫所有的半截街巷，盡快能拿出個草圖來。

此後的七天，任老爺子就一手拄著拐杖，一手還端他那個小茶壺，在渦鎮裡轉悠，蚩百林就跟著，不能跟得太緊，也不能隔得太遠，始終在視野中，保障著安全。而任老爺子要吃飯了，喝酒了，可以進任何飯店酒館，蚩百林會過去給掌櫃說：這是井旅長的客人！便不需掏錢。至於住處，任老爺子在城隍院住了一宿，倒自己去尋到了楊記壽材鋪，提出讓他住那裡畫草圖。井宗秀給陸菊人打過招呼後也應允了，安頓好後，還和杜魯成、周一山專門去楊記壽材鋪看望了一次。三個人返回的時候，經過老皂角樹下，井宗秀說這裡是鎮的中心，比畫著怎麼砍了老皂角樹，再拆掉四周的那些房子，鐘樓就建在這裡。周一山說：這老頭還真能建鐘樓呀？井宗秀說：你不是本地人不知道，老頭本事大哩，秦嶺這邊有名的兩個師傅，一個是我當年的畫匠師傅，一個就是他。你問問魯成。杜魯成說：就是。周一山說：他是不是對咱不放心？井宗秀說：這咋講？周一山說：他哪兒不住，要他和他以後來的徒弟就住壽材鋪，是準備著棺？井宗秀說：哦？這老狐狸！就給杜魯成說：讓蚩百林把吃的喝的供好，告訴他，所有的工程一完，會給他成倍的工錢哩！

隔了一夜，井宗秀卻改變了主意，說先建鐘樓，鐘樓能弄出氣勢，然後再拆舊的街巷修新的街巷。任老爺子倒吃了一驚，說：那我得趕快叫幾個徒弟來設計方案呀，這又得最好的木料和磚瓦了。井宗秀說：這些你不要操心。

陸菊人這些日子都是在方瑞義那兒忙活著，新的茶作坊做起黑茶後，原先的作坊就單獨批發銷售青茶，而開了春，即將收清明前後的新茶了，就需在黑茶作坊那裡再蓋幾間平房。房子才蓋了一半，雪下得大停了工，雪消後繼續施工，陸菊人琢磨著往年都是茶販子從秦嶺東坡一帶的茶場把新茶馱來，茶行何不派人去茶場直接收購呢，既降低茶的成本又能保證茶的品質，她就想到了麥溪縣分店的王京平。王京平是渦鎮上最懂得茶品質的人，任何一杯茶，他只要喝上一口，便能說清這茶是哪兒產的是什麼牌子，存放了多久，派他去收購茶最合適。但如果把王京平抽回來，就得給麥溪分店再派臨時掌櫃，思來想去，只有原茶作坊的淩雲飛。陸菊人已經給淩雲飛談過了話，沒料淩雲飛的老娘在下雪天滑了一跤，頭先著地，就昏迷不醒，一家人每日都在娘耳邊呼喚，仍是不應也不睜眼。陸菊人只好把這事放下，請了陳先生前去診治，陳先生號了脈說：植物了。陸菊人說：人咋是植物？陳先生說：這不吃不喝不醒的躺著是不是和植物一樣？淩雲飛就哭，說：墓沒拱，棺也沒做，啥都沒準備呀！陳先生說：這倒不急，你娘還要這麼躺上一年兩年的。過了三天，淩雲飛來找陸菊人，說他老娘已經是這樣了，也不需要伺候，有他媳婦守著，他可以去麥溪分店的。陸菊人感激著淩雲飛，讓他在家再守娘幾天，等王京平掌櫃回來了再去。

一切安頓停當，陸菊人才去了茶行，卻在街上遇著帳房沉甸甸挑了兩個筐子，筐子上蓋了麻布。帳房一見陸菊人就說：茶總領，我這就交上去呀。陸菊人說：誰是茶總領，你是茶總領。帳房笑了笑，說：我知道我重幾斤幾兩，事情都過去了，我要給井旅長說，還你個名分。陸菊人說：別這麼說，你當著最好。挑的啥呀要給誰交上？帳房說：給杜魯成呀，他來傳的井旅長的話，我是能有多少就上交多少，也就這不到二千個大洋了。陸菊人說：預備旅咋這時候要錢？帳房說：要建鐘樓呀，說是要買最好的木料和磚瓦的。陸菊人說：你口口聲聲叫我是茶總領，這麼大的事不給我吭一聲？帳房說：井旅長沒給你說？我以為你們說好了的。陸菊人生了氣，說：挑回茶行！開春要收新茶的，你把這錢上交了，還收購茶不收購，還辦茶行不？擔回去！帳房就把兩筐大洋又挑回了茶行。

剛到茶行，陸菊人虎著臉說，這錢沒有我同意，誰也不能動它，就又數說起帳房，帳房不回嘴，只是垂頭喪氣。陸菊人就問：杜魯成現在是不是還在等著？帳房說：等著。陸菊人說：那你現在就去，說是我把錢扣住了，這是收購新茶的錢，神鬼都不能動的。如果硬要，我立馬離開茶行，你也立馬離開。帳房說：我不敢說。陸菊人說：你就要說，他吃不了你！

帳房去給杜魯成回了話，杜魯成氣呼呼來茶行找陸菊人，陸菊人卻不在了。夥計說：她給我交代了，說你如果來了，讓到一三〇廟裡去找她。杜魯成說：她不來見我，讓我去找她?!但他還是去了一三〇廟，王媽卻告知，寬展師父和茶總領才走的，可能去山上尋找能做尺八的竹子了吧。杜魯成罵道：她是屁茶總領！給了她茶總領的名分，她就這般搗亂呀！一回到城隍院便給井宗秀說陸菊人的不是：茶行是你委託她經營的，她倒拿住你了?!井宗秀悶了半天，說：她說的也是個理。杜魯成說：那這鐘樓還建不建？井宗秀說：夜線子回來了沒？杜魯成說：回來了，沒弄下多少錢，五十多個大洋。井宗秀沒再說話，倒喊蚯蚓：蚯蚓，蚯蚓，你燒的茶呢?!蚯蚓趕緊生爐子火，井宗秀自己提了壺去伙房裡添水，回頭說：等她回來了我去和她說。

陸菊人和寬展師父去了紙坊溝那片乾枯的竹林，並沒有找到適合做尺八的竹子，但她們三天不回去，就住在了玄女廟裡。而井宗秀也沒到茶行去打問陸菊人回來了沒有，他想出了另一個辦法，乾脆去把老縣城中的鐘樓拆了復原在渦鎮。他為自己這突如其來的妙想也感到了吃驚，驕傲地告訴給了周一山。周一山說：我哭呀！井宗秀說：嗯？周一山說：我咋就想不到這一點！拆了老縣城中的鐘樓，那不是咱省下多少錢的事，是把那裡的脈毀了，氣散了，縣政府別再想搬回去。

陳來祥帶了百十人去拆舊鐘樓，一椽一磚卸下來都編成號，不能損壞，不能亂碼，然後一船一船運回渦鎮。鐘樓的基台是青白石條，也得運回去，在挖時，挖出了一條大白蛇，幾個兵就打死了蛇，正好街上一個賣唱的藝人路過，看見了要蛇，說剝了皮可以蒙做二胡，這些兵就讓藝人去買酒。藝人買了十斤酒，喝罷了就把鐘往渡口抬。鐘很大，四個人手把手才能合圍，用繩索綁了套上八抬杠子，抬是能抬得動，但鐘高，無論把繩索扭挽在鐘的半身上，抬起來鐘沿還是蹭著地。陳來祥找來個平板木輪車，把車放在一個土坎下，讓拖了鐘到坎上再往車上溜。陳來祥是站在車的右邊扶著鐘，指揮著坎上的人拉緊繩索慢慢往下鬆手，沒想拉繩索的其中一人突然放了個屁，大家撲哧一笑，繩索鬆了一下，鐘突然就跌下來，先砸在車上，車一滑，鐘就把陳來祥壓在了下邊。眼看著陳來祥半個身子被壓住，血從口鼻裡往出流，眾人慌作一團，忙都跑到坎下掀鐘，好不容易把鐘掀翻了，陳來祥眼珠子暴出來，已經沒了氣。

這一船隻拉了陳來祥回鎮，屍體一停在陳家的院子，陳皮匠就暈倒在地上，鎮上的人擠滿了院子都哭。井宗秀、杜魯成、周一山正招呼著任老爺子和到來的十二個徒弟吃飯，得到消息，井宗秀眼淚就流下來，說：咋能出這事！打了多次仗他連一根頭髮都沒損過，咋就這樣死了?!周一山連連打自己臉，恨在拆舊鐘樓時沒選個黃道吉日，也後悔為拆運的事自己還訓斥過陳來祥，說：咳，這是在祭奠哩，他是要給渦鎮的鐘樓祭奠哩！等他們都趕到陳家，陳皮匠已經醒來，一見井宗秀就抱住老牛一樣地哭。陸菊人和陳來祥媳婦在給陳來祥換衣服，舊褲子襖被血糊著脫不下來，陳來祥媳婦拿了剪子要剪，苟發明說：不能用剪子，這時候不能有鐵。陸菊人就用手撕開了血衣血褲，陳來祥的肋骨和胯骨全露出來，腸子一堆，又破了，爛肉糞便血水攪在一起。陳來祥媳婦又哇哇哭，陸菊人推開她，用白布將屍體腰以下裹了，穿新褲子，苟發明說：等等。他在院子裡找小石頭，一時找不到細長的小石頭，夜市離安仁堂不遠，也離新的茶作坊不遠，陸菊人也就一有空就領了剩剩在夜市上吃熱豆腐，吃過了讓剩剩再帶一碗給陳先生。自阻止了給預備旅送錢，她擔心著井宗秀要來找她，但井宗秀一直沒來找她。沒有找她，她竟又有了另一種擔心。井宗秀是生氣了嗎，是誤了他們建鐘樓嗎，前一陣子到處在嚷嚷要改造街巷呀，改造街巷當然是應該的，卻怎麼就建鐘樓？建鐘樓有什麼實用性，為著好看嗎？渦鎮上能有多少閒錢來做這種虛榮的事？你一生氣就不來了，這是你的茶行呀，一大堆人在茶行的，不管啦，無所謂啦⁈不來就不來吧，永都不要來！陸菊人好笑著自己為這事痛苦什麼呀，好笑過了，又為自己竟然覺得可笑而再次痛苦起來。她幾次想去找找花生，幾次走出門了又打消了念頭，就在王京平返回鎮上，打發著淩雲飛去了麥溪分店，她就反覆地和帳房、王京平商量著怎樣去收購新茶，收購什麼品種，收購多少，她事無巨細，囉囉嗦嗦，連王京平都說：這些我記住了，全記住了，我知道該咋辦的，你放心！她自己也笑了，說：那好，我得去睡一覺，幾天幾夜都沒個踏實覺了。

就在陸菊人在茶行後屋睡著了的時候，預備旅卻來了十多個人，拿來了好多木椽，就在後院的空地上搭起來了一個木架。茶行裡的人不明白這是要幹什麼，問時，那些兵說：這你問井旅長。當陸菊人在後半晌醒了，出來看見木架已經搭成，由大而小，直著上去，足有十多丈，高出房子幾倍了，上邊是個小平台，平台上有圍欄，平台下有階梯，一頭搭在院牆上，像橋一樣，鋪著木板。井宗秀就來了。

井宗秀滿面紅光，神采奕奕，他當著茶行所有的人宣布從即日起恢復陸菊人茶總領職務。茶行是渦鎮主要的經濟支柱，茶總領該是茶行的主心骨。今年茶行的業務繁多，為了便於管理，減輕茶總領的來回跑動，就每日坐在高台上，身在茶行院裡，既能觀察到舊茶作坊，又可觀察到新茶作坊。這一切事先毫無跡象，來得也太突然，陸菊人一時手腳無措，張口結舌，當帳房和夥計們都高興叫好，她說：井旅長，你搭這個架子，要把我捧得那麼高，是讓我摔得更重嗎？井宗秀說：你是該高高在上的，茶總領！陸菊人說：我不當這個茶總領，我現在正好。井宗秀說：你是不是生我的氣了？陸菊人說：生你的氣？有什麼氣可生的？沒生氣。井宗秀說：有氣你也消消氣，我知道你有許多委屈，所以這次搭這個高台，算是我再拜將麼。陸菊人說：我不當。井宗秀說：那好，不當也行，咱以後就沒茶總領這一說了，只有夫人。說完，自己先鼓起掌。井宗秀第一回在眾人面前稱陸菊人是夫人，陸菊人嚇了一跳，帳房和夥計們也都愣了，見井宗秀鼓了掌，就一起鼓掌，而掌聲中井宗秀就離開了。陸菊人還站在那裡，她的身子在微微抖動，極力要控制，但手握緊拳不抖了，雙腿還在抖，她挪動了一下，感覺到腳指頭在扣著鞋底。帳房說：夫人，夫人，井旅長走了。陸菊人抬起頭來，她看著井宗秀從大門裡走出去了，她說：搭這麼高的台子呀，我上上，看結實不結實。

自此，人人都知道了夫人，夫人也就每日到高台上，她能看到舊的茶作坊在幹什麼，新的茶作坊又都忙啥，也看到了修建鐘樓的工地。那裡挖出了一個大坑，那麼大，那麼深，墊埋上一尺多厚的灰土，用石磋子反覆捶實。咚咚的悶聲似乎並不響亮，但都能隱隱地感覺到了地動。灰土層夯畢了，開始砌石頭，巨大的石塊用鐵鍊子吊下去，無數的人用杠子在那裡撬正著方位，石塊與石塊壘起來，間隙裡填充了石渣和黏土，澆灌上了小米漿。終於砌出了地面，全部以石條壓壘。一層一層地壓壘，已經壓壘到十五層了，就堆土，大量地堆土，十多輛平板木輪車不停地拉土，土堆就拍實成一個大圓包。再在圓包上砌石條，灌石縫，全部都砌完了，有人在放鞭炮。

石條與石條銜接結實了，掏掉下面的土包，鐘樓底部的門洞就會形成，但這得等過半月，任老爺子師徒和所有的幫工便歇下來。任老爺子師徒都住在楊記壽材鋪。歇下來，他們自己做些飯，玩玩麻將，或者到街上閒逛，回來說些亂七八糟的見聞。任老爺子身上有靈應，凡是胳膊腿一疼，天就要下雨，眼皮子一跳，也肯定有事。這一天，任老爺子端著小茶壺，一邊品著，一邊給徒弟們講起這壽材鋪的楊掌櫃當年與他熟悉，兩人曾經有過怎樣的約定，突然右眼皮子不停地跳，他不願意說破，從門前的癢癢樹上摘下一片葉子貼在右眼皮上，但還是跳，就看著徒弟，說：嚴松呢？大家才發現沒見了嚴松，說：是不是又去喝酒了？徒弟裡邊好酒的就是嚴松。任老爺子說：高紹你和王有吉去把他找回來，這裡人惹不得，別讓他喝醉了撒酒瘋。高紹和王有吉便到柳家的酒坊去。

柳家的酒坊在東背街的老池巷，鐘樓修建開工後，鞏百林讓柳家酒坊給師傅們供米酒。柳家人手少，年初老掌櫃病了，癱瘓在了炕上，他兒子在酒坊裡忙活，兒媳婦就每日提一罐米酒送出來，嚴松覺得人家太忙，便有時自己去柳家取酒。他取酒都是在那裡先喝幾碗，醉醺醺地才提了酒罐回來。有一次去，柳家的兒子外出不在家，那媳婦正在給公公餵飯，忙放下碗說：我還沒燒好哩。就開啟了一盆發酵的酒，兌上熱水，用篩子過濾酒糟。嚴松就在一邊等著，問這酒是怎麼發酵的，那媳婦介紹說得先做酒粬，把麥子用熱水浸透，裝入瓦盆，蓋上三四天後，麥子發芽到半寸，放在鍋裡烘乾，碾碎成粉，用面羅將麩皮羅出，這就是酒粬。做酒時，小米黃米也得碾成粉了，然後放入鍋裡蒸，蒸熟放到瓦盆，拌上酒粬，兌上冷開水，就等著發酵。那媳婦一邊說著一邊把啟開的發酵酒兌入熱水在鍋裡要燒開，火剛點著，突然又往公公的屋裡去。出來後，嚴松說：你給你公公先餵飯吧。那媳婦說：稀飯已餵完了，我給他嘴裡餵了一疙瘩饃。就又燒鍋，燒開了，給嚴松舀了一碗喝著，往罐子裡盛，老掌櫃的兒子回來了，問：給爹餵過飯了？那媳婦說：餵過了。兒子去了爹的屋裡，隨即大聲哭叫，那媳婦也跑進去，卻原來是公公死了。公公嘴裡還有饃，是噎死的。那兒子就打媳婦，出來又打嚴松，順手能拿到什麼就拿什麼打，嚴松醉得手腳發軟，便打得嚴松鼻子流血，眼眶子烏青。

出了這樁事，柳家酒坊再沒給匠人們送過米酒，嚴松想喝酒了，自己去街上酒館裡喝。而高紹和王有吉去酒館找嚴松，並沒有找著。嚴松其實這天因沒錢了只在酒館喝了一壺酒就去街上溜達，竟到了縣政府門口。麻縣長曾去過施工現場兩次，過後匠人們議論麻縣長是自己把縣政府遷來這裡的還是預備旅強擄了來的，在渦鎮，到底是麻縣長管著井宗秀還是井宗秀管著麻縣長？嚴松倒羨慕了麻縣長那麼胖，走路都讓人前後扶著。他乘著酒勁在縣政府門口看了許久，王喜儒就出來了，喝問：幹啥的？嚴松說：麻縣長就住在裡面嗎？王喜儒說：你是誰？嚴松說：我是給你們建鐘樓的木匠，這衙門蓋得不行麼，門楣上沒有木刻也沒有個磚雕?!王喜儒說：去去去！不是告狀的誰也不准進！嚴松說：那我就告狀呀。王喜儒說：你告誰？嚴松一急，編謊說：井旅長說給我們工錢的，咋沒給？王喜儒臉就變了，正好鞏百林賴筐子從拐角場子過來，王喜儒說：這個人要向縣長告井旅長哩。鞏百林賴筐子立即撲上來揪了嚴松的領口就往巷子裡拉，拉到沒人處，問：你告井旅長？嚴松說：我想進去看看，他不讓進，我順嘴說的。鞏百林說：順嘴說的，嘴賤啦？嚴松說：是嘴賤，嘴賤。鞏百林問賴筐子：這人咋樣？賴筐子說：倒不像是個壞人。卻說：嘴賤就得打打。啪啪啪搧了幾個巴掌，門牙就掉了。嚴松說：不敢打了，我是任老爺子的徒弟。賴筐子說：認得你是木匠，滾吧，再要到縣政府門口來，我就崩了你！嚴松回到楊記壽材鋪，把這事沒給任老爺子說，眾師兄問他的門牙呢，他說喝多了跌了一跤。從此，人蔫下來，不再喝酒，也不多話，在工地上幹完活了，回到住處老老實實待著，哪兒也不再逛。

堆起的那個土圓包終於掏走了，門洞很大，在門洞之上棚上原木，釘上木板，搭高架用鐵鍊子把大鐘拉上去吊好了，便立木柱，磚頭砌牆。砌到了兩丈高，泥瓦工活就全改成木工活，大致有四層的樓閣，全部以舊樣式安裝完畢，然後安梁，架檁條，灌椽子，吊上一桶水澆灑了，做迴廊翹簷。再起四面木柱木欄，再安梁架檁灌椽，再吊上一桶水要澆灑了，嚴松說讓他來澆灑吧。他爬到檁條上，卻偷偷把一塊削成尖頭的木楔插在檁條下。他耿耿於懷著柳家的兒子無故地打了他，更怨恨了鞏百林賴筐子下狠手搧掉他的門牙，他就要報復，尖頭木楔能使鐘樓有邪氣，而邪氣會影響渦鎮，他嘴裡嘰嘰咕咕念咒語，心裡在說：這不怪我，要怪就怪渦鎮上沒好人！他做完了，上來的幾個泥瓦工，棚一層草席，墊上麥草，攤一層泥，然後拽線排瓦，一排又一排相互壓茬，又相互交融的藍瓦布滿屋頂，又在屋頂上倒水，試看下水流暢如何。一切都停當了，在頂上屋脊安六獸，壓龍吻，再把簷板封上，粉刷內牆。

整整耗去了兩個月，鐘樓是建起來了，王京平也從秦嶺東坡一帶的茶場收購回來了大量的茶葉，小部分在舊茶坊那兒焙制綠茶，大部分送到新茶作坊那兒發酵黑茶，而茶販們所趕來的茶馱還像以往一樣不斷地進鎮來。陸菊人規定了要將這些販來的茶價壓低，她就又坐到了木架的高台上，觀察著各處的茶行夥計們在忙活。那些卸了馱的驢呀騾呀拴在了貨棧和客店的門前，收購點前排起了長隊。長隊常常就亂起來沒有了形狀，販子和收茶的夥計為價格在吵架，販子說：這太低了，我要吐血呀，我要跳河呀！夥計說：你吐不了血的，跳不了河的，價再不可能提了。販子說：茶總領呢，我找茶總領！夥計說：沒有茶總領，只有夫人。販子說：茶總領不是姓陸嗎，怎麼是夫人，夫人是誰？夥計往空中指，說：夫人在那！販子以為指的是太陽，太陽光卻刺得眼睛都花了，好一會兒才看清高台上坐著陸菊人。

陸菊人在盤算著今年比以往少花了三四百大洋卻收購了比往年多了一倍的茶葉，她又精心描眉施粉，頭梳得油光光的，上下高台也步履輕盈，還在高台上置了燒水爐和小茶桌，坐在那裡能品著茶嗑瓜子了。當然請了花生也上來坐坐，她們就眺著虎山，眺著白河黑河，也瞧著新建的鐘樓。鐘樓上安裝了一個橢圓形球狀的頂，金燦燦的，光芒乍長乍短。陸菊人說：花生，我不請你就不來了?!近來過得咋樣？花生說：就那樣吧，姊，你說，和他在一起久了，我咋就看不懂他，我也都不是了我。陸菊人說：嗯？花生說：我覺得我現在活得沒意思，像被抽了筋，是一堆軟肉。姊呀，這是咋回事，我咋愈想愛他心裡愈亂愈苦呢？陸菊人看著花生，她沒有回答，一攬手倒把花生摟在了懷裡，她感受到花生的身子在微微地抖動，而她的心也在噗噗地跳。她看著鐘樓，井宗秀和杜魯成竟爬上了樓去，在那裡彩繪起梁棟和飛簷翹角，還說著什麼，兩人笑聲朗朗，一群撲鴿正從樓頂飛過，那金頂的光就破碎了，像是撒了一片魚鱗。慢慢地，花生身子的抖動和她的心跳節奏一樣了，她說：那樓頂是金的嗎，聽人說那是真金做的。花生說：不是，我聽周一山說了，那是銅的。陸菊人說：哦，我說哩怎麼那樣的閃光。花生說：真金的不閃光嗎？陸菊人說：真金是沒有銅閃光的。

鐘樓徹底完工是在一個晚上，井宗秀晚飯後就上樓要敲鐘，鐘撞是一根望春木做的，木頭端刻著虎頭，兩邊吊起來，拉送著去撞，咣，咣，咣，連撞了十下，渦鎮原本雞鳴狗咬，尤其拐角場子上燈火輝煌人聲嘈雜，鐘聲一響什麼聲音都被壓住了，似乎全消失了，只有轟然的嗡嗚在鎮子裡回蕩。

但是，也就在這個晚上的後半夜，拐角場子上的小吃已經收攤，而老皂角樹下的一間草棚裡，灶膛裡的火熄滅，主人把濕柴塞進去要烘乾，還在濕柴上放了一雙踩了泥水的鞋，就拿掃帚掃除場子的垃圾，直到雞叫過三遍，才回家睡去了。這濕柴在灶膛的熱灰裡烘乾了，不知怎麼竟著起了火，把那些柴燒盡了，灶上的鍋發紅，柴頭子從灶口掉下來，引燃了灶邊的豆稈，豆稈的明火起了焰，再引燃了草棚門口的布簾子，布簾子的焰又引燃了草棚，草棚一燃，火就成了兩個火輪子，一個朝東滾，一個朝西滾，東邊的木舍也燃起來，西邊的草棚也燃起來，而火苗子舔著樹，也上了樹，老皂角樹冠就成火雲，照著場子外的人家。有一家的老頭夾不住尿，夜裡要起來小便四次，第四次剛下了炕，瞧見窗外紅堂堂的，往外一看，半空裡都是火，就光著身子出來大聲喊，周圍所有的人都起來了，一時驚叫著哭喊著，提了水的，拿了鍁的，有的把被子褥子用尿桶裡的尿澆濕也抱出來，但木舍草棚已經變成灰燼，只有老皂角樹變成焦黑，樹冠還在燃燒，火像張氈，要一片一片往下掉，但就是沒有掉下來，發出叭叭的爆響，跌落無數的小火疙瘩，像是落果。

當黎明前最黑暗的時候，井宗秀騎著馬巡查到了大有巷，把馬鞭掛在了一家姓唐的門環，屋裡好像有了響動，似乎在撇打著火鐮要點燈，但火鐮一時打不出火，感覺有人臉就貼在窗子上了，他騎馬便走開。出了巷口，鼻口發嗆，突然聽到人聲雜亂，遙見鎮南紅光一片，急策馬過去，中街上卻跑來做灶糖的王老拐，攔住了馬頭。井宗秀說：前邊著火了？王老拐說：旅長你不要去，已經沒救了。井宗秀說：我問你，哪裡著的火？王老拐說：拐角場子上，那些棚舍起了火，把老皂角樹燒了。井宗秀說：胡說，樹那麼高的是熏黑了燒不了的。王老拐說：就是燒了，整個樹都成了黑樁。是樹自殺了。井宗秀說：樹自殺了?!他在馬背上沉吟了許久，後來拉轉了馬頭，馬一步一步進了兩岔巷。

老皂角樹一死，最惶惶不安的是那些在樹下搭苫棚舍的人，他們知道井宗秀肯定會來興師問罪的，就串通了，口徑一致地認定火災是邪乎的，怎麼就有了火呢，即便燒了棚舍，火也燒不到那麼高的樹冠呀，何況樹冠全燒了，掉下來的人皮鼓怎麼完好無損？或者，是那天後半夜有了雷電，人們都睡下了沒有聽見，雷電把樹劈了，燃火引燃了棚舍？總之，這是天災，不是人禍。但是井宗秀就是沒有來，也沒有要追究的跡象，而是鞏百林賴筐子要人們不要砍倒那樹樁，就那麼留著，或許明年它又活了生出新枝新葉，或許是再也不活了，立在那兒，也可以提醒著注意火災，同時將一塊大石碑子栽在了樹下。

有了大石碑，就要在上面刻字，鎮上的那個石匠和蚯蚓就來了。石匠背著褡褳，裡邊裝著鉗子、錘子和刻刀，蚯蚓提著那面人皮鼓，石匠說：是刻老皂角樹這四個字嗎？蚯蚓已爬上樹重新掛上了人皮鼓，說：我咋忘了？石匠說：才幾個字你就忘了?!蚯蚓說：井旅長給我交代的不是四個字的，好像是老皂角樹千古？石匠說：那是死了人才說的話。蚯蚓說：樹也是死了呀！石匠說：樹和人不一樣，肯定不是這六個字。蚯蚓說：你說老皂角樹是啥？石匠說：老皂角樹是渦鎮的魂麼。蚯蚓說：那你就刻渦鎮魂老皂角樹！石匠說：我不敢刻。蚯蚓說：我是井旅長的警衛，出事我頂著，你刻！石匠就刻了：渦鎮魂老皂角樹。

★

鞏百林看到了石碑，去問杜魯成，說：這是誰讓在老皂角樹下的石碑上刻了字？杜魯成說：是周一山給旅長建議的。鞏百林說：怎麼刻那樣的字？杜魯成說：啥字？鞏百林說：渦鎮魂老皂角樹，老皂角樹就老皂角麼，前邊加個渦鎮魂，那現在老皂角樹死了，渦鎮就沒魂啦?!杜魯成說：這是咒渦鎮麼！鞏百林說：是呀是呀，周一山這建議都能聽？杜魯成說：人家名字裡有個山字麼。鞏百林說：山字？杜魯成說：你不知道就算了。好了，我知道了，你忙你的去吧。鞏百林還說了一句：你和旅長一塊成的事，他應該聽你的呀！杜魯成擺了擺手，鞏百林走了，他也去找井宗秀。

老皂角樹被燒死後，井宗秀心裡一直不美，連續多日的晚上都做夢，醒來想著夢裡的人都是這些年裡死去的人，就不再睡，在屋裡走來走去，煩躁不安。花生也要起來，他說你睡你的。但花生怎能繼續睡呢，還是起來了，井宗秀就生了氣，吼道：叫你睡你就睡，起來幹啥？而到吃飯的時候，井宗秀總是把飥飥饃從中分開，要夾上臘肉片、豆腐乳和辣椒絲了吃，吃了一個再吃一個，還要花生吃。花生吃不了乾的想喝些粥，井宗秀又不高興了，花生只好陪著吃。早晨這麼吃，中午還這麼吃，還得陪，花生實在吃不下去，井宗秀把飥飥饃往桌上一拍，說：不吃算了，我也不吃了！花生委屈得流眼淚。井宗秀也感到自己過分了，就問周一山是不是有什麼不好的徵兆？周一山說：我建議能在老皂角樹下栽個碑子，不知栽了沒？井宗秀說：我讓蚯蚓尋人去辦了。老皂角樹長了幾百年都旺旺的，一移走倒死了，那咱的鐘樓占的是好風水？周一山說：應該是呀！鐘樓上現在落不落鳥？井宗秀說：朱鸛蒼鷺燕子還沒有從南方回來，聽蚯蚓說去過幾次紅腹角雉和白鸝，沒有落，倒是撲鴿、藍鵲、鶺鴒不少。周一山說：鳥識得瞎好，咱去看看。

周一山是在傍晚和井宗秀去了鐘樓，鐘樓的梁上，前簷的畫板上卻棲著好多鴞，模樣各不同，認了認，是灰林鴞，翎角鴞，雕鴞，縱紋腹鴞，它們好像閉眼睡著，相互發出咕咕嚕嚕的聲音。井宗秀說：它們說啥話著？周一山說：就像人睏了張嘴打哈欠一樣，不是說話。井宗秀看著周一山，說：咋都是這些鳥？周一山說：鴞好呀，也是鷹麼，吃老鼠吃兔子吃昆蟲的，既兇猛又對莊稼有益啊！井宗秀還是狐疑。這當兒杜魯成來了，他劈頭就問：魯成，你對皂角樹的死怎麼看？杜魯成說：這事是有些怪處。周一山說：就算是有怪處，咱栽了碑子麼。杜魯成說：我就是從碑子那兒來的，是應該栽碑子，但碑上不能刻渦鎮魂老皂角樹，那老皂角樹死了，咱渦鎮就也要死呀？井宗秀說：怎麼刻這話，我不是給蚯蚓說刻老皂角樹之碑五個字嗎？去把渦鎮魂三字鏟了！周一山說：這倒不必，老皂角樹是渦鎮的魂這沒錯，不能理解老皂角樹死了渦鎮也就死了麼，這碑子就是為老皂角樹安魂的，給老皂角樹安了魂，也是給渦鎮安神麼。杜魯成說：這也說得過去。我老家那兒的村子每年要唱幾次戲的，唱戲說的是給人看，其實那是給神唱的。咱是不是也請一台戲？井宗秀說：哦，這我知道了。突然叫道：不是請一台兩台戲，乾脆就再建個戲樓麼！周一山說：建個戲樓？下來咱該改造街巷呀！杜魯成說：改造街巷才更要先安頓神的。井宗秀沒聽他們爭執，問杜魯成：那些匠人走了沒？杜魯成說：我讓翟百林去發工錢，不知道發了沒？井宗秀說：發了也不讓走。說罷，竟然就先走了。井宗秀一走，周一山埋怨杜魯成：你咋出這點子！杜魯成說：你以為只你有點子?!兩人也走了，但沒一起走。

井宗秀當晚就去見了任老爺子，要留下他們師徒繼續建戲樓，任老爺子噢了一聲，說：我們回不去了！井宗秀笑著說：你們把渦鎮當作第二故鄉嘛！任老爺子說：戲樓你想要什麼樣式？井宗秀說：

這你出主意，應該是你一生建得最好的，後世裡也讓人知道這是你建的戲樓！任老爺子說：要得好，這渦鎮有了鐘樓也得有鼓樓，晨鐘暮鼓，這鼓樓要緊靠街巷，從街上看是鼓樓，從下邊的門洞進去，回頭看，又是戲樓，戲樓後是一個場子，除了演戲，也可以集合，平時還是交易市場。井宗秀說：既是戲樓又是鼓樓，那這多好啊！當場拍了板，並畫了一個草圖。任老爺子看著激動的井宗秀，突然問：井旅長，你小時候是不是家境富有？井宗秀說：窮苦家，我哥的褲子穿著短了就給我穿，家裡老是稀飯，飯一熟，我和我哥就爭先著藏鏟子，有鏟子了可以鏟鍋底的黏黏。你咋問這個？任老爺子說：窮苦出身麼，現在幹啥事咋這麼講究？井宗秀哈哈大笑，說：你是說丫環的身子小姐的命?!任老爺子說：貴命，貴命！卻又說：前五年，我帶著徒弟在方塌縣姓吳人家修陵園，吳家排場大呀，每一塊磚都要求磨一天，四棱都得見線，辣椒麵是吃過了一擔五升的。井宗秀說：這你放心，活兒你們咋好咋來，渦鎮有的是錢！

但是，井宗秀拿著草圖和周一山、杜魯成商議的時候，他們為錢的事熬煎了三天。清點了預備旅的積蓄是一千五百個大洋，這幾百號人還要吃還要喝，讓夜線子他們加緊去納糧繳款，按以往的情況看，可以拿回來千兒八百大洋，茶行收購了新茶，新的利潤還沒有，是否能再擠出幾百大洋，這攏共也不過是三千大洋，肯定是差得遠，何況要改造街巷。錢不夠卻一定要建，商議來商議去，最後達成了一個可行的方案，那就是，既然要改造街巷，何不全鎮各家各戶都得出錢呢，出錢的數額以拆遷重建的房屋間數為計，每一間五個大洋，這就是一筆很大的收入，再加上預備旅的積蓄，茶行的擠兌，還有擴大徵納，基本上就沒有了問題。那麼，建戲樓的事不宜宣傳，宣傳出去可能有人不理解，必須以改造街巷的名義，在改造街巷的過程中建戲樓。即便這樣，肯定會有抵制和反對的，就得一方面請麻縣長出面講改造街巷以防敵人攻進來的必要性，使其人心所向，另一方面讓鞏百林賴筐子他們密切監視，如有人挑頭鬧事，趁早打壓，必要時不妨殺雞給猴看。籌集錢款當然是需要些時日的，準備工作就要著手，先拿出一些錢去白河岸許莊窯買磚瓦，去黑河岸灰峪裡買石灰，去虎山灣開鑿石條，去黑河上游購買木料，木料是最重要的，一定要好木料。

方案定下來的第二天，黎明時分井宗秀騎了馬巡查，走到正街北頭，看見前邊似乎有人，問：誰？那人竟拔腿就跑，井宗秀雙腿一夾馬追了過去，見是任老爺子的徒弟。問叫什麼名字，回答叫嚴松，問這麼早到這兒幹啥，回答他想回家啊。井宗秀抽了他一鞭子，把他帶回了城隍廟。中午鞏百林賴筐子押了嚴松到楊記壽材鋪，嚴松的稀糞從褲管裡往出流，見了任老爺子只是哭。鞏百林賴筐子就收回了發散過的全部工錢，宣布定下來要建戲樓的，誰也不能離開，工錢會在建好戲樓後一併付清，絕不虧欠一分一厘，但若誰擅自逃跑，北城門口有哨兵就會開槍，逃跑一個人，其餘人就都再拿不了工錢。

接下來的三個月，渦鎮都在大張旗鼓地宣傳要改造街巷，動員各家各戶出錢。果然是阻力很大，說什麼話的都有，麻縣長曾經三次登上鐘樓，在敲過鐘後，給集合在鐘樓下的人們訓話，但有的人家交了，有的人家仍是不交。麻縣長發感慨，這人不是動物變的就是植物變的，有些人胡攪蠻纏是菟絲子，有些人貪得無厭就是豬籠草，有些人是菱角還是蒺藜呀，渾身都帶刺！西背街的趙屠戶本來人還不錯，生意也好，可多年攢的錢才在正街買了三間門面，他就堅決不交，說：預備旅說是保護渦鎮哩，就這樣保護呀？直巷子要改個半截子，還得出錢，那還不如我到虎山建石窟去！他不交，好幾家都學樣，也都手拍著屁股高聲叫罵。賴筐子說：你橫啥哩，趙屠夫？趙屠戶說：你嘴乾淨些，誰是屠夫?!賴筐子說：你殺豬就是屠夫！趙屠戶反倒拿了個殺豬刀就坐在門檻上，說：就是屠夫看誰來讓我交？賴筐子說：我可告訴你，不交就拉去關禁閉！趙屠戶就說：來呀，來呀！刀子在面前晃。鞏百林不吃他這一套，提了槍就往門裡走，刀還在晃，一槍托打過去，刀掉在了地上，幾個兵上前把趙屠戶制住了。拉著趙屠戶往城隍院。趙屠戶大聲罵，來了好多圍觀的，幾個兵揪著趙屠戶的頭髮使勁向後拉，脖子都拉直了還在罵，賴筐子抓了一把土塞在了他嘴裡。

趙屠戶真的就被關了禁閉。整修城牆時預備旅在東北角留了三個洞做禁閉室，洞很小，人進去直不了身，洞門鎖了門外還有兵看守。趙屠戶被關了一天一夜不給吃喝，第三天就再不喊了。鞏百林在街巷裡說：還有兩個洞空著，誰完成指標呀？不交錢的人家就開始了交錢。但是，趙屠戶一關起來，鎮上的豬沒人殺了，有人勉強去殺，捅了幾刀豬翻起身還跑，再去逮住了殺，肉上的毛到底處理得不乾淨。

杜魯成讓鞏百林、賴筐子去買木料，鞏百林說：我正監視著還有沒有再鬧事的，去買木料又不是半月一月的。杜魯成說：井旅長最看重木料哩，你應該立功啊！鞏百林說：那我就聽你的！就和賴筐子還有三個兵去了黑河上游。五天後，收買了一大批木料，紮了排三個兵順河趕，賴筐子提前趕回，安排人要在十八碌碡橋那兒接收，鞏百林卻到了棣花街。棣花街距鐵頭鎮不遠，鐵頭鎮出名的是產木耳和醬筍，棣花街雖叫街也是一個鎮，出名的卻是出美人和戲子，戲子多就有了兩個戲班，一直走鄉過縣地演出。鞏百林找著一個戲班，說渦鎮有著新蓋的戲樓，要請他們去演戲，就把戲班二十人請了回來。

戲班一到，見渦鎮並沒有戲樓，就要回去，還要討賠償費和返回的盤纏。鞏百林向杜魯成討主意，杜魯成就去給井宗秀說：這鞏百林心急，戲樓才要建呀，他倒把戲班子請來了！井宗秀說：哪兒的戲班子？杜魯成說：棣花街的義鳴社。井宗秀說：那是個好戲班，以前我看過龍馬關的義和班的戲，那壓台的老旦聽說就是從義鳴社挖過去的。杜魯成說：他們來了一看還沒戲樓，要走的，你看咋辦，是不是給人家些錢了打發回去？井宗秀說：給什麼錢，讓他們就住下麼，可以搭個草台子先演呀，吃住咱都管上，等著建戲樓。杜魯成說：好！就把義鳴社留下來，住在了一三〇廟裡的那些空房裡，又組織人在拐角場子裡用運回來的木料搭了個簡易台子，叮叮咣咣便出演了一場。

渦鎮從來都沒有來過戲班子，以前看戲不是坐船去老縣城，就是到了龍馬關，現在戲班子竟到家門口來演了，鎮上人就把改造街巷惹出的是是非非都先放下，換了一副心情和嘴臉傳播著這消息，有的竟也在午飯後就跑去了白河黑河岸的親戚家叫人，婦女們更是在家裡洗了臉，收拾頭腳。才到傍晚，天還陰著，好像有雨，但頭上衣服上並沒有濕，又恢復起來的小吃攤擺滿了場子的四邊，老人和孩子全拿了板凳在戲台下占地方。等叮叮咣咣地開始了吵台，街巷裡一溜帶串的人都擁過來，場子上已經盛不下，擁來擠去，那些坐板凳的老人和孩子就無法再坐在板凳上，全站起來了，一時人窩裡如風過麥田，波濤般地一會全都向左邊倒，一會又都向右邊倒。有人就被踩著了腳，有孩子就在直著尿，有人跌倒了爬起來哭，有人在罵，罵得凶了還動了拳頭，場面混亂成一鍋粥。鞏百林賴筐子在維持秩序，跳上台子不停地喊：都坐下，坐下！後邊的不要擠！要坐，坐不下，不擠，又站不穩，誰也不聽他們的話，鞏百林和賴筐子就各拿了個竹竿，一個在場子東一個在場子西，見哪裡亂就在那裡打，終於安然了一些。

井宗秀也騎了馬來，他就站在拐角場子口，鞏百林立即吆喝賴筐子去驅趕戲台前的人群，放一把椅子給旅長。井宗秀卻說他不進去看了，讓群眾看吧，就問：人還夠多的？鞏百林說：多得水潑不進去，就是有些亂。井宗秀說：亂就亂，亂了熱鬧。勒轉馬頭，笑笑地走了。鞏百林再進了場子，戲已經開演，他也沒有擠到人群中去，就站在了燒焦的老皂角樹下，樹上爬著三個孩子，他吼道：這樹才移栽的，下來，下來！孩子說：樹已經死了呀！他說：死了也不能上！你爺死了你還往身上騎?!就走過來了周一山，周一山說：孩子看不到麼，就讓待在樹上。鞏百林說：你也來了，我給你在前邊安個座位去。周一山說：就站在這兒看看。兩人站在那兒看，周一山說：聽說這戲班是你叫來的？鞏百林說：改造街巷呀，有個戲了，能煽火煽火。周一山說：哦。再沒說話。鞏百林不明白周一山是啥意思，就掏紙菸給周一山，並點上火了，說：你不是渦鎮人，可渦鎮人現在離不得你啊，剛才賴筐子還給我說你厲害，我說，當然厲害，神人麼！你就是神人！周一山說：啥事都是井旅長拿主意，我跑個腿就是。鞏百林說：車跑得快，那是轂轆子跑得快麼。周一山說：不說這些了，咱看戲。鞏百林並不喜歡看戲，看了半天，不是出來個帝王將相，就是出來個才子佳人，他問周一山，這是哪齣戲？周一山說：念詞了，你聽。一個角兒在道白：日頭出來，日頭落下，急歸所出之地。人一生的勞碌，就是日光下的勞碌。萬物令人困乏，人不能說盡，眼看，看不飽，耳聽，聽不足。已有的事，後必再作，已行的事，後必再行，有什麼意思呢，日光之下，並無新事。鞏百林說：這說的啥，都是淡話。周一山沒有吭聲，還在認真聽。鞏百林再說什麼，見周一山不理他，他就蹴到場子邊吸起紙菸來。直到戲完，人都散盡，場子上到處有斷了腿的板凳，磚頭，瓜子皮，花生殼，鞏百林和賴筐子用腳踢著看有沒有遺下的錢或女人的簪子和頭帕，沒有，賴筐子說：那麼多的女人，說散一下子就沒了？鞏百林說：都有主兒的，也沒見誰走錯門。賴筐子踢出了兩隻鞋，撿一隻看看，再撿一隻看看，都小，就扔了。

戲班子演過了一場，都說出彩的是那個青衣，但井宗秀卻沒看到，杜魯成就讓戲班子到旅部屋院裡唱堂會。井宗秀很高興，他也懂戲，一唱畢還給各位戲子了一包茶葉和一封糕點。第一次堂會，井宗秀是和杜魯成、周一山，還叫了夜線子、馬岱、陸林他們，又要辦第二次堂會了，井宗秀要請麻縣長和任老爺子師徒，也要請鎮上一些德高望重的老者掌櫃，這當然就有陸菊人。花生去請陸菊人，陸菊人在茶行後屋招呼才放出來沒幾天的趙屠戶，借給了十個大洋，送了三斤茶葉，正送著走到前院。花生一進來，趙屠戶臉就變了，不看花生。陸菊人說：哎呀花生來了！趙叔趙叔，這十個大洋可是我五個花生五個，都是我們的私房錢。趙屠戶還是不看花生，說：飢時給一口，強似飽時給一斗，我記你的恩！等我緩過勁了，就還你。陸菊人說：花生拿錢的時候說了，不指望你還，將來生意又好了，用肉頂著。趙屠戶這才看了一眼花生，說了句謝謝，從院門出去了。趙屠戶一走，花生疑惑地說：這是咋回事，不是才放出來嗎，你給他錢了？陸菊人說：屎拉在炕上了，總得擦麼。花生說：他可不是好人，拿著刀子要鬧事哩。陸菊人說：他是橫了些，但確實也有難處，你知道不，他被關了那些天，總有人去禁閉室那兒去看望，他一回去，有上百人就在巷道迎接的。我給了他十個大洋，讓他能到南北二山裡多收些豬，講明了是借的，瞧他剛才一見你臉就黑了，我才說這錢一半是你的。花生說：哦，還是姊想得長遠，也想得周到。陸菊人說：你今日咋來了，人好像又瘦了，是請我去聽堂會嗎？花生說：姊啥都知道！今晚上戲班子又要在我那屋院裡唱戲，麻縣長去，任老爺子去，鎮上一些老者掌櫃也去，他特意讓我過來請你。陸菊人說：謝謝他還有這個心，但我不去。花生說：你要嫌去的人多，咱就不見他們，我陪你坐在後房的窗子裡看。陸菊人說：不是怕見人。吃飯穿衣要看家當的，才建了鐘樓咋又要建戲樓？花生說：我聽說是改造街巷過程中才建戲樓呀。陸菊人說：趙屠戶要知道交錢還要修戲樓，那他就不是鬧事，還真敢拿刀子殺人呀！花生就說：姊要不去，我也不回去聽戲了，就在這兒陪你。陸菊人說：那好那好，你也別回去，咱泡了茶喝！

茶泡好了，兩人喝著，陸菊人說：你真的是瘦了，還是胃口不好？花生說：是睡得不好。陸菊人說：他還是折騰著不讓你睡？花生說：他倒是不折騰我。陸菊人說：那他仍要招一些人去？花生說：現在也有了戲班子幾個女的。陸菊人說：這事讓杜魯成給他說的，話只能杜魯成能說。花生說：我是給杜魯成說過，杜魯成卻說男人麼，這有啥，何況他是旅長，杜魯成這麼一說，我又不能說了實情。陸菊人說：那你得把那些戲子弄走呀，也不讓再唱什麼堂會不堂會的才是。花生說：我咋弄走呀，我能不讓唱堂會嗎？陸菊人說：唉，剩剩他爹還活著的時候，他就是在外頭再混帳，回到家裡也得寧寧的。花生說：我沒姊的本事麼。眼淚便撲簌簌流下來。陸菊人給花生擦了眼淚，說：不哭了，跟我回一趟老屋去，我拿個東西你交給他。

陸菊人領了花生去了老屋，在牆上的架板上取下一個罐子，罐子裡又取出一個布包，打開布包，是一面銅鏡。花生說：姊還有這古董？陸菊人說：這是家傳的，你交給他。花生說：你是說讓他賣了湊份錢？陸菊人說：這能賣幾個錢？花生說：這鏡子還能照麼，讓他照照他自己？陸菊人說：人和人交往，相互都是鏡子，你回去就原原本本把我的話全轉給他，他和他的預備旅說的是保護鎮人的，其實是鎮人在養活著他和他的預備旅哩。我這話說得難聽，他或許聽或許不聽，不聽了也好，我也就啥不幹了，寧肯去一三〇廟裡當尼姑也不在茶行了。花生說：你要去廟裡，我也去廟裡。陸菊人看著花生，看了半天，把銅鏡重新包好，塞在了花生的懷裡。

★

中街甜水井巷有個老漢叫錢有益，也就是杜魯成媳婦的本族二叔，早年在老縣城做過小買賣，見多識廣，能說會道，麻縣長到了渦鎮，他的老伴病死了，他也就回來。家裡兩個兒子，大兒子駝背，在薛家飯館裡做白案活，二兒子在預備旅，小兒子小，比蚰蚓還小。大兒子二兒子都結了婚，但家沒分，先還和和睦睦，後來他處處偏護小兒子，兩個兒媳就有看法，漸漸積了矛盾。他就沒心思在家待，一天三頓飯後，便去安仁堂，安仁堂那兒人多，陳先生又有旱菸葉和茶。去得多了，認識了也到那裡閒逛的戲班子的班主郭家銘，他倆能聊到一塊。

這一天，錢有益的大兒媳要小兒子和她一塊去巷裡的水井打水，錢有益給小兒子使眼色，小兒子就不去，大兒媳便罵雞踢狗。錢有益吊了臉出門，卻在巷口等著大兒子，大兒子一出來，說爹你咋在這兒，錢有益說：噢，有事。你小兄弟快過生日呀，得給做件褂子，你掏幾個錢。大兒子說：清明時不是做過一件嗎，我一月就發那幾個錢。錢有益說：那你看吧，你就這一個碎兄弟。大兒子從口袋摸出了幾個錢。錢有益拿了錢，到安仁堂那兒，果然郭家銘也在，兩人就又五馬長槍地說起來。說六軍又在哪兒打仗了，聽說打得天昏地暗，死的人埋了一個大坑，坑是三丈深的坑。說逛山和刀客勢力不行了，把金銀財寶藏在一個山洞裡，會不會東山再起呢，如果起不來，這金銀財寶又會好過了誰？說紅十五軍團開拔到了秦嶺東南一帶去了，紅十五軍團到哪兒都愛打土豪分田地，可他們又愛轉移，一轉移，土豪又回來把分去的田地收了，殺的人更多。東南一帶富是富，那裡瘴氣重，他們有一半是平原人，就拉肚子，沿途都有拉死了的人。說麻縣長來秦嶺任上有好多年了吧，能提升回省城嗎，如果還不提升回省城那就沒前途了，方塌縣的老縣長是被人殺了的，桑木縣的縣長當了七年被撤職的，最後死在牢裡。他們說的都是大事，誇誇其談，口若懸河，聽得旁邊人一愣一愣的，說：你們咋知道這多！錢有益說：你還想聽啥？陳先生給病人號過了脈，說：他們想聽你說說你家的事。錢有益當下噎住，郭家銘說：陳先生你是哪壺不開提哪壺！大家都笑，錢有益也笑了，說：唉，都是咱兒不好。郭家銘說：世上的兒都是好兒，是媳婦不好才是兒不好了。錢有益說：是沒好兒，才有不好的媳婦！郭家銘說：你那兒子我都見過，好著的，一個在飯館裡做白案一個在家門口當兵，每月還都能掙幾個錢。我孩子他舅，十幾歲跑去鬧紅哩，十多年沒給家裡拿過一條線，連回家給他娘磕個頭都沒有。錢有益說：鬧紅就是入了秦嶺遊擊隊，現在是紅十五軍團麼，人家不回家是不是當了什麼官了？郭家銘說：是個連長吧。錢有益說：當上連長就上道兒了，很快就營長、團長、軍長的，我那二兒就一直是個兵，也就是以前在大戶人家裡當的常在或答應。郭家銘說：屁營長團長軍長的，他當個連長還叫自己人打死了，通知家裡人去搬屍，還要的那屍體幹啥呀?!錢有益說：死了？叫自己人打死了?!郭家銘說：聽說被打死的七八人哩，連他們的團長都被打死了。錢有益說：內亂啊？紅十五軍團有幾個團長，不是說井宗丞也是團長嗎？郭家銘說：井宗丞是誰？錢有益說：井宗丞是井旅長的哥哥。郭家銘說：啊?!我都是聽人瞎說的，這話不敢多說了。你大兒在薛家飯館是白案？那幾時請我也去見識他的手藝啊！錢有益說：行麼行麼，你掏錢我給咱張羅，把陳先生叫上，剩剩也叫上。

這天沒有閒聊到天黑，錢有益就回了家，他覺得應該把郭家銘的話告訴給杜魯成媳婦的，而給杜魯成媳婦告訴後，杜魯成媳婦當然也告訴了杜魯成，杜魯成連夜報告了井宗秀，井宗秀先是吃驚，但立即不肯相信，他知道紅十五軍團一共有四個團的，井宗丞是其中一個團長，哪有這麼巧的？紅十五軍團怎麼會自己人打死自己人呢，還一次就打死七八個，即便是清洗叛徒內奸，井宗丞是秦嶺遊擊隊時期的人了，也不至於就清洗到他頭上。杜魯成去把郭家銘從被窩裡叫到旅部屋院，郭家銘早嚇得渾身哆嗦，說他老家是鐵頭鎮，他媳婦是棣花街人，他來渦鎮前，岳丈來見了他，說孩子他舅是被打死了，被打死的七八個人，還有個當團長的，他就知道這些，別的都是加鹽加醋胡扯哩。就拿手打自己嘴，叭叭叭，一顆門牙都打掉了，嘴成個豬宣頭。放走了郭家銘，井宗秀給杜魯成說：你去睡吧，沒事的，我兄長比我強，他不殺別人誰能殺他？但支開了杜魯成，井宗秀心總是慌慌的，也不去睡，坐著吸紙菸，天還早就騎了馬去巡查。在全鎮巡查了兩遍，天明時撞了鐘，直腳往茶行去。

陸菊人拒絕聽堂會，又讓花生把那面銅鏡帶回去，想著井宗秀若是好的，見了銅鏡能回憶起銅鏡的來歷，會明白其中的意思，若井宗秀是不好的，那就以為她不給他面子，不領了他的人情，也後悔了當初，要麼氣急敗壞地來責問她，要麼一怒之下就不願再見她了。陸菊人這回是做好了準備，萬一他真是來責問或不理不睬，那她也就離開茶行了。但是，這一天早晨她剛剛睡醒，頭還沒梳好，井宗秀騎馬到了茶行大門口，夥計一通報，她心裡說：他來了！頭梳不及了，拿帕帕包了亂髮，說：接他進來吧。卻坐在那裡沒動身。陸菊人沒有想到的是，井宗秀竟瘦得眼睛多大，顴骨多高，那些稀疏鬍子也長了，他並不是來問責的也不是來說軟話的，他告訴了關於井宗丞的事情，說：你們女人能感應，你說說，這可能嗎？陸菊人也是心咚咚地跳，一頭水，說：咋能有這事，不可能吧。井宗秀說：不怕一萬，就怕萬一，如果可能了呢？我和他這多年沒見過面，也沒聯繫過，甚至想都沒有想過，可一聽到這消息倒滿腦子都是他，心慌得不行，才感覺到我們是樹上的兩個枝股，枝股都是一棵樹上長出來的啊！陸菊人說：咱不要急，都不要急，一急這腦子全亂了，同胞兄弟總是親的，甭說你，楊鐘生前也是找過他，我也常作想，他要是能回鎮上，你們哥倆盤龍臥虎的，那會起多大的風雲！這消息從哪兒來的，靠得住嗎？井宗秀說：是戲班子的郭家銘說的，他只說紅十五軍團內部處治了七八個人，其中有個當團長的。陸菊人說：戲子的話哪裡能信，這得查實啊！井宗秀說：這咋查實？陸菊人也是坐下了站起，站起了又坐下，頭上的帕帕不知啥時掉下來，頭髮撲撒著，說：可惜三合縣分店出事，要不在那裡就能立馬查實，這樣吧，我去一趟桑木分店，看能不能打聽到真實情況。井宗秀說：桑木分店能行嗎？陸菊人說：要麼說這得我去。井宗秀說：這還得靠你！那怎麼去，你坐這馬上，我派幾個兵？陸菊人說：坐了馬又有兵那太顯眼，我又不會騎馬。井宗秀說：那讓花生也去。陸菊人說：也好。你心放鬆，去查實是查實，可哪有那麼巧的事，井宗丞不會有事，你爹在那裡還不會護佑你們兄弟嗎？井宗秀說：我想也是。

當日中午，陸菊人上的路，帶的花生和茶行的一個夥計，竟也有寬展師父。陸菊人在臨走時去廟裡燒香，要為井宗丞求個平安，見到了寬展師父，萌生了如果寬展師父也去，那寬展師父在，菩薩就在，事情或許吉祥順利，而且有出家人一起，路上也不至於引起別的懷疑。她給寬展師父把什麼都講了，寬展師父口不能說，卻微笑著點頭，當下就懷揣了尺八和一本經書。四個人當天晚上到了一個鎮上，尋著客棧，夥計住一個房間，陸菊人花生和寬展師父住一個房間，陸菊人和花生睡下了，寬展師父就坐在燈下看經書。陸菊人和花生睡不踏實，一覺醒來，寬展師父還在那裡看經書，陸菊人說：師父，你看的是啥經？寬展師父亮出書皮，花生認得是《地藏菩薩本願經》，說：書上都寫的啥？寬展師父手比畫著，口裡有聲，卻不是話，就揭開席角，用指頭在炕面上寫：記載著萬物眾生其生老病死的過程，及如何讓人自己改變命運以起死回生的方法，並能夠超拔過世的冤親債主，令其究竟解脫的因果經。陸菊人哦了一下就坐起來，花生說：我和我姊能看嗎？陸菊人說：能看的，說不定咱以後也做尼姑，趁早看看經書也好。花生說：師父，那我來念，你和我姊用耳朵聽。寬展師父倒是高興，把經書給了花生，花生翻開一頁念道：其險道中，多諸夜叉，及虎狼獅子，蚖蛇蝮蠍。如是迷人，在險道中，須臾之間，即遭諸毒。有一知識，多解大術，善禁是毒，乃及夜叉諸惡毒等。忽逢迷人，欲進險道。而語之言：咄哉男子！為何事故而入此路？有何異術，能制諸毒？突然停止，說：我咋弄不懂意思？陸菊人說：你往下念麼。花生又念：是迷路人，忽聞是語，方知險道，即便退步，求出此路。是善知識，提攜接手，引出險道，免諸惡毒，至於好道，令得安樂，而語之言：咄哉迷人！花生又停止了，說：姊，你聽懂了嗎？陸菊人說：好像聽懂了，好像也沒全聽懂。寬展師父又在炕面上寫字，寫了：弄不懂只要你念就行。人叫人名，用不著知道名字的含義和為什麼起這麼個名字，但你叫了，那人就會應的。你念經書，菩薩會知道的。花生再念，後邊的話越發沒弄懂，而且有許多字認不得，讓陸菊人看，陸菊人也認不得，她就跳開了念，這麼一直念到雞叫兩遍了，三人才睡下。

第二日又走了一天，黃昏時分才到的桑木縣分店，掌櫃來長計喜出望外，說：咋不提前告知呀，我會用毛驢去接的！安頓住下，陸菊人交代了事情，叮嚀一定要盡快查實，但又得小心謹慎，不要讓外人看出意圖。來長計諾諾著，就採買這樣好吃的那樣好喝的，竟然從街上買回來一個大草包，說：今日給你們吃個好東西！陸菊人說：這是啥？來長計就踩住草包，然後一點點扒草，最後是一個刺蝟縮了個球。來長計說，桑木縣城有名的菜就是醬爆刺蝟肉，刺蝟在山上一受驚動，就把自己縮個球向草堆滾，一邊滾一邊要抱乾草，使自己形成一個大草包，但獵人知道它這一招，反倒更容易逮到。說著拿一個木棒在刺蝟的鼻子上一敲，刺蝟展開了，就用鐵釺一下子扎下去，扎死了就要剝皮。陸菊人說：我來不是要好吃好喝的，你得辦正經事。來長計說：你來一次不容易，晚上吃過了我還要報告分店的生意麼，明日一早我就去見一個教書先生，他常來店裡喝茶，他交往廣。吃過了飯，來長計抱著帳本給陸菊人報告分店的業務，寬展師父和花生就去街上閒逛了。桑木分店的生意一直很好，這上半年利潤超過了去年上半年的一成，而來長計又提議麥溪縣沒分店，卻有他們分店的一個銷售點，是不是把銷售點擴大也是個分店，但這個分店仍是歸屬桑木分店的。陸菊人同意了，說：人說你是小諸葛，真是點子多，茶行多有幾個你就好了！來長計笑著，拿出一卷絲綢，要送給陸菊人，說：這可不是羊皮出在羊身上啊，是我用自己錢買的。陸菊人也就收了，說：送我禮品，你還得給跟我來的人都送。來長計就又拿出禮品，說：這我是割肉了，這一個頭簪可是純金，那就給花生吧，人家現在是旅長太太麼，這一塊布給寬展師父，那個夥計嗎，明日我送他一雙麻鞋。陸菊人收了禮品到住的屋裡，寬展師父和花生早已從外邊回來了，又在燈下翻看經書。花生見了送她的頭簪，喜歡得不行，直念叨著來掌櫃的好，陸菊人說：都是旅長太太了眼窩子還這麼淺，我待你千好萬好，倒沒見你這樣高興過！花生說：人是離不得太陽月亮的，可太陽月亮日夜照著，人並沒有把謝呈掛在嘴上麼。沒有你，來掌櫃也不可能送我金簪，那我給你念一段經贊吧。她就念起來：猗歟大士，誓願宏深。潛念眾生，長劫沉淪。悲運同體，慈起無緣。當處地獄，冀解倒懸。眾生度盡，方證菩提。地獄未空，成佛無期。由此真的就有啥，既然事情是這樣了，你再去街上備些香燭燒紙和供品，還有，買一隻白公雞，咱搬不了他的屍，也得祭奠祭奠，把他的魂接回去。

到了後半夜，四人就關了店門，在後院設了個小小祭桌，放上了豬頭果蔬水酒，再把公雞放在中間，就念叨著井宗丞的名字，點燭上香，燒了紙錢，寬展師父開始吹起尺八。公雞買來時一直撲騰，待放到祭桌上了，便安靜不動，像是一塊木頭。花生說：他魂真是附到公雞身上了。陸菊人說：是附上了。祭奠畢，把公雞裝在一個背簍，陸菊人說：咱們回吧。公雞在背簍裡抬了一下頭，又恢復了原狀，一動不動，夥計就背了背簍。來長計見沒法再留，說找兩頭毛驢讓陸菊人和花生坐了，他也護送著一塊回渦鎮，陸菊人拒絕了，說三更半夜的到哪兒再去借毛驢，也不用護送，有夥計在哩，即便路上遇到打劫，打劫鬼呀？倒是讓找了兩件白衫子她和花生穿了，又白布纏了頭，四人就原路返去了。

又是兩天一夜到了渦鎮，在旅部屋院裡，井宗秀知道了情況，半天坐著沒有動，也沒說話。杜魯成、周一山、夜線子、鞏百林、陸林都在場，把白公雞抱了放在上房正堂的條案上，白公雞突然一翻白眼，竟倒下去就死了。鞏百林說：宗丞哥是回來了！跪下就磕了三個頭。鞏百林見過井宗丞，而杜魯成周一山他們都沒見過，鞏百林跪下磕了三個頭，他們也都跪下磕了三個頭，然後就做井宗丞的靈位牌子，點燭上香。花生放聲大哭了，屋院裡一時哭聲一片。陸菊人站在井宗秀旁邊，她說：你要哭，你就哭，不要憋在肚裡。井宗秀往地上唾了一口痰，痰裡有了一顆牙，他說：冤有頭，債有主，誰要了我哥的命，我就要誰的命。夜團長，你明日就去三合縣，把邢瞎子給我活著捉回來！

★

一個月後，夜線子把邢瞎子捉回來了，夜線子是怎樣尋到又如何活捉的，渦鎮的人都不知道。那天中午，王喜儒坐了船去河中的泉眼取水，看到河灘裡白花花一片，當時並未留神，剛裝滿了兩桶水，一仄頭，又看到了一片花開，紅豔顯亮，而倏乎裡嘩嘩地響，一排子白光到了空中，又一排子白光到了空中，原來蚯蚓和錢有益的小兒子在那裡用彈弓打鸛雁。鸛雁是一驚動就飛起一排，過一會又飛起一排，蚯蚓就蹲在那裡不動，只等著鸛雁再飛起來用彈弓打。王喜儒知道剛才白花花一片是鸛雁全仰頭站著他看到的鸛雁身子，而紅豔如花是鸛雁低頭覓食了那頭頂的紅翎，就想：哪來的這麼多的鸛雁呢？擔了兩桶水，一桶放在縣政府門口讓白仁華提進去，他提了另一桶去給旅部屋院送，夜線子拉著一頭毛驢走過來。夜線子的臉又黑又紅，像醬過一樣，褂子沒有扣，胸向前挺著，雙手大幅度地甩。王喜儒說：吃啦？夜線子說：沒。王喜儒說：那趕快去吃呀！說完了，覺得不對，又說：不是說你去捉邢瞎子了嗎？夜線子說：捉邢瞎子了！到了旅部屋院門口，從驢背上卸下一個木箱，木箱上有鑽出的整齊的窟窿。王喜儒說：沒有捉住狗日的？夜線子說：沒捉到我回來幹啥?!拿腳踢箱板，踢開了，裡邊滾出個人來。人昏死著，蜷成一團，卻沒有小腿，膝蓋下都包著草漿疙瘩，草還未完全砸成糊狀，能看到是貓眼草、狗筋蔓、白芨、劉寄奴、大薊，沒有血流出來。夜線子在說：狗日的腿太長，裝不進去麼。王喜儒就嚇得渾身發軟，桶掉下去，水像蛇一樣在街面上流開。

邢瞎子是第二天中午被殺的。旅部的後院裡安了張桌子，桌上擺了井宗丞的靈牌，供品堆集，燭香齊燃，預備旅營以上的長官和鎮上的一些老者都到齊了，開始燒紙錢。並沒有一絲風，紙錢灰卻呼呼地旋轉成一股黑柱直端端有一丈多高，再突然散開，半空的灰片就像一群翻飛的蝙蝠，馬六子叫了一聲：宗丞！眾人都猛地怔住，而陸林說：是井宗丞團長來了？看馬六子，馬六子臉色蒼白如紙，眼睛發瓷，卻再沒說一句話。陸菊人和花生忙去扶，陸菊人說：宗丞是來了。扶到前邊屋裡歇著了。這時候蚯蚓一直站在太陽底下，滿頭滿臉的油汗，雙目盯著他的影子在縮小，在縮小，最後完全消失了，口有石獅子，更有背槍的兵，看見陸菊人和花生從大門裡出來了，想知道裡面的情況，而陸菊人和花生變臉失色，又不敢近去相問。別人不敢問，眼光只是瞅，陸菊人和花生也慌手慌腳著不知該往哪裡去了。街前邊的葫蘆巷口，一幫戲班子的人進了莫家雜醬扯麵店，班主還站在店門口吆喝後來的幾個戲子：往快點！吃了飯都去裝台，晚上還要演出的，吃飯都這麼磨蹭?!一個戲子說：不是說十天半月才演一回嗎？班主說：今天是啥日子？沒想想咋就讓你吃餃子？豬腦子！旁邊的琴師說：我知道是祭奠井旅長的兄長哩，可我弄不懂，這預備旅是六軍的，六軍是國民軍，紅十五軍團是共產黨的，雙方是對頭呀，不共戴天呀，咋還祭奠呢？班主說：他們是同胞兄弟！知道不知道各為其主，知道不知道人相好或相惡，都不是因了大是大非，而都是小事上交好交惡的！花生說：姊，咱這往哪兒去，是去茶行嗎？陸菊人說：你沒聽見晚上要演戲嗎，你回屋院去，他們肯定要鬧到半夜的，免得他叫你了你不在。我身上不舒服，去一下安仁堂。花生說：我也去，過後他要怪我，我就說陪你去看病了的。

兩人去了安仁堂，剩剩卻在院門外婆羅樹下坐著，陸菊人說：你怎麼在這兒？剩剩說：師父讓我來接你，前門關了，從後門進。拉著剩剩進了後門，陸菊人見剩剩個頭還是沒長，要說什麼，麻縣長背身在那裡坐著，面前一堆藥草，正在和陳先生說話。麻縣長說：還是都窮麼，要是富了，就顯得客氣，有儀禮，性情也溫柔，吃個桃子梨的還洗呀削皮呀。人窮的三天沒進食了，誰還洗呢，連皮帶核，恨不得囫圇就吞了。陳先生說：也是。咱街上常吵嘴打架的，罵人沒好口，打架沒好手，可打起架來，你打我一拳，我踢你一腳，打一拳趕緊把拳收回來，踢一腳了腳就退後一步，都是恐懼了對方才撲出去攻擊對方的。麻縣長就笑起來，說：嘿嘿，咱倆就會在這裡說說！我這麼胖的，我都討厭了我這身子，是吃藥能瘦下來呢還是扎針能瘦下來？陳先生說：你吃肉嗎？麻縣長說：前半生都是不吃肉的，可後來吃開了一天沒肉倒不行，人這一生是不是都有定數，壽有定數，仕途學問上有定數，吃喝上也有定數？陳先生說：這年月能天天吃肉也是口福，你嘴裡有幾個牙齒？剩剩，剩剩！剩剩就說：在。陳先生說：你看看他嘴裡有幾顆兀齒？剩剩讓麻縣長張開嘴，說：兩個兀齒，別的都是板牙。麻縣長說：兀齒就是虎牙吧？陳先生說：虎牙當然算兀齒。麻縣長說：人說井旅長是雙排牙，其實他就是虎牙多，長亂了。我這牙是啥說法？陳先生說：兀齒多的人多是吃肉的，板牙多的人多是吃素。老虎豹子吃肉，靠的是這種兀齒，腸子也又短又粗，克化得快。牛呀羊呀吃草，腸子就細長。雞的腸子更細長，主要吃小米和菜葉，也吃蟲子，吃了蟲子就得又吃些沙子，用沙子來促進消食的。麻縣長說：我肯定是細長腸子卻吃肉，才長得這麼胖，一胖啥病都來了！陳先生說：你那院子裡有沒有哪棵樹身上在這一半年裡長著了木疙瘩？麻縣長說：這我倒沒留神。陳先生說：你回去看看，如果樹上有了疙瘩千萬不要動，就讓它長，不用再吃藥的。麻縣長就謝了，抱了一堆藥草，起身告辭。剩剩要從後門送，陳先生說：你把前門開了，走正門。剩剩送走了麻縣長，又把前門關了。

陸菊人和花生就從屏風後出來，問候了陳先生，說：麻縣長也有病了？陳先生說：他肚裡有個大瘤子，吃藥化不了，我讓他回去看樹上的疙瘩，樹上如果有疙瘩，那還有救，人和樹是感應的，樹身上慢慢長了疙瘩，人身上的瘤子就會慢慢消失的。今日你們咋來了？陸菊人說：來看看你麼。陳先生說：這不是真話。井旅長祭奠他兄長的，你兩個心裡瞀亂了來我這裡的。陸菊人說：這你知道呀？陳先生說：我嫌今日來人肯定都要說祭奠的事，所以麻縣長一來我就讓剩剩把前門關了。陸菊人說是井旅長要給他兄長報仇的，那個邢瞎子被拉到靈桌前了，我和花生就出來的。陳先生說：你們一走，別人怕要責怪哩。花生說：我見不得血。陳先生說：你也見不得血？陸菊人說：先生把我不當作女人啊?!陳先生說：你是比男人強。陸菊人笑了一下，說：女人怕什麼血，原本身上不是一月要有一次嗎，只是見不得血是那麼個流法。上次把人皮要蒙鼓，我是出了一身的紅疹子，一片一片的，愈撓愈多，到現在還退不了，這次井旅長要替兄長報仇，報仇就報仇，但要剜心掏肝，這我就不敢看了。陳先生說：哦，那我這瞎子倒好了。陸菊人說：先生，我嫁到鎮上也十多年了，來的時候鎮上窮是窮，人也整天吵呀罵呀也打架，那算是個日子，但這些年生活是好了，到處都是了血，今日我殺了你，明日我又被人殺了，誰都驚驚慌慌，誰都提心吊膽，這人咋都能成這樣了！陳先生說：人是十二個屬相麼，都是從動物中來的。陸菊人說：那你看著啥時候世道就安寧啊？陳先生說：啥時候沒英雄就好了。陸菊人愣了，說：不要英雄？先生，那井宗丞是英雄嗎？陳先生說：是英雄。陸菊人說：那井宗秀呢？陳先生說：那更是英雄呀。陸菊人就急了，說：怎麼能不要英雄？鎮上總得有人來主事，縣上總得有人來主事，秦嶺裡總得有人來主事啊！是不是，英雄太多了，又都英雄得不大，如果英雄做大了，只有一個英雄了，便太平了？陳先生說：或許吧。花生就插了話，說：先生盡說些雲裡霧裡的話，咱不說這些了，姊你不是渾身不舒服嗎，讓先生號號脈，看抓些什麼藥。陳先生說：我就在給她看著病呀。花生說：你就在看著病？姊，先生在應付咱哩。陸菊人說：你別胡說，先生要生氣了，以後再不讓你來了。陳先生說：我不生氣。花生說：姊你現在覺得咋樣？陸菊人說：心口是不悶了，頭也不暈啦。花生說：你就是心好，顧先生的面子！陳先生哈哈地笑，說：剩剩剩剩，你燒些水吧，咱用你娘送來的茶招待你娘和你姨吧。花生說：我來我來！到了後屋提火爐子。

安仁堂的前門一直沒開，四個人熬茶喝到了天黑，點了燈，要換新茶，陸菊人親自拿了一塊茶磚，用茶刀撬開一個角，黑褐色的茶葉裡就星星點點閃爍了金色。遠處隱隱約約傳來鑼鼓絲弦聲。剩剩說：娘，是不是今晚有戲哩？陸菊人把茶葉放進了紫砂壺裡，說：有戲哩。剩剩說：我要看戲。陸菊人說：有啥看的，難得來陪你師傅喝喝茶。說畢，看著剩剩，就把剩剩拉過來讓坐在她懷裡。

祭奠了井宗丞，井宗秀每日早晚巡查，就帶了兩匹馬，一匹馬他坐著，一匹馬上放著井宗丞的靈牌，讓長兄坐著。而周一山最擔心的有兩點，一是麻縣長來過問，即便麻縣長不過問，風聲傳出去，秦嶺專署或六軍也會責怪麻縣長，逼麻縣長來懲治井宗秀的。二是，邢瞎子雖不是紅十五軍團的人了，但是以紅十五軍團清洗了井宗丞的事而殺的，那紅十五軍團會不會惱羞成怒來攻打預備旅？七天之內，麻縣長是沒有來找井宗秀，據王喜儒報告，七天裡沒有任何陌生人來見過麻縣長，麻縣長甚至連縣政府大門都沒邁出一步，只是寫他的《秦嶺草木志》。井宗秀、周一山、杜魯成放下了心，就專門警惕著紅十五軍團的攻打，一面派夜線子再帶人加緊納糧繳款，一面再強化軍事操練。

杜魯成負責操練，他仍然採用著當年阮天保的那一套：列隊，跑操，別人跑你能追上，你跑別人追不上，每天每人抱一塊石頭，從龍王廟遺址跑到紙坊溝口，又從紙坊溝口返回龍王廟遺址。再是，把龍王廟遺址那兒的大石頭推倒，然後用肚皮子把石頭掀起來，一放一掀必須連續做五次，不許放屁。再是，河灣裡有幾十畝稻田，稻子收後的稻草三綑四綑支架在那裡，排了隊輪番端了刺刀去戳，腳步一定要紮根，喊聲一定要怒吼。上午把隊伍操練了，下午在城隍院裡集中講戰術，戰場上怎樣利用了地形地物，怎麼正面進攻，迂迴包圍，如何兩強相遇勇者勝，什麼是敵進我退，敵疲我進，要做到有效地保護自己就是要最大地消滅敵人。虎山灣整日塵土飛揚，殺氣騰騰，狼是很少見了，卻來了那些黃皮子，它們躲在沙窩裡或草叢中，那些黑河岸的峪裡人來放羊了，就伺機撲出來。黃皮子嘴小，牙尖，它們咬不動羊的皮，咬羊的屁股，有的迅速抓出了羊的腸子，有的則在羊屁眼上打洞鑽了進去吃肉。羊一死，放羊人就哭。陸林重修虎山崖上的工事，喝了點酒，傍晚下崖回鎮，聽見灣灘上有人哭，哭得有腔有調，他就生氣了，說：這個時候哭著是晦氣啊?!就差人將咬死的羊背了，把放羊人趕過了黑河。

北城門口拴著的兩隻狼，自吃了邢瞎子的肉，皮毛油亮，但眼睛也一直發紅，每有人出進，甚或牛呀驢呀的經過，它們就往前撲，鐵鍊子扯動著嘩嘩響。鎮子裡的狗曾十隻八隻地來和兩隻狼撕咬，守門的哨兵圖熱鬧看，咬了一個飯時難分輸贏，落了一地的狗毛狼毛，才各自散開。這天陸林和背著死羊的兵回來，兩隻狼又朝背羊的兵嚎叫，陸林伸手去打了其中一隻狼的腦袋，罵道：也想吃羊呀？手卻被咬了一下，出了血。陸林並沒在意，回到城隍廟剝了死羊，連夜燉了一鍋，他就吃了一碗，三天後竟渾身熱一陣冷一陣，焦躁不安。在街上碰著白起，白起說：兄弟，兄弟！陸林說：誰是你兄弟？白起說：我就覺得你親麼！啊這天熱的，你還穿這厚？陸林說：我有麼！白起說：說話咋這噌的？陸林說：我熱麼能不噌?!白起就罵道：你狗日的瘋了！陸林真的就瘋了，見了蚯蚓打蚯蚓，見了拔牙的康艾山打康艾山，甚至見了夜線子，伸手去拽夜線子腰帶。夜線子才納糧繳款回來，懷裡私揣了兩個銀元，腰帶一拽脫，銀元掉下來，夜線子搧了他耳光，他還說：你哪兒來的錢？伸直了脖子拿腦袋頂夜線子，夜線子一腳踹在他交襠，他倒在地上半天出不來氣。等緩過來，卻把氣要撒在別人身上，就一路走過去，見人打人，見貨攤踢貨攤，嚇得兩邊店鋪紛紛關門，說：這咋成了瘋狗！他竟也嗷嗷叫，脫了褲子就尿，還把一條腿蹬在樹上。人就又說：這還算是團長，井旅長咋就不管？他就說：管我？沒有我姊他哪兒能當官？沒有我護墳他哪兒能當成官?!這話說得奇怪，旁邊人就說：你吹吧，給你個牛皮你吹吧！他就喊叫著是他姊把一塊龍穴讓井宗秀埋了爹，井宗秀才當了旅長，是他平了井宗秀爹的墓堆才沒讓阮天保的保安團挖墳的。正好杜魯成帶著一隊兵操練回來，一聲令下，七八個兵將他拿下，脫了鞋把嘴打成了黃瓜嘴，扭著拉走了。

井宗秀非常生氣，罵道：狗日的骨頭裡就是窮人的賤性！杜魯成說：咱都是窮人，他是陸菊人的親兄弟哩。井宗秀說：咱都是窮人，誰能是他這樣兒？他是陸菊人的親兄弟，他給陸菊人提鞋都不配！

拔了槍就要打陸林，還是杜魯成說：他得病了，是一群野狗咬了北門口的狼，狼又咬了他，就得狂犬病了，狂犬病人胡言亂語誰信的？井宗秀就把陸林關禁閉。陸林一到禁閉室，還說：這牆洞還是我修的！進去了，裡邊有一坨乾糞，問看守這是咋回事，看守說那是趙屠戶以前拉的，陸林似乎有些清醒了，就使勁打門，喊：我要見我姊，去叫我姊，姊，姊，快來救我！

陸菊人在當天下午知道陸林被關了禁閉，恨弟弟惹了大禍，當時要去給井宗秀賠個不是，走到半路了又返回來，覺得給井宗秀怎麼說呢，她並沒有給陸林說過那塊胭脂粉地是龍穴寶地，而只是為了防止保安隊來掘墳，僅僅告訴陸林要保護的，井宗秀能相信這是陸林自己揣猜的嗎？她讓蚯蚓去查問陸林是怎麼一下子就變成了這樣，蚯蚓回來說陸林是得了狂犬病。她可憐起了她的弟弟。就想，井宗秀關陸林禁閉不是嫌陸林胡言亂語而是擔心陸林傷人了，那麼，井宗秀就會給她解釋的，陸菊人當然沒再去禁閉室探望陸林，她也不會去，但井宗秀沒有來找她。

陸菊人是七天裡沒出過茶行門，每天胡亂地吃些飯了，就上了高台上坐著。這期間，帳房上來給她彙報，說周一山到前房見了他，要求茶行得緊急籌措出一批銀錢。陸菊人說：不是改造街巷的事擱下了嗎，咋還要錢？帳房說：周一山說要準備打仗呀。陸菊人說：他們要打仗就打吧。帳房說：打仗那是打銀錢哩。陸菊人哼了一下，說：現在帳上有多少？帳房說：有一萬多大洋吧，春上收茶葉付了三千，舊作坊又添了四個炒鍋，新僱了五個夥計，花去了五百，新作坊四十個茶垛，又僱了十個夥計，花去一千，麥溪縣新開的分店二千，雜七雜八的日常開銷三百，現在還有三千多一點。陸菊人說：帳上一定要保證有兩千，這錢不能動，以防有什麼事打住了手。你讓各分店結算上半年的盈利，盡快都把錢運回來。帳房說：周一山說籌措六七千大洋，這怎麼完成？陸菊人說：他周一山怎麼到你那兒卻不來找我？帳房說：這我就不清楚了，是不是因陸林的事，不好見你。陸菊人說：茶行又不是我的，咋能是不好見我？你下去吧。帳房往下去的時候，差點還跌倒。

兩天後花生也上來了，花生沒有提說陸林的事，或許她並不知曉，只驚訝陸菊人怎麼氣色不好。陸菊人也絕口不提陸林的事，倒問起這些天都忙些啥呀也不來看我。花生說：我有啥忙的，我不忙的，只是他忙得不回去，回去要麼發脾氣，要麼一言不發地喝酒。陸菊人說：不是要打仗了嗎，他的事多，他不願給你多說，你該給他做飯就把飯做好，該給他沏茶就把茶沏好，沒事了把自己收拾漂漂亮亮。花生說：在家裡還收拾啥呀。陸菊人說：啥時候都把自己收拾好！你邋裡邋遢的，他還不叫那些戲子?!花生說：為了能讓他高興，我還去叫那些女的來家裡了一次，但他也不理，倒和杜魯成、周一山在另一個房間裡說事，還把夜線子叫來，責罵納糧繳款不力。陸菊人沒有接茬，就給花生熬茶，喝過了一壺，卻催著花生走，說：你早早回去，別讓他覺得你不沾家。花生說：姊，我真的是不愛在家待著。陸菊人從懷裡取了自己的粉盒，打開了，給花生補了補妝，說：你還是回去吧。

花生走了，陸菊人也懶得拾掇茶壺茶碗，站起來，靠在了高台左欄杆前。左欄杆下正對著中街，兩邊的屋頂接連著一直往前去，看著只有兩個建築似的。這邊的屋頂和那邊的屋頂都差不多長著一樣的瓦松和茅草，有的在上面放著包穀稈，可能是冬天裡晾過柿子而再沒有清理，有的可能是房會漏雨，又加了草席、油布，壓著石頭和磚頭，油布的角在風裡起落，像是有鴿子一直在那裡要起飛。屋頂與屋之間伸出來的竹竿，晾著被子和衣服，還有那麼多鐵絲和繩子，春天裡誰家孩子放的風箏又吊死在那裡，已經褪了顏色，卻站著一動不動的麻雀。而店鋪門口都是些攤位，亂七八糟的凳子，木墩，水桶，筐子，一堆磚頭，壘起來的劈柴，遊狗，走豬，和熙熙攘攘的人。陸菊人從來沒有感覺過街巷裡竟這麼多的破爛和垃圾。是沒有打仗了，鎮子裡還沒有打過仗，人們都在一起生活著，是鄰居，是同族，是親戚朋友，可誰又顧及了誰呢，沙握起來是一把，手鬆開了沙從指縫裡全流走，都氣勢洶洶，都貧薄脆弱，都自以為是，卻啥也不是啊。陸菊人死眼看著兩排屋頂，屋頂就好像不是了屋頂，任何東西盯著久了就不是原來的東西嗎？比如看書上的字，比如看一個熟人，現在是了兩條細長無比的船，在搖晃，在水裡漂泊，更是了誰在甩抖兩條布帶子，布帶子愈往這邊來，愈甩抖得厲害，她也就有點立腳不穩了。陸菊人回身坐在了椅子上，才知道剛才的晃蕩是錯覺，就長長地吁出了一口氣。

在以後的日子裡，陸菊人從早晨上了高台，帶那麼一個兩個冷饃，就一整天都不願意下去，她不再觀察茶行前後院裡夥計們都在忙啥，舊作坊、新作坊又都在忙什麼活計，是勤快還是偷懶，她也不要觀察了，也不要監督，只是這半晌坐在北欄杆前，另半晌又坐在南欄杆前，凝視著鎮子裡的房子，樹，街巷，店鋪，以及茶行院子牆根那些蘭草、月季、丁香、赤芍。它們都是有生命的吧，但它們不知道也不關心她在過去的某個時候路過，現在她又在看著它們，而它們從不回應她的凝視。

就在那個黃昏，她坐在了右欄杆前，一直盯著一個巷道的入口處，那裡是個酒館，身穿了白褂的夥計，儘管彎腰在幹活著仍仰頭看著在酒館一張桌邊喝酒的顧客，這顧客只是喝他的酒，並不看夥計。旁邊的另外一老一少，少的還在玩手中的紙包，老的卻急焦地看著端酒出來的另一個夥計。街道很長，就是一道白色，後來太陽要落了，又變成紅色，再變成橘黃，但巷道的房子已經暗下來了，而且黑影突凸出來，就和街道的橘黃齊茬茬不一樣，如是刀刃。不斷地有人就從刀刃上走過。

這一夜陸菊人沒有回屋，她頭靠在椅背上就睡著了。她做了夢，夢裡到過許多地方，不是紙坊溝，不是鎮上和黑河白河兩岸的任何村寨，也有許許多多的人，別人不認識，其中有娘，娘還是捂著肚子，是疼痛的樣子，有陳來祥有唐景和崔濤，後來看到了楊鐘，楊鐘給她嬉皮笑臉，但他們全都不說話。她好像是醒了，又好像沒醒，在琢磨，人是活兩世嗎，白天是一世，夜裡又是一世？怎麼夢裡見到的熟人都是死去的，死去了在夢裡都是不說話嗎？這麼琢磨著，夢裡的情景就模糊了，像一點墨滴在水裡漸漸就暈開散了，而她仍清晰覺得地上在潮露了，露水沿著木架的椽上來，身下的椅子也開始發涼。陸菊人終於睜開了眼，遠處的雞在叫著，不知道雞是叫了第二遍還是第三遍，就瓷呆呆望著那鐘樓。鐘樓在夜裡好像比白天高，樓台之下都黑著，似乎就不存在門洞，只有樓頂和樓翹簷上的金球、琉瓦在閃著光亮，整個樓從左到右橫擺著，使上面灰色的夜空變得狹長著一直往右延伸，又被一個黑雲塊阻斷，那是城牆。城牆的影子又長長地投在街上，她就發覺了街有邊緣線，店鋪門前也有了台階線，以及屋頂和屋簷線，這些線直直地，平行著過去，而屋舍卻在重複，門窗之間沒有連續，混混沌沌，陸菊人在這時又覺得這一切不真實了，是自己重回了夢裡。

是黎明之前的緣故吧，黑來得比剛才更深，鎮子愈來愈沉重，遠處的河面和河灘卻發生了變化，先是河面發白，河灘是黑的，過一會了，河灘發白，河面竟成了黑的，它在流動，看上去一動不動。天亮了，能看到了一三〇廟裡的大殿和巨石上的亭子，能看到了自殺成焦黑的老皂角樹，能看到縣政府和城隍院。而對面的屋簷下，店鋪在卸下門板，掛上了招牌旗子，旗子是黑色的，三角的，上面寫著白字，像是刀子，所有的旗子都掛上了，整條街上都發出仇恨，而同時有無數的煙囪在冒炊煙，像是魂在跑。

城牆上坐了一排人，著裝一樣，好像在等待著什麼，好像又只是看著前面，前面是虛空。

陸菊人站得太久了，蹲下來要生爐子，一蹲下來就腿腳發硬，坐在了台板上，而發現那水壺裡卻沒有了水。就抓著欄杆站起來，走到那梯道口，活動著脖子，大口呼吸。梯道斜著下去，上面有白氣，陸菊人想下去提水了，腳抬起來，又放下，一時眼花，這梯道是從下邊長上來的嗎？還是這梯道要突然掉下去？

瓷呆呆地好一會兒，陸菊人終於重新坐回了椅子上，桌子上是她帶來的另一個帳本，就翻起來。

翻著翻著，覺得旁邊就坐著井宗秀，井宗秀在那裡低頭擦他的槍。井宗秀在專心地擦他的槍，她卻沒有安心翻帳本了，她只是打發時間，她說：幾時打仗呀？一仄頭，旁邊什麼都沒有。陸菊人哼哼地笑了一下，其實並沒有笑出哼哼聲，這時候，太陽從東邊的山巒上冒出來了，先是西欄杆紅，再紅到東欄杆，一切都是那麼寂靜，陸菊人卻瞬間不安起來，覺得所有的東西正與自己遠去，愈來愈遠。

★

城隍院裡在開會，一直開到後半夜，伙夫給煮了龍鬚掛麵，剛把飯端放在座子上，屋梁上掉下來一隻老鼠，正好砸在一個碗裡。眾人往梁上看去，那裡爬著幾隻老鼠，同時在吱吱地叫，而屋角也有幾隻正從門檻下往出跑。井宗秀說：這多的老鼠！關了門，和杜魯成周一山拿了笤帚、木棍就打，打死了三隻，屋裡沒有了，可剛才在地上跑的不止這三隻呀，就移動了屋裡的一些東西，還是沒有。靠北邊牆是一個頂箱櫃，櫃子的板面大，並沒有緊靠牆，杜魯成用木棍在櫃子下亂捅，還是沒有老鼠，端燈往櫃子後一照，竟然有七八隻老鼠在那裡，都是身子貼著牆，而四條腿蹬著櫃板就撐在半空。忙挪開櫃子，老鼠掉下來又在滿地跑，就一一都打死了。把死老鼠扔出去，三人繼續吃飯，周一山就噁心得吃不下，他沒怪花生卻罵伙夫屋裡怎麼有這麼多老鼠，往常的飯都是老鼠吃過的？伙夫忙賠話：往常就沒有老鼠呀，今日不知咋這麼多。其實老鼠吃過的東西乾淨著的，我在老家時，二三月春荒裡常掏地洞裡老鼠攢的糧食。周一山捧著掉進過老鼠的那半碗飯，說：乾淨？你把它吃了！伙夫就把那半碗飯吃了。

從伙房出來，井宗秀問周一山：梁上的老鼠在吱吱地叫，你聽到它們在說什麼話？周一山說：我沒留神聽，咱就打開老鼠了，我也聽不懂它們話。三人分了手，杜魯成和周一山回住處去歇息，井宗秀還是騎了馬巡查，馬仍是兩匹，一匹他坐了，一匹上放著井宗丞的靈牌。走到中街上，街上空無一人，店鋪都關著，偶有幾家簷下燈籠亮著，在微風中搖晃著一團黃光。他正走著，聽到有細碎的聲響，便有一道水從街面上漫過，勒住馬定睛一看，竟然是幾百隻老鼠往過跑，就覺得奇怪，這是發大水呀還是老鼠也要開什麼會呀？巡查完畢，回到旅部屋院，花生還是叫來了戲班的兩個旦角兒，還有石條巷那個曾來過的溫家的女子，四個人正打著麻將。

花生見井宗秀進了門，忙去了迎接，把馬鞭和盒子槍就掛在柱子上，說：就等你回來哩，今日咋這麼晚，你去打一圈吧。井宗秀解了皮帶，說：我累了，天也快亮了。花生就從爐子上取水壺，壺裡的水早燒開了就煨在爐子上，她在盆子裡倒了熱水，試了試太燙，又加了冷水，又試了試，再加了一點熱水，把毛巾搭在盆沿上了，端給已坐在躺椅上的井宗秀，說：那你燙燙腳。天快亮了？那我讓收拾了桌子。井宗秀說：你們玩，我愛看你們玩。他把腳放在了盆裡，點著了一支紙菸，身子一仰，靠在躺椅上吸起來。花生見井宗秀心情不錯，就繼續打牌，她的手氣出奇的好，連和了兩把，第三把又和了，沒想上手打出了個三餅，另兩人也同時把牌推倒，就大呼小叫著怪了怪了！井宗秀一隻腳已趿上了鞋，另一隻腳還水淋淋地翹著，說：是嗎？今日真怪了，剛才在街上就有幾百隻老鼠一塊跑的。這時候有了叭的一聲響，聲音不大。花生以為誰把一張牌掉在了地上，彎腰低頭尋，她說：幾百隻老鼠跑呀，要發大水了嗎，前五年那次發水，我家院裡的薔薇蔓上都爬著老鼠。井宗秀沒有回應。溫家的女子說：井旅長，你過來給我看看牌麼。井宗秀還是沒回應。花生回頭一看，井宗秀頭垂在胸前，一條胳膊吊在躺椅扶手外。花生說：你瞌睡了？我扶你到炕上去睡。走過去了，突然吱哇一叫。三個女人忙跑過來，說：咋啦，咋啦？便見井宗秀前面喉耳骨處一個窟窿，後腦上也是一個窟窿，血水往外冒泡。趕緊扶起來，在炕上包紮，解開上衣，懷裡的半截黑布巾全被血水浸濕。花生叫：你咋啦，

了後屋要給井宗秀磕頭，見了陸菊人，說：事情緊急，這裡就全委託你了。陸菊人點著頭，卻說：你光腳，穿旅長的鞋吧，你現在就是旅長。杜魯成這才發現自己光著腳，也發現周一山把衣服穿反了，讓周一山重新穿好，他就過去把井宗秀脫下來的那雙鞋蹬上，不大不小正合腳。他又取了掛在柱子上的盒子槍挎在肩上，撲咚給井宗秀跪下，說：旅長，你把魂附我身上，咱一塊復仇，一塊守衛咱渦鎮！

杜魯成、周一山走後，很快鐘被敲起，鑼聲哨子聲吶喊聲響成一片，街巷裡全是了人。陸菊人站在井宗秀屍體前看了許久，眼淚流下來，但沒有哭出聲，然後用手在抹井宗秀的眼皮，喃喃道：事情就這樣了宗秀，你闔上眼吧，你們男人我不懂，或許是我也害了你。現在都結束了，你闔上眼安安然然去吧，那邊有宗丞，有來祥，有楊鐘，你們當年是一塊耍大的，你們又在一塊了。但井宗秀的眼睛還是睜得滾圓。陸菊人嘆了一口氣，拿一張麻紙蓋住了，讓三個女人都不要哭，在沒燒紙錢前哭聲會驚散亡人魂的，而且現在也不是哭的時候，就派兩個戲子去街上置辦香燭燒紙，香要檀香的五筒，沉香的五筒，燭要白色的，最粗最高的六對，黃表紙十刀，白麻紙十刀。再去一三〇廟請寬展師父來念經。再去西背街牛家紙紮店訂制紙幡紙樓紙傘，如果店裡有現成的童男童女、金山銀山的就拿來三對，紙幡紙樓紙傘務必下午製作好送來。再是去馮家巷壽衣鋪買白布十丈、黑布十丈，最主要的是壽衣，四套單的三套棉的，布鞋一定要好，顏色要正，針腳要勻，還有被子、褥子。再去滷鍋店買豬頭一個，牛頭一個，豬頭牛頭的鼻孔裡都要插上蔥。滷鍋店隔壁是劉家飯莊，讓蒸最大的獻祭饃，一升面蒸一個，蒸三個饃。那兩個戲子說：哎呀，這怕跑不過來。陸菊人說：跑不過來也得跑！井旅長生前待你們好，你們也得對得起他，戲班子不是還有那麼多人嗎，讓他們分頭去辦。問花生：錢在哪兒？花生說：錢在裡邊櫃子裡放著，櫃子鑰匙他拿著。就翻井宗秀的口袋，取了鑰匙開櫃，取了錢。陸菊人卻沒有把錢給兩個戲子，交給了另一個警衛，說：你領了她們，辦得愈快愈好，不敢有差池。警衛和兩個戲子就走了，花生把鑰匙給了陸菊人，說：花錢的事你經管。陸菊人說：我還經管啊?!花生說：你不是已經在經管嗎，這得你經管。陸菊人就接了鑰匙，說：花生，我這麼安排，是不是太豪華了？去陰間的路上，置辦的豪華了，打劫的小鬼多。花生說：他在哪兒能少了打劫的，就多燒些紙錢，好打發那些小鬼。

周一山是去了虎山崖，北城門就關閉了，任何人不出，陌生人更不得進。兩隻狼也拴到了城門外的石墩上，不停地叫，聲大如雷。杜魯成將一個排放在北城門樓上，架了一挺機槍，城樓東邊的城牆上放了一個排，西邊的城牆上放了一個排，也都各架一挺機槍，而東城牆西城牆以及南門外石堤上則是一連一連的人。苟發明和張雙河負責把集合起來的青壯鎮民編為九組，四面城牆上去四組，再有四組往城牆上搬運檑木滾石，剩下一組就從各家各戶收麵粉，都拿到城隍院，烙餅蒸饃，然後整筐整筐往城牆上送。到了後晌，夜線子、馬岱陸續帶著十幾人趕回渦鎮。夜線子一進北城門洞就放聲大哭，去了旅部，井宗秀的靈堂已擺好，夜線子在靈堂前把頭在地上磕得咚咚響，額頭上血淋淋的，陸菊人拉都拉不起。鞏百林和賴筐子也剛張羅著人從拐子巷劉木匠家抬來一副棺，夜線子就罵鞏百林、賴筐子：叫你倆專門偵察監視哩，怎麼就能讓阮天保進來？鞏百林說：鎖子鎖君子鎖不了賊，這麼大的鎮子又是晚上，誰能知道阮天保是咋進來的，要說我兩個沒防住，鎮上還有一個旅的兵力呀，旅長也是剛剛巡查了啊！夜線子說：你說的屁話！你把你的話來給旅長再說一遍?!鞏百林說：你心裡難過，我是和旅長打小一塊長的，我比你更難過。咱都不要在靈堂上說了，生有時死有地，或許旅長命裡要遇這個坎，他放你出去納糧繳款了，如果你在，他阮天保敢進來嗎？卻偏偏你出去了，旅長這個坎就沒過去。夜線子一下跳起來，說：你這是說旅長他該死?!抓住了鞏百林領口揮拳就打，賴筐子撲過來要幫鞏百林，被馬岱一腳踢得仰八叉倒在地上。賴筐子爬起來一摸後腦勺，手上有血，叫道：馬岱，你打我，你把我打死了，我陪旅長去，我死了做鬼也不饒你！陸菊人高聲叫道：不打了，都啥時候了在靈堂上打?!但夜線子還是照鞏百林腮幫上打了一拳，把槍都掏出來了。陸菊人氣得坐在了靈床邊的椅子上沒再起來，眾人就勸解，將夜線子馬岱拉開。夜線子還罵道：等我捉住了阮天保，我再尋你的事！夜線子和馬岱一走，賴筐子才爬起來，鞏百林下巴卻掉了，他幫著鞏百林把下巴往上推了推，安上了，竟趴在靈床上拉長著聲乾嚎。

★

到天黑，渦鎮竟然沒事，雞不叫狗不咬的，安安靜靜。街上一般的店鋪門還關著，而米店的油鋪的鹽行的卻都打開了，多是些老人和婦女在那裡搶購。掌櫃們就漲價，愈是漲價愈是要多買，吵吵鬧鬧便有人打罵起來。鞏百林聞訊趕過去，要驅散人群，勒令關店門。鞏百林有個本族的爺，說：百林，我家五口，家裡糧甕見底了，我不買些米，吃風屙屁呀？鞏百林說：爺，要打仗呀，要準備著敵人圍困三月半年的，留下些糧得守鎮啊！本族爺說：人都餓死呀，守的啥鎮?!跑進店裡，自己往袋子裡裝米。他一裝，別人也都裝，一時反倒全搶起了。鞏百林就朝空叭地放了一槍。眾人轟地散開，有人把米袋子扔了，有人還拿著米袋子，這米袋子立即被奪下，扔回店裡，說：放槍了，你別連累我們！他們是散開了，但卻沒有離去，仍站在遠處朝這邊觀望。槍一響，北門口的杜魯成以為有了敵情，帶著六七個兵跑了來，見是為了買米，斥責起鞏百林：人心都驚著，你胡放槍?!鞏百林說：不放槍鎮不住麼！杜魯成說：你一放槍，全鎮都亂呀?!鞏百林說：這邊一亂那也就亂了！杜魯成生了氣，說：我說一句你倒強一句？我指揮不了你啦?!鞏百林說：你指揮，你讓他們搶吧，我這是賤了，老鼠鑽進風箱裡，兩頭受氣啊！說罷就走，還拉著哭腔：井宗秀，井宗秀，你當旅長哩你咋就走了啊！杜魯成叫了他三聲沒叫回來，而那些站在遠處觀望的人，呼地又撲進店裡，餓狼餓狗地搶起來，有袋子的往袋子裡裝，有盆子的往盆子裡盛，沒袋子沒盆的就紮了褲管，把米往褲子裡灌，鞋殼裡也都塞了。杜魯成這時倒是自己也朝空中連放了兩槍，搶米的都不敢搶了，他宣布凡是米店油鋪鹽行，一律不得漲價，現場的每人只能買三斤米一斤油半斤鹽，然後停業關門，等候著全鎮統一調配。米店的掌櫃就搜每一個人身，身上沒米的賣給三斤，身上有米的，掏出來過秤，不夠三斤的補足三斤，超過三斤的都收回。總算把這些人安頓了，鞏百林的本家爺還在說：我這米裡咋有老鼠屎？得換呀，換呀！店門便哐啷關上了。杜魯成再回到北城門口，又到了城牆上，剛有人擔來了六七桶湯麵片，杜魯成就發了火：敵人要打來了，還有空消消停停地吃湯麵片呀？吃了就脫崗去屙呀尿呀?!這是誰讓做的？夜線子過來說：是我讓做的，從昨天到現在都是啃冷饃，現在看來安安靜靜沒事麼，讓大家吃些軟和的。杜魯成說：愈是安靜愈是會有事的！人不下牆，槍不離手，讓擔走，全擔走！夜線子說：已經擔來了，就讓吃吧，也不在乎一時半會。你放心，有我夜線子在，誰狗日的敢來侵犯，別說上城牆，那城壕也甭能跨過！杜魯成不吭聲了，夜線子立即高聲吶喊：抓緊吃飯！吃完飯，都給我各就各位，把槍上膛，把眼睛睜大！

這一夜還是沒有事，天快亮了，城牆上的人都睏得不行，杜魯成查看著每一個機槍點，提醒著愈是黎明時愈要堅持住，就看見了白起，說：你不是在南門口那兒嗎，咋到城牆上來了？白起說：我來向老魏頭要點麝香。杜魯成說：這時候要的啥麝香？白起說：不知咋的我老想上廁所，可到廁所就拉那麼一丁點，老魏頭手裡有麝香，吃了一點或許就好了。杜魯成說：吃啥麝香？這是你緊張了，你現在回家去拿些青辣椒來，多拿些，來給每人發一個，睏了就咬一口，提提神兒。白起說：沒那麼多青辣椒呀。杜魯成說：青辣椒不夠，就拿上蒜，往快！杜魯成在東西城牆上又走了一遍後，下來往南門口去，路過安記滷肉店，賴筐子提了把斧頭正出來，就問：你咋還在這兒，吃肉啦？賴筐子說：沒有，你瞧這嘴，沒油麼，我去要了斧子。杜魯成說：你有槍哩，要斧子幹啥？賴筐子說：我到南門口外去把那條船破了底，破釜沉舟麼，斷了後路，他們才會拼了命給咱守鎮哩。杜魯成想了想，說：我去看看苟發明。賴筐子從懷裡掏出一小瓷罐酒，說：你喝幾口，解解乏。杜魯成說：你小子還帶著酒呀！喝了一口，沒想卻咳嗽起來，一時止不住。賴筐子說：你不要去了，你有話我給苟發明捎過去。杜魯成說：還是我去，我去看了才踏實的。賴筐子說：我有句話不知該不該講。杜魯成說：有啥不該講的？賴筐子說：你是總指揮，你就也要像井旅長一樣坐在城樓上動嘴，讓別人跑麼。杜魯成說：我沒井旅長的勢呀。他不在了，啥事就靠我，我不敢疏忽啊！兩人走到三岔巷口，聽到有哭泣聲，發現一匹黑馬在那兒臥著，蚯蚓就坐在馬旁邊哭。杜魯成說：哎，哎，馬咋臥在這兒？蚯蚓說：它幾天都不吃不喝了，我拉著去城隍院要餵些黑豆料，走到這兒它就不走了，流眼淚哩。它一流眼淚，我也就哭了。杜魯成看馬果然流淚，心裡也難受，對馬說：你起來，你讓蚯蚓帶你去吃些料，咱還要給井旅長報仇哩！馬果然站了起來。杜魯成一時忍不住，眼淚唰唰地流下。這時候遠處有了槍聲，是虎山方向的，杜魯成叫道：敵人來了！撒腳就要往北城門口跑，馬卻昂嗤昂嗤叫，蚯蚓說：你騎上馬！杜魯成原本不會騎馬，但在那瞬間，一下子躍上馬背，馬就疾跑，他連韁繩都沒拉，竟還穩穩地坐在上邊，一陣風地遠去了。

槍聲是響在虎山方向，而晨霧已經散開了，站在北城門樓上並沒有看到有什麼隊伍出現在河灣，連一個人影都沒有。杜魯成問夜線子：咋回事，河灣裡沒人，崖頭上槍響，不會是走火吧？夜線子說：不是走火。槍聲愈來愈激烈，而且有了手榴彈的爆炸聲。夜線子說：敵人從崖後邊奇襲了？杜魯成說：這不可能，敵人怎麼去的崖後，周一山那麼精的人能叫奇襲了?!夜線子說：那有啥不可能的，阮天保都能進了鎮，怎麼不能神不知鬼不覺地從崖後上去？周一山鬼點子都用在人上，打仗他不行。杜魯成說：要真是那樣，周一山他們是在崖頭，那是沒後路的，咱得趕快去支援！夜線子說：讓我再看看，敵人的目的肯定不是虎山崖，他們很快就會向鎮子來的。就是去支援，咱一時上不了崖呀。杜魯成說：丟了虎山崖敵人更容易就到鎮子來的，咱上不了崖，衝出去可以分散他們的火力麼！杜魯成、夜線子等人衝出了北城門口，還沒到那道沙梁上，虎山崖上的槍聲漸漸稀疏下來，後來完全沉寂。夜線子叫停了前進，說：完了，崖上的人都完了。果然崖頭上的黑旗不見了，插上了紅旗。杜魯成愣在那裡，說：死啦，兩排人都死啦，周一山也死啦？他那麼有計謀的人就死在敵人的計謀上啦?!就鬼哭狼嚎似的喊：周一——山！周一——山！喊聲在河灘迴響，但沒有回音，虎山崖上的鴿子沒有飛回來，也沒有一隻鷹，一隻斑鳩，連一隻蝙蝠都沒有，而東邊白河渡口上和西邊黑河的十八碌碡橋上出現了黑壓壓的人群，急速地向鎮子這邊移動。

隊伍急忙往鎮子裡撤，關閉了城門，登上城牆，夜線子在喊：各就各位，準備戰鬥！眼看著敵人到了河灘，就在那兩岔路口，敵人集中起來，又分成了三部分，竟然有一千多人。杜魯成和夜線子就猜疑敵人能分三部分，是要同時攻打北門和東西門，還是輪番著一撥一撥進攻？正想著對策，敵人卻散開來在吃乾糧，有人還跑到河邊去提水。夜線子就說：狗日的在羞辱咱哩！就叭地打了一槍，他的槍一響，北城樓上的槍都響了，但子彈根本射不到兩岔路口，敵人似乎理也沒理，只是吃乾糧。杜魯成就下令停止射擊，節約子彈，等敵人靠近時再打。夜線子說：把饃筐子拿來，咱也吃。就扔給了杜魯成一個饃。杜魯成沒有接，饃掉在地上，滾下了城牆。城門口拴著的狼看見了饃，鍊子扯著，吃不著，就大聲地叫。叫著叫著，一個呼嘯，有什麼東西從樓頂上掠過，杜魯成喊道：有炮！紅十五軍團也有炮?!中街上就山搖地動爆炸了。

這一炮是打在了樊記火鍋店，二層樓上樊老七的娘腿不好，十天半月也不下樓一次，店裡給顧客備有十幾把蒲扇，都破了，她坐在炕上用布縫蒲扇邊兒，炮彈就把二層樓炸飛了，老人死在斜對面的一家四合院裡。一樓多虧沒人，樊老七正打罵小兒子，小兒子跑出了門，樊老七還攆出來打，身後的店就坍了。這樓一坍就著了火，隔壁一家的人原本已跑到了街上，見火勢兇猛，怕引著了他家的房，那老頭又返回來把炕上的被子用水澆了，搭梯子就苫在自家這邊的簷角上，第二顆炮彈又打了來，隔壁的房也坍了，煙塵中再沒見了還在梯子上的老漢。

明顯的是紅十五軍團有兩門山炮，炮都要打北城門樓的，一門山炮的兩顆炮彈打過了，另一門山炮就打了一顆，落在了北城門樓上，也只是打中了樓下的城牆，將門洞外的兩隻狼打中，狼頭拋上了樓頂，又骨碌碌滾下來掉在城牆上。夜線子拉著杜魯成從右邊跑出了樓，張雙河抱了機槍從左邊跑出了樓，一顆炮彈就擊中了樓，接著又是一顆，北城門洞就坍了，張雙河掉在了城牆裡的地上。張雙河以為他死了，在亂石堆裡好一會才睜開眼，看見城牆垛口有許多屍體，都是半個身子伸出來，要麼沒了頭，要麼沒了胳膊，活著的全順著城牆向兩邊跑。他這才覺得他還活著，卻聽到有人在叫他，原來他身後就是禁閉室，陸林頭伸在那鐵窗口，說：這是誰打炮哩？張雙河說：正用人哩，你咋還在禁閉室？陸林說：狗日的都把我忘了！張雙河說：我來給你砸門！又是一顆炮彈正好落在禁閉室上的城牆，城牆的磚石土塊一下子埋了禁閉室，再沒聽到兩個人說話。

杜魯成和夜線子見北城門完全被轟開，城牆上的，無論是兵還是鎮上人都來不及撤下，東邊城牆上的順著東邊的城牆跑，西邊城牆上的順著西邊城牆跑。炮彈就分別朝東西兩邊垛台上的炮樓打，許多人就又往城牆下跳，跳下去的有的當下摔死，有的斷了胳膊腿爬不起來。劉老庚沒跳下去，他的一隻腳炸飛了，腳脖子上的骨頭被撐開著吊著肉絮絮，老魏頭撲過來說：快紮腿根！抽下褲帶幫著勒緊了腿根，一塊石頭從空而降，偏巧就砸在頭上，老魏頭的頭陷進了腔子裡。

滿空裡都是磚頭石頭，人的胳膊和腿，再就是黑旗黑衣服黑鞋子。夜線子帶了人順著西城牆跑，西城牆內就是一三〇廟，讓預備旅的兵先跳下去接應，然後別的人再往下跳。一時城牆上的人多得挽疙瘩，跳下去又是人壘人堆成了一疙瘩，他在城牆上喊：往菩薩殿裡去，他們不會炸那裡！人都往菩薩殿跑，就飛來了兩顆炮彈，一顆落在南城牆上，一顆偏炸著了菩薩殿，殿前的那棵古柏攔腰折了，倒下了十幾個人，而夜線子的一條腿掉在了巨石上的亭子頂，一條腿掉在了西城牆外的黑河裡。活著的人又往廟院外跑，他們並不知道夜線子已死，跑到中街上，正遇到杜魯成。杜魯成一隻耳朵被炮彈皮削去了一半，他用撕下來的衣襟裹住了半個頭，在問：夜團長呢？有人在說：他在西城牆那邊。杜魯成罵道：把他的，他不來找我?!就吶喊那些兵：尋找地方躲起來，炮打過了就不打了，他們要進鎮來，咱們就在巷道裡和他們打！那些兵像沒頭蒼蠅，也不知聽見了他的話沒有，一會往前邊跑，一會又退回來往後邊跑，但敵人並沒有進鎮來，而是沒完沒了地還在打炮。杜魯成到處跑著吶喊，沒有人能聽他的指揮，他跑到了鐘樓上，這裡是全鎮的制高點，能看清被炮彈擊中的有城隍院，有一三〇廟，有薛記貨棧，有茶行，有糧莊，布莊，三條街道上那些高大的屋院全坍了，火光煙霧這兒一堆那兒一片。杜魯成使勁地撞鐘，但爆炸聲和哭喊聲完全淹沒了鐘聲。他仍在撞著，希望預備旅的兵和鎮上的人都能聽到，或許都能看到他的身影了，向鐘樓靠攏。而炮還在不停地打，呼嘯聲從空中掠過，每一個巨響，渦鎮就晃動，鐘樓也似乎顛簸不定。更多的人開始往城南門口擁，城南門口隨即槍響得如爆了豆。

苟發明帶著一批人守在城南門口外，遭炮擊時，炮彈並沒有落在那裡，他們選定了有利地點，估計著敵人會繞東西城牆根過來。但敵人沒有來，成群的人擁著要搭船逃走，而唯有的那只船雖然還繫在柳樹下，底已經被賴筐子用斧頭砍破了。苟發明在叫著：船壞了，坐不成了，誰也不能逃走，只有拼死才可能活！擁來的人根本不相信苟發明的話，罵：怎麼拼，拿脖子拼人家刀嗎，拿腦袋拼炮彈嗎？和阻攔的兵撕打，衝出去解柳樹上的船，這才發現船底真的壞了，更加憤怒，拿了木棒石塊返過來打苟發明他們，就有四五個兵被打爛了腦袋，又抬起胳膊腿扔進了河裡。苟發明這時候下令開槍，當下打死十幾人，人群才往後退，苟發明組織兵再把人群往北攆，在三道巷口把中街紮住，喊：沒有後路，誰敢再往南來打死誰！人群又向兩邊的各個巷道裡跑，跑進一些院子裡，藏在豬圈裡了，藏在磨盤下邊了，又覺得不行，再跑出巷道到了城牆下，原是從城牆上跑下來的，還得重上城牆，一時城牆上搭了無數梯子，爬上去了就往外跳。

苟發明指揮著紮死中街，他聽到了鐘聲，隱隱約約也看見了鐘樓上有人，問道：那是不是杜魯成？旁邊人說：是他，是他撞鐘。苟發明就跑去了鐘樓。杜魯成一見苟發明就哭了，說：苟發明，這咋成這樣了?!苟發明說：就你一個，夜線子呢，鞏百林呢？杜魯成說：已經跑散了，我也沒見著。苟發明說：狗日的聽見鐘聲怎麼還不來？這打的啥仗，兵尋不著將，將尋不著兵，這是打仗嗎?!杜魯成說：咱沒炮呀，咱沒炮呀！苟發明說：咱那守鎮方案一點都沒用上，這鎮已經是無法守了，你跟我走，南門口外沒有了船，但抱根椽還可以從河裡遊走。杜魯成說：這我不能走，我走了這算啥?!苟發明說：那就魚死網破，我那兒還有一夥人，咱拉出去打！杜魯成說：只有你那點人怎麼能往鎮外打，他們把沙土梁占著，那只能有去無回。苟發明說：那就在鎮裡挨炮？杜魯成說：還是想辦法把部隊集中，等他們進來了，就在巷道裡拼。你撞鐘，我撞不動了，讓我歇歇。苟發明就撞鐘，他撞得更響，鐘樓下聚集了許多兵，能看到幾個巷道裡也有兵跑了來。杜魯成坐在那裡，耳朵上的血又從脖子上往下流，他突然看到了鞏百林，鞏百林提著槍從一個巷道裡跑出來，又往另一個巷道跑，就大聲喊：百林！百林——！鞏百林回過頭看到了鐘樓上的杜魯成，卻一個趔趄倒在了地上。杜魯成還在喊：快到這兒來！快到……話未完，一顆炮彈落在鐘樓左邊的屋院裡，鐘聲停了。杜魯成說：撞呀，再撞呀！苟發明在鐘下，仰著頭，臉上的鼻子沒有了，在那裡插著一片鐵。苟發明是被飛來的彈皮擊中的，而隨之又一顆炮彈就在鐘樓上爆炸，樓頂塌了，鐘掉下來，再滾下了樓台，杜魯成上半身沒了，穿著井宗秀鞋的雙腳還在樓台上。接著樓台也就坍了。

當第一顆炮彈爆炸，陸菊人同留下的幾個兵還跑出屋院，見是街上樊記火鍋店被炸坍了，知道仗打起來了。那些兵拿槍去了城北門口，她回到後院的廳房，寬展師父還坐在靈桌前吹尺八，花生說：是打炮嗎？陸菊人說：人家咋還有山炮?!花生說：炮會不會打到這裡來呢？陸菊人說：咱還是把靈床得移個地方。兩人查看了前院後院所有房間，最後並沒有動靈床，因為這個廳的房子蓋得最結實，就是有炮彈炸過來，房子倒了，那些擔子、梁、檁都特別粗，支撐著也不至於砸到靈床吧。但是，陸菊人還是不放心，她到前院客房裡去搬那張八仙桌，想著把八仙桌搬去架在靈床上，或許能更好地擋住掉下來的木頭和磚瓦。而她一個人搬不動，怨恨了那些戲子把喪葬用品買回來後竟然不知什麼時候就全溜走了，她就喊：吳媽，吳媽，你來給我幫個手！吳媽一直在旅部裡打掃衛生和做飯，井宗秀出事後就一直陪花生守在靈堂上。吳媽說：燭滅了，我換根燭就來！吳媽還沒過來，蚯蚓卻進了大門。陸菊人說：把馬拉去餵了？蚯蚓說：馬讓杜魯成騎走了。陸菊人說：是人家在攻鎮嗎？蚯蚓說：攻不進來，只打炮哩。陸菊人就要蚯蚓抬八仙桌，蚯蚓個頭低，抬起一邊，桌子腿卻絆住了門檻，後院裡轟的一聲巨響，兩個人同時震得跌坐在地上，地還往上跳，爬也爬不起，房子就咯吱咯吱搖，又眼看著滿空都往下掉磚頭、木塊、瓷片、臉盆和鞋襪衣帽，花生可著嗓子在尖叫。陸菊人連爬帶滾地就往後院跑。

花生是坐在靈床邊用手來回搧蒼蠅，那麼多的蒼蠅總要趴在井宗秀的臉上，搧都搧不走，說：吳媽，這哪兒來的蒼蠅？吳媽點著了燭，說：像貓頭鷹一樣，人一死，它們就來了。這時候炮彈就落在後院裡。陸菊人跑過來，見後院那麼深一個坑，廳房的一堵牆倒了，門窗全掉下來，寬展師父是趴在靈桌下，花生卻倒在靈床前的地上，身上全是花壇的磚塊。陸菊人趕緊扒花生身上的磚塊，花生沒有再叫，人昏迷了，忙掐人中，拉過手又掐指尖，說：蚯蚓，快救師父和吳媽！蚯蚓把寬展師父翻過了身，人還沒事，尺八也完整，只是腦子震盪了，木呆呆坐起來一會兒眼睛才睜開來。尋吳媽，卻尋不見吳媽，後來聽見了哼哼，發現竟然在門外的台階下，她的後背上有二指寬的血縫，肉白花花都翻了出來。花生終於蘇醒過來，說：姊，我肚子疼。陸菊人撩開花生衣服，皮肉沒有爛，而半個肋幫子陷了下去，她說：沒事，花生，你沒事，我把你放平，你呼吸，盡量呼長些，慢慢就不疼了。放平了花生，再和蚯蚓把吳媽也抬過來放平，寬展師父已經能走過來，撕她的袍子，給吳媽包裹後背。蚯蚓就嗚嗚哭。陸菊人說：蚯蚓，你去廚房倒些水來，看鹽在哪兒，放上鹽。蚯蚓還是哭著把鹽水端來了，陸菊人給花生和吳媽餵，吳媽只是哼哼，嘴裡往外冒血泡沫，花生臉色煞白，鼻孔裡耳孔裡也有了血，說：姊，我疼得很。陸菊人說：你要扛住，我這就讓蚯蚓去叫陳先生，陳先生能治的，你扛住花生。水餵不進去了，陸菊人抬起頭來，蚯蚓要去叫陳先生，她卻看見靈堂上的香燭供品全沒有了，靈床上井宗秀穿戴著壽衣壽褲仰躺著，是沒有砸上磚石瓦塊，但蒙了厚厚的一層塵土，她說：咱再把八仙桌搬來，搬兩張，一張還是架在靈床上，一張讓花生吳媽躺在桌子下。陸菊人和蚯蚓就再去前院，寬展師父也跟了來，三人剛到前院，一顆炮彈就又打了來，正好就打在後院廳房上，三個人像樹葉一樣，被氣流沖起來，摔在大門過道裡。爬起來哭喊著往廳房跑，廳房只剩下兩堵牆和一個大深坑，靈堂沒見了，靈床沒見了，花生和吳媽也沒見了。陸菊人一下子癱坐在地上，塵土撲撒下來，嘩嘩地迷住她的頭和身子，口裡喃喃道：完了，都完了。喉嚨裡發出了哼哼聲，她是每次只哼一下，整個身子就抖一下，連續地哼哼著五聲。蚯蚓在大聲喊：井旅長！井旅長！手腳並用地在那裡扒動著木頭磚瓦，他的雙手扒得血淋淋的，還在那裡扒。陸菊人說：不扒了，蚯蚓。這裡不能多待，你和師父走吧，出去往空地上跑。蚯蚓不肯走，她吼道：走，快走！蚯蚓這才跳過那堆瓦礫，從倒下來的木頭空隙裡鑽出去，寬展師父還看著陸菊人，陸菊人說：你們先走，我也走。寬展師父把尺八扔給了陸菊人，陸菊人卻看見了就在那倒了的牆根下有了一根簪子。

中街的三道巷那兒，駐紮的士兵已經撤了，街上還是有人在跑，安記滷肉店的掌櫃卻披頭散髮站在那裡指著日頭大罵。蚯蚓和寬展師父跑到槐樹巷口，寬展師父要蚯蚓跟她去一三〇廟，蚯蚓說：我不去，我不管你了，你別管我，咱各跑各的。兩人分了手，蚯蚓就一邊哭一邊跑，滷肉店掌櫃看到了，喊：井宗秀，你站住！蚯蚓愣了一下，扭過頭，掌櫃說：叫你哩，井宗秀，你把渦鎮就變成了這樣？渦鎮幾百年出了你這樣的英雄呀，井宗秀⁈蚯蚓說：你說啥？你說的×話！滷肉店掌櫃說：井宗秀，你過來，你怎麼就沒有炮呢？蚯蚓說：讓炮轟了你！滷肉店掌櫃撲過來咬打蚯蚓，旁邊人說：他瘋了，甭惹他，快跑你的！滷肉店掌櫃是在中街上，蚯蚓只能掉頭往南跑，滷肉店掌櫃還在罵：井宗秀你來轟我呀，你炮彈就往我頭上打啊！真的又飛來了炮彈，但炮彈沒打在滷肉店掌櫃的頭上，不遠處的誰家院裡一聲爆炸。蚯蚓跑過了拐角場子，他看見了老皂角樹，也看見了跑著的麻縣長。麻縣長戴著禮帽，還拄著拐杖，與其說是跑，比走的還慢，而且就跌倒了。蚯蚓說：麻縣長，麻縣長！麻縣長卻急著往起翻身，腳手奓著，終於爬起來了，又往前跑。蚯蚓一直攆到城南門口外，麻縣長已經站在了那石堤上，人往堤下滾，滾到了那河裡，河水沒了他的腰，他把頭往水裡塞，身子就漂起來，還是把頭往水裡塞。蚯蚓叫道：你也瘋了嗎，麻縣長，不敢往前了，前邊就是渦潭！他在岸上尋木棍要把麻縣長能拉上來，但沒有木棍，在柳樹上折樹枝，也怎麼都折不下，麻縣長回頭看見了蚯蚓，還給蚯蚓笑了一下，竟然就雙手划動著往前游，突然身子打了個掉，像是爬在了水面上，開始旋轉起來，愈旋轉愈快，瞬間裡人不見了，禮帽還在浮著。

蚯蚓不明白麻縣長怎麼就到河裡去，為沒能拉麻縣長上岸而捶胸頓足，轉身回來時還想著麻縣長給他笑的樣子，就又嗚嗚地哭。走到縣政府門外了，他原本要喊叫王喜儒，告訴麻縣長死在渦潭裡了，腳底下卻覺得有東西，軟軟的，看時卻是用線納起來的兩個紙本，上面密密麻麻全寫了字。蚯蚓認不得字，但他想著這應該是麻縣長的，麻縣長在往城南門口外跑時跌倒丟失的，便拿了一邊還哭著一邊往蠍子巷跑。

又一聲劇烈的爆炸，黑煙像蘑菇一樣就在蠍子巷那頭沖天而起，眼看著一頭毛驢從空中斜著過來，重重地砸在前邊的屋簷上，再跌在巷道裡。蚯蚓還在那裡發瓷，被人一把拉了就鑽到一家門樓過道裡，蚯蚓認得是茶行的帳房。帳房說：蹴在門框下！把蚯蚓按下去，奪了手中那紙本，扔了，說：把頭抱住，抱住頭！蚯蚓說：那是麻縣長的！再把紙本拾了回來。帳房說：我都不要帳本了，你還要那公文？拿過來看，一個紙本封皮上寫著《秦嶺志草木部》，一個紙本封皮上寫《秦嶺志禽獸部》，帳房說：他當縣長還寫這個?!麻縣長呢？蚯蚓說：他在渦潭裡淹死了。帳房說：被害了！誰推的？蚯蚓說：沒人推，是他自己下去的。帳房說：哦，自殺了。蚯蚓這也才明白麻縣長是自殺了，說：他自殺前還給我笑哩。就又哭起來。帳房說：這書稿咋在你手裡的？蚯蚓說：他跑時丟了的，我拾的。帳房說：叫你拾了，這活該要留世的。蚯蚓說：那這有用嗎？帳房說：說有用就有用，說沒用也就沒用，你家有地窖沒，有地窖了趕快跑回去，你藏在窖裡，把它也藏在窖裡。我得回我家去看看，我老娘……沒說完就跑走了。帳房一走，蚯蚓抱著紙本一時不知道往哪裡去。他家沒有地窖，他也不曉得他家是不是被炸了，就想把紙本藏到這家門樓腦上，藏好了，又覺得不妥，看到巷子中間有一棵桐樹，樹上一個老鴰窩，立即跑去爬上樹，就把紙本放在了老鴰窩裡。桐樹或許也會被炮彈擊中的，可哪兒有那麼准，偏偏就擊中了樹？蚯蚓卻擔心天上下雨淋濕了紙本，脫了身上的褂子把紙本包了，重新在老鴰窩裡放好。這當兒，他還往城北門外那裡望，望不到城北門外，卻望到了陸菊人就走在西背街上。

陸菊人是要往安仁堂去，她還不知道剩剩和陳先生怎麼樣了，但她沒有跑，仍是一步一步地走。街巷裡到處能看到死人。她認得有預備旅的一個營長，有兩個排長，還有了幾個也都穿黑衣黑褲的，但缺胳膊短腿，血肉模糊，已不知是誰了。在一棵丁香樹下，坐著了一個女的，樹上沒花，葉子紅燦燦的，那女子是把右臉緊貼在樹身上，眼睛盯著巷口。陸菊人認得是那天還在旅部見過的戲子，要說井旅長待你多好的，你倒不給他守靈就偷偷溜了，話到口邊，卻說：還不快尋個地方躲起來？那戲子沒有理她，眼睛仍是睜得大大的。她以為是嚇傻了，拍了一下戲子肩，戲子竟倒下去，原來已經死亡，右半個臉全沒有了。陸菊人就站在那裡，站了好久，蹲下去用手把戲子的眼睛抹闔，再重新扶起來，還是讓戲子的右臉緊貼了樹身，露出漂亮的左臉。出了巷道，經過鐘樓，鐘樓坍了一半，煙火還冒著，一夥人在扒死屍的衣服，死屍都是預備旅的兵，扒下了黑衣黑褲了，就往自己身上穿，從那口鐘後有聲音說：要活命就快點，穿好了排上隊跟我走，出了城北門口後誰也不准說話，我來應酬。突然又叫起來：笸子，笸子！陸菊人覺得這聲音很熟，還沒等鐘後的人出來，就見賴笸子從遠處跑了來，舉著一根木棍，木棍上纏著一件白褂子。賴笸子也看見了陸菊人，收住了腳，拿眼睛往鐘後一眨一眨，鐘後走出來的是鞏百林。鞏百林也看見了陸菊人，說：啊你沒死？陸菊人沒有說話，鞏百林說：杜魯成死了，周一山死了，夜線子、苟發明、張雙河、馬岱都死了，沒辦法，預備旅的人總不能全死啊！陸菊人還是沒說話。鞏百林又說：人家炮轟之後肯定要來屠殺的，現在只有我來，能活著出去幾個就是幾個吧。剩剩呢，剩剩還在嗎，你帶剩剩也跟我們走。陸菊人仍是沒說話。賴笸子說：她震聾了，嚇啞了，咱走咱的。鞏百林真的就帶著一夥幾十人走了，賴笸子舉著木棍，木棍上纏著白褂子。

後記

這本書是寫秦嶺的，原定名就是《秦嶺》，後因嫌與曾經的《秦腔》混淆，變成《秦嶺志》，再後來又改了，一是覺得還是兩個字的名字適合於我，二是起名以張口音最好，而志字一念出來牙齒就咬緊了，於是就有了《山本》。山本，山的本來，寫山的一本書，哈，本字出口，上下嘴唇一碰就打開了，如同嬰兒才會說話就叫爸爸媽媽一樣（即便爺爺奶奶，舅呀姨呀的，血緣關係稍遠些，都是撮口音）。這是生命的初聲啊。

關於秦嶺，我在題記中寫過，一道龍脈，橫亙在那裡，提攜了黃河長江，統領著北方南方，它是中國最偉大的一座山，當然它更是最中國的一座山。

我就是秦嶺裡的人，生在那裡，長在那裡，至今在西安城裡工作和寫作了四十多年，西安城仍然是在秦嶺下。話說：生在哪兒，就決定了你。所以，我的模樣便這樣，我的脾性便這樣，今生也必然要寫《山本》這樣的書了。

以前的作品，我總是在寫商洛，其實商洛僅只是秦嶺的一個點，因為秦嶺實在是太大了，大得如神，你可以感受與之相會，卻無法清晰和把握。曾經企圖能把秦嶺走一遍，即便寫不了類似的《山海經》，也可以整理出一本秦嶺的草木記，一本秦嶺的動物記吧。在數年裡，陸續去過起脈的崑崙山，相傳那裡是諸神在地上的都府，我得首先要祭拜的；去過秦嶺始崛的鳥鼠同穴山，這山名特別有意思；去過太白山；去過華山；去過從太白山到華山之間的七十二道峪；自然也多次去過商洛境內的天竺山和商山。已經是不少的地方了，卻只為秦嶺的九牛一毛，我深深體會到一隻鳥飛進樹林子是什麼狀態，一棵草長在溝壑裡是什麼狀況。關於整理秦嶺的草木記、動物記，終因能力和體力未能完成，沒料在這期間收集到秦嶺二三十年代的許許多多傳奇。去種麥子，麥子沒結穗，割回來了一大堆麥草，這使我改變了初衷，從此倒興趣了那個年代的傳說，於是對那方面的資料，涉及到的人和事，以及發生地，像筷子一樣啥都要嚐，像塵一樣到處亂鑽，太有些飢餓感了，做夢都是一條吃桑葉的蠶。

那年月是戰亂著，如果中國是瓷器，是一地瓷的碎片年代。大的戰爭在秦嶺之北之南錯綜複雜地爆發，各種硝煙都吹進了秦嶺，秦嶺裡就有了那麼多的飛禽奔獸，那麼多的魍魎魑魅，一盡著中國人的世事，完全著中國文化的表演。當這一切成為歷史，燦爛早已蕭瑟，躁動歸於沉寂，回頭看去，真是倪雲林所說：生死窮達之境，利衰毀譽之場，自其拘者觀之，蓋有不勝悲者，自其達者觀之，殆不值一笑也。巨大的災難，一場荒唐，秦嶺什麼也沒改變，依然山高水長，蒼蒼莽莽，沒改變的還有情感，無論在山頭或河畔，即便是在石頭縫裡和牛糞堆上，愛的花朵仍然在開，不禁慨嘆萬千。

《山本》是在二〇一五年開始了構思，那是極其糾結的一年，面對著龐雜混亂的素材，我不知怎樣處理。首先是它的內容，和我在課本裡學的，在影視上見的，是那樣不同，這裡就有了太多的疑惑和忌諱。再就是，這些素材如何進入小說，歷史又怎樣成為文學？我想我那時就像一頭獅子在追捕兔子，兔子鑽進偌大的荊棘藤蔓裡，獅子沒了辦法，又不忍離開，就趴在那裡，氣喘吁吁，鼻臉上盡落些蒼蠅。

我還是試圖著先寫吧，意識形態有意識形態的規範和要求，寫作有寫作的責任和智慧，至於寫得好寫得不好，是建了一座廟還是蓋個農家院，那是下一步的事，雞有蛋了就要下，不下那也憋得慌麼。初草完成到二〇一六年底，修改已是二〇一七年。二〇一七年是西安百年間最熱的夏天啊，見到的狗都伸著長舌，長舌鮮紅，像在生火，但我不怕熱，凡是不開會（會是那麼多呀！）就在屋裡寫作。寫作會發現身體上許多祕密，比如總是失眠，而胃口大開，比如握筆手上用勁，腳指頭卻疼，比如寫那麼幾個小時了，去洗手間，往鏡子上一看，頭髮竟如茅草一樣淩亂，明明我寫作前洗了臉梳過頭的，幾小時內並沒有風，也不曾走動，怎麼頭髮像風懷其中？

漫長的寫作從來都是一種修行和覺悟的過程，在這前後三年裡，我提醒自己最多的，是寫作的背景和來源，也就是說，追問是從哪裡來的，要往哪裡去。如果背景和來源是大海，就可能風起雲湧，波瀾壯闊，而背景和來源狹窄，只能是小河小溪或一潭死水。在我磕磕絆絆這幾十年寫作途中，是曾承接過中國的古典，承接過蘇俄的現實主義，承接過歐美的現代派和後現代派，承接過建國十七年的革命現實主義，好的是我並不單一，土豆燒牛肉，麵條同蒸饃，咖啡和大蒜，什麼都吃過，但我還是中國種。就像一頭牛，長出了龍角，長出了獅尾，長出了豹紋，這四不像的是中國的獸，稱之為麒麟。最初我在寫我所熟悉的生活，寫出的是一個賈平凹，寫到一定程度，重新審視我所熟悉的生活，有了新的發現和思考，在謀圖寫作對於社會的意義，對於時代的意義。這樣一來就不是我在生活中尋找題材，而似乎是題材在尋找我，我不再是我的賈平凹，好像成了這個社會的，時代的，是一個集體的意識。再往後，我要做的就是在社會的，時代的，集體意識裡又還原一個賈平凹，這個賈平凹就是賈平凹，不是李平凹或張平凹。站在此岸，泅入河中，到達彼岸，這該是古人講的入得金木水火土五行之內，出得金木水火土五行之外，也該是古人還講的看山是山看水是水，看山不是山看水不是水，看山還是山看水還是水吧。

說實情話，幾十年了，我是常翻老子和莊子的書，是疑惑過老莊本是一脈的，怎麼《道德經》和《逍遙遊》是那樣的不同，但並沒有究竟過它們的原因。一日遠眺了秦嶺，秦嶺上空是一條長帶似的濃雲，想著雲都是帶水的，雲也該是水，那一長帶的雲從秦嶺西往秦嶺東快速而去，豈不是秦嶺上正過一條河？河在千山萬山之下流過是自然的河，河在千山萬山之上流過是我感覺的河，這兩條河是怎樣的意義呢？突然醒開了老子是天人合一的，天人合一是哲學，莊子是天我合一的，天我合一是文學。這就好了，我面對的是秦嶺二三十年代的一堆歷史，那一堆歷史不也是面對了我嗎，我與歷史神遇而跡化，《山本》該從那一堆歷史中翻出另一個歷史來啊。

過去了的歷史，有的如紙被漿糊死死貼在牆上，無法扒下，扒下就連牆皮一塊全碎了，有的如古墓前的石碑，上邊爬滿了蟲子和苔蘚，搞不清那是碑上的文字還是蟲子和苔蘚。這一切還留給了我們什麼，是中國人的強悍還是懦弱，是善良還是兇殘，是智慧還是奸詐？無論那時曾是多麼認真和肅然，虔誠和莊嚴，卻都是佛經上所說的，有了罣礙，有了恐怖，有了顛倒夢想。秦嶺的山川河壑大起大落，以我的能力來寫那個年代只著眼於林中一花，河中一沙，何況大的戰爭從來只有記載沒有故事，小的爭鬥卻往往細節豐富，人物生動，趣味橫生。讀到了李爾納的話：一個認識上帝的人，看上帝在那木頭裡，而非十字架上。《山本》裡雖然到處是槍聲和死人，但它並不是寫戰爭的書，只是我關注一個木頭一塊石頭，我就進入這木頭和石頭中去了。

在構思和寫作的日子裡，一有空我仍是就進秦嶺的，除了保持手和筆的親切感外，我必須和秦嶺維繫一種新鮮感。在秦嶺深處的一座高山頂上，我見到了一個老人，他講的是他父親傳給他的話，說是，那時候，山中軍行不得鼓角，鼓角則疾風雨至。這或許就是《山本》要彌漫的氣息。

一次去了一個寨子，那裡久旱，男人們竟然還去龍王廟祈雨，先是祭豬頭，燒高香，再是用刀自傷，後來乾脆就把龍王像抬出廟，在烈日下用鞭子抽打。而女人們在家裡也竟然還能把門前屋後的石崖，松柏，泉水，封為××神，××公，××君，一一磕過頭了，嘴裡念叨著祈雨歌：天爺爺，地大大，不為大人為娃娃，下些下些下大些，風調雨順長莊稼。一次去太白山頂看老爺池，池裡沒有水族，卻常放五色光，萬字光，珠光，油光，池邊有著一種鳥，如畫眉，比畫眉小，毛色花紋可愛，聲音嘹亮，池中但凡有片葉寸荑，它必銜去，人稱之為淨池鳥。這些這些，或許就是《山本》人物的德行。

在秦嶺裡，可以把那些峰認作是挺拔英偉之氣所結，可以把那些潭認作是陰涼潤澤之氣所聚，而那山坡上或窪地裡出現的一片一片的樹林子，最能讓我成晌地注視著。每棵樹都是一個建築，各種枝股的形態那是為了平衡，樹與樹的交錯節奏，以及它們與周遭環境的呼應，使我知道了這個地方的生命氣理，更使我懂得了時間的表情。這或許又是《山本》布局。

隨便進入秦嶺走走，或深或淺，永遠會驚喜從未見過的雲，草木和動物，仍還能看到像《山海經》一樣，一些獸長著似乎是人的某一部位，而不同於《山海經》的，也能看到一些人還長著似乎是獸的某一部位。這些我都寫進了《山本》。另一種讓我好奇的是房子，不論是瓦房或是草屋，絕對都有天窗，不在房屋頂，裝在門上端，問過那裡的老鄉，全在說平日通風走煙，人死時，神鬼要進來，靈魂要出去。《山本》裡，我是一騰出手就想開這樣的天窗。

作為歷史的後人，我承認我的身上有著歷史的榮光也有著歷史的齷齪，這如同我的孩子的毛病都是我做父親的毛病，我對於他人他事的認可或失望，也都是對自己的認可和失望。《山本》裡沒有包裝，也沒有面具，一隻手錶的背面故意暴露著那些轉動的齒輪，我寫的不管是非功過，只是我知道了我骨子裡的膽怯，慌張，恐懼，無奈和一顆脆弱的心。我需要書中那個銅鏡，需要那個瞎了眼的郎中陳先生，需要那個廟裡的地藏菩薩。

未能一日寡過，恨不十年讀書，愈是不敢懈怠，愈是覺得力不從心。寫作的日子裡為了讓自己耐煩，總是要寫些條幅掛在室中，《山本》時左邊掛的是「現代性，傳統性，民間性」，右邊掛的是「襟懷鄙陋，境界逼仄」。我覺得我在進文門，門上貼著兩個門神，一個是紅臉，一個是黑臉。

終於改寫完了《山本》，我得去告慰秦嶺，去時經過一個峪口前的梁上，那裡有一個小廟，門外蹲著一些石獅，全是砂岩質的，風化嚴重，有的已成碎石殘沙，而還有的，眉目差不多難分，但仍是石獅。

二〇一七年十月十三日夜